Unicorn

独角兽书系

百变王牌

♥♦♣♠

深入污秽

WILD CARDS

【美】乔治·R. R. 马丁 / 编

王 凌 / 译

GEORGE R.R. MARTIN

重庆出版集团 重庆出版社

版贸核渝字(2017)第137号

图书在版编目(CIP)数据

百变王牌.深入污秽/(美)乔治·R.R.马丁编;王凌译.—重庆:重庆出版社,2019.10
ISBN 978-7-229-14165-3

Ⅰ.①百… Ⅱ.①乔… ②王… Ⅲ.①长篇小说—美国—现代 Ⅳ.①I712.45

中国版本图书馆CIP数据核字(2019)第089610号

百变王牌·深入污秽

BAI BIAN WANGPAI · SHENRU WUHUI

[美] 乔治·R.R.马丁 编

王 凌 译

责任编辑:邹 禾 唐弋淄 许宁
装帧设计:谢颖设计工作室
封面图案设计:罗 烜
责任校对:刘小燕

重庆出版集团
重庆出版社 出版

重庆市南岸区南滨路162号1幢 邮政编码:400061 http://www.cqph.com
重庆出版社艺术设计有限公司 制版
重庆市鹏程印务有限公司 印刷
重庆出版集团图书发行有限公司 发行
E-MAIL:fxchu@cqph.com 邮购电话:023-61520646
全国新华书店经销

开本:890mm×1230mm 1/32 印张:18.25 字数:472千
2019年10月第1版 2019年10月第1次印刷
ISBN 978-7-229-14165-3
定价:82.00元

如有印装质量问题,请向本集团图书发行有限公司调换:023-61520678

目录
Contents

致读者

在现实世界中，总有成千上万个故事同时在进行。我们想让百变王牌世界尽可能地向真实世界靠拢。

百变王牌系列中的前一卷《王牌旅途》按照时间顺序讲述了世界卫生组织的环球旅程，代表团于1986年12月1日离开纽约，于1987年4月29日回到纽约。

现在这一卷中的第一部分发生在曼哈顿，时间跨度为10月初到次年4月底，也就是说这一本的起点是代表团离开之前，后面的故事与一波三折的环游世界之旅平行展开。

结尾的部分发生在5月和6月，在旅行者们回来之后。

编者的话

《百变王牌》这部作品完全架构在一个虚构的世界中，它的历史与现实历史完全平行。《百变王牌》中呈现的所有姓名、角色、地点和事件纯属虚构，或当虚构使用。任何与真实事件、场所及在世或已死亡的真实人物的相似之处，纯属巧合。例如，本选集中的论文和文章以及其他相关文献都是虚构之作，本书完全无意于描述或暗示任何真实存在的作者或诸如此类的人物曾经确实写过、出版过或对本书中的论文、文章及其他相关文献做出过贡献。

乔治·R.R.马丁

序

“超级英雄”的文学之旅

对我来说，长久以来，古代、太空歌剧或幻想的第二世界都是我的兴趣点，凡是现当代的通俗文化产品，我更希望是描写自己熟悉的生活场景，显而易见，这样更能引起共鸣，也更能获得享受，而不是非得去一大堆自己完全陌生的地点、食物、玩笑、音乐等等中间刨梳和理解。因此我把《百变王牌》自然而然地划归“美国都市社区传说”一类。

作为乔治·马丁的译者、研究者和狂热爱好者，在相当长一段时间内，我疯狂地寻找和阅读了乔治·马丁所有出版过的文字，但对占用他创作时间第二位（除《冰与火之歌》之外）的《百变王牌》系列，却一直束之高阁（部分原因也是该系列篇幅太长）。直到最近几年，随着阅读眼界的不断拓展，观看这套书的理由不断累积，我才说服自己拿起书本来试一试。好奇我的理由吗？具体而言，打动我的有如下几个方面：

其一，我终于明确了一点——其实这一点原本就非常明确，无奈提到超级英雄，总不免第一时间想到漫画——《百变王牌》是文字小说系列，在这个领域，它能直接发挥乔治

·马丁作为作家的特长，也能让熟悉和景仰马丁的我较为轻松地进入。《百变王牌》的确脱胎于美国超级英雄漫画的文化，乔治·马丁也的确从几岁起就是超级英雄漫画的粉丝……但它的基础载体是小说，它是文学宇宙，不同于DC或漫威的漫画宇宙乃至电影宇宙。

从基本介绍中即可得知，《百变王牌》先后有超过四十位作家参与，而乔治·马丁作为总编辑和作者是其灵魂人物。该系列小说不但均由他过目和整合，而且他自己还实际参与了其中若干中短篇的写作。《百变王牌》至今（截至2018年底）已出版了二十七部小说，大致可分为三类：

A类，同一故事背景下不同作者创作的中篇小说合集；

B类，单一作者的长篇小说；

C类，“马赛克小说”，即长篇小说的各部分由不同作者写就，最后经马丁本人发挥“导演”和“乐队指挥”的功能，将其融为一体。其中最后一类是马丁的得意之作，最能彰显他的创作成就。

其二，《百变王牌》源自桌面角色扮演游戏。虽然我对超级英雄漫画说不上知根知底，对美国文化背景更显陌生，但作为游戏迷和奇幻迷，对角色扮演游戏却是熟悉和喜爱的，尤其是《龙与地下城》及其衍生和改编的各类电子游戏。

整理和翻译《梦歌——乔治·马丁作品回顾集》的时候，我就清楚乔治·马丁对角色扮演游戏的狂热。他于1980年搬家到新墨西哥州圣塔菲市（至今依然定居于此），不久便加入了当地的角色扮演游戏聚会（聚会成员一半以上是作家），起初玩的是“克苏鲁的召唤”，1983 年开始玩“超人世界”，从此一发不可收拾。乔治·马丁喜欢游戏主持人（GM）的角色，在游戏过程中创造了数以百计的 NPC 和反派（据说其中许多人物至今还没捞到在《百变王牌》小说里的出场机会!），也创造出《百变王牌》的基础设定。很大程度上，《百变王牌》的创作过程就是我们自身“跑团”经历的翻版（跟《龙枪》的诞生过程非常相似），这大大拉近了我跟它的心理距离。

其三，《百变王牌》虽根植于美国文化，与我们中国人的日常生活环境相距颇远，但乔治·马丁的指导理念是一脉相承的现实主义。《百变王牌》与其他超级英雄作品在立意上的最大不同，在于它的创作者是一群思想活络的作家（而非单纯的漫画从业者），他们从最初的游戏过程开始就彼此“争奇斗艳”，试图把笔下人物当成活生生的“人”来考察。它并不像许多超级英雄作品一样追求肤浅的“合家欢”，回避现实中怯于提及的问题，它不但着重考察了超级英雄（即《百变王牌》中的“王牌”）对人类社会方方面面的影响，还把力量对超级英雄自身的影响作为重点。

此外，《百变王牌》横跨二战以后的整个时空，故事背景从上世纪 40—50 年代种族主义和麦卡锡主义泛滥的美国一直到当前的网络社会。它的视野并不若我最初以为的那样局限于“乡土美国”和“都市美国”，真实的历史人物和历史事件在小说中频频出现，从西方到东方，从总统选举到世界和谈，光怪陆离的多元化犹如《冰与火之歌》中神秘莫测的魔法一样吸引着我。

基于这三点，我从最初的排斥到逐步试探，展开了对《百变王牌》系列的了解和阅读。根据乔治·马丁及其同伴作家们的说法，他们当年并不甘心自娱自乐，舍不得告别自己创造的精彩人物，于是在一年多酣畅淋漓的游戏之后，萌生了将游戏的设定和故事进行商业化、推向市场的念头，由此诞生出《百变王牌》。梳理从上世纪80年代中叶商业化至今的全部作品，这个IP（一度号称世界上延续时间最长的共用世界系列）大致可分为如下几个发展阶段：

第一阶段，黄金时期。乔治·马丁等人最初寻找的合作者是著名的巴兰亭出版社，于1987年到1993年间一共推出了十二部小说（包括上面提到的中篇合集、长篇小说和“马赛克小说”这三种形式）。作为巴兰亭出版社重点栽培的书籍，《百年王牌》系列不负所望地一炮走红，并在评论界获得极大赞誉，1988年即进入雨果奖决选，只是惜败给阿兰·莫尔那本极其出色的《守望者》。它也迅速被改编为漫画、桌面角色扮演游戏，并卖出电影版权，培养了大批至今仍支持着它的忠实读者。

顺带一提，重庆出版社简体中文版《百变王牌》最初出版的七本小说全部来自这个时期，它们是“元祖三部曲”的《百变王牌》《王牌云巅》和《疯狂鬼牌》，“木偶师四部曲”的《王牌旅途》《深入污秽》《最后王牌》和《亡者之手》。

通过这些最经典的著作，读者可迅速进入《百变王牌》的世界。

第二阶段，沉沦时期。随着《百变王牌》在巴兰亭出版社的销量缓慢走低，马丁等人为了眼前利益，轻率地将出版权转交给较小的巴恩出版社。1993 年到 1995 年间该出版社出版的《百变王牌》第十三到第十五部小说在商业上迎来惨败，此后便是长达七年的空白期。2001 年，马丁等人寻到新出版商 IBOOKS，然而到 2006 年为止，勉强推出《百变王牌》的第十六和第十七部小说（及再版了以前的部分小说）之后，该出版商宣告破产。

不过，乔治·马丁的《冰与火之歌》系列前三卷就出版于《百变王牌》的七年空白期之内，并让他的作家生涯更上一层楼。真可谓塞翁失马焉知非福，或者说失之东隅收之桑榆——如果《百变王牌》不遭遇滑铁卢，说不定读者们还看不到《冰与火之歌》呢！

第三阶段，复兴时期。2007 年 IBOOKS 破产以后，美国最大的幻想文学出版社托尔出版社趁机将《百变王牌》纳入帐下。此后伴随乔治·马丁声誉的节节高升，也得益于市场大环境的变化（如超级英雄题材在电影领域的极大成功），《百变王牌》逐渐恢复了过去的辉煌。2008 年到 2018 年这十一年间，托尔出版社一共出版了十部《百变王牌》的新小说，再版了以前的大部分小说，还在网站上发表了近二十篇中篇小说，《百变王牌》也再度被改编为漫画和桌上角色扮演游戏。

更激动人心的消息来自 2018 年底，HULU 电视台宣布将与马丁合作开发两个《百变王牌》的电视剧。在这个眼球经济的时代，这无疑是该系列顺利延续和发展的最大利好。

那“百变王牌”究竟是什么？《百变王牌》系列又在说什么呢？本着不剧透的态度，我可以简单地回答，“百变王牌”是与地球人高度相似的塔基斯星人研究出来的一种改写基因的外来病毒，其研究的最初目的是制造超能力，却发生了可怕的意外。它于1946年被释放在美国的纽约市（当即造成近两万人的死亡），随后又经携带扩散到世界各大城市。

事实证明，“百变王牌”病毒是可怕的，它对所有人一视同仁，没有免疫可能；但它同时又像神奇的阿拉丁神灯，透过人类的潜意识诱发变异，经由人类的欲望、个性和恐惧而产生神奇的力量。“百变王牌”的基因还可以在人体内潜伏下去，并以百分之五十的概率传递给后代，所以该系列的宇宙里，至今仍有人会突然激发自己的能力，由新时代的欲望而产生新的英雄（或怪物）。

成为英雄的条件非常苛刻，也非常不公平。一百个人中，九十个人会抽到“黑桃皇后”（变异失败，迅速死亡），九个人抽到“鬼牌”（变成怪物，甚至宁愿自己去死），只有唯一的一人能抽到“王牌”（激发潜在能力，成为超级英雄）。

《百变王牌》讲述的，就是这百分之一的英雄的故事。

屈畅

1986年10月—

1987年4月

只有死人了解鬼牌镇

约翰·J. 米勒　著

I

布伦南走在秋日的夜晚，好像是其中的一部分，或者说这夜晚成了他的一部分。

秋天的空气中伴着一丝凉意，让布伦南想起了卡茨基尔，虽然只有那么一点点相似。他最怀念的就是群山，但只要金福还活着，那里的一切就遥不可及，如同最近频频出现在他梦中的死去的朋友和爱人的鬼魂一样无法触碰。他爱群山，就像他爱这些年来他辜负的所有人，但是有谁会爱城市里的肮脏污秽？谁又能了解城市，了解鬼牌镇？他当然不能，但是金福的存在像坚固的铁链一样将他和鬼牌镇牢牢拴在一起。

他穿过马路，进入环绕着水晶宫殿、绵延半个街区的城市废墟。猎人的第六感告诉他，有人在盯着他穿过残骸。他换了个更舒服的方式拿着帆布袋，里面装的是他损坏的弓。他不止一次想过，什么样的生物会选择在垃圾堆里安家。他偶尔会听到吱吱呀呀的响声，瞥见什么东西一闪而过，绝对不是月光投下的阴影，但是他跃上水晶宫殿后墙上生锈的消防楼梯时，并没有人过来阻止。他安静地爬上屋顶，穿过安保系统，如果不是蝶蛹训练过他，这套系统可能会让他犯会儿难，然后他穿过活板门，来到宫殿三楼，这里是蝶蛹的私人领域。走道全黑，但他凭借记忆避开了散落的小古玩，来到了她的卧室。

蝶蛹醒着。她全身赤裸，坐在酒红色长毛绒躺卧沙发上，玩着一叠古董牌。

布伦南盯着她看了一会儿。她把牌摊在沙发上，旁边的蒂凡尼落地灯发出玫瑰色的光芒，温柔地照亮了她的骨架、肌肉系统、内脏和缠绕全身的血管网络。他看着她精巧的手部骨骼划过卡牌，翻出了黑桃 A。

她抬头看他，然后冲他微笑。

她的微笑和她本人一样是个谜，很难读懂，因为她的脸上只能看见嘴唇以及脸颊和下巴处的肌肉。微笑能表达几千种意思，布伦南决定将她这一笑解读为欢迎。

“好久不见。”她不满地看着他，“久到你都留胡子了。”

布伦南关上门，把弓袋靠墙放好。“我有事要做，”他的声音轻柔低沉。

“对。”她还在微笑，布伦南终于无法再忽视其中的锋芒，“还影响到了我的生意。”

她指的是什么他很清楚。几个星期前的百变王牌日，蝶蛹安排了一场会面，交易一系列很有价值的书目，包括金福的私人日记，布伦南希望里面能有足够的证据彻底搞垮金福，所以就私自拿走了。但是后来发现这日记毫无价值，里面的所有记录都被毁坏了。

“对不起，”他说，“我需要那本日记。”

“对。”她又说了这句。幽灵般的肌肉紧绷起来，意思是她在皱眉。“你读过了？”

布伦南犹豫了一下。“对。”

“你不反对分享里面的信息？”

这更像在要求他分享，而非请求。布伦南心想，告诉她真相没什么好处。她可能会觉得他只是不想告诉她。

“可能吧。”

“既然这样，我猜我可以原谅你，”她的语气里没有多少原谅的意思。然后她缓慢而小心地收好这副年代久远且价值不菲的古董牌，放在沙发旁边蜘蛛腿的桌子上。她懒洋洋地靠着沙发，乳头漂浮在透明的身体上，这具躯体的温暖和紧致他心里很清楚。

“我给你带了点东西，”布伦南想和解，“不是消息，但我猜你也会喜欢。”

他坐在沙发边沿，从牛仔外套的口袋里掏出个小信封，递给蝶蛹。蝶蛹伸手过来拿的时候，温暖透明的大腿碰到了布伦南的腿，然后就顺势靠在了他的腿上。

“是一个黑便士，”他说道。而她则举起这个玻璃纸信封，对着光看。“世界上第一枚邮票。保存得极好，像是全新的。这种品相很罕见，所以很有价值。上面的肖像是维多利亚女王。”

“很不错。”她神秘地微笑着，“我不会问你是从哪里得来的。”

布伦南微笑回应，没有说话。他知道她完全明白这是从哪里得来的。他是问幽灵要的，当时他们在清点她从金福的保险柜里偷来的稀有邮票。在百变王牌日的早些时候，她也是从这个保险柜里拿走了金福的日记。布伦南没有在那本日记里找到他想要的东西，幽灵对此也表示很遗憾，所以他开口要邮票时幽灵爽快地给他了。

“嗯，我希望你喜欢。”布伦南站起来舒展身体。蝶蛹把信封放在卡牌上。这一天很漫长，他也很疲惫。他走到蝶蛹挂着帷幔的四柱床旁边，拿起床头柜上爱尔兰威士忌的雕花酒瓶。这是她为他准备的。他看了看，皱起眉头，然后放下了。他走回沙发。

她柔软的身体向前伸展，覆盖住了他的身体。他沉浸在她性感的麝香味香水中，看着血液在颈动脉中涌动。“不想喝酒了?”她轻声问道。

“瓶子是空的。”

蝶蛹向后靠了一点，盯着他质问的双眼。

“你只喝苦杏酒。”这是个陈述句，不是在询问。她点点头。

布伦南叹了口气。“我第一次来找你的时候，只想要得到信息。我不希望我们之间有什么私人关系。是你先开始的。如果我们的关系要继续，要有意义，那么我必须是唯一一个上你床的人。我就是这样的。只有这样我才能和你在一起。”

蝶蛹盯着他看了几秒钟，然后才回答。“我跟谁睡觉与你无关。”她慢条斯理地用英式口音说道，以布伦南对语言的敏感度，他知道这口音是装的。

他点点头。“那我还是走吧。”他站起来转身。

“等一下。”她也站起来了。他们四目相对了很久，然后她开口了，声音里带着安抚。“至少喝一杯再走。我下楼把酒加满。你喝一杯，我们……我们可以聊聊。”

布伦南很疲惫，而且鬼牌镇的其他地方他都不想去。“好吧。”他轻声说。蝶蛹裹上一件丝绸和服，上面的图案像是奔腾的马，她走的时候留下一个微笑，不算神秘，反而有些害羞。

布伦南在房间里踱步，盯着蝶蛹房间墙面上的各种古董镜子里自己的模样。他告诉自己他应该出去，独自离开，但是蝶蛹在床上床下都是个迷人尤物。他知道他需要她的陪伴，还有她的爱，这一点他也承认。

他上一次允许自己爱一个女人还是在十多年前，但在到达鬼牌镇之后，他逐渐发现有些情绪不受控制地涌上心头。他不可能只靠仇恨活着。他不知道是否会像爱死于金福之手的法越混血妻子那样爱蝶蛹。他甚至不愿意在追踪金福的同时爱上任何人，但是尽管他目标明确，尽管他在修炼禅宗，他想要的和真正发生的常常完全不同。

站在蝶蛹的卧室里，周围一片寂静，他刻意不去想他的过去。漫长的几分钟过去之后他才意识到蝶蛹早该回来了。

他皱起眉头。蝶蛹不太可能会在水晶宫殿里出事，但是他习惯性的谨慎救过他太多次，多到数不清，所以他还是拿起弓去找她。要是他在黑暗中撞到她那就太蠢了，但他以前也不是没犯过蠢。总比死掉好，那种感觉他近距离地体验过，不怎么喜欢。

蝶蛹不在三楼走道上，也不在通向楼下酒吧的楼梯上，但是他蹑手蹑脚地下楼时听到有人在低声说话。

他抽出一支箭，搭在弦上，盯着酒吧后门和楼梯的交界处。他咬紧牙关，谨慎点果然是对的。

蝶蛹站在几乎横贯整个酒吧的抛光木吧台前面。威士忌酒瓶还是空的，被她遗忘在了吧台上。她双手抱胸，下巴收紧，嘴唇紧紧抿着。

两个男人一左一右站在她旁边，还有一个坐在吧台前面的桌子旁，面对着她。吧台上方的灯光太过暗淡，布伦南看不清细节，但是这几个人都长着不好惹的面孔。面对着她的那位在桌面上敲击手指，旁边放着把手枪。

“好了，”他声音轻柔但危险，“我们只是想要点信息。仅此而已。我们不会说是从哪里搞到的。”他靠在椅背上。“很快，战争就会爆发，但是我们不知道该打谁。”

“但是你觉得我知道？”布伦南听出蝶蛹慢悠悠的声音里带着怒气，也听出了怒气背后的恐惧。

坐着的男人微笑起来。“我们知道你知道，宝贝。鬼牌镇这个垃圾地方的所有事情你都知道。我们只知道有人整合了那些小破帮派，组成了一个叫影拳会的东西。他们进入了我们的领地，带走了我们的客人，抢了我们的利润。不能再这样下去。”

“就算我知道是谁，”蝶蛹着重强调了“就算”两个字，“你也付不起价钱。”

桌边的男人摇摇头。“你不懂，”他说，“这是战争，宝贝。闭口不言的代价你可付不起。”他敲击桌面，让她好好想想他的话。“索尔，”过了一会儿他才开口，对着站在蝶蛹右边的男人点点头。“我在想她这身著名的隐形皮肤是否会留疤。”

索尔思考了一下这个问题。“试试看就知道了。”他终于开口了。

布伦南听到了刀出鞘的声音，看到了刀锋闪烁的光芒，然后索尔冲着蝶蛹的脸挥舞着刀，她向后缩，后背靠上了吧台。她张开嘴想尖叫，但是左边那个男人伸出戴着手套的手捂住了她的嘴。

索尔大笑，就在此时，布伦南起身放箭，直插索尔的背部，箭的冲击力带着他飞过吧台。除了蝶蛹，大家都不知道发生了什么。坐着的男人拿起手枪跳了起来。布伦南冷静地一箭穿过他的喉咙。抓着蝶蛹的那个暴徒在震惊之下冒出一连串污言秽语，然后慌乱地从外套底下的肩部枪套里掏出手枪。布伦南直接射穿了他的右前臂。他的枪掉在地上，人也转了个圈，他盯着插在手臂上的铝制箭杆嘟囔道：“天呐，啊，天呐。”他弯腰去捡手枪。

“你敢碰，”布伦南的声音从黑暗里传来，“我的下一支箭就会插在你的右眼上。”

暴徒明智地靠着吧台站好。他紧紧抓着流血的手臂呻吟。

布伦南走入吧台上方的夜灯投下的昏暗光线里。男人看着弦上搭着的箭，头子很锋利。

“他们是谁?”布伦南厉声问蝶蛹。

“黑手党。”她的声音里充满紧张和恐惧。

布伦南点点头，他的箭一直对着暴徒的喉咙，眼睛也没从他身上移开，后者则盯着箭尖。

“你知道我是谁吗?”

黑手党成员疯狂点头。“知道。你是那个自由民——弓箭杀手。我在邮报上读到过你好多次。”他被吓得不轻，一口气把知道的全说出来了。

“对。”布伦南说完，瞥了一眼原先坐在桌子旁的男人，他正蜷缩在地板上不断扩大的血泊中，脖子上戳出一英尺长的箭。索尔已不用检查，一箭穿心，准确无误。

“你是个很幸运的人，”布伦南继续用毫无生气的嗓音说话，“知道为什么吗？”

黑手党成员拼命摇头，然后看到布伦南不再拉弓，而是把弓放到了一旁，他才舒了一口气。

“必须有人去给我带信，告诉你的老板别再找蝶蛹麻烦，告诉他我的一支箭上写了他的名字，要是蝶蛹出了事，我会毫不犹豫地把这支箭送给他。你觉得你能做到吗？”

“当然，当然，我能做到。”

“很好。”布伦南伸手从后兜里掏出一张黑桃A递给暴徒，“这样他就知道你说的是实话。”

他拉过男人受伤的胳膊，将它拽直，然后把这张牌插在箭尖上，暴徒痛苦地呻吟着。

“这样，”布伦南咬牙切齿地说，“就能确保你不会把它弄丢。”

他突然用力一扯，男人的另一只胳膊插进了箭尖上。意想不到的尖锐疼痛让黑手党成员尖叫起来。他跪倒在地的时候布伦南掰弯了铝制箭杆，像个手铐一样紧紧环绕着他的两条胳膊。

布伦南抓着他站起来。男人因为恐惧和痛苦而啜泣，不敢看布伦南的眼睛。

“我再看到你，”布伦南说，“你就死定了。”

暴徒跌跌撞撞地走开，他痛哭流涕，还胡言乱语地抗议着。布伦南的目光跟着他走出前门，然后回到蝶蛹身上。

她看着他，眼神里满是恐惧，他确定，其中的一大部分是因为他。

“你还好吗？”他温柔地问道。“嗯……还好，我觉得还好……”

“你得回答很多问题，”布伦南说，“除非我们能把尸体处理掉。”

“对。”她重重地点头，突然间决心已定，再次掌控全局。“我打电话给埃尔默。他会处理的。”她直直看向他的眼睛。“我欠你一次。”

布伦南叹了口气。“你的人生里必须要充满着各种欠债和还债吗？”

她看起来有点吃惊，但还是点点头。“对，必须要，这是唯一的方式，能确保……”她的声音越来越小，然后转身绕过吧台，看着索尔的尸体，再次开口时语气已经完全不同了。“嗯，塔基扬邀请我去参加那个世界之旅。我觉得我应该答应他。能接近那些政客，肯定会得到各种消息。而且如果黑手党和金福的影拳会要有一场大战，”——她第一次看向他的眼睛——“我在别的地方会安全一点。”

他们互相凝视了很久，然后布伦南点点头。

“我该走了。”

“你的威士忌？”

布伦南长叹一口气。“不用了。”他看着脚下的尸体，“酒会带来回忆，今晚我不需要。”他又看着她。“接下来的几个星期里，我……不会露面。在你离开之前我大概都不会来见你。再见，蝶蛹。”

她看着他离开，水晶一样的泪水在透明的脸颊上闪烁，但是他没有回头，没有看见。

Ⅱ

扭龙酒吧坐落于鬼牌镇和唐人街模糊的交界处上的某个位置。布伦南在街头的探子告诉他丹尼·毛经常出现在这个酒吧，这个男人在影拳会里的位置相对较高，而且据说负责招募。

布伦南盯了门口一会儿，旋转的雪花飞过他黑色的牛仔帽边缘，落在他浓密的胡子上，侧面的长胡子上也沾了一些。数量可观的狼人——他们这个月戴的是理查德尼克松的面具——进进出出。他还看到了一些白鹭会成员，不过一般来说，这个唐人街帮派都很挑剔，不愿意去经常被鬼牌光顾的酒吧。

他微笑着抚摸胡子边缘，这个姿势已经成了他的习惯。是时候看看他的计划是否是他认为的天才巧思，还是他更多时候认为的快速找死。

扭龙酒吧里很温暖，但布伦南猜测热量主要是来自于里面的拥挤人群，而非制热系统。他花了点时间才找到毛，跟布伦南的探子说的一样，他就坐在房间后面的一个卡座里。布伦南穿过人群，走向卡座，一路上躲开穿梭其中的服务生，跌跌撞撞的醉汉，还有大摇大摆的小混混。

一个金发姑娘坐在毛旁边，看起来有点嗨大了。他对面的长椅上挤着三个男人。其中一个是戴尼克松面具的狼人，一个是年轻的东方人，坐在中间的是瘦削苍白的年轻人，看起来很紧张。布伦南还没开口，一个街头混混走过来挡了他的路。

他体形精瘦，身高六英尺五或者六英寸，所以虽然布伦南穿的牛仔靴有一两英寸的小跟，但对方还是比他高不少。他穿着脏兮兮的皮裤，过大的皮衣，上面挂着各种链子。刺猬似的头发让他显得高了几英寸，脸上红黑色的伤疤让他显得凶狠了几分，还有一根骨头——布伦南意识到是人类的手指骨——刺穿了他的鼻子，也给他增添了霸气。

散落在他脸颊、额头和下巴上的疤痕是食人猎头者的标志，这个帮派曾经也是街头一霸，但后来布伦南杀掉了他们的首领，一个名叫伤疤的王牌，这个帮派也就解体了。伤疤死后，那些在血腥权力争斗中活下来的帮派成员大部分都被吸引到了其他犯罪组织，比如影拳会。

“你想干什么?”猎头者的声音太像笛声，毫无气势，但是他已经尽力了。

“见见丹尼·毛。”布伦南声音轻柔，语速缓慢，他清晰地记得童年时别人就是这么说话的。猎头者弯下腰，透过嘈杂的音乐、疯狂的笑声和几百个不同的对话，才听清楚布伦南的话。

“找他干什么?”

“干什么不关你事，年轻人。”

布伦南眼角余光看到卡座里的对话已经结束了，所有人都看着他们这里。

“我觉得关我的事。”猎头者咧嘴一笑展示出门牙，他自认为这样很凶狠。布伦南大笑起来。猎头者皱起眉头。“笑什么，混蛋?”

布伦南继续笑，同时抓住猎头者鼻子里那根骨头，向外一拉。猎头者惊叫起来，伸手去够他被扯下的鼻子，此时布伦南又踢了他的胯部。他上气不接下气地喘息着倒在地上，布伦南把从他鼻子上扯下的血淋淋的骨头扔在了他蜷缩一团的躯体上。

“笑你。”布伦南回答道，然后他坐在了金发姑娘旁边，后者震惊地盯着他看。对面坐着的三个人中有两个想站起来，但是丹尼·毛挥挥手，他们又坐下了，相互低声交谈，然后盯着布伦南。

布伦南把帽子拿下来，放在他面前的桌子上，然后看着丹尼·毛，后者明显饶有兴趣地回看他。

“你叫什么名字?”毛问道。

“牛仔。”布伦南轻声回答。

毛拿起他前面的玻璃杯，抿了一口。他看布伦南的样子就好像他脸上有奇怪的虫子，然后皱起眉头。“你说真的?我从来没见过中国牛仔。”

布伦南笑了，内眦赘皮是塔基扬医生帮他做的，他的手术技巧非常高超，再加上他粗硬的黑头发和深色皮肤，如他所料，他现在看起来像东方人。略微调整的五官，新长出的胡子，加上他西部的说话方式和着装，全都帮助他构建出简单却有效的伪装。这瞒不过认识他的人，但他也不会遇上那些人。

布伦南觉得这个伪装的讽刺之处在于，除了眼睛是塔基扬帮忙调整过的之外，所有其他部分都是真的。他的父亲以前喜欢说布伦南是爱尔兰人、中国人、西班牙人、各种印第安人，还有典型的美国人。

“我的亚洲先祖们帮忙建造了铁路。我出生在新墨西哥，但觉得在那里太受限制。”这也是真话。

“所以你到大城市来寻求刺激？”

布伦南点点头。“不久之前。”

“找了不少刺激，所以现在必须用假名？”

他耸耸肩，没说话。

毛又喝了一口酒。“你想怎么样？”

“街上有些传言，”布伦南浓厚的兴趣被掩盖在慢吞吞的西南部口音中，“说你们的人要和黑手党开战。你们已经打击过他们一次了——两个星期前，皮切蒂在自家餐厅里吃晚饭时，一个隐形王牌用冰锥刺穿了他的耳朵。这明显是影拳会干的。黑帮毫无疑问会反击，所以影拳会需要更多战士。”

毛点点头。“那我们为什么要雇用你？”

“为什么不呢？我能照顾好自己。”

毛瞥了一眼他先前的保镖，后者现在弓着背跪在地上，额头贴着地板。“有道理，”他思考着，“但我想知道你的承受力怎么样？”他看着挤在对面椅子上的三个人，布伦南这时才仔细观察他们。

狼人坐在外面，一个东方人坐在里面，他可能是无尘白鹭会的，被他们夹住那个，看起来不太像街头混混。

他瘦小苍白，双手看起来柔软无力，深色的眼睛很明亮。很多街头暴徒眼睛里都有疯狂的色彩，但是布伦南第一眼看到他就知道这个人不仅是有些神经质而已。

“这几个人，”丹尼·毛说，“要去执行一个任务。你愿意跟他们一起吗？”

“什么样的任务?”布伦南问道。

“如果你一定要问，那你可能不是我们需要的那种人。”

“可能吧,”布伦南微笑着,“我只是比较谨慎。”

“谨慎是个可敬的特点,”毛直白地说，“忠诚和服从上级也一样。”

布伦南戴上帽子。“好吧。我们去哪儿?”

坐在中间的苍白男人大笑起来。声音听起来让人不舒服。“停尸房。”他开心地说。

布伦南挑起一边眉毛看着毛。

毛点点头。“死人头说得没错，去停尸房。”

“你有车吗?”狼人问布伦南。他的声音从尼克松面具后面传来，有些含糊。

布伦南摇摇头。

“那我必须去偷一辆了。”狼人说。

“然后我们就可以去免下车窗口啦!”那个叫死人头的男人激动地说道。他旁边的亚洲人似乎有些厌恶，但并没有说什么。“我们走!”死人头推着狼人，催他离开卡座。

布伦南的眼神飘向毛，发现对方正在仔细观察自己。

“络腮胡,”毛冲着狼人点点头,“是负责人。你需要知道的事情他都会告诉你。你还在观察期，牛仔，小心点。”

布伦南点点头，跟着奇怪的三人组走上街头。狼人转身看向布伦南。

“我是络腮胡,”他用模糊不清的低沉声音说道,“这是死人头，丹尼已经说过了。这个是懒龙。”布伦南冲东方人点头，然后意识到先前对他的评估有误，他不是白鹭会的，因为没有穿白鹭会的标志颜色，他的行为表现也不像帮派成员。他很年轻，大概二十出头，个子不高，五英尺六或者七英寸，身材瘦削，裤子松松垮垮地挂在胯上。

他的脸是椭圆形，鼻子略有点大，头发偏长，随意地梳了一下。他缺乏街头混混那种好斗的态度。而且正好相反，几乎像是随时沉浸在忧郁的思绪中。

络腮胡让他们在街角等待。懒龙沉默不语，但是死人头说个不停，其中大部分都是胡言乱语。懒龙完全不关注他，布伦南过了一会儿之后也开始无视他，但对死人头来说似乎没什么区别。他一直在啰嗦，而布伦南尽可能不去理他，然后死人头从肮脏的夹克口袋里掏出一瓶药片，各种形状，颜色各异。他倒了一把在手上，扔进嘴里，大声地咀嚼吞咽，然后看着布伦南。

“吃维生素吗?”

布伦南不知道死人头是想请他吃，还是只是在询问他是否吃过。他随便点点头，便看向别处。

络腮胡终于开着车出现了。那是一辆新型的深色别克车。布伦南钻进前排，把后排留给死人头和懒龙。

“悬架很棒，开起来够顺畅。”络腮胡开车的时候评论道。布伦南看向后视镜，发现懒龙点了个头，伸手从口袋里拿出一把折叠刀和一个柔软的白色东西，看起来像是肥皂。他打开刀，开始削。

死人头还在滔滔不绝，但没有人在听。络腮胡开得很顺畅，一路上用他含混的声音咒骂着坑洼、信号灯和其他司机，还时不时瞥向后视镜，关注着懒龙用他那双精妙娴熟的手小心地雕刻着那块肥皂。

布伦南不知道停尸房在哪里，也不知道它长什么样子，但是他们最后停在了一个令人生畏的阴森建筑前面，相当符合他的预期。

“到了。”络腮胡多此一举地宣布。他们盯着这建筑看了一会儿。“看起来还挺忙碌的。”这个多层建筑上有些房间亮着灯。就在他们观察的这段时间里，时不时有人从主入口进出。

“准备好了吗?”络腮胡看着后视镜低声说道。

“快了。”懒龙说的时候没有抬头。

“准备好什么?”布伦南问完，络腮胡就转头看他。

“你要带死人头进入他们存放长期尸体的房间。在地下室。然后交给死人头就可以了。龙会先进去侦查。如果出了岔子，你是我们的武力担当。”

“你呢?”

络腮胡可能在面具之下笑了，但是布伦南不确定。“既然你来了，我就只需要在车里等。”

布伦南不喜欢这种情况。他不喜欢这样做事，但很显然这是在考验他。他也显然别无选择，于是他继续询问。

“我们要找什么?”

“死人头知道，”络腮胡说完，布伦南听到后排传来令人不安的傻笑，“龙知道总布置图。你只要把干扰我们的人都搞定就行了。”他再次看向后视镜。“准备好了吗?”

懒龙抬起头。“好了。”他冷静地回答道，然后把刀折叠起来，收好，挑剔地审视着他刻出来的东西。布伦南又困惑又好奇，于是转过身想看清楚，那是一只逼真的小老鼠。懒龙仔细观察，然后点点头，像是满意了。他把它放在大腿上，自己则舒服地坐在位置上，闭上了眼睛。一时间好像什么都没发生。但是突然间龙的身体瘫了下去，像是睡着了，或者昏迷了，此时这个雕像开始动起来。

尾巴甩起来，耳朵竖起来，然后这个小东西开始伸展，一开始是慢动作，然后越来越流畅。伸展完之后它开始整理自己的毛发，然后从龙的大腿跳上了驾驶座的上部。布伦南盯着它，它也盯着布伦南。这他妈的是个活生生的老鼠。布伦南扫了一眼懒龙，他似乎是睡着了，然后又看着络腮胡，他透过尼克松面具冷漠地看着这场景。

“不错的把戏。”布伦南慢悠悠地说。

“还行吧，”络腮胡说，“你带着他。”

懒龙雕刻的小玩意似乎被他附身了，爬上了布伦南的肩膀，快速跑过他的胸口，钻进了背心口袋。他的小爪子抓着口袋边沿探出头来观察。布伦南心里觉得这不是一般的奇怪，但是他有种预感，事情会越来越奇怪。

“好，”他说，“我们走吧。”不管是要去做什么。

他们通过侧边一个没上锁的服务人员出入口进入停尸房，然后来到通向地下室的楼梯。懒龙从他口袋里出来，跑过他的背心和腿部，快速沿着他们身处的昏暗走廊向前跑。死人头想跟上去，但是被布伦南拦住了。

“先等老——懒龙回来。”

死人头眼光闪烁，他现在比往常还要紧张不安，拿出药瓶的时候手一直发抖。他吞下了一把药片，其中几个胶囊从手上滑落，掉在水泥地上，发出不小的声响。他咧着嘴疯狂地笑起来，嘴角不停抽动，让人看着就难受。

搞什么鬼？布伦南心想。我怎么会跟一个疯子还有一个肥皂雕出来的活老鼠一起待在停尸房走廊里？

布伦南还没给这个烦人的问题想出一个满意的答案，懒龙就惊慌地跑回来了，他小小的四肢快速移动，就好像世界上最饥饿的猫正在追他。

他停在布伦南脚边，兴奋地跳动着。布伦南叹了口气，弯下腰，伸出手。懒龙跳上了他的手掌，布伦南蹲着，把手抬到脸前面。

懒龙坐着，机警的眼睛闪烁着智慧的光芒。他小小的右前爪在喉咙前面动个不停。布伦南再次叹气。他讨厌猜词游戏。

“什么意思？”他问道，“危险？走廊上有人？”

老鼠激动地点头，抬高了爪子。

“一个男的？”老鼠再次点头，“有武器？”老鼠的耸肩非常像人，看上去不太确定。“好吧，”布伦南放老鼠下去，然后站起来。“跟我来。”他转身对死人头说。“你在这里等着。”

死人头紧张兮兮地点头，然后布伦南顺着走廊向前，懒龙跟在他后面跑。他对死人头没什么信心，不知道他在行动当中担当怎样的角色。太难办了，他心里想，你最可靠的伙伴是一只老鼠。

走廊拐弯的地方有一把金属折叠椅，上面坐着一个男人，正在吃着三明治，读着一本平装书。布伦南靠近的时候他抬起了头。

“有什么事吗，兄弟？”他是个又胖又秃的中年人。他读的那本书是《王牌复仇者》第49期，伊朗任务。

“来送东西。”

男人皱起眉头。“这个事情我不知道。我是晚上的看门人。我们的快递一般是白天到。”

布伦南点点头，表示理解。“这是一份特别的快递，”他说。等到他们靠得足够近时，他从背心下面绑着的刀鞘里抽出一把匕首，尖端轻抵看门人的喉咙。后者的嘴因为惊讶张成O形，书也掉在了地上。

“天啊，先生，你要干什么？”他轻声问道，像是被人掐了脖子，这样才能尽可能地不移动喉咙。

“长期储藏室在哪里？”

“那边，从那条路走。”看门人用眼神示意，身体的其他部分像木头一样僵硬。

“去找死人头。”

“我不认识叫这个名字的人。”胖子恳求道，额头上冒出了汗珠。

“我不是跟你说话，我在跟老鼠说话。”

“上帝啊。”看门人开始语无伦次地祷告着，他现在确定布伦南是个想要杀了他的疯子。

布伦南耐心地等待着懒龙把死人头带过来。

“这一层还有别人吗？”他拿着匕首的手腕微微用力，催促看门人站起来。后者立马明白了他的意思，站起来了。

“没有，现在没人。”

“没有守卫？”

看门人似乎想要摇头，但是脖子上的刀锋阻止了他的动作。“不需要。很久没人闯进停尸房了，呃，好多个月都没有了。”

“好。”布伦南把匕首从看门人的喉咙上移开一点，明显能看出来后者放松了。“带我们去储藏室。安静点，别想捣乱。”为了强调，布伦南用匕首尖端碰了碰看门人的鼻子，对方小心翼翼地点点头。

布伦南蹲下来摊开手掌，懒龙爬了上去。他把老鼠放在背心口袋里，看着看门人目瞪口呆的样子，强行压下笑意。他似乎是想问布伦南一个问题，但是觉得最好还是别问。

“这边。”看门人带路，死人头、布伦南还有从口袋里向外窥探的懒龙跟在他身后。

看门人拿钥匙开门让他们进去。这个房间阴暗寒冷，气氛压抑，墙边摆放着从地面到天花板的停尸柜。城市里所有没人认领或者无法辨认的尸体在被寒碜地掩埋掉之前都先存放在这里。

他们进入房间之后，死人头神经兮兮的笑容扩大了，他不停地跳动，抑制不住心中的兴奋。

“帮我找到它！”他命令，“帮我找到它！”

“什么？”布伦南问道，他是真的不明白。

“尸体。格鲁伯肥胖冰凉的尸体。”他眼神狂乱地看着柜子，沿着墙壁高兴地上蹿下跳，令人毛骨悚然。

布伦南皱着眉头推着看门人向前，开始查看对面的墙壁。柜门上的金属支架上插着铭牌，但大部分写的都是编号，只有几个有名字。

“所以，你们在找的就是这个？”

温顺的看门人站在布伦南前面，回头帮忙。布伦南走到他旁边。他指着的柜子是从地面向上数第三排，腰部高度。名牌上写的是莱昂·格鲁伯，9月16日。

“找到了。”布伦南轻声说道，然后死人头立马跑过来。布伦南心想，肯定是尸体上有某种讯息，只有死人头才能破译。也许这个格鲁伯用身体做容器走私了什么东西进入这个国家……但是显然，他想到，停尸房的工作人员没有发现。

“这个尸体在这里有一段时间了。”布伦南评论道。而死人头则打开柜门，拉出尸体所在的可伸缩台子。

“是的，没错，就是他，”死人头盯着盖在尸体上的脏兮兮的布，“他们用了点手段。用了点手段让它一直存放在这里直到我……直到我出来。”

“出来?”

死人头把布掀开，格鲁伯的脸和胸口露了出来。他是个年轻的胖小伙，看起来柔软苍白。布伦南还没在其他尸体上见过他脸上定格的那种恐惧和惊骇。他的胸口因为弹孔而起皱，看起来是小口径的子弹。

“对，”死人头说话时眼睛一直看着格鲁伯瞪圆的无神双眼，没有抬起来。“我之前在监狱里……其实是医院。”他不知道从身体的哪里弄出一把闪光的小型钢锯。他的嘴唇时不时地抽搐痉挛，嘴角还流下一串唾液，划过下巴。“因为虐待尸体。”

“这个尸体我们带走吗?”布伦南抿紧嘴唇问道。

“不用了，谢谢，”死人头欢快地说，“我就在这里吃。”

他开始锯格鲁伯的头骨，刀片轻松切开骨头。布伦南和看门人惊恐地看着，顶部的头骨被切掉之后，死人头带着疯狂和莫名鬼祟的愉悦，从格鲁伯的大脑里挖起一团，塞进嘴里。他大声地咀嚼着。

布伦南感觉到懒龙钻进了口袋。看门人吐了，而布伦南紧紧抿着嘴，用尽所有自控力，对抗着快要喷涌而出的恶心感觉。

Ⅲ

布伦南用他的手帕堵住了看门人的嘴，还用懒龙在储藏室角落找到的包装胶带缠住了他的手腕和脚踝。这些都是他一个人做的，因为死人头狼吞虎咽地吃完格鲁伯的脑子之后就靠着墙坐下了，然后开始胡言乱语。布伦南处理完看门人之后就拖着嘟嘟囔囔的疯子走出了储藏室。布伦南希望懒龙能告诉他这一切是怎么回事。

“进展如何？”布伦南打开别克车后排车门，把死人头推进去时，络腮胡问道。布伦南砰地关上后门，坐上副驾驶位置，然后才开口回答。

“我觉得，还好。死人头吃了份零食。”

络腮胡点点头，发动车子，驶离了路边。懒龙从布伦南的口袋里爬出来，在车座椅上保持保持平衡，然后跳到人类躯体的大腿上，过了一会儿，这具躯体打着哈欠醒来，伸了个懒腰。老鼠则像过分好奇而后变成盐柱的罗得之妻一样，变回了肥皂。

“情况如何？”开着车的络腮胡瞥了一眼后视镜，再次含混地问道。

懒龙把老鼠雕像放进夹克口袋，点点头。“跟计划的一样。我们找到了尸体，然后死人头……进食了。牛仔干得不错。”

“很好。我们最好趁着死人头还在消化，把他带去见老大。”

“现在我们都是兄弟了，”布伦南慢悠悠地说，“也许可以告诉我这是什么情况。”

络腮胡冲着突然插到他们前面的司机翻了个白眼。“嗯……我猜是可以跟你说说。这个死人头，”他偷笑着，“是个王牌，算是吧。他吃掉脑袋之后就能获取那个人的记忆。”

布伦南做了个苦脸。“天啊。所以格鲁伯知道一些毛想知道的事。”

络腮胡点点头，然后加速，闯了个红灯。“我们是这么认为的。或者说我们是这么希望的。你看到了，丹尼·毛的老大叫渐隐，他想找一个自称幽灵的王牌。在她干掉格鲁伯之前，他一直帮她销赃。所以毛觉得格鲁伯可能会知道她的情况。于是就让我们拿走他的记忆，好追踪她。

布伦南噘起嘴，压下一个微笑。他知道的比这些人多。渐隐是金福手下的王牌之一，在百变王牌日时曾经试图抓住他和幽灵，但是失败了。幽灵还告诉他有人——不是她自己——在同一天杀了帮她销赃的人。

“为什么等这么久才去找格鲁伯的尸体？”布伦南问道。

络腮胡耸肩。“死人头之前在医院里。百变王牌日那天他在街上找到一具尸体，然后开始用他的方式处理，被警察抓住了，律师花了好几个月才把他弄出来。”

布伦南点点头，为了装出困惑的新人模样，他问了一个已经知道答案的问题。“为什么渐隐想找这个叫幽灵的？”

因为她在那个有史以来最疯狂的百变王牌日的早上拿走了金福的私人日记，布伦南心想，但是狼人显然不知道答案。他耸耸肩。“嘿，你觉得我像是渐隐的好知己吗？”

布伦南点点头。他不是个喜欢自省的人，或者说他尽量避免自省。过去的回忆对他来说总是充满伤痛，但9月份见过幽灵——珍妮弗·马洛伊之后，她就时常出现在他心头。想到的不仅是他们在百变王牌日当天一同冒险，不仅是两人之间轻松的友谊和勉强的信任，也不仅是她高挑健美的身材。布伦南想要打入影拳会，加入追捕她的队伍。这样的话如果拳头靠得太近，他也能有办法帮她。但他不能也不愿意承认这样做的原因。

不过，他心想，他们不可能借助格鲁伯的记忆找到她的踪迹。虽然幽灵从来没有跟布伦南提过她的销赃者的名字，但是她说过她不信任这个销赃者，甚至连真名都没告诉这个人。

车子在一片沉默中向前行驶。络腮胡终于靠边停车，在鬼牌镇中心的一个三层楼的褐色砂石建筑前面关上引擎。

“牛仔，你和懒龙帮一下死人头。他在消化的时候做不了别的。”

布伦南架着左边胳膊，懒龙架着右边，两人拖着他走过人行道，上台阶，来到褐色建筑的入口。络腮胡正和站在前厅里的一个白鹭会成员说话。他们从这两人身边路过，进入建筑内部。这里的一个白鹭会守卫对着内部电话简单说了几句之后让他们从楼梯上去。拖着死人头上楼梯就像是拖着一袋半凝固的水泥，但是络腮胡并没有过来帮一把。到了三楼，又一个白鹭会成员冲他们点点头。他们踏上一条铺着破烂地毯的走廊，然后络腮胡潇洒地敲响了尽头那扇门。一个男子气概十足的声音喊道：“进来。”络腮胡打开门走了进去，布伦南、懒龙和死人头跟在后面。

这是个装饰得很舒适的房间，跟布伦南看到的其他部分相比，这里算是奢华。一个三十多岁的男人站在存量丰富的酒水推车旁边，刚给自己倒了一杯。他长相帅气，身材匀称，衣着考究。

“情况如何?”

“挺好的，渐隐，很不错。”

布伦南没有认出他来。他上一次见到渐隐还是在百变王牌日，不过他一直是隐形的，后来幽灵用一个垃圾桶盖子猛砸他的头，他才昏倒在了街上。那时候布伦南忙着对付白鹭会，只匆匆瞥了几眼这个倒地的王牌。而渐隐显然也没有认出布伦南，毕竟当时他戴了面罩。

“这个人是谁?”王牌冲着布伦南的方向示意。

“新人，叫牛仔。他没问题。”

“最好是这样。”渐隐离开推车，坐上旁边的一把很舒适的椅子。“自便。”他冲着酒水挥挥手。

络腮胡迫不及待地走过去。布伦南和懒龙转过身，想把浑身瘫软、嘴里念叨着天花板和可卡因价格的死人头安置在椅子上，突然之间一阵可怕的爆炸巨响震动了整个建筑，连地基都在晃动。似乎是从屋顶传来的。

渐隐的酒洒在了他的西装上，络腮胡把酒倒在了酒水推车上，懒龙和布伦南扶着的死人头则跌倒在地。

“我的天呐!”渐隐一下子站起来，晃悠着走向门口，此时自动武器的噪声从楼下传来。

布伦南跟着渐隐，看到三个拿着乌兹冲锋枪的男人穿过他们在天花板上打出的洞下来了。恐惧让渐隐全身无力，动弹不得。布伦南则本能地扑倒了这个王牌，攻击者的紧凑型机关枪里打出的一连串子弹撞上了他们头上的墙壁。布伦南的肩部枪套里装着勃朗宁手枪，但他知道现在拿出来还击肯定来不及，他知道下一轮子弹肯定会把他打死。他咒骂把他带到这里、让他死在敌人之中的命运，同时伸手掏枪。

有个东西被扔了出来，悬在门厅中，是一张折叠得很复杂的小纸片。

布伦南还没掏出武器，攻击者还没发起新一轮攻击，空中突然闪过一阵光芒。那张纸变形了，长大了，成为一个活生生的老虎，它咆哮着冲出去，血红的眼睛炯炯有神，嘴里满是又长又尖的牙齿。

一轮子弹打中了它，但它没有停下来。它跳向走道另一头的三个男人，然后在它落下时，布伦南听到了骨头碎裂的声音。

布伦南跪下来，掏出勃朗宁来瞄准。懒龙用前爪压着其中一个男人，然后干净利落地撕开了他的喉咙。一时间血液四溅。此时另一个枪手慌了神，近距离对着懒龙胡乱扫射。布伦南手枪的瞄准红点出现在这个人的额头，然后他就被布伦南打中了，与此同时，老虎倒地，全身重量压在了第三个攻击者身上。

渐隐不见了。布伦南半蹲着，像个螃蟹似的穿过走廊，一枪结果了被懒龙压在身下、疯狂想要起来的那个枪手，然后跪在大猫旁边。它浑身是血，也许是它自己的，也许是周围被杀死的敌人的。布伦南也不确定，但是能看到它身上有很多弹孔，而且呼吸粗重。布伦南见过太多受致命伤的生物，所以他知道懒龙快死了。但他不知道该做什么，也不知道这对懒龙的人类躯体有什么影响。他同情地拍拍老虎，然后快速向前。

布伦南小心翼翼地来到二楼，谨慎地越过扶手观察一楼的情况，下面依旧响着自动步枪开火时咔哒咔哒的声音。

前厅的双开门是开着的。几个白鹭会成员被自动步枪打得血肉横飞，躺在大理石地面上。在布伦南的注视之下，突击队里几个活下来的成员不情愿地穿过前门的残骸撤退，同时跟白鹭会的守卫以及增援队伍交火。

不一会儿，这场对战就转移到了外面的街道，响亮的开火声在夜晚回荡。

布伦南站了起来。

“该死的南欧佬。”

他扭头越过右肩向后看。一双蓝眼睛，神经网络以及与之相连的结缔组织怪异地飘荡在距离地面 5.5 英尺的地方。眨眼之间，渐隐出现了，看上去有点狼狈，而且非常非常生气。

“黑手党干的?”布伦南问道。

“没错，牛仔。里科·科万罗的人。我在我们的档案里见过他们那些丑脸。”他停顿了一下，愤怒突然转变为感激。“我欠你一条命。你要是没把我扑倒，我就被他们打死了。”

布伦南耸耸肩。“如果不是懒龙出手，我们现在都会是一团碎肉。我们最好去看看他。他的老虎被打出屎了。”“没错。”

他们回到楼上。布伦南看到懒龙冷静地坐在渐隐房里的一把椅子上，顿时长舒一口气——然后又立刻生起气来，恨自己居然会这么在意。他们进房间的时候懒龙抬起头来。

“一切都好吗?”他问道。

“我不觉得，”渐隐依然怒气冲冲，“那些意大利混蛋就这样闯进来，差点把我解决掉了。”他愤怒地看着络腮胡，后者正不安地站在房间中央。“你为什么不来帮忙，你这蠢货鬼牌?”

络腮胡耸肩。“我——我以为得有人守着死人头——”

“跟我说话的时候把那个该死的面具拿下来!”渐隐气愤地命令道，“我受够了看着尼克松的脸说话。不管你有多丑，都不可能比这个面具更糟糕。”

懒龙饶有趣味地看着络腮胡，布伦南的手悄悄靠近他枪套里的勃朗宁。据说不戴面具的狼人会突然陷入狂暴的杀人状态，但是根据络腮胡之前的作为——或者不作为——就知道他不是狼人中比较凶狠的那种。他拿下面具，别扭地站在房间中央，不停地调整姿态。

他整个脸，除了眼球，全部都覆盖着浓密的黑色毛发。就连紧张地舔舐嘴唇的舌头上也有毛。布伦南想，怪不得他的声音那么含糊。

渐隐低声咕哝了几句，布伦南没有太听清，但是听到了“混蛋鬼牌”这个词，然后他就转过脸不再看狼人。

“我们必须走了。警察随时会过来。龙，你和络腮胡把那个疯子弄起来”——他示意仍然瘫在椅子上自言自语的死人头——“从后门出去。然后开车到前门来接我。牛仔，你跟我走。我必须快速评估一下损坏情况。”

龙站起来。布伦南在他面前停住，两人对视了好一会儿。布伦南突然觉得懒龙这个人有些奇怪，他身上藏着秘密，除了不得了的王牌能力之外还有其他深不可测的东西。但这个男人救了他们。

“幸好你身上有个老虎。”

龙微微一笑。“我喜欢手头有个后备计划。至少是比老鼠更致命的东西。”

布伦南点点头。“我欠你一条命。”他说。

“我会记住的。”龙转身去跟络腮胡一起扶死人头。

楼下有五个白鹭会成员的尸体，还有半打死掉的黑手党。活下来的白鹭会成员像发疯的蜜蜂一样吵吵闹闹。

渐隐直摇头。“该死。事件升级了。小妈妈会不高兴的。”

布伦南抑制住了突然涌出的兴趣，没在脸上表露出来。他什么都没说，因为他怕自己的声音会背叛自己。小妈妈，也就是苏伊·马，是无尘白鹭会的老大。如果渐隐算是金福组织里的中尉，那她至少也是上校。经过数月的调查，布伦南也只知道她是来自越南的华裔，60年代末期来到美国，嫁给了内森·周，他是街头小帮派无尘白鹭会的老大。这个帮派在她加入之后突然快速积累财富，但周并没有享受到多少好处。他于1971年神秘去世，死因不明。苏伊·马接管了他的帮派，并让它不断发展壮大。当时还在南越共和国军中担任将军的金福会通过这个帮派将海洛因运到美国。毫无疑问，苏伊·马在金福的组织中位置很高，毋庸置疑。

“警察到达之前我们必须分开，”渐隐说。他转身面对一个拿着英格拉姆冲锋枪的白鹭。“离开这个地方。带走所有文件和所有贵重物品。”

白鹭点点头，不太正式地行了个礼，然后开始用中文快速喊出命令。

“我们走。”渐隐一边说，一边小心翼翼地在尸体中穿行。

“去哪儿?”布伦南让自己的语气尽可能随意。

“唐人街，小妈妈那里。我们得把这里的情况告诉她。”

一辆闪亮的豪车靠边停下。开车的是络腮胡，死人头懒洋洋地坐在后面，旁边是懒龙。渐隐上车之后，布伦南也跟着上来，他兴奋不已，浑身都像上了发条。

他特意关注了络腮胡的行进路线，但当豪车驶入一个满是垃圾的肮脏小巷，停在摇摇欲坠的小车库前时，他却完全不知道身处何方。这块区域他很不熟悉，这让他不太高兴，虽然自控力很好，但他还是因此有些心烦意乱。他讨厌最近开始折磨他的无助感，但没有其他办法，只能咽下去，继续向前。

又戴上了面具的络腮胡和懒龙遵照渐隐的命令把死人头拖出车子。布伦南明白其中的深意。他知道自己在渐隐心中的分量重了一两级，这正是他所希望的。他越是接近金福的核心圈，就越容易摧毁整个组织。

靠近之后他发现那扇门不像看起来那么脆弱不堪。不仅上了锁，而且有守卫，但是渐隐敲门之后，守卫透过观察孔看了一眼之后就放他们进来了。

“苏伊·马正在睡觉。”守卫说。他是个高大的中国人，穿着传统的宽大裤子，系着皮质宽腰带和与之相配的束腰上衣。腰带上的枪套里插着手枪，跟他这一身古朴的装束非常不搭。布伦南心想，虽然苏伊·马为保证安全，做出了些妥协之事，但她还是极其重视传统的。

“她肯定想见我们，”渐隐冷酷地说，“我们在会客厅等着。”

守卫点点头，转向一个很现代的对讲系统，开始说中文，语速很快，布伦南没听懂。

建筑的外部有多破败，这间会客室就有多奢华。装饰的主题是中国的朝代。里面放着各种昂贵的小地毯，图案精美的屏风，雅致的瓷器，一对巨大的青铜寺院守护兽。柚木、乌木以及各种稀有木材制成的桌子上还放着许多明显价值不菲的小东西，象牙的、翡翠的，还有其他宝石和半宝石。布伦南心想，幽灵会很喜欢这个地方。

虽然这么多东西可能会显得过于夸张，但实际上整个房间的效果让人很舒服。这里就像个博物馆，其中的展品都来自一个眼光敏锐、品位绝赞的收藏家。

苏伊·马已经在等待他们了。她坐在占据了会客室一整面后墙的镀金椅子上揉着眼睛，想让自己从睡梦中清醒过来。她是个小个子，长着圆乎乎的肉脸，深色眼睛，长睫毛，头发乌黑发光。她看起来三十出头。她用粗短的手捂住嘴，打了个哈欠，皱着眉头看渐隐。

“最好是重要的事情。”她不悦的眼神扫过死人头和他的同伴，然后好奇地落在布伦南身上。她英语说得很好，只带一丁点法国口音。

“是很重要。”渐隐向她保证道。他说了黑手党袭击褐色砂石建筑的事。他说的时候，一个年轻女性端着餐盘走进来，给她倒了一杯茶。苏伊·马听着渐隐的故事，抿了口茶，然后眉头皱得更紧了。

“绝对不能容忍这种事情，”他说完之后她评论道，“必须给那些好像从漫画书里走出来的罪犯上一课，让他们永世不忘。”

“我同意，”渐隐说，“但是，我们的间谍说科万罗回汉普顿了。那里有黑手党守卫最森严的据点。光是墙就有两层，一层在外面，装着武器，包围整个据点，一层在里面，是电网，保护主建筑。而且就算是进去了，科万罗身边还跟着一群全副武装的黑手党暴徒。”

苏伊·马冷酷地盯着渐隐，布伦南看到了她近乎纯黑的眼睛里残酷无情的力量。

“影拳会也有武器。”她说。

渐隐快速点头。“我同意，但是不能把资源用在这种无谓的报仇上。再说，这样的袭击会吸引当局的注意，这不是我们所希望的。”

苏伊·马抿了一口茶，然后冷冷地看着渐隐，沉默的气氛让人不安。布伦南看到了他的机会。

“原谅我插嘴，”他慢吞吞地轻声说道，“但要是那个地方不欢迎很多人同时去，一个人总还是可以去的。”

渐隐皱着眉头面向他。“什么意思？”

布伦南抱歉地耸肩。“一个人出击有时候比大规模行动更有用。”

布伦南感觉到苏伊·马的眼神盯着他。“这个人是谁？”她问道。

“他名叫牛仔，”渐隐的声音里有些烦乱，“是新来的。”

苏伊·马喝完了茶，把杯子放上餐盘。“听起来他好像挺有脑子的。跟我说说，”这是她第一次直接跟布伦南说话，“你是想自告奋勇承担这个任务吗?”

他恭敬地鞠了个躬。“是的，夫人。”

她满意地笑了。他就知道她会喜欢这种恭敬的姿态。

“会很危险，非常非常危险。”渐隐谨慎地提醒道。

苏伊·马的目光移动到他身上。“复仇的时候，”她说，“永远别想着危险。”

布伦南想要微笑，但是忍住了。看来苏伊·马和他自己的性格很像。

Ⅳ

西十三街直升机机场寒冷彻骨。冷风像鞭子一样刷过布伦南身上沾着污渍的连体裤。假扮成机械师的他在直升机旁边耐心等待，透过身边环绕的机油味，能勉强闻到雨雪欲来的味道。

布伦南很擅长等待。他之前花了两天两夜躲在科万罗位于南汉普顿小镇的宅邸对面观察他。显然，在黑手党和影拳会交战期间，科万罗选择的是谨慎而非勇气，所以他藏在了地下。保护他的有一群身负重型武器的黑手党暴徒，外加能抵挡一切局部袭击的墙体。唯一能够进出的车辆是给他和他的下属运送补给的，但就连这些车子也要在前门停下来，接受彻底检查。

还有一种方式可以进去，就是通过豪宅顶部的直升机停机坪。布伦南看到过科万罗的直升机每天都进进出出好几次，运送看起来很贵的女人和穿着深色西装的男人。布伦南用长焦镜头拍下了这些男人，然后发现是其他家族的高级别成员，而那些女性显然是应召女郎。

他的侦查已经结束了，现在他所在的直升机机场就是科万罗的直升机在曼哈顿的基地，他在耐心等待。他觉得，既然不能穿过科万罗的墙，那就从上面越过。坐着科万罗自己的直升机。

夜幕降临，飞行员带着三个穿着皮毛大衣还是浑身哆嗦的女性走了过来。直升机旁边没有别人了，布伦南靠近他们的时候，飞行员放下了通往客舱的梯子。第一个妓女想爬上去，但是发现穿着高跟靴子很难爬上金属梯。

这简直太容易了。布伦南猛击了飞行员，他踉跄着向后，撞上了直升机的机身，然后摔倒在地。抓着他胳膊的女孩也跟着晃动，她的手臂胡乱挥动。布伦南一只手扶住了她的屁股，帮她保持住了平衡。

“嘿!”她抱怨道，既是说布伦南的手，又是说他对飞行员的袭击。

“计划有变，”布伦南告诉他们。“回家去。”

她们将信将疑地看着他。站在梯子上那个开口了。“还没付钱呢。”

布伦南摆出他最棒的笑容。“你也还没被杀死呢。”他掏出钱包，抽出里面的全部现金，“打车的钱。”他把钞票递出去。

三个人看看彼此，然后看布伦南，然后又看彼此。梯子上那个爬下来，在寒风中瑟缩着，嘟嘟囔囔地走开了。另外两个也跟着她走了。

布伦南把飞行员拖进直升机客舱。他已经昏迷了，但是脉搏依然强而有力。布伦南盯着他看了一会儿。这个男人对他来说什么都不算，甚至不是敌人。他只是个刚好挡路的人而已。布伦南从连体裤里掏出一团粗绳，绑住他，堵上他的嘴，然后把他丢在了客舱的底板上。他脱掉肮脏的连体裤，揉成一团，扔在角落里，然后钻进驾驶舱，坐在了飞行员的位置上。

“我走了。”他对着空气说，但是在特定频率上的那些人听到了，也各自启程前往南汉普顿。

布伦南有十年没开过直升机了，而且这个算是商用型而非军用型，不过很快，曾经的技能就回来了。他发起请求，接收到起飞许可，然后严格遵守他在机舱里找到的剪贴板上写的飞行计划，很快他就驾驶着直升机离开了闪烁着数百万璀璨光芒的纽约城。

在这样寒冷清朗的晚上飞过长岛，他的心里充满了新鲜纯净的感觉。但是科万罗亮着灯的私人停机坪很快出现在下方。就在他尝试着像羽毛般轻巧地降落时，一个拿着突击步枪的守卫向他挥手了。布伦南叹了口气。他从脑海里清除掉夜晚带来的纯净感觉，是时候继续工作了。

守卫闲庭信步地走向直升机。布伦南等到他只有几步之遥时才探出驾驶舱窗户，用消音的勃朗宁打中他的额头。没有人看见他穿过屋顶上的门进入豪宅，没人看到他轻快地走过一个个房间，像一个阴魂不散的幽灵一样安静且目标明确。

他在图书馆里找到了科万罗，这里有一排又一排没有读过的书，都是豪宅的室内设计师买的，因为这些书脊搭配起来很好看。布伦南在渐隐的档案里见过这位黑手党老大的照片，他正和一个副手一起打台球，旁边安静地站着一个明显是保镖的人。

一个简单的反弹球，但是科万罗没有打中，他咒骂了两句，然后抬起头来。看到布伦南之后他皱起了眉头。“你他妈的是谁?”

布伦南没说话，举起枪打死了还没反应过来的保镖。科万罗的尖叫声响起，音调莫名的高，然后副手拿着球杆挥向布伦南。布伦南一个下蹲，躲开了，接着连开三枪，全都打中副手胸口，他跌倒在球台上。正跑向门口的科万罗也被布伦南开枪打中后背。

布伦南走到科万罗身边时他还没死，眼神里带着恳求，还想开口说话。布伦南想要一枪爆头，结果他的性命，但是没有这么做。他有命令在身。

他从后兜里掏出一个尼龙袋子，然后从腰上系着的刀鞘里抽出一把刀，比他惯常携带的那把长不少，也重一些。

现在时间紧迫。科万罗的尖叫声肯定会引来房子里的其他人，很快就会有暴徒赶到这里。他弯下腰，将死的黑手党老大看到布伦南手里的刀，恐惧地闭上眼睛。

这个男人不是他的敌人，但是他的死对社会来说也算不上什么损失。话虽如此，但是当他切开科万罗的喉咙，使劲用刀锋划开脊髓时，布伦南还是忍不住觉得他应该干净利落的死，没有人应该以这种方式死去。

他抓着科万罗的油头，拎起了那颗脑袋，然后扔进了尼龙袋子。他快速穿过走廊，打算前往通向屋顶的门，回到等待着的直升机上。他动作迅速轻巧，但还是被看见了。

一个黑手党士兵端起枪来一阵疯狂扫射，并且大声呼喊同伴。子弹离布伦南很远，但他意识到自己已经暴露了行踪。于是他加快脚步，迅速跑过走道，上楼。此时他正巧遇上一群人，他不知道这些人是谁，对方也一脸吃惊，像是对目前的混乱局面很是困惑。他一边向前跑一边打空了勃朗宁的弹夹，他们没有丝毫抵抗就四散逃开了，但是追兵却越来越近。

他脚步不停，同时冲着看不见的听众大喊。“包裹我拿到了，正准备回家。我需要援军。”他从背心里掏出个东西，扔在地毯上，然后向前跑。

一个形状精巧复杂的折纸从他手上掉落。他没有回头，但是听到了大猫的吼叫声，在密闭的走道里响得可怕，混合着枪声和惊恐的男人的尖叫声，不断地回荡。

飞回沙福克县机场的航线并没有经过任何许可，这趟旅程本身也算不上精彩，毕竟副驾驶位置上放着一个还在渗水的肮脏黑袋子。

渐隐和络腮胡在机场等他，旁边还停着辆豪车。

“情况如何?”

“按计划进行。”布伦南拿出袋子，络腮胡接了过去。

渐隐点点头。“找个毯子之类的把它裹起来，然后放在后备箱里。”络腮胡走开的时候渐隐看到了布伦南眼神中的厌恶。他耸耸肩。“嗯，我有时候也觉得恶心。但死人头是个有用的工具。想想他能从科万罗的脑子里挖掘出多少信息。”

“我以为死人头是在处理另一个问题，”布伦南随意地说道，“名叫幽灵的王牌?”

“哦，那个?”渐隐挥挥手，“搞定了。幽灵显然并不怎么喜欢格鲁伯，连真名都没告诉他。但是有一次说漏嘴，提到了她的生日。而且死人头挺擅长素描的——很难想象他居然会有真实人类的特性。我们在很多政府部门里都有关系，比如车辆管理局。她的生日加上死人头的素描图足够找出那个贱人了。”

一阵恐惧席卷了布伦南，扫除了他身体和心灵上的疲惫。为了掩饰，他揉搓着脸，打了个大哈欠。

“好吧，”他倾尽全力地表现出毫不在意的样子，“听起来挺重要的。我也想加入。”

渐隐仔细打量着他，然后点点头。“当然了，牛仔。这是你应得的。还要过两三天才会下任务，不过看起来你也需要那么久的睡眠。”

布伦南强迫自己咧嘴一笑。“确实如此。”

布伦南坐着他们的车回到他在鬼牌镇的公寓，睡了一整天，然后又担忧了一整天，后来他接到了电话。另一头传来络腮胡含混的声音。

“我们知道她的名字了，牛仔，而且还弄到了她的地址。”

“哪些人参与?”

“你，我，还有另外两个狼人兄弟。他们现在正盯着她的家。”

布伦南点点头，他很高兴懒龙没有参与其中，他对那位王牌的能力和适应力都极其尊重。

“但有个问题，”络腮胡犹豫道，“她能够变成鬼或者类似的东西，然后穿墙而过，所以我们没办法真正威胁到她。”

布伦南笑了。珍妮弗真的是很难对付。

“不过渐隐有个计划。我们冲进她家，看看能不能找到他想要的那本书。如果找不到，我们就想办法跟她交涉，或许可以买回来。然后，”络腮胡的声音里有些得意，“一颗子弹就会打穿她的后脑勺。她总不会一直都是鬼魂的样子。”

“好计划，”布伦南逼着自己说。确实也是好计划。他们知道她的名字，知道去哪儿找她。他必须采取点行动，不然就算他们找到了日记，她也活不过一个月。他的大脑快速思考。“一个小时之后我去她那里找你。把地址给我。”

“好，牛仔。我觉得吧，她能变成鬼魂这一点真不好。她挺漂亮的，我们本来能跟她好好玩一玩。”

“嗯，好好玩一玩。”络腮胡告诉他公寓地址之后他就挂断了。他盯着空气看了一会儿，调用学过的禅宗训练来帮他冷静下来，缓和狂跳的脉搏。他需要冷静，而不是浸满仇恨、愤怒和恐惧的大脑。他心里有一小部分在疑惑为什么他会对络腮胡带来的这个消息反应剧烈。另一部分则明白原因，但是最大的那部分告诉他要暂时忘记，掩饰起来，以后再细想。总有办法解决这个混乱的局面的……总有……

他将自己的意识沉浸于存在之中，透过完美的宁静搜寻知识，当他从打坐之中回过神来时，他得到了答案。是金福，他了解这个人，他的恐惧，他的力量和他的弱点。

有些细节可能很微妙，需要费一番功夫才能查探清楚。他拿起电话，拨了个号码。接通的声音响起，他听见了电话那头她的声音：“喂？”他紧紧抓着电话，意识到他有多么想念这个声音，虽然目前情况危急，但他还是很高兴再次听到她说话。“喂？”

“嗨，珍妮弗。我们必须聊聊……”

♥

暴雪袭击了城市，让人连前路都看不清，狂风呼啸着穿过城市里的大街小巷，宛如迷失的灵魂。不知怎地，布伦南觉得这里的冬天比山里更寒冷，不仅更寒冷，而且更肮脏更孤独。没戴面具的狼人穿成维修人员的样子，在珍妮弗公寓的门厅里等待。其中一个又高又瘦，脸颊上有粉刺留下的痕迹。他的鬼牌畸形被掩盖在肥大的工作服里。另一个又矮又瘦，他的畸形很明显，胯部以上脊椎扭曲，所以整个躯体都是扭转的。布伦南和络腮胡也穿着工作服，忙着抖落靴子上的雪花。

“冷得要死，”络腮胡评论道，“她走了？”他低声问道。

高瘦那个点点头。“不到十分钟之前走的，打车走的。”

“好，我们行动吧。”

没有人看见他们进珍妮弗的公寓。在狼人的专业盗窃工具面前，她的前门很快就开了。布伦南提醒自己要跟她说一下这个事情，但首先，他们俩要能活着解决眼前的困局。

“我们先去翻卧室。”他们进了公寓之后络腮胡说道，然后他停下脚步，皱眉看着摆满书架的墙壁。“妈的，在这里找一本书就像是在他妈的草垛里找根针。”

他第一个走进卧室，里面有一张单人床，一个床头柜，上面放着一盏台灯，一个古朴的衣柜，还有不少书架。

“我们必须检查所有这些书，”络腮胡说道，“可能会有一本是被挖空了。”

“天呐，络腮胡，”矮瘦的狼人说道，“你看了太多电影——”

他突然闭嘴，盯着一个穿着细带比基尼的高挑金发美女穿墙而来。她摇动了一下，化为实体，然后举着一把消音手枪对着他们。她微笑着。“别动。”她说。

他们没有动，震惊多过恐惧。

络腮胡咽了一下口水。“嘿，我们，我们只想聊聊。是重要人物派我们来的。”

女人点点头。“我知道。”

“你知道?”络腮胡茫然地问道。

“我告诉她的。”

所有人都转头看向布伦南。他刚刚打开床头柜的抽屉，现在手里也多了一把枪。是个看起来很古怪的长筒手枪，他对准络腮胡，这个毛脸鬼牌眼球都突出来了。

“你他妈的在干什么，牛仔?什么意思?”布伦南面无表情地看着他，抖抖手腕，扣动扳机两次。空气中传来低到近乎不可闻的爆破声，狼人们震惊地看着飞镖扎进他们的胸口。高瘦的那个开口想说些什么，但是叹了口气，闭上了眼睛，倒在地板上。另一个甚至没有试图说话。

“牛仔!”

布伦南摇摇头。“我不叫牛仔，也不叫自由民，但是可以那么喊我。”

络腮胡脸上的惊恐表情甚至有些滑稽。“听着，放我走，求求你们。我不会告诉任何人的。真的。相信我——”他双膝跪地，双手合十，一副乞求的样子，眼泪流过毛茸茸的脸颊。

布伦南的气枪又射出一支飞镖，络腮胡面朝下倒在地毯上。布伦南转向珍妮弗。

“你好，幽灵。”

她把枪放在床上。“你就不能……你就不能放他们走吗?”

布伦南摇头。“你知道不能。他们知道我是谁。我的身份会暴露的。我们的计划也就毁了。”

“他们必须死?”

他走到她身边，但是并没有向她伸手。“你卷入的是玩命的生意。”他指着被药物放倒的狼人，“除了我，没人能活着逃出去，如果你想活，”他停顿了一下，看起来有些不安。“就算到了那时，也不能保证——”

珍妮弗叹了口气。“我一想到他们死了就觉得——”

“他们自己决定要过这样的生活。他们准备好强奸你、弄残你、杀死你。但是”——布伦南的目光从珍妮弗身上移开，审视自己的内心——“但是……”

他不说话了。珍妮弗把手放在他的脸颊上，他抬头看她，深色的眼睛里满是关于死亡和毁灭的回忆，就算他修习了禅宗，就算他一门心思只做眼前的任务，那些回忆从来不曾离开他的思绪。

珍妮弗微微一笑。“我喜欢你的新眼睛。”布伦南回以微笑，近乎勉强地用自己的手附上她的手。

“我必须走了。很快就会天黑，我还得处理他们”——他示意昏迷不醒的狼人——“还有……其他事情。”

珍妮弗点点头。“我们会再见的吧？我的意思是，过不了多久就会再见，对吧?”

布伦南把手移开，半转身，耸耸肩。“你的烦心事不是够多了吗?”

“嘿，纽约的犯罪之王想要我死。还能糟糕到哪儿去呢?”

布伦南摇头。“你猜都猜不到。听着，你最好消失。我还有事要做。”

珍妮弗安静地看着他。

“我会给你打电话。”

“你保证?”她问道。

布伦南点点头。她又不安地看了狼人们一眼，然后穿墙而出。布伦南无意遵守承诺。不想，完全不想。但是扛起第一个昏迷的鬼牌之后，这股决绝就已经开始消散了。

V

布伦南被准许进入会客室时，渐隐、苏伊·马和死人头正在开会。死人头絮絮叨叨说着一连串名字、地址、电话号码、银行账户和政府线人。科万罗脑袋里记下的东西都转移给死人头了。这位黑手党老大知道的一切……

布伦南突然间想明白了一件事。只有死人才能知晓一切。他们完了，结束了。他们的生命终结了。只有死人才会完全彻底地了解鬼牌镇，因为他们不需要新的知识了。就像他在山里的那段时间。他的生活平静安宁，毫无变化，就像死了一样。现在他又活过来了。

最近开始侵袭他的不确定感和失控感是活着所要付出的代价。这个代价很高昂，但是到目前为止，他知道他还负担得起。

渐隐和苏伊·马看到布伦南一个人走进会客室时交换了一个担忧的眼神。

“怎么了?”渐隐问道。

“中了埋伏。那个疯子自由民。杀了络腮胡和其他狼人。还把我的手钉在墙上。”他伸出右手，上面缠着从他的衬衣上扯下来的布料，正渗着血。箭尖穿过手掌的时候疼得要命。布伦南现在想到，这算是一场苦修，为他到达城市以来的所作所为忏悔了。

“他没杀你?”苏伊·马问道。

“他想让我把这个带给你。他说他留着没用。”他拿出金福的日记，是珍妮弗潜进金福的房子，从保险柜里拿出来的，但里面的东西都被删掉了。他不愿意把这个还回去，因为这样金福就会知道他在里面写下的秘密没有被人窥探到，但是他必须给金福一点实在的东西，才能让他放过珍妮弗。

渐隐从他手上接过日记，一脸困惑地翻看着空白页。“是你……是自由民做的?”

布伦南摇摇头。“他说幽灵偷来的时候就已经是这样了。”

渐隐笑了。“那就太好了。真的非常好。”

就连苏伊·马看起来都很高兴。

“还有一个事情，”布伦南强迫自己假扮成一个不带感情的信使，但实际上他想把这一字一句都印在渐隐的额头上，好让金福明白其中的含义。

渐隐和苏伊·马期待地看着他。

“他还让我带信。他叫我告诉金福——嗯，就是金福——他说虽然金福知道幽灵住在哪里，但是他也知道金福住在哪里。他说要告诉金福，他们两人的仇怨超越了生死，事关荣耀和报应，但是如果幽灵出了什么事，他也会很乐意取金福的性命。他说他手上有支箭，写了金福的名字，正等着他……只是等待着。”

几个月之前，他也说过类似的话，不过当时是为了另一个人。她拒绝了他的保护，远走高飞了，这也许是正确的选择。但当他将计划全盘托出时珍妮弗只是点点头就接受了，好像毫无保留地信任他。

“我明白了。”渐隐和苏伊·马交换了一个担忧的眼神，“嗯，那我会传达的。”渐隐点点头。“肯定会传达的。”他嘴角向下，摆出忧虑的样子。

苏伊·马站起来。“你证明了你的价值，”她说，“我希望你跟影拳会能够长久合作，一切顺利。”

布伦南看着她。他允许自己微笑一下。“我肯定会的，”他说，“我很确定。”

♥♦♠♣

千军万马

乔治·R. R. 马丁　著

I

汤姆在外间办公等待贷款专员时找到了最新一期《王牌》杂志。

封面是灵龟飞越哈德逊河，后面是壮丽的秋天日落美景。他第一次在《生活》杂志上看到这张照片时就想把它框起来。但那是好久以前的事了。就连照片里那个龟壳都不在了，被去年春天抓住他的那帮外星人丢到太空的某处了。

与红色云彩形成鲜明对比的是下面的一行黑字："灵龟——是生是死？"

"妈的。"汤姆大声说道。秘书不高兴地看了他一眼。他忽略了她，翻动杂志想看里面写了什么。他们怎么会觉得他死了？他确实被人炸了然后坠入了哈德逊河，城市里一半人都看见了，但那又如何？他回来了不是吗？他搞到了一个老龟壳，越过河，在百变王牌日后一天的黎明飞过了鬼牌镇。肯定有几千个人看见他了。还要他怎么样？

他找到了那篇文章，其中大肆宣扬人们已经好几个月没见过灵龟了，还说也许他已经死了，黎明的时候看见的那个只不过是群体幻觉。一个专家说是因为太过想念，另一个说看到的其实是气象气球，或者金星。

"金星！"汤姆气愤难当。他那天早上用的龟壳是一辆大众甲壳虫，还有车牌呢。他们怎么能说是金星？他一翻页，就看见龟壳碎片被从河里拖出来的照片。金属向外弯曲，因为可怕的爆炸而扭曲，边角尖尖的，呈锯齿状。大写的标题是，就算找来千军万马，也无法将灵龟救回来。

灵龟讨厌他们这样抖机灵。

“特伦特小姐现在可以见您了。”秘书说道。

特伦特小姐的出现并没有改善他的心情。她是个苗条的年轻女性，戴着超大眼镜，棕色的短发里掺杂着一缕缕金发。她很漂亮，至少比汤姆小十岁。“托特伯里先生，”他进门的时候，她坐在一尘不染的钢铬合金桌子后面说道：“贷款委员会查看了您的申请。您的信用记录很完美。”

“对，”汤姆坐下了，允许自己拥有片刻希望，“所以我能得到钱?”

特伦特小姐难过地一笑。“恐怕不能。”

他早就料到了。他想表现出一副毫不在意的模样，在你需要钱的时候银行永远不会借钱给你。“我的信用等级有问题?”他问道。

“您的还款一直非常及时，我们也考虑到了这一点。但是委员会觉得，考虑到您的收入情况，您现在的贷款总数已经很高了。我们不敢再放贷给您，也许您可以去另一家贷款机构试试。”

“另一家贷款机构。”汤姆疲惫地说。希望渺茫。这家银行已经是他试过的第四家了。他们的答复都是一样的“嗯，没错”。他准备出去的时候看见她的学历证，被框起来挂在墙上，于是转头跟她说：“罗格斯大学，我就是从那里辍学的。我有其他事情要做，不能继续念书。我有更重要的事情要做。”

她静静地看着他，漂亮的年轻脸庞上是疑惑的表情。有那么一瞬间汤姆想回去，坐下，告诉她一切。作为银行家，她长着一张善解人意的脸。

“没什么。”他说。

他走了很久才回到自己的车上。

◆

快到午夜时乔伊才找到他，此时他正靠在生锈的栏杆上，看着被月光照亮的范库尔水道。公园就在他家对面，也在他从小玩到大的地方对面。就算在孩童时期，他也能从这里找到安慰，油乎乎的深色河水，远处斯塔恩岛上的亮光，夜里路过的大油轮。这些乔伊都知道，他们从小学起就是朋友，虽然像白天与黑夜一样差别巨大，但亲如兄弟。

汤姆听到了身后的脚步声，越过肩膀向后看，发现是乔伊，于是转头继续看河水。乔伊走到他旁边，胳膊搭在栏杆上。

“贷款没批。”乔伊说。

“嗯，”汤姆说，“还是老一套说法。”

“去他们的。”

“不，”汤姆说，“他们说得对。我欠得太多了。”

“你还好吧，塔德？”乔伊问道，“你在这里待了多久了？”

“有一会儿了，”汤姆说，“我要想点事情。”

“我最讨厌你想事情的时候。”

汤姆笑了。“嗯，我知道。”他的目光从河水上移开，“我把筹码都变现了，乔伊。”

“这他妈是什么意思？”

汤姆忽略了他的问题。“我开始怀念我的最后一个龟壳了，上面有红外线和变焦镜头，四个大显示器和二十个小的，还有录音机，图示均衡器，冰箱，指尖一点就能远程控制，全部电脑化，堪称艺术品。我在那上面花了几年的心血，周末、晚上、假期，你能想到的所有空闲时间。我省下的每一分钱都投进去了。然后呢？我才用了五个月，就被塔基扬的混蛋亲戚扔到太空里了。”

“多大的屁事，”乔伊说，“旧的还在废品场里，拿去用就是了。”

汤姆想要展示出耐心。“被塔基斯星人扔掉那个是第五个，”他说，“然后我就开始用第四个，但是又被炸了。你想看的话去买一本《王牌》——里面有图片。好几年前我们就把第二个和第三个里面的有用部件都拆出来了。基本上毫发无损的是第一个。”

“所以呢?”乔伊说道。

“所以？里面装的是电线，乔伊，不是电路板，二十年的老电线。过时的摄像头，追踪能力有限，有盲点，黑白显示屏，真空管，还有个他妈的气体加热器，通风系统差到你不敢相信。我都不知道我9月份的时候是怎么飞过鬼牌镇的，但是我肯定是撞击之后撞傻了，不然不会做出那么蠢的事情。好多管子都烧坏了，所以我回来的时候算是半盲飞。”

“我们可以把它修好。”

“算了吧，”他没想到自己的语气会这么强烈，“我的那些龟壳，它们是我整个人生的某种象征。我站在这里，越想越难受。我在它们身上花了钱，花了时间和精力。如果我把这些努力投入我的真实生活。我也许会做成一番事业。看看我，乔伊。我四十三岁了，还是孤身一人。我有一间房子和一个废品场，因为这两个，我贷了一大笔钱。我每周工作四十个小时，兜售录像机和电脑，我买下了公司三分之一的股份。但是现在生意非常不好做，哈哈，我真是糗大了。银行里那个女人比我小十岁，但挣的可能是我的三倍。而且她长得不错，没有戴戒指，秘书喊她特伦特小姐，也许我可以约她出去，但是你知道吗？我看着她的眼睛，看到了她对我的同情。”

“有个蠢婊子看不起你，没必要这样生气。”乔伊说。

“不，”汤姆说，“她是对的。我确实不像她看到的那么糟糕，但是她不可能知道，我把我最棒的品质都投进了灵龟这个人物里。钦天士和他的手下差点杀了我。去他的，乔伊，他们在我的壳上投炸弹，我难受得都两眼一黑了，我原本应该死掉。”

“但是你没死。”

“我很幸运，”汤姆激动地说，“该死的幸运。我被困在那个烂玩意儿里面了，所有设备全部失灵，那么重的一个东西，被径直冲到了河底。我那时候昏迷了，但就算我是清醒的，也不可能在被淹死前跑到舱门口，手动打开。而且那是在假设我能在灯全灭，全是水的舱里找得到舱门在哪儿。”

“我还以为你都不记得这些屁事了。”乔伊说。

“我不记得，”汤姆按摩着太阳穴。“我没有记忆，但有时候我会做那种梦……该死，别管这些了，关键在于，我本来应该死掉的。但是我很幸运，幸运得出奇，某个东西把该死的龟壳炸开了，正好把我炸出来，但是又没炸死我，我又成功地爬出来了。不然我会死在哈德逊河底，龟壳就是我的金属坟墓，鳗鱼会在我的眼眶里游来游去。”

“所以呢？”乔伊说，“你又没死，对吧？”

“那下一次呢？”汤姆质问道，“我费尽了全部力气就想弄点钱好造一个新龟壳。我在想着把公司股份卖了，或者卖掉房子，找个小公寓住。然后我想，嗯，很好，我卖了房子，建了新龟壳，然后该死的塔基斯星人又出现了，或者钦天士有个兄弟，他很生气要报仇，又可能其他什么烂事会发生，细节不重要，重要的是什么事情发生了，然后结果就是我死了。也可能我没死，但是新龟壳像前面两个那样被摧毁了，那我就又回到起点，而且我连房子也没有了。有什么意义呢？”

乔伊看着他的眼睛。跟他一起长大，比任何人都了解汤姆的乔伊。“对，也许，”他说。“但是为什么我觉得你有些话没说？”

“我曾经是个很聪明的孩子，”汤姆猛地将头扭开，“但是长大之后不知道怎么地就变蠢了。双重生活就是鬼扯。大部分人过一重生活都很艰难，我怎么就觉得自己能过双重生活了？”他摇摇头。“去它的。都结束了。我现在清醒多了，乔伊。他们觉得灵龟死了？很好。那就让他安息吧。”

“你来决定，托特，”乔伊说完将粗糙的手搭在汤姆的肩膀上，“但真是够遗憾的。我的孩子会哭的。灵龟是他的英雄。”

“喷气机小子是我的英雄，”汤姆说，“他也死了。这是成长的一部分。迟早，我们的英雄都会死去。”

♥♦♠♣

警笛和血清素的协奏曲

罗杰·泽拉兹尼　著

I

一个男人戴着墨镜坐在维托意大利餐厅的卡座里，吃着成堆的宽面条，桌上还放着一瓶酒。他的黑发似乎是喷了喷雾或者护发液，直挺挺的。现在不是就餐时刻，餐厅里也很安静，这个唯一的食客吸引了员工们的注意，他们打了好几个赌。就在他吃到第七盘的时候，一个高大的男人从街上走进餐厅，来到他身旁。他的一只手像球棍，充血的眼睛盯着食客。

这个男人继续盯着食客，直到食客终于转过头来看他。

“你是我要寻找的那个人?”新来的人问道。

“也许是的，”食客放下叉子，回答道，“如果涉及金钱和某些特殊技巧。”

高大的男人笑了，然后他抬起右手砸向桌子，桌角断开，桌布也被弄坏了，而且被向前拉了一些。意大利宽面条洒在了黑发男人的大腿上。这个男人向后一躲，他的眼镜歪了，露出一双闪光的复眼。

“混蛋!”他高喊着伸出双手，跟对方的球棍状附属物平行。

“你这个蠢货!”巨人吼道，猛地把手移开，“你他妈的烧我!”

“他妈的是电你，”他纠正道，“没烧你算你走运！你干什么？为什么砸我的桌子?”

“你他妈的在招募王牌，对吧？我以为你要看我的本事。”

“我没有招募王牌。你进来那个样子，让我以为是你在招募。”

“我才没有！长虫眼的混蛋!”

另一方快速调整眼镜。

“真是难受，”他说，“看着一个混蛋的二百一十六个重影。”

“我马上就在你屁眼里塞点东西!”巨人再次抬起手。

“你自找的，”另一方说完，手掌之间陡然出现电子风暴。巨人后退一步，然后风暴过去了，男人把手放下来。“要是我腿上没有宽面条的话，”他说，“这一切还算有趣。坐下。我们可以一起等。”

“有趣?”

“我去清理的时候你自己想想。”他回答道。然后说，“我叫克罗伊德。”

“克罗伊德·科伦森?”

“对。你是棒槌，对吗?”

“对，为什么说有趣?”

“就是认错人啊，”克罗伊德说，“两个人都以为对方是同一个人，你懂吧?”

棒槌皱了几秒钟的眉头，然后嘴角扬起一点笑意，然后他大笑起来，四声宛如咳嗽的笑声。“对，真他妈有趣!”他说完又笑起来。

克罗伊德从卡座里出去的时候棒槌坐进卡座里，还在咯咯笑。克罗伊德走向洗手间，服务员过来清理，棒槌正好跟他点了一杯啤酒。过了一会儿，一个穿着黑色西装的男人从厨房走出来，站在就餐区，大拇指卡在腰带上。他微微皱眉，牙签在嘴里缓慢移动，然后他走上前去。

“你看起来有点眼熟。”他来到卡座旁边。

“我叫棒槌。”对方抬起手回答。

“克里斯托弗·马祖切利。嗯，我听说过你。我听说你的手能打倒所有东西。”

棒槌咧嘴一笑：“你说对了。”

马祖切利叼着牙签笑着点头，然后坐进了克罗伊德的位置。

“你知道我是谁吗?”他问道。

“当然知道，”棒槌点头说，“你就是那个人。”

“我确实是。我猜你也知道，有大事要发生，我需要一些拥有特殊技能的战士。”

“你需要能打爆头的那种，我最擅长这事。”棒槌告诉他。

“说得不错。”马祖切利从夹克里面掏出一个信封，扔在桌面上，“预付费用。”

棒槌拿起来，撕开，然后一张张数钱，嘴里还念叨着。数完之后他说：“这个价钱还真他妈的没错。现在干吗?”

“里面还有个地址。你今天晚上八点过去，会给你任务的。可以吗?”

棒槌收好信封，站起身来。

“太可以了，”他伸手端起啤酒，举杯，喝光，然后打了个嗝。“另外那个是谁——厕所里那个。”

“妈的，他跟我们一样，”棒槌回答道，“他叫克罗伊德·科伦森。不好惹的男人，但是挺有幽默感的。”

马祖切利点点头。“祝你愉快。”他说。

棒槌又打了个嗝，也点点头，挥动球棍一样的手，然后离开了。

♠

克罗伊德犹豫了一会儿才重新进入餐厅，然后审视着坐在他位置上的马祖切利。他走上前去，抬起两根手指，摆出一个嘲讽的敬礼姿势，说：“我叫克罗伊德，”然后他靠近了一点，“你是负责招募的人吗?”

马祖切利上上下下打量他，目光在他裤子前面的潮湿区域停留了片刻。

“有什么让你害怕的事情?”他问道。

“对，看到厨房了。”克罗伊德回答道，“你在找有天赋的人?”

“你有什么天赋?”

克罗伊德的手伸向旁边桌子上的台灯，拧下灯泡拿在手上。很快灯泡开始闪烁，然后就亮了，发出光芒，然后又灭了。

“哎呀，”他观察着，“给的电流太强了。”

“只要一块五，”马祖切利说，“我就能买一支手电筒。”

“你一点想象力都没有，”克罗伊德说，“我能对付警报器、电脑、电话——更不要说和我握手的人。但如果你不感兴趣，反正我也不会饿死。”

他转身准备走。

“坐下，坐下!”马祖切利说，“我听说你挺有幽默感的，还真是，我喜欢，而且我觉得你的技能我用得上。我着急想找到有用的人。”

“有什么让你害怕的事情?”克罗伊德坐进棒槌坐过的位置。

马祖切利面色阴沉，克罗伊德咧嘴笑了。

“幽默感，”他说，“我能帮到你吗?”

“科伦森，”对方说，“你姓这个对吧。看，我认识你。我知道好多你的事情。我一直在盯着你。开玩笑的。我知道你很厉害，你答应的事情就能办到。但是在我们谈正事之前还有别的事情要谈。你知道我什么意思吗?”

“不知道，”克罗伊德回答道，“愿闻其详。”

“你想要来点什么吗?”

“我还想尝尝宽面条，”克罗伊德说，“还有再来一瓶基安蒂干红。”

马祖切利抬起手，打了个响指。一个服务员匆忙跑进来。

“宽面条和一瓶，”他说，“基安蒂。”

服务员又匆忙跑出去。克罗伊德搓搓手，微弱的噼啪声响起。

“刚才离开的那个……”马祖切利终于开口。

“棒槌……”

“嗯?”克罗伊德等了一会儿之后才问。

“他会是个好战士。”马祖切利把话说完。

克罗伊德点点头。“我也觉得。”

“但是你，除了病毒带给你的能力之外你还有别的技巧。我知道你是个不错的贼，你认识老本特利。”

克罗伊德再次点头。“他是我的老师。我刚认识他那会儿他混得很差。你对我的了解似乎比大部分人都多。”

马祖切利拿开牙签，喝了一口啤酒。“我就是干这个的，”过了一会儿，他说道，“我到处打听事情。所以我不会拿你当战士用。”

服务员端了一盘宽面条过来，还有一个玻璃杯和一瓶酒，瓶塞已经打开了。他从旁边的卡座上帮克罗伊德拿了一套餐具。克罗伊德立马狂躁地大口吃起来，马祖切利觉得有些不安。

克罗伊德停了一会儿，问道：“所以你想让我干什么?”

“做点隐秘的事情，如果你够合适的话。”

“隐秘，我很会做隐秘的事。”克罗伊德说。

马祖切利抬起一根手指。“首先，”他说，“在聊其他事情之前先要聊一些事情。”看着克罗伊德吃光一整盘面的速度，他再次打起响指，服务员又跑着端进来一盘宽面条。

“什么事情?”克罗伊德问道。他推开空盘，第二盘被放在他面前。马祖切利像父亲一般把手放在克罗伊德的左臂上，然后向前凑近。“我知道你有问题。”他说。

“什么意思?”

“我听说你喜欢速度，”马祖切利盯着他说，“还有你时不时会变成狂暴的疯子，杀人、毁坏财物、到处发泄，直到筋疲力尽，或者哪个了解你的王牌可怜你，把你放倒。”

克罗伊德放下叉子，大口喝酒。

“没错，”他说，“但我不喜欢谈这些。”

马祖切利耸肩。“每个人都有玩乐的权利，”他说，“我也是为了生意才说这些。要是你在我手下工作，我可不希望你在处理敏感事件时突然发作。”

“你所听说的行为并不是我在放纵自己，”克罗伊德解释道，“那是我不得不做的事情，我醒了一段时间之后就得那样。”

“呃——那你快到那种状态了吗？”

“离得远呢，”克罗伊德回答道，“很长一段时间之内你都不用担心。”

“如果我要雇你，就希望永远不用担心，虽然我知道要求别人不要吸毒是没用的，但我还是想问：你到达那种状态之后，能不能做到立马远离我让你做的事情？你可以到别的地方去砸去烧，但是别搞砸我的事情，可以吗？”

克罗伊德看了他一会儿，然后慢慢点头。“我知道你的意思，”他说，“如果是工作要求，当然，我能做到，没问题。”

“既然这样，成交。我要你做的事比砸脑袋要隐秘一些，但也不是简单的入室盗窃。”

“我做过不少奇怪的事情，”克罗伊德说，“还有好多隐秘之事。有些甚至是合法的。”

他们两人都笑了。

“这事不会涉及暴力，”马祖切利说，“我的生意就是打探事情。我想你去帮我获取信息。最好没人知道这个消息被搞到了。另一方面，如果你必须让某人非常难受才能弄到这消息，那也行，最后清理干净就好。”

“明白。你想知道什么，我去哪里找？”

马祖切利短促地哈哈一笑。

“这个镇子里似乎还有一家做着同样的生意，”他说道，“你知道我的意思吧?”

“知道，”克罗伊德说，“一个街区通常不该有两家熟食店。”

“一点不错。”马祖切利回答道。

“所以你要找些帮手，采取更激进的方式与另一家竞争。”

“总结得很好。就像我说的，我需要那家公司的一些信息。你弄到之后我会好好犒赏你。”

克罗伊德点点头。“愿意一试。你想得到的具体是什么信息?”

马祖切利凑过去，压低声音，嘴唇只是微微开合。“董事会主席。我想知道是谁在操纵局势。”

“老大?你的意思是他都没有在某人裤子里塞条死鱼送给你?我以为这种事情是有习俗的?”

马祖切利耸肩。“这些人一点礼节都不讲。可能是一群外国人。”

“你有没有什么线索?还是说我必须从零开始?”

“可能需要你自己去开拓。我会给你列出他们控制的地方。我好像还知道一些为他们工作的人。”

“为什么不找一个过来直接问呢?”

“我觉得，他们跟你一样，都是独立的承包商，而不是家族成员。”

“我懂了。”

“然后，他们跟你的相同之处还不仅如此，”马祖切利补充道。

“王牌?”克罗伊德问道。

马祖切利点点头。

“如果我要对付的是王牌，那价格比对付平民要高。”

“没问题，”马祖切利说着从内侧口袋里掏出另一个信封，“这是预付费用和名单。这个是全部费用的十分之一。”

克罗伊德打开信封，快速数了一下。数完之后他微笑起来。

“你在哪里收货？”他问道。

“这里的经理能联系到我。”

“他叫什么名字？”

“西奥托克珀罗斯。叫西奥就可以了。”

“好的，”克罗伊德说，“你刚刚雇到了隐秘。”

“你睡觉之后，会变成另一个人，对吗？”

“对。”

“如果活做完之前你睡着了，那么那个新家伙跟我也是有合同的。”

“只要你付钱就行。”

“我们很能互相理解。”

他们握手之后，克罗伊德站起来，离开卡座，穿过房间。他离开之后蛾子大小的雪花打着旋飞进来。马祖切利伸手拿了根新牙签。外面的克罗伊德往嘴里扔了一片黑色药片。

♣

克罗伊德独自坐在王牌云巅的窗边小桌旁，他穿着灰色长裤，蓝色外套，头发烫卷，指甲精心修剪过，脸上戴了一副银色墨镜。他透过狂风暴雪看着城市灯光，吃着烤鲑鱼，品着伊甘酒庄的白葡萄酒，心里盘算着调查的下一步计划，还打算跟一个名叫简·道的女孩调情。她到目前为止已经路过他的桌子两次了，现在又走过来了——他觉得这不仅是巧合，而是个好兆头，不同模样的他曾在各种场合对她倾心（有时候还倾了好几颗心）——他希望现在时机合适，于是她路过时他抬起了手，触碰了她的胳膊。

一道细小的火花啪嗒响起，她停下脚步，说道：“哎呀！”然后伸手抚摸被电到的地方。

“对不起——”克罗伊德开口。

“肯定是静电。”她说。

“也许，”他表示赞同，“我想说的是你认识我，虽然你没见过我的这具皮囊。我叫克罗伊德·科伦森。我们曾经见过，在各种地方，我一直想跟你坐下来聊一会儿，但不知道为什么，时机一直都不成熟。”

“这话有意思，”她的一根手指抚上紧锁的眉头，“说了一个大家都不太熟悉的王牌名字。我估计有好多追星族都是这么被钓上钩的。”

“没错，”克罗伊德微笑着张开双臂，“但是给我半分钟时间，我可以向你证明。”

“为什么？你要做什么？”

“让空气中充满阴离子，”他说，“你会感受到暴风雨来临之前刺激又舒服的感觉。向你展示一下我能够给你带来多美好的时光——”

“停下！”她开始向后退，“有时候会触发——”

克罗伊德的双手湿润，脸也湿润，头发也湿漉漉地搭在额头上。

“对不起。”她说。

“管他呢，”他说，“我们来制造一个雷暴雨吧。”然后闪电在他的指尖舞蹈。他开始大笑。

其他食客瞥向他们的方向。

“停下，”她说，“求你。”

“你坐一会儿，我就停下。”

“好。”

她在他的对面坐下，他则用纸巾擦拭了脸和手。

“对不起，”他说，“我的错。我应该想到在睡莲旁边发起风暴会有什么后果。”

她微笑起来。

“你的眼镜都湿了，”她说完，突然伸手从他脸上摘下了眼镜，

“我帮你擦——”

“二百一十六个潮湿的孤独景象，”她盯着他，他说道。“病毒也在很多方面影响了我。”

“你能看到那么多个我？”

他点点头。“我的变化中也会出现鬼牌因素。希望没有吓到你。”

“它们很——神奇。”她说。

“你人真好。现在把眼镜还给我吧。”

“稍等。”

她用桌布的边角擦拭镜片，然后递给他。

“谢谢。”他重新戴上，“请你喝一杯？吃个晚餐？送你个水猎犬？”

“我在上班，”她说，“谢谢你。不好意思，下次吧。”

“嗯，我也在工作。但如果你是认真的，我会给你几个电话号码和一个地址。我可能不会接电话，但是可以给我留消息。”

“给我吧，”她说完，他快速在笔记本上写了几笔，撕下那张纸，然后递给她，“什么样的工作？”她问道。

“隐秘的调查，”他说，“跟帮派战争有关。”

“真的吗？我听说你这个人挺诚实的，也挺疯狂。”

“半对半错，”他说，“给我打电话，或者过来坐坐。我会租个水肺，让你开心开心。”

她笑了，然后起身。“也许我会的。”

他从口袋里掏出一个信封，打开，掏出一团纸币，然后挑出一张写了字的纸条。

“呃，先别走——你听过詹姆斯·斯佩克特这个名字吗？”

她愣住了，面色苍白。克罗伊德发现自己又变潮湿了。

“我说了什么吗？”他问道。

“你没开玩笑？你真不知道？”

“不知道。没开玩笑。”

“你听过王牌短曲吧。”

“一部分吧。”

“黄金男孩，让人不快，”她背诵道，“‘如果是死亡，别看他的眼睛……’——那就是他：詹姆斯·斯佩克特就是死亡的真名。”

“我真的不知道，”他说，“我没听过有人把我编进曲子。”

“我也没听过。”

“说嘛。我还挺想知道的。”

“沉睡者醒来了，就要开饭了，”她缓慢地说，“沉睡者加速了，就要有人流血了。”

“哦。”

“如果我给你打电话的时候你在很远的地方……”

“如果我在很远的地方，那我是不会回电话的。”

“我给你拿点干的纸巾过来，”她说道，“暴风雨的事情很抱歉。”

“别。没人跟你说过你散发水汽的样子很可爱吗？”

她盯着他。“那我再给你拿个鱼干来，”她说。

克罗伊德抬起手给了她一个飞吻，这让他自己被电了一下。

♥♦♠♣

崩　　溃

利安娜·C. 哈珀　著

两个保镖先从吉奥瓦尼餐厅走出来。他们的眼睛立刻透过深色墨镜开始扫描街道，寻找可能出现的问题。右边的男人一挥手，另一个保镖带着安塞尔米家族的托马索阁下走了出来。这位黑手党老大走路时需要别人协助。他年事已高，弯腰驼背，明显承受着痛苦，但是依旧穿着纯手工制作的笔挺黑西装，十分老派。他也在查看整条街，头部在拱起的双肩中转动，就像一只老乌龟。餐厅红绿色的霓虹闪烁，隐藏起了他饱经风霜的脸。

托马索阁下的奔驰豪车直接停在吉奥瓦尼餐厅门口，占了两个车位。他在手下的簇拥下走向豪车，尽可能高地抬着头，藐视着看不见的旁观者们。一辆深色宝马停在他的奔驰后面，他冲着司机点头示意，然后低头钻进豪车。他的一个保镖跟着他进了豪车，其他的进了宝马。宝马的车门还没关上，两辆车就都已经动起来了。

昏黄的路灯下，两个孩子在距离餐厅半个街区之遥的一座褐色砂石建筑前面的人行道上玩耍。男孩刚刚把棒球扔给小一点的女孩，奔驰车就爆炸了，然后宝马也被摧毁了。砰的冒出两团火球，在空中相遇，车子的碎片和附近建筑上的砖头飞起来又落回地面。

罗斯玛丽·马尔登看着眼前的超大屏幕上播放的爆炸场面。她什么都没说，直到带子播完，一片雪花。她一动不动地坐在长桌子一头的雕花核桃木椅子上，但是双手紧紧抓着扶手，骨节发白。

旁边椅子上坐着的克里斯托弗·马祖切利站起身来把录像带拿出

来。罗斯玛丽环视她父亲的图书馆，他的家族，也就是甘比诺总是在这里召开战略会议。她基本上将房间里的所有东西都保持原样，只是增加了录像和电脑等高科技装备来帮助她管理她所继承的帝国。现在，这个房间有一种空旷的感觉，就好像连她的父亲也抛弃了她。

克里斯回到会议桌边时，他把录像带放下，抚过她深棕色的头发。就在他的双手捧住她的脸时，罗斯玛丽站起来了。

“现在只剩下两个人。卡尔维诺阁下和我。几个星期以来三位首领接连死去，我们甚至都不知道是谁想摧毁我们。我们只知道他们利用的谁。”罗斯玛丽摇摇头，“五家族从来没有面对过这样的威胁。我们还没有准备好面对这样规模的战斗。我们失去了在鬼牌镇的大部分毒品生意。哈莱姆也不再上交属于我们的那部分。我们从头到脚都受到打击。他们占领了我们在布鲁克林的最大毒品工厂。”

“我们必须做好准备。你是唯一一个活跃的首领。我跟托马索手下的头目们聊过了，他们愿意跟着我们，其他头目们也都一样。我只希望我能给他们指出正确的方向。现在我只希望能保持住生意，赚到钱，保证我们能活下去，然后反击。卡尔维诺试过谈判。但到目前为止似乎并没有奏效。我们时刻监视着剩下两位首领，所以才会有这个录像带。”克里斯把它拿起来，扔向空中。远程控制炸弹，我们猜测是塑性炸药。他们可能就在车子的附近，以确保车内的是托马索阁下。”

“所以他们看到那两个孩子了？”罗斯玛丽瞥了他一眼。

“有可能，”克里斯耸肩，“他们一直都没有刻意避免平民伤亡。他们是恐怖分子。”

“他们是混蛋。”克里斯点点头，罗斯玛丽知道他已经在想着怎么通过爆炸物查找其来源了。跟他合作了这么几个月之后，她发现他很懂她的目标和愿望，并且能够借助他在家族里作为挂名负责人的地位来达成她想要的结果。她早就知道那些头目永远不可能让她来当甘比诺家族的头。他们需要的是一个男子气概十足的领袖。所以在公开场合是克里斯出面，而她，玛利亚·甘比诺，则在幕后操纵。但实际情况并不完全是这样。克里斯像是能读懂她的心，而且他还有她缺乏的实践经历。他们是对好搭档。要是没有他，她肯定做不成现在这样。

“影拳会是会找我们的麻烦，但是我认为他们没有能力办到这些事情。另一方面，我们知道他们在和鬼牌镇的狼人帮以及白鹭会合作。他们合起来能给我们带来不少麻烦，但是一群混混……”

“如果有合适的领导者……”罗斯玛丽摊开双手。

“如果有合适的领导者，一切皆有可能。但是如果真有，我们会听说的。他怎么可能把自己藏得那么深？”克里斯耸肩，“我去查查，但我不会抱太大希望。我还就托马索之死想到了一件事。那些车子由他最信任的团队二十四小时把守，炸弹是怎么放上去的？”

克里斯拉开一把椅子，向后坐下。

“怎么？”罗斯玛丽明白不要在克里斯使用苏格拉底问答法时表现得太过不耐烦。因为在法学院时，这种问答法教会她很多东西。

“王牌。就跟皮切蒂阁下一样。还有谁能自由来去，不被看见？没有人知道他们有多少人、到底是谁、有什么本事。也许王牌中有人觉得穿着时髦衣服、一副大公无私的样子很蠢呢？鬼牌也是。看看狼人们。他们在报复耐特。我们说的是一支相当凶残的队伍。看看他们在鬼牌镇的大部分行动。也许是因为我们控制了鬼牌镇，他们想要搞我们，也可能是那些鬼牌决定了要为了自己拼一把。”克里斯身体前倾，强调他的观点，“就算我们的对手不是王牌，也肯定有王牌在帮他们做事。我就是这么觉得的。如果我们不去找点王牌来，那我们就会被屠杀。我们跟他们比不了。”

“我喜欢你的点子。我可以通过地方检察官办公室来招募志愿者。稍稍转移一下他们的方向，我们的好多问题就解决了。我们也可以用这个方式来获得高质量的王牌。真可惜，好多叫得响的都去参加世卫组织的环球旅行了。”罗斯玛丽点点头，好久没有什么事能让她如此激动了。“好。你能不能去拉点人？”

“实话说，我已经拉到了。我找了一个名叫克罗伊德的侦探帮我们打听消息，还有个叫棒槌的大块头，打架的时候用得上。当然，他们跟我一样是犯罪分子，算不上‘高质量人才’。”克里斯站起来看着她，试图隐藏笑容。

“也行。犯罪分子也不是都那么糟。”罗斯玛丽伸手将他拉近，亲吻了他。

♥

垃圾婆走在人潮涌动的东村街上，试着不对正在橱窗购物的C. C. 莱德表现出不耐烦。似乎每隔十英尺，这个头发像刺猬一样竖起的红发姑娘就会看到一个她必须要买的东西——但她不想进店或者跟任何人说话。垃圾婆正准备向这个乐队唱作人建议回她的公寓，就听见身后响起了河口口音的说话声。

“嘿，你们，怎么回事？”青少年的多动躯体被包裹在老虎花纹的紧身连体裤里，脚上蹬着一双金色亮片运动鞋，是杰克的侄女科迪莉亚。她原本准备进餐馆的，现在蹦跳着跑出来拽住垃圾婆和C. C. 莱德的胳膊肘，拉着她们和她一起进入里维埃拉餐厅，两人都没来得及抗议。他们刚一进去，就快速摆脱了她的手，但当科迪莉亚帮她们找一张桌子时，两个女人却都没有任何反对。垃圾婆早就知道反抗是没用的，毕竟对方是个极其难搞的青春期少女。

“所以，罗斯玛丽在电视上招募王牌你们看见了没？”科迪莉亚打开菜单然后又用相同的动作关上，“要加入吗，垃圾婆？”

“没人问过我，”垃圾婆还在看菜单，“你呢？”

垃圾婆的目光从超大菜单顶部飘来，正好看到科迪莉亚嫌恶的表情，这让她有些吃惊。这可能是她第一次看到科迪莉亚一动不动的样子。

“我，呃，不会再那样做了，”科迪莉亚再次打开菜单，直直地盯着，“我有可能会伤到人，你懂的，我永远都不会再那样做了。那是错的。”

“我不确定这是个好主意。我们这个城市需要的不是王牌义警。” C. C. 的目光从科迪莉亚到垃圾婆，然后说了句抱歉就离席了。

“你最近见过杰克吗？”科迪莉亚看着 C. C. 走到餐厅后方，然后转向垃圾婆，用那双纯真的大眼睛看着她。

“嗯。他还问我有没有见过你。有没有想过偶尔可以给你叔叔打个电话？”她的声音刺耳，明显带着不满。

“我最近很忙，给全球娱乐和游戏公司做事——”

“而且你反正也不想和他说话，对吧？”

“我不知道该说什么……”科迪莉亚脸红了，“我的意思是，就好像我已经不认识他了。你不明白。我是在教堂里长大的。我受到的教导就是同性恋是——最可怕的罪过之一。”

“又不会传染，而且他是你叔叔。为了你，他可以连命都不要，而你连个电话都不愿意打给他。你这么能分清是非对错，我很高兴。”垃圾婆看起来很嫌恶，下意识地冲着女孩摆了摆手，“迈克很适合他。我还没见过杰克这么开心过。”

“嗯，好吧，迈克是个混蛋玩意儿！上个星期我看见他在一个俱乐部里。他跟别人在一起，不是杰克叔叔。”科迪莉亚怒气冲冲地说道。

“你们还好吧？” C. C. 坐下来之后看着两个女人。

“嘿，没事。”科迪莉亚挥手招呼服务员，“你要不要来参加我的慈善会啊？”

“你一直在问，我也一直在拒绝。” C. C. 愤怒地摇摇头，“我只想写歌，在家做些录音。我不需要现场观众，也不想要。”

“C. C. ，观众需要你。这是为百变王牌受害者还有艾滋病患者举办的慈善会。你对他们应该是同情的吧。”

垃圾婆看到C. C. 一听到百变王牌病毒，脸上的表情就紧绷了。这么些年来，她吃药、看心理医生，还用了不知道多少其他方式才恢复过来。最可怕的梦魇就是她会再次变成由仇恨构成的活体地铁车厢，或者是更可怕的东西。但这个事情她没有怎么对垃圾婆说起过。

C. C. 莱德僵硬地控制着她的情绪，不允许它们超过某个低水平。如果她继续吃医生开的抗抑郁药，那她就无法写歌了。她会失去创作力，这比变回去更可怕。所以她避开任何她可能会无法掌控的情境。就连塔基扬都不知道什么会导致她的身体内部发生变化从而导致变形。垃圾婆不知道C. C. 是怎么做到活在那种恐惧状态下，同时还能创作歌曲，但她明白C. C. 为什么会想要远离大部分人类。她也觉得这么做是对的。

“不。”C. C. 的声音像她的肌肉一样紧张，但也能明显看出她在控制这番讨论对她的影响。

“这可能会成为你的盛大回归——”

“科迪莉亚，我是个从未出现在台前的人，有什么回归可言呢。”C. C. 强行扯出一个微笑，“我很确定还有许多合格的候选人。”

“你的歌曲被最棒的歌手录制过：彼得·盖布瑞尔——”汉堡被端上来的时候科迪莉亚稍稍停了一下，然后又继续说。“简单心灵，U2……你该让他们看看你的本事。”

垃圾婆厌倦了这场争论，也确定C. C. 能够控制住自己，于是她的心灵跨越城市，穿过各种生灵纷繁复杂的感觉。黑暗，明亮的灯光；饥饿，满足；预料到敌人时的紧张，被跟踪时寒冷战栗的恐惧；死亡，出生；痛苦。活着总会有痛苦——为什么愚蠢的人类总想通过他们的小把戏为自己创造出更多的东西？活着就为享乐。她触碰了一个背部受伤的松鼠，它在华盛顿公园附近被疾驰而过的车子撞了。她同时停住了它的心脏和大脑。中央公园里，黑猫和杂毛生出来的灰毛儿子跑向一小丛橡树林，用灌木隐藏自己，然后挠抓着一直在追它的杜宾犬的鼻子。她觉得自己没必要干预，所以继续向前。但她允许自己再停留片刻，以确认黑猫和杂毛最近抛弃的那几只小猫躲在四十二街下面温暖的服务隧道里，一切安好。

眼睛转回来的时候，垃圾婆意识到科迪莉亚和C. C. 的对话已经结束了。“苏珊妮，你还好吧？”C. C. 仔细打量着垃圾婆的脸，然后缓缓点头。

“她没事，科迪莉亚。”C. C. 让年轻女孩的注意力回到自己身上，给垃圾婆时间回神。有时候她很难回归到迟缓嘈杂的人类世界。*也许有一天*，她看着C. C. 莱德想，*她不会再回来了*。C. C. 是她所遇到的所有人中唯一明白这种感受的。她问过C. C. 作为他者是怎样的体验。尽管C. C. 很少提到，但每次提到的时候，垃圾婆都能在她眼中看到残存的需要。

“嗯，好吧。反正，全球娱乐和游戏公司，你知道的，全力支持你重新出山。开心屋是个很亲切的地方，完美契合你和你的音乐。”科迪莉亚凑向C. C.，伸出一只手，“还有，泽维尔·德斯蒙德，他是你的铁杆粉丝。”

“天呐，姑娘，你现在变成一个要命的经纪人了。”C. C. 靠在塑料包裹的座椅上，“但我已经有一个经纪人了，那就够糟糕的了。”

“那好吧，我要回家了，不早了。很高兴见到你们。”科迪莉亚在桌上放了几张钞票，然后起身。她把犰狳单肩包从椅子上拿下来，然后看见垃圾婆的目光直盯着这只死去的动物，于是手肘一推，把包移到身后，然后倒退着走到门口，嘴里还在不停劝说。“你还有几个星期可以想想，然后再做最终决定。演出要到五月底才会举行。波诺说他很期待见到你。小史蒂夫也这么说。”

“晚安，科迪莉亚。”C. C. 莱德的耐心显然快耗尽了，“我年纪太大了，苏珊妮，不想折腾了。”

◆

垃圾婆穿着罗斯玛丽帮她买的垫肩西装，身体不舒服地扭动着，然后走出电梯来到罗斯玛丽所在的楼层。前台立刻认出了她。

“早上好，梅洛蒂女士。我来打电话给马尔登女士。”

“谢谢你，唐尼斯。”垃圾婆不自在地坐在散落在等待区域的一张椅子上。

“恐怕你刚好错过了哥德堡先生。他几分钟前刚刚离开，出庭去了。”坐在文字处理机后面的老妇人带着关爱的微笑看着垃圾婆，同时按下罗斯玛丽的分机号码，通知对方她来了。

“总算有一次，一切按时进行了。进来吧。”

垃圾婆点点头，站了起来。她踩着高跟鞋离开前台，感觉到双脚隐隐作痛。她真讨厌打扮成这副模样来见罗斯玛丽。门是关着的，她敲了两下，然后开门走了进去，看见地方助理检察官正用肩膀夹着电话听筒。跟往常一样，垃圾婆坐在罗斯玛丽的橡木大桌子上，倾听着对话。

“很好。关于化合致幻药工厂的线报是真的，我很高兴。”罗斯玛丽一边签署文件、调整话筒位置，一边冲着垃圾婆翻了个白眼。

“所以说到头来并不是黑手党干的。有没有所有权归属的线索？如果我们能找出这场与黑手党之间毫无意义的犯罪战争的幕后黑手是谁，那我们就向着阻止这场战争迈了一大步。”罗斯玛丽对着电话另一头的人点点头，几乎就要挂断了。“没错，但是如果他们一直这样内斗，就会伤到无辜的人。”

“我向你保证，所有志愿参与的王牌我都会立马转告给你。你说得对——未经协调就行动是很危险的。我很高兴我能帮上忙。对。我会跟你保持联系的。再见。”罗斯玛丽挂了电话。

“我们昨天晚上搞定了一个毒品厂。”罗斯玛丽的手撑着下巴，看着垃圾婆微笑，“我很满意。”

垃圾婆点点头，越过办公室看向深色木门。

“我也很好奇，”罗斯玛丽站起来确认门锁好了，“为什么你不志愿参与?”

垃圾婆第一百次注意到，罗斯玛丽穿着细高跟也能行走自如。她抬起头，正好看见罗斯玛丽在盯着她，下巴上的线条明显。

“你没问过我。”垃圾婆不太自在。她不喜欢这种感觉。愧疚是人类，或者宠物才有的情绪。

“我以为我不用特意问。我以为我们是朋友。”她们凝视彼此，就像两只争夺地盘的猫。罗斯玛丽打破了这个僵局。

“我们当然是。”地方检察官坐下，靠着椅背，“我是应该问的。我现在就在问。我需要你的帮助。”

罗斯玛丽的微笑让垃圾婆想起了打哈欠的老虎。牙齿，很多牙齿。垃圾婆打了个寒战。

“我能做什么? 我只会和鸽子聊天。”垃圾婆审视着罗斯玛丽脸上心口不一的痕迹。

“那，鸽子也能看见不少东西。我觉得它们有时候能看见很有意思的东西。我愿意听听。”

“哪个你? 检察官还是黑手党老大?”

罗斯玛丽的眼神飘向门口，然后又回到垃圾婆身上。犹豫片刻之后她对着坐在桌子上的女人微微一笑。

“你会很惊讶地发现这两者的兴趣点有很多一致的地方。”

“嗯，我会的。”垃圾婆摇摇头，“但是，我还是觉得我帮不上忙。”

“别这样，苏珊妮。有很多人都受到了伤害。我们可以阻止坏事发生。”罗斯玛丽走向窗户。

“人类自相残杀。”垃圾婆点点头，“很好。世上的人类越少，我就越高兴。”

“别摆出一副难对付的样子，我明白的。”罗斯玛丽坐回她的椅子，“也听过你这套说辞。”

“我是认真的。”垃圾婆俯视她的老朋友。

“我知道。但我也确实需要你。我需要你的关系网，需要你的信息。而且现在受到伤害的不仅是人类。”罗斯玛丽的双手放在桌上的一堆堆文件上。双方都看着颤抖的手指握成拳头。“皮切蒂阁下、科万罗阁下都已经死了，他们刚刚做掉了托马索阁下。他是我的教父。求你了，垃圾婆，帮帮我。”罗斯玛丽抬头看着垃圾婆，声音和表情里都是恳求。

“皮切蒂的死因是耳朵里插了冰锥，但是他旁边的人什么也没看见。”罗斯玛丽展现出一个扭曲不悦的笑容，“而且他们这一次没有撒谎。”

“你不知道你在做什么，但是我的帮助也不会有坏处。”垃圾婆品尝到了屈服的苦味，跟自己生起气来，但是她总不能抛弃自己的朋友。

“谢谢。”罗斯玛丽松了一口气，拿起她的钢笔，在指尖转动，“最近跟杰克聊过吗?”

“基本没有。”垃圾婆将自己的意识分了一部分给她派去观察杰克的小老鼠，后者正在地铁隧道里穿行。她先嗅了嗅杰克·罗比谢尔，然后让老鼠转头面向他，透过老鼠模糊的双眼，她看到了黑白色的他。

“能不能帮我告诉他我想见他?”罗斯玛丽显然不想再和垃圾婆争执。

“我可以告诉他，”垃圾婆点点头，“但不做任何保证。我向哪个副手汇报?"

"别犯傻,苏珊妮。你想到什么就直接告诉我。"双方四目相对时,垃圾婆在罗斯玛丽的眼睛里没有看见一丁点友谊。

♠

罗斯玛丽双手紧握,放在一堆文件上。她看向办公室窗户外面,心里担忧着克里斯。只要他们一天没有找出是哪些人在和家族作对,他作为甘比诺名义上的掌门人,就会处于极其危险的境地。虽然黑手党每天都在损兵折将,但他们还是没有一点敌人的线索。他们找遍了所有能找到的兜揽人、毒贩、小奸小盗以及放高利贷的,想要占到先机。但是没用。低层次的罪犯根本不知道高层次的事情。某个人的组织工作完成得太出色了,但对于她的手下,这简直是毁灭性的。她不自觉地摇头,一边考虑着家族的事情,一边还要完成工作。她现在越来越依赖她的助理们,有些案子早几个月她肯定会亲自处理,但现在只能分派给助理。她在想有没有人注意到这一点,同时在心里提醒自己要加倍小心。但事情太多,要想平衡各个方面,难度远超她的想象。

"有人想见你,马尔登女士。"唐尼斯轻柔的声音打断了她的思绪,这声音来得很突然,她一下子站了起来。"是谁,唐尼斯?我桌子上全是案子。"

"呃,马尔登女士,她说她叫简·道。"

这个名字有些耳熟,但罗斯玛丽还是想了一会儿才想起来:睡莲。这个小姑娘想怎样?

"让她进来。"

一个红褐色头发的小姑娘,不对,是年轻女性走了进来,小心地关上身后的门。"感谢你愿意见我,马尔登女士。"

"请坐,道女士。我能为你做些什么吗?"

睡莲低头看着绞紧的双手，罗斯玛丽发现她额头上冒出了小水珠。罗斯玛丽在想出汗是否就是她的王牌能力，这可正是她所需要的。“嗯，我觉得也许我可以帮你做事。我听说你在找王牌——我知道我不能完全算，但是我觉得我可以为你工作。帮帮忙之类的。”睡莲第一次看向罗斯玛丽的眼睛，然后耸肩，“如果你有需要我做的事情的话。”

“也许吧。”罗斯玛丽叹气。她想不出有什么事可以交给她，但此时此刻，她不想拒绝任何一双援手。“告诉我，你的能力是什么？”

“呃，我能控制水，很擅长制造洪水。”睡莲那张似乎非常年轻的脸上泛着粉色，还有水光闪烁。罗斯玛丽听到了滴水声，但是决定不去在意。

“所有的水，随时随地都可以？我的意思是，有范围限制吗？你是能够制造水，还是利用身边的水？”罗斯玛丽停下来，抱歉地微笑。“抱歉问这么多问题，只是想看看适合把你放在哪里。”

“必须在我的附近，但是只要在范围之内的水我都可以用，还可以控制水流的力量。我还能够改变人体内的电解质平衡，然后把他们弄昏。”睡莲觉得自己被严肃对待之后立马就没那么不好意思了。罗斯玛丽已经听不到滴水声了。“我在想我可以去帮助疏散人群，只要用一个小小的洪水就可以在不伤人的情况下把他们带走，或者是在你需要的时候制造干扰。”

“其他形式的水流呢，比如高压水柱？”

“我不知道，我没试过。”睡莲似乎对这个想法很有兴趣。

“好，听起来你的能力会很有用。欢迎加入我们，睡莲。还是你更喜欢被称为简？”罗斯玛丽开始思考她正在筹备的对影拳会毒品交易的突袭。几个炸开的水管会造成不小的伤害。她冲着年轻女性更加灿烂的微笑起来，但是心思却没在她身上。

“叫我简就好。你可以去王牌云巅找我。我带了一张名片。如果有用得上我的地方就告诉我。”她的话似乎让简很高兴。

罗斯玛丽挤出半个小时熟悉了一下堆在她桌子上的各种案子，然后才喊保罗·哥德堡进来。他有相关经验，是最好的选择，所以罗斯玛丽选了他来当助手。

保罗进来之后没经允许就直接坐下了，然后嘭的一声将一沓报告扔在她桌子上。

“我们工作量的最新进展。我们赢了对马勒鲁齐的案子。”听到这个名字时，罗斯玛丽的头从文书上抬起来。“我知道你不太看得上我们手头的案子，但是我决定尽量去做，然后做成了。也许你没有意识到，但是因为我们控告，或者说不控告的黑手党案子的数量，公众对我们很有意见。警察跟我抱怨过好几次，说他们要做好多事，还得不到这间办公室的支持。”

“警察永远都在抱怨。这个你是知道的，保罗。他们不明白我们把某些人扔上法庭时，还有宪法要遵守。马勒鲁齐的案子做得很棒，但是你冒了点险。从证据来看，陪审团可能会做出完全相反的决定。”

“而且还有人进了警方证据室，毁掉了大部分可卡因。”保罗双腿交叉搭在罗斯玛丽的桌子上，身体向后靠在椅背上。“我们到现在还没查出来是什么人干的。”

“以后，在跟哪个案子的问题上麻烦你听我指挥。作为你的上司，我希望你能做到。”罗斯玛丽冲他微笑，背靠着自己的椅背。

“上司，我注意到你让我们跟的案子有种趋势，而且我不是唯一发现这个现象的人。为什么不让我们去跟黑手党？现在帮派相争，我们可以拿下不少大恶人。他们的势力被拉扯得太广，无法保护所有人。”他伸出手，用僵硬的食指点点那沓文件，“全都在这里。我甚至发现克里斯托弗·马祖切利有可能在逃税。你觉得呢？让我去查他。”

“不行。”罗斯玛丽尽可能摆出一副神秘莫测的圣母玛利亚模样，

“我希望等到更多人被这场争斗震出来之后再说。反正黑手党看起来也要自我毁灭了。也能给我们省不少麻烦。”

“你知道，如果我们能把一些人关进大牢，那也是在救人性命。”保罗仔细地观察她。他的审视让她不太舒服。

“在这里，我是做决定的人。”她的语气就是在让保罗闭嘴，而且奏效了，但是她并不喜欢她说话时收获的凝视。

讨论完最紧急的二十个案子的处理策略之后，罗斯玛丽放松下来，保罗也一样。他们的合作与她和克里斯的合作在很多方面有相似之处，都是她想出计划，他负责实施。只不过跟保罗在一起时，所有的一切都是合法的。她领着保罗和他那一沓文件出门时已经六点多了，他转身再次开口和她说话。

“你念的是圣婴小学吗?”他漫不经心地询问一个天主教小学。

“我？你开玩笑吗？那是有钱的意大利小孩念的。我去的是老牌公立小学，布鲁克林 192 号。”罗斯玛丽盯着他的脸。

“我不这么觉得。我有个朋友是那里毕业的。他有天晚上说了一句疯话，说你像长大了的罗莎·玛利亚·甘比诺。真是个傻子，对吧？她 70 年代初期就死了。明早见。”保罗点头道别，罗斯玛丽觉得似乎在他眼神里看到了警告的意味——或者是一种控告。

♣

垃圾婆快速在地铁维修隧道中穿行，身边跟着黑猫和他的一只猫崽子。这只猫崽是橘色的，有些杂毛，长得比黑猫还大了。她之前透过老鼠的眼睛看见杰克回到了他的老住处，就在 19 世纪的废弃站点里。垃圾婆想在他身处地下时抓住他。她总觉得这样和他聊比较自然。他们在地面上见面时，他就不一样了。他们俩都不一样了。她把破烂的蓝色外套再向上拉，露出膝盖，快速向前，打算把他截住。黑猫跟着他，而他的女儿则跑到前面去查探危险。

垃圾婆伸手开门，正好杰克也准备拉门把手，这个结实苍白的男人惊讶的一笑。

“你好啊，亲爱的。”他放下之前拿着的盒子，跪下来让黑猫闻他的手背。另一只猫待在垃圾婆前面保护着她，同时跟他保持距离。

“我很久没见过你了。有点担心你。”杰克站起来看着衣衫褴褛的女人，“进来坐。”

“我一直很忙。”垃圾婆乱糟糟的黑发挡着脸，身体瑟缩在不合身的层层衣服和裤子里。她知道以这样嘶哑的嗓音加上颤抖的模样，她现在看起来至少六十岁。“确实。”杰克看着她犹豫地走下铺着地毯的楼梯，脸上的笑容更明显了。“你这样能赢个托尼奖。我遇到了一个百老汇制作人，他正在寻找女演员。”

“迈克的朋友?”垃圾婆坐在维多利亚式马毛沙发边缘，上身挺直。橘猫紧张地坐在她脚边。黑猫则靠在杰克腿上，抬头看着他。

“嗯，迈克的朋友。你为什么不过来跟我们一起？了解一下迈克。你会喜欢他的。”

“为什么你不了解一下保罗?”垃圾婆抬起脚，跪坐在沙发上，看着杰克坐在她对面那张同样古老的椅子上。

“我不觉得一个雅痞能在蓝领运输工身上看到好东西。”

“我不觉得迈克会赞赏我的风格。”垃圾婆身上不相配的一层层衣服散开在沙发上。

“所以说我们就这样了？哼？我不喜欢这种情况，你也不喜欢，我们想假装自己是耐特，但却被困在其中了。”杰克看起来有点悲伤。“你见过科迪莉亚吗?”

“嗯。”垃圾婆耸肩。再一次耸肩，再一次逃避责任。她放下肩膀。“我尽力了。我也不知道。”

“你下次见到她的时候，告诉她……告诉她我明白。毕竟我也是在那里长大的。”杰克的手掌抚摸着他皱巴巴的黑色牛仔裤。“所以说，你来找我，是有什么事要我帮忙吗？”

杰克向下伸手，挠着黑猫的耳朵后面，然后他们一起听着黑猫大声呼噜了一会儿。

“罗斯玛丽想见你。”垃圾婆抱着膝盖，身上层叠的衣服散落在周围。她拒绝看杰克的眼睛。

“不见。”

“杰克，她只是想让一切保持正常。她需要帮助。”

“看在上帝的分上，垃圾婆，她是站在坏人那一边的。她可是黑手党的头子啊。”杰克站起来，在东方地毯上踱步。黑猫想跟他一起，但是看了一眼垃圾婆之后就又躺下了。垃圾婆接收到这只猫眼中闪过的警告。她不知道是给杰克的还是给她的。“而且她找我干什么啊？”

“你可以帮忙监视。可以留心奇怪的事情。”

“哦，是哦。所以我要充当她在同性恋群体里的线人？还是她觉得爬行类也都在反对她。也可能她想要我咬掉战略性的一条腿或者两条。”杰克转头面向垃圾婆，“想都别想。”

“杰克，她只是想要有人能站在她那一边——”

“在她那一边！整个黑手党都归她管。我实在不明白少一只鳄鱼人能对她造成多大影响。”杰克走向沙发，俯视着垃圾婆，但她拒绝抬头和他对视。“苏珊妮，你别掺和。她已经不再关心你了。她只是在利用你。你会被杀死的。她眼睛都不会眨一下。”

黑猫站起来，在杰克和垃圾婆之间走动。橘猫则从喉咙深处发出低吼，背上的毛发竖了起来。杰克后退了几步。

垃圾婆从沙发上滑下来，站在地上，盯着杰克的绿眼睛。

“她是我的朋友。而且可能是我唯一的朋友。”

她走向楼梯，两只猫跟着她。橘色那只后退着穿过房间，眼睛一直没从杰克身上移开。黑猫走了几步，停下来回看杰克，然后跳上台阶追赶另外两位。

♥

“好吧，不管他们是谁，你让他们好一顿忙活。”克里斯尝了一口罗斯玛丽的烤金枪鱼。

“你说你不饿的。”罗斯玛丽拍掉了他的叉子。

“我撒谎了。绝对不是日本黑帮。他们也被袭击了。就在城里，有个高级成员出事了。看来我们的朋友们就算没有逮到黑手党，也不介意拿别人下饭。你授权许可的行动有些成效。他们虽然还没出局，但是绝对受到了影响。你那边有什么问题吗？

“没有。现在头目们都听从我们的指挥。我对家族里发生的所有事情都了如指掌。轻松多了。”

“我不想这么说，但是你应该安排一场对我们的袭击。别弄得太严重，主要是要扫除嫌疑。”克里斯环顾明亮的厨房。整个顶层公寓都昏暗阴沉，只有这一个地方令人愉悦。“有饼干吗？”

“怕是没有。你知道些我不知道的东西？”罗斯玛丽审视着克里斯的脸。

“没有。我只是觉得应该小心为上。我不想有人看出来你用王牌们来做事的模式。”

“我没事的。谁会将我这个地方检察官助理和甘比诺家族联系在一起？我更担心你。”罗斯玛丽推开她的盘子。她不打算把保罗的猜疑告诉克里斯。她已经知道他会说什么了。“你身边有什么防护措施？”

“当然是伯莱塔枪。”克里斯敞开他的黑色皮夹克。

“我不是这个意思。”

“好吧好吧。你有时候真的没有幽默感，你知道吧。有些我信任的人在我身边。他们每天二十四小时跟着我。有一个现在就在外面，还有三个在楼下。我很安全，宝贝。这些人欠我的，他们的灵魂都是我的。”

“跟我说说我们的日常运行。”他说起她的手下时有股占有欲，罗斯玛丽听着不舒服，但觉得可能只是她天生的偏执在作祟。

“别担心。我全都搞定了。每个家族都有一个专门代表直接向我报告。出了任何问题我都会直接跟他们处理。你得想个办法找出是谁在跟我们作对，还有怎么铲除他们。”克里斯开心地微笑着，眼睛看着天花板，“你知道吗，我觉得这些小伙子到现在都不喜欢我的小辫子。”

“我在想办法了。你去查过越南人吗？影拳会在鬼牌镇的帮派跟这个有某种关系。这一点是确定的。”罗斯玛丽想好了不去过多控制日常事务。克里斯说得对，她还有更重要的事情要想。

“嗯，我试着找人渗透进去。你知道在黑手党里找个东方人有多难吗？”克里斯特意叹了一口气，“我想从日本黑帮借个人。”

“好主意。听着，克里斯，今天晚上我需要点独处的时间，可以吗？”罗斯玛丽犹豫道，“要筹划一下。”

“我可以忙些自己的事情。”克里斯得意地笑起来，让罗斯玛丽很是担忧。

“别惹麻烦。如果失去了你，我都不知道该怎么办了。”

“我也一样。”克里斯站起来亲吻了罗斯玛丽的头顶，“我这几天可能会不在，别担心，我只是在处理生意上的事情。”

克里斯走了之后，罗斯玛丽回到图书馆。她总是想把双重生活都过好，但现在发现越来越难。她曾经跟自己承诺过将毒品和卖淫从黑手党的生意里清除。但是现在战争愈演愈烈，她怕是做不到了。他们迫切需要金钱。为了保护她的人，她的工作也遇上了问题。保罗·哥德堡直接问她，她的线人能不能多找些黑手党的黑料。还提到玛利亚·甘比诺。天呐。肯定有办法可以收拾他。杀了他，防止他到处乱说？但是他是苏珊妮的男朋友。她能怎么办？

她原本以为在克里斯背后操纵局势会很简单。然而他对街头情况的掌控似乎日渐娴熟。一切都跟她预计的方向不同。罗斯玛丽额头贴在桌面上，双臂伸展放在头的两侧。

她知道她没有完成作为检察官的任务，但是过不了多久这场战争就会结束，然后她就会把精力放回到她原本的工作上。然后她就会剔除毒品、卖淫和腐败。战争一结束她就着手去做。

她轻声惊呼着从噩梦中醒来，图书馆沉重的空气让她近乎窒息。她梦见自己身处幼年时期看过的一幅油画中——耶稣受难图。但被钉在十字架中间的是她自己，耶稣被挂在她右边，她父亲在左边。罗斯玛丽抱住颤抖的自己。

◆

垃圾婆猛然惊醒，危险迫近的感觉很强烈，像猫爪子划过她的皮肤。她分隔出进入她脑海的意识流，然后发现发送来的讯号是在呼救。她震惊地发现杰克·罗比谢尔就在巷尾。根据讯号的清晰度和强度，她判断观察巷内场景的生物就是黑猫。所以说他最近几天一直待在那里。他消失的时候，她并没有通过心灵跟踪他，但是知道他还活得好好的。

她静悄悄地请求他回家。他用咆哮来回应。他和杰克自从第一次见面起关系就很亲密。黑猫对人/大蜥蜴的好奇心为他们创造了纽带。黑猫集中注意观察着被灯光照亮的巷尾的场景。一个比杰克壮硕得多的男人困住了他，同时还在奚落他。

垃圾婆允许黑猫靠近一点，让她能够更深入地感受当前的情况。

“嘿，他妈的基佬！看来走这条路小巷不是聪明的选择，哈？”那个巨人比杰克高，眼距小，额头是个斜坡，长相丑陋。垃圾婆突然认出他了。棒槌。她在陵墓监狱见过他一次，跟罗斯玛丽在一起。他的内心和外表一样卑鄙又愚蠢。杰克有麻烦了，但是杰克自己能搞定。

“我只想跟你玩玩而已。我知道你们这些基佬都喜欢来硬的。”

“伙计，别惹我。”杰克靠在巷尾的栅栏上，“我比我看起来难搞。”

“我就想惹你，漂亮男孩。我要从你的小脸开始，然后一直向下，你这变态。我搞完你之后你就没人要了。”棒槌伸手去抓杰克，但是他蹲下来躲开了那只手。

“别这样，我不想伤害你。别来惹我。”杰克的声音颤抖着。垃圾婆在想他为什么这么害怕。“你不会喜欢你看到的东西的。”

“你以为能用亚洲佬那套功夫什么的来对付我，哼？”棒槌大笑，声音宛如齿轮脱落，就连垃圾婆听着都皱眉。“我可不怕。我是家族的人。我有保险的。”

黑猫感觉到垃圾婆在犹豫要不要出手帮助他的另一个人类朋友，于是更加坚决。痛苦被转移给了垃圾婆。她把杰克对她和罗斯玛丽的拒绝传递给了黑猫，但是这只猫依旧不肯回头。垃圾婆看厌了两个男人的对峙，召唤黑猫回来，向他展示了杰克幻化成鳄鱼的样子。如果他不希望获得她的帮助，很好。她也不想强迫他接受帮助。他不需要她在身边，没问题。

黑猫对她的愤怒汹涌澎湃，于是她切断了连接。这不再是她的问题了。她抬手轻抚太阳穴，缓解疼痛，黑猫刚才越过了她的防范机制，因为她没有预料到他的反应。天啊，所有人都怎么了？为什么现在每个人都恨她？

♠

垃圾婆蜷缩在地面几码以下的汽管隧道上的一堆破旧衣服里睡了几个小时。她尽了最大努力，但是头痛还是没有散去。她也找不到黑猫，但她知道他还活着。她在一层层衣服里搜寻，终于找到了她用来看时间的无带腕表。还有不到一个小时她就要去见保罗了。她肯定要迟到的。她把要挂起来的衣服和套装都放在了家里，过去要花半个小时。愚蠢的游戏。如果运气好一点，C. C. 会在录音室里工作，就永远不会知道她回去过了。

她还真的运气好了一回。录音室门口的红灯亮着，所以垃圾婆进出时都没有引起任何注意。当她到达西四街上的酒吧时，永远都会迟到的保罗已经在那里等着她了，他们约在这里见面吃晚餐，然后去看电影。晚餐很棒，但是垃圾婆知道保罗的心思不完全在她身上，虽然他滔滔不绝地说着上个星期他遇到的奇葩案子和辩护律师。

“所以后来那个男人就开始说，说他有古波斯血统，然后另外那个穷人是古希腊人，是他的仇人。而且他还在法庭上大倒苦水，各种抱怨，说的那个话——谁知道是不是波斯语。法官大喊着肃静，把两个木槌都锤坏了，而这个傻子的辩护律师还想召一个医生上庭，用这个来帮他辩护。他这么一弄诉讼还真延期了。也就是说我下个星期还得跟这群白痴见面。用我天堂里的妈妈的话来说就是，哎，呀。”保罗·哥德堡越过芝士蛋糕冲她笑。“所以，你这一周过得怎么样？”

“动物们都挺好的，没什么大问题。”

“在这个城市当兽医多难啊。从卷毛狗到罗特韦尔犬。我都不知道你是怎么做到的。”

“所以我就只管猫，偶尔会照看一下特别的老鼠或者浣熊。”垃圾婆笑着看桌对面的保罗，心里暗想她为什么要编这么个故事。保罗的情绪突然转变了。

“听着，我想跟你谈谈。我们能不能别看电影？”保罗盯着他的咖啡，好像上面旋转的奶油能够预示他的未来。

“听起来是个大事。”

“确实是大事。至少我觉得是的。你是很理智的人，你可以告诉我，我是不是疯了。”

“别用波斯语说话就行。”

“好。”他拿起账单，“这次我来请，别跟我争。”

他们坐了一辆出租车去保罗位于上东区的超大二层公寓。他一路上什么都没说，只是检查着她手上又短又钝的指甲，开玩笑说她没有爪子。进了公寓之后，他开始煮咖啡，放起保罗·西蒙的歌。过了一会儿他终于坐下了，但是没有跟她一起坐在沙发上，而是拖来一把椅子，跟她面对面。

“办公室里出了事情，怪事。我需要别人的看法。你可能不是我最该询问的人，原因太多了，但你是我的朋友，我现在就需要朋友。”他双手捧着咖啡杯。

“我在。”垃圾婆知道他将要说的话她不会爱听。

“我觉得有人变坏了。我在街头有人，线人，大家都有。关于检察官办公室的传言很盛。还有人说跟黑手党有联系。”

“什么样的联系？”垃圾婆站起身，在黑白色的客厅走动。

“没有具体说。但是我知道最近三次我们袭击黑手党的行动都徒劳无功，只抓到了几个小喽啰，基本没有找到毒品或者枪支。虽然袭击成功了我们很高兴，但是并没有对他们造成多大伤害。”保罗抬头看着垃圾婆，“我们被利用了。黑手党的敌人有什么行动我们都能收到消息，对他们的袭击也能造成实际性的打击。我觉得我知道原因。”

“你打算怎么办？”垃圾婆抿了一口咖啡，思考着她有哪些选择。她可以在这里杀他，但她已经被看见了，所以会成为嫌疑人。罗斯玛丽也许会保护她，也许不会。

“我不能相信检察官办公室里的任何人。而且我觉得市长办公室也不安全。”保罗放下他的被子，慢步穿过房间，走到壁炉前面。“我想去找媒体。《泰晤士报》。”

“你对你手头的消息有十足的把握吗？”垃圾婆的目光越过保罗，盯着火焰。罗斯玛丽引起了别人的怀疑，她不够小心。

“有。我说的每一句话都有证据。”保罗背对着她，手伸出去烤火。垃圾婆盯着他的后脑勺。“但我希望情况能够好转。如果那个走错路的人能恢复理智——也许就能避免这一切。还发生了一些奇怪的事情。我收到的某些消息似乎是从黑手党内部直接流出的。我不明白这是怎么回事。”

垃圾婆想起了克里斯托弗·马祖切利。她始终不信任这个男人，虽然罗斯玛丽很喜欢他。他背叛了罗斯玛丽？

“你应该按照你的良心行事。但是如果这些人真是黑手党成员，那岂不是会很危险？”垃圾婆记得罗斯玛丽跟她说过，现在她掌控全局，所以很多事情都会不一样。罗斯玛丽已经做好决定了。

“没错。所以我才会告诉你。我已经告诉了其他一些人，给了他们证据。我不想让你承受危险。”保罗似乎很满意地看到她没有从描述中推断出他说的是罗斯玛丽。垃圾婆不知道这番对话是否是个圈套。她过关了还是没过关？保罗的胳膊环绕着她将她拉近。垃圾婆没有抗拒，但也没有迎合，而是尴尬地回抱了他。

“你可以留下来过夜。”保罗亲吻了她的额头。

“不了，保罗。我还没准备好到那一步。我大概算是个老派的人。”垃圾婆将他推开，“我需要时间。”

“我们已经交往几个月了，却还不知道你住在哪里。你就这么不信任我吗？”保罗站在她面前，双手在体侧晃动。

“不，不是你。是我的问题。”垃圾婆避开他的眼睛，“给我点时间。或者别等我了，这是你的选择。”

“我的选择？”保罗摇头，“要是你不这么迷人的话情况就会简单许多。下周五，一起吃晚餐加电影。我向你保证。在这里碰面？”

“好。祝你好运，工作顺利。”垃圾婆不知道她的好运是想祝福保罗还是罗斯玛丽。

♣

垃圾婆绕着一栋建筑走时看到了锯齿形状的闪光，听到手枪、步枪和猎枪的声音打破夜晚的宁静。她正带着一支由老鼠、猫和几只野狗组成的军队巡逻这片区域，这是两天前跟罗斯玛丽碰面时对方指示的。一旦有人想要逃跑，她和动物们就能把他们送去等待着的警察那里。

她差点被一个尸体绊倒，这个人的脸被猎枪打开了花。她后退时碰到了一名黑人警察。他轻柔地抓住她，帮她站稳。

“女士，恐怕你今天晚上不能睡在这里了。”他的大手推着她离开战场，面向周边其他安静的街区。这双手让他想起棒槌伸向杰克的手。她扭动着摆脱了，他手里现在抓着的是她肮脏的皮外套，然后她一瘸一拐地快速离开了。她再次藏入黑暗之后联系了她的动物们。橘猫一直待在她身边，但是其他的散落在建筑附近的各处。她借助蜷缩在一堆垃圾上的老鼠的眼睛看到了一个年轻的东方人，他正打算逃离战局。他身后有一条血迹，是从右腿的裤子上流下来的。她闻到了血腥味，突然出现在巷子里的罗特维尔犬也闻到了。越南人倒吸一口气，开始缓缓后退。垃圾婆开始召唤这只狗，让她蹲坐下来，然后这只狗对着天空发出一声吠叫。

到处都是水。罗斯玛丽说过有个新加入的王牌叫睡莲，今晚会出现。垃圾婆开始厌倦踩着水坑走路了。外套最下面的六英寸都湿透了，裙子也是，靴子还进了水。这些水都是从哪里来的？她希望鬼牌镇今天别有火灾。虽然这样做会暴露自己，但垃圾婆还是在距离战斗区域几个街区的地方利用野猫作为防火带，阻止鬼牌靠近。据罗斯玛丽所说，保护圈正中间的鬼牌镇仓库是影拳会最主要的武器储藏地之一。垃圾婆的注意力开始恍惚了，罗斯玛丽没意识到她的宠物王牌无法一刻不停地持续扫描动物心灵，控制它们统一行动。

橘猫低吼一声，唤醒了沉浸在幻想中的垃圾婆。她原本靠在墙上保存体力，现在站直了。一个越南人端着乌兹冲锋枪走在黑暗的巷子里，悄无声息地在一块块阴影中时隐时现。垃圾婆将注意力集中在他身上，然后召集老鼠。几秒钟之后，一百只老鼠袭击了这个男人，逼得他急急后退。它们跳上他的裤子，蹿上他乱挥的手臂，咬他的脸和脖子。它们拥有绝对的数量优势，他脚下的地面都爬满了老鼠，他尖叫着摔倒，乌兹冲锋枪开火了，而且一直没停下，墙壁间回荡着节奏诡异、时断时续的开火声，还夹杂着他的尖叫。两个声音都达到最高点之后乌兹冲锋枪的弹药打完了，他的嗓子也不行了。一阵沉默降临，只能听见老鼠乱抓的声音。随后垃圾婆派它们去另一个地点。躺在血泊里的男人让她看着心烦。他不应该反抗的。

建筑上空亮起了弧形激光，如手术刀般将天空劈开。光芒划过睡莲的水坑时，云团升起。这个一阵阵闪光的场景让垃圾婆想起肯·罗素电影里的地狱。罗斯玛丽通过垃圾婆留下的小猫呼叫她。垃圾婆转身离开了那具尸体。他并没有对她做过什么。他不会成为她或者动物们的食物。她有什么权利杀他?

垃圾婆到达的时候罗斯玛丽正待在幽深的门口里等她。她悄悄沿着墙壁向前走，想起几分钟前那个越南人也是这样行动的。没人看见她。“你看见了什么?”罗斯玛丽没时间说开场白了。“我们控制了所有人，没有人逃过我的眼睛。”

“好，很好。那个混蛋短时间内忘不了这一次。”

罗斯玛丽很满意，但是她的心思不在这里。“你看，我就知道你能帮我不少忙。”

罗斯玛丽走到了街上，此时有个警察过来和她打招呼。“干得很棒！你的这些王牌真是厉害，虽然我不愿意承认。那个黑人——铁锤?——还是什么的，在他身边我都觉得打寒战，还有他的斗篷。”队长伸出一只手来恭喜她。

“乐意帮忙，队长。但是哈莱姆铁锤目前不在国内。确定不是你的某位卧底?”罗斯玛丽微笑着跟他握手，“还有，能不能请你的人领着这位女士出去?”罗斯玛丽示意正在门旁边等待的垃圾婆。“她有点迷路了。”

警察还没碰到她，垃圾婆就沿着人行道逃进了小巷。她花了点时间解散集结起来的动物们，然后才跟着橘猫钻进她之前留着没关的检修入口。在街道下方潮湿的夜晚，她思考着自己刚才做了什么。什么时候到头呢？等到罗斯玛丽的黑手党能发展壮大？今天牺牲了至少二十只老鼠，一只猫和一只狗。别再这样了，罗斯玛丽，你的游戏不值得这样的代价。她看着橘猫闪烁的眼睛，跟着她穿过隧道回家。

♥

罗斯玛丽来到甘比诺顶层公寓时，克里斯已经在那里了。他坐在她父亲的图书馆里那张会议桌的最前头。她在他身边坐下时他什么都没说。

“我们有麻烦了。”克里斯拉起她的手，“保罗·哥德堡知道你的身份。”

“怎么可能?”除了恐惧，罗斯玛丽同时还觉得松了一口气，假装的游戏结束了。

“这个我们不知道，但是这不重要，不是吗？我们一直在监视你办公室里的人，然后在他的公寓找到了这个。”克里斯把一个信封放在桌子上，推向她。她打开的时候看到了她自己和父亲的照片，录像，都是能确定她身份的东西。“我们必须把他除掉。”克里斯在桌上敲打着手指。“但是我想先征求你的同意。他毕竟是你的员工。”

“当然可以，立刻着手。”罗斯玛丽盯着照片，将它们来回移动，“他有没有给别人？还有谁知道?”

“我觉得我们时机把握得正好。”克里斯拿起一张照片，随意地看了一眼，“我建议你问问你的超级好朋友苏珊妮，毕竟他们是一对。”

“天呐，她在跟保罗约会。我不知道他要是出事了她会怎么做。她有时候不太稳定。”

“所以你希望我们就这样等着？你知道不是你死就是他亡。”克里斯向后靠，沉重的黑椅子翘了起来，只靠两条后腿支撑。

“不，把他除掉。现在就把他除掉。如果他还没来得及告诉别人，那我就还是安全的。”罗斯玛丽左右看看，像是在寻找逃生路线。

“这是唯一正确的选择。我会去处理的，除非……”克里斯让椅子落下来，撞在厚实的地毯上，发出一声闷响。

“不。你去吧。”罗斯玛丽感激地看着他，“谢谢你。”

他灿烂地微笑着，凑过去亲她。“不用谢。这就是我在这里的意义。”

◆

垃圾婆走在保罗的大厦的转角，一边把衬衣塞好，一边还要避开下午阵雨后的水坑。门童帮她拉开沉重的玻璃门，但是脸上藏不住的笑容意味着他看到了她慌乱的准备活动。她想整他一下，让一只鸽子停在他的头上，但是这么做不值得。她还有更重要的事情要做。她决定今晚留在保罗那里过夜，但还要看情况。这个决定让她有点反胃。

她冲着马蒂挥手，后者点点头，在他的访客登记表上核对她的名字。像往常一样，她的鞋跟哒哒踩在大理石地面上，让她有些难为情。等了好久电梯才来，她觉得每一个看见她进来的人现在都知道她对保罗的看法了。这太荒谬了。天呐，她已经是个成年人了。她深吸一口气，钻进电梯，来到保罗位于三十四层的公寓。

还好她出电梯的时候走廊上没人。鞋子踏在大约三英寸厚的地毯上，没有发出声响，她静静走向保罗的前门，按了门铃。几分钟之后，她再按，开始注意听里面的动静，但什么都没听到。她开始用心灵搜寻里面的生物，想找找看老鼠，但这个地方是上等住宅，不会有老鼠。既然在里面找不到动物，那就拉来一个窗外的鸽子。公寓里亮着几盏灯，但没看见保罗。

真棒。碰巧今天晚上忘记了他们的约会。很会把握时机，保罗。垃圾婆开始往电梯走，心里潜伏着宽慰的感觉，但被她一直向心灵深处推。坐着电梯向下时，她突然想到保罗应该是知道她要来的，不然保安不会放她上来。这是她第一次担心保罗的安全。

马蒂，也就是保安，几个小时前见过保罗进来。他们还聊了几句，他说他拿下了一个案子，所以提前回来休息，等垃圾婆过来。马蒂说到哥德堡先生提醒他注意她时脸红了。保罗说他们会一起庆祝。没有记录显示保罗后来又出去了，而且门童也没看到他离开。马蒂叫来另一个保安帮他值班，自己拿着备用钥匙去保罗的公寓。

门一打开，垃圾婆就知道出事了。她跟着内心可怕的感觉，直接领着马蒂进了卫生间。保罗赤裸地躺在黑色大理石按摩浴缸里。血液在冒着泡的水里打转。他是近距离被射中眼睛的。她盯着他看了一会儿，而吓坏了的马蒂则报了警。

警察把她带去警局，问了好几个小时的问题。一开始他们想让她承认是自己干的。但是验尸官初检报告送过来之后，他们就放弃了，开始向她询问保罗的情况。谁可能会希望他死？她一次又一次想到罗斯玛丽，但是却说自己什么都不知道。

是罗斯玛丽干的吗？罗斯玛丽知道她在乎保罗。罗斯玛丽还鼓励过她。她真的能对一个她敬重的同事痛下杀手？垃圾婆不允许自己思考这个问题的答案。

终于获准 C. C. 带垃圾婆回家时已经快早上六点了。她们坐出租车回的公寓，一路上垃圾婆一句话都没说。她颤抖着四处搜寻猫咪，用心灵将它们拉近。C. C. 捡起大门口人行道上的晨报，夹在胳膊下面，带着垃圾婆上电梯。进公寓之后 C. C. 开始煮茶，垃圾婆眼神涣散地看着对面的墙。

垃圾婆意识到 C. C. 喊了她的名字好几次。她回过神来。她更喜欢将意识散播在城市的各个角落。她的痛苦也因此被分散了。C. C. 急促的声音将她的注意力唤回到前面的报纸上来。

罗斯玛丽·甘比诺·马尔登的照片占据了头版的四分之一。

♠

罗斯玛丽很冷静，因为她已经事先收到了来自讣告写手的警告。他以前在拉斯维加斯欠了不少钱，后来她帮他还了债，雇他传递消息，今天有了回报。他听到了新闻编辑部里的兴奋躁动，立马去查探，然后看到她的照片出现在头版，这就足够了。

他打了个电话给家族里的联系人。克里斯凌晨两点过来敲她的门，然后他们一起扔了一些衣服进行李箱。

克里斯原本就派了他最优秀的四个手下二十四小时保护她。现在他们六个人坐在黑色豪车里，前往甘比诺的一个安全屋。罗斯玛丽没说话。有什么好说的？她生活的一部分被摧毁了。只有家族还在。她开启的事情，就由她来了结。

罗斯玛丽独自坐在屋里，保镖们在外围巡逻，时刻注意着门口和窗户。克里斯去帮她安排安全的撤退方式了，好让她今后还能领导甘比诺。自从过上双重生活以来，她第一次感觉到如此自由，如此有活着的感觉。她的脑海里满是保全家族的可行计划。她终于能够专注于手头的问题了，一切都会不同。保罗算是帮了她一个忙。可惜是以他的死为代价，但是人不能展示出弱点，一点都不可以。她在想克里斯什么时候回来，她有很多事情要跟他讨论。

♥♦♠♣

千军万马

Ⅱ

在狭小闷热的黑暗中，某处的水流发出闷响声。整个世界扭曲转动，沉入水底。他虚弱眩晕，无法移动。他感觉到冰凉的手指抓住他的腿，向上爬，越来越高，漫过他的胯部，突然一阵颤动，他惊醒。他用僵硬的手指解开安全带，但是太迟了，寒意拥抱着他的胸口，他摇晃着站起来，地板突然翻滚起来，他失去重心，然后水淹过他的头，他无法呼吸，眼前一片漆黑，像坟墓一样黑暗，他必须出去，他必须出去……

汤姆喘着粗气醒来，一声尖叫呛在他的喉咙里。

他醒来之后头昏眼花，听见了破碎的窗户玻璃砸在卧室地板上的哗啦声。他闭上眼睛，试图平复自己。他的心脏怦怦捶着胸口，内衣都黏在皮肤上。只是个梦，他安慰自己，但是他还能感觉到自己在坠落，眼前漆黑，孤立无援，被锁在燃烧着的金属棺材里，身边河水不断上涌。只是个梦而已，他重复道。他运气很好，龟壳的某处爆炸了，然后他出来了，结束了，他安然无恙。他深吸一口气，从一开始数数，数到七的时候他就已经不再颤抖了。他睁开了眼睛。

空荡的房间里摆放了一个床垫，这就是他的床。他坐起来，身下的床单乱七八糟。一束束阳光从破碎的窗户里照进来，撕裂的枕头中飘出的羽毛在空中飞舞，懒洋洋地向着地面坠落。上个星期才买的闹钟飞过房间，显然是撞上了墙又被弹开了。电子显示器上闪过一系列随机数字，然后又完全暗淡下去。墙壁是淡绿色，光秃秃的什么装饰物也没有，只有一个蜘蛛网似的裂痕，越来越大。

总有一天他的愚蠢潜意识会把整个房子弄塌，砸在他身上。他不知道那时候他的邻居会怎么想。房间里的大部分家具都已经支离破碎，而且石膏板的墙壁并不结实。还有，他自己也快撑不住了。

汤姆把汗湿的内衣扔进浴室的篮子里，盯着洗漱盆上方的镜子看自己。他觉得自己看起来比实际年龄老十岁。他猜测，做上几个月的噩梦，是人都会苍老。

他爬进浴缸，拉上帘子，肥皂盒里放着一块半融化的舒肤佳。汤姆集中精神，肥皂直立起来，飞到他的手中。感觉黏糊糊的。他皱紧眉头，用心灵之力扭动冷水龙头，然后一阵冰凉刺骨的水打在他身上，冻得他龇牙咧嘴。他快速扭动热水龙头——用手，温热的水让他舒服地抖动了一下。

汤姆抹着肥皂，打心里觉得自己的状态越来越好了。当了二十多年的灵龟，他的隔空取物能力几乎完全衰退了，直到被困在龟壳内部时才发挥了一次。但是塔基扬医生告诉过他屏障是心理上的，不是生理上的。他从那以后就开始练习，现在到了可以熟练拿肥皂、开冷水龙头的程度。

汤姆把头塞在莲蓬头下面，微笑着感受温水在他身上滑落，洗去噩梦的残余。他的潜意识不知道他是有极限的，这太糟糕了，不然他在入睡前会觉得安全许多，醒来之后也不会看到一团糟的卧室。但是噩梦来袭时，他是灵龟。虚弱无力、头昏脑涨、不断下坠，几乎要溺水而死，但还是伟大而强力的灵龟，他的心灵之力强大到能用火车头玩杂耍，能粉碎坦克。

故去的灵龟。千军万马也救不回来了，汤姆心想。

他关上龙头，在突然的寒意中颤抖，然后爬出浴缸，用毛巾擦干自己。

他在厨房里给自己做了一杯咖啡，泡了一碗全谷物麦片。他总是觉得全谷物麦片尝起来像是潮湿的硬纸板，而这种全新的超健康全谷物麦片吃起来就像木屑，但他的医生让他多吃纤维少吃脂肪。他还应该少喝咖啡，但是他戒不掉——他已经完全上瘾了。

他打开微波炉旁边的小电视，坐在厨房桌子旁边看 CNN 电视台。现在城里正对曼哈顿地方检察官办公室的腐败情况进行全面调查，这是他们应该做的，毕竟他们的其中一个检察官助理被曝光是黑手党老大。他们承诺会起诉，而且正在搜捕化名罗斯玛丽·马尔登的罗莎·玛利亚·甘比诺，但她消失了，藏到了地下的某处。汤姆猜她近期不会出现。

作为一个王牌，他没有加入马尔登的志愿者队伍，现在鬼牌镇帮派战争愈演愈烈，他的内心有些愧疚。灵龟不该这样忽略别人的呼救，要是他有个能用的龟壳或者有钱建一个新的，那他可能会心软，然后让灵龟死而复生。但是他什么都没有，所以他什么都没做，他现在也很庆幸。脉冲者和睡莲还有磁铁先生以及其他响应号召的王牌都是冒着失去生命和名誉的风险在帮忙，但现在许多政客都在晚间新闻上呼吁把他们全都调查一遍，看看是否与犯罪集团有联系。

这样的时刻总是让汤姆庆幸灵龟已经死了。

然后开始播放王牌代表团的新闻更新。游隼怀孕已经是旧新闻了，也没有再发生像叙利亚那样的暴力事件，谢天谢地。汤姆带着一股平淡的怨气看着一叠卡牌在日本降落的镜头。他一直希望能出去旅行，看看遥远的异域，参观小时候在书中看过的灿烂城市，但他没有那么多钱。店里曾经派他去芝加哥参加贸易展会，但是跟三千个电子业销售员一起在希尔顿待一个周末根本算不上实现孩童时期的梦想。

他们肯定会邀请灵龟加入代表团。当然，运输他的龟壳会比较麻烦，而且他不想给出真名，那就没法办护照，但要是有人肯费心的话这些问题都可以解决。也许他们真的觉得他死了，但是至少塔基扬医生应该心中有数。

但他现在还在这里，一嘴高纤维麦片，坐在位于贝永的公寓里。而此时此刻，西北风和海勒姆·沃彻斯特那个胖子还有游隼正坐在某个宝塔下面，吃着鬼知道什么样的日式早餐。他很生气。他对游隼或者西北风没有意见，但他们付出的都没有他多。该死，他们还邀请了杰克·布劳恩那个垃圾，就是没有邀请他！没有！那会带来太多他妈的麻烦，他们必须为他做出特殊安排，还有他们给王牌安排了位置，给鬼牌安排了位置，但是没人知道该把灵龟安排在哪里。

汤姆喝了一大口咖啡，从桌子旁边站起来，关上了电视。去他们的，他心想。他既然已经决定了要让灵龟安息，那就该把所有残骸都埋葬。他大概有点想法。如果处置得当，也许明年的这个时候，他也有钱环游世界了。

♥♦♠♣

警笛和血清素的协奏曲

Ⅱ

克罗伊德四下查看，发现完全没人注意到他，于是在他的意式浓缩里丢了两片安非他明。事情完全没按照他的计划进行。最近的几天他尝试了各条线索，但都无功而返，而且他对安非他明的依赖已经超过了他心里的正常范围。一般来说，这没什么大不了的，但这是他第一次同时许下两个承诺，一个关于毒品，一个关于约会。一个是公事，一个是私事。他突然想起来别人可能看到他进进出出了。他得留个心眼，至少复眼中有几个要看着自己，谨防工作中出岔子，而且他也不想跟睡莲第一次约会就让她不舒服。但是通常情况下他都能意识到自己内心的妄想在上涌，所以这一次，他决定就用妄想症的严重程度来衡量自己的非理性程度。

他把整个镇子都跑遍了，试图搜寻两个似乎已经消失的线索。他跑遍了列表上的每一个地址，但发现都只是随机选择的见面地点而已。表上的下一个名字是詹姆斯·斯佩克特。虽然他不熟悉这个名字，但他知道死期，他见过他，在好几个场合匆匆一瞥。他觉得这个男人是天底下最肮脏的王牌之一。“如果是死期，别看他的眼睛。”他哼着这个调子示意服务生过来。

“你好，先生。”

“再来点意式浓缩，大杯的，可以吗？”

“好的，先生。”

“干脆把一整壶都拿来吧。”

“好的。”

他的哼唱声大了一些，开始用脚打拍子。“死期之眼，死期的眼睛，”他吟诵道。服务生把杯子放在他面前的时候他吓了一跳。

“不要这样突然出现！”

“对不起，我没想吓你。”男人开始往杯子里倒咖啡。

“别站在我后面倒，站到对面来，让我能看到你。”

“好的。”

服务员站到克罗伊德右边，他走的时候把咖啡壶留在了桌上。

克罗伊德一杯接一杯地喝咖啡，脑海里涌过很久不曾思考过的事情，关于睡眠、永生、变形。过了一会儿他又叫了一壶。

这绝对是喝下两壶才能思考的问题。

♣

晚上的雪停下了，但是人行道上的那一两英寸积雪却在路灯照耀下闪烁光芒，冷风呼啸，第十大街上的雪花被卷起来，在空中打着旋。一个高瘦的男人穿着厚重的外套，小心翼翼地走着，转过弯之后回头瞥了一眼，呼出一阵白雾。走出酒水零售店之后他就觉得自己被跟踪了。而就在街对面距离他一百码左右的地方，有个身影以同样的速度跟他一起向前。詹姆斯·斯佩克特觉得最好就在这里等着对方，然后把他杀了，省得后面麻烦。毕竟，他包里装着两瓶杰克丹尼，还有一提六罐装的施利茨啤酒。要是有人在这种结冰的道路上突然跟他搭话——他一想到瓶子可能会碎裂就愁眉紧锁，那又要回零售店重新买。

但话说回来，就算抓好背包，等着对方，然后当场杀掉，他也还是有可能摔倒，比如说他凑过去翻那个男人的口袋的时候。所以最好是先找个地方把东西放下。他审视着环境。

就在前面有几级阶梯，通向一个门口。他走过去，把包裹放在第三级台阶上，靠着铁栏杆。他掸掸衣领，然后立起来，从口袋里掏出一包香烟，抖出一根，双手挡着风把它点着了。他靠在栏杆上等着，注意着拐角。

很快，一个穿着灰色长裤蓝色外套的男人进入视野，领带在风中飞舞，深色头发也被吹乱了。男人停下脚步，盯着他，点点头，然后继续向前。走近了之后斯佩克特才发现这个男人戴着反光墨镜。斯佩克特突然有些慌神，对方拥有抵抗他的第一道防线。而且在这样的深夜里，对方不太可能只是碰巧遇上他。不仅如此，这人也不像是跟在他屁股后面的那些肌肉男。他狠狠吸了口烟，缓慢地后退着上了几级台阶。拥有高度优势以后方便踢他的头，先把他弄昏。

“哟，死期！”男人喊道，“我要跟你聊聊！”

死期盯着他，想回忆下他是谁，但这个男人一点都不眼熟，连声音都很陌生。

男人走过来，站在他面前，微笑着。“我只想耽误你一两分钟时间，”他说，“是重要的事情。我有点赶时间，而且想要保持隐秘状态。这可不容易。”

“我们认识吗？”死期问他。

“我们见过的，在其他的生活中，这样说吧，我过着好多种生活。我知道你曾经为我姐夫的公司做过会计，在泽西岛那里。我叫克罗伊德。”

“你想怎样？”

“善良美好的黑手党从半个世纪之前就开始管理这片区域了，但最近有个新帮派想从他们手上抢生意，我想知道领头的是谁。”

“你在开玩笑，”死期最后抽了一口烟，然后扔在地上，用脚踩灭。

“没有，”克罗伊德说，“我真心需要这个信息才能安息。我知道你不止是帮这些人记账而已。所以告诉我是谁在掌控全局，然后我就可以继续前进了。”

“我没法告诉你。”死期回答道。

“就像我说的，我想要隐秘行事。所以我不打算硬来——”

死期一脚踢中他的脸，克罗伊德的眼镜飞了出去，越过他的肩膀，然后死期发现自己面对着二百一十六个闪光的复眼。他实在无法锁定对方的眼神。

“你是个王牌，”他说，“或者是鬼牌。”

“我是沉睡者，”克罗伊德说着伸手抓住了死期的右胳膊，然后利用栏杆折断了这只胳膊，“你应该让我保持隐秘状态。没这么疼。”

死期面容痛苦，但还是耸了耸肩。“继续，把我另一只胳膊也弄折了。但我没法告诉你我不知道的事情。”

克罗伊德盯着在死期体侧晃荡的胳膊，死期伸手抓住，拧了一把将其复位，然后托着。

“你恢复得很快，是吧？”克罗伊德说，“甚至几分钟就好了。我现在想起来了。”

“没错。”

“要是我把它扯掉了，你能长出个新的吗？”

“我不知道，我也不想知道。听着，我听说你是个疯子，我也相信。要是我知道，肯定会告诉你。我不喜欢受伤再恢复。但我只不过是被雇用去当打手而已。我不知道顶上是谁。”

克罗伊德伸出双手，抓住死期的两个手腕。

“把你拆了也没什么好处，”他说道，“但是我可以做得隐秘一些。试过电击疗法吗？尝试一下。”

死期的抽搐停止之后，克罗伊德放开了他的手腕。过了一会儿，死期终于可以开口说话了，“我还是没法告诉你。我不知道。”

“那就再损失点神经元吧。”克罗伊德建议道。

“等一下，”死期说，“我从来就不知道大人物的名字，那对我来说没有意义。现在依然没有。我只知道有个叫独眼的男人——是个鬼牌。他只有一个大眼睛，还戴了单片眼镜。我跟他见过一次，他给了我一个任务以及酬劳。这就够了。这种事情你是知道的。你也是自由职业者。”

克罗伊德叹了口气。“独眼？我好像在哪里听说过。我去哪儿能找到这个人？”

“我知道他有时候会去死人尼古拉斯俱乐部。周五晚上会在那里玩牌。我一直打算过去一趟，把这个混蛋杀了，但没抽出时间。”

“死人尼古拉斯俱乐部？”克罗伊德说，“我应该不认识。”

“以前是尼古拉斯国王的停尸房，靠近鬼牌镇。提供食物和酒水，有音乐和舞池，后面的房间还可以赌博。最近才开的。风格有点像万圣节。太病态了，不符合我的口味。”

“好吧，”克罗伊德说，“我希望你不是在跟我瞎扯，死期。”

“我只知道这些。”

克罗伊德缓慢点头。“这就可以了。也许以后我可以休息，”他说，“非常隐秘地待着。”他拿起死期的包，放在他的怀里。“呐，别忘了你的东西。最好小心脚下，地上很滑。”他步步后退，低声自言自语，然后走上街头，拐了个弯，消失了。

死期坐在台阶上，打开了一瓶杰克丹尼，喝了一大口。

♥♦♠♣

信仰的力量

亚瑟·拜伦·科弗　著

在黑暗和困苦的煎熬之时，在这片丰饶的土地上，撒旦的恶行即将结出果实：你不用考虑《资本论》，不用避开弗洛伊德，你不需要塔基扬那样的自由派人士的帮助。你只需要敞开怀抱迎接信仰，别无其他！

——里奥·巴奈特牧师

I

距离鬼牌镇几个街区的下东区被耐特和病毒受害者称为边缘。没人知道这名字是哪个群体先叫起来的，但是双方都这么称呼这里。鬼牌可能觉得这里是纽约的边缘，而耐特则觉得是鬼牌镇的边缘。

人们到边缘来的原因很简单，就像看杀人狂电影，或者听金属摇滚演唱会，或者嗑时下流行的药一样。他们来边缘是被这里危险的假象吸引了，这个安全的地方让人感觉很危险，他们来过之后就可以在派对上跟那些不敢来的人大谈特谈。

年轻的牧师在边缘的一个廉价酒店订了一晚的房间，但他只打算在里面待几个小时，此刻他一边想着人们来边缘的原因，一边透过浴室的窗户看电视新闻团队在下面的街道上游荡。团队里包括穿着外套打着领带的男记者、小型摄像机操作员和一个负责收声的工作人员。记者负责拦下路人，耐特和鬼牌都拦，然后把麦克风杵在他们面前，想要让他们说些什么。在很长一段时间内，年轻的牧师内心纠结万分，害怕新闻团队发现了他和贝琳达·梅幽会的事情，但他后来又安慰自己说新闻团队显然时常在这片区域徘徊。毕竟，他们还能在哪里为11点新闻拍到有意思的开场新闻呢？年轻的牧师不喜欢内心有罪恶的想法，但是目前这个局面，他希望几个街区之外能出现一场壮观车祸，有大火和变形的引擎盖——但没有人员伤亡，这是当然——然后新闻团队会被吸引过去。

年轻的牧师放下劣质白色窗帘，他完事之后快速高效地洗了个手，盯着锈迹斑斑的面盆上方的镜子，看着自己惨白的面容。他真的如此不健康？也许他苍白又蜡黄的脸只是拜镜子上方两个灯泡没遮没挡的亮光所赐？他金发碧眼，刚过二十五岁，五官都很英俊，而且高颧骨、方下巴，还有酒窝。现在他只穿了一件白T恤，浅蓝色短裤和袜子。他大汗淋漓，这里太热了，但很快他会让这里的热度继续攀升。

就算这样，他还是觉得自己不属于这个小破旅馆，不该跟这个女人在一起，她正好是鬼牌镇任务的关键人物之一。不是说他毫无经验，这种事情他做过很多次，跟各种各样的女人，就在类似这样的房间里。女人投怀送抱是因为他是名人，或者听了他的布道之后感觉很棒，或者想更靠近上帝。有时候他觉得自己很难靠近上帝了，那他就会花钱找女人，付款的事由他核心圈子里值得信赖的一个成员负责。有几个女人居然蠢到以为与他相爱，这个幻觉会被他毫不留情地击碎，但是要在满足了她们的肉欲之后。

但是前面那些经验在碰到贝琳达·梅这样的女人时毫无用武之地，她似乎只是为了享受鱼水之欢而已。他想知道大城市里未婚的基督教女性是不是都跟贝琳达·梅一样。*在这样一个世界里耶稣将从何而来，他心想，等到时机成熟，他该如何回归？*

他打开通向卧室的门，但还没走出去一步，就看到了此生最震惊的景象。贝琳达·梅双腿交叉坐在床上抽烟，非常漂亮，赤身裸体。

他当然想看到她脱光，但不是现在，就算到了时候，他也以为她会小心地藏在被子里。

“你也该出现了。”她说完摁灭了香烟，走进他的怀抱，他连气都还没顺过来。现在他知道热炉子上的平底锅是什么感受了。她抱得很紧，似乎想让两人的身体融合在一起。她的双峰贴着他的胸口，同时她紧贴着他大腿摩擦，仿佛试图坐在他的骨头上。他的情欲高涨到不可思议的程度。她的舌头像只鳗鱼，在他嘴里探索。一只手在他的T恤下方游移，另一只手伸进他的短裤，揉搓着他的屁股。

“嗯，你尝起来真棒。”贝琳达·梅在他耳边低语，此刻的气氛是美妙天堂和底层地狱的诡异混合体。毫无疑问，在性爱方面，贝琳达·梅比他睡过的任何女性更加具有侵略性。“来吧，我们到床上来。”她轻声说道，拉着他的手走向床边。她爬上床，双膝跪下，指引着他站在床边。

虽然年轻的牧师每次用前戏让她高潮时都会感到深深的满足，但他现在却莫名觉得自己与眼前的场景毫无联系，就像正透过墙上的单面玻璃观看，而非参与其中。他局促不安地再一次开始思考自己在这个破烂地方做什么。墙上油漆脱落，露出凹凸不平的内部，俗气的台灯，弹簧吱呀作响的床，还有盯着他看的电视机。他后悔答应贝琳达在边缘挑个房间私会的请求，他觉得自己灵魂中的某些部分和那些时常到边缘来寻求安全的刺激的人很相似，这让他很困扰。年轻的牧师希望他能确信内心中重要的空虚部分都被上帝填满了。

但是，比起他具有穿透力的自我怀疑，贝琳达·梅这个美人带给了他更深层的困扰。他轻柔地将她推倒，这种兴奋的感觉有点像他小时候第一次独自跪在圣坛之前时体会到的，他注意到她的金发散开在枕头上，就像天使的翅膀。他凑上去亲吻她，舔舐她的脖子，她假模假式地扭动挣扎。他继续向下亲吻她的乳房，她的热情被完全点燃了，双手穿过他的头发，轻声呻吟，他也因为这些感受而热度涌上头皮。他的舌头来到她的腹部，在肚脐边缘打转，他尽量让自己的动作柔和且富有技巧。当她双腿大张的时候他感到难以自持地满足，于是立刻接受邀请。他从来不知道女性可以如此美味。他从来不知道他会如此强烈地想要满足一个人，而不是被满足。他从来不知道他会在爱的圣坛面前如此虔诚如此急切地释放自己的崇拜。他从来不知道他会如此心甘情愿地贬低自己，如此放纵自己……

“里奥?”贝琳达·梅用手肘撑着自己，“有什么问题吗?”

年轻的牧师将自己撑起来，看着那话儿像一个吊死鬼一样绵软无力地下垂着。*主啊，你抛弃了我吗?*他愁苦地想着，控制住孩童似的慌张。他羞怯地笑着，眼神越过依然张开的邀请，越过她汗涔涔的身体和闪光的乳房，看向她笑容甜蜜的脸庞。“我不知道。我猜我今晚没状态。”

贝琳达·梅噘嘴，然后尽可能无辜又自然地伸了个懒腰，就好像旁边没人一样。“那太糟了。我能帮什么忙吗?”

在接下来的几秒钟里，年轻的牧师在脑海里衡量了几个因素，大部分都要在坦率和微妙的外交说辞之间找到平衡。最后，他觉得她会更喜欢坦率，但他不知道成功的概率有多少。他扬起一个狼一般的笑容。“你想不想吃点什么?”

她的左腿从他头顶晃过时他的一生从眼前掠过，她爬下床，惊叫起来：“真是个好主意！街对面有个寿司店！你可以请我吃晚饭!”她跑向浴室，屁股迷人地抖动着，然后她关上门，打开水龙头。就在开始洗澡之前，她打开门探出脑袋说，“然后我们回来再试一次。”

年轻的牧师无话可说。他躺在床上盯着天花板，上面杂乱无章的裂痕莫名象征着他在这个当口的感觉。他重重叹了口气。至少他现在最需要担心的不是街头游荡的新闻团队会发现他的幽会了。

现在最该担心的是他们会发现他硬不起来。

这对他的政治前途会产生不可估量的影响。总统候选人不管犯了多少错都不可怕，美国人民都会原谅，可怕的是连错都犯不好。

“你真有一双妙手，你知道吗？”贝琳达·梅从浴室里喊道。

真棒，里奥·巴奈特心想，用愈加虚弱的力量抓住绝望的悬崖。再见，白宫；你好，天堂。

Ⅱ

今天晚上，他觉得整个城市都在他的身体里，而他也在整个城市里。他感受到它的钢筋、水泥、砖块、石头、大理石和玻璃，感受到他的内脏贴着鬼牌镇的各种建筑和地点，它们的原子改变形态，在现实里进进出出。他的分子擦过黑色棉花浪潮一样旋转着袭向城市的云朵；它们和空气混合交缠，孕育出越来越多湿气，它们和远处的惊雷一同颤动。今夜，他和鬼牌镇的过去与将来紧密相连；即将到来的暴风雨和上一个毫无区别，下一个也会与它别无二致。就好像钢筋水泥永远不变，砖块石头恒久流传，大理石和玻璃长生不朽。只要这城还在，不管如何脆弱缥缈，他就也会在。

他的名字叫类人。他曾经有另外一个名字，但关于那个自己他只记得是个爆破专家。现在他是我们永恒苦难的圣母教堂的看门人，鱿鱼神父一遍遍地告诉他：“爆破团队失去了一个人才，上帝的团队收获了一个人才。”

通常来说，类人只能记住一些赤裸裸的事实，因为组成他大脑的原子和他全身上下的所有原子一样，一直随机地在现实中进进出出，飞向异次元领域，然后又飞回来。这带来了双重效果，让他比天才更聪明，比白痴更愚蠢。大部分时候，只要能让自己完整无缺，类人已经觉得是胜利了。

今天晚上，就连这个小小目标都显得比平日里困难。空气里是鲜血和惊雷。今天晚上，类人要去边缘。

他走上他那栋廉价公寓楼的楼梯，准备打开通向屋顶的门，就在此时，他的部分大脑瞥到了最近的将来。他已经感觉到了夜晚寒冷的空气，看到了远处闪烁的灯光，感觉到了屋顶的碎石被踩在他的网球鞋下面，看到了一个拾荒老女人——一个鬼牌，睡在热空气管旁边，她从消防通道拉上来的小手推车里装着她的全部家当。

他真正触碰到门把手的那一瞬间，现在和未来的交叉变得更加强烈也更生动，他转动把手时，强度又更近一步。类人已经习惯了这种对不久未来的预知。对他来说，各种不同时间总是会碰撞在一起，宛如刺耳的大镲。活在这样的心灵世界中，他早就接受了唯一可能的结论：现实只不过是真实存在的黎明之前破碎的梦境。

他穿过门口时过去和现在无缝衔接。闪烁的灯光、脚下的碎石和睡梦中的老女人，都如他所料地出现在眼前。他没有预见到的是门上生锈的铰链发出的嘎吱声，像是电锯切开钉子，在下面车流的稳定低鸣声中显得很突兀，惊醒了睡得不安稳的老女人。她棕色的皮肤上有皮屑，脸就像一只没毛的老鼠，嘴向后咧，露出白色尖牙。“你他妈的是谁?”她虚张声势地质问道。

他没有搭理她。这个驼背且左边髋部无法弯曲的男人拖着步子走向建筑边缘，但带着舞者的优雅，就好像他是故意在开一个病态的玩笑。

他没有一丝犹豫，迈过了边缘。

老女人误以为他要自杀，于是尖叫起来。类人没在意。

迈过去之后他就忙着自己的事情：用意念带自己去想去的地方。

时间和空间包裹着他。在随后的那一瞬间里，他迅速消退的领悟力尽力想要抓住他的自我意象。在漫长的一纳秒里，他几乎迷失在了宇宙的流动性之中。但他坚持住了，那个时刻结束之后，他身处边缘的一个小巷里。

他距离惊雷近了一秒，距离鲜血近了一步，距离最后的黑暗近了一个事件。

Ⅲ

今天晚上是维托的重大转机，他肯定是显示出承担责任的能力，不然老大不会指示他一起跟来边缘进行小小巡游。当然，这也意味着维托是可牺牲的，但是没关系，能获得好处就行。你要是想在卡尔维诺家族内部向上爬，就得冒点风险。

最近，家族的权力机构中有了不少空缺，维托这个野心勃勃的年轻人自然想要活得久一点，向上爬几层，爬到一个能派别人去冒险的位置就可以了。

他在忙着帮老大的豪车打蜡时听到几个小伙子在说闲话，如果他们讲的是真的，那么可能要达成某种停战协议了，这太可惜了。显然，老大想要和近期给五家族造成致命打击的幕后鬼牌大佬们详谈些重要事务。

某个名叫亚龙的鬼牌，对，就叫这个名字，维托走在边缘中央的一条人行道上，心里紧张地想着。一大群游客和鬼牌，甚至有几个王牌从他身边穿梭而过。他察看街道，观察着有可能出现的问题。这不是他的工作——他的工作是到前面那家廉价旅馆的大厅里取钥匙，老大和这个鬼牌约好了要在里面的一个房间见面——但他还是忍不住希望自己能在附近区域注意到某些重要事情，这样老大和其他高层就会觉得他也不是能随便牺牲的小角色。

他走进大厅之后，就觉得自己像是个瞎眼熊闯入了猎人的营地。他试着保持淡定，下巴收紧，他见过大人物们这样驱赶骗子。他大步走向前台，手掌猛地拍在柜台上，心里希望这一举动展现出权威的姿态。“我来这里，是代表你们，啊，最重要的客人之一。”实在遗憾，他破音了。

前台的工作人员是个无精打采的老人，一头白发，还戴着一个黑色眼罩，可能是想装成耐特的鬼牌，他头都没怎么抬，一直在看少女杂志。封面的内页在预告某篇恋鬼牌癖的文章，还有张模糊不清的照片，是个强健的男人跨坐在某个眼神美好迷人的生物身上，但是身体其他部分就像是一勺巨大的香草冰淇淋，加上皮包骨头的胳膊、腿和极小的手掌脚掌。前台冷淡地翻了个页。

维托清清喉咙。

前台也清了清喉咙。过了好一会儿，他终于抬起头来，说，“我们有好多重要的客人，年轻人。你代表的是哪一个？”

“你们欠了好多人情的那个。”

这话刚刚离开维托的嘴，那个老人就跳起来从架子上拿起一把钥匙，然后飞奔到柜台前面递给维托，说：“全部都安排好了，先生。希望我们的服务能让你满意。”

“我的看法并不重要，”维托从前台手上接过钥匙，“小心点，不然书页会黏在一起的。”他说完就转向出口。他短暂地想过是否要检查一下房间，但是又想起来他收到的指示简明扼要。*去大厅拿钥匙回来*。维托看过好几个伙伴的遭遇之后已经学乖了，那些大人物不欣赏创新。

所以他走出旅馆，在外面冰凉的空气中低头前进，好像有狂风刮过，但实际上基本没有风，而且他的姿势使得他抹了油的黑发垂落在眼睛前面。本来，他根据目前事情的进展，觉得今晚会一切顺利，但现在这份信心瞬间消散无踪，因为他看到到处都是他认识的人——在街道两侧，或站着，或坐在垃圾食品小店的桌子旁，或坐在路边的车子里。通常情况下，这么多家族成员和手下待在同一个地方只有一种可能，那就是葬礼。但现在他们并没有穿着显眼的丧服，而是试图融入。不过有些人维托不认识，但他们那股冷酷的自信散发出一种克制的残酷，就连最残暴恶劣的大人物似乎都有些心神不定。

维托的心头飘过一百个问题，快步走向街角，拉尔菲在那里等着他。拉尔菲是老大最信赖的助理之一。传说他以前是个一流杀手，曾在两百码开外一枪杀死市长候选人，然后在电视台摄像机面前消失在人群中。维托完全不怀疑这个故事的真实性。在他看来，拉尔菲更像是一股力量而非一个人类。所以他出于敬重，在离拉尔菲几码的地方停下，抬头看到长着痘痕的脸颊上那一双棕色的眼睛，这个男人能像捏死一只虫子一样弄死他。维托交出钥匙。“给你！”他宣布道，也许声音稍微大了一点。

“很好，”拉尔菲声音粗哑，故意没有拿钥匙，“你检查房间了吗？”

“没有，没人叫我检查。”

“好。现在去检查。”

“怎么了？”维托不假思索地说，“我听说会是一个和平会议。”

“你听说个屁。我们只是想谨慎一点，而且这是你自愿的。”

“那我要找什么？”

“找到了你就知道了。去。”

维托去了，他得到了信任，可以参与任务，但他不知道自己该高兴还是该担忧。他的迷思被打断，因为他一不小心撞上了一个胯骨僵硬的驼背鬼牌，后者拖着腿从小巷子里走出来。“嘿——看着点！”他喊叫着推开这个鬼牌。

鬼牌停下脚步，流着口水恐惧地对着维托点头。他那双无神的眼睛里有什么一闪而过，就出现了一秒钟，就在鬼牌握紧拳头又松开的时候。在那一秒钟里，鬼牌站直了身体，维托清楚地感觉到他那个巨大的拳头可以打碎花岗岩。

然后鬼牌就泄气了，又一丝口水从他嘴边流下，接着他拖着腿后退进一个巷子，撞上一个垃圾箱。这个鬼牌没有再管维托，开始在垃圾里翻找。他发现半只已经风干的鸡，于是露出白色牙齿咬了一大口，疯狂咀嚼起来。

维托看着恶心，转身加快步伐回旅馆。他推动通向大厅的旋转门时才突然想到那个鬼牌穿的衣服——格子衬衣和蓝色牛仔裤——都非常干净整洁。他从来没有见过哪个沦落到要在垃圾箱里找东西吃的流浪汉会穿着膝盖上有全新补丁的裤子。

维托一耸肩，把那个男人的形象抛诸脑后。他路过前台时那个工作人员还在埋头看杂志，他怕自己会跟一个狠角色一起被困在电梯里，那他的生存概率就会降到零，所以他选择爬楼梯上三楼。走道黑得压抑，昏暗的日光灯与其说是灯，不如说是一团模糊，照在肮脏的黄褐色墙面上几乎没有反光，只是给它们染上了难看的光芒。

他找到了那个房间。他在走廊里左看右看，都没人。他能听到电视模糊的声音从各个房间传来，走道另一边的那个房间里似乎传来通水管的声音。在维托看来这些都是旅馆里的正常活动，但是内心还是发毛，感到不安，他觉得自己被看不见的眼睛监视着的时候就是这种感觉。他用颤抖的手指插入钥匙，打开房门。

然后他发现自己正对着一个丑鬼的脸。那个家伙没有下巴，只有两个鼻孔，没有鼻子，一条分叉的舌头时不时伸出嘴巴又缩回去。这个鬼牌咧嘴笑的样子绝对邪恶，还有那双盯着维托看的黄色眼睛，完全是捕猎者。维托更习惯平凡普通的专业人士风格。这个鬼牌知道维托被吓得不轻，所以尽情享受着他的恐惧。

鬼牌嘲讽道，“我知道了了了，卡尔维诺家派小男孩孩孩来帮他们做事。告诉你的老大大大他尽管进来。只有我一个人。”

Ⅳ

“也许你下一次可以试试脱掉袜子，”年轻的牧师关上门时，贝琳达·梅调皮地说。他转转门把手，确保锁好了，同时也被这句玩笑刺痛，眉头紧锁。贝琳达·梅嬉笑着伸出手臂去搂他。“放轻松，牧师先生。你把自己看得太重了。”她捏了他一把，他的心跳又开始加速，然后他试图挤出一个微笑。“记住诺曼·梅勒说的话就好了，”

她对着他的耳朵诱惑地说。"'有时候仅仅有欲望是不够的。'这并不说明你不够男人。"

"我没读过梅勒的书。"他在走向电梯时回答道。

"他的书对于你来说太下流了?"

"我是这么听说的。"

"他写的只是生活而已。我们现在这些就是生活。"

"关于生活我所需要知道的一切都能从《圣经》里找到。"

"胡说八道。"

他震惊于她竟然如此随意地就说出了不敬的话,准备开口回复——

——但是他还没说出一个字来她就继续说道:"现在装天真无邪有点迟了,里奥。"

年轻的牧师压下他的怒气,通常他只会在追随者面前发怒,而且他不习惯有人回嘴,让他更不习惯的是,跟他待在一起的女性暗指他并非完全理解爱、生命和对幸福的追求之间的道德两难。但就这个特定的话题而言,他不得不承认自己理亏,不过他没有明确地跟贝琳达说。其实他读过诺曼·梅勒的作品——尤其是《刽子手之歌》,这是一本详尽的案例分析,主人公是一个备受折磨的年轻王牌,他将九个无辜的人变成盐柱,也因此被处决。年轻的牧师有一本平装版,藏在他位于弗吉尼亚西南部的家里,就在书房抽屉里,不会被人发现的。还有好多道德上暧昧不清的书也被藏在同一个抽屉里,或者其他抽屉里。他最亲密的伙伴都不知道,就像是那些福音派牧师藏酒一样。

除了让贝琳达·梅打败他之外,还能怎么办?他想着等会儿能享用她的身体就觉得心满意足。再说,他对她的内心没太大兴趣。

他们站在一起等电梯的时候她又捏了他一下。兴奋感比之前强烈一倍,因为这一次她捏的是屁股。"作为一个可能的总统候选人,你的屁股太可爱了,"她说,"其他那些候选人就像一群猎犬。"

他用怀疑的眼神四下张望。

“别担心，”她拧了他一把，“这里没人。”

电梯门开了，他们面对着四个表情冷漠，眼神似铁的男人。年轻的牧师觉得膝盖一颤，贝琳达·梅这一次捏他的意思是她很害怕，需要他的保护，一个直接且原始的信号。

年轻的牧师重点关注着站在中间的那两个人。一个身材矮胖，脸红嘴唇厚，一长缕白发从侧面梳过来试图挡住在日光灯下闪闪发亮的秃顶，但失败了。他长着一双大眼睛，让人觉得如果过于用力地拍他的后背那眼睛就会从脸上掉出来。他的手指又粗又肥。他穿着量身定做的黑色西装，领口别着红色康乃馨，还搭配了优雅的白衬衣和灰色背心，但是那条荧光红色的领带凸显出他在服装上的品位堪忧。这个男人平静地抽着一根哈瓦那粗雪茄，尾部被他的口水沾湿，颜色深了一点，看起来很像一根风干的粪便。

男人把雪茄烟雾喷在年轻的牧师脸上。

这一举动明显是不把他放在眼里，年轻的牧师本应有所行动，但是他注意到了胖子身边站着个满脸痘痕的高个子，他有一双寒冷的棕色眼睛，苍白的薄唇看起来就像一条伤疤。他的棕色头发平平地贴在头骨上，年轻的牧师觉得他大概是头上压着东西睡觉的。他穿了一件米色风衣，右边口袋里有个明显突起。

他们俩旁边站着两个壮汉。他们的帽檐向下压，所以大部分脸都藏在阴影里。其中一个双手抱胸，另一个，年轻的牧师才注意到，是在挥手叫小情侣让开。

他们照做。四个男人走出电梯，顺着走道向前，都没回头看一眼。贝琳达·梅冲进电梯，但是年轻的牧师忍不住停下来盯着他们看。“来啊，里奥！”她用身体挡着电梯门，压低声音喊他。

年轻的牧师快步走进电梯。“那些人是谁？”

“现在别说这个！”电梯开始向下之后贝琳达·梅才开口继续说，

“那是卡尔维诺家族的头目。我在新闻上见过他一次！”

“卡尔维诺家族是什么？”

“黑帮。”

“哦，我明白了。我来自一个没有黑帮的地方。”

“哪儿都可能有黑帮。城里有五大家族，不过现在只剩下三个老大了，也许两个。最近有很多帮派分子被谋杀。”

“如果他真的是个权贵人物，为什么会到这里来。”

“我敢打赌是谈生意。卡尔维诺家的头号人物大概一出这个门就会把鞋子烧了。”电梯门开了。贝琳达·梅完全不顾大厅有好几个人，包括长着犀牛脸的健壮鬼牌，用手挽着年轻的牧师的手肘说，“你有没有带避孕药？”

他感觉到脸像火烧一样红。他不知道这些人里有没有哪个认出他来了。至少他没有听到有人喊他的名字，或者相机的咔嗒声。他以为自己没有被认出来，长舒一口气，但是刚一走出旋转门，他就意识到自己犯傻了。如果他被探听丑闻的人认出来了，那他现在并不会知道，而是会在晚间新闻或者小报头版上看到。“贝琳达——你为什么要说那个——？”他质问道。

“什么？你是说避孕药？”她一脸无辜地提问，从钱包里掏出一根香烟和一个打火机，“我觉得是个很合理的问题。性生活频繁的人应该注意性行为的安全，这很重要，不是吗？”

“是，但别在那么多人面前说！”

她在人行道边缘停步，转身不看他，伸手为香烟挡风，然后点烟。她再次转过身来，抽了一口烟，对着他说，“跟他们有什么关系？再说，”她调皮地微笑着补充道，“我以为你欣赏我与生俱来的乐观。”

年轻的牧师一只手捂住脸，另一只手握成拳头。他觉得街上的每双眼睛都在盯着他，但有很大可能他只是多疑了。“你想去哪里吃？”

他问道。

贝琳达开玩笑地捅了一下他的肋骨。“打起精神来，牧师大人！我跟你闹着玩呢。你担忧的太多了。你要是一直这么担忧下去，我们就得在那个房间里待几个星期了。我不确定我的信用卡有那么高额度。”

“这个你不用担心。我确定教会肯定会以某种方式偿还你。现在，你想去哪里吃？”

“那个地方看起来不错，”她指着街对面。“鲁迪家洁食寿司。”

“那我们走吧。”他挽着她的手走到街角。人行道的交通灯变为绿灯之后他两边看看，不仅是为了查看车子是否都停下了——任何一个大城市居民都知道并非所有车辆都会按规章停下——还是为了观察是否有可疑人士。新闻团队在街角搭讪一个年轻女性，但仅此而已。他有充分理由相信过来采访的时候他们已经坐在餐厅里安心用餐了。

他们正要走下人行道时，从他的视觉盲区走过一个人，撞上了他。如果是平常，年轻的牧师肯定不会计较，但他通常都不会像现在这样沮丧。他喊道，“嘿！看路！”然后惊恐地意识到对方是个鬼牌。

显然是个智障鬼牌，驼背，双眼无神。他一头红色卷发，穿着熨烫平整的格子衫和牛仔裤。“对不起，”鬼牌说完，把食指捅进鼻孔里，然后好像是想到了更好的主意，于是用手腕擦起了鼻子。

年轻的牧师怀疑他这个动作是在装傻，然后他更加确定了，因为这个鬼牌轻快地鞠了一躬，说道，“我刚刚在想别的事情——迷失在我自己的世界里了，我猜。你会原谅我的，对吗？”

然后这个鬼牌往另一边走了，就好像对于去哪儿这件事，他完全改变了主意。细细的口水从他下巴往下流，就像是个后来添加上去的东西。

年轻的牧师睁大眼睛困惑地跟着他走了几步，然后被贝琳达·梅拦下来，“里奥，你要去哪里啊？”

“呃，当然是要跟着他。”

“为什么?”

年轻的牧师想了一下，想得心里难受。“我觉得我应该告诉他我们的布道，也许能给他带来一点帮助。他看起来很需要帮助。”

“真好心，但是你不能去。你现在要隐藏身份，记得吗?”

“好吧。”反正他也看不见那个驼背了，可怜的人啊，已经消失在了人群中。

“来吧，我们去吃点东西。”她说完拽着他的手肘继续向前。他们穿过十字路口堵塞着的车辆。

年轻的牧师还在回头看，搜寻那个驼背，然后他们突然停了下来。他一转头，发现面前放了一个麦克风。电视新闻团队挡住了他们的路。

“里奥·巴奈特牧师，”记者说道，他脸部轮廓清晰，一头黑色卷发，戴着眼镜，穿着三件套蓝西装，“我们都非常明白你对鬼牌权益的态度，所以你为什么会出现在边缘呢?”

年轻的牧师觉得他的一生都在眼前掠过，他勉强一笑。“啊，我和这位女士过来找点吃的。”

“你有什么要对社会版说吗?”记者狡猾地问道。

年轻的牧师嘴角抽搐。“我定了规矩，不会回答有关私事的问题。这位年轻的女士是我今晚的同伴。她是我们教会在鬼牌镇新布道的工作人员。她建议试一试边缘的美食。”

“有些评论家觉得你这样一个在布道台上大肆反对鬼牌权益的人居然会关心鬼牌们日常的苦难，这一点很奇怪，甚至反常。为什么你要在这里布道呢?”

年轻的牧师不喜欢记者的态度。“因为我要兑现一个承诺，”他简要地说道，似乎是在暗示记者对话到此为止。但他的真实意图却与之完全相反。

“是什么承诺？你跟谁承诺了？你的会众吗?”

记者上钩了。现在年轻的牧师要做的就是保持一脸正直。他心里想的那件事还没有向公众公开，但是直觉告诉他，现在就是个好时机。“好吧，如果你坚持要知道的话。”

“在这件事情上有不少猜测，先生，我觉得人们有权利知道。”

“好吧，有一个年轻男士，我见过一次。他感染了百变王牌病毒，然后惹上了不少麻烦。他要求见我，所以我就来了。我们一起祈祷，他知道我帮不了他，但还是希望我能许诺，将来会倾尽所能帮助鬼牌，或许能使之避开他所惹上的麻烦。我当时特别感动，所以就许下了承诺。几个小时之后他被电刑处死。我看着两万伏的电流穿过他的身体，一阵白色闪光过后他就像一片培根一样被烤焦了，我知道我必须遵守承诺，不管别人怎么想。”

“他是被处死的?”记者问了一个蠢问题。

“对，他犯有一级谋杀罪。他把一些人变成了盐柱。”

“你向加里·吉尔莫许诺了?”记者脸色发白，不太相信。

“没错。也许他不是鬼牌，也许有人会说他是王牌，或者是个有着王牌能力的耐特。我也不知道。这些事情我也只是一知半解。”

“我明白了。那么在鬼牌镇布道是否会影响你对鬼牌权益的态度呢?”

“不会。耐特依然应当受到保护，但我一直强调我们要带着同情的心去对待受害者们。”

“明白了。”记者脸色依然苍白，录音师和摄像师得意地笑着。他们显然意识到了记者反应速度不够，问不出合理的后续问题，年轻的牧师也明白这一点。

但他现在想宽容一点——加上他很确定自己在和新闻团队的交锋中胜利了——所以决定放他一马。小小的一马。“我和我的同伴现在要去吃东西了，但我还有时间再回答一个问题。”

“好，我确定还有一件事情是我们的观众们想要了解的。你没有隐藏过想成为总统候选人的抱负。”

“没错，但这个话题我目前没有什么要补充说明的。”

“请回答这个问题，先生。你即将三十五岁，也就是竞选的最低年龄要求，但是你可能的竞争者中有些人表示三十五岁的人没有足够的人生阅历，无法胜任这份工作。对此，你如何回应？”

“耶稣三十五岁的时候已经改变了世界。三十五岁的人当然可以产生积极影响。现在，抱歉失陪……”他拉着贝琳达·梅的胳膊，从记者和新闻团队身边走过，进入餐厅。

“对不起，里奥，我不知道……”她说。

“没事。我觉得我处理得很好，还有，我这一阵都在想着怎么讲那个故事。”

“你真的见过加里·吉尔莫？”

“真的，保密工作做得很好。在此之前没必要大肆宣传，不过在公共关系这一块，能给布道带来些好处。”

“那你也许见过梅勒？他说他也没法一一确定有哪些人在吉尔莫生命的尽头见过他。”

“别这样，我们得各自留点秘密，不然明天我们就没什么好探索的了。”

“是两位吗？”穿着礼服的领班问道，他长着鱼脸，所以为了呼吸，头上戴了个水头盔。声音从头盔的扬声器中传出，混合着潺潺水声，略显怪异。

“对，麻烦找一个靠后的座位。”年轻的牧师说道。他们坐到卡座里之后，贝琳达·梅又点了一根香烟说：“如果这些记者发现了我们的事，那我们跟他们保证只用传教士体位会有用吗？”

V

类人不怕死，死也不怕他，类人每天跟灵魂中的一小块死亡、一小块恐惧和美丽、一小块血液和惊雷相处。在他的脑海中，即将到来的死亡碎片和感染病毒前转瞬即逝的人生影像时时碰撞。

这些碎片距他有多远？类人明确地感觉到肯定比他希望的更近。

他拖着脚走到一个报刊亭，站在一排排少女杂志前面。他在想刚才撞上的那个人脸上有些极其熟悉的东西，但是他大脑的一部分在另一个次元漫游，所以没想出来。类人打算放下手头的一切，专心等待大脑重新集结，然后专心回忆这张脸，但是现在他还有更重要的事情要想，那就是他为什么要到边缘来。

突然间他的手异常寒冷，他向下看去，发现手不见了，只剩下光秃秃的手腕，就好像手变透明了一样。他知道他的手还在，否则他会感受到剧痛，就像上次异次元生物吃掉了他的脚指头时一样。极度的寒冷让他整个手臂都麻木了，一直到肩膀，但他对此无能为力，只能承受，等待他的手回来。也许很快就能等到了吧。

就算这样，他也禁不住想到耶稣拜访犹太教堂时如何治愈了一个手干枯的人。

他内心里的信仰之类的东西告诉他鱿鱼神父今晚派他来边缘执行任务。这个任务是不是热情激昂的鱿鱼神父想出来的并不重要——各行各业都有人请求我们永恒苦难的圣母教堂的援助，而鱿鱼神父非常乐意奉献，因为他知道这些举动只会带来好结果。

类人拖着脚在街上来回走动，四下查看。坐在人行道上桌子旁边的几个人让他起了疑心。报刊亭旁边那个人衣服凌乱，仔细想想，不像是会看投资杂志的人。不仅如此，一脸严肃警觉地坐在车子里的人数多到不正常。他们在观察，在等待。类人的脑海里出现几块死亡碎片，但是感谢上帝，死亡指向的是那些一脸严肃的人。

有一个瞬间，类人看见街道上一片鲜红的血海。但是仔细检查一番之后发现只是视觉上的幻觉，其实是红色霓虹灯的反射光，投射在几个大型浅坑里。

但是这无法解释血液和恐惧的气味，像还未发生的回忆一样渗透在空气中。

类人拖着腿走向街角，大腿上的重要肌肉组织中的部分飞向了另一个现实，那里的空气呈弱酸性。他在街角假装成乞丐，等待血液和恐惧成真。

记忆里的雷声在耳边回荡。

Ⅵ

“战争对生意来说是坏事。”老大说了这句富有哲理的话。房间的角落里有一张桌子和两把椅子，他坐在其中一把椅子上，翘起二郎腿，漫不经心地用手指把玩抽了一半的雪茄。

“对输家家家来说尤其如此此此。”亚龙坐在另一把椅子上咧嘴一笑。

维托站在门边，双手环抱胸前，心里感受到一股凉意。之前，他跟老大还有家族里的大人物都以为这个鬼牌只不过是个对违法的事情有兴趣的生意人，跟他们自己一样。但现在维托禁不住觉得这个亚龙有其他打算。

也许卡尔维诺家族头号人物和维托一样担忧，但从表面上一点都看不出来。他的架势很强硬，表示出房间里的其他四个人都要听他差遣的样子。在这四个人中，迈克和弗兰克只是负责打架的，维托不怎么害怕他们，但也不想惹他们。不管什么时候都该对拉尔菲心存一点恐惧，就算在他心情好的时候也不例外。

尽管如此，维托还是察觉到老大刻意以谦恭的模样对待这个总在吐舌头的鬼牌。到目前为止，只要亚龙声音提高，老大立马安抚他的情绪。只要亚龙提要求，老大就表态说他和他的人会尽量做到。只要亚龙让老大越界，老大都婉言谢绝。维托觉得，如果要向鬼牌叩头行礼才能生存，那他对五家族的未来就有些疑虑了。

“还有有有，每天，人类都会死死死去一点，”亚龙脸上带着神秘的微笑。“所以跟立刻去死死死有什么区别?”

老大笑了起来，他的笑容带着居高临下的意味。看不出亚龙是否觉察出了其中暗含的侮辱。“我曾经跟你有一样的想法，”老大说，“我乐意见到苦难局面，喜欢看到我的敌人覆灭。但那是在我结婚、组建家庭之前。现在我希望能用更守序的方式解决纠纷。所以我们约在这里见面，像文明人一样解决问题。”

“我不完全算是人。”

老大脸红了，他点点头。“抱歉，我没想冒犯你。”

维托瞥了一眼拉尔菲，后者正靠在桌子旁边的墙上。他脸颊微颤，这意味着他起了疑心。他右手的手指也在抽搐。拉尔菲和老大交换了眼神，然后老大转向亚龙，拉尔菲意味深长地看着此刻坐在床上，观察着整个局面的迈克和弗兰克，他们俩克点了点头。

维托不完全确定这些信号的含义，但他肯定不会开口询问。

“流血和杀戮已经够多了，”老大说道，“为了什么呢？我不明白。这个地方够大，也是通向国家其他区域的入口。显然每个人都能有生意做。”

亚龙耸肩。“你不明明明白。我的伙伙伙伴们的奋斗目标不仅仅是中饱私囊而已已已。”

“我也是这个意思，”老大回答道，“但是别误解我。贪婪是个高尚的好东西。推动了社会前进。有它才有牛市。”

亚龙耸肩。“牛市熊市，要是拥有了整个市市市场，什么市都无无无所谓。这个市场里的所所所有生意，我的伙伙伙伴都要求得到我们应得的部分。你生意做得怎样是是是你的事，但必须先跟我们们们讲价。”

拉尔菲站直了。迈克和弗兰克都将手伸向夹克下面的枪套，但老大食指一伸，他们都停下动作。沉默像微波炉里比萨的香味一样填满整个房间，亚龙分叉的舌头舔过脸庞，好像是期盼着即将到来的美食。

维托在纠结应该往哪个方向躲。

老大盯着亚龙看了一会儿。他若有所思地揉着双下巴，然后把雪茄放在嘴里，从口袋掏出个打火机，几秒之后，整个房间里就充斥着古巴雪茄的呛人气味。“维托，我饿了。”他掏出钱包，拉尔菲过去拿来递给维托，“拿我的信用卡，”老大说，“去街对面的寿司店，多买点。要够六个人吃的！谁知道呢？也许你回来的时候我们已经谈完了，正舒服地坐着看冰球呢。对吧，亚龙先生？”

亚龙嘶嘶地表示赞同。

“这比赛一年比一年精彩，真是不可思议，”老大舒服地靠着椅背，“今天晚上纽约垃圾婆的比赛肯定好看，对吧，亚龙先生？”

这一次亚龙只是微微点头。

维托匆忙走向电梯，然后意识到离开亚龙身旁之后他有多释然。他觉得老大也和他一样不愿意待在亚龙旁边，维托敬重他的老大能冷静地藏起不适。亚龙似乎没有注意到。

当然，你永远无法确定哪些是鬼牌没有注意到的，哪些仅仅是被他无视了。

Ⅶ

“你的人想要什么？”维托走后，老大愤怒地问亚龙。“我们都是商人。我们要怎么样才能和谐共存？”

亚龙发出嘶嘶声。“对对对，这就是问题题题所在。我所代代代表的组织，和你所代代代表的组织一样，都都都很庞大。它已经经经拥有了不不不小的影响力，所以以以很自然地，它想要要要得到更多。”

老大吞云吐雾。“你们的野心我看得出来。”他讽刺地说道。

亚龙咧嘴一笑。“没打算逃过你的眼睛。我只不过是在强调调调，跟你一样，我无法法法替别人许诺诺诺。

“哦，但我可以，”老大做了隐秘的手势，阻止拉尔菲向迈克和弗兰克打“信号”，“而且我觉得你也可以，否则你不会不辞劳苦地到这里来跟我们见面——而且独自一人。我们没那么天真，亚龙先生。你肯定留了后手，不然你不可能完完全全一个人出现在这里。”

“你是孤身一人前来的，对吗？”拉尔菲完全无视老大投射过来的怒视，走过亚龙身旁来到窗口，透过窗帘窥视下面的街道。

“当然然然。”亚龙回答道。

突然间他们听到走道上两个男人吵架的声音。语气很快激烈起来。他们听到了拳头打中下巴的声音，有人发出哼声，接着是头撞墙的声音。冲击力让地板都跟着抖动。其中一个人含糊不清地咒骂了一句，然后砰！又撞上了墙，声音比刚才大一倍。

拉尔菲不再看向窗外，转头对迈克和弗兰克说：“去看看。”走道上争执的噪声并没有减小。

迈克和弗兰克走出房门，拉尔菲跟在后面，确保门锁好了。外面传来迈克说话的声音，然后走道安静了下来。

“你还没有回答我的问题。”老大问道。

“什么问题题题？”亚龙看了一眼重回窗边的拉尔菲。

“我们怎样才能和谐共存？”

“哦，我觉得我可以想出一个合合合理的回回回答。”

然后有人敲门。

“谁？”拉尔菲喊道。

“你最好过来一下。”是弗兰克的声音。

“好，”老大开口回应亚龙，“卡尔维诺喜欢合理的方式。”

亚龙发出嘶嘶声，他的舌头伸出又缩回。

拉尔菲开门喊道：“天呐，你们干什么啊？”

回答他的是一声枪响，子弹穿过拉尔菲的身体，在他后背上留下一个硬币大小的洞口，明亮的鲜血喷洒在房间里。拉尔菲还没倒地就已经死了。他浑身抽搐，眼睛无神地盯着天花板。

外面的走道上站着两个穿着雨衣外套的壮汉。脸上戴着塑料面罩，即使在这样震惊的状态下，老大也觉得那面具莫名熟悉，令他不安。他们中间是弗兰克，头被枪抵着。

又是一枪，一股鲜血和脑浆从弗兰克的太阳穴喷出，洒在门上。弗兰克瘫倒在地。

“迈克?”老大轻声说道。他很多年没有亲眼见过暴力场景了。他之所以克制，不是因为害怕，或是因年长而变得软弱，只是因为他的律师建议用这种方式来处理问题。所以他反应略微迟钝，过了一会儿才意识到他才是孤身一人。

他站起来，打算召唤他在街上的手下时，亚龙已经抓住了他。老大挣扎着，但是亚龙太强壮了。他在亚龙的钳制下就像是个布娃娃。

老大看到的最后一样东西是亚龙大张的嘴，正靠近他的脸。老大恐惧地闭上眼睛，然后在亚龙亲吻他的时候也保持双眼紧闭。他试图尖叫，亚龙咬下他的嘴唇，吐在地板上，他失去了知觉。

Ⅷ

“我们的食物在哪里?”年轻的牧师问道，一半是不耐烦，一半是质问。他看到服务员过来了，宽得过分的手臂上摆放着一系列盘子。

她在距他们两个卡座的地方停下，放下两盘装在船型道具里的清蒸海鲜，还有一份花生味噌冷面，以及各种肉类和蔬菜炸制的天妇罗。很快桌上又放上了一大碗米饭，小食也续上了。

空调吹来天妇罗的香气，年轻的牧师想到即将到来的美食，口水都要流出来了。他快速审视了一下那些菜已上桌的幸运儿，嫉妒的蠕虫啃噬着他的灵魂。有两对男女看上去是在约会，其中三个，包括一个东方人都很正常，但是他忍不住盯着那个猩红色皮肤的病毒受害者看。她很漂亮，粉红色的复眼就像蝴蝶，前额伸出两个血红色的大触角。她穿着低胸礼服，展示出甚至可以勉强算是正常的迷人身材。他猜测挂在旁边衣帽架上那个闪闪发光的银色斗篷是她的。

寿司店的就餐区域呈L形，前门和收银台在中间的拐角处。年轻的牧师和贝琳达·梅坐在短边最远处的卡座里，躲开了大都靠着店面窗户的长边。年轻的牧师为了不让自己一直盯着美人看，于是转头去看鱼脸领班领着一对情侣入座，他们俩笑着相互打趣。收银台旁边站着一个忧郁的小伙子，油光水滑的黑发让他看起来像黑帮电影里的少年犯或者小混混。

“里奥，你在盯着那个女人看。”贝琳达·梅说，眼神里带着一丝狡黠。

“没有，我在看那个男孩。”

“嗯……我打赌他是帮派里的小菜鸟。不知为何今天晚上街上到处都是这些人。你注意到了吗?”

“没有。”

“不管怎样，你刚才是在看那个王牌。”

“嗯，是。她是谁?”

“她叫杀虫剂，最近比较出名，因为她帮《鬼牌镇泣语》的社会新闻版写文章。不管怎么说，今天晚上你只能盯着一个女人看，那就是我。”

年轻的牧师举起咖啡杯，好像是在敬酒。“成交。”

这时，服务员把他们点的菜送上来了，嫉妒的蠕虫终于被打败。年轻的牧师拿起一块比目鱼寿司，已无心闲聊。比目鱼寿司肉质细腻，颜色洁白，像是闪烁的象牙，又像是白色的灯塔在指引着他。冷米饭风味绝佳，比目鱼美妙可口。

贝琳达·梅挑选着她盘子里的寿司和天妇罗。她很快就选中了一块深红色的金枪鱼，咬下一半之后在嘴里咀嚼，脸上带着狂喜，他清楚地记得这个表情。

他拿起一个尾部呈扇形的大虾，一口咬掉了虾肉。大虾在他的喉咙里横冲直撞，像是个掉入狭窄水管的鹅卵石。就在此时，一阵冷风吹过寿司店。他环顾四周其他桌子的食客，发现包括杀虫剂在内的所有人都看向门口。一群年轻壮汉进来了，全都穿着雨衣。很明显来者不善。

鱼脸领班的声音伴着潺潺水声模糊地从头盔扬声器里传出，应该是在催促他们立刻离开。看起来似乎是他们头儿的矮个子壮汉，手拿锤子悬在鬼牌的头盔上，以示威胁。

他们的脸，里奥想。他的五脏六腑都绷紧了。他勉强注意到有人从门口溜了出去，应该是那个少年犯小伙。*他们的脸上有种……*

壮汉们的脸都一样，一动不动，毫无生气。年轻的牧师猛地意识到他们戴着塑料面具。那熟悉的露齿而笑的模样——夸张的塌鼻子，一缕金发散落在宽阔的额头上——被扭曲了，如果壮汉们没有释放出如此惊人的黑暗恐吓的话，这面具还可以看作是某种讽刺意味的玩笑。

一道惊恐之光砸中了他，他意识到那是他自己的脸。他们戴的是里奥·巴奈特面具！

他从卡座里走出去的时候几乎没感受到贝琳达·梅拉住了他的胳膊。“别去，别吸引注意力！”她轻声说，“他们是狼人！一个鬼牌帮派！他们知道你是谁！”

这番话让他回忆起有多少鬼牌因为他曾经所持的政治和道德力场而公开表达过对他的仇恨。这些人的过激反应也使得他的追随者们更加坚信，必须采取手段终结百变王牌病毒带来的问题。这又使得受害者们更加坚信必须采取手段终结政治压迫。年轻的牧师浑身颤抖。要是狼人们认出他来了他该怎么办?

让他不耻的荒唐想法从脑海掠过。一秒钟之前,他还是寿司店里的一个半普通食客,现在他成了避雷针,任何身处危境的人都可能把他供出来,吸引狼人的注意。

“看在上帝的分上,你坐下!”贝琳达·梅压低了声音喊道,把他往下拽。他砰地一声坐下了。

一阵寒意窜上他的身体,他看到戴面具的人中离他最近的那个转过头来,刚才那个响动太大了。他本能地用手挡住嘴,好像是为了掩饰打嗝或者一句不合时宜的评论。在接下来的几秒钟里,他以为自己的计策成功了,因为壮汉似乎心满意足地用触手抓了抓面具下面的皮肤褶皱。

而此时,领班因为头盔上的锤子而不敢动弹。一个壮汉从雨衣外套下面掏出一把枪。寿司店的另一边有动静,某些食客想要反抗。

另一个壮汉从外套里掏出一把大砍刀,扔向空中。然后他轻点面具的额头——明显是在暗示他能够用念力控制武器。这把砍刀在空中调转了一个角度,冲着就餐区长边的远处冲去,像是被一个巨大的忍者提着,就是里奥在功夫电影里见过的那种致命忍者。

然后是响亮的嘶嘶声!

人们尖叫起来。另外两个壮汉拔出他们的刀,然后就不见了。大砍刀回到扔刀的人手中,就像一个回旋镖。与此同时,一个长触手的壮汉向两个同伴点点头,指向一人,又指向另一个人,然后指向里奥。他们三个开始往这边走,年轻的牧师甚至没有注意到另一边传来的尖叫声。

仁慈的耶稣啊,别是我,别让他们走到我这里来,他心想。

他害怕哪怕是最轻微的举动都会引起狼人的注意,于是连眉毛上的汗珠都不敢擦。不管接下去会发生什么,整个国家的目光都会聚焦在他身上。他向主祈祷,请求指引。

但没有任何回应。他只能等待，期盼。随后的几秒钟就像永生永世一样漫长，无尽的时间中点缀着店外面的枪响、急刹车时轮胎摩擦地面的尖啸以及人的尖叫声。边缘爆发了战争。

带着刀的壮汉回来了，刀上已沾满血迹。他们的头领冲着正走向年轻牧师的那些人喊道，“你们这群蠢货在干吗？该走了！”

长触手的壮汉回头说道：“稍等，兄弟。我们要处理点事情。”

一个手上长着龙虾钳子的肥胖壮汉停在杀虫剂的卡座旁边，伸出钳子抬起她的脸，与自己面对面。跟她在一起的男人中有一个差点就要有所动作了，但另一个壮汉挥舞手枪，暗示他不要乱来。

“漂亮，漂亮，”钳子壮汉说，“如果你的脸和我一样，你就不会这么骄傲地四处招摇了。”

触手壮汉转向年轻的牧师，打了个手势，似乎在说，“下一个就到你了。”

威胁着杀虫剂的壮汉因为外面断断续续的机枪声而分了神，杀虫剂借此机会用小手把他的钳子拍开，然后大胆地站了起来。相比于威胁她的那个人，她看起来孱弱、无助且渺小。

与此同时，年轻的牧师心中怒气上涨，吞没了恐惧和常识。

寿司店里的警报声开始震耳欲聋地响起，毫无减低音量的迹象。

领头的说道：“你做了一件愚蠢的事情，鱼脸！”然后他的锤子落在领班的头盔上。

这个鬼牌立马开始咳嗽，他无法吸收空气里的氧气。他用手护住脖子，但却被头盔的碎片划伤了，仿佛有个看不见的人要掐死他，而他正想办法躲开。

就在每个人都在关注领班死前的痛苦挣扎时，杀虫剂体内开始闪烁怪异的黄光。光线越来越明亮，她身上的衣服就像是盖在聚光灯上的薄纱。她的整个骨骼都清晰可见，皮肤的轮廓和体内器官模糊的轮廓包裹着她。

一股黑色的力量在她体内聚集，而且越来越明显。

她张开嘴，好像要尖叫，但是吐出的却是强烈的光芒，宛如一道激光，打中了龙虾钳壮汉。

那股黑色力量从她喉咙里涌出，离开她的嘴，跟随着光线的路径。

那是一大群红色的昆虫，背上长着翅膀，面目可憎，鸣叫的声音汇聚起来，就像噩梦的合唱曲。龙虾钳壮汉还没来得及反应，它们就像蝗虫一般把他围住了。它们立刻开始咀嚼，咬穿他的外套、他的面具、他的钳子——几秒钟之后就开始挖掘他的内部了。

壮汉尖叫着摔倒在一个空卡座的桌子上。他滚落到座位上，用钳子的剩余部分疯狂捶打着身体，徒劳地想要阻止这群昆虫恐怖的进食行为。在整个过程中，杀虫剂一动不动地站着，发着光，毫无生气的眼睛盯着他看，在内部光芒的衬托下，这双眼睛像极了乌木宝石。

她没有注意到有人拿枪对着她的头。在警铃声中，枪响有些模糊不清，杀虫剂的脑浆喷洒在墙上，以及她旁边的朋友身上。她当场死亡，倒在朋友的臂弯里。壮汉后退一步，他的枪对着她的另外两个同伴，示意他们不要轻举妄动。

领头的喊道：“快点！我们离开这个鬼地方！”

贝琳达·梅喊道：“不，里奥，别！”

但年轻的牧师已经怒不可遏地冲向走道上的两个壮汉。他不知道自己该怎么做，只知道杀虫剂唯一的罪行就是自我防卫，不管她的方式多奇怪，都只是在对抗他们的恶行。

他不甚清晰的计划很快就流产了，那个触手壮汉阻止了他——这个狼人的手臂从袖子里延伸出来了！它缠绕着年轻牧师的脖子，将他抬到空中，他现在就像是个钻进刽子手套索的娃娃。年轻的牧师挥舞手臂，双脚乱踢，他想要尖叫但是脖子上的触手缠得太紧了。他要窒息了。他只剩一口气了，就一口。但他还在抗争。

有个东西重重地打在了他的后脑勺上，是天花板。壮汉开始收回触手时他感觉天旋地转。

现在他和壮汉靠得很近了。他盯着面具后面怪异的灰色眼睛。“看看我抓到谁了，”壮汉说道，“盯着自己的眼睛看感觉如何啊，牧师？活在恐惧中的感觉不好受吧？”

年轻的牧师想要尖叫，却又哽住。

壮汉的笑声令人不安。“我要感谢你，今晚的娱乐结束之后我们还有东西可玩。别担心。我们会把她毫发无损地还给你，可能她的自尊会受一丁点损伤。”

年轻的牧师此刻成了一只野兽，一只被困住的发了狂的野兽。他绵软无力的拳头疯狂地打在触手上，但只是徒劳。他听见贝琳达·梅的尖叫声，但是不知道发生了什么，因为他一直在上升。他最后看到的画面是那个死去的壮汉依旧在被昆虫蚕食，但速度变慢了，因为宿主死了。即便如此，壮汉躯体的一半都被吃掉了，手臂和腿的大部分也没了。吱吱叫的昆虫无精打采地穿过他的眼眶，爬过面具的剩余部分，呼出最后一口气。

年轻的牧师的最后一个清晰的想法是，*啊，太好了，在这样的情况下，就算我昏迷了别人也不会责怪我。*

然后他的脑袋撞上横梁，灯光熄灭了。

IX

*仁慈的圣母啊，维托的生命到头了吗？*年轻人从寿司店跑到街上。在某个瞬间，他希望这一些都是他想象出来的，狼人只不过是出来随意打劫一家店，等他回到旅馆房间里，那个人会很生气，因为他竟然没有点单就离开了寿司店。然后射击开始了。

维托趴在人行道上，滚到了车底。水泥地弄伤了他的膝盖，金属擦过他的额头，但是除了血液流过左眼这点不便之外，他实在没空关心身上的小伤。就目前的情况来判断，他能活下来算是幸运了。

街对面的两个人被狼人的其他成员攻击了。其中一个成功地捅了狼人胸口，但就在血液四溅的时候，他身后的另一个狼人划开了他的喉咙，从一只耳朵到另一只耳朵。一时间难以分辨血液来自谁。另一个人掏出他的枪，但只打了一发子弹——正中一个狼人面具上的双眼之间——然后一群袭击者蜂拥而上，将他砍成碎片。虽然两人都死了，但似乎狼人还不满意，继续疯狂地对着尸体又砍又劈，维托都害怕横飞的血肉会沾到其他狼人身上。

当然其他狼人这个时候有自己的事情要做，不会注意到这边的场景。边缘的街道上爆发了混乱。耐特和鬼牌四处逃散，想找地方躲藏起来，但却无所可寻。子弹横飞，危险如影随形。狼人们没有跟卡尔维诺家的人进行私人战，只是疯狂地用机枪向着各个方向无差别扫射。他们试图把所有看起来像卡尔维诺家的人都干掉，甚至不惜误杀自己的成员。卡尔维诺家族的人也以类似的方式回应，除了那些试图开车逃跑的人。

维托双手护头，看着一个狼人冲着一辆迎面而来的汽车扫射，前挡风玻璃被打得粉碎。维托不知道司机是弃车而逃了还是躲过去了。不管怎样，坐在副驾驶座的人半边脑子都没了。车子撞上了这个狼人，然后还撞倒了几个行人，最后撞在停在路边的车上。暂时没死的那几个人明白，过几秒钟车子就会爆炸。火柱很是壮观。几块烧着的金属和肉体飞向空中，掉下来的过程像慢镜头，维托之前都以为那是电影里才有的情景。

维托爬向他藏身的车子后部，觉得离那些灼热的碎片尽量远一些会比较安全。然后他看到旁边有人在打斗。他只能看到腿，但他猜测是恐慌的游客正试图抢一个狼人的枪。那家伙的女朋友想要阻止他。维托还在想着该支持谁的时候，狼人已经成功打昏了那个男人。他的女朋友——穿着紧身绿裙子的黑人女孩——跪在他旁边说了些什么，四周的噪音太多，维托听不清楚，但不管是什么，都没起作用，因为两秒之后，这两人都被子弹打中，倒在血泊之中。

维托看着狼人走开时心都要提到嗓子眼了。维托决定就待在这里，直到一方把另一方彻底消灭，或者警察来了再说，也不知道哪件事会先发生。他不打算像个傻子似的在女朋友面前炫耀，以后遇上卡尔维诺家族剩余的成员时也没什么可自吹的。但是他能活下来，就这样。这就足够了。

街对面有一群傻狼人在扔燃烧弹。维托想象自己是个小虫子，藏在一堆叶子里，同时他还期盼着如果他的愿望足够强烈，也许他真的能变成虫子。但就算成真了，他觉得虫子也还不够小。

维托扭头四处看看，发现了一双熟悉的腿，跪在死去的情侣身边。那个人凑得很低，所以维托能看清他的脸。是那个驼背，正比画着十字。维托禁不住去想这个疯子到底是什么样的智力水平。

突然，驼背的脸转了过来，维托和这个疯子正好四目相对。

他相信他在驼背的眼睛里看到了很多东西。这双眼睛突然迷离起来，似乎是飘向了远处的街角。驼背的眼睛里浮现出恐惧。他脸色惨白，张嘴想说些什么。

但已经太迟了。一枚燃烧弹出现在车底，火光包围了维托。而在这一切发生前的那一秒钟里，他看到驼背因为某个没发生的事情而退缩了，他很想知道是为什么。

X

年轻的牧师在寿司店的地板上醒来。店里挤满了试图躲避外面骚乱的人，据他所听到的声响来判断，外面的情况比《启示录》还可怕。

但他躺倒的那个区域基本是空的，只有几具尸体和一大堆死掉的昆虫。

贝琳达·梅不见了。

年轻的牧师站起来，拍掉贴在夹克和裤子上的昆虫尸体，坐在最近的卡座上，想从头痛中恢复过来。他抚摸着疼得一跳一跳的地方。手指移开之后，他发现上面沾着干掉的血斑。

他听到外面有警笛呼啸的声音。警察来了。他希望他们带的医护人员够多。当然，外面的枪声和尖叫声还在继续，所以《启示录》里的场景还没有结束。

突然间，附近一阵爆炸的威力波及了寿司店。年轻的牧师藏到卡座下面，头撞到了桌子底座。但他不在意。经历过之前那番事情之后，一点额外的疼痛根本算不了什么。

他爬过了聚集在杀虫剂软弱无力的双腿前的一堆死虫子，心里想着贝琳达·梅去哪儿了。他无法理清思绪，但他知道不能因为现在大脑一片模糊就不去找她。那人们会怎么说他？主会怎么说他？记者会怎么说他？更糟糕的是，如果他试图重新拥有她，都发现自己没有勇气承受地狱中的烈火和折磨，也没有勇气像分开红海一样与她分离，她会怎么说？

他站起身来跌跌撞撞走上街道时，模糊地感觉到有人想拉住他，一辆车的残骸正在燃烧。四散逃离的恐慌群众没有他想象的那么多。人行道上满是尸体，要么鲜血淋漓，要么被烧得焦脆。年轻的牧师希望电视新闻团队把这些全拍下来了。

贝琳达·梅在哪儿？他想知道。

然后他看到触手壮汉站在街道中央。他把瘫软的贝琳达·梅高举在空中，任由别人把她当靶子。

这个壮汉端着机枪朝几个戴着兜帽的小伙子靠近。他们被他打倒在地，但都还活着，他们纷纷举起了枪。

壮汉放低贝琳达·梅。他打算拿她当人肉盾牌！

Ⅺ

现在做什么都太迟了，类人想起鱿鱼神父派他到边缘来，是要他阻止亚龙对黑手党老大下手。

当然，无论是类人、鱿鱼神父还是提供情报的人，都没有想到亚龙会用一场血腥屠杀来掩盖自己的踪迹。目前看来，这个计划虽然残忍，但很奏效。虽然类人知道没人会因为他无力阻止这场流血杀戮而责怪他，但是他还是恨自己没有采取行动，避免这场惨祸。

他看到太多人死去。因为他的部分大脑在现实里进进出出，所以有些细节他记不清了，但是汹涌澎湃的悲伤感觉怎么也消散不了。对他造成最大打击的是藏在车下的那个孩子。在一切尚未发生之前他就已经看见了他被火焰吞没。也许这就是为什么他会如此气恼。

但是这个血腥之夜还没结束。类人见到了血，但惊雷还没有来。

类人后知后觉地意识到警笛靠近的声音，他决定最好跟其他幸存者分开。几个戴兜帽的人还在街上和狼人战斗，但是亚龙显然早就逃掉了。类人正在想着该去哪里，就看见狼人的触手将一个昏迷的女性举过头顶，从街道中央向着几个戴兜帽的人走去。他们举起了武器。

类人不需要预知能力也能猜到接下来会发生什么，他必须想办法帮助那个女人。

他正打算在空间里绕个弯，但却看到一个面相熟悉的男人向着狼人和女人冲去。类人头脑里的回响并非惊雷。

Ⅻ

如果年轻的牧师认真思考过目前的情况，他就会跪下来祈祷，而不是快速奔向狼人，把他打倒。他的触手像鞭子一样突然缩回，贝琳达·梅安全了。她掉在一辆汽车的引擎盖上。狼人和年轻的牧师也摔倒在地，就在此时卡尔维诺家族里的两个人扣动了机枪的扳机。

奇怪的是，年轻的牧师丝毫没有预感到自己的来世，而是感到了一阵悔恨，以及一丁点与之相矛盾的解脱。他收起自己的心灵，将其攥成一个灵球，然后扔向他曾经不敢一看的地方。

枪响就像是放大了无数倍的雷声，他甚至能看见子弹在枪筒里加速。如果这是他生命的最后一纳秒，那么好吧，他会很愉快地度过这一纳秒。这个瞬间被拉得很长很长。

寒冷包裹着他，他觉得自己在下坠。下坠，下坠，坠落到比极地噩梦还要寒冷的地方。他感到他的灵魂在消散。这就是死亡的感觉吗？是不是过一会儿他就能看见自己倒在街上，身边环绕着在他之前死去的人？也许诱人的白光会无情地将他拉走，圣母玛利亚和她的儿子耶稣并肩而立，张开双臂等待着他？他最终会知道天堂是什么模样？

但为什么他觉得自己的灵魂被向着一千个方向撕扯？一百道酷热的光线和一百道绝对零度的光线交替出现。他突然意识到他所以为的永恒不过是梦里瞥见的时钟，他所以为的无穷不过是沙盒里的微粒。年轻的牧师无法摆脱他已经和所有能想到的时间与空间融合的想法——这只是个前奏，他还将和现实界限之外、无法想象的时间和空间融合。

死亡比他想象的要复杂得多。他不知道子弹是否已经打穿了他的身体，他的头颅是否已经碎裂，他的心脏和肺部是否已经穿孔。

幸好他感受不到疼痛，暂时还感受不到。也许他不用承受死亡让人不太愉快的那一部分。

不过在身体崩溃的同时感受却如此完整纯粹，这点还是有些奇怪。

更奇怪的是虚无，一开始让人费解，无法描述，突然间又变成了一片以不同间隔出现的实体，就像是人行道。

最奇怪的是他并没有像他以为的那样躺在死去的触手狼人旁边，

他还活着。人行道被鲜血浸透，但是好在都不是他的血。

但他身上的重量是怎么回事？是怎么出现的？

那个重量从他身上滑下来，落在人行道上。是之前被他恶言相向的驼背鬼牌。只不过这一次他脸朝上躺着，像一具尸体，而且嵌入水泥地半英尺。年轻的牧师不知道这是怎么做到的，但他知道驼背为救他付出了代价。

突然有人把麦克风塞在他面前。他抬头看到电视台记者正俯下身来，旁边站着他的团队。录音师手腕上随意裹着绷带，上面血迹斑斑，记者额头上则有个新鲜的伤口。摄像机就位了，录音设备也就位了。记者说道："嘿，巴奈特牧师，你感觉如何？你想不想说些——"

年轻的牧师还没有回答，一个警察就推开了记者。另一个警察拽住他，想把他从驼背旁边拉开。警笛尖厉的声音震动着空气，转动的红蓝色灯光给这个场景增加了超现实的意味。

"他妈的离我远点！"年轻的牧师喊道，挣脱警察的手。

他模糊地意识到记者正对着麦克风轻柔地说话："这里是四台，各位——这位牧师在公共场合爆出粗口。我很确定巴奈特牧师的追随者们会想知道这个世界怎么会变成这个样子……"

年轻的牧师心中闪过一丝愤怒，但是他决定保持耐心，待会儿再诅咒那个无视的混蛋。现在他最关心的是那个王牌，或者鬼牌，不管是什么，总之他救了他。他跪在那个人旁边，后者更深地嵌入了水泥地。一个满脸困惑的医疗人员跪在他旁边。

"救救他！"年轻的牧师恳求道，"你必须救救这个人！"

"怎么救？"医疗人员无助地问道，"我不知道他这是怎么了，而且我甚至不能触碰他。"

这是真的。医疗人员的手直接穿过了驼背的身体，然后尖叫着抽出来夹在腋下。他浑身颤抖，就好像他触碰到的是极度的严寒。年轻的牧师想起了他以为自己要死了时的寒冷感觉。那寒冷仍有一小部分存在于他的灵魂中，如同一个多余的朋友。

他意识到医疗人员或者其他任何人都无法帮助驼背。驼背缓慢地变成了自身形体的轮廓。就在他眼前，驼背又向着水泥地下沉了半英寸。这个可怜人的眼睛直勾勾地盯着天空，呼吸困难，好像他所吸入的空气并不能为他所用。

“你是谁?”里奥问道，“我怎么才能帮助你?”

男人眨眨眼睛，很难知道他是否清醒。“我叫……类人，”他低声道，“我还不曾处理过这样的重负……太难了……连让自己保持原样都很难……”他咳嗽起来。

年轻的牧师抬头看到贝琳达·梅跪在他身旁。“你还好吗?”他简单地问候了一下，但是并非完全不关心。

“还好，”她回答道，“你怎么了?”

“我不确定，但是我猜这个男人救了我。”

“老天——我记得他！里奥，你必须帮帮他。”

“怎么帮？我甚至不能接触他。”

淘气的神色再次爬上她的眼睛。“你是个牧师，”她说这话的口气跟她说想和他上床时非常类似，“治愈这个可怜鬼！”

年轻的牧师很久没有进行过信仰疗法了，他不想这样做，因为有人告诉他要是被拍到了会很不好，尤其他还想参加总统竞选。

尽管如此，他不能让这个高贵的灵魂被扼杀。如果他有能力……上帝有能力治好他。他看着天空。孕育着雨水的云朵时不时被闪电照亮，雷声只是轻声轰隆。他深吸一口气，向着云朵伸手，向着城市的水泥地下方的泥土伸手，向着创造的黑暗力量伸手。他将这一切聚集在他的灵魂里，凝聚成一个能量球。

然后他伸向类人体内，他指尖的各种感受显然来自他永远不会知晓的地方——至少这一生不会知道。

他强迫自己冷静，忽略寒冷，将自己与瘙痒的手指和麻木到难以忍耐的指尖分离开来。在觉得自己做到之后，他动用全部的激情说道："治愈，你这个该死的混蛋！治愈！"

终于开始下雨了。一声炸雷在头顶响起，像原子弹撕裂天空。

XIII

当晚，有五十多个人死在边缘，一百多人严重受伤。然而这场大屠杀却不是当晚新闻报道的开场，也不是全国大部分报纸的头版头条。毕竟，帮派之间的战争已经进行了一段时间。虽然有几十个无辜群众在这场交火中不幸身亡，但跟这个新闻的后续发展比起来，死伤人数本身就算不上是什么大事了。

纽约和洛杉矶中间有块很大的地方，被称为美国中心地带，对于当地人来说此刻最大的新闻是里奥·巴奈特牧师宣布他将要竞选美国总统。他将手放在某个可怜鬼牌的轮廓上，然后将他从前往未知之地的非自愿旅程中拉了回来。他用信仰的力量做到了没人做到过的事情，他治愈了一个鬼牌。他证明了世间最伟大的力量就是爱，而他撷取了这份爱中的一点，放进鬼牌被邪恶外星病毒污染的身体。拍下这一事件的自由派新闻媒体也不得不承认里奥·巴奈特牧师做了一件了不起的事情。也许这并不代表他有资格做总统，但让他显得如此不凡。

还有一个举动也为他加了分，在他治愈了鬼牌并且看着他被医疗人员用担架抬走之后，里奥·巴奈特牧师并没有跟他的顾问们商量，也没有等待该事件被报道之后查看公众的反应，而是径直走到一排摄影机和麦克风前面宣布上帝告诉他宣布参选的时候到了。他明确而有力地表明了他不仅能够作出决定，并且能够果断行动。

里奥·巴奈特牧师在民调中的成绩非常好，几乎立马就收获了超高人气。当然有一部分选民比较关心他为什么会出现在边缘，尤其是他和那位工作人员还入住了一个旅馆房间，但是双方反正也都没有结婚。据说接下来会宣布双方订婚的消息，但是他们俩都没有确认也没否认。民主党内部的女士们深受感动，因为在那一个晚上，里奥·巴奈特牧师既找到了人生挚爱，又找到了政治方向。如果这是真的，那也许大屠杀也并非毫无意义。

如果上帝不审判美国，那他必须向索多玛和蛾摩拉城道歉。

——总统候选人里奥·巴奈特牧师

♣♦♠♥

千军万马

Ⅲ

废品场在钩路尽头，靠着纽约湾油乎乎的绿色水域。汤姆一早就过去了，先开锁，再打开铁丝网围栏上的大门。他把他的本田车停在凹陷的锡顶小棚子旁边，乔伊·德安吉利斯曾经和他父亲敦一起住在这里，那时候废品场还是赚钱的生意。他双手环抱，放在方向盘上，陷入回忆。

在这个小棚子还能住人的时候，记不清有多少个周六下午，他都待在这个小屋里给乔伊读《喷气机小子》，这些漫画书是他们从家长教师联谊会上偷回来的。

在那边的棚子后面，是乔伊以前修车的地方，那时候他还不是搞废品的乔伊·德安吉利斯，而是撞车大赛之王。

就是在生锈的垃圾山后面一个人迹罕至的地方，他和乔伊给大众甲壳虫焊接上了装甲板，制造出了第一个龟壳。后来，敦死了，汤姆从乔伊手上买下废品场将其关闭，他们在地下挖了一个地堡，但一开始没那么复杂，一块油乎乎的防水布就算是遮蔽了。

汤姆从车里爬出来，双手抄在松垮的棕色羊皮夹克的口袋里，呼吸着纽约湾的咸腥空气。今天有些寒冷，远处的水面上，一艘垃圾驳船缓缓驶过，成群的海鸥像羽毛一般在它旁边打转。你能够模糊地看到自由女神像的轮廓，但是曼哈顿消失在了晨雾中。

不管消不消失，它就在那里。在晴朗的夜晚里你能看到高楼大厦的灯光闪烁。不得了的景色。在霍博肯或者泽西城，能看到这番景色的旧房子或者烂公寓价格都要上六位数。钩路所在的这片区域被划出来用作工业用地，汤姆的废品场旁边是进出口仓库、一条铁路岔线、一个污水处理厂和一个废弃炼油厂，但是史蒂夫·布鲁德说这些都没关系。

汤姆跟布鲁德说他打算卖掉废品场时布鲁德告诉他水边的那一大块区域今后肯定有很大的发展。他是这方面的行家，靠着在霍博肯和威霍肯的房地产投机，成了百万富翁。老旧的出租屋经过翻新，成了出租给曼哈顿雅痞的大公寓。史蒂夫说，贝永就是下一个。十年之内，这块铁锈地带就将不复存在，会建起新房子，他们可以抢占先机赚大钱。

汤姆和史蒂夫·布鲁德是发小，他大部分时候都真心厌恶这个人，但是这一次布鲁德的话就像是悦耳的旋律。后来他说他想要购买这块地，出的价格让汤姆头昏目眩，不过汤姆抵挡住了诱惑。他之前就都想清楚了。“不，”他说，“我不卖。我想要你做我的合伙人。我提供土地，你提供资金和技术，利润我们五五分。”

布鲁德给了他一个鲨鱼般的缓慢微笑。“你不像看起来的那么蠢，托特伯里。有人在指导你，还是你自己想出来的?”

“也许我终于变聪明了，”汤姆说，“怎么样，行还是不行? 别占着茅坑不拉屎，混蛋。”

“管你的合伙人叫混蛋可不行，窝囊废。”布鲁德伸出手。他握手的时候很用力，但是汤姆小心地没有露出畏缩的神色。

汤姆看了一眼他的表。大概一个小时之后史蒂夫会带银行家过来。只是走个过场，他说。贷款肯定是能拿下的，这个地方前景无可限量。他们拿到贷款之后，就可以把这片都整改了。春天之前他们就能把垃圾都清理出去，然后会被细分成建筑用地。

汤姆也不知道他为什么来得这么早……也许只是想回忆过去。

他的大部分重要回忆都跟这块废品场有关，真是可笑……但又很恰当，毕竟他拥有那样的人生轨迹。

但这一切都会改变，永远改变。托马斯·托特伯里会变成一个有钱人。

汤姆迈着缓慢的步伐绕着小棚子走，顺带踢走了一个破旧的轮胎，然后用心灵力量将它抬起来。他让它保持在离地面五英尺的地方，然后用念力轻推一把，让它旋转起来，他开始数数。到第八圈的时候轮胎开始颤动，第十一圈的时候掉了下来。还不错。在他还是个少年的时候，在他还没爬进龟壳里的时候，他能让这轮胎飘一整天……但那是汤姆的力量，后来他为了成为灵龟，放弃了这力量，还放弃了其他很多东西。

“要卖废品场？”在告诉了乔伊计划之后他问道，“你是真想卖，对吧？卖了这个你可就完全没有退路了。要是他们发现了地堡怎么办？”

“他们会发现地上有个洞。也许他们会担心个几分钟，然后就多弄点土填上，也就过去了。”

“那龟壳呢？”

“没有龟壳了，”汤姆说，“只有曾经是龟壳的垃圾。‘千军万马也救不回来，’记得吗？找天晚上我会暂时变回灵龟，把那些东西都扔到纽约湾里。”

“太浪费了，”乔伊说，“你不是老跟我说你在那些玩意儿上耗费了多少金钱和多少汗水吗？”他喝了一大口啤酒，然后摇摇头。乔伊越长越像他父亲敦了。同样皮包骨的胳膊，同样的啤酒肚，同样灰白的头发。汤姆记得他曾经有一头纯黑的头发，常常会挡住眼睛。那时候他常喝啤酒，还用皮绳串着一个开瓶器挂在胸口，甚至还挂着这个、戴着廉价青蛙面具和灵龟一起去鬼牌镇激励嗜酒成性的塔基扬医生。

那是二十三年前的事了。如今，塔基扬没有变老，但是乔伊变了，汤姆也一样。他没有变成熟，只是变老了，但今后一切都会不一样。灵龟已死，汤姆·托特伯里将重获新生。

他从河岸边漫步走开。废旧汽车堆里破碎的车灯像失明的眼睛一样盯着他，他感受到了活物的视线，转头看见一只巨大的灰色老鼠，它待在缺了腿的维多利亚沙发潮湿而腐烂的内部，向外凝视。在废品场深处，他走过长长的两排老式冰箱，它们的门都被小心地移走了。远处是一块光秃秃的土地，上面放着正方形金属片。根据以前的经验，汤姆知道它很沉。他盯着金属上的大圆环，集中精神，第三次尝试时终于将它移开，显露出下面的黑暗通道。

汤姆坐在边缘，小心地跳入黑暗。落地之后，他摸着墙向前，直到找到他挂在某处的手电筒，然后他沿着寒冷潮湿的通道向下，来到地堡。旧龟壳沉默地等待着他。

他知道他必须尽快销毁它们，但今天不用。那些银行家不会到这里来看的。它们只想亲眼看一下这块地方，看一下视野，也许还会签几份文件。有的是时间把这个垃圾扔进水里，它又不会跑。

二号龟壳上画着雏菊与和平标志，曾经亮眼的颜料已经变暗甚至脱落。只须看它一眼就能回忆起旧时的歌曲、奋斗的目标和坚定的信念。还记得在华盛顿的游行，扬声器里的摇滚民谣歌曲震耳欲聋，装甲上横贯着要做爱不要作战的标语。金福·麦卡锡曾经站在这个龟壳上用他惯常的讽刺挖苦语气演讲了整整二十分钟。穿着系带露背上衣和牛仔裤的漂亮女孩个个都想攀上龟壳。汤姆对其中一个记忆犹新，她的眼睛像蓝色的矢车菊，头上扎着印第安发带，又长又直的金发盖住了她的屁股。她爱他，她躺在龟壳上面时曾经这样低语。她想要他打开舱门，让她进去，她想要看见他的脸，凝视他的眼睛，她不在乎他是否如别人所说是个鬼牌，她爱他，她希望他跟她做爱，立刻，马上。

她让他硬得好像裤子里有根撬棍，但是他没有打开龟壳。当时没有，后来也没有。她想要的是灵龟，但龟壳里只有汤姆·托特伯里。他在想她现在身处何方，长什么样子，还记得过往吗。也许她有了个女儿，已跟她那时候差不多年纪。

汤姆的手抚摸着冰凉的金属，在厚厚的灰尘下面，他又摸到了一处和平标志。那时候他真的觉得自己能改变世界。他加入了一个运动，阻止战争，帮助弱小。灵龟登上尼克松的敌人榜单的那一天是他一生中最荣耀的时刻。

千军万马也救不回来……

再往前有个没这么招摇，但是更大也更现代的龟壳。这个也经历过不少硬仗。他在一个凹痕处停下脚步，有一次某个疯子拿炮弹轰他，虽然炮弹被弹开了，但还是留下了这个痕迹。而且害得他脑袋嗡嗡响了几个星期。再下面，如果你仔细寻找，就能看到一个人类的小手印，嵌在装甲板上。这是个混蛋王牌送给他的纪念品，媒体管她叫女雕塑家。她挺可爱的，也很厉害，金属和石头在她的手中能像水一样流动。她是媒体的宠儿，但后来她开始用这双手塑造通向银行保险柜的入口。灵龟把她交给警察，心里想着怎么才能防止她再次径直走出来，但她并没有试图逃跑，而是接受赦免，去为司法部工作了。有时候这个世界真是奇怪。

二号和三号龟壳，除了框架和装甲板，没剩下什么东西。里面的部件早就被拿来重新利用了。摄像机、电子元件、加热器、风扇，能拿的都拿走了，这些东西若要再买都是要花钱的，汤姆一直都不富裕。所以他就从旧的里面拿出零件组装新的，但就算这样，他还是花了不小一笔钱。据他大概估算，被该死的塔基斯星人随意丢弃在太空中那个龟壳花了他五万左右，他到现在都还在为它还债。

在地堡最黑暗的角落里，他找到了最老的龟壳。焊接的活做得很差，装甲板都没盖住大众甲壳虫的线条，他们是 1963 年冬天开始制作的。他知道里面又黑又闷，连转身的余地都没有，也没有后来龟壳里的那些便利设施。他的手电筒扫过外部，为自己当年的天真而叹息。黑白电视机，大众的车身，二十年历史的电线，真空管。基本可以算毫发无损，因为它实在太过时了。一想到几个月之前他还坐着这东西越过纽约湾，他就后怕。

但是……这是最早的龟壳，带着最强烈的回忆。他盯着它看了一会儿，想起了过往的时光。建造它，测试它，驾驶它。他还记得第一次越过纽约上空，他当时吓得半死，然后他看到了火光，用念力将那位女士送到安全的地方——时至今日，这么多年之后，她穿的裙子还清晰地映在他的脑海里，他把她送到街上时，那裙子上还沾着火焰。

“我尽力了，”他大声说道，声音在昏暗的地堡里回荡，“我做了些好事。”他听到身后有窸窸窣窣的声音。大概是老鼠。他现在居然沦落到要跟老鼠聊天的地步了。他是想说服谁呢？

他看着三个龟壳歪歪扭扭的摆成一排，这么多的破烂金属，要被扔到河湾里了。这让他伤感。他想起了乔伊说的，这是种浪费，然后他心里有了个主意。他从背包里拿出一本便签，快速给自己写了个备忘。龟壳的游戏他已经玩了二十年，从来没找到哪个下面有豌豆。好吧，也许他可以把老旧龟壳变成一罐豌豆。

史蒂夫·布鲁德在四十五分钟之后到达，戴着皮质驾驶手套，穿着巴宝莉外套，他的棕色林肯城市车里还坐着两个银行家。他们在这块地上转悠的时候汤姆让他负责说话。两个银行家赞美了一下这里的视野，而且很礼貌地没有提到废品场里的老鼠。

他们在那天下午签了文件，然后去亨德里克森餐厅吃晚餐庆祝。

♣♦♠♥

警笛和血清素的协奏曲

Ⅲ

狂风呼啸，街边的窗户都随之摇晃，冰雹啪嗒啪嗒地打在入口两侧的石狮子上。鬼牌镇诊所的大门打开之后，这些声音更响了。一个男人走进来之后跺跺脚，然后掸落蓝色夹克上的雪花。他好像没打算关上身后的门。

玛德莲娜·约翰森，有时候被称为鸡脚女士，正在帮她的朋友雄知更鸟做前台的活。他们的关系不错。正在玩填字游戏的她抬起头，用铅笔摩擦着脸上的红色肉垂，尖声说道："把门关上，先生！"

男人放下擦脸的手帕，盯着她看。她发现他长着复眼，下巴的肌肉一会儿收紧一会儿放松。

"抱歉。"他说完就把门关上了，然后缓慢转头，似乎在巡视房间里的一切，但因为他长着复眼，所以很难搞清楚他到底在看什么。最后他说，"我必须和塔基扬医生谈谈。"

"他不在，"她说，"而且他要在外面待好一段时间。你有什么事吗？"

"我想睡觉。"他说。

"这不是兽医院，"她说完就立马后悔了，因为他开始向前走，周身散发出独特的光晕，而且开始像个静电发电机一样放射出火花。她觉得这不是什么善意的姿态，对方龇着牙，双手握紧又放松，像是要为接下来的行动做准备。

“这——是——紧急——情况，”他说，“我叫克罗伊德·科伦森，也许这里有我的档案。最好找找看。我有暴力倾向。”

她尖叫起来，跳着离开了，两根羽毛在他眼前飘过。他靠在她的桌子上，再次伸手擦拭眉毛，然后目光落在报纸旁边半满的咖啡杯上。他端起来喝了下去。

过了一会儿，桌子前面的走道上响起声音。一个金发碧眼的年轻人停在门口，盯着他。他穿着一件绿白相间的Polo衫，挂着听诊器，脸上带着沙滩男孩的笑容。他的腰部以下是帕洛米诺马身，尾巴编得很漂亮。玛德莲娜跟在他后面扑扇。

“就是他，”他告诉半人马，“他说他有暴力倾向。”

这个四条腿的年轻人依旧微笑着走了进来，伸手说道：“我是费恩医生，”我派人去找你的档案了，科伦森先生。我们去检查室吧，等待的时候你可以跟我说说你怎么了。”

科伦森握住他的手点点头。“那里有咖啡吗？”

“应该有的，我们帮你找个杯子。”

♥

克罗伊德在小房间里灌着咖啡踱步，而费恩医生则看着他的过往档案，有时候会打个响鼻儿，还发出了一声很像嘶鸣的声响。

“我才知道你就是沉睡者，”他终于合上档案，看着病人说道：“有些材料还被写进了教科书。”他用修剪整齐的指尖点点档案夹。

“我听说了。”克罗伊德回复道。

“显然你出了问题，你不能等到下一个周期结束自然地清理掉，”费恩医生观察道，“出什么事了？”

克罗伊德苦笑了一下。“在睡觉方面，遇到了很不走运的情况。”

“有什么问题？”

“我不知道档案里写了多少，”克罗伊德告诉他，“但是我对入睡无比恐惧——”

“嗯，里面写到了你的妄想症。也许可以咨询一下——”

克罗伊德一拳在墙上打了个洞。

“这不是妄想症，”他说，“危险是真实存在的。下一次休眠的时候我可能会死。我醒来之后也许会变成你所能想象的最恶心的鬼牌，就在一个普通的睡眠周期之后。然后我就会一直是那个样子。只有恐惧毫无依据的时候才叫妄想症，不是吗？”

“嗯，”费恩医生说，“我觉得只要恐惧过重，就算是有依据的，也可以叫妄想症。我也不清楚。我不是研究心理的。但我还看到档案里面说你为了尽可能地保持清醒，会吃安非他明，你知道那会加剧你的妄想症吧。”

克罗伊德的手指摩擦着被他打出来的坑洞内部，掸掉松动的石膏。“不过当然了，这只是一种表达方式罢了，”费恩医生继续说，“我们怎么称呼这种情况并不重要。其实就是你害怕睡觉。但是这一次你觉得你应该睡觉？”

克罗伊德又开始踱步，同时捏着自己手指的骨节。费恩医生听得入迷，数起他的骨节咔哒响了几次。到第七声的时候，他开始想全部捏完之后克罗伊德会干什么。

“八，九，十……”他默数着。克罗伊德又在墙上打出一个洞。

“呃，你还想喝咖啡吗？”费恩医生问道。

“喝，要喝一加仑。”

费恩医生离开了，就好像赛马时起跑闸打开了一样。

◆

费恩医生并没有告诉克罗伊德他狂饮的咖啡是不含咖啡因的，而是告诉他，“因为你吃了太多安非他明，所以我们恐怕不能再给你开任何药品。”

“我给你两个承诺，”克罗伊德说，“一是我这一次会试图入睡，二是我不会抵抗。但如果你不能让我迅速入睡，那我宁愿离开也不要承受那种焦虑。而我离开之后，肯定很快就会去吃安非他明和地塞米松。所以给我弄点麻醉剂，我愿意冒险。”

费恩医生甩动鬃毛。“我宁愿先尝试点更简单且更安全的方式。要不要先来点脑波同步和心理暗示？”

“我不熟悉这个流程。”克罗伊德说。

“不会留下创伤的。俄罗斯人已经试验了好多年。我会把这些小软垫夹在你的耳朵上，”他说着用某种潮湿的东西涂抹克罗伊德的耳廓，“再加上一点低安培的电流，流过你的大脑——也就，四赫兹。你不会有感觉。”

导线都从一个盒子里延伸出来，他调整了一下上面的一个控制器。

“现在呢？”克罗伊德问道。

“闭上眼睛休息一分钟。你可能会有种类似漂浮的感觉。”

“嗯。”

“也有沉重的感觉在其中。你的胳膊变沉了，腿也沉了。”

“是沉了。”克罗伊德承认。

“你很难去想某些具体的事情。你的心灵只是在飘荡。”

“在飘荡。”克罗伊德表示赞同。

“你感觉很好，可能是你这一天中感觉最好的时候，终于有机会休息了。缓慢地呼吸，放松所有紧绷的地方。你就快要到了。非常棒。”

克罗伊德说了些什么，但是很模糊，听不清。

“你做得很好。你很擅长这个。通常我都会从一数到十，但是对你，可以从八开始，因为你已经快睡着了。八。你已经飘远了，感觉很好。九。你已经睡了，但是现在你会陷入更深层的睡眠。十。你睡得很沉，没有恐惧和痛苦。睡吧。”

克罗伊德开始打呼噜。

医院里没有多余的床位，但是克罗伊德已经变得像假人一样僵硬，还放射出明亮的绿光，他的呼吸和心跳减缓到介于冬眠的熊和死去的熊之间。费恩医生将他直立着放在杂物间后部，并未占用多少空间。而且费恩进去之后在门上钉了个钉子，挂了一张纸，上面写着：“内有极易受影响的病人。”

♣♦♠♥

1987 年 5 月

千军万马

Ⅳ

“我需要一个面具。”他说。

店员比他高很多，而且瘦得可怕，态度就像他脸上带的法老死亡面具一样专横。“没问题。”他的眼睛是金色的，就像面具的颜色。“具体想要哪一种呢，先生?”

“令人印象深刻的那种。”汤姆说。只要不到两块钱，你就可以在鬼牌镇的任何一个糖果店里买到廉价塑料面具，足以藏住你的脸。但在鬼牌镇，戴廉价面具就像穿廉价西装。汤姆今天想要被严肃对待。霍尔布洛克被《纽约》杂志列为全城最精品的面具店。

“请您允许我测量一下?”店员说着拿出一个卷尺。汤姆点点头，在被测量头部的同时审视着远处墙面上展示的复杂部落面具。“请等我一分钟，”男人说完消失在深色天鹅绒帘子后面。

汤姆是店里唯一的顾客。这个地方不大，光线昏暗，装饰精美，让他感受到一股尖锐的不适感。店员回来的时候已过了不止一分钟，他的胳膊下面夹着几个面具盒子。他把它们放在柜台上，打开了一个让汤姆看。

一个狮头面具被放在黑色薄纸上。这张脸上装饰着柔软苍白的羽毛，摸起来就像最上好的小羊皮一样顺滑。一圈长长的金毛环绕着脸庞。“没什么能比百兽之王更令人印象深刻，”店员告诉他，“这些毛都是真的，每一根都是从狮子身上拔下来的。我注意到了您的眼镜，先生。如果您把度数告诉我们，本店可以为您定做一副适合的目镜。”

“这个很好，”汤姆用手拨弄着毛发，“多少钱?”

店员冷淡地看着他。“1200 美元，先生。不加带度数的目镜。”

汤姆猛地收回手。法老面具上的金色眼睛居高临下地看着他，但是保持了礼貌，还带一丁点被逗乐的感觉。汤姆一言不发地转身出了门。

他来到包厘街的一个商店，店门前摆着报纸架，后面还有个冷饮柜，他花 6.97 美元买了个橡胶青蛙脸面具。他戴起来之后才发现有点大，而且还得把眼镜平稳地架在过于夸张的绿色大耳朵上，但是这种设计有种特别的情感价值，去他的令人印象深刻。

♠

鬼牌镇让他紧张。虽然他在那些街道上空飞过很多次，但走在下面又是另一种感觉。好在开心屋酒吧就在包厘街上。警察和所有心智健全的人一样，会避开鬼牌镇比较阴暗的角落，尤其因为现在的帮派战争，警察更是不愿靠近。但是耐特依旧经常去包厘街上欣赏卡巴莱歌舞表演，而有游客的地方就会有警方巡逻车。耐特的钱是鬼牌镇的经济命脉，这命脉原本就够纤细脆弱了。

就算到了这个点，人行道上还是熙熙攘攘，没有人过多注意汤姆和他那不合适的面具。走到第二个街区的时候他甚至可以算得上舒服惬意。过去的二十年里，他在电视显示器上看遍了鬼牌镇的所有丑恶，现在不过是换个视角。

以前，开心屋前面的人行道上会挤满下客的出租车和等待第二场结束的豪车。但是今晚这里空空荡荡的，连个门童都没有，汤姆进去之后，发现衣帽寄存处也没有人。他推开双开门，一百张不同的青蛙脸正透过开心屋著名的各种镀银镜子盯着他看。舞台上那个男人的头只有棒球大小，一块块长着石子的皮肤挂在赤裸的身体上，他像个风箱或者风笛一样一会儿膨胀一会儿又放气。整个房间里都能听到从他身上各种奇怪的孔洞里散发出来的忧伤音乐。汤姆带着病态的迷恋盯着他看了一会儿，领班出现在他身旁。“一张桌子，先生?”他身材矮胖，像只企鹅，脸庞被贝多芬面具挡住。

“我想见泽维尔·德斯蒙德。”汤姆的声音被青蛙面具遮挡，听起来有些奇怪。

“德斯蒙德先生几天之前才从国外回来，”领班回答道，“他去参加了哈特曼参议员的环球之旅。”他又骄傲地补充道。“恐怕他现在很忙。”

“我有重要事情。”汤姆说。

领班点点头。“那我该说是谁要找他?”

汤姆犹豫了一下。“就说……是一个老朋友。”

♣

领班离开之后只剩下他们两人。德斯起身绕过桌子，他走得很慢，长长的粉色象鼻下面，一双薄唇紧抿着。跟他同处一室你才能看到电视上看不到的细节：他有多衰老，病得有多严重。他的皮肤和他的衣服一样，松垮地挂在身上，眼睛里满是痛苦。

“旅程如何?”汤姆问道。

“疲惫不堪，”德斯说，“我们看到了全世界的惨剧，那些苦难和仇恨，我们直接尝到了暴力的滋味。但是我确定这些你全都知道。都登在报纸上了。”他抬起象鼻，前端边缘上长着的手指轻碰汤姆的面具。“抱歉，老朋友，但我好像不记得这张脸。”

“我的脸藏起来了。”汤姆指出。

德斯虚弱一笑。“身为鬼牌，最先学会的事情之一就是透过面具看人。我是个老鬼牌，而你的面具又很糟糕。”

“很久以前，你买了一个和这个一样便宜的面具。”

德斯皱眉。“恐怕你搞错了。我从来没觉得我需要隐藏自己的面目。”

“你是帮塔基扬医生买的。一个鸡的面具。”

他看到德斯蒙德的眼睛里有吃惊有好奇，但依旧虚弱无力。“你是说？”

“我觉得你知道。”汤姆说。

这个老鬼牌沉默了好久，然后缓慢点头，坐在最近的椅子里。“有传言说你死了。我很高兴看到你还活着。”

这简单的一句话，德斯蒙德说得很真诚，让汤姆觉得难堪且惭愧。在那一瞬间他觉得自己应该转身就走，什么都别说。

“请坐。”德斯说。

汤姆坐下之后清清喉咙，想着该如何开口。一阵令人尴尬的沉默降临。

“我知道，”德斯蒙德说，“你出现在了我的办公室，高兴之余我跟你一样感觉奇怪。我知道你不只是想和我叙叙旧。鬼牌镇欠你太多。告诉我，我能为你做些什么？”

汤姆没有说原因，但是说了他的决定，以及打算怎么处理龟壳。他说话的时候眼神一直在房间里游弋，就是没有停留在老鬼牌的脸上。不过他就这样把话说完了。

泽维尔·德斯蒙德礼貌地倾听着。汤姆讲完之后，德斯不知怎地看起来更苍老也更疲惫了。他缓慢点头，但没有说话。象鼻上的手指握紧又松开。“你确定？”德斯终于开口。

汤姆点点头。“你还好吗？”

德斯冲着他疲惫地微微一笑。“不好，”他回答道，“我太老了，而且健康状况也不好，这个世界一直在让我失望。在旅程的最后一段时间里，我渴望回家，回到鬼牌镇和开心屋。嗯，现在我回来了，我看到了什么呢？生意差到冰点，帮派在鬼牌镇的街道上开战，我们的下一个总统可能会是个拿宗教当幌子的骗子，他太爱我们这些鬼牌了，爱到要把我们全都隔离起来，而我们最老的英雄则打算不理战事。”德斯用象鼻上的手指穿过日渐稀疏的灰发，然后窘迫地看着汤姆。“抱歉。这话说得不公平。你已经冒过太多风险，而且为我们奉献了二十年。没人有资格要求更多。当然，如果你需要我的帮助，我会照做。”

“你知道老板是谁吗?”汤姆问道。

“一个鬼牌，”德斯蒙德回答，“让你吃惊了？一开始是个耐特，后来被他买过来了，就在一段时间之前。他是个很富有的人，但喜欢保持低调。一个有钱的鬼牌，呃，容易成靶子。我很乐意帮忙让你们见面。”

“嗯，”汤姆说，“很好。”

他们聊完之后，泽维尔·德斯蒙德送他出门。汤姆答应一个星期之内会打电话来询问见面的细节。他们一起站在外面的人行道上等待出租车。一辆车开过来，减速，但司机看见他们两人之后又加速离开了。

“我曾经希望你是鬼牌。”德斯蒙德轻声说。汤姆猛地看向他。

“你怎么知道我不是?”

德斯笑了，就好像这个问题的答案不言自明。

“我相信很多鬼牌跟我的想法是一样的。你藏在龟壳里，所以什么身份都有可能。但是你收获了那样的声望和名气，如果不是鬼牌，怎么可能一直藏着不肯露面，连名字都不告诉公众?”

“我有我的原因。”汤姆告诉他。

“都无所谓了。我猜我们学到了一课，王牌就是王牌，你也一样，而我们鬼牌必须学会照顾自己。祝你好运，老朋友。”德斯跟他握过手之后转身离开了。

又一辆出租车开过，汤姆招手，但是它甚至都没减速就开走了。

“他们以为你是鬼牌，”德斯站在开心屋的门里说，“是因为面具。”他善意地补充道。“拿下来，让他们看到你的脸，然后就没问题了。”门在他身后轻声关上。

汤姆环顾整个街道，一个人影都没有，没有人会看见他的真面目。他紧张地小心拿下自己的青蛙面具。

下一辆出租车一个急刹，停在他的面前。

♣♦♠♥

血脉亲情

梅琳达·M. 斯诺德格拉斯　著

I

“我不干了！我不干了！他不需要老师，他需要狱监！需要一个他妈的驯兽师！把他关在围栏里！”

砰的一声，门被关上了，桌上堆积成山的文件被震得摇摇晃晃。塔基扬手上松松地拿着一个租用合同，感兴趣地盯着门口。门开了一个小缝。

厚眼镜片后面一双蓝色月亮般的眼睛小心地往里看。

“对不起。”蒂塔轻声说。

“没关系。”

“这是第几个了？”她曲线优美的屁股有半边靠在他桌子的边角上。她穿着迷你裙，塔基扬的眼睛滑向她白皙的大腿。

“第三个。”

“也许应该送去学校？”

“还是不要了。”塔基扬想到他的孙子会在狗咬狗的公立学校里造成多巨大的破坏，差点要颤抖。他叹了口气，拆开公寓租约，放进口袋。“我要回家去看看他。尽量帮我把事情安排一下。”

“这些信？”

“只能以后再说了。”

“但是——”

“有的都等了六个月了。多几天也不会怎样。”

“例会……?”

“我会准时回来的。”

“奎因医生——”

“看到我这样会很不高兴。这种事太正常了。”

“你看起来很疲惫。”

“是很累。”

他确实很累，走下布莱斯·范·伦斯勒纪念诊所前面的台阶时，他只顾思考，甚至没有像往常一样轻拍两旁石狮子的头。世卫组织的环球旅行在一星期前画上句号，回来之后他一直很忙，没什么时间休息。各方面的担忧向他袭来：他的性无能让他越来越感觉到压力和沮丧；里奥·巴奈特参选总统；帮派斗争威胁着鬼牌镇的平静生活（平静，哈!）；詹姆斯·斯佩克特逍遥法外，杀戮仍在继续。

但这些似乎都莫名遥远，毫不重要，跟他生命里的新人相比只能算是琐事。这个活跃的十一岁男孩让他的日常生活一片混乱。他现在才意识到单人公寓有多小，要找到一间大一点的公寓要花多长时间，以及这种公寓的价格有多高。

还有布拉斯的能力问题。塔基扬自小就时常抱怨塔基斯星贵族的抚养方式过于严格。但现在他希望能用同样的方式从重处罚这个任性的小孩，他对着身边没有心灵能力的人随意使用能力，而且完全没有认识到错误。

但老实说，这不是个用棍棒就能解决的问题。在塔基斯星，孩子在闺房里的明争暗斗中学会生存。再加上他们身边全都是有心灵控制力的人，因此孩子们很快就知道要谨慎使用他们天生的能力。不管某个人有多么厉害，总归会有个表亲、叔叔、或者家长比这个人更有经验、更强大。

孩子一从闺房里出来，就会分到一个来自下层社会的仆人。这是为了给这些贵族孩子建立起对被统治阶级的责任感。理论上是这样的

——实际上一般会使得各位贵族肆意轻视塔基斯星的普罗大众，也让他们觉得强迫仆人是件没意思的事。但也造成了一些悲剧——有些仆人因为他们主人的突发奇想或者一时暴怒而被迫相互残杀。

塔基扬用手搓着额头，权衡他的选择。长篇大论仁慈、义务和职责，或者成为布拉斯生命中最危险的存在。

但是我想被他爱，不想被他恐惧。

♥

这个男孩让他想起森林里的野生动物。布拉斯蜷缩在大扶手椅里，警惕地看了一眼他的祖父，焦躁地拉扯着从斜纹布外套中露出来的饰有花边的凡戴克式锯齿状衣领。红色长袜和红色腰带映衬着他血红的头发。塔基扬把钥匙扔在茶几上，然后坐在沙发扶手上，小心地与怀着敌意的男孩保持距离。

“不管他是怎么说的，反正不是我干的。”

“你肯定干了些什么。”他们俩都说法语。

“没有。”

“布拉斯，别撒谎。”

“我不喜欢他。”

塔基扬漫步到钢琴旁边，弹了斯卡拉蒂小奏鸣曲的几个音符。“老师们不是来跟你当朋友的。他们是来……教你的。”

“需要知道的所有事情我都知道了。”

“哦?”塔基扬说这个字的时候拖长了声音，显得冷酷无情。

孩子收紧下巴，塔基扬的屏障挡住了强有力的心灵攻击。“我知道一点就够了，至少对于耐特来说，”现在祖父与他视线平齐，在这番瞪视下他脸红了，“我很特别!”

“在这个世界上，粗鄙的人虽然可怜，但也没有那么特别。你会发现好多人都跟你一样。”

“我恨你！我要回家。”他开始啜泣，把脸埋在椅子里。

塔基扬俯下身子把哭泣的男孩抱在怀里。“亲爱的，别哭。你只是想家了，这是人之常情。但是在法国已经没有你认识的人了，而且我非常需要你。”

“这个地方不适合我。你只是想把我塞进来，就好像在书架上腾地方好放新书。”

“不是这样的。你给我的生命带来了意义。”这个话太模糊太成人化，感染不了孩子，于是塔基扬再次尝试，“我找到了一间新公寓。我们下午过去，你告诉我你想怎么布置你的房间。”

“真的吗?”

“真的。”他用手帕擦拭男孩的脸庞，“但是现在，我必须回去工作，所以我会带你去宝贝那里，她会告诉你关于你的血统的故事。”

“太好了。”

塔基扬心里升腾起片刻愧疚，因为这个计划主要是为了确保布拉斯不出状况，而不是让他高兴。被锁在有感知力的塔基斯星智能飞船里之后，布拉斯会很安全，外面的世界也能免受他的摧残。

“但她说的是英语。”塔基扬严厉地说。

布拉斯拉下脸。“真倒霉。”

◆

回到医院之后塔基扬疯狂工作了五个小时。大部分是在处理各种文件。然后他猛地想起了布拉斯，只能期望宝贝非常有趣。接到孩子之后，塔基扬匆忙送他去上空手道课，然后坐在外面办公室看《泰晤士报》，同时竖起耳朵倾听道馆里的动静。布拉斯表现良好。

百变王牌/艾滋慈善音乐会将在开心屋举行。

塔基扬心想，真有德斯的风格。这种活动在鬼牌镇进行真是有意思。估计纽约的其他地方都不会愿意举办。他们估计会给座椅套上塑料椅套。

这两种瘟疫之间有着情感上的共同点。作为生物学家，他看到的是另一种关联，疱疹和百变王牌。但要是来一场疱疹/百变王牌/艾滋慈善会，那居心不良的人就太容易拿他们开黄色玩笑了。

警告：卫生局局长断言，性交可能会损害你的健康。

“嗯，那我应该能活到两千岁。”塔基扬跷起二郎腿嘟囔道。

布拉斯穿着小小的白色空手道服冲出来，一副可爱模样。一开始的时候他还和空手道学校的经理争执过服装的事。标准服装应该是黑色的，但尽管塔基扬在地球上已经待了四十年，依旧对这个颜色心存偏见。劳动者才穿黑色，贵族是不穿的。

男孩把他的衣服塞在塔基扬的胳膊里。

“你不换衣服?”

“不换。”他爬上椅子，查看展出的飞镖、锁镰和剃刀。

“语言方面有障碍吗?”他写支票的时候问图普奥拉。

“没有。就这过去的几天里，他的英语已经突飞猛进了。”

“他很聪明。”

“对。”布拉斯踏着椅子走过来抱住塔基扬的脖子。图拉奥普转着笔，皱起眉头。

“我希望你能向我展示一下你在英语方面的进步。”

“跟你说法语比较简单。”布拉斯拿腔拿调地说。

塔基扬抚摸着孙子红色的直发。“我猜我必须进化出选择性失聪才行。”他突然咯咯笑起来。

“怎么了?”布拉斯拉拉他的肩膀。

“想起了童年的一场意外。我那时候比你大不了多少。十五岁左右。我觉得体育锻炼都很无聊。只有拳击才有意思。所以我命令我的保镖替我锻炼。”

图普奥拉笑了，塔基扬伤心地摇摇头。“我真是个让人受不了的小王子。”

“后来呢?”

“我被父亲逮到了。”

“然后?”布拉斯急忙追问。

“然后把我打了个半死。”

“我打赌那个保镖看得很开心。”图普奥拉轻笑道。

“他们都训练有素，不会展现任何情绪，但是我好像记得他嘴角抽搐了几下。真是丢脸。”他叹气。

“要是我，肯定对他出手。”布拉斯瞪着眼睛里说。

“啊，但是我敬重我的父亲，知道他教训我是对的。而且在仆人面前跟长辈进行长时间心灵对抗是有悖心灵原则的。还有，我可能会输。”他的食指点在孩子的鼻尖上，“作为塔基斯星人，永远要考虑到这一点。”

“心灵原则。听起来像是一本60年代的神秘故事书。”图普奥拉打趣道。

塔基扬站起来。“也许我会写一本。”他转头面向他的孙子，“说到60年代，有个人我想让你见见。”

“有趣的人?”

“对，而且和蔼可亲，是我的好朋友。”

布拉斯撇了撇嘴。“跟我玩不到一块儿去。”

“确实，但他还有个女儿。”

♠

“看啊！马克，我回来了!”塔基扬转着带羽毛的帽子站在宇宙南瓜（“身体、心灵和灵魂的食物”）总店和熟食店门口。

马克·梅多斯医生，也就是远行队长，像一只鹳似的站在柜台后面，新鲜打开的豆腐稳稳地放在指尖。

“喔，哇，医生，你好啊。”

“马克，这是我的孙子，布拉斯。”他把藏在他身后的孩子拉出来，轻推向前，“布拉斯，我来给你介绍，这是马克·梅多斯先生。”

“你好，先生。”

马克跟布拉斯打了个招呼，然后给了塔基扬一个严厉的眼神。“看来你有好多事情要跟我说。”

“确实是的，还要请你帮个忙。”

“尽管说。”

塔基扬饱含深意地看了布拉斯一眼。“等一下，我先送布拉斯去认识一下斯普劳特。”

“呃……好。”

他们爬上陡峭的楼梯，来到马克的公寓，让布拉斯跟马克十岁的女儿玩耍，她很可爱，可惜智力迟钝。他们两人则来到这个嬉皮士杂乱的小实验室里。

“总体上来说是个噩梦。死亡、饥荒、疾病——但到了最后……布拉斯，突然之间一切都值得了。”紧张踱步的塔基扬停了下来，“他是我生命的重心，马克，我希望他能拥有一切。”

“孩子们并不需要一切，兄弟，他们只需要爱。”

塔基扬温柔地将手放在对方瘦弱的肩膀上。“你真是太好了，我最最亲爱的朋友。”

“但你有事瞒着我。你是怎么找到他的，还有叙利亚的那个烂摊子到底是个什么情况？”

“我说的噩梦就是指这个。”

他们聊了起来。塔基扬谈到了他对游隼的担忧，还有找到布拉斯的前因后果。他省略了最后和镜子先生的对峙，就是这个法国恐怖分子控制了有四分之一塔基斯星血统的男孩。他觉得温柔敏感的马克会震惊于塔基扬对这个男人冷血无情的处决。其实事后想来，塔基扬自己都觉得不适。他现在觉得，虽然在地球上待的时间和在塔基斯星上差不多一样长了，但他还是更像个塔基斯星人，而非地球人。

他查看了靴子跟上的时钟，然后惊呼：“我的老天，这都什么时候了。”

“嘿，靴子不错。”

“嗯，我在德国买的。”

“嘿，说到德国——”

“下次再说吧，马克，我必须走了。哎呀，我真是蠢！我过来不仅是想见你，还想问问我能不能偶尔把杜尔格借走？他基本上对心灵控制免疫。我不能总是把布拉斯带在身边，也不能一有事就把他锁在宝贝里。”

“杜尔格当保姆。很难想象。”

“我知道，而且我也不愿意让扎博的怪物来看管我的后代，但是如果我把布拉斯交给耐特，那他的杀伤力不亚于群虫之母。你也看出来了，他毫不自律，而且我真不知道怎么才能让他自律。”

队长用胳膊钩着塔基扬的肩膀，他们一起走到实验室门口。“时间，你需要时间。放轻松，兄弟，没有谁生来就会当父亲。”

“或者祖父。”

马克低头看着塔基扬精致年轻的脸庞，轻笑起来。“我觉得他很难把你看成祖父。你可能是要——”

起居室里的景象让马克差点窒息。斯普劳特只穿着泰迪熊内裤，唱着歌曲翩翩起舞。布拉斯咯咯直笑，在沙发上跳来跳去，用心灵之力将她变成了他的提线木偶。

“祖父，她是不是很滑稽？她的脑子简单到——”

塔基扬猛地动用自己的力量，斯普劳特瞬间摆脱了可怕的外部控制，恐惧不安地掉下眼泪。马克紧紧抱住她。

“简单！我要让你看看什么叫简单！”男孩被祖父的心灵力量控

制，像一个老旧的自动机器人一样在房间里乱晃。“有意思吗？你喜欢——”

“别这样！别！停下！”马克用力摇晃塔基扬的身体大喊，然后又用温和的口吻补充道，“没事的。”塔基扬身上恶魔的一面消失了，恢复了往常的讨喜面目。

“对不起，马克，”塔基扬轻声说道，“非常抱歉。”

“没事的，兄弟。我们……我们先冷静下来。”

塔基扬切换成心灵感应交流。*你能原谅我吗？*

没什么好原谅的，兄弟。

梅多斯单膝跪在啜泣的男孩面前，轻柔地抚上他的肩膀。“你看，斯普劳特刚才就和你现在一样恐惧。被别人的力量控制不是什么有趣的事情。还有，她的心灵确实弱小，但正因如此，你这样强大的人就更要对他们怀有善意，去照顾他们。你明白吗？”

布拉斯缓缓点头，但是塔基扬不相信这双紫黑色眼睛里的惊恐之情是真的。而且他们一出宇宙南瓜的大门，男孩就立马说：“真是个窝囊废！”

“你给我上车！”

♣

“先祖啊！”鞋跟踩碎了玻璃。在某个令人窒息的短暂一刻，时间倒转了，过去像折磨人的动物一样抓着他的喉咙。

玻璃碎裂掉落，各处的镜子都被打碎了，镀银的刀在空中飞过……鲜血洒在破裂的镜子上。

塔基扬甩甩头，清除掉脑海里的梦魇，盯着开心屋的大屠杀。手臂多到可以轻松使用三把扫帚的清洁工忙碌地打扫着地板上的碎玻璃。脸色发灰、眉头紧锁的德斯正和一个穿着西装的男人说话。塔基扬走了过去。

“我不太了解你买的哪种保险——”

“是啊你不了解！我只不过就是二十四年来都按时付款，而且从来没有索赔过而已，有什么资格叫你们赔偿呢。”德斯怒气冲冲地说。

“我会去查的，德斯蒙德先生，然后会再联系你。”

“这里到底是怎么了？”

“你想喝一杯吗？”

“好。”塔基扬掏出钱包，德斯盯着他给的纸币，嘴角似笑非笑，象鼻前端的手指轻微抽搐。外星人红着脸辩解。“我为我的酒水付账。”

“现在是付了。”

“那都是很久以前的事了，德斯。”

“没错。”

塔基扬踢了一块镜子碎片。“但是这个场景让以前的记忆全回来了。”

“1963 年圣诞夜。梅尔很久以前就死了。”

很快你也会死去。

不，塔基扬不可能说出这种话。但是德斯会说吗？这个老鬼牌不想让别人知道他快死了，这一点上塔基扬尊重他的意愿，但是他这样保持沉默让塔基扬很受伤。

我该如何与你告别，我的老朋友？很快就太迟了。

白兰地入口之后就在喉咙里火辣辣地爆炸开来，冲击着喉头，撞开了原本梗在那里的纠结情绪。塔基扬把杯子放到一边，说道：“你一直都没有回答我的问题。”

“什么问题？”

“德斯，我是你的朋友，在这家店里喝了二十多年的酒。我进来看到这副恐怖的样子，我只想知道是怎么回事。”

“为什么？”

“也许我能够帮忙!”塔基扬一口气喝完剩下的酒，皱紧眉头盯着德斯暗淡的眼睛。

德斯拿走杯子重新倒满。“二十年来，我一直付保护费给甘比诺。现在新帮派加入战局，所以我必须付钱给两家。收支越来越难平衡了。”

“新帮派？什么新帮派？”

“他们管自己叫影拳会。唐人街来的。”

“什么时候出现的？”

“上周。我猜他们一直在等着，等到他们知道我回来了。”

“也就意味着他们认真研究了鬼牌镇。”

对方耸肩。“为什么不呢？他们是商人。”

“他们是恶棍。”

又一次耸肩。“都是。”

“你打算怎么办？”

“继续付钱给两家，希望他们能放我一马。”

“能付多久呢。”塔基扬自言自语道，又一口喝完了白兰地。

“什么？”

“真要命，德斯，我又不是瞎子。我也是医生。到底怎么了？癌症？”

“对。”

“为什么不告诉我？”

老人叹了口气。“有很多复杂的原因。我现在不想说。”

“永远都不说？”

“也有这个可能。”

“我当你是朋友。”

“是吗，塔基扬？是吗？”

“是。你不相信吗？别！别回答。我已经看到了你的答案，在你的眼睛和你的心里。”

“为什么不试试我的头脑，塔基扬？为什么不进我的大脑窥探一番？”

“因为我尊重你的隐私，还有——”他一脸沮丧，深吸一口气，“因为我可能无法承受我读到的内容。”他轻声总结道，然后又扔了一些钱在吧台上，转身向门口走去。

“我会想办法让你梦想成真。”

“什么？”

“让你平安度日。”

♥

这种事情发生在了其他好多个店面，比如厄尼餐厅，雄火鸡熟食店和斑点洗衣店，他实在不愿一一回忆起各家的惨状。塔基扬皱着眉头剥橘子，汁水溅到了之前被纸划到但他并没有注意到的小伤口上，有点刺痛。来自唐人街的暴徒。来自帮派的暴徒，还有他许诺说会想办法处理这个问题，简直空口说白话。他能做什么呢？

他剥完橘子之后扔了一片在嘴里。一阵微风吹过他的卷发，也带来了布拉斯令人愉悦的笑声。听到杰克·布劳恩的声音在喊着他的名字之后，小男孩立马欢快地奔跑着穿过公园，穿着红袜子的双腿都成了一阵模糊的影子。布劳恩手里拿着橄榄球向后靠，然后一扔。他看起来像电影明星，阳光下发白的金发散落在额头上，矫健的小麦色双腿从短裤里伸出来，上半身穿的是一件非常迷人、色彩搭配绝妙的夏威夷衬衣。

塔基扬把面包皮扔给感兴趣的鸽子。多么讽刺，跟杰克一起在公园里度过星期天。憎恨的敌人变成了……呃，大概不算朋友，但算是个可以忍耐的存在。杰克过来是想见布拉斯，塔基扬不仅不觉得难受，还改善了对他的态度。爱布拉斯就是好事。拜访过开心屋以后塔基扬一直在深思，至少他现在暂时可以忘记那些问题，放松一会儿。

橘子片终于全都下肚，塔基扬的胃表示抗议。他呻吟一声躺在毯子上，与恶心的感觉斗争。一波波的担忧情绪涌上来。最近的几天里，他的胃已经缩成了一个紧绷、疼痛的球形。他开始念叨他面对的问题。

鬼牌镇上空的恐惧几乎要形成一片看得见摸得着的阴影了。

里奥·巴奈特说他可以利用上帝的能力来治愈鬼牌，如果他们没被治好，那就明显意味着他们的罪孽太过深重。要是他当总统了怎么办？

游隼。再过一个月就是她的预产期。两天前为她做的超声波显示胚胎发育良好，但是塔基扬的内心深处明白生产时的压力会对携带百变王牌的婴儿造成何种影响。各位先祖啊，保佑这个小家伙一切正常吧。如果不正常，那她会崩溃的。

他还没有去鬼牌镇警察局向他们描述詹姆斯·斯佩克特的模样，所以他们还没有准备画像。

一个女孩慢跑着路过，一只阿富汗猎犬跟在她后面。皮肤上薄薄的汗液给她镀上了一层金色光芒，还有几缕黑色长发贴在裸露的后背上。塔基扬看着她腿部和背部肌肉的动作，研究着在三角背心里抖动的丰满胸部。他口干舌燥，阴茎突然一跳。这是个苦涩又迷人的时刻，因为根据无数次失望的尝试，他心里很清楚到了真枪实战的时候他什么都做不了。

他暴怒着趴在地上用拳头捶地——恨自己性无能，恨自己的心灵毫无自控能力，在担忧王牌杀手时还能被女性肉体吸引而分心。

有人用脚尖踢了踢他的肋骨，他立马站了起来。

“嘿，嘿，”布劳恩双手举高以示安抚，“别这么紧张。”

“布拉斯呢？”塔基扬紧张地到处看。

“我给他钱去买冰淇淋了。”

“你不该让他一个人到处跑。可能会出事……”

“那个孩子能照顾好自己。”布劳恩盘腿坐在毯子上，点了一根香烟，“我想给你些建议，你愿意听吗？”

“不愿意。”

“你现在不在塔基斯。他也不是贵族血统的王子。”

塔基扬苦涩地干笑了一下。“对，完全不是。他是个怪物。要是在塔基斯星，他会被毁掉。”

“嗯？”

外星人收拾好散落的橘子皮，走向一个垃圾桶。“要是想跟其他阶级的人混在一起，就要接受最严酷的惩罚。要是所有人都拥有我们的能力，那我们该怎么统治？”他把橘子皮扔进垃圾桶。

“你家乡的文化真是迷人。但也正好佐证了我的观点。”

“什么观点？”

“别把他搞疯了。你给他的压力太大了。你一边期待他遵守地球上根本不存在的规矩，另一边却把他宠得不成样子。音乐课、空手道课、舞蹈课，还有专门的老师教他几何、生物和化学——”

“你搞错了。他的第三任家庭教师几天前辞职了，我还没有找到人来顶替。我对他期望值很高的原因就在这里，他的能力和血统让他与众不同，至少对我来说是这样的。”

“塔基扬，听我说。你不可能把一个孩子想要的所有东西都买给他，还不断跟他说他很特别，很特别，很特别，然后却希望他不会变成一个任性的小混蛋。就让他当一个普通孩子不好吗？就说他的衣服吧。”

“衣服怎么了？”沙哑的声音里带着威胁。

“别让他穿马裤，蕾丝，还戴这种帽子。给他买点蓝色牛仔裤，再加一顶道奇队的鸭舌帽。他得生活在这个世界上。”

“我就没有选择改变自己。”

“对，但你是个异人，就喜欢到处招摇炫耀。而且你是成年人，还是个任性到不可思议的混蛋，你一点都不在乎别人说什么。你不希望布拉斯滥用他的能力，但是你现在这番做法实际上正导致了他对能力的滥用。孩子是世界上最残酷的人，他这样饱受折磨，结果就是爆发。然后你又会失望，不赞同他的做法，于是他就会心存不满。看看你创造了一个多么完美的可怕循环。”

“你应该写本书。显然你经验丰富，是个育儿方面的权威专家。”

“老天啊，塔基扬。我喜欢那个孩子。有时候甚至也喜欢你。爱他就好了，塔基扬，放轻松。”

“我确实爱他。”

“不，你爱的是他所代表的意义。你迷恋他，因为你的性无——”他把话咽了下去，然后脸红得厉害，“该死，对不起。我没想提起那个。”

“你是怎么知道的？”

“幻想告诉我的。”

“贱人。”

“嘿，放松点，一切都会好的。也不是什么大事。”

“布劳恩，你根本就不明白什么叫大事。子孙后裔、延续血脉——噢，妈的！你不会是想在你的新赌场里加一个心理咨询业务吧？做你最擅长的事情，杰克——走开去挣钱。让我一个人待着。”

“乐意至极！”

塔基扬抓着野餐篮和毯子，匆忙去寻找布拉斯。

“杰克叔叔去哪儿了？”

“杰克叔叔在大西洋城有个会。”

“你们俩又吵架了。为什么你们老是吵架？”

“陈年旧事了。”

“那你们就应该忘掉。”

“你别也开始教训我。”塔基扬挥手招呼出租车。

“我们去哪里?”

“去马克那里。”

“噢。”

“请等我一下。”他们在宇宙南瓜门口靠边停下之后塔基扬说道。

“好的，但是计价器会一直跳。”男人说话的口音很重，但不知道是哪里的口音。

“我也在这儿等。”布拉斯小声说。塔基扬感到一瞬间的愧疚，他想起自己上一次在这里时是如何失控的。

他把头伸进门里。“马克。”

“哟。”

“问你个事。有犯罪组织的使者过来打扰过你吗?”几个来自纽约市立大学的食客瞪大眼睛看着塔基斯星人。

“嗯?”

塔基扬恼火地猛呼一口气。“有没有人让你交保护费?”

“噢，你是问这个啊?有啊，几个月以前，但是我就……找了一个……朋友过来，然后他们就再没来过。”

“真希望每个人都有这样的朋友，马克。”

“你就是来说这个的?”

“对，就这个。”

“我能帮什么忙吗?”

“应该帮不上。”

塔基扬钻进出租车，告诉他医院的地址。

“噢，鬼牌镇，你是医生?”

“对。”

“我在电视上看过你，《游鹰的栖木》。”

“是《游隼的栖木》!对，我上过那个节目。”

“上帝啊!”

塔基扬的注意力因为司机的惊叹而转向前方路面。一堆警灯闪烁的警车堵住了海斯特街。一辆救护车呼啸而过。

“妈的，肯定又有别的，你们怎么说的，袭击?”

“停下，马上停下。”

塔基扬跳出车子之后钻过隔离带。一个女人的恸哭声在空中回荡，还有一个被扩音器放大的男低音，命令窃窃私语的围观群众退散。塔基扬看到了马萨里克警探，于是穿过人群去找他。

“怎么了?”

“这个……哦，你好，医生。”警探好奇地看着塔基扬旁边的小男孩。他此刻正感兴趣地盯着一团糟的餐厅里横七竖八的尸体看。

塔基扬教训布拉斯。“回到出租车里等着。”

“啊——”

“现在就去!”

“看来又有一场小派对，”布拉斯不情愿地离开时马萨里克说道，“但这次有个不请自来的客人也被卷进去了。”他转头看向啜泣的女人，她正紧紧拽着被提上救护车的尸体袋。

塔基扬跑向担架，拉开袋子，盯着里面的孩子看。他不是个很漂亮的孩子，矮胖的身体粗壮的脚踝，再加上半边脑袋被打爆了，看起来就更糟糕了。他转身将女人紧紧地抱在怀中。

“我的孩子！我的孩子！不要让他们带走我的孩子!”

一个救援人员靠近，手里拿着注射器。塔基扬用他的心灵力量轻微触碰这个哭泣的母亲，将她稳定下来，然后交给救援人员。

“好好待她。”

“看起来像是甘比诺的人干的。”马萨里克盯着一具平躺的尸体沉思片刻后说道。几根意大利面还挂在尸体的嘴角，下巴上留下了潮湿的红色痕迹。“影拳会的人过来巡查，然后就开打了。我们能找到车子，但绝对是偷来的，于是就走进了死胡同。但是那孩子太可怜了。错误的时间出现在了错误的地方。”

警探注意到塔基扬一直保持沉默，于是瞥了他一眼。

“我不喜欢死胡同，马萨里克，我想找到那些人。”

“我们在追查。”

“也许我应该帮把手。”

“不，天呐，我们最不愿看到的就是牵扯到平民。你别管这个事。”

“没有人能在我的镇上杀我的人！”

塔基扬后退的时候警探冲着他喊道：“嗯？市长肯定会很吃惊，原来上次竞选的时候是他输了你赢了。”

◆

“白兰地。”塔基扬对着水晶宫的盲人酒保萨沙恶狠狠地说。他把缝着珍珠和亮片的蓝色天鹅绒帽子扔在吧台上开始喝酒，喝了好大一口。“再来一杯。”

一点异域风情的赤素馨花香水味传来，是蝶蛹，她在他身旁的高脚凳上坐下。蓝色的眼睛漂浮在空荡的眼窝里，冷淡地看着他。

“好的白兰地是要慢慢品的，而不是往下大口灌，除非你就是想喝得烂醉。”

“你说话就像在帮戒酒协会招募。”

蝶蛹伸出手，用食指勾着他的卷发。“所以，你是怎么了，小塔基？”

“这场愚蠢的帮派战争。今天，一个无辜的人在交火中丧生。一个鬼牌男孩。我觉得他就住在那个街区。我记得去年九月百变王牌日的时候见过他。”

“噢。”她继续把玩他乱乱的短发。

“别弄了！你就只想说这么一个字？”

“我应该说什么？”

“就不该有点愤怒吗？”

“我经营的是信息，不是愤怒。”

“上帝啊，你真是个冷酷的贱人。”

“大环境就是这样，塔基扬。我不要别人可怜我，也不会可怜别人。我尽我所能保持我的生存状态，所以我成了这个样子。”

她声音里的苦涩让他愤怒。因为从某种程度上来说她是他的孩子——因为他的失败和痛苦而生。

“蝶蛹，我们必须做些什么。”

“比如？”

“阻止鬼牌镇成为战场。”

“这里已经是了。”

“那就把这里搞得危险万分，让他们不敢在这里斗。你愿意帮我吗？”

“不愿意。我要是支持某一方，就会失去中立立场。”

“把武器卖给哪一方都可以，嗯？”

“如果有需要的话。”

“你想要什么，蝶蛹？”

“安全。”

他滑下高脚凳。“坟墓旁边哪里会有安全。”

“去当吐火者吧，塔基扬。你要是想到了切实可行的方法，而不是只有个模糊的想保护鬼牌镇的愿望，再联系我。”

“为什么？到时候你可以把这个消息卖给出价最高的人？”

这下轮到她愤怒了，血液越过肌肉的阴影冲到她的脸上，像是一片深色浪潮。

♠

“好，现在请大家都安静下来。”德斯用勺子轻敲白兰地酒杯侧面，大声说道。

拥挤的人群发出最后的喧哗，就像个快要沉睡的野兽，然后沉默降临在开心屋。马克·梅多斯站在开心屋的哈哈镜面前更显得空洞荒诞，他的正常状态就足够显眼了。房间里的其他人就像是嘉年华上的异人大集合。蜥蜴欧尼脖子上的一圈褶皱都撑开了，因为目前的情绪而变得深红。阿拉克尼的八条腿正抓着从圆形身体里挤出的丝线，平静地织着围巾。面团男孩巨大的团块状身体坐在闪光者旁边，后者坐在椅子上紧张地咯咯笑。海象穿着色彩夸张的夏威夷衬衣，刚从购物车里找出一份报纸，递给雄火鸡。巨魔九英尺的身躯靠在门上，似乎是准备抵抗外来者。

“医生。”

德斯坐在椅子上，如同一件被丢弃的西装。塔基扬走向前去面对人群。心里想着要过多久这个老男人才会迫不得已去医院度过最后的时光。

“女士们先生们，你们都听说了亚历克斯·莱兴曼的事吧？”人群窃窃私语，有赞同，有同情还有愤怒。“影拳会发动袭击，不仅伤害了预定目标，还杀死了我们镇上一个无辜的人，很不幸，在这场惨剧发生后不久我正好亲眼见到了那个场景。在我回来后的几个星期里，我听说了各种威胁和破坏的故事，但我以为我可以保持中立。用另一个，可能更著名的医师的话来说，就是：‘我是个医生，不是个警察。’”这句话引起几声笑声。

“但是警察没有履行对我们的职责，”塔基扬继续说，“也许不是故意不作为，而是他们确实没有能力抵抗这场战争，保证我们的安全。所以我今天再次倡议，组建我们自己的维和队伍，大规模邻里监督组织，但又不完全一样。你们当中很多人并不愿意被划分成王牌或者鬼牌。”外星人对着欧尼和巨魔点点头，他们的超级力量众所周知。“我还建议成立组成应急工作小组。鬼牌镇居民只要一报告可疑情况，一些鬼牌和王牌就能及时作出反应。德斯已经同意贡献出开心屋来作为中心据点和接线总机。愿意加入的人请上报有空的时间段、能胜任的工作和家庭住址。当值人员收到报告之后会根据情况组建队伍，解决问题。”

“提醒一下，塔基扬，”朱比喊道，“那些人有枪。”

“对，但他们只是耐特。”

“我的……呃，队长的有些‘朋友’能够扛得住子弹。”马克·梅多斯说道。

“比如灵龟，杰克和铁锤——”

“所以你认为还要利用王牌？”德斯眉头微皱地问道。

塔基扬惊讶地看着他。“对。”

“我想提一下，罗斯玛丽·马尔登三月份的时候就做过这种尝试，她可是黑手党的头儿。所以现在提到王牌，大家心里都感觉怪怪的。”

塔基扬挥挥手，没有在意这些反对的声音。“我们都不可能是黑手党的密探。所以你们觉得呢？你们愿意跟我一起吗？”

“蝶蛹支持吗？”雄火鸡说，“她今天没来，是不是已经说明了立场？”

“这个……”塔基扬不安地变换姿势。

“对啊，”鱼鳃喊道，“蝶蛹不在，肯定是有含义的。她也许有内幕消息。”

塔基扬沮丧地看着眼前的一张张脸像太阳出现后纷纷闭合的夜间花朵一般。

“蝶蛹和德斯一直都是鬼牌镇的两个最重要的人物。如果她不加入，那我就不相信这个事。”雄火鸡喊道。红色的肉垂在他的喙下面抖动。

“那我呢?”塔基扬喊道。

“你不是我们当中的一员，永远都不会是。”一个声音从房间后面传来，塔基扬不知道是谁在说话。他的胸口因这个女性化的声音而沉重起来，就像压着千斤重。

“听着，我们不是说这个想法不好，”异人说。“我们只是觉得没了蝶蛹，我们就失去了一个很重要的部分。”

“如果我能说服蝶蛹加入呢?”塔基斯星人的声音里有些绝望。

“那我们也加入。”

♣

挖掘者唐斯顺着楼梯快步从蝶蛹位于三楼的私人公寓下来。塔基扬看了他一眼，点点头。他注意到这个记者手里拿着最新一期的《时代杂志》，封面上是格雷格·哈特曼的照片和一行大字“他会参选吗?”，以及一本《美国名人录》。

“嘿，塔基扬，德斯。有什么好消息吗?”

“走开，挖掘者。”

“嘿，你不会还在记恨——”

“走开。”

“公众有权利知道。我写的关于游隼怀孕的文章是有价值的，指出了百变王牌小孩的危险之处。”

“你的文章是矫揉造作的垃圾。”

“你生气是因为隼跟你发火了。你永远都不可能得到她，医生。我听说她和她的男朋友正考虑结——”

塔基扬控制了他的心灵，让他沿着楼梯一直想下，出了水晶宫的前门。

“我觉得这是攻击。”德斯说。

“让他去证明吧。”

“有时候你很不敏感，塔基扬。”

外星人转过身靠在扶手上俯视着鬼牌。“什么意思，德斯？”

“这是个鬼牌活动，你不该让王牌搅进来。还是你觉得我们自己解决不了？”

“老天啊！你为什么这么敏感？我邀请王牌不是瞧不起你们。我只是觉得人手越多越好。”

“你为什么要这么做？”

“因为那些帮派混蛋在害人，我不会让他们伤害我的人。”

“就这样？”

“还有，鬼牌镇是我的家。”

“还有？”

“还有什么？”

“你的家乡是贵族文化，塔基扬。有没有可能你把我们都当成你的私人财产了？”

“你这样说不公平，”他喊道，但是他知道这种受伤的感觉很快被一阵愧疚冲淡了。他又向上走了几步，然后停下来说：“好吧，那不要王牌了。”

蝶蛹坐在高背红天鹅绒椅子上等他们。房间里到处是维多利亚时期的古玩，墙上挂满了镜子。塔基扬忍住没有颤抖，但心里想着她怎么能受得了。愧疚感再次袭来。如果蝶蛹想要看着自己，他有什么资格说三道四呢？从很多角度来说，正是他创造了她。他皱紧眉头看德斯，是他让自己涌起了这么多难受的情绪。

“所以没有我，你的队伍就组建不起来。”她慢吞吞地用英国口音说道。

“我应该预料到你肯定已经知道了。”

“我就是做这个生意的，塔基扬。”

“蝶蛹，求你，我们需要你。”

“那你能给我什么呢?”

德斯坐在她对面，手放在膝盖上，身体前倾。“算是送给你自己的礼物，蝶蛹。”

“什么?”

“在你这一辈子当中，就这一次，忘掉利润。你是个鬼牌，蝶蛹，帮助你的同胞。我为鬼牌奋斗了二十三年，才得到这么一小块土地。我建立鬼牌反对诽谤联盟二十三年，取得过几次成功。现在我快要死了，我看着那些战果在我眼前流逝。里奥·巴奈特说我们是罪人，我们的畸形是上帝对我们的审判。对于影拳会和黑手党来说我们只是一大群消费者，最丑陋最讨人厌的消费者，但毕竟是消费者，我们这里是他们最主要的市场。对于他们来说我们只是东西，蝶蛹。会买毒品会召妓女的东西，任由他们恐吓的东西，可以随便杀害的东西。帮我们阻止他们，让他们把我们当人看。”

蝶蛹透明的脸上毫无表情，只是盯着他看，就像个毫无感情的头骨。

“蝶蛹，你欣赏英国的所有东西。那么请遵照英国人的习俗，帮助垂死的老人实现他最后的愿望吧。帮助塔基扬。帮助我们的同胞。”

塔基斯星人伸出手，跟德斯象鼻前端的手指交握起来，然后将他拉近，拥抱了他。说了再见。

♣♦♠♥

警笛和血清素的协奏曲

Ⅳ

克罗伊德醒来之后推开拖把，然后踩到了一个水桶，向前倒下。他的双手胡乱向前挥动，杂物间的门对他几乎不算是障碍。门打开之后他趴倒在地，一时间光芒刺眼。他开始回想起入睡之前的事情：半人马的医生费恩，还有那个搞笑的睡眠机器，对了……又有一点死亡的感觉，这意味着他可能又在睡梦中改变了形态。

他躺在走廊上数着手指。是十根没错，但是皮肤白得吓人。他踹开水桶，爬了起来，开始蹒跚向前。他的左胳膊向下坠，碰到了地板，然后撑住地板把自己往上推。他又站直起来，却向后倒去。接着他一个空翻，双脚着地，然后又向后倒下。他的双手伸向地板，想要撑住身体，但被他提前收回了，任由自己摔倒在地。这么多年的经验告诉他，不管新生活里出现了什么新元素，都要保持谨慎。这一次他的反应能力出现了异常。

他再次站起身来时，动作很缓慢，但是后来就慢慢正常了。他找到盥洗间的时候所有过快或过慢的迹象都消失了。他对着镜子研究自己，发现除了变高变瘦之外，一双小眼睛上面是雪一样的白色眉毛，头上则是亮眼的白发，他按摩自己的太阳穴，舔舔嘴唇，然后耸肩。他很熟悉白化病，这不是他第一次醒来之后发现自己身上的着色不足。

他去找他的墨镜，然后想起来被死期踢飞了。没关系。他可以去重新买一副，再买一点防晒霜。他认为自己该染个头发。别这么显眼。

不管怎么说，他的胃正疯狂示意它有多么空虚。没时间办理手续，仔细做检查了——说得好像曾经有人给他仔细检查过似的。他觉得现在不需要做这些。他必须踏上寻找食物之旅，如果不想耽搁，最好就是避开所有人。他可以下一次再过来跟费恩道谢。

他照着本特利多年前教他的方式移动，充分利用所有的感官，他开始撤退。

♥

“嗨，朱比。老样子，各一个。”

朱比端详着眼前这个苍白的高个子，对方眼睛上戴着的反光墨镜上反射出他自己脸上的尖牙和琼脂。

“克罗伊德？是你吗，伙计？”

“对。刚起床走动。这一次我在塔基扬的医院睡了一觉。”

“怪不得我最近都没听到克罗伊德·科伦森闯祸的消息。所以你睡得还不错？”

克罗伊德点点头，查看头条。“可以这么说，”他说，“不同寻常的环境，奇怪的感觉。嘿！那是什么？”他举起报纸细读起来。“‘狼人俱乐部的大屠杀。’怎么回事，一场他妈的帮派战争？”

“他妈的帮派战争。”朱比表示赞同。

“该死！我必须赶紧加油了。”

“加什么油？”

“比喻意义上的油，”克罗伊德说，“如果今天是星期五的话，那肯定是死人尼古拉斯。”

“你还好吧，小子？”

“不好，但是消耗个两三万卡路里是朝着正确方向的第一步。”

“是要想办法燃烧掉多余精力了，”朱比说，“你知道谁是上周鬼牌镇选美比赛的冠军吗？”

“谁？”克罗伊德问道。

“没人。”

◆

克罗伊德走进死人尼古拉斯俱乐部的时候听见风琴在弹奏“狼人蓝调音乐”。窗户被黑布遮挡，桌子是棺材，服务员穿着裹尸布。火葬场前面的墙被拆掉了，成了个开放烤架，由恶魔模样的鬼牌们负责。克罗伊德走近之后才发现棺材桌子的桌面是一块块沉重的玻璃。令人毛骨悚然的身形——大概是蜡做的——被放置其中，一个个都是死不瞑目的可怕样子。

一个没有嘴唇、没有鼻子、没有耳朵并且跟克罗伊德一样惨白的鬼牌立马走过来，皮包骨的手放在他的胳膊上。

“不好意思，先生。可以让我看一下你的会员卡吗？”他问道。

克罗伊德递给他一张50美元的纸币。

“好的，”这个可怕的服务员说道，“我会把卡片送过来。还有赠送的饮品。我猜你是要在这里吃饭？”

“对。我还听说这里有些很棒的牌局。”

“在后面，通常需要有个玩家介绍你加入。”

“当然。实际上我就在等待某个人今天晚上顺道过来玩一局。一个名叫独眼的家伙。他来了吗？”

“没有。独眼先生被吃掉了。准确来说是被吃了一部分。是短吻鳄吃的。去年9月。在下水道里。抱歉。”

“哎呀，”克罗伊德说，“我跟他不常见面。但是每次见他，他总能给我带来点小生意。”

服务员审视着他。“敢问尊姓大名？”

“雪盲。”

“我不想知道你是做什么生意的，”服务员说，“但是这里有个叫熔化的家伙，以前经常跟独眼在一起。也许他能帮你，也许不能。你要是想和他聊聊，那他进来之后我就让他来找你。”

“好，我边吃边等。”

克罗伊德喝着啤酒，等待牛排上桌。同时从侧面口袋里掏出一副扑克牌，洗过牌之后他开始发牌，一张正面朝上，一张朝下。方块十躺在透明的玻璃板上，下面的棺材里躺着个长着尖牙的女人，心口插着木桩，几滴红色的液体洒在痛苦万分的面孔旁边。克罗伊德翻开朝下的那张，是梅花七。他翻回去，环视四周，然后再翻开，这次出现在方块十旁边的是黑桃J。这种快速换牌的小把戏是他上一次拥有超强反应速度时学会的，为了博众人一笑。他刚准备尝试着做一下，以前的回忆就全回来了。他不禁想知道还有多少其他把戏藏在他的前额叶里。条件反射式的扑扇翅膀？嗓子收缩之后能发出超声波呼号？能够根据附加物而发展出与之协调的能力？

他耸耸肩，继续练习牌技，在被木桩刺穿的女士的注视下，他的状态越来越好，然后他的食物来了。

大约在他吃第三份甜点的时候，苍白的服务员领着一个秃顶的高个子过来了，他的身体似乎在流动，就像是熔化的蜡顺着烛台向下流。肿瘤似的团块在他的皮肤下面移动，他的五官时不时因此扭曲变形。

“先生，你跟我说了希望能和熔化聊聊。”服务员说。

克罗伊德站起来伸出手。

“我叫雪盲，”他说，“请坐，我请你喝一杯。”

“如果你是要卖东西，那想都别想。”熔化说。

服务员走开的时候克罗伊德摇摇头。

“我听说他们这里有很不错的牌局，但是没人能介绍我加入。”

克罗伊德说。

熔化眯起眼睛。

“啊，你是玩牌的。”

克罗伊德微笑。“我有时候运气不错。”

“真的？而且你还认识独眼？”

“跟他打过牌。”

“就这样？”

“你可以去问问死期，”克罗伊德说，“我们俩做的生意差不多。我们以前都是会计，后来转行去干些大事。我的名字已经说明一切了。”

熔化快速四下张望了一番，然后坐下了。“这种话不要大声说，好吗？你现在想找活干？”

“没有，现在不想。我只想玩玩牌。”

熔化舔舔嘴唇，一个团块从他的左边脸颊向下，沿着下巴线条移动到脖子。

“你有多少钱可以挥霍？”

“足够了。”

“好，我带你加入，”熔化说，“我也想帮你挥霍一点。”

克罗伊德笑了，买过单之后就跟着熔化来到后面，这里的棺材桌面是关着的，不透明。一开始总共有七个人玩牌，后来有三个在午夜之前离开了。克罗伊德、熔化、虫子皮条客和跑步者眼见着现金堆一会儿增长，一会儿缩水，直到早上三点。跑步者打了个哈欠，伸着拦腰，从内口袋里掏出一小瓶药片。

“你们需要来点东西来保持清醒吗？”他问道。

“我喝咖啡就好了。”熔化说。

“给我一点。”虫子皮条客说。

“我从来不碰这种东西。”克罗伊德说。

半个小时之后，虫子皮条客放弃了，念叨说要去查看被他骗去跟寻求刺激的异性恋交欢的鬼牌女同性恋。到了四点，跑步者输光了全部家当，必须离开。克罗伊德和熔化盯着彼此。

“桌上就剩我们了。”熔化说。

“对。”

“我们要不要拿了钱就跑?”

克罗伊德笑了。

“我也这样觉得，”熔化说，“成交。”

太阳升起，彩色玻璃沾上了阳光，落满灰尘的机械蝙蝠追随着全息影像的鬼魂，熔化按摩着自己的太阳穴，揉揉眼睛，说道：“你要拿我的筹码吗?”

“不用。”克罗伊德说道。

“你就不该让我玩最后一把。”

“我不知道你这么没钱。我以为你可以写张支票。”

“放屁。我没那个。你想怎么样?”

“拿点别的。”

“比如?”

“一个名字。”

“什么名字?”熔化的手伸进夹克里面，抓了抓胸口。

“给你命令的人的名字。”

“什么命令?”

“你传递给死期那种人的命令。”

“你开玩笑吧。我要是说出来就惨了。”

“你要是不说也会很惨。”克罗伊德说。

熔化的手从夹克里伸出来的时候多了一把.32自动手枪，枪头对准克罗伊德的胸口。“我可不害怕二流打手。这里面装的是达姆弹。你知道它们有什么能耐吗?”

突然间熔化的手枪消失了，血液从扣扳机的手指指甲上涌出。克罗伊德缓慢地拧着手枪，直到完全不成形状，然后扯出弹夹，拿出一发子弹。

“你说得没错，是达姆弹，”他承认，“看看这些塌鼻子的坏蛋。顺便说一句，我不叫雪盲，我叫克罗伊德·科伦森，沉睡者，没人能赖我的账。也许你听说过我这个人脑子有点不正常。你把名字告诉我，就不会知道我到底有多疯。”

熔化舔舔嘴唇。团块在闪光的肌肤下面越动越快。

“他们要是知道了我就死定了。”

克罗伊德耸肩。“你不说，我也不说。”他将一沓钱推向熔化，“你拉我入牌局，这是给你的分成。把名字给我，拿钱走人，否则我就把你扔在这其中的三个盒子里。”克罗伊德踢踢棺材。

“丹尼·毛，”熔化低语道，“在唐人街附近的扭龙酒吧。”

“他给你一份暗杀名单，然后付钱?”

“对。”

“谁是他的上线?”

“把他狠狠打一顿，他全都会告诉你的。”

“他什么时候会在扭龙?”

“他经常都在，那地方的人好像都认识他。我会在接到电话后过去，还会事先检查下外套的口袋。我们一起吃饭，或者喝两杯。不谈生意。但是我离开之后，口袋里会出现一张纸，上面写着一个或者两三个名字，还有装着钱的信封。跟独眼也是一样。在他这里就是这样的。”

“第一次的时候?”

“第一次我们散步散了很久，他解释了整个流程，然后就一直像我说的那样进行。”

“就知道这么多?”

“都告诉你了。”

“好，放过你了。”

熔化拿起他的钱，塞进口袋，然后张开扭曲的嘴好像要说些什么，但又思考了一下，才说：“我们不要一起走。”

“我没问题。再见。”

熔化朝着两块墓石中间的侧门走去。克罗伊德拿起他赢得的钱，开始想着早餐。

♠

克罗伊德坐电梯来到王牌云巅，心里觉得可惜，春天的夜晚如此美好，他却没有飞行能力。到了之后他走进去，停下，环顾四周。

六张桌子旁坐着十二对食客，还有个穿着银色低胸衬衣的黑发女性独自一人坐在吧台旁边的二人桌旁，正拿着搅拌棒搅动某种异域饮品。吧台坐着三男一女。凉爽的空气中回荡着轻柔的现代爵士乐，还混杂着搅拌机的声音和笑声，以及冰块、液体和杯子叮叮当当的声音。

“海勒姆在吗？”他问酒保。这个男人看看他，摇摇头。

“今天晚上能见到他吗？”

耸肩。“他最近不太常来。”

“那简·道呢？”

这个男人端详着他。然后说：“她也不在。”

“所以你不知道他们今天会不会出现？”

“不知道。”

克罗伊德点点头。“我是克罗伊德·科伦森，今晚打算在这里吃饭。简如果来了，请你通知我。”

“你最好是在坐下之前在前台那里留张条。”

“你这里有纸笔吗？”克罗伊德问。

酒保从吧台下面掏出一个便签本和一支铅笔，递给他。克罗伊德快速写下留言。

他放下便签本的时候，有人把手搭在了他的手上。一只纤巧的手，肤色略深，涂着大红色指甲油。他的目光沿着这手一直向上，看到了肩膀，她穿的是露肩的银色衣服，他愣了一下，站了起来。是搅动着异域饮品的那个独自一人的女性。仔细看来，有些熟悉……

“克罗伊德?”她柔声说，“你也被放鸽子了?”

他与她四目相对时，来自过去的一个名字飘到眼前。

“维罗妮卡。”他说。

“对，作为一个疯子，你记性算很好了。”她微笑着看他。

“今晚我休息。我直话直说。”

“白色鬓角让你看起来很成熟，很特别。”

“哎，我很怀念以前，”他说，“你呢，你怀念我这个客户，呃，约会对象吗?”

“嗯哼。似乎我们都想过要重归于好呢。”

“嗯。你吃过晚饭了吗?”

她一甩头发，微微一笑。“没有，我正期望着来点特别的。”

他挽着她的胳膊。“我来找个位置，”他说，“而且我心里已经想好了一个特别的东西。”

克罗伊德把便条搓成一团，扔进了烟灰缸。

♣

跟女人在一起就会遇到一个问题，克罗伊德想到，不管她们床上技术有多好，归根到底她们都觉得这件家具是睡觉用的——而睡眠是一种他既不能也不愿分享的状态。结果就是，午夜之后他们回到了他位于莫宁赛德高地的公寓，缠绵了一会儿后维罗妮卡精疲力竭地入睡了，而克罗伊德却起来开始在公寓里踱步。

他打开一个牛肉蔬菜汤的罐头，倒进平底锅，然后放在炉灶上。他还准备做咖啡。就在等待它们炖熟和过滤的时候，他给他的几个有答录机的公寓打了电话，通过远程遥控听到了上面的留言。没什么新消息。

喝完汤之后，他去检查维罗妮卡是否还在熟睡，然后把钥匙从隐秘处拿出来，打开了一扇加固过的门，这个门通向一个没有窗户的小房间。他打开里面唯一的灯，把自己反锁进去，然后在靠着沙发床的玻璃雕塑旁边坐下。他抓着梅勒妮的手开始跟她说话——刚开始说得很慢，过了一会儿话语就往外蹦了。他跟她说了费恩医生、睡眠机器，还有黑手党、死期、独眼和丹尼·毛——这个人他还没有碰到——还有以前的生活多么美好。他不停地说，直到声音嘶哑，他才走出去锁上门，藏起钥匙。

过了一会儿，暗淡的黎明出现在东方，他走进卧室，却听见里面有声响。

“嘿，女士，准备好来杯咖啡了吗？”他喊道，“再来点角动量？一块牛排——”

他住口了，凝视着维罗妮卡摆在床头柜上的吸毒用具。她抬起头看他，冲他眨眨眼，然后微笑起来。

“有咖啡太好了，亲爱的。我喜欢淡一点，不要糖。”

“好的，”他回答道，“我不知道你吸这个。”

她瞥了一眼自己赤裸的胳膊，点点头。“看不出来。不能直接打静脉，不然好东西就毁了。”

“那怎么——”

她拿起注射器，注满。然后伸出舌头，用左手手指捏住舌尖，抬起来，然后注射到下面。

“哎，”克罗伊德评论道，“你是在哪里学的这一招？”

“家里。要不要我带你去？”

克罗伊德摇摇头。“这段时间不行。”

“说得好像你很穷酸似的。”

“我是有特殊情况的。对的时间，我也会来点紫心锭或者苯二氮卓。”

“啊，小炸弹，明白，”她点点头说道，“混合类，幻觉剂，高辛烷的东西。疯子搞出来的。我也听说过你的习惯。疯草什么的。”

克罗伊德耸肩。“我全试过。”

“骆驼蓬碱呢?”

“试过，没有那么好。”

“甲基苯丙胺？甲安非他明?”

“嗯哼，还行。”

“阿拉伯茶?”

“绝对好。我甚至还尝试过胡得卡。你试过皮土里吗？那可真是好东西。不过搞起来很麻烦，是跟一个澳洲土著学的。克拉托姆呢？来自泰国——”

“你在开玩笑。”

“没有。”

“老天啊，我们这样聊永远聊不完。我打赌我能在你这儿学到好多。”

“我也这么觉得。”

“你真不想跟我去玩?”

“现在我喝咖啡就行了。”

清晨的阳光洒进房间，照亮了他们缓慢的动作。

“有一个叫‘紫色猴子奉上桃子然后再次拿走’的，”克罗伊德喃喃道，“我知道——听说过——给我克拉托姆的女士跟我说过。”

“好东西。”维罗妮卡低声说。

♥

克罗伊德这么多天来已经是第三次走进扭龙酒吧了，这一次他直接来到吧台，坐在红色纸灯笼下面，点了一杯青岛啤酒。

一个脸上各种疤痕，看起来很不好惹的白种人坐在他左边，离他两个座位，克罗伊德瞥了他一眼，移开了目光，然后又看了一眼。灯光透过男人鼻子上的隔膜。那儿有个大洞，鼻尖还有一块粉红色的结痂。看起来就像是他最近在胁迫之下放弃了鼻环一样。

克罗伊德笑了。“站得太靠近旋转木马了？”

“哼？”

“还是因为这里的风水？”克罗伊德继续说。

“风水是什么鬼东西？”

“去问这里的任何一个人，”克罗伊德示意周围的人，“尤其是可以去问丹尼·毛。风水是能量在世界上流动的方式，有时候会趁你不注意时狡猾地袭击你。一个泰国女人跟我说起过一次。比如，杀人之气会穿过那扇门，被这里的镜子反射，然后被那边的八卦阵消解，然后”——他抓着啤酒，从高脚凳上下来向前走。“正好打中你的鼻子。”

克罗伊德的动作太快，对方的眼睛跟不上，只听见他大声尖叫起来，因为他感觉到了手指穿过隔膜上的孔洞。

“停下！上帝啊！别闹了！”他喊道。

克罗伊德拉着他从高脚凳上下来。

“我到这里来过两次，都只有推诿搪塞，”他大声说道，“我跟自己发誓，必须让今天遇到的第一个人跟我说话。”

“我跟你说话！我说！你想知道什么？”

“丹尼·毛在哪儿？”克罗伊德问。

“我不知道。我什么都不——啊！”

克罗伊德的手指开始动，画作了个8字，然后停下来。

“求你了，”男人哀号道，“让我走吧。他不在这里。他——”

“我是丹尼·毛，”一个平静的声音从一张桌子后传来，桌面上放着一个灰蒙蒙的手。手的主人站起来，坐在一棵树旁边的中等身材的亚洲男也站了起来，除了一边眉毛挑起之外他没有任何表情。“你来这里干吗，苍白脸？”

“私下聊，”克罗伊德说，“除非你想站在大街上大喊大叫。”

“我不接受陌生人的采访。”丹尼一边说一边向他走来。

克罗伊德转身，被他钩住鼻子的男人呜咽着跟着他。

“私下聊，我会先介绍一下我自己。”克罗伊德说。

“不需要。”

男人迅速出拳，克罗伊德速度和他一样快，用手掌接下了他的拳头。对方又出了三拳，克罗伊德全都用类似的方式挡住了。然后他快速抬腿，一脚踢过去，但是丹尼·毛向后一跳，平稳落地。

“妈的！”克罗伊德观察局势之后立马动用了另一只手。陌生人惨叫一声，好像鼻子里什么东西断了，然后向前栽倒，撞上了丹尼·毛，两个人一起摔倒在地。那个男人一边哭，鼻子一边往外喷血，溅在两人身上。“坏风水，”克罗伊德说，“你得小心这种东西。它总能击中你。”

“丹尼，”一个声音从吧台后面的木质屏风处传来，“我要跟你谈谈。”

克罗伊德觉得他听过这个声音，当那个长着鳞片的矮小鬼牌从屏风一角探出头来张望时，克罗伊德看见了他的尖牙和橙色脸庞，是界限带，他拥有奇怪的心灵感应能力，经常负责望风。

“可能是个好主意。”克罗伊德告诉丹尼·毛。

鼻子流血的男人踉跄地走向厕所，与此同时，丹尼优雅地站起来，掸掸裤子上的灰尘，狠狠瞪了克罗伊德一眼，向着界限带走去。

几分钟之后，丹尼·毛从屏风后面走出来，站在他面前。

“你就是沉睡者？”丹尼说。

“对。”

“莱瑟姆和施特劳斯律师事务所的圣·约翰·莱瑟姆。”

“什么？”

“你要的名字，我现在给你：圣·约翰·莱瑟姆。”

“不再挣扎了？免费，无偿，什么都不要？”

“不。你要付出代价的。得到这个信息之后，我相信你很快就会永远沉睡。日安，科伦森先生。”

丹尼·毛转身走开。克罗伊德也打算走，但是那个鼻子有问题的男人这时从厕所走了出来，脸上盖着一大堆厕纸。

“希望你知道你已经上了食人猎头者的黑名单。”他带着鼻音说。

克罗伊德缓慢点头。“告诉他们小心杀人之气，”他说，“还有，记得把你的鼻子弄干净。”

♣♦♠♥

巴迪·霍利复临

爱德华·布莱恩特　著

星期三

这个将死之人用拳头砸穿了松木门。

关节没断，只是擦破了皮。血液从门板的木碎片上流下来。疼，但是还不够。跟其他事情比起来，就算不上疼了。“其他事情。”——用这种方式来描述其他人和人际关系，爱人和亲友，真够委婉的。混杂着排斥和背叛的肮脏政治。上帝啊，那才叫疼。

真成熟，我的朋友，杰克·罗比谢尔心想。以十马赫的速度经历悲伤五步骤，从否认直接来到自怜。对于一个四十岁的男人来说真是成熟。妈的。

他小心地把手从残破的门上移开。自然，长长的木头碎片指向了错误的方向，就像是他的手被某种尖利的陷阱咬住了一样。

杰克转身回到他一团糟的客厅。这里看起来仍然像是鹦鹉螺号上尼摩船长的房间——就在他用潜水艇在大西洋上的风暴中心对付巨型乌贼之后。

他爱这个房间。“爱”这个词说起来很滑稽。

杰克踢开破碎的古老六分仪，走向对面的门——通向连接着地铁维修隧道的走廊——然后把上面的插销闩上。就在此时，他闻到了迈克尔浓重的柑橘须后水的气味。他回想起迈克尔离开的样子，因为否认而缩起肩膀，然后闪身出了门，消失了，悄无声息地不见了。

杰克跨过雕刻成休伊·朗模样的老式电话。不知怎么地，它虽然掉在地上但还是保持了竖直状态，听筒也还挂在休伊抬起的右手上。

老休伊像个混蛋一样表达自己的观点。为什么杰克不可以？

他不能打给垃圾婆。

他不能打给科迪莉亚。

他不想和其他人说话。再说，他觉得自己说得够多了。他跟塔基扬说过，但每天一个苹果并没有用。他跟迈克尔说过。下一个是谁？一个牧师？不可能。阿特利尔教区太远了，太多年过去了，太多的回忆。

杰克走到装饰着黄铜的红木雕花吧台后面，打开橱柜的时候闻到了沾满灰尘的长毛绒天鹅绒帘子上的味道。这瓶白兰地将近六十块，对于运输工来说算昂贵了。但是管他呢，他总是在航海小说里读到船只失事或者遇到风暴之后的幸存者们会被奖赏白兰地，再说，水晶酒瓶和这间维多利亚风格的房间搭配起来太美了。

他给自己倒了一杯，一饮而尽，然后再次倒满。他通常不会这样大口灌酒，但是——

◆

“卡波西先生身上有件很有意思的事，”塔基扬这样说着。他的白大褂洁白无瑕，泛着光芒，反射率宛如北极圈的积雪。在检查室的灯光下，他火红色的头发像是在燃烧。“1871 年他探查到他的肉瘤并且为之取名之后不久，他就把名字从科恩改成了卡波西。”

杰克盯着他，无法组织起他想说的句子。塔基扬在说什么鬼东西呢？

“当然，在捷克斯洛伐克有一场大屠杀，”塔基扬说话时用修长的手指做着手势，“愚昧的偏见不仅伤害鬼牌，还有王牌，以及艾滋病患者，他决定做出行动来反抗。恶毒的眼光和外星病毒一样可怕。”

杰克低头看他赤裸的胸膛，小心地触碰肋骨上类似淤青的黑紫色痕迹。“别用双管散弹枪对着我。每个枪筒对着一个敌人，是吗？”

“对不起，杰克，”塔基扬犹豫道，“很难判断你是什么时候染上的。肿瘤已经晚期了，活检和异常检查结果都显示百变王牌病毒和攻击你免疫系统的艾滋病病毒之间有协同效应。我猜这让整个进程加速了。”

杰克摇摇头，好像没完全听进去。“我一年前测的是阴性。”

“这正是我所担心的，”医生说，“我无法预料它的发展进度。”

“我可以。”杰克说。

塔基扬同情地耸肩。“我必须问，”他说，“你是不是习惯性使用亚硝酸戊酯?”

“情爱芳香剂?”杰克摇摇头，“不可能。我不怎么沾毒品。”

塔基扬在杰克的表上做了些记录。“用这个就容易长卡波西肉瘤。”

杰克再次摇头。

“还有一件事。”医生说。

杰克盯着他，就好像看一块冰。他感觉全身麻木。他知道心灵上的冲击力很快就会消失，然后——“什么?”

“我必须要问问哪些人跟你有过接触。”

杰克深吸一口气。“就一个，一直都是一个，只有一个。”

“我得跟他谈谈。”

“你在开玩笑吗?”杰克说，“我去和迈克尔谈，然后让他来见你。但是我要先跟他谈。”他的声音低下去。“对，我和他谈。”

他进一步提醒塔基扬医生和病人之间应该保密。塔基扬似乎觉得被冒犯了。但杰克没有道歉就离开了。这是早上发生的事。

♠

——这是个特殊的场合。他感觉像在自己的葬礼之后喝酒。“卡真人很会守灵。”他大声说道，又倒了一杯。这酒瓶原来是满的吗?

他不记得了，现在差不多只剩一半了。

他再次瞥了电话一眼。他到底为什么想跟别人说话呢？毕竟没人想跟他说话。现在想起来，跟迈克尔住在一起这几个月跟独居没什么差别。现在他可能是要孤独地死去了。

别这样自怨自艾。但是这样做太简单了——

♣

“怎么了？”迈克尔这样说，他关上门之后拥抱了杰克。没有其他的问候，也没有开场白。如果说杰克是黑暗，那么高瘦修长的迈克尔就是光，他永远能够从洒满阳光的街上采撷一些东西，带进杰克位于地下的住所。但今天没有。杰克读不懂他在想什么。

“嗯？”迈克尔说。杰克把脸别开，从对方的怀抱里挣脱。他向后退。“出了什么事吗？”杰克审视着迈克尔的脸。他的爱人脸上闪烁着健康的光彩，一派天真无邪的样子。

“你最好坐下。”杰克说。

“不用。”迈克尔盯着他，“想说什么就直接说吧。”

杰克嘴巴发干。“我今天去医院了。”

“所以？”

“检查结果——”他又重新说，“检查结果是阳性。”

迈克尔茫然地看着他。“检查？”

“艾滋。”他吐出这个可恶的字眼，胃部抽搐了一下。

“不会的，”迈克尔摇摇头，“不可能，绝对不可能。”

“结果就是的。”杰克说。

“但是谁——”迈克尔眼睛瞪大，“杰克，你——”

“没有，”杰克看着他，“没有其他人。没有别人，亲爱的。”

迈克尔抬起头。“肯定有，我的意思是，我不会——”

“这不是什么圣灵感孕，迈克尔。没有什么奇迹，就是感染了。”

“不，”迈克尔不断摇头，“不可能。”他眼神闪烁，看向别处。然后又站起来，开门走了。

“不。”杰克听见迈克尔又说了一次。

♥

——生锈的刀锋搅动着他的五脏六腑。

他发现，白兰地就像是情绪上的破伤风针，唯一的区别就是没有实际作用。他感觉更加糟糕了，因为他控制情绪的能力被削弱了。

他突然感觉自己把家里的所有氧气都吸光了。他想出去，到街上去。他小心地放下酒瓶，意识到他的动作慢得夸张。他从迈克尔离开的那扇门出去，走在昏暗的隧道里，然后爬上梯子，来到街上。

他原本可以开着隧道养护车在地下穿行，但他不想这样，只想走走。晚上太过寒冷，但他能够承受。他就想要些酸涩的东西来清理自己，剥掉淤青的痕迹，把身体弄干净。他发现自己想要感受疼痛。

他往上城区走，直到看见青年幻想酒吧的招牌时才意识到自己身处何方。他心想，这里是我最不该来的地方。他就是在这里认识迈克尔的。他就不该到西村来，更不该进这间酒吧。但现在已经太迟了。他已经来了。该死。他准备离开。

“嘿，漂亮男孩，来找屁股？还是你就是屁股？”

这个声音太过熟悉。杰克抬头就看见那张肌肉过多的脸，更不要说那体格，棒槌站在阴影里，他身后是楼梯入口，通向酒吧下面关闭着的洗衣房。杰克转身就走。

大概十八码的工装靴踏上人行道。德国香肠一样的手指抓住他的肩膀，把杰克转过来。“这双迷人的眼睛，”棒槌说，“我要用大拇指插进去，然后它们就会像绿色樱桃一样弹出来。”

杰克摆脱开他的手指。他知道自己表现出了不耐烦，而且不够谨慎，但他不在乎。“滚开。”他说。

“你也需要来点这个。”棒槌的手指触碰着自己的脸颊，抚摸着一条粗糙红肿，从右眼边缘一直到球形下巴的疤痕。

杰克还记得垃圾婆的黑猫发出的胜利的尖叫。这只猫虽然老，但动作敏捷，爪子抓了这个男人的丑脸之后还躲开了他的拳头。

“猫爪子抓过发炎了，”杰克继续向街上走，“你应该去看看。我认识一个很好的医生。”

“你这样的臭鸡屎需要个人帮你送葬，”棒槌威胁道，“我要是把你的命根子装在三明治袋子里送给马祖先生，他肯定会很高兴。甘比诺最喜欢做香肠，尤其用你这种黄皮来做。”

“我没时间跟你扯这些。”杰克说。

“挤出点时间，”棒槌笑起来的样子能让未出生的婴儿畸形，“你和我——我觉得我能解决得了小鳄鱼。”

青年幻想酒吧的门开了，一群人从里面走出来，有十几个。棒槌犹豫了一下，没有走过来。

“目击者，”杰克说，“你还是算了吧。”

“我可以把他们全部拿下。”棒槌考量着潜在的受害者们。他用狼牙棒状的右手敲敲左手手掌。声音就像是一块烤牛肉从梯子上掉到铺着瓷砖的地面上。

“要欺负同性恋？”说话的显然是那群人的领头。他对着棒槌扮鬼脸。“你还在这儿混啊，臭嘴巴？”他的手伸进夹克里，然后掏出一把蓝钢枪。“想看我模仿伯尼·戈茨吗？”他大笑。“这东西可是能杀人的。”

棒槌看着身边的半圈人。“我得保住工作，”他终于对杰克开口，“你，”他对拿着枪的男人说。“我会用大拇指把你的肠子都拽出来。等着吧。还有你——”他又跟杰克说，“我会让你很不好受的。”

“但是得等下一次了。”杰克说。

“蠢货。”棒槌找不到更好的退场词。他蹒跚着推开越聚越多的围观群众，沿着街道走开了。

“这人够野的，”拿枪的男人对杰克说，把枪放回外套里，“我希望你知道自己在做什么。”

“谢谢，”杰克说。“我不认识他。他只是把我拦下来借个火。”他转身向相反方向走，无视人群的低语声。

“所以，不客气，伙计，”带枪的男人说，“祝你好运，兄弟。”

杰克拐弯之后走上一条更黑暗的街区。天呐，真冷。他环抱着自己。他没穿外套，寒意袭来，他整个人都迟钝了。不是好事。他试验性地用右手指尖触碰左手手背。皮肤粗糙、有鳞片感，开始变形了。不！他开始奔跑。他不想这样，别是今晚。

压力症状。他几乎要咯咯笑起来了。

他在找地铁入口，哪个都可以。红线、绿线、BMT线、IRT线或者哈德逊河捷运全都可以。去哪个方向也无所谓，只要有楼梯下去就行。

他搜寻井盖冒出的蒸汽。下水道也可以，甚至更好。下水道里没人。那些隧道，温暖潮湿，通向河湾。适合狩猎。杰克觉得很不错。他想着用短吻鳄的尖牙撕开白化病的雀鳝。很好。垃圾婆不怎么关心变异的鱼。食物、鲜血、死亡、精疲力竭、一片空白。

杰克跌跌撞撞地走向更深的黑暗，追踪温暖的下水道格栅。

我快不行了，他心想。

他看到了迈克尔的脸，垃圾婆的，科迪莉亚的。

嗯，快不行了。一切都没了，就这样吧。

杰克冲入黑夜。

星期四

盗版的乔治·哈里森新专辑音量太响，震得办公室墙上的相框都颤抖起来。不过就这间办公室的面积来说，录音机扬声器做到这一点算不上多难。这里不大，而且也不在办公大厦的角落，但至少是个独立办公室，有墙，还有窗户。

科迪莉亚·切森就很满意了。

她有一张老旧的木质办公桌，除了电脑之外，上面还堆着专辑、磁带和宣传资料。对面墙上贴着的是游隼、大卫·鲍伊、幻想乐队、蒂姆·克里、娄·里德和其他艺人的照片，有的是王牌，有的不是。在照片之中还挂着一个框起来的十字绣，绣着“妈的，我真棒”字样。科迪莉亚的右边墙上挂着一个长方形大公告板。上面有好多名字，有些被划掉了，有的加了问号，还贴着潦草的便笺，比如“检查电影启动”“真疯子”，还有“不演，英国人，假期”。

电话响了，过了一会儿科迪莉亚才注意到。她按下桌上的音量控制键，然后拿起听筒。她的一个上司露丝·阿尔卡拉的声音传来，“我的上帝啊，科迪莉亚，你能不能用耳机？”

“对不起，”科迪莉亚说，“我刚刚听入迷了。这张专辑很棒。我已经把音量调小了。”

“谢谢你，”阿尔卡拉说，“有没有说谁会帮我们拍广告？”

“我在查着名单。也许是贾格尔。”这位年轻女性犹豫了一下，“他没有明确拒绝。”

“你上周给他打电话了吗？”

“呃……没有。”

阿尔卡拉的声音带上了轻微的责备。“科迪莉亚，我很欣赏你为慈善会所做的努力。但是全球娱乐和游戏公司还有别的项目。”

“我知道，”科迪莉亚说，“对不起。我只是想一下子完成好几件事情。”她试着让声音听起来更加积极向上，然后换了个话题。“今天早上中国的审查许可下来了，也就意味着我们可以覆盖大半个世界。”

“还有澳大利亚。”阿尔卡拉轻笑道。

“嗯对，包括澳大利亚。”

“打电话给贾格尔的经纪人。”阿尔卡拉说，“好吗?”

“好。”科迪莉亚挂断电话，从桌上的一堆杂志底下拿起一个雕刻精美的石质小蜥蜴，其实这个是澳大利亚鳄鱼，但是有人向她保证这是她的表亲，所以可以当做物神。她更愿意将其看作短吻鳄。科迪莉亚把这个小物件摆放在小相框前面，里面装着一个年轻澳洲土著男人的黑白照片。他眼神严肃。“沃盖尔。”她轻声说道，嘴唇噘成亲吻的形状。

然后她转动椅子，面对墙上的公告板。她拿了一根粗马克笔，开始划掉名字，最后剩下的是 U2 乐队、大咖[①]、小史蒂夫、胆小兄弟和带枪女孩。还行，她心想，还真是挺不错的。

但是——她满意地轻笑起来——还有更多。她又伸手去拿马克笔——

◆

她们三个人在第六大道附近的第十街上的卫城吃午饭。科迪莉亚原本提议去个奢侈点的地方，毕竟她现在可以报销了。卫城只是个咖啡店，跟城市里的其他几千个咖啡厅没什么差别。“里维埃拉就在几个街区之外，”她说，“那地方还不错。”

C. C. 莱德不愿意。她不想去显眼的地方，还要求在午餐高峰期之前见面，而且希望垃圾婆也一起去。

这些科迪莉亚都答应了，因为她需要她。所以她们现在坐在皮革卡座里，和垃圾婆一起坐在科迪莉亚对面，对着门。科迪莉亚的头从菜单上抬起来，微笑说道：“我想推荐水果杯。”

C. C. 没有回以微笑。她的表情很严肃。她摘下不成形状的平顶

① 歌手布鲁斯·斯普林斯汀的昵称。

毡帽，甩甩刺猬一样的红发。科迪莉亚注意到漂亮的绿色眼睛跟杰克叔叔很像。*我必须得给他打电话*，她想到。她不想打，但是必须打。

“看到黑眼圈了吗？”C. C. 指着自己的眼睛。今天她看起来不太像顶尖的摇滚乐唱作人。这是她故意创造的效果。她穿着破烂的旧牛仔裤，看起来像是酸洗的，身上松垮的约翰·海特汗衫似乎洗过不知道多少次了。

“没有。”科迪莉亚说。C. C. 的皮肤看起来光滑白嫩，颜色浅得像白化病。

“肯定有。”一抹微笑在唇边若隐若现。“我天天为慈善会的事情失眠。”

科迪莉亚什么都没说，只是一直看着她的眼睛。

“我知道这是德斯最后的愿望，”C. C. 继续说，“我也知道想法是好的。为艾滋病患者和百变王牌受害者举行一场联合慈善会，这事情早就该做了。”

科迪莉亚点点头，看来会是好消息。

C. C. 耸了耸肩。“我想我有时候得走出焦虑的小空间，在观众面前演出。”她真心笑了，“所以答案是我愿意。”

“太棒了！”科迪莉亚越过桌子紧紧拥抱 C. C.，她的余光看见垃圾婆吃惊地从座位上半站起来。她觉得如果自己是要袭击的话垃圾婆肯定会立刻撕扯开她的喉咙。科迪莉亚放开 C. C.，坐回座位上时听到了一声低吼，很像是垃圾婆的猫。

“真是太好了！”科迪莉亚说。但是看到 C. C. 的表情之后就冷静下来了。她明白这个表情的意思。“对不起，”科迪莉亚说道，“我只是太爱你的音乐了，爱你的歌词爱了好久。你的演出是我最最想看的。”

“可没那么简单。”C. C. 说。垃圾婆忧虑地看着她。“我们还有多久，十天？”科迪莉亚点点头。“差不多。”

“我每分每秒都要利用起来。”

“没问题。我派个人来给你当联络人，你要什么我们都会提供。是我信任的人，你也信任的。”

“哪个人?”垃圾婆明显心存疑虑。她憔悴的脸上肌肉紧绷着，棕色的眼睛眯缝起来。

科迪莉亚深吸一口气。“杰克叔叔。”她说。

垃圾婆脸上的表情并不高兴。“为什么?”她说。斜睨了她一眼。“为什么不是我?”

“你当然也可以帮助，”科迪莉亚立马回答道，“但是我想让杰克叔叔参与进来。他有能力，脑袋清楚，而且值得信赖。我现在太忙了。”她说。“我需要各种帮助。”

“杰克知道吗?”垃圾婆问道。

科迪莉亚犹豫了一下。“这个，我一直想找机会告诉他。”她意识到她越慌乱，就越受卡真人的性格影响。她告诉自己冷静下来。“我在他的答录机上留了消息。他没回。”

垃圾婆靠在椅背上，闭上眼睛。一分钟之后，似乎像是过了很久。希腊服务员走过来帮他们点单。C. C. 让他过会儿再来。

垃圾婆再次睁开眼睛时，摇了摇头，好像在清理头脑。“我不知道那小子什么时候会回你的电话。”

“什么意思?”科迪莉亚有一种倾斜的感觉，似乎她的计划像从平整的桌面上滑落的文件。

“都是些碎片，”垃圾婆说，“杰克走远了——我猜去了纽约湾。他正拿你不会在克林顿城堡水族馆里看见的那些生物发泄。尽可能地获取生肉”——她的微笑并没有多少笑意——“我不知道他短期内是否会回家吃晚饭。”

“真糟糕，”科迪莉亚喃喃道，“不管怎么样，”她对 C. C. 说。“明天早上打我办公室电话，我会安排好的。要么是杰克叔叔，要么是其他人。”

“还是找其他人吧。”垃圾婆说。

科迪莉亚安抚性地一笑。服务员回来了，她点了水果杯。

♠

——然后用粗粗的黑色字母在慈善会的花名册上写下的名字。

“他妈的，”科迪莉亚对自己说，“我真棒。”

然后她犹豫了一下，回头瞥了一眼桌上放的《村声杂志》。一小块赛事预告被用红笔圈了出来。

她在公告板上潦草地写下另一个名字。

星期五

妈的。

他别无选择。清晨他强撑着身体走回家时心里是这样想的。乱七八糟的起居室里没有谁在等着他。他踉跄地穿过各种东西，看见通向卧室的门坏了。他的手还在疼。但是现在牙齿也疼起来了。他的头，他的手——似乎他全身上下的每根骨头都疼。

“糟糕。”他看到答录机上闪烁的红光时，咒骂了一句。他差一点就能忽略这个单眼恶魔了，但是现在他只好弯下腰，按了重播键。三条消息来自他的上级。杰克知道他最好等会儿回个电话，否则工作就保不住了。他喜欢住在地下，享受在黑暗中工作带来的特权。

另外八条消息来自科迪莉亚。并没有具体说什么，听起来也不算紧急。科迪莉亚只是让杰克回电话，说是有重要的事情，但从她的语气判断，并不是什么关系到生死存亡的事情。

杰克擦掉了带子上的消息，关上答录机，走进厨房。他看了一眼冰箱，但是懒得打开。他知道里面有什么。再说，他也不饿。他模糊地记得自己昨天吃了什么，但不愿细想。瞎眼的白化病雀鳝。纽约任何一家卡真餐厅的菜单上都不会有这道菜。

他走进卧室，瘫倒在床。脱衣服是不可能的。杰克用仅剩的一点力气拉过古董床罩，裹住自己，睡着了。

他是早上八点整被床边的电话铃声吵醒的，他准确地知道这一时间，因为当铃声不断刮擦他的内耳，让他实在不堪其扰时，他睁开眼睛查看，正好对上钟上刺眼的红色灯。

“嗯……喂?”

“杰克叔叔?”

“嗯——呃，科迪?”他现在清醒多了。

“是我，杰克叔叔。抱歉吵醒你了。我打了好多个电话给你。”

他打了个哈欠，调整成一个更舒适的姿势拿听筒。“没事，科迪。我得给上司打个电话，告诉他我不太舒服，所以这几天都没接电话。”

科迪莉亚的声音突然紧张起来。“你真的病了?”

他又打了个哈欠。意识到自己刚才说了什么。“十分健康。刚刚参加完一个狂欢酒会，仅此而已。”

“垃圾婆说——”

“垃圾婆?”

“对，”科迪莉亚似乎在小心地组织语言，“我让她找你。她说你在纽约湾，呃，杀什么东西。”

“差不多是这样的。”杰克说。

“出了什么问题吗?”

他深吸一口气，过了几秒钟才回答。“压力，科迪，仅此而已。我需要放松。”

她好像不是太相信，但最后还是说：“你说是就是吧，杰克叔叔。对了，你介意我今天晚上下班之后带个朋友到你那边去一趟吗?”

“谁?”杰克防备地问道。

“C. C.。”

杰克回忆了一下，想起来去塔基扬的诊所看过她。她录制过的所有东西他都有，专辑和磁带，就放在旁边房间里。“我可以啊，”他说，“我正好有借口清理下客厅。”

“不用。”科迪莉亚说。

他大笑。“嗯，要的，必须清理。”

“五点半可以吗？”

“应该可以。顺便问一句，”他说，“是要干什么？”

她很坦率。“我需要帮助，杰克叔叔。”她跟他说了目前慈善会的筹备情况，“我事情太多了，”她说。“忙不过来了。”

“我不知道该怎么组织这种活动。”

“你懂摇滚，”她说，“不仅如此，你什么事情都能处理妥当。”

几乎所有事情，他心中暗想。塔基扬的脸浮现在他的面前，然后是迈克尔的。“拍马屁，”他说。

“是实话。”

过了一会儿，杰克开口：“我有一件事情想问，我们不怎么说话……”

“我知道，”她说，“我知道，现在我只是尽量不去想。”

“所以说，还在纠结？”

“是的。”

“谢谢你的坦诚。”

又过了一会儿，科迪莉亚似乎想说些什么，但最终说出口的是：“好吧，那谢谢你，杰克叔叔。我五点半跟 C. C. 来见你。再见。”

杰克听着电话那头的沉默，直到传来挂断的声音。然后给他在运输部的主管打了电话。他并不需要刻意假装，就足以让人听出生病的感觉。

♣

下午的晚些时候他打开门看见科迪莉亚和 C. C.，才意识到打扫起居室可能是这一天当中最容易的一件事。科迪莉亚看他的时候眼睛眯着，好像她看见的是两个影像，而她正在想该接受哪一个。

“杰克叔叔，”她说道。有那么一刻，她身体僵硬，似乎在犹豫，不知道该不该拥抱他。

站在她旁边的女人化解了这个尴尬时刻。“杰克！”C. C. 喊道，“真高兴又见到你。”她从科迪莉亚身边走过，进入客厅，紧紧抱住杰克，还在他的嘴唇上印下一个温暖的吻。“你知道吗？”她说，“虽然我在很长一段时间里都不知道是怎么了，但是你能来医院看我，对我来说意义重大。以后不管你有什么事，我向你保证每次探访时间都会去看你，好吗？”她咧嘴笑道。

“好。”他说。

“我的老天，”科迪莉亚环顾杰克的家，“这里是怎么了？”

杰克虽然收拾整理了，但收效不大。有些被砸坏的古董家具就堆在一个角落。他不想把这些都扔了，因为也许细心点还能修好。

“我昨天晚上回来的时候，”他说，“滑了一跤。”

“想逃跑的时候被人开了一枪，”科迪莉亚故意说反话，“不管怎样，杰克叔叔，真可惜，这里原来是个很漂亮的地方。”

“现在也不算糟。”C. C. 扑通一声坐在弓形足的双人沙发上，整个人陷在又软又厚的衬垫里，伸展双臂，“这儿真棒，”她微笑着对杰克说。“有咖啡吗？”

“当然，”他说，“都做好了。”

“垃圾婆原本要一起过来——”C. C. 开口道。

“她要去上城区办点事。”科迪莉亚说。

“她应该很愿意跟你打个招呼。”C. C. 说。

“嗯。”好吧，他心想。科迪莉亚说要帮忙倒咖啡，但是他把她撵回了客厅。

直到每个人手里都捧着一杯热气腾腾的咖啡，旁边还放着一盘加了草莓果酱的司康饼，杰克才开口说：“所以？”

“所以，”C. C. 说，“你的侄女很有说服力。但是我也有我的坚持。我会为了慈善会重新出山，杰克。在公众面前表演。不用毒品，不能半途而废，可能会有几十亿观众。我会站在那里，在上帝和众人面前。”她轻笑道。“没什么能比得上直面内心的广场恐惧症。”

“相当有胆量，”杰克说，“我很高兴你选择这样做。唱新东西？”

“旧东西，新东西，”她说。“借来的东西，蓝色的东西。都取决于这位老大，”——C. C. 示意了科迪莉亚一下——“给我多少时间。”

“二十分钟，”科迪莉亚说，“每个人都是这样，大咖、带枪女孩、你。”

“平等是个好东西。”C. C. 看向杰克，“所以你来帮我为演出做准备？”

“呃。”杰克说。

“全球娱乐和游戏公司可以说服运输部的人给你放假，”科迪莉亚赶忙说，“我跟他们负责社区关系的一个人说过了。他们很愿意让自己人参与这种活动。”

“嗯哼。”杰克说。

“带薪的，”科迪莉亚说，“全球娱乐和游戏公司也会给酬劳。”

“我有存款。”杰克轻声说。

“杰克叔叔，我需要你。”

“我听过这一句。”这一次他声音温柔。

“所以我要再说一次。”对他来说，科迪莉亚的声音、表情、眼神全都在表达乞求。

“真能跟你一起工作就太好了，”C. C. 说完眨了眨一只绿色的眼睛，“免费后台通行证。跟巨星亲密接触。”

杰克的目光在两个女人之间飘忽。“好吧，”最后他说道，

“成交。”

“太好了，”科迪莉亚说，“我会把细节都跟你交代好，但现在还有个事情。”

“为什么我有一种感觉，”杰克说，“在这个时刻我就是看着鱼叉的短吻鳄？”

“你明天晚上有安排吗？”科迪莉亚问道。

杰克摊手。“我想修修椅子。”

“你跟我们一起去新不伦瑞克。”

“新泽西？”

科迪莉亚点点头。“我们去度假村，去见巴迪·霍利。”

“那个巴迪·霍利？我以为他死了。”

“他隐退了好几年了，我在《村声杂志》上看到他出现的消息。”

“她想找他去慈善会演出。”C. C. 说。

“又找一个巨星来怀旧？”杰克说。

科迪莉亚脸红了。“我是听着他的音乐长大的，我崇拜他。我的意思是，他参加慈善会还是没影子的事。我只想见见他，看他是不是还像以前一样。”

“你可能会被吓到，”C. C. 说，“黏土吉他之类的。”

“我愿意冒险。”

“《永不消逝》是我最喜欢的歌，”杰克说，“我也加入。”

“告诉他。”C. C. 对科迪莉亚说。

“垃圾婆也去。”她犹犹豫豫地说道。

“这样的话……”杰克说。他想到第一次遇到棒槌的时候，是黑色的猫从那个精神不正常的反同者手中救下他。那只猫是自己想救他，还是听了垃圾婆的建议？他从来没问过。也许他明天晚上可以问。

“杰克叔叔？”科迪莉亚说。

他微笑着看她。“让我们躁起来。”

星期六

“我的上帝啊，”C. C. 声音压低，只有杰克能听见，“他居然翻唱王子的歌，他妈的王子啊！”

“而且唱得不太好。”杰克说。

科迪莉亚一直忧心忡忡，担心荷兰隧道的交通状况，担心他们四个人会错过巴迪·霍利的第一场演出，还担心泽西的小年轻会偷走她从露丝·阿尔卡拉那里借来的奔驰。

“这是个假日酒店。”他们开进入口时杰克说道。

“所以？”

“停车场是有照明的。”杰克说。

“那边有个空位，正好靠近大堂。”科迪莉亚松了一口气。

“要不我去塞给管理员十块钱，让他看着点？”

“你愿意去？”科迪莉亚严肃地说。

所以他们停好车之后拜托了管理员留心这辆奔驰，然后踏入新不伦瑞克度假村。

从城里开过来的这一路上气氛就够紧张了。科迪莉亚开车，杰克坐副驾驶，垃圾婆坐在他的斜后方，这是离他最远的一个位置。C. C. 和科迪莉亚尽可能地闲聊着。杰克觉得现在不太适合询问垃圾婆关于那只黑猫的事情，所以就一个人安静地待着，或者听女士们的命令行事。

“肯定会很棒。”科迪莉亚说着往蓝点录音机里塞了一盒巴迪·霍利和蟋蟀乐队的精选磁带。扬声器的效果实在过于优秀了。

“科迪莉亚，”垃圾婆说，“我很喜欢巴迪，但耳朵还是会有点疼。”

“喔，对不起。”科迪莉亚说着把音量调到了可以忍受的强度。

在这个周六晚上，隧道里的交通完全是走走停停的状况，汽车尾气甚至形成了可见的云朵，他们四个坐在奔驰里听完了科迪莉亚所有巴迪·霍利的磁带，然而他们还没到新泽西。

时间一分一秒地过去，科迪莉亚越来越紧张。“也许会有暖场乐队之类的。”她喃喃说道。

并没有暖场乐队，但是后来他们发现这个根本不重要。他们四个人走进度假村酒吧的时候，意识到根本没必要担心没有座位。大概有一半的卡座和桌子都是空的。显然这里并非新不伦瑞克的周六夜狂欢的中心区。他们找了一个距离舞台十英尺的地方坐下，杰克和垃圾婆坐在对面，C. C. 和科迪莉亚作为缓冲。

然后巴迪·霍利开始翻唱王子的歌。

杰克在唱片封面上见过霍利。他知道这个音乐家今年四十九岁，跟自己的年龄差不多，但是霍利看起来更老。他脸上的肉更多，肚子并没有完全被银色夹克遮挡住。他不再佩戴标志性的黑色框架眼镜，而是换成了时髦的飞行员墨镜，但并不能完全挡住他的黑眼圈。不过他弹奏芬德吉他的时候依然美妙动听。

其他演奏者就不一样了。节奏吉他手和贝斯看起来都约莫十七岁，他们弹得毫无感情。乱七八糟的混音让一切更加糟糕。鼓手一通猛敲，完全盖住了霍利的声音。

巴迪·霍利迅速从王子切换到比利·爱多尔，这段唱得很差，然后是邦·乔维，这段一般。

“我真不敢相信，”C. C. 喝了一口加了汤力水的堪培利酒，“他只知道翻唱排行榜前四十的金曲。”

科迪莉亚安静地看着，脸上原先的热情逐渐消散。

垃圾婆失望地摇头。“我们不该来的。”

也许，杰克心想，他是在等待时机。“多给他点时间。”

他模仿了一会儿泰德·努金之后现场响起稀稀拉拉的掌声。此时后排一个声音喊道："别这样，巴迪——给我们来点老歌！"一阵疲惫的欢呼声响起。大部分的掌声来自科迪莉亚的桌子。

巴迪·霍利抓着他的吉他，凑向观众。"好吧，"他说话的时候还带着西得克萨斯口音，"我通常不接受点歌，但你们是一群超棒的观众，所以……"他重新站好，快速弹出一段开场，他的乐队勉勉强强跟上了。

"上帝啊。"C. C. 说着喝了一口酒，而巴迪·霍利开始唱汤米·罗的《为榛子欢呼》，然后是快版的《少女》，最后是鲍比·文顿的《给蓝衣女士的红玫瑰》，不过是悲伤版的，类似蓝调音乐。他还唱了不少50～60年代的流行金曲。

"我想听《辛迪·卢》或者《就是那一天》或者《如此简单》或者《镇》，"科迪莉亚心不在焉地搅动着她的金汤力，"不是这些鬼东西。"

我想听《永不消逝》，杰克心想。他看着巴迪·霍利艰难地唱着令人沮丧的怀旧金曲，心里感到十分难过。难过到甚至希望霍利在事业高峰的时候死去，以不至于沦落到现在这令人尴尬的自嘲阶段。

周围桌子上的人不断开始说酒话，或者喝多了乱笑。似乎酒吧里的大部分人都已经完全无视了还在台上表演的巴迪·霍利。到了最后一首歌时，霍利简单介绍了一下。"这是一首新歌。"他说。但是酒吧三三两两的观众却并不买账，甚至充满敌意。

"去你的！"有人喊道，"把点唱机打开！"

霍利耸耸肩，照做了，然后走下舞台。

他的后补吉他手安静地拿着他们的东西下台，鼓手站起来，把鼓槌放在扬声器上。

"为什么他不唱那些经典歌曲？"科迪莉亚说，"等一下。"她站起来，过去拦住了正走向吧台的巴迪·霍利。他们看到她真诚地和那个男人聊天，然后带着他回到他们的桌子，拖过一把空椅子，让他坐下，这一切好像都是她用自己的坚定意志力做到的。霍利全程都一脸迷茫。科迪莉亚做了介绍，音乐家很有礼貌地点头致意，然后一一与他们握手。

杰克觉得对方的手温暖有力，一点都不软弱。科迪莉亚说：“我们四个都是你的超级粉丝。”

“抱歉，”霍利说，“我觉得我欠每个人一句道歉。今天晚上的演出不太好。”他耸肩。“当然了，酒吧里的大部分晚上都是这样。”霍利自怨自艾地笑道。

“为什么你不表演你自己的音乐?”垃圾婆直率地问道。

“你以前的音乐，”科迪莉亚说，“好东西。”

霍利环顾桌子旁边的四个人。“我有我的理由，”他说，“不是我想不想的问题，而是我不能唱。”

“好吧，”科迪莉亚微笑着说，“也许我能改变你的心意。”她开始大谈将在开心屋举行的慈善会，告诉霍利他可以在下周六早点上台表演，把50~60年代初期让他大红大紫的歌曲都做个串烧，也许——仅仅是也许——这场演出和电视转播能够让他的事业回春。“大咖就是在这样的酒吧里挖掘到了加里·U.S.邦兹。”她说完了。

看起来巴迪·霍利真的被科迪莉亚喷涌而出的热情惊呆了。他把手肘放上桌子，仔细研究服务员端给他的柠檬苏打水，片刻后才露出一个小小的微笑。“听着，”他说，“我很感谢你。真的。听到这种消息让我一整晚的心情都明亮了——不对，是一整年。”他把目光移开。“但是我不行。”

“你行的，”科迪莉亚说。他摇摇头。“你再想想吧。”

“不用想了，”他说，“没用的。”他拍拍她的手。“谢谢你想到我。”说这话的时候他向众人点头示意，然后站起身来，穿过舞台上的烟雾，准备开始第二场演出。

“该死。”科迪莉亚说。

霍利撑着自己跃上舞台时，杰克只是盯着他的后背看。这个男人的姿态有种熟悉的感觉。是被击败的感觉。杰克记得他见过略微垮下的肩膀和垂下的头，就在镜子里，就在今天早上。

他在想这些年里是怎样的苦难将巴迪·霍利击倒了。*我希望——*刚开始，这个想法没有完全成形，然后他对自己说，*我希望我能帮得上忙。*

“你想走，还是想留下？”C. C. 问科迪莉亚。

“走，”科迪莉亚的声音很小，几乎听不见，然后她补充道：“但我觉得我会回来。”

“就像麦克阿瑟？”垃圾婆说。

“更像骑警普雷斯顿。”科迪莉亚说。

星期天

“所以你说谁是小妞？”科迪莉亚的声音比琼斯沙滩的海水还要寒冷。

“我的意思是，”假日酒店的前台说，“我们不能把客人的房间号码随便透露给某个小妞。”他面带微笑看着她。“这是规矩。”

“你知道我为了到这儿来，今天多早就起来赶火车了吗？”科迪莉亚质问道，“你知道我在新不伦瑞克站等了多久才等到出租车吗？”

前台职业性的笑容开始消散。“抱歉。”

“我他妈不是想来睡他的！”科迪莉亚把一张华丽的名片拍在柜台上，“我是要捧红霍利！”

“他原来就很红了，”前台拿起卡片，检视起来。科迪莉亚的名字下面写着“联合制片人”。她没有涨工资，但是升了职。“没开玩笑？你是全球娱乐和游戏公司的？负责罗伯特·汤森的节目？还有斯派克·李？”他的声音听起来有点钦佩的意思。

“没开玩笑，”科迪莉亚试着微笑，“真的。”

“你们是想把巴迪·霍利从这个屎坑里带出去?”

“准备试试。”

“好——吧,”前台咧嘴笑着说。他瞥了一眼信息登记本。“8420房间。”他意味深长地看着科迪莉亚。

“所以?”

前台带着“你真的什么都不知道?”的语气对科迪莉亚说:“沿着离开卢博克的主干道,上通往纳什维尔的高速公路。”

“噢。”科迪莉亚说。

♥

科迪莉亚在九点二十五敲响了8420房间的门,这时巴迪·霍利还在睡觉。开门的时候就能明显看出这一点。他探出头来查看的时候,夹杂着一缕缕灰发的黑色头发乱糟糟的,眼镜也歪歪斜斜。

“是我,科迪莉亚·切森。记得吗?昨天晚上见过?”

“哦对。”霍利似乎在恢复清醒,“我能帮你什么吗?”

“我是来带你去吃早饭的。我想和你谈谈。是重要的事。”

巴迪·霍利迷茫地摇头。“你无法抵抗的力量?还是无法移动的物体?”

科迪莉亚耸耸肩。

“等我十分钟,”霍利说。“在楼下大厅等我。”

“保证?”科迪莉亚问。

霍利轻笑着点点头,关上了门。

♦

巴迪·霍利穿着挺括的牛仔裤、印花西式衬衣和棕色灯芯绒夹克出现在早餐桌边。他的这一身看起来不太搭配,但穿着应该很舒服。

他坐下之后说:“你要再次向我传播福音了?”

“我挺愿意的。喝点咖啡我们再聊。”

“我喝茶，”他说，“草本茶。我自己带了，厨房里的茶叶都不怎么样。”

服务员过来帮他们点单。

“你的脖子，”霍利用眼神示意，“是什么物神吗？我昨天就看见了，但当时有别的事，就没问。”

科迪莉亚解开搭扣，把物神递给他。银色的小鳄鱼和化石牙齿被一串风干的肠子绑在精致的椭圆形砂石上。

霍利翻来覆去地看着这个物件，仔细检查。“看起来不像美国西南部的东西——波利尼西亚人？澳大利亚的？”

“很接近了，”科迪莉亚说，“澳洲土著的。”

“哪个部落？我很了解阿兰达人，还有维曼堪和穆尔恩金。但这个不太熟悉。”

“是个住在城市的土著年轻人做的。”科迪莉亚说。她犹豫片刻，一想到沃盖尔她的心里就又激动又心痛。澳大利亚中部的革命进行得怎样了？她最近忙着准备慈善会，没时间看新闻。“这个是给我的临别礼物。”

“我猜猜，”霍利说，“乌鲁鲁的砂石？”

科迪莉亚点点头。乌鲁鲁，也就是欧洲人口中的艾尔斯巨岩。“显然爬行动物是你的图腾。”他举着物件，对着光看，然后还给科迪莉亚。“里面有相当大的能量。不只是个图腾。”

她重新扣上搭扣。“你怎么知道？”

他不自然地笑着。“别笑得太大声了，好吗？”

科迪莉亚感觉摸不着头脑。“好。”

“自从一切开始分崩离析——1972 年左右，”他犹豫地说，“我就一直在寻找。”他沉思着抿了一口茶。

“找什么？”科迪莉亚终于开口问。

“随便什么，就是找有意义的东西。我只是想——搜寻。”

科迪莉亚想了一下。“灵魂上的？”

霍利激动地点点头了。“没错。豪车没了，房子、私人飞机还有奢侈的生活，以及——”他突然停下，“全都没了。除了酗酒和坠入谷底之外肯定还有别的事情可做。”

“你找到了吗？”

“我还在找。”他迎上她的眼神，然后微笑起来，“找了好多年，走了好多英里。你知道吗？我在非洲国家和世界其他地方比在这里更受欢迎。1975 年的时候我的经纪人给我找了最后一次机会，就是疯狂的全非洲巡回演出。但后来情况急转直下——好吧，是*我*急转直下了。我没去约翰内斯堡演出，不知道怎么搞的，我居然偷了一辆路虎，最后在灌木丛里喝掉了两瓶沾边威士忌。我把一切都搞砸了。你知道酒精是怎么迷惑人的，对吧？该死，我当时都准备好开启巡演了。”

科迪莉亚盯着他，单调的西得克萨斯鼻音让她得听入了迷。这个男人很会讲故事。

“找到我的是布希曼人，是来自喀拉哈里沙漠的部落。我睁开眼睛之后就看到一个萨满凑近我面前，发出了我听过的最可怕的尖叫声。后来我知道他是在吸收我的疾病，然后将其散播到空中。”霍利沉思着将大拇指放在门牙下面。“这只是开始。”

“然后呢？科迪莉亚问。

“我一直在各个地方寻找。我在达科塔州和中西部的一连串酒吧里演出的时候，知道了滚雷和黑麋鹿的那代人。我知道的越多，就越想知道更多，”他的声音一阵恍惚，“我跟拉科塔族在一起时，我恳求他们给我远见卓识。萨满带着我在发汗小屋里净化自我，然后送我到山上接收神灵的讯号。”他伤感地微笑着。“雷之神来了，但是也就这样而已。我全身湿透，冷得哆嗦。”他耸肩。“就这样。”

“所以你继续搜寻。”科迪莉亚说。

“对，”霍利说，“我在学习。离开南非之后我就没再喝过酒。毒也戒了。至于我所学的东西，对于从小到大都是浸信会教友的我来说有点困难，但我仍然在尝试。”

科迪莉亚突然发觉，虽然那巴迪·霍利说了这么多，但实际上他还是牢牢扎根在物质的世界。她并没有感受到凯特·斯蒂文斯或者里奇·福莱那样经历了心灵转变的摇滚巨星身上那种超脱凡尘的疏离感。她吃了一小口被她忽视了的英式玛芬。“这个方面的大部分东西都是从我的土著朋友那里学来的，但是我也思考过。有时候，在工作中，我会想摇滚明星、流行歌手还有娱乐圈的那些人，在美国公众的眼中是不是相当于萨满？”

霍利严肃地点点头。“拥有力量的男人和女人。确实如此。”

“他们也有魔力。”

巴迪·霍利大笑起来。“好在那些以为自己有魔力的人通常一无所有。而真正拥有力量的人通常不自知。”

科迪莉亚吃完了玛芬。“下周六慈善会上的表演者全都拥有力量。”霍利看上去精疲力竭。“我在转移话题。”科迪莉亚轻快地说。

“我看不出今天跟昨晚的情况有什么不同。你想我去表演经典歌曲，我做不到。”

“是因为——”科迪莉亚搜寻措辞，“缺乏自信？”

“也许是其中一部分。”

“C. C. 莱德也有类似情况，”科迪莉亚说，“但是她改变了主意。她会上台。”

“那很好，”霍利犹豫地说，“说实话，我没有办法表演你希望我表演的歌曲。”

“为什么？”

“它们已经不是我的歌了。情况急转直下之后，一家叫伯劳鸟的纽约音乐公司把我的所有音乐都买走了。他们可真是好心人。你见过他们的标志吗？一个四分音符钉在长钉上。他们一直都没有使用我的歌曲。我很讨厌这样，但我不可能把歌再要回来了。”霍利无助地摊手。

“我们可以想想办法，”科迪莉亚毫不犹豫地说，“全球娱乐和游戏公司有些资源可以利用。这是唯一的问题吗?”

“你觉得自己无所不能，是吗?”霍利微笑着摇摇头。这一次是真心实意的笑。他的牙齿洁白整齐。“好吧，听着，若你能让他们松口，拿回几首歌，那也许我会答应你，看在过去的份上。”

“我不明白。”科迪莉亚说。

“我跟你说个故事吧，”巴迪·霍利的表情和声音里活力满满，“我在卢博克读高中的时候，跟鲍勃·蒙哥马利一起租了个乐团，搞了不少疯狂的录音。那时候有这么一个女孩，我觉得她是——嗯——”他深吸一口气，然后害羞地微笑起来，“你应该很熟悉这种故事线吧。她从来都没有注意过我。几年之后，我在纳什维尔录《心中的女孩》时出现在脑海里的还是她。大概也就是那个时候，迪卡公司希望我跟所有人一样，用 1956 年摇滚金曲里的那种感觉唱歌。我唱这首女孩的时候有点跳出框框了。反正就是，你让我想起了那个女孩。她也很明白自己要走什么样的路。”他靠在椅背上，凝视着她。

“这个故事很棒，”科迪莉亚说，“就像——”

“摇滚。”霍利帮她说完。

两人都笑了。科迪莉亚心想，开始步入正轨了。

星期一

星期一早上，科迪莉亚做的第一件事是坐在自己的桌子旁边，思考她的罪孽，同时焦急地等待着伯劳鸟音乐公司版权和许可部接电话。伯劳鸟公司等待接线的背景音乐是经典风格，忧郁悲伤，像挽歌。科迪莉亚觉得这是故意想让对方惊慌的策略。

她在检视指甲的时候突然想到她还没有尝试过联系米克·贾格尔。露丝·阿尔卡拉会不高兴的，不过至少把奔驰完好无缺地还给她了，一点划痕或者凹痕都没有。好吧，事情要分轻重。现在最重要的是把巴迪·霍利先定下来。

她快速翻看堆在她桌上的电话留言。U2 乐队的经纪人通知她，大卫，也就是边缘人的手指周末时被车门夹了。所以 U2 乐队可能会缺少吉他手。她心想，也许能说服波诺来场不插电？

技术部的人留了个口信，提醒她三号演出卫星在印度洋上空出现故障。他们正在想办法，基本确定能够修复好故障。基本？她心想，该死。这个“基本”最好是“完全”的意思。她心里很清楚，她没有权力让公司在五天之内派一架维修穿梭机过去。多少天之内都不可能。上帝啊，她到底在想什么？科迪莉亚大口灌下咖啡，瞪着电话。伯劳鸟就打算这样让她一直干等着？

还有来自塔米的消息，她是带枪女孩的吉他手，有一半爱斯基摩血统。这支世界上最好的全女性新朋克乐队被困在了比林斯，所以塔米想问科迪莉亚能不能汇点钱，好让乐队里的所有成员都能在星期六之前到达纽约。也许吧。科迪莉亚写了下来，要跟露丝谈谈。

电话嘟嘟响了两声，然后传来一个声音：“我是版权与许可部的德尔维西奥女士。”

科迪莉亚自信地自我介绍，让自己听起来尽可能镇定，摆出一副尽在掌握的样子。她觉得自己表现得不错。“我想谈谈巴迪·霍利的歌曲，”科迪莉亚说，“我知道版权在伯劳鸟手上，我们全球娱乐和游戏公司非常期待霍利先生能够在周末为病人们举行的全球慈善会上演唱他的代表作。”

一阵短暂的沉默。“什么样的病人？”

科迪莉亚不喜欢对方说话的口吻。南布朗克斯口音，大概是。

“呃，艾滋病和百变王牌病毒受害者，收看实况直播的观众会达到——”

德尔维西奥女士打断了她。“哦对，那场慈善会。对不起，切森小姐，这个项目我们不可能与全球公司合作。”她听起来并没有对不起的意思。

“但是肯定——”

“伯劳鸟拥有霍利先生所有音乐的独占性许可证。我们不会给出你想要的许可。”从她说话的语气判断，没有讨价还价的余地。

“我可以和你们部门的负责人聊聊吗，也许——”

“抱歉，拉扎勒斯先生今天不在。”

“呃，那也许——”

“谢谢你想到我们，切森小姐，”德尔维西奥女士说道，“祝你生活愉快。”她挂断了。

科迪莉亚盯着电话看了一两分钟。他妈的。她希望德尔维西奥女士生活一点都不愉快。又过了一分钟，她打开桌面上的终端机，调取一本在线《综艺》杂志。她随意翻了几页，然后打开调制解调器，使用《综艺》的索引。里面有不少关于伯劳鸟音乐的条目，但是关于巴迪·霍利的不多，只有一个条目涉及了他们双方。是大概三个月以前的事情，就在她去澳大利亚期间。似乎伯劳鸟音乐和美国第二大广告公司签了个大合同。这家广告公司受一个福音派组织雇用，推广主题公园和其他附属产品，而推广方式，文章中援引里奥·巴奈特的话，是通过“纯真无邪，富有活力，且带有怀旧色彩的巴迪·霍利的音乐。”

哦，科迪莉亚心想，不。怪不得伯劳鸟不愿意让霍利的歌曲出现在慈善会上。是会带来些问题。

露丝·阿尔卡拉的头从门口伸进来。“早上好，科迪莉亚，周末过得好吗？”

科迪莉亚抬头。“很好。你拿到钥匙了吗？再次感谢你借我车。”

露丝点点头。“你还好吗？看起来有点心烦。”

“周一早上都是这样。”

露丝怜惜地微微一笑。“顺便说一句，你联系到我们那位会变狼人的朋友了吗？”

科迪莉亚摇摇头，飞速思考。“还是找不到他。”

“我给你个建议吧。找过管理层之后，打电话给公司老总们，得不到满意的结果就一直向上找，基本会有用。”

*啊哈！*科迪莉亚心想。“谢谢。”她说。

露丝跟她聊了一会儿之后就离开了，科迪莉亚再次拨通伯劳鸟的电话，这次直接要求接通总裁办公室，经过两层秘书，终于联系上了一个名叫安东尼·迈克尔·卡德韦尔的。卡德韦尔比德尔维西奥女士好说话，但也并没有帮到她。“没错，伯劳鸟音乐应该对社区有所贡献——所以我们也参加了很多项目——但说到底我们要对我们的股东以及所有者负责，”他说，“我相信你能够理解我们的处境有多尴尬。”

放屁，科迪莉亚怒不可遏地想着。她说出口的也是类似意思，只是没这么直白。伯劳鸟音乐的总裁直接挂断了。

放下电话之后，科迪莉亚在桌面敲打手指。往上走，露丝是这么说的。科迪莉亚用键盘调出公司里的娱乐产业数据库。就在她开始挖掘伯劳鸟公司的关系树时，一边还想着杰克此时在做些什么。

♠

星期天晚上，科迪莉亚告诉杰克一切顺利，只要获得许可，霍利就可以上台表演自己的歌了，杰克自然是信了她的话。而且她还说全球娱乐和游戏公司星期一早上会帮杰克请假，他就有时间帮助霍利搬进曼哈顿了。科迪莉亚在市中心的加州旅馆订了一间房，这儿是音乐家们的首选酒店。“管理层，”科迪莉亚说，“不在乎房间被搞成什么样，只要损失能得到赔偿就行。可以使用运通白金卡。”

到了星期一中午，就在科迪莉亚搜索着蛛丝马迹时，杰克已经帮着巴迪·霍利住进了加州旅馆十八层的房间。“您可以赊账。”前台这样说，所以他们点了相当奢侈的午餐。

杰克看着霍利打开一个小巧的磁带机和一盒磁带，其中包含各种新世纪音乐——很多温汉姆·希尔的专辑，加上各种放松音乐，有风声、雷声、大海的声音、下雨的声音——还有多样的早期摇滚、蓝调和乡村音乐。“带了点稀缺的东西过来，”霍利说着拿起几张明显是自己翻录的磁带，“泰尼·布雷德绍、朗尼·约翰森、比尔·道吉特、金·柯蒂斯。更出名的也有——罗伊·奥比森、巴迪·诺克斯、道格·萨姆。”他轻笑起来。“非常有得州风味，最后这几个。还有些乔治·琼斯——他总能戳中我内心的柔软之处。1955 年的韩克·卡克兰音乐会上，我和我的乐队就在他身后为他伴奏。”

“那是什么？”杰克指向磁带环绕中的唯一一张黑胶碟。

“让我很自豪的一张，”霍利举起 45 转黑胶，“《金发美人》。威龙·詹宁斯的第一张唱片。是我帮他制作的，那时候他正好跟蟋蟀乐队一起演出。”

杰克拿过这张黑胶，小心地查看起来，好像在看一件圣物。“我好像在广播里听过。”

“嗯，”霍利说，“我敬佩的那个时代的音乐人基本都是从听大奥普里开始接触音乐的。”

杰克放下黑胶碟。一阵猛烈的疲乏席卷而来。他看着剩余的午餐，恶心反胃的感觉在肚子里翻腾。他坐在沙发上，试图稳住声音。“我来纽约之前经常听大奥普里。来了之后，我发现弗吉尼亚外面有个地方跟大奥普里很像。”

“你跟你侄女来自同一个地方？”霍利饶有兴趣地问道。

杰克点点头。

“你的图腾也是短吻鳄?”

杰克没说话，集中精神控制肚子里的新一阵痛苦。

“鳄鱼是强大的动物守护神，”霍利说，“我不会去招惹。”

杰克弓起身子，尽量不发出呜咽。

霍利来到他身边。“怎么了?”他的手抚摸着杰克的胸口一直到胃部，然后手指轻柔地触碰他的肚子。他吹了声口哨。“哦，伙计，我感觉你这里面有点问题。”

“我知道。”杰克呻吟着。他本来很确定今年自己可以避开流感类型的肠胃病。但是塔基扬跟他简单提起过机会感染。他眼前立马出现了世界上每一个瘟疫区的各种病毒都将他锁定为目标的画面。“我猜可能只是流感。”

霍利摇摇头。“我看是高强度能量入侵。”

“是肠胃病。”

“这个病在侵袭你，因为你的防护，你个人的遮蔽受到了损坏。”

“这也不是我能控制的。”杰克说。

霍利把手从杰克的腹部移开。“对不起，我不是针对你。我不知道科迪莉亚有没有告诉你，但是我——我对这些东西有所了解。”杰克困惑地看着他，“你需要的，”霍利说。“是传统治疗。把入侵的东西吸出来。我觉得这是唯一的方法。”

杰克忍不住笑起来，先是轻笑，然后是大笑。杰克记不得他上一次笑成这样是什么时候了。笑得肚子疼，但也缓解了他的症状。巴迪·霍利一脸震惊地看着他。最后，杰克坐直了一点，说，“对不起，我就是觉得，从我的身体里吸出东西不是个很明智的想法。”

“别误会了，”霍利说，“我说的是精神上的东西，用精神和灵魂的力量把导致你不适的东西拉扯出来。”

“不用了。”杰克又开始笑。但是老天啊，他真的感觉好多了。

♣

下午两点的时候，科迪莉亚已经搜索完了纽约公共图书馆资料库和奥尔巴尼的公共档案资料库。她在笔记本上潦草地写下了好几页的数字和笔记。她的任务跟她一直没耐心完成的一千片拼图有相似之处。

伯劳鸟音乐是纽约的大富翁集团的全资子公司。科迪莉亚给大富翁在曼哈顿的总部打了电话，想要和大老板对话。她最终联系上的是公司事务部的执行副总裁。这个男人告诉他巴迪·霍利的事情不是他负责，但她可以寄一封内容翔实的信件给大富翁的总裁康奈尔·麦克雷。那为什么不能直接和麦克雷对话呢？科迪莉亚询问道。总裁目前身体不适，很难说什么时候会回来办公。

科迪莉亚又从公共档案里查到大富翁公司从属于漏斗公司，是拿索的加勒比发展银行控制下的财团。她沮丧地等了二十分钟之后才联系上漏斗公司首席执行官的行政助理，但交流过程同样令她沮丧。她又打了个长途电话到拿索，接电话的是个口音很重的巴哈马声音，说是完全不知道这个叫霍利的家伙是什么情况。

挂断电话之后，科迪莉亚盯着电话所散发出的沮丧。“我想我该回家了。”她对自己说。她过会儿再回来加夜班。

维罗妮卡和科迪莉亚一起租住在位于少女巷的一间高层公寓里。并没有什么景色——客厅的窗户对着狭窄的天井，十一楼的其他邻居们不过三十英尺远。一开始感觉像是看着一个画面很无趣的大电视，但科迪莉亚很快学会了忽视这个建筑的其他部分，能拥有自己的小房间就够好了。维罗妮卡可以随意使用公寓的其他区域。

科迪莉亚最大程度地利用了她的房间，请了木匠做了标准大小的廉价框架来支撑她的床，这就是她的睡眠空间，只需要小心晚上不要从上面滚下来就行。床垫到地面的六英尺空间里摆放着她的衣柜、书架和放唱片的地方。墙上基本都贴着照片或者海报。其中一面墙上贴着一张黎明时艾尔斯巨石的彩色海报。对面墙上是写着“当你的屁股对着一群短吻鳄时”的招贴，这种招贴很常见，但是后半句被黑色记号笔改成了“你就知道你回家了”。

室友走进来的时候，科迪莉亚在磁带机里塞了一盘苏珊妮·薇佳的专辑。维罗妮卡穿着一件紧身白色长裙，戴着铂金色假发和紫色隐形眼镜。“化装舞会？”科迪莉亚问道。

“只是去约会而已，”维罗妮卡翻了个白眼，“是个来自马耳他的家伙，喜欢玛丽莲·梦露和伊丽莎白·泰勒。”她换了个话题。“那个，周六还有票吗？”

“2500美元一张，我没法给你打折。”科迪莉亚说。

“好吧，是给管理层的，米兰达和巫子负得起。他们只是希望能给个好点的位置，靠近舞台一点可以吗？”

“我尽量。”科迪莉亚记录下来，然后把待办事项的笔记本放回手包。

“所以，你的工作最近如何？”维罗妮卡问道。

科迪莉亚告诉了她。

“听起来你需要一个真正的侦探。”

“如果我认识的话，我很乐意找侦探帮忙。我真是绝望了。”

“这样，”维罗妮卡说，“也许我可以帮你。”

“跟我说说你是怎么想的？”科迪莉亚觉得要是有人能把这事接过去就太好了。

“现在不行，”维罗妮卡说，“我来解决，你只要确保把好位置留出来。”

“帮我把巴迪·霍利弄上台，”科迪莉亚说，“我就可以让米兰达和巫子坐在台上的监视器后面。他们想举着麦克风都可以。只要他们想，我都能帮他们实现。”

“成交。现在，”维罗妮卡继续说，“在我进城之前，轮到谁去买猫粮了？”

◆

他们两人一边听音乐一边坐着喝东西。巴迪·霍利喝的是汽水，杰克喝啤酒，是叫客房服务送来的。他们聊着天，霍利时不时站起来换磁带。他们从吉米·罗杰斯听到卡尔·帕金斯、汉克·威廉姆斯、杰瑞·李·刘易斯、埃尔维斯·普里斯利和康威·特维提。杰克惊讶的发现他的收藏中也有新一代的歌手：莱尔·劳伏特、德怀特·约克姆和史蒂夫·厄尔。“就像猴子说的，”霍利说，“得跟上进化的步伐。”

他们聊了50年代——路易斯安那的乡村和西得克萨斯广阔的干旱地带。“告诉你，”霍利说，“卢博克这个地方真没什么好说的，要知道周六晚上唯一能去的地方是阿马里洛。石油热之后我回去过一趟，飞机失事之后又去了一次，一切都毫无变化。”

“没有巴迪·霍利纪念日？”杰克说。

“估计要等到我死了之后。”

杰克觉得他们有很多相似之处，不过阿特利尔教区永远都不会有杰克·罗比谢尔纪念日，他死了之后也不会有。他在一盒磁带中翻找，然后拿起一盒没有标签的，上面只写着“新”这一个字。“这是什么？”

“啊，什么都不是，”霍利说，“你肯定不想听的。”

他这么抗拒是有原因的，杰克心想。所以巴迪·霍利进洗手间之后，杰克把这盒神秘磁带插进了录音机里，按下播放键。音乐简单朴素。没有背景音乐，没有双轨，也没有叠加的声音。第一首歌里的声音沉静自省，第二首则生机勃勃。歌词很成人化，能听出标志性的打嗝声音。是巴迪·霍利唱的。这两首杰克以前都没听过。

他听到身后的卫生间门打开了。巴迪·霍利说:“载着我家人的飞机出事之后，伯劳鸟买下了我的所有音乐，人们似乎觉得我永远不会再写新歌了。而且在随后的几年里，我自己也觉得我写不了了。”

第三首歌开始播放。

“这些全是新歌，”杰克虔诚地问道，“是吗?”

巴迪·霍利的声音轻柔却带有力量。“新鲜得就像刚复活一样。”

星期二

开心屋不是卡内基音乐厅，而且跟曼哈顿的任何一家夜店一样，这里白天并不好看。今天早上，镜子上斑斑点点，满是灰尘。星期六之前会全部擦得亮得发光。杰克看向舞台，但基本只能看见被架在桌子上的椅子。春日阳光透过几扇窗户和天窗照进来，点亮了飞舞的尘埃和微粒。这地方有一股陈腐的味道，还混合着机械润滑油的气味。

杰克站在巴迪·霍利旁边，霍利站在 C. C. 莱德旁边，另一边是垃圾婆。这是种牢不可破的协定。垃圾婆决定要做形影不离的伙伴和保护者。杰克意识到他跟巴迪·霍利也是类似的关系。他真心喜爱这位歌手，不仅仅是因为对五六十年代的怀念。他觉得自己跟这个得州人成了好朋友，但是太糟了，他脑海里的那个可怕声音低语道，你们这友谊维持不了多久。杰克早上见过塔基扬，对方建议他住院。“不可能。”他这样回复。塔基扬请他说明理由。“你真的能够预测病毒对我产生的影响?”他问道。塔基扬承认他做不到。但是可以采取些预防措施……杰克耸耸肩，离开了。

泽维尔·德斯蒙德看着舞台上的准备工作，象鼻衰弱地垂在胸口。他动作缓慢，宛如一个知道自己死期的男人，但是他似乎骄傲得难以言表。在这个晚上，全世界的目光都会聚焦他挚爱的开心屋。

这里地方本来就不大，舞台前面和侧面放上摄像机轨道之后就更小了。于是技术部的人机智地在天花板上架设了路马轻型摄像机。

“别碰到水晶吊灯!”工作人员在遥控操作螳螂般的摄像机架移动时德斯喊道。

阳光照在球面镜上，反射出一道道光线，尽管如此，里面还是看上去暗淡无光。

巴迪·霍利抓抓头。“哎呀。我见过更糟糕的舞台。”

C. C. 笑着说：“我在更糟糕的舞台上表演过。”

“我猜舞台周围不会有细铁丝网围栏，哼?”

C. C. 耸耸肩，模仿起得克萨斯口音，很重很重的口音，说道：“乔·伊利跟我说过特别差劲的地方，你得吐三次，再亮刀子，他们才会放你进去。而且你还得是上台表演的人。”

“德斯的酒吧格调没那么低，”杰克说，“我猜付了2500美元过来看演出的人不会拿酒瓶子砸乐队。”

“也不是不可能，”霍利瞥了一眼，“我必须承认，我非常期待听你唱歌。”

“我也一样，”C. C. 说，“不过我还是紧张得像只猫。你确定要上台?”

霍利转头看杰克。“你侄女有说什么吗?”

杰克摇摇头。“我今天早上跟她聊了。我估计跟伯劳鸟的交涉不太顺利，但她说没问题。只是有些官僚机构的流程要走。”

C. C. 戳戳霍利的肋骨。“听着，你上我就上。”

“向我挑战?”霍利慢慢笑起来，“就跟比谁先得到解雇通知书一样有趣? 管他呢，好，我第一个上去，然后就把以前的流行金曲榜都来一遍，有必要的话，我可以翻唱——嗯，比利·爱多尔。”

“不行!”垃圾婆开口，“你不准这么做。”

♠

科迪莉亚这边的进展不算特别好，她七点到办公室，整个人恍恍惚惚，甚至忘了计算西部时间。住在酒店里的小史蒂夫的经纪人早上四点多被吵醒，心情自然不太愉快。

另一方面，她十点左右收到了好一点的消息。经过 X 光检查，U2 乐队的边缘人的手指只是轻微扭伤，并没有骨折。所以虽然当晚 U2 乐队在西雅图的演出被取消了，但是这位吉他手星期六很可能可以复出。

然后就是伯劳鸟音乐的进展。科迪莉亚做了一张超棒的流程图，上面用线条和箭头标明了这家音乐出版公司纷繁复杂的关系网络。她列出了首席执行官、总裁、副总裁和推广部的头头，还有律师——要命啊，一大堆律师。但是没有一个人愿意跟她谈。为什么？她心想。是因为我有口气吗？她自嘲地笑笑。真累人，她想。这么早就累趴了，太早了。把星期六晚上撑过去，以后有的是时间崩溃。她又倒了一杯高咖啡因的哥伦比亚咖啡，开始认真思考伯劳鸟和它的所有者们，为什么每个人都在回避她，就好像她是个负责贿赂案件的国会调查员。

电话响了，很好，也许是跟伯劳鸟有关的某位高管打来的，也许是这个拜占庭式关系网中的某一位终于回电话了。

“嗨，”她的室友说，“帮我弄到票了吗？”

“你找到斯宾塞了，还是山姆·史派德？”

“比他们更好，”维罗妮卡说，“有个人在我旁边，我希望你跟他谈谈。”

“维罗妮卡——”她开口说道。为什么每个人都在玩间谍游戏？

“我是克罗伊德，”一个不熟悉的男性声音传来，“你见过我。我们有过一次小约会，你，我，还有维罗妮卡。”

“我记得，”科迪莉亚说，“但是——”

“我很会调查。”他直截了当地说。

“这个我知道，但我不觉得——”

“听着，”克罗伊德说，“这是维罗妮卡的主意，不是我的。也许我能帮忙，也许不能。你想知道伯劳鸟音乐公司的信息？”

“没错。巴迪·霍利和我想知道他的音乐到底归谁，我想帮他获得许可，星期六他就能上台演出——”

“所以电话本里没有伯劳鸟的号码？”克罗伊德问道。

“他们根本就不理睬我，好像他们是黑手党之类的一样。”

她听到一声干巴巴的轻笑。“也许他们真的是。”

“不管你能做到什么，”科迪莉亚说，“我都会很——”

克罗伊德再次打断她。“我去看看能挖出什么，我会再联系你的。”对方挂断了。

科迪莉亚把电话放下，允许自己微笑。她食指和中指交叉，两只手都做了这个动作，乞求好运。然后从桌面上拿起另一张需要她关注的便签。这个简单一些。也许不到一个小时她就能查出为什么带枪女孩会被困在克里夫兰。

星期三

全球公司决定就让开心屋原本的乐队给 C. C. 莱德以及巴迪·霍利伴奏，实际上是 C. C. 决定的，全球公司只是付了钱。

“他们全都是很可靠的音乐家。”C. C. 对霍利说。

“对我来说够好了，”他看着听着两个吉他手、鼓手、女键盘手和萨克斯演奏者调音。

杰克也在看。排练时间沉闷冗长，但如果你会观察，就会看到娱乐行业在运转。有趣，迷人，宛如天堂。

C. C. 领着霍利上台，垃圾婆坐在前排的桌子旁边，不过这个行为似乎是不得已的。杰克知道她很想跟着一道上台。

“介意我坐这儿吗？”他的手放在她对面的椅子上问道。垃圾婆凶狠的眼神在他身上停留了片刻，然后微微耸肩。杰克坐下了。

“好，”C. C. 对台上的音乐家说，“我想这样开场，或者用这个做结尾。我也没搞清楚。我只知道是新东西，要在我那二十分钟时间里呈现。”她拿出乌木十二弦吉他，漫不经心地弹了一段和弦，“我们有三天时间磨合。所以记住，比起大咖或者 U2 乐队，这就是我们的优势。”每个人都咧嘴笑了。“好吧，我们开始吧。这首叫《宝贝，你赢了一局》。一二三，开始——”

一开始演奏，C. C. 就惊慌起来。杰克觉得紧张这个词不足以形容她的状态。这里并没有多少观众，实际上除了后面的音乐家、负责声效和灯光的技师、以及杰克和垃圾婆这种旁观者之外，根本没有观众。作为主唱，表现寡淡得吓人。她停了下来，低头看着舞台，而其他人似乎同时屏住了呼吸。C. C. 抬起头，杰克觉得她费了好大的努力才完成这个动作。她的手指轻抚吉他弦。“对不起，”她就说了这么一句，然后她又开始演奏。

宝贝，牌已经出了

宝贝，别再怀疑

庄家已经喊了

你赢了一局

鼓手跟上节奏。贝司手开始演奏。节奏吉他轻柔地填补剩余的空间。杰克看到巴迪·霍利的手指轻抚他自己的吉他弦，不过没有发出声音。

从孩童时期就开始玩牌

你从小玩到现在

宝贝你什么都不懂

因为你总是弃牌

女键盘手的雅马哈发出怪异的哭号颤音。杰克眨眨眼。霍利笑了。他们俩都觉得听起来就像是合成器出现之前的电子音乐，美好的旧日时光。

宝贝别放弃

因为你很快就会

赢了 局

表演结束之后，一阵长久的沉默降临开心屋。技术组的人最先鼓掌，接着后面的音乐家也响起掌声，他们还欢呼起来。垃圾婆起立鼓掌。杰克看到泽维尔·德斯蒙德站在后面，脸上似乎有泪。

巴迪·霍利抓抓头，咧嘴一笑。杰克觉得这样看他有点像威尔·罗杰斯。“你知道吗，亲爱的？我觉得我们都太幸运了，提前看到了正常演出的最高潮。”

C. C. 看起来脸色苍白，但还是笑着说：“没有啦，还没有好好打磨加工过。到时候会更好。”

霍利摇摇头。

C. C. 莱德走向他，歪着头看他。“该你上去丢脸啦，小伙子。”

男人摇摇头，但是手指轻抚吉他。

C. C. 点点她的头。“我的你看过了。”

霍利微微耸肩。“不管了，总归是要演的，我猜。”

“别是比利·爱多尔。”垃圾婆说。

霍利笑了。“不是比利·爱多尔。”他沉思着随意弹奏了一会儿。然后说：“是新东西。”他瞥了杰克一眼，“这个甚至不在你听的磁带上。”他的弹奏加大了力度，更加深沉。“我叫它《粗暴的野兽》。”

巴迪·霍利开始了演奏。

♣

“精彩无比的表演，科迪，就是曾经的巴迪·霍利加上成熟的气息。”杰克的声音充满了欣喜和赞许，“他表演的全是新东西，棒极了。”

“新的，哼？”科迪莉亚用右手食指点了一下耳机，“跟《就是那一天》或者《噢，男孩》一样好？”

“《麦克斯韦尔的银锤子》比《我想握住你的手》好吗？”杰克激动的声音传来，“根本就没法比啊。他的新东西就像早期作品一样充满活力——但是更加”——杰克似乎在寻找准确的用词——“复杂。”

科迪莉亚盯着办公室里的照片，但是注意力在别处。咔嗒。我头上大概有个灯泡亮起来了，她心想。我要慢点。我有点搞不清状况了。“我猜，”她说，“新东西的版权不归伯劳鸟所有。我大概可以让他在演出中间出场，表演时间缩短到10分钟。”

“二十，”杰克坚定地说，“必须跟别人一样。”

“也许吧，”科迪莉亚说，“总之，他在中间的时候出场，那时候观众已经被调动起来了，不知道他们听不到巴迪·霍利的《辛迪·卢》会不会失望。”

电话那头沉默了，然后杰克说：“我觉得他不会在意的。”

“那好吧，很好。这样事情就简单多了。我可以叫伯劳鸟的那群脑水肿患者滚一边去。”科迪莉亚觉得脑袋上压着的重量一下子减轻了，“你确定他能表演新东西？”

她能从杰克的声音里听出耸肩的感觉。“坚冰似乎已经被打破了。他和C. C. 让彼此变得更强大。我觉得一切都只会越来越好。”

“太好了，谢谢你，杰克叔叔。有进展随时告诉我。”

科迪莉亚挂了电话之后心情大好。所以巴迪·霍利的事搞定了。现在她就告诉克罗伊德不用到处查了。但是她打公寓电话的时候没有人接。只有答录机的声音。

也许，她欢快地想到，从这里开始就都是下坡路了。

星期四

科迪莉亚意识到她在哼《真正的野孩子》，快节奏的摇滚乐跟她这个下午的亢奋心情很搭配。她识别出这个调子之后想了一下她是在哪里听过。她知道这不是巴迪·霍利专辑里的。可能是在广播里听过。

她跟随着脑海里的吉他声敲打手指，同时开始拨电话号码。她打给开心屋的时候她的越南汤外卖正好到了。杰克的声音冒出来。

“彩排非常顺利，”他说，“和巴迪配合得很好。还有我跟垃圾婆说早上好的时候她甚至跟我点头了。”

“音乐如何？”

“他们两个人唱的大多是新东西——呃，巴迪全是新东西。”

“能唱满二十分钟吗？”科迪莉亚问道。

“我之前说过他没问题，现在依然如此。你真应该给他一个小时。”

“我不知道U2乐队和大咖会怎么想。”科迪莉亚干巴巴地回答道。

“我打赌他们会很高兴。”

“我们不会知道了，”科迪莉亚嗅着塑料汤碗里飘出的螃蟹和芦笋的香气，“我要挂了，杰克叔叔。我的吃的来了。”

“好的，”杰克的声音有些犹豫，“科迪？”

“嗯？”她已经开吃了。

“谢谢你请我来帮忙。真是太棒了。我很感激。让我……不再去想世界上的其他事情。”

科迪莉亚咽下一口热汤。“继续让C.C.和霍利保持好心情吧。还有垃圾婆，如果有可能的话。”

“我试试。”

两点的时候，科迪莉亚正在给那个试图为三号演出卫星驱魔的公司打电话，但眼角余光却看到一个不熟悉的身影轮廓出现在办公室门口。她放下电话，看到一个样貌出众的中年男人，他穿着奶油色丝绸西装，她知道价格至少相当于她两三个月薪水。每个细节都是纯手工定制，连方巾都是精心摆放的。他昂着头，目光锐利地看着她。

“你穿得这么好，肯定不是汤姆·沃尔夫。”她说。

“确实不是汤姆·沃尔夫，”他脸上没有笑容，“你介意我进来和你聊聊吗？”

“我们有约定过时间吗？”科迪莉亚困惑地说，她瞥了一眼她的日程表。“恐怕我没有——”

“我就在附近，”男人说，“我们有约过的。但是恐怕你并不知情。”他伸出一只手。“抱歉，我还没有正式进行自我介绍。我叫圣·约翰·莱瑟姆，你好。我代表莱瑟姆和施特劳斯律师事务所。我猜你听说过我们。”

握手时科迪莉亚注意到他修剪整齐的手指微微闪光。他的握手毫无感情，敷衍了事。“律师们，”她说。“呃，对，知道，请坐。”

他坐在客人的椅子上。跟莱瑟姆的西装比起来，布鲁耶椅子看上去有点寒酸。“我就不绕圈子了，切森女士——还是我应该称呼你为科迪莉亚？”

“都可以。”科迪莉亚试图理清思绪。曼哈顿最昂贵最卑鄙的律所的高级合伙人正坐在她的办公室里，这可不是好兆头。

“现在，”莱瑟姆说，他的手指摆成尖塔状，两根食指贴着下巴，“据我所知，你给莱瑟姆和施特劳斯律师事务所的不少客户造成了不小的麻烦。你显然已经注意到了，我们是加勒比发展银行旗下的，所以很关心它们的下属公司。”

“我不太明白——”

“你很会使用你的电脑和调制解调器，科迪莉亚。你在给公司的行政人员打电话时也没有非常谨慎。”

突然之间，一切都很明朗了。“哦，”科迪莉亚说，“是跟伯劳鸟音乐和巴迪·霍利有关，对吗？”

莱瑟姆语气平静，传递的温度跟低温超导体差不多。“你似乎对加勒比发展银行旗下的分支格外感兴趣。”

科迪莉亚微笑着抬起头。“嘿，没问题，莱瑟姆先生。我再也不会骚扰他们了。霍利有好多新歌，都是伯劳鸟搞不到的。”

“切森女士——科迪莉亚——伯劳鸟音乐是最无关紧要的。我们事务所关心的是，你显然在不懈搜寻加勒比银行家族中其他分支的信息。这样的信息可能会……有点麻烦——”

“不是的，”科迪莉亚明确说道，“根本没有这个问题，真的，莱瑟姆先生。一点问题都没有。”她微笑着看他。“现在，如果你不介意，我还有一大堆工作要赶——”

莱瑟姆盯着她。“请你停下，切森女士，请你关注好自己该干的事情，否则，我向你保证，你会非常非常后悔。”

“但是——”

“非常后悔。”莱瑟姆平静地看着她，直到她眨眼，“我希望你能明白我的意思。”他转身离开，昂贵的定制西装发出沙沙的声音。

她猛地惊醒。*找根绳子把我吊死吧*，她心想。*我刚刚被曼哈顿最有权势、最具侵略性的律师威胁了。有本事就来告我吧。*

科迪莉亚有好多事情要做，正好帮她忘记莱瑟姆的到访。她给负责卫星传输的技术人员打了电话，高兴地发现三号演出卫星的问题已经修复了。世界另一头的人们有机会看到开心屋的慈善会了。“我猜捣蛋鬼们都放假了。”顾问工程师这样说道。

然后全球公司的总机接进来一通电话，是塔米从匹兹堡打来的。

“你们到底为什么会去那里？”科迪莉亚质问道，“我给你们钱了，你们所有人今天都应该飞到纽瓦克才对。”

“说出来你肯定不信。”塔米说。

“可能真的不会信。”

“我们买了好多服装。”

“不是买了可卡因?”

“当然不是!”塔米愤慨地说道,“我们遇到了一个女孩,她的衣服好看得不可思议。我们把星期六晚上的演出服都买好了。”

“衣服怎么也要不了六百块。”

“要的。都是很稀罕的衣服。”

“漂亮衣服能帮你们飞过来吗?”科迪莉亚狠狠地说。

“呃……不能,”塔米说。

“我再给你们汇点钱。给我个地址。”科迪莉亚叹了口气。

“所以。你们喜欢坐巴士吗?”

星期五

看完大咖排练之后,杰克和巴迪一起走向后者的化妆间。霍利的最后一次彩排被安排在晚上十点。小史蒂夫、U2乐队和胆小兄弟是下午的早些时候彩排的。边缘人龇牙咧嘴了不少次,但还是完成了表演。大咖和其他人过河而来。

“不算太糟。”霍利说。

“大咖?”杰克问,“太对了。所以你感觉如何,他对待你就好像你是总统山上的头像复活了一样。”

“要命。”霍利没有再多说。

“他问你要不要唱《辛迪·卢》的时候我挺吃惊的。”

霍利轻笑。“关于这首歌,有个趣事。你知道吗,它差点就不叫《辛迪·卢》了?”

杰克疑惑地看着他。

他们在舞台后面的走道上拐了个弯。灯光有些昏暗。“小心地上的电线,”霍利说,“旧日金曲《辛迪·卢》。呃,原本就是叫这个名字,但蟋蟀乐队和我正打算录音的时候,我们的鼓手杰瑞·埃利森问我能不能改掉。”

“改整首歌?”杰克问。

“改掉标题。杰瑞当时要跟一个叫佩吉·苏的女孩结婚，他觉得要是能用她的名字，她会高兴死的。”

“但是你没有。”

霍利大笑。“她抛弃了他，解除了婚约，那时候歌还没有录，所以就继续叫《辛迪·卢》了。”

“我更喜欢这个名字。”杰克说。

他们拐了最后一个弯，来到一个小房间，霍利把他的吉他和其他从酒店拿来的东西放在这里。霍利先进去，他开了灯，但灯没亮。“该死的灯泡肯定是坏了。”

“不一定。”一个声音从里面传来。

杰克和霍利都吓了一跳。“是谁在里面?”杰克问道。霍利从门口往后退。

“别紧张，”那个声音说，“只要你们两个是巴迪·霍利和杰克·罗比谢尔，那就没问题。”

“是我们。”霍利说。

“我叫克罗伊德。”

霍利说：“我不认识叫克罗伊德的。”

“我认识，”杰克说，“我是说，我知道你是谁。”

那个声音轻笑起来。“我有点赶时间，而且想尽量隐秘一点，所以你们俩进来吧，关上门。”

他们照做了。克罗伊德啪嗒一声打开小手电筒，光束掠过他们的脸。“好的，你们确实是我要找的人。”他把手电筒放在化妆台上，并没有关上，“我帮你的侄女找到了一些信息，”他对杰克说。“但是她办公室的人不知道她去哪儿了，我又没时间傻傻地等她。”

“好吧，”杰克说，“那告诉我，我转告她。她就像一只在装满塔巴斯辣椒酱的桶里乱跳的青蛙，明天晚上演出开始之前还有大概一万件事要做。”

“她要我调查伯劳鸟音乐。”克罗伊德说。

“是吗？”霍利似乎很感兴趣。

“我以为会是甘比诺的门面工程之一，你们懂的，黑手党用来洗钱的。”

“所以？”杰克说，“那里也被罗斯玛丽·马尔登的手污染了？”

“没有，”克罗伊德说，“我觉得没有。不管伯劳鸟是什么情况——我觉得里面也脏得很——但跟甘比诺或者其他家族并没有关系。把这个告诉科迪莉亚·切森。”

“还有别的吗？”杰克说。

“有。我顺着线索追查，感觉伯劳鸟背后的智囊是枪眼，你认识的，那个律师，圣·约翰·莱瑟姆。如果我想得没错，你最好告诉你的侄女加倍小心。枪眼那个家伙，可是个非常危险的大混蛋。”

“好，”杰克说，“我会告诉她的。”

“你要是继续查——”霍利说。

“我不会继续了。我还有自己的事情要处理。克罗伊德干巴巴地轻笑着。

“哦，”霍利说，“那，反正是谢谢你。至少我知道我的歌曲没跟意大利面搅和在一起。”

“听着，”克罗伊德的声音里又带上一丝活泼，“《摇，晃，滚》是有史以来最棒的摇滚歌曲之一。别管其他人怎么说。我走之前就想告诉你这一点。”

“呃，”霍利说，“非常感谢。”他在黑暗中大步走向化妆台。“我会跟任何一个这样说的人握手。”

“我还能怎么说呢？”克罗伊德说，“我一直都很喜欢你的作品。很高兴看到你回来。”

杰克看到黑暗中有个苍白的白化病脸庞，手电筒被关掉之后，红色眼睛闪烁了一下。

“祝你在音乐会上演出顺利。”克罗伊德模糊的身影出了门，消失了。

“好吧，”杰克说，“我去看看能不能弄个新灯泡来。”他脸上一阵苦相，疼痛又回来了，疼痛再加上别的什么。他在黑暗中触碰自己的脸，皮肤有鳞片感。病毒在侵蚀他的控制力，他越来越难保持——他不愿意把这个句子补充完整——人类形态。

星期六

U2 乐队的音浪席卷了他们。边缘人的手指已经好了。波诺摇摆着演唱《你若即若离》，他状态极佳，像往常一样用不同的方式演绎自己的歌曲。

C. C. 突然担忧地盯着巴迪·霍利看。她伸手稳住他，杰克移动到他的另一边。“怎么了，亲爱的?”她的右手手背贴上他的额头。“你发烧了。”

垃圾婆看起来很关切。“你要找医生吗?”

他们四个后退的时候正好有个摄影师拿着斯坦尼康摄影机快步走向舞台。

霍利站直。“没事。我很好，有点紧张所以出汗了。”

“你确定?”C. C. 表示怀疑。

“我觉得是，”霍利说，“可能是我一下子有点抑郁。”他的三个同伴表现出了同样的迷惑。“在这里等着上台，给我一种奇怪的感觉。我看着这一切，心里想着里奇和波普尔，想着 1968 年他们和鲍比一起坐着比奇飞机出事，那时候鲍比正想着进行复出巡回演出。天呐，我真想念他们。”

“你活着，”垃圾婆说，“他们死了。”

霍利盯着她，然后缓缓微笑起来。“你说得对。”他越过帷幕看到满场的观众，“嗯，我活着。”

“你坐一会儿，”杰克说，“休息一下。”

“提醒我一下，”霍利说，“我什么时候上场。”

“下一个是胆小兄弟，然后是小史蒂夫和我，”C. C. 说，“我替你热场，你在带枪女孩和大咖前面。”

“把我夹在当中了，哼？这么多大明星。”霍利摇摇头，“你知道，要是有人今晚把这家店轰了，整个世界都会因此有什么改变吗？什么改变都没有。”他顿了一下。“呃，也许会有一点。”

“你必须坐下。”C. C. 坚决地说。

杰克看向舞台，这是他去过的唯一一个没有弥漫着呛人烟雾的摇滚音乐会。但是开心屋地方不大，所以管理层、卫生部和一些表演者都恳求节制一些。技术部门用了烟雾机来制造适当的灯光效果。灯光对着舞台，杰克什么都看不见，但他知道舞台下面有什么。

♥

科迪莉亚坐在一块被围起来的小空间旁边，现场导演就在里面，被显示器包围。一切看起来都很好。卫星信号发往全球，没有出一点问题，但是只有上帝才知道外面有多少人真正在看。

全场满座。就连站票都有人原意花二千块购买。宣布 U2 乐队即将登场之后，科迪莉亚查看了一下她周围的位子，后面那张桌子立马被新泽西的初级参议员和他的妻子——霍博肯文化发展的第一明星、让青少年们如痴如醉的美女演员——以及她的经纪人占据。左边那张桌子坐着哈特曼参议员和他的朋友们，塔基扬也在。前面是喜不自禁的泽维尔·德斯蒙德。

在她右边的米兰达和巫子看见她四下张望，微笑着向她挥挥手。科迪莉亚也回以微笑。露丝·阿尔卡拉和波莉·雷蒂希，全球公司的高层，也坐在科迪莉亚的桌子旁。他们时不时会夸奖她一番。显然他们对慈善会目前的情况很满意。卖座的好戏，科迪莉亚心里想。《综艺》杂志会这样形容这一场演出。肯定会越来越好。

U2 乐队演完之后又在雷鸣般的掌声中返场了一次。这也是安排好的，早就预料到了。

返场完之后大幕从开心屋的天花板上落下来，正好没有碰到路马摄像机。纽约艾滋病项目的介绍立马开始播放。这是商业广告，但是没人在意。科迪莉亚在想她需不需要去后台看看，最后决定还是不去。她待在现在的位置就可以了——没必要去搜寻可怕的危机，在这里等着就行。

胆小兄弟在一阵掌声中上台。骨和埃尔维斯用《人们的豪车》点燃全场，随后的十六分钟一眨眼就过去了。

在每场表演结束之后，会播送录好的通知，此时灯光导演会把灯光转向开心屋的球面镜和水晶吊灯，这家店的内部就会笼罩在五光十色、千变万化的幻境之中。

小史蒂夫和他的乐队上台了。舞台技术人员速度很快，也非常专业。音乐家们插上乐器之后就立马开始了。小史蒂夫每唱一首就要换一条围巾，观众都爱死这一点了。

◆

快到 C. C. 莱德上场了。她双手抓着闪亮的十二弦吉他的琴颈。

“别把它掐死了。”霍利的手松松地包裹着她的手。

“祝你演出成功。”杰克给了她一个拥抱。垃圾婆似乎并不介意。她也拥抱了 C. C. 几秒钟，然后说：“你肯定会很棒的。”

“如果不棒，”C. C. 说，“那我希望这次至少能变成特快列车。”

杰克知道她说的是好多年前的那场事故。她感染了百变王牌病毒，然后在遭受创伤之后莫名变成了一辆相当逼真的当地地铁列车。

C. C. 一路跑上舞台，而且没有停下来，就好像她要往观众身上抛撒一张能量网似的。一开始，有那么一瞬间，她踉跄了。但是随后她似乎在收集力量，好像观众们的力量都流出来了，经过放大和广播之后回到了她身上。魔力，杰克心想，来自真正的共鸣的魔力。

她先是演唱了几首老歌，然后快速切换成新歌。她的二十分钟在杰克眼前一闪而过。C. C. 的最后一首歌是第一次排练时唱的那首，那是她第一次唱。

宝贝别放弃

因为你很快就会

赢下一局

……赢下一局，然后是副歌部分。别忘记。

C. C. 鞠躬致意，现场响起核爆级别的掌声。

她下场之后，一直等到身处帷幕之后才崩溃。杰克和垃圾婆同时将她扶住。

“怎么了?”垃圾婆问，“噢，——”

“没事，”C. C. 冲他们咧嘴一笑，脸上满是疲惫，“一点事都没有。”

“好吧，”鬼牌镇诊所的广告开始播放时科迪莉亚喃喃道，“下一个是巴迪·霍利。”虽然杰克叔叔说了巴迪表现很好，但她还是想把手指交叠起来乞求好运，也许脚趾也要一起。

“稍等，”现场导演说着靠向科迪莉亚，“计划有变。”

妈的，科迪莉亚心想。“怎么了?”

“好像是乐师们出了点小矛盾。还在解决。”

“最好快点，”科迪莉亚瞥了一眼导演控制台上的 LED 倒计时，“二十二秒内解决。”

♠

“但我应该现在上场。”巴迪·霍利倔强地说。

"现在的情况是，"杰克说，"大咖和带枪女孩都同意，他们现在上，你最后上场。"

垃圾婆的目光越过他们。"大咖和那个叫塔米的女孩在掰手腕呢。看起来她要赢了。"

"但应该是我上台。"霍利说。

"闭上你的嘴，"带枪女孩的主唱塔米揉着右肩大摇大摆地走过来。她说话的语气中带着十足的喜爱。"我和他"——她指指大咖，后者可怜地笑笑——"我们都觉得，从你身上学到过太多东西，所以想让你来做整场的高潮。就是这样，巴迪。"她踮着脚尖凑上去亲了他的嘴唇。霍利看起来惊呆了。

舞台指导疯狂打信号。

斯坦尼康摄影机的镜头向前推进。

带枪女孩用汤米·博伊斯和鲍比·哈特的摇滚舞曲《我想知道她今晚会做些什么》开场，将气氛再一次点燃，然后跺着脚来了一段即兴演唱，唱完之后嘴角带着嘲讽，直接嘶吼起来。结尾是《疤痕》，一首关于浪漫和虚无主义的激进歌曲。

"所以，"塔米带着她的姐妹大摇大摆地下台时对大咖说，"比比看。"

大咖倾尽全力。

♣

回声终于散去后科迪莉亚心想，我的上帝啊。她看着大咖一只手举着吉他，另一只手握拳，心里祈祷巴迪演出成功，一定要成功。大咖又向观众鞠了一躬后，带着他的乐队回了后台。

科迪莉亚眨眨眼。她好像看到了圣·约翰·莱瑟姆坐在后面的一张桌子旁。莱瑟姆和施特劳斯律所的钱也是钱，她心想。问题在于，莱瑟姆似乎直直地盯着她。

倒数第二个公益广告在黑暗中消失，导演切换到路马摄影机。显示器上展示出整个舞台的推拉镜头。

“好……开始！”导演对着她的麦克风说道。

上帝保佑，科迪莉亚在心里恳求道。

♥

“你好，卢博克！”巴迪·霍利对着眼前的观众和电子设备营造出的五亿个幻影说道。现场一片笑声。

站在舞台边缘的杰克也笑了。为了避免挡住移动的摄像机，他蹲下身来。肚子还是一阵阵的疼痛，他不知道自己还能支撑多久。他意识到他现在最想做的就是躺下。他想休息。很快，他恍惚地想，我就能休息了，永远休息。

霍利弹出了第一个音，然后手指划过琴弦。巴迪·霍利的触碰是有魔力的。现在听来只能算是基本技巧，但三十年前，这就是一场革命。

－－－－

粗－粗－粗－粗－粗暴的野兽

标志性的打嗝音还在，但是在场的所有观众都没听过他唱这首歌。

当月亮低垂

爱意变得微弱

我会敲门祈求你

让我进来

杰克觉得有点像迪伦。还有点娄·里德的感觉。但是基本还是霍利自己的风格。

粗－粗－粗－粗－粗暴的野兽——几乎像是哀号。

杰克觉得他要哭了。

当我的朋友

像我的内在

无法控制

我所有的情感都被出卖

他在哭。

我是猛兽

也是猛兽的猎物

巴迪·霍利的吉他呜咽着。不是自怜，而是真心的忧愁。

没有朋友

没有爱

永远

杰克喜欢这首歌，但是痛苦太过猛烈。到了实在无法忍受的时候，他站起来，安静地离开了。他错过了返场。

◆

科迪莉亚已经在展望最后的超级大返场了，到时候所有参与演出的人都会上台，肩并肩手拉手。她眨眨眼睛，迟钝地意识到巴迪·霍利站在那里接受掌声时看起来就好像随时会摔倒在地。她的位置很靠前，所以能看见他脸上的红晕。霍利步伐踉跄了。天呐，她心想，他生病了，要不行了。

但是他并没有。他皮肤上的红晕好像变成了一波热量，游走全身。

什么情况？科迪莉亚心想。

巴迪·霍利的身体开始泛起微波。他的身体周围似乎环绕着变换的灵光。他把吉他举在身前，不可思议的事情发生了。琴弦突然柔软起来，像太妃糖一样熔化了，在琴格上闪闪烁烁，不断拉长拉长，像是闪着银光的线。它们在摄像机架和灯光旁边挥动，像丛林里的蛇一样缠住固定物。

*幻觉？科迪莉亚想。也许是某种心灵控制。*吉他弦组成一个巨大的翻绳儿。巴迪·霍利看着眼前的景象，再看着自己的双手，他缓慢抬起头向上看。霍利似乎看到了别人无法理解的东西。他微笑起来，笑容逐渐扩大，越来越开心。

他跳起舞来。一开始故意放慢脚步，然后逐渐加快，他在舞台上旋转起来。全场观众倒吸一口气，目不转睛地盯着看。

她以前见过这种舞蹈——或者与之类似的。科迪莉亚想起来了。沃盖尔。她在梦境时光里见过那位土著小伙这样跳舞，就在澳大利亚的沙漠深处。这是萨满之舞。

霍利笑得更开心了，他跳跃着旋转着。大叫着杰·霍金斯和詹姆斯·布劳恩也不一定能跳这么好。霍利跳进了闪闪发光，几乎隐形的银色网络中。

就在他旋转的时候右手脱落了，从手腕处断开，涌出一股深红色烟雾。

观众中有人发出一声惊呼。

霍利还在舞蹈。另一只手，右边小臂，左边小腿。鲜红的雾气像轮转烟火，呈扇形扩散。

科迪莉亚此时才注意到导演在喊她。“要不要切掉？”导演的声音很紧张。

科迪莉亚的脑子很清楚。“不，”她说，“不用。就这样，把这一切都播出去。”

巴迪·霍利在闪烁的网子里旋转。在观众的窃窃私语和喊叫声中肢解了自己。

坐在他旁边的波莉·雷蒂希说：“我的上帝啊，就像恐龙小子一样。”

“不是的，”科迪莉亚大声说，“不是那样的。这是死亡和复生的表演。是个——玩笑。是娱乐。”

“娱乐？”雷蒂希说，“他在……自杀。”

“我不这么认为，”科迪莉亚说，“他在变形，但他没死。这是萨满的花招。”

巴迪·霍利的剩余部分，一具基本上没有四肢的躯体，摇晃着滚落在舞台上。身体的其他部分随意地堆在一起。明亮的雾气升起，喷泉般的水纹里闪烁着光芒。

观众们看着，不知该作何反应。

科迪莉亚冷静淡定，她相信沃盖尔。她在想霍利的变形能力是不是百变王牌病毒带来的。这也能解释他为什么看上去身体不适。

那堆胳膊和腿动起来了，骨头开始重组，关节又连起来了。骨骼和韧带包裹上去。皮肤滑上肢体，肢体又和身体连在了一起。

巴迪·霍利站在他们面前，身体完好无损。但跟原来不太一样，这个巴迪·霍利身材更好，腰间的赘肉和眼睛下面的眼袋都不见了。他的头发乌黑亮泽，一点灰色都没有，皮肤顺滑，毫无皱纹。

观众开始鼓掌，他们心中的紧张散去之后掌声越来越响。坐在科迪莉亚身后的一个人说：“这他妈绝对是千载难逢的演出。”

吉他也重新组装了。霍利松松地将它抓在手上。

他得到了他想要的，科迪莉亚心想。“他成了萨满。”她大声说道。

“巴迪·霍利和萨满，”身后响起一个声音，“这个名字厉害。今晚以后，会像福恩·霍尔的内衣一样卖疯掉。哎呀，这个霍利去竞选总统都有可能。”

科迪莉亚转过头，发现是那个经纪人在说话。她冷酷地瞪了他一眼，又将目光转回舞台。新的巴迪·霍利安慰地微笑着，他的手扫过琴弦，那和声像是在场内所有观众的心灵里回荡。

这个声音，科迪莉亚想。*是用来触发强化意识状态的。这就是摇*

滚乐的力量。

巴迪·霍利，充满力量的新生者，站在惊奇不已的观众面前，弹奏起有史以来最棒的一版《永不消逝》。

科迪莉亚猜测，这是某种预兆。

♥

杰克出了开心屋的小门之后就觉得心理和身体上都不舒服。*我应该待在里面等着巴迪返场*，他心想，*但是巴迪自己能行的*。

某种非人类的大型生物在柏油路面上移动，发出刺耳的刮擦声。

杰克脚步突然停住，一块比小巷里的夜晚更黑暗的阴影落在他面前。

“我就知道这种顶级基佬派对会吸引我的小兄弟们，”棒槌说。“但是我真没想到第一个遇见的蠢货会是你。”他没有一句提醒，直接击出畸形的右手，打中了杰克的头，他飞了出去，狠狠撞上一栋建筑的砖墙。

杰克觉得身上有什么断了，不知道是骨头还是软骨。他只知道自己正在远离光明。他确实想拥抱黑暗，但不是现在，不是以这种方式。他意识到棒槌紧紧抓着他，把他拉起来，他试图挣扎。棒槌松开杰克的皮带，扯下他的裤子。

“给你送点东西。我猜你会喜欢的。我打赌，等我找到你侄女的时候她也会喜欢。”

杰克想要凭借意志力保持完全清醒，他感觉到了棒槌正往他的屁股里塞什么东西。他被穿透了，被打开被撕裂的感觉传来。他以前从未体会过这样的疼痛，从来没有过。

“我等会儿再去找那个小姑娘。”棒槌说。

老天啊，剧痛中的杰克心想。科迪莉亚。“放过她，你这个混蛋，死肥猪！”

“石头和棍棒而已，”棒槌笑声尖锐，“但是只有胖子才能伤害我……”他向前一顶，杰克失声尖叫。

另一个我在哪里？杰克绝望地想到，他的大脑里充斥着无休止的痛苦。我需要你。现在，我必须变身。就这一次。杀了这个混蛋。

他感觉他快要变身了。

他也感觉到他快要死了。

很好，他想，**两件事都很好。**给棒槌一个惊喜。

杰克感觉到下巴伸长，牙齿长出来。瘟疫或者爪子，你这个混蛋，终归是要死的。凶猛的愤怒在他心里滋长。

垃圾婆！他冲着夜晚喊出心里的想法。听我说！救科迪莉亚。

我等会儿再去找那个小姑娘，棒槌的威胁回荡着，起起伏伏，然后消逝。

死人跌入黑暗。

♣♦♠♥

血脉亲情

Ⅱ

七点到午夜的轮班刚结束，午夜到早上五点的那班正准备离开水晶宫到鬼牌镇的街上去。他们坐在长长的条凳上等待上菜，咳嗽声、闲聊声还有被掩饰的些许笑声混成一片。王牌云巅那位体形庞大且优雅的老板海勒姆·沃彻斯特负责饮食。他用这种方式来展示他的支持，而鬼牌镇这些永远疲惫的巡逻员也十分欢迎他这种支持方式。

塔基扬坐在桌上，穿着靴子的一条腿撑着椅子，他享受地嗅了嗅。酒闷仔鸡。他注意到萨沙停下来跟海勒姆说了些什么。这个大王牌向着某个隐蔽的地方歪歪头，然后他们就走了。某种生意，这让塔基扬很着迷。水晶宫里每个人都在做生意。

通向水晶宫的门开了，墓霉先生扫视着整个房间。他带着一股难以描述的气味，高瘦的躯体里似乎散发出墓地里的寒气。在那顶可笑的平顶毡帽下面，一个装饰着黑白色羽毛的骷髅面具邪恶地看着这个房间。聚集在一起的鬼牌们轻声咒骂。房里弥漫着墓霉先生的臭气，就连海勒姆的美味食物都让人无法下咽。

塔基扬用带有香味的手帕捂住鼻子，他正准备从桌子上下来，去排队，但却被挖掘者唐斯自以为是的声音定在了原处。

“噢，不，你别想走，医生。来接受采访吧。”

“为什么是我，挖掘者？”

“因为你上个星期控制了我的心灵，你欠我的，这样做很不友好，塔基扬，非常不好。”

“挖掘者，你要是不这么烦人，这么道德败坏——”

“伊莱丝上尉不支持这种保护组织，”记者继续问，“她说有人会受到伤害，而且不会是坏人。”

“我会告诉这位好上尉保护组织都是一条心的。还有她过于消极了。我认为我们可以照顾好自己。老天知道我们进行了足够多的训练。”他干巴巴地说道，回忆起有那么几年，鬼牌挨打或者被杀害时，警方总是不管不顾，但是不管何时，只要有一个游客被骂，就会立刻有警察过来保护。现在情况好转了一些，但纽约鬼牌和纽约精英警队之间的关系还是不太融洽。

挖掘者舔舔圆珠笔的笔尖，一个愚蠢做作的行为。“我知道我的读者们都很想问，为什么巡逻队里只有鬼牌。既然你是组织者，为什么不邀请一些大人物呢？比如铁锤，或者西北风，跃闪杰克或者星光?”

“这是鬼牌们的地方。我们能够照顾好自己。”

“意思就是鬼牌和王牌之间有敌意。”

“挖掘者，别说混账话。这些人选择自行解决，真的那么叫人吃惊吗？他们被看成怪物，被当成智力障碍的孩子对待，比他们幸运的同胞兄弟四处炫耀，对他们置之不理。容我指出你的杂志叫《王牌》，谁能找到一本叫《鬼牌》的杂志呢？看看你身边。这项行动是出自爱和骄傲。我有什么资格去跟这些人说，你们不够坚韧不够聪明不够强大，无法自我保护？让我去叫点王牌过来。”

当然他本来确实是打算去叫王牌的，但是后来德斯说服了他。不过挖掘者没必要知道这一点。但毕竟塔基扬这是厚着脸皮直接借用德斯的话来反驳这位记者，所以他还是脸红了。

“对里奥·巴奈特有什么要说的吗?”

“他是个煽动仇恨情绪的疯子。”

“我可以引用你的话吗?”

“随意。”

“所以谁会是白骑士？哈特曼?”

“也许吧，我不知道。”

“我以为你们两人关系很好。”

“我们是朋友，但不算多亲密。”

“你觉得哈特曼为什么要对鬼牌那么友好？私人原因？他妻子是病毒携带者，也许是有个未公开的鬼牌宝宝藏在什么地方?”

“我觉得他对百变王牌受害者很好，是因为他是个好人。”塔基扬冷淡地回答道。

“嘿，说到可怕的鬼牌宝宝，游隼有什么新料吗?”

塔基扬立马气愤难当，接着小心地松开拳头，放松下来。“没有，挖掘者，我不会再上你的当。我一直都在后悔不该一不小心告诉你游隼孩子的爸爸是个王牌。”

“跟我喝一杯吧，塔基扬?”记者满怀希望地问道，眼神示意几乎空了的酒杯。“不!”

“就给一点小提示，粉丝们都在担心隼呢。”

“走开，挖掘者，走远一点。你比苍蝇还烦。”他冲着鬼牌挥挥手，“去采访他们，让我一个人待着。在这件事情里他们比我重要多了。”

“天呐，塔基扬！你也会谦虚?”

塔基斯星人狠狠盯着挖掘者，后者从桌上拿起一个酒杯，把剩余的白兰地倒在自己头上。

“我……现在……心情不太好。”

记者擦干潮湿的脖子。“你他妈的！第二次了，塔基扬。下一次采访再跟你算账，不会太久。”

“我帮你数着日子呢。”

“混蛋。”

塔基扬忧郁地盯着他的空酒杯，然后环视全场，想找个服务生。杜尔格·穆拉克·博-伊希斯·瓦亚旺德-萨一直在面无表情地吃着面前的一大盘食物，塔基扬注意到他的眼神时不时会瞟向楼梯。蝶蛹出现了，这个穆拉克杀手快速移动到她身边，他块头很大，但脚步却十分轻巧。他彬彬有礼地拉起她的手，在上面印下几个炽热的吻。蝶蛹将手抽出来，冷酷地盯着他看。塔基扬情不自禁地凑过去，想偷听。突然间，蝶蛹一巴掌扇出去，耳光的声音回荡在拥挤的酒吧里。

“塔基扬!”她咬牙切齿地说。他乖乖跟着她来到她的私人餐桌旁。她拿起自己的古董牌，快速洗了几下，玩了起来。“能不能叫你的怪物离我远点!”

“他不是我的，是马克的，而且有什么问题?”

“他想要我。”

“天呐!”

一阵矛盾冲突的情绪席卷他全身。厌恶又惊讶于杜尔格居然会被鬼牌吸引。也许他是个怪物，但他依旧是塔基斯星人。他对自己的反应感到羞愧，又同情蝶蛹被这样一个怪物般的爱人纠缠。

“能不能让他别烦我?”

“我尽量，但是记住他从小到大都恨我鄙视我，一开始是瓦亚旺德这样教他，后来又是我的表亲扎博。他能忍受我仅仅是因为马克。”

“求你了。”

“好吧，但我恳求你多一点忍耐。穆拉克们也许有点反常，但他们也是塔基斯星人，而且习惯了那些有求必应的低层次女性。别忘了他是个杀人机器。”

“非常感谢你，塔基扬，我现在感觉好多了。”

“抱歉。”

“好吧，也许黑手党和影拳会会在他动手之前打掉我的头。还有我居然被你说服加入这个项目了。你知道，这都是你的错。哎呀，不要这么惊慌失措。我是在开玩笑。”

“我觉得不好笑。”

♣

蒂塔东倒西歪地走在过道上，高到不真实的鞋跟咔哒咔哒踩在褪色的瓷砖上。

“医生，马里昂先生辞职了！”

正在研究图表的塔基扬抬起头来。“谁？”

“马里昂先生，那个老师。”

“该死。”他通常不会这样咒骂，所以蒂塔盯着他愣住了。

“蒂塔，我实在太忙了，没空处理这个。而且反正也是亏本生意，能不能请你帮我雇个新老师。”

“我不知道该找什么样的。”

“精通数学和科学的基本知识，了解历史和文学，至少略懂音乐就可以了。”

传呼机嘀嘀作响，然后接线总机的平稳声音传了出来。“塔基扬医生请到急诊。塔基扬医生请到急诊。”

“但是……”

“你自己判断吧。”他戴上听诊器，拿起三楼护士站的电话。“怎么了？”

“百变王牌。”费恩医生的回答简明扼要。

他没有再浪费一点时间，立刻奔向电梯。

孩子在检查台上痛得翻滚，费恩不知道该怎么控制住他，蹄子紧张地踏在地上，发出哒哒响声。他是贝丝·范·伦斯勒纪念诊所的第一个鬼牌医生，当时鬼牌社区里有很多抵制之声，他们觉得他从医学院毕业是受益于平权运动，而非有真才实学。但塔基扬跟这个年轻人一起工作了两周之后就确信，那些人的担忧毫无依据。

孩子的母亲神色慌张地盯着塔基扬，从表面上看她是个耐特，但她的基因又是另一回事了。隐形病毒开始显现了，还是刚感染上的？只有测试一下才知道。

“最初的检测显示没有转化。我们稳住了血压和心跳，我已经让人去准备将牌剂了，但是……”

“谢谢，医生，这位女士怎么称呼？”

“威尔森。”一个护士说道。

“威尔森，”塔基扬拉着她的胳膊，将她带离了不停抖动的孩子，“你女儿体内的百变王牌病毒发作了，很明显她抽到的是黑桃皇后。”女人倒吸一口气，一只手捂住嘴巴，开始抽泣。“必须快点做决定。我们可以给她打一针我研发的抗病毒剂——”

“给她打！”

“但是我必须警告你，成功的概率只有20%，大部分情况下病人不会有任何改善，病毒依然在发展。也有很小的可能会对将牌剂产生反应，造成死亡。”

“她这样也是会死的，加快一点也不会怎样。”一个护士拿着药剂过来了。

塔基扬已经在准备注射器了。费恩和三个护士合力才让女孩安静下来。他轻推活塞，抓住她的手腕，用手指感受脉搏跳动。越来越微弱。显示器上已经是平线了。母亲痛苦的呼喊声回荡着。

后面的事情总是让人难受的。对亲人苍白无力的安抚，请求允许尸检，对父母双方进行血液检查——这一点做不到，因为可怜的贝丝·威尔森是个靠社会福利救济的单亲妈妈，小萨拉的父亲早就从她的生活里消失了。她的最后30美元救济金都用来打车辗转于各个医院了，各家在发现病毒之后都将她们拒之门外，她最后才来到鬼牌镇诊所。塔基扬给了她一点钱，并让派瑞吉斯用豪车送她回家。

塔基扬瘫坐在椅子上，从抽屉里拿出一个玻璃瓶，灌下一大口。

“介意让我也喝一杯吗？”费恩问道。

他坐在地板上，四个蹄子规矩地跪在身下。半边臀部上的皮毛微微抽动，他扭动身体，想要抓痒。塔基扬靠在椅子里审视这名年轻人，他觉得费恩看起来像是迪士尼动画片里的角色。小尖脸，上扬的蓝眼睛，一头放荡的白色卷发，从额头一直沿着脊柱向下，成了他的鬃毛。他的尾巴在身后散开，像是个白色斗篷。他做手术的时候会把尾巴编起来，缠上医用胶带。塔基扬曾经建议他剪短，对方用惊恐的表情作为回应。之后他意识到垂落到地板的尾巴是费恩的骄傲和自豪。

塔基扬看着四个茶碗大的蹄子，想问问费恩是一出生就这样还是后来才变的。如果是在子宫里就变化了，那塔基扬非常确定他是剖腹产生出来的。但这个问题太不礼貌了。尽管费恩人缘很好，但塔基扬承认他完全不了解这个人。

医生用手指抓着酒瓶缓慢转动，对着空气皱眉。

“怎么了？”塔基扬问。

“我以前没在鬼牌之中工作过。”

“哦？”

“嗯，我父亲有钱有权，可以送我去最好的医学院，让我参与洛杉矶香柏的实习项目。”

“那你为什么到这里来？”

“我觉得我应该去认识点鬼牌。看看鬼牌的生活。”

“你这样做很了不起。”

“不是，是愧疚。我一直住在在贝艾尔市的一个西班牙殖民宫殿里。对于不肯接受我的人，我父亲都是花钱收买，不行的话就威胁恐吓。”

“你父亲以前是做什么的？”

“电影制片人，现在还是。他做得很成功。”

“你却成了医生。”

“呃，我这样也当不成演员。”

“也是。”塔基扬站起来，“如果你想感受鬼牌的生活，我正要去水晶宫参加每日报告会，你愿意和我一起吗？”

“当然，总比在这里等待另一个黑桃皇后被推进来要好。真希望你们在用塔基斯星A号病毒做实地测试之前多在实验室里研究研究。”

“但是费恩，不管以什么标准，病毒实验都算是惊人的成功。”

“嗯对，去跟威尔森夫人说吧。”

♥

为了保护蜷缩在蝶蛹旁边椅子里的瘦弱少女，连电灯都关上了。录像是个发育不良的十六岁女孩，她不能在高中舞会上跳舞，也不能去看电影，简单来说，让现代生活便利起来的那些设备她都不能靠近。因为只要周围有电器，她就会出现心室纤维性颤动，如果不立马送去急救，她就会丧命。

除了眼睛，录像看起来没有任何异常。她的棕色齐肩长直发梳成中分。头发后面藏着一张忧愁的细长脸。而她的眼睛，白色的眼睛，是完美的圆形，似乎像是海浪上的白色泡沫一样涌动着，又像被风吹动的云朵。

“嗨，塔基扬医生。”她嚼着口香糖含糊地说道。

“嗨，录像，你今天过得好吗？”

“挺好的。”

“这是费恩医生。”

“嗨。”

“所以你今天给我们看什么？”

“我到处走了走，所以有好多东西可以展示。”

“太棒了。”

“呃……医生？”

“嗯？”

“呃……你是哈特曼参议员的朋友，对吗？”

“对。”

“他会参选吗？”

“你是说参选总统？”

“对。”

“我不知道，录像。”

“嗯，我希望他参选。巴奈特布道的时候我一个朋友在附近被打了。”

“是巴奈特的人干的？”

“我不知道。他觉得是的。警察认为可能是狼人帮的人干的。”

“也就是说，没有证据。”

“保罗挺确定的。”她一脸固执的表情。

“但是没有证据。”

“反正，我觉得他是当不了总统的。”

“我也觉得不会是他，录像。”塔基扬说着，希望他能像他的语气那般笃定。

“哈特曼参议员应该参选。”

“我下次见到他时会问他的。”

“我愿意投票给他，等我满十八岁了。”

“我会告诉他的，现在重播吧。”

“哦好。”

女孩死死盯着蝶蛹桌子前面的空当，人物出现了。

……一个穿着帮派衣服的东方人用弹簧刀的刀尖捅了雄火鸡鼻子

上的裂缝，鲜血沾满这个老男人的喙。他尖叫着倒在地上。一个高瘦笨拙的街头混混在旁边笑，他穿着肮脏的皮裤还挂着链子，刺猬般的头发让他看起来足有7英尺高，此时他摸着脸上红黑色的大片伤疤，一脸让人恐惧的满足感。他拽着鬼牌几乎光秃秃的脑袋上为数不多的羽毛，把他拉了起来，羽毛被他拽得有些松动。

“弄下来插在帽子上。”东方人欢快地喊道。

突然间，熟食店里的埃尔默忍无可忍，飞扑向脸上有疤痕的高个子。他们扭打起来。侏儒向前凑，强有力的下颚咬住对手被包裹起来的鼻子。埃尔默向后一扯，对方尖叫起来，一手捂住流血的伤口，他的鼻子不见了。埃尔默把鼻子吐在他的手掌里……

“恶心。”费恩说。

……扭曲姐妹颤抖着，紧紧地抱住彼此的腰际。灰色头发像烟雾，环绕着她们瘦削的身体，又像蜘蛛网，轻柔飘渺，还像一声叹息，隔绝世事。它钻进鼻孔，掠过嘴唇，然后像棉絮一般堆积在气管和肺部。前来找茬的混混们瘫倒在熟食店的地板上，活像漏气的气球。

……在斑点开的斑点无忧洗衣房里，两个穿着涤纶运动夹克，戴着金链子的男人把斑点的头按在洗衣机里，把她又拽出来，她大口喘息，浑身不住向下滴水，花白的头发和皮肤上都沾着肥皂。墓霉先生溜了进去，伸展手指，将一只手放在暴徒的肩膀上。对方一退，然后大叫着瘫倒在地。另一个很快也跟他同样下场……

“他用的什么方法?”塔基扬瞥了一眼蝶蛹。

“低温症。”

“哦。”他摆摆手，示意录像继续。

……灯光从面包房的后面洒向小巷。厨房里传来尖叫声。影拳会像是警觉的猎犬一般，在杂乱的小巷中停步。然后匆忙跑进去想和他们的竞争者黑手党一较高下。受惊的鬼牌不断后退，直到背靠着墙，烟雾从热油上飘起，里面的甜甜圈已经彻底焦煳。

清晰的口哨声透过汽车滴滴的喇叭声和轰隆的地铁声从远处传来。吹的是《正午》……塔基扬把脸埋在手里。“我不知道你在那里。”

“我可是很会隐藏的。”录像骄傲地说。

蝶蛹看了塔基斯星人一眼，有点好奇又有点好笑。“真有意思。所以我们的小医生也在参与行动。继续，录像。我想看。”

“面团男孩的面包店和诊所隔着一个街区。我早上在那里买甜甜圈。警报来的时候，巨魔和我正好在场。”

“嗯对。”她拖着声音说。

……塔基扬从小巷走进面包店，有他的小手做对比，他手里的那支.357马格南手枪就像个小炮。巨魔从正门号叫着冲进来，左右出拳，一路打得不少人头破血流，他就像是在打小鼓。黑手党的一个暴徒掏出一把.22手枪，近距离平射，打中了巨魔宽广的胸口。子弹吱的一声从鬼牌坚实的绿色皮肤上弹开。暴徒一下子脸色苍白，巨魔抓着他的衬衣胸口把他拎起来。

“你不该那样做，先生，因为我现在真的生气了。”

巨魔冷酷地弄断了对方的两条胳膊，两条腿，然后像扔废旧麻袋一样把他扔在角落。一个会尖叫的麻袋。

塔基扬的目光不断游移，每个被他那双紫色眼睛盯上的人都会倒在地上开始打呼。影拳会的一个成员成功地掏出一把.45自动枪，但塔基扬先一步开枪了，然后把枪放在嘴唇下面，轻吹枪筒上方……

“炫耀。”蝶蛹说。外星人耸耸肩。“我是神枪手。”

“我一点都不相信你不知道录像在场。这完全是表演给大家看的。”

“蝶蛹，你伤害了我。”

“塔基扬，你是个自大的混蛋，别想跟我反驳。”

“我不知道原来你也参与其中。”费恩说。

“是我组织的……帮忙组织的。我也应该分担风险。”外星人喝完他的饮品，向录像鞠躬致意，然后是向蝶蛹，“女士们，感谢你们。”他在门口停下。“顺便说一句，蝶蛹，你觉得我们现在情况如何？”

“我觉得我们把他们赶跑了。只希望他们不要来偷袭我们。”

“害怕了？”

“用你可爱的外星小屁股打赌，我确实害怕。对于目前的情景——谁在幕后——我比你知道得多。”

“但是你不打算告诉我。”

“没错。”

♣♦♠♥

1987

1987 年 6 月

千军万马

V

了不起的包厘街百变王牌一角博物馆前面黑暗的售票亭上方有一块写着“票价仅2.5美元”的牌子。

亭子里面没人，博物馆的门也锁着。汤姆按下售票窗口旁边的铃。一分钟之后他再次按铃，只听见里面有窸窸窣窣的声音，然后售票厅的后门开了。一只眼睛出现在他面前。一根长长的触须缠着门框，上面阴冷的淡蓝色眼睛盯着汤姆，眨了两下。

一个鬼牌走进售票厅。他的额头上伸出十几根长着眼睛的触须，像蛇一样动个不停。除此之外，他没有别的特点。“你不认字?”他声音尖细，带鼻音，“我们关门了。”他把一块小牌子贴在售票口，上面写着“关闭”。

鬼牌的眼睛一直在动，汤姆胃里一阵恶心。“你是达顿吗?”

那些眼睛一个接一个地转过来，直到每一个都对准他，研究着他。“达顿叫你来的?”鬼牌问道，“那好吧，到这边来。”他转身离开亭子，但还有两三只眼睛好奇地盯着汤姆，一眨不眨，直到门关上。

侧门对着小巷，是个沉重的金属防火门。汤姆紧张地等待里面的人开锁，抬起门闩。汤姆都听说过鬼牌镇小巷的各种传说故事，而眼前这个对他来说格外黑暗阴沉。“这边。”门终于打开之后触须眼说道。

博物馆没有窗户，内部的走廊比小巷还要阴沉。他们走过好几条长长的走廊，两边是布满灰尘的黄铜扶手和蜡制人像，汤姆一直好奇地左看右看。作为灵龟，他曾几千次飞过这个博物馆上空，但还从来没有进来过。

因为没开灯，所以阴影里的那些蜡像格外像真的。塔基扬医生站在一堆白色沙子上，身后的背景板上画着他的太空船，而紧张的士兵们正从一辆吉普里爬出来；脸上覆着钢铁的托德博士对着喷气机小子开枪，后者捂住胸口；一个衣衫破烂的金发女郎在巨大类人猿的手掌中挣扎，而他正攀爬着帝国大厦的模型；十几个鬼牌，每个都比前一个更加扭曲，他们都在某个潮湿的地下室里翻滚蠕动，衣服散落在地上。

他的向导消失在一个转角，汤姆跟了上去，然后发现自己面对着一屋子的怪物。

黑暗中的这些蜡像栩栩如生，以至于他一下子怔住了。小型货车那么大的蜘蛛、滴落酸性物质的飞行生物、长着一圈锯齿状牙齿的巨型虫子、皮肤像凝胶一样抖动的畸形类人生物。他们填满了曲面玻璃后面的房间，从三个方向包围住他，他们挤在一起，仿佛争着逃出来。

“我们的最新场景，”有人在背后轻声说话，“地球对战群虫。试试那些按钮。”

汤姆向下一看，栏杆上装着一个面板，上面有几个红色大按钮。他按了一个，一束聚光灯打在天花板上吊着的一个模块人蜡像，他肩上的枪械射出两束红光，射中群虫中的一只，细小的烟雾卷曲着上升，某个看不见的扬声器传出痛苦的吸气声。

汤姆又按了个钮。模块人消失在阴影中，灯光对准了穿着黄色战斗服的咆哮者，在燃烧的坦克散发出的烟雾中，依稀能看到他的轮廓。这个蜡像张开嘴巴，扬声器里传出尖啸声。群虫痛苦地战栗着。

“孩子们很喜欢，”身后的声音说，“他们是看着特效长大的一代。简单的蜡像满足不了他们。我们必须顺应时代做出改变。”

一个穿着过时黑西装的高个男人站在一侧的门口，触须眼鬼牌驼着背站在他旁边。“我是查尔斯·达顿。”他说完，伸出一只戴着手套的手。他肩膀上披着沉重的黑披风，看起来就像是刚从维多利亚时期伦敦的某个小马车上走下来。他还戴着兜帽，整张脸都藏在阴影中。“我们还是去办公室里聊吧，”达顿说，“请这边走。”

汤姆突然不安起来。他再一次思考他到底为什么要到这里来。作为灵龟藏在安全的不锈钢龟壳里飞过鬼牌镇是一回事，但作为肉体凡胎的耐特，亲自在大街小巷探秘又是另一回事。但既然已经来了，就不能再回去。他跟随达顿穿过一扇写着“员工专用”的门，走下狭窄的台阶，又穿过一扇门，走过洞穴般的地下室工作间，进入一个不大但装潢得很舒适的办公室。

“你想喝点什么吗?”戴兜帽的男人问道。他走向办公室角落里的吧台，给自己倒了一杯白兰地。

“不用。”汤姆说。他一喝就醉，特别容易被酒精影响，今天他需要全部的智慧，所以不能喝。而且，戴着这个烂青蛙面具实在不方便喝酒。

“改变主意的时候记得告诉我。”达顿端着酒杯走过房间，坐在古董爪形足桌子后面。“请坐，你这样站在那里感觉很不舒服。”

汤姆没听他说话，他的注意力被别的东西吸引了。

桌子上有颗头。

达顿注意到了他的兴趣点，于是把头转了个向。那张脸极其英俊，但是完美的五官被定格在了龇牙咧嘴的惊讶模样。这颗头颅的头顶上并没有头发，而是个下面装着雷达天线的塑料圆顶。塑料有破损。参差不齐的脖子下面晃荡着断了、黑了还有点熔化的电缆线。

“这是模块人。”汤姆震惊地说。他麻木地坐在椅背成阶梯状的椅子边缘平复自己。

“只有他的头。”达顿说。

肯定是蜡像，汤姆告诉自己。他伸手触碰。“不是蜡像。”

“当然不是，”达顿说，“是真品。我们从王牌云巅的一个勤杂工手上买回来的。我告诉你也无妨，是花了好大一笔才买到的。我们的蜡像展示会夸大钦天士对王牌云巅的袭击。大家都会回想起来模块人是在那场战斗中被摧毁的。他的脑袋增加了整个展示的逼真感和可信度，你不觉得吗?”

这个说法让汤姆很不舒服。“你打算把恐龙小子的身体也放上去展示?”他试探地问道。

“那孩子是火化的，”达顿不带感情地说道，“我们有确实可靠的根据，太平间用了一个无名氏来替他，用地毯甲虫清理干净他的骨头，然后把骨架卖给了迈克尔·杰克逊。”

他一时语塞。

“你很震惊，”达顿说，“如果面具之下的你是个鬼牌的话，你就不会震惊。这里是鬼牌镇。”他伸手拉下兜帽，他的脸显现出来，那是一张死神的脸。深邃的眉骨里嵌着深色的眼睛，皮革似的黄色皮肤覆盖着没有鼻子、没有嘴唇、没有头发的脸庞，此刻他正龇着牙微笑。“在这里住久了，就没什么能让你震惊了，”达顿说完，很仁慈地重新戴上兜帽，遮盖住他的骷髅头，但是汤姆依旧能感受到来自他双眼的压力。“现在，”他说。“泽维尔·德斯蒙德告诉我你有个提议要跟我说。一件重要的新展品。”

当灵龟的这些年里，汤姆见过几千个鬼牌，但往往都是远距离的，在他的显示屏上，隔着一层层装甲板。现在他和一个脸像黄色骷髅的兜帽男单独坐在阴沉的地下室里，这感觉有点不一样。“嗯。”他不太肯定地说道。

“我们永远欢迎新展品，越惊人越好。德斯通常不喜欢夸张，所以当他说你提供的东西非常不同寻常时，我自然很感兴趣。所以你的这件展品到底是什么？"

"灵龟的龟壳。"汤姆说。

达顿沉默了一会儿。"不是复制品？"

"是真的。"汤姆告诉他。

"灵龟的龟壳在上一次百变王牌日时被毁了，"达顿说，"他们从哈德逊河底部拖出了残骸。"

"那只是其中一个龟壳。还有更早期的模型。我有三个，包括最早的那个。是将装甲板覆盖在大众车上制成的。有些管子被烧坏了，但是其他地方都完好无损。你可以弄干净，装上闭路电视屏，然后亲自体验一下。那些想爬进去的可以另外收费。还有两个只有外壳，但是挺有吸引力的。如果你有个足够大的厅，可以挂在天花板上，就像史密森尼博物馆的飞机那样。"汤姆身体向前凑，"如果你希望这个地方成为一个真正的博物馆，而不是吸引耐特游客的俗气畸形秀，那你需要真正的展品。

达顿点点头。"很有趣。我承认我被吸引了，但是每个人都能造龟壳。我们需要证明它是真的。你要是不介意的话我想问问，你是怎么得到它们的？"

汤姆犹豫了。泽维尔·德斯蒙德说过达顿是可以信赖的朋友，但是他谨慎了二十四年，很难随便向人开口。"是我的，"他说，"我就是灵龟。"

这一次达顿沉默了许久。"有人说灵龟死了。"

"他们错了。"

"我明白了。我猜你不会给我什么证据。"

汤姆深吸一口气。他的双手抓着椅子的扶手，目光越过桌面，集中精神。模块人的头飞到空中，离桌面一英尺，然后缓缓转动，直到眼睛对准达顿。

“念力是一种相对常见的能力，”达顿不以为然地说，“灵龟的出众之处并不在于他能使用念力，而在于他的力量之强大。把桌子抬起来，我就相信你。”

汤姆犹豫了，他不想承认自己抬不起桌子而毁掉这桩生意，而且他现在没有龟壳保护。突然之间，他还没来得及思考，就听见自己在说：“买下龟壳，我会把它们飞到这里来。三个全都飞过来。”这些话他说得很轻松，但直到它们飘在空中，汤姆才意识到自己说了什么。

达顿思考了一会儿。“我们可以把你到达的样子拍摄下来，循环播放，作为展览的一部分。嗯，我觉得这可以证明真实性。你要多少钱？”

汤姆一瞬间慌了神。模块人的头嘭的一声回到达顿的桌子上。“10 万美元，”他脱口而出。这比他心里打算的价格高一倍。

“太多了，我可以给你 40000。”

“去你的，”汤姆说，“这是难得一遇的展品。”

“你这儿都有三个了，”达顿指出，“也许我可以出到 50000。”

“光是历史价值就不止这个价。它们可以让这个鬼地方获得尊重。会有好多人排队想进来看。”

“65000，”达顿说，“恐怕不能再多了。”

汤姆站起来，既松了一口气，又有些失落。“好吧，感谢你抽出时间来见我。不知道你有没有迈克尔·杰克逊的电话呢？”达顿没有回答，汤姆开始向门口走去。

“80000，”达顿的声音从他身后传来，汤姆转身，达顿抱歉地咳嗽了两声，“真的，就算我再想，也不能给出更高的价格了。除非把其他投资变现，但我现在没打算这么做。”

汤姆停在门口，他刚刚差点就逃走了，但现在又定住了。他觉得自己无论怎么做，都会看起来像个傻子。“我需要现金。”

达顿轻笑起来。“我猜也是，要是我开了一张支票给伟大而强力的灵龟，你也很难兑现。那么多现金的话，我需要花点时间筹集，但我觉得是能做到的。”兜帽男从椅子上站起来，绕过桌子，“所以我们算是达成协议了?”

“对,”汤姆说，“如果你愿意把这个头也给我的话。”

“这个头?”达顿听起来有些吃惊，还有点好奇，“多愁善感了?”他拿起模块人的头，盯着空洞且不聚焦的眼睛。“它只是个机器，你知道吧。一个坏掉的机器。”

“他是我们中的一员,”他声音中的情绪之强烈，连他自己都吃了一惊，“把他留在这里，感觉很不对。”

“王牌啊,”达顿叹了口气，“好吧，我们可以为王牌云巅的那个场景做个蜡像。只要你能把龟壳飞过来，那这个你可以拿走。”

“我收到钱之后就把龟壳给你。”汤姆说。

“没问题。”达顿说。

上帝啊，汤姆想，我他妈的在干吗啊?然后他打起精神。80000美元可是一笔不小的数目。

就算是要把灵龟再拉出来一次也值了。

♣♦♠♥

警笛和血清素的协奏曲

V

克罗伊德帮了维罗妮卡一个小忙，向西奥托克珀罗斯汇报了他的进展，打电话给莱瑟姆和施特劳斯律师事务所约定见面时间，然后和维罗妮卡一起吃晚餐。他跟她说了自己这一天做的事情，在提到圣·约翰·莱瑟姆时，维罗妮卡摇了摇头。

“你疯了，”她告诉他，“如果他真的那么神通广大，你干吗要去招惹他？”

“有人想了解一下他在做的某个事情。”

她皱眉。“我找到了一个我喜欢的男人，我可不希望这么快就失去他。”

“我不会受伤的。”

她叹了口气，把手放在他的胳膊上。“我是认真的。”她说。

“我也是。我能照顾好自己。”

“这是什么意思？有多危险？”

“我有工作要完成，而且我觉得就快了。可能不久之后就能毫不费力地了结，然后拿到钱，也许在再次沉睡之前还能度个假。我们可以一起去个好地方——比如加勒比。”

“哎呀，克罗伊德，”她拉着他的手，“你一直想着我。”

“我当然想着你。是这样的，我跟莱瑟姆约了星期四，可能这个周末这事情就能结束，我们就可以共度二人世界了。”

“那你凡事小心。”

“没事的，都快结束了，到现在还没遇到过任何问题。”

◆

克罗伊德去银行取了点钱，然后打车去莱瑟姆和施特劳斯律师事务所所在的大厦。他编了个一听就很昂贵的案子而约到了时间。他早来了十五分钟，刚一进等待室，就强行压下突然涌起的一阵想要吃药的渴望。跟维罗妮卡在一起之后，他就开始学会提前思考这种事情。

他向前台表明身份后，坐下看着杂志等待，过了一会儿前台告诉他：“莱瑟姆先生现在可以见你了，史密斯先生。”

克罗伊德点点头，站起来，走进内部办公室。莱瑟姆从桌子后面的椅子上站起来，展现出他剪裁得体的灰色西装，他伸出一只手来。他比克罗伊德矮，优雅的五官没有任何表情。

“史密斯先生，”他说道，“请坐。”克罗伊德依然站着。“不用。”

莱瑟姆挑起半边眉毛，然后自己坐下了。“你随意，”他说，“跟我说说你的案子吧?”

“我没有案子。我真正需要的是信息。”

“哦? 什么信息?”

克罗伊德没有回答，而是观察着这间办公室。他向前伸手，从莱瑟姆的桌子上拿起一个橙绿色的石头镇纸。他把它抓在自己面前用力一捏，摩擦的咔哒声响起，然后他摊开手，一阵碎石落在桌子上。

莱瑟姆还是面无表情。“你在寻找什么样的信息?”

“你为新帮派做过事，”克罗伊德说，“就是想对抗黑手党的那个。”

“你是司法部的?”

“不是。”

“检察官办公室的?”

“我不是警察，”克罗伊德回答道，“也不是检察官。我只是个需要答案的人。”

“问题是什么？”

“新家族的掌门人是谁？我只想知道这一点。”

“为什么？”

“也许有人想跟那个人见一面。”

“有意思，”莱瑟姆说，“你想让我来安排他们见面。”

“不，我想知道谁是负责人。”

“回报呢？”莱瑟姆问道，“你能给我什么？”

“我能帮你省钱，”克罗伊德说，“你就不用花大价钱去整形和理疗了。你们这些律师对这方面应该很懂吧，对吗？”

莱瑟姆的笑容一点都不带真情实感。“杀我，你也活不了，伤害我，你也活不了，威胁我，你还是活不了。捏石头的小把戏对我来说毫无意义。我随时能召来能力比你强的王牌。现在，告诉我，你刚才是在威胁我吗？”

克罗伊德回以微笑。“我很快就会死去，莱瑟姆先生，然后以另一种形态重生。我不会杀你。但是可以假设一下，为了让你开口，为了减轻疼痛，我把你杀了，那么，等会儿你的朋友会下令追杀你眼前的这个人，但是无所谓。他将不复存在。我是只在短期有效的生命体。”

“你是沉睡者。”

“对。”

“我明白了。如果我把信息告诉你了，你觉得我会面对什么后果？”

“什么后果都没有。谁会知道呢？”

莱瑟姆叹了口气。“你让我处在一个非常尴尬的位置。”

“这就是我的意图”——克罗伊德瞥了一眼他的手表——“而且

我时间很紧。一分半钟之前我就应该开始把你揍出屎来了，但是我想当个友善的人。我们应该怎么办呢，律师先生？”

“我跟你合作，”莱瑟姆说，“因为我觉得就算给你了，目前的情况也不会有太大改变。”

“为什么？”

“我可以给你名字，但是没有地址。我不知道他们在哪里做事。我们总是在荒无人烟的地方见面，或者在电话上聊。而且我连电话号码都给不了你，因为每次都是他们联系我。我说情况不会有变化，是因为我觉得你所代表的那一方不可能给他们带来实质性的伤害。这个组织里有太多王牌。而且我自己也很确定他们很快就会搞定，我们姑且称之为‘企业并购’吧。如果你的雇主想要拯救生命，也愿意赚点小钱当作是退休金的话，我很乐意帮你们安排见面。”

“不用，”克罗伊德说，“我收到的命令不是这样的。”

“是这样的我才会觉得奇怪。”莱瑟姆瞥了一眼电话，“但是你可以把这个建议带给你的雇主。”克罗伊德没有动。“我会带话的，跟你给我的名字一起。”

莱瑟姆点点头。“没问题。但是我只是提供协商的机会，并不代表已经接受特定条款，我必须告知你，对方有可能会不接受。”

“这个我也会说的，”克罗伊德说，“名字是什么？”

“还有，为稳妥起见，我必须告诉你，如果你强迫我说出名字，我有义务告诉我的客户此项信息已经泄漏以及泄漏给了谁。此举引发的任何后续行为与我无关。”

“还是没有说客户的名字。”

“生活中的东西太多了，我们必须先做出一些假设。”

“不要再打哈哈了，把名字告诉我。”

“好吧，”莱瑟姆说，“苏伊·马。”

“再说一次。”

莱瑟姆重复了一遍。

“写下来。”

他在便签本上快速写下名字，撕下那张纸，递给克罗伊德。

“东方人，”克罗伊德思索着，“我猜这个人是某个堂或者三合会或者极道的带头大哥——亚洲帮派？”

“不是男的。”

“女的？”

律师点点头。“外貌我也不清楚，可能比较矮。”

克罗伊德快速看了一眼，但是不知道对方唇边是否残留着微笑。

“我猜她也不会在曼哈顿电话本里。”克罗伊德说。

“猜得不错。所以，你想要的我已经给你了，带走吧，你想拿来做什么都行。”他站起来，从桌子旁边走开，来到窗边，盯着下面的车流，“要是能想个办法，”看了一会儿之后他说道。“让你们这些百变王牌怪物向塔基斯星人发起集体诉讼，那该多好。”

克罗伊德走了出去，对他这一趟所获得的东西并不完全满意。

♠

克罗伊德想在餐厅里找一个靠近付费电话的位置，尝试了两次之后终于找到了。他坐下之后点了单，然后匆忙去打第一个电话，响了第四声之后有人接了。

“维托意大利餐厅。”

“我是克罗伊德·科伦森。我想找西奥。”

“稍等。嘿，西奥！他马上来。”

半分钟之后，一分钟之后。

“喂？”

“是西奥吗？”

“是。”

“告诉克里斯托弗·马祖切利，克罗伊德·科伦森有个名字要告诉他，想知道他希望在哪里听到这个名字。”

“好，半个小时，四十五分钟之后再给我打个电话，可以吗？”

“好。”

克罗伊德给绿苑酒廊打了个电话，预约了八点十五的二人桌。然后又打电话给维罗妮卡，响到第六声的时候她接了。

“喂？”她的声音听起来虚弱遥远。

“维罗妮卡，亲爱的，是克罗伊德。你别太激动，但是我觉得我的工作就快完成了，所以我想庆祝一番。我们大概七点半见个面，一起去庆祝，你觉得怎么样？”

“克罗伊德，我现在感觉非常不舒服，全身都痛。我实在坚持不住了，特别疲惫，感觉连电话都拿不动了。肯定是流感。我现在只想睡觉。”

“这太糟了，你需要我送点什么过来吗？阿司匹林？冰淇淋？马？雪花？小炸弹？只要你需要，我就去找。”

“唔，你真好，亲爱的。但是不用了。我会没事的，我不想让你也染上。就让我好好睡一觉吧，好吗？”

“好。”

克罗伊德回到他的桌子旁边，他的食物很快就上来了。他吃完之后又点了一些，然后用食指和拇指把玩着几片药丸。最后就着冰茶吞下去了。他再次点单，接着又检查了好几个私人电话上的留言，直到他新点的菜上来。他回来吃完之后又去给西奥打电话。

“他怎么说？”

“我还没联系上他，克罗伊德。我还在尝试。一个小时之后再打给我吧。”

“好的。”克罗伊德挂了电话之后打给绿苑酒廊取消了预约，然后回到他的位置上又点了几个甜点。

没到一个小时他就打了电话，因为他还有好几个事情急着要解决。还好，西奥接了电话，给了他一个上东区的公寓地址。“今晚九点过去。克里斯希望你跟管理层做个完整的汇报。”

“只是个名字而已，可以在电话里说，”克罗伊德说，“我只是个传递消息的，消息已经传递到位了。”

克罗伊德挂了电话，付账之后就去办下午的事情了。

他走出餐厅之后，一个肩膀宽阔的矮小男人出现在左边大约十英尺的一个门口，他看起来像是东方人，双手插在蓝色缎面夹克里，目光盯着地面。他转向克罗伊德时，抬起了头，于是他们的眼神交汇了片刻。克罗伊德后来才意识到就在这一瞬间，他已经知道了后面的情况会如何发展。不管怎样，过了一会儿他就完全确定他遇上了麻烦。因为这个男人的右手从夹克里伸出来了，手指以奇怪的姿势握着一把略微弯曲的长刀，刀锋向后沿着男人的小臂延伸，刀刃向外。他向前走时，左手也伸出来了，用同样奇怪的方式握着同样的一把刀。他的步伐加快之后，两把武器也完全一致地跟着他动起来。

克罗伊德的超常条件反射显现出来了。他向前走去，迎接攻击，对方好像突然间开始了慢动作。克罗伊德转身躲过双刀的攻击，在一片金属的寒光中，他的手捏住了一把刀的刀锋，将其转向内侧。刀锋向着攻击者的腹部袭去，尖端直插他身体，然后沿对角线向上移动，鲜血和内脏喷涌而出。就在这男人弯腰倒下时，克罗伊德看到了夹克背面装饰的白鹭。

然后他旁边的窗户被打碎了，枪声在耳边响起。他扶起瘫倒的攻击者，挡在面前，看到了一辆深色新款车缓慢地沿着路边移动，几乎与他平行。车里有两个男人，一个是司机，还有个坐在后排，窗户开着，他的枪口对着克罗伊德。

克罗伊德向前移动，猛地将他手里的攻击者塞进了车里。以他的身形，要塞进车窗不太容易，但是克罗伊德使劲推，还是把他硬塞了进去，只是掉了几块肉而已。他最后的尖叫声混合着车子引擎发动和向前狂飙的声音。

他意识到，这一袭击证明莱瑟姆说的是事实，但不一定是全部的事实。不过这样一来他对自己的收获算是勉强满意。只是现在他走路的时候得小心地四下查看，坚持下去，直到拿到钱。这真是让人不舒服。

他踩着攻击者留下的零碎血肉，从口袋里掏出一瓶药。不舒服。

♣

当晚，就在克罗伊德靠近公寓楼时，他注意到楼前停着的汽车里坐着一个人，正对着小对讲机说话，还盯着他看。他现在对停着的车格外敏感，因为早先有人第二次尝试杀害他。他揉着自己的指关节，突然改变方向，走向汽车。

“克罗伊德。”车里的男人轻声说。

“没错。我们最好是一伙的。”

男人点点头，把嘴里的口香糖移动到左边脸颊。“你可以上去，”男人说，“三楼，302 房间。不用按铃，门口的人会让你进去的。”

“克里斯托弗·马祖切利在吗?”

“不在，但是其他人都在。克里斯来不了，但是没关系。你把他们想知道的都说了。跟告诉他是一样的。”

克罗伊德摇摇头。“是克里斯雇我的，克里斯付我钱。我跟克里斯谈。”

“稍等。”男人按下对讲机上的一个按钮，用意大利语对着里面讲话。过了一会儿他瞥了克罗伊德一眼，抬起食指，点点头。

“什么要下来了?”对方说完之后克罗伊德问道，“你突然找到他了?”

“没有，”对方嚼着口香糖说道，“但是稍等一下，我们肯定让你满意。”

“行，”克罗伊德说，“那我等着。”

他们等了几分钟之后一个穿着深色西装的人从楼里出来。某个瞬间克罗伊德以为是克里斯，但是仔细一看发现这个男人更瘦更高。新来的这个人走进之后对着车里的守卫点点头，后者冲着克罗伊德点点头，说：“就是他。”

“我是克里斯的兄弟，”来者的笑容很勉强，“目前只能做到这一步。我可以替他说话。你可以将你所知道的信息放心地告诉楼上那些人。”

“好吧，”克罗伊德，“挺好的。但是我还想从他那里拿到我剩下的酬金。”

“这个我不知道。你可以问问文斯·斯基亚帕雷利。他有时候会负责工资。不过可能你不该问。”

克罗伊德转向守卫。“用你手上那个东西联系他，然后问他。因为我手头的信息，那帮人今天已经对我出手了。如果不给钱，那我马上就走。”

“等一下，”克里斯的兄弟说，“别这么不高兴，稍等一下。”

他用大拇指按下对讲机上的按钮，守卫开始说话，倾听，等待，然后瞥了一眼克罗伊德。

“他们在喊斯基亚帕雷利。”守卫说。过了一会儿，对讲机里传来粗声粗气的抱怨，守卫说了几句之后又听了里面的回复，再次看向克罗伊德。“嗯，钱在他那里。”他告诉克罗伊德。

“很好，”克罗伊德说，“让他拿下来。”

“不行，你上去拿。”

克罗伊德摇摇头。

男人盯着他，舔舔嘴唇，好像羞于转告对讲机里的那个人。“你这样会留下很不好的印象，让人感觉你不信任我们。”

克罗伊德微笑起来。“说得没错。去跟他说。”

守卫说完之后，过了一会儿，一个体形魁梧的灰发男人从楼里走出来，盯着克罗伊德看。克罗伊德也盯着他。

男人走上前来。“你是科伦森先生？”

“对。”

“你现在就想拿钱。”

“是的。”

“钱就在我这里，”他的手伸向夹克的口袋，“克里斯给我的。你这么多疑，会让他很伤心的。”

克罗伊德伸手，接下信封，打开来数了数，然后点点头。“我们走吧。”他说完，跟着斯基亚帕雷利和克里斯的兄弟走进公寓楼。拿着对讲机的那个男人摇了摇头。

克罗伊德上楼之后被介绍给了一群中老年男人和他们的保镖。他拒绝了对方倒的酒，只想说完名字就走。但是考虑到对方给出的酬劳，他觉得应该把自己获取信息的故事拉长一点。所以他就一步步地描述整个过程，从死亡到漏洞，还说了他跟莱瑟姆见面之后差点被害，最后才给出苏伊·马的名字。

对方的问题如他所料：在哪里可以找到她？

“这个我不知道，”克罗伊德回答道，“克里斯只让我去问名字，没说要问地址。你们要是想雇我去打探也行，但是我觉得你们自己去会便宜得多。”

这番话引得对方爆出了几句无礼的回答，但是克罗伊德只是耸耸肩，说了句晚安，就转身离开了，他速度奇快，几乎成了一道模糊的残影，而门口的安保正向里面张望，似乎在等待命令。

他走了几个街区之后才有几个街头团队跟上来，试图强迫他退款。他扯开下水道盖子，把这些人统统塞了进去，再盖上盖子，在整件事情完结之前，他保持住了最后的一点隐秘。

♣♦♠♥

心灵的色调

斯蒂芬·利 著

星期三，上午九点十五分

米莎来纽约已经七天了，她每晚都和吉姆利以及他那些可怕的伙伴见面。

这七天，她都住在一个叫鬼牌镇的烂地方，等待着。

这七天，她没有看到一个幻象。而幻象是最重要的。

米莎的生活一直被幻象所引导。她是女巫，是预言家：真神之梦向她展示了哈特曼的真面目，他是个魔鬼，爪子上的绳子牵动玩偶。幻象中还有吉姆利和萨拉·摩根斯特恩。那一天，她划开兄长喉咙之后，真神的幻象又带领着她回到沙漠中的寺庙，一名信徒给了她一件能帮她复仇，帮她扳倒哈特曼的东西：真神的礼物。

今天是新月初生之日，米莎觉得这意味着她会获得幻象。今天早上，她向真神祈祷了一个小时，真神的礼物也被她抱在怀中。

但真神什么都没有给她。

她从地板上站起来，打开床旁边摇摇晃晃的喷漆衣物箱，摘下头纱，脱下罩袍，再次换上长裙和衬衣。她讨厌色彩明亮的轻薄衣衫，更讨厌裸露肌肤所带来的罪恶感。胳膊和脸都没有被遮盖住，这让她觉得没有安全感。

米莎用罩袍把真神的礼物遮盖起来，这样的衣服她可不敢穿出去。她才刚刚把东西藏好，就听见身后有脚步的刮擦声。

她又怕又气，倒吸了一口气，然后砰地一声关上衣物箱盖子，直起身来。

“你来这里干什么?”她一转身，甚至没意识到自己在用阿拉伯语叫喊，“离开我的房间——”

虽然只在鬼牌镇住了一个星期，但她不曾感觉过片刻的安全。她以前一直跟她的丈夫赛义德或者她的兄长真神之光在一起，身边永远有仆人和护卫。

现在，米莎非法滞留在一个国家，孤身一人住在满是暴力的城市里，她认识的人全是鬼牌。就在两天前的晚上，有人被射杀了，死在东河附近的贫民窟街头。她告诉自己，如果死的是个鬼牌，那就无足挂齿。

鬼牌是被诅咒的，是真神厌恶的怪物。

站着她昏暗的房间门口的就是个鬼牌，正盯着她看。“出去，”她用带口音的英语颤抖地说道，“我有枪。”

“这是我的房间，”鬼牌说，“是我的房间，我现在要拿回来。你是个耐特，你不应该出现在这里。”骨瘦如柴的身形向前迈了一步，房间里唯一的窗户透出的光将他照亮。米莎立刻认出了这个鬼牌。

灰白色的破布裹着他的额头，肮脏的绷带上斑斑点点，沾着棕色的陈血。头发上也沾着已经凝结。他的手也用类似方式包裹着，浓稠的血液从被浸湿的布条上涌出，滴落在地板上。他憔悴的身体上也裹着布条，布条在隐藏的地方打结，她知道在他身体的其他部分还有渗血的裸露伤口。

她每天都看见他，盯着她看。他有时在门外的走廊上，有时在出租屋外面的街道上，甚至会走在她身后。他从来没说过话，但敌意很明显。“圣伤，”她第一天就跟吉姆利说过她对这个人的恐惧，那时候吉姆利这样回复道，“他叫这个名字。永远都在他妈的流血。有点同情心吧。他不会伤害任何人。”

但圣伤土黄的脸色和紧盯的目光让她害怕。他总是出现在她身边，一脸阴沉。他是鬼牌，这就足以说明问题，他是撒旦的孩子，被百变王牌标记的魔鬼。“出去。”米莎再次对他说道。

“这是我的房间。”他像个坏脾气的孩子一样执拗，双脚紧张地动来动去。

“你搞错了，我付了钱。”

“原本是我的。我一直住在这里，从——”他抿紧嘴唇，右手握拳。就在他向着她展示拳头时，湿透的绷带上落下一阵猩红。“从这事发生以后，我染上百变王牌那天晚上就过来了。那是九年前。现在因为我几个月没付房租，他们就把我赶了出去。我说过我会付钱的，但是他们不愿意等。他们接受了你这个耐特的钱。”

“这个房间是我的。”米莎重复道。

“里面有我的东西，我的所有东西都放在这里了。”

“房东拿走了，不关我的事——都锁在地下室里。”

圣伤的脸抽搐了一下，他吐出嘴里的字句，像灼伤了他的舌头，甚至像是在尖叫。“他是耐特，你是耐特，这里没人喜欢你们，我们都恨你们。”

被米莎压下的沮丧感因为他的指责重新沸腾。冷酷的怒气占据了他的心，她指着鬼牌吼道：“你早就被抛弃了，”她这话说的不仅是圣伤，也是鬼牌镇本身。她就像回到了叙利亚，正在教训在大马士革的各个关口处乞求的鬼牌。“上帝恨你。你该为你的罪行忏悔，那样也许你会被原谅。别浪费时间来荼毒我。”

就在她长篇大论之时，突然间一阵熟悉的迷失感席卷而来。“不！”幻象的猛攻让米莎惊声呼喊，她知道自己无力逃脱真神的智慧：真神会在他想出现的时候，以他希望的方式出现。

这个房间和圣伤在她眼前摇曳。真神的手触碰着她，她的眼睛成了真神的眼睛。一个梦魇在她眼前突然展开，鬼牌镇的残酷现实消散殆尽，她肮脏的房间和圣伤的威胁都已不复存在。

她回到了叙利亚的沙漠，就站在她兄长的寺庙里。

真神之光站在她面前，身上的翠绿色光芒被长袍上难以置信的浓稠鲜血掩盖。他颤抖的手责难地指向她，下巴抬起，展示着脖子上裂开、起皱的伤口，甚至能看见白森森的骨头边缘。他想说话，但是曾经充满威严的洪亮嗓音已经变得沙哑粗糙，仿佛要窒息。她听不明白，只读懂了他眼神里的仇恨。

在这样饱含指责和恶意的瞪视下，米莎倒吸一口气。

“不是我干的!”她抽泣着跪在他面前恳求，“撒旦之手操纵了我。他利用了我的恨意和我的嫉妒。求求你……”

她想要解释自己是无辜的，但是当她抬头看的时候，却发现她身前站着的并不是真神之光，而是哈特曼。

而且他在笑。

“我是撕扯心灵面纱的野兽。”他说完，猛地将手伸出去，袭击才正欲后退的米莎。他的指甲像利爪一样插中她的眼窝，划过脸上柔软的皮肤。失明的她尖叫起来，头痛苦地向后仰，身体因为剧痛而扭动，但无力摆脱正在摧残她的哈特曼。

“我们这里不戴面纱，也不戴面具。让我向你展示藏在下面的真相，让我向你展示鬼牌的色彩。”他更加用力地撕扯。他的爪子挥舞着，血肉横飞，她感觉到鲜红的血液从她已经模糊的五官上倾泻而下。她呻吟着，哭泣着，试图用手击退他，但他一次次发起攻击，将她的肌肉从骨头上剥离。

“你的脸上不能戴面具，”哈特曼说，“不然人们会惊恐地从你旁边逃开。看吧，看看你头脑中的色彩——你只是个鬼牌，跟其他人一样，都是罪人。我能读懂你的心，我能尝到。你跟其他人一样。一模一样。”

透过涌动的血液，她抬起头看。虽然幻影还是哈特曼，但他的脸变成了个年轻人，一千只愤怒的黄蜂嗡嗡地围住了他。痛苦中的米莎感觉到有只手放在她的肩头，安慰着她，她一转头，看见身后的萨拉·摩根斯特恩。“我很抱歉，”萨拉说道，“是我的错，让我送他走。”

真神的幻象结束了，她躺在地板上颤抖着、喘息着，浑身是汗。她用手捂住脸，惊讶地发现脸上完好无损。

圣伤盯着倒在裂开的松木板上哭泣的女人。

“你可不是他妈的耐特，”他的声音里沾上了一点勉强的同情，“你跟我们一样。”他叹了口气。血滴缓慢汇聚，然后滴落。“但这还是我的房间，我想要回来，”他继续说，但是语气里的尖刻消失了，“我会等的。我会等的。”

他轻悄悄地走向门口。“跟我们一样。”他再次说道，然后摇摇他鲜血淋漓、裹着绷带的头，走了出去。

星期五　下午六点十分

“所以传言都是真的，你确实回来了。”

声音从他身后满溢的垃圾箱的阴影里传来。吉姆利皱着眉头转身。他的脚踢到了小巷里沾着油脂的水坑，是下午的阵雨后积下的。“你他妈的是谁?”侏儒放在体侧的左手握成拳头，右手贴近敞开的外套下摆，虽然天气炎热，他还是穿了防风夹克，下面藏着装了消音器的.38手枪。“在我把你变成传言之前，你有两秒钟时间。”

男人的声音。街灯照亮了垃圾堆旁边的身影。“是我，吉姆利，”男人说。“克罗伊德，把手从枪旁边移开。我可不是条子。”

“克罗伊德?”吉姆利眯起眼睛。他稍微放松了一点，但是壮实的身体还是保持着警惕。“你的王牌能力这次没发挥好。我还从没见过你这样。”

男人干巴巴地笑了两声。他的脸和胳膊都白得惊人，宛如瓷器，瞳孔是粉色，乱蓬蓬的深色头发更加衬托出皮肤的苍白。“对啊，真他妈的麻烦。必须躲开阳光，不过我一直都更喜欢在晚上活动。我染了头发，开始戴太阳镜，但是后来弄丢了。不过我的力量还在。这是个好事。”他说道。

吉姆利在等待。如果这个男人*真的*是克罗伊德，那没问题，但如果他不是，吉姆利不会给他一丁点出手的机会。重回纽约之后，他愈发急躁。波利亚科夫要到星期一才跟他们见面，有传言说哈特曼会在这一天宣布参选；那个该死的阿拉伯女人憎恨鬼牌，有一半时间在说关于宗教的胡话，另一半时间在迎接“幻象”；他在欧洲和俄国时，鬼牌公正协会的伙伴们基本都放弃战斗了；影拳会和黑手党的战争，再加上巴奈特煽动民心，没人能真正觉得安全。

但是长时间被困在仓库里让他有些冲动急躁。他告诉自己，晚上出去散个步，心情就能平复点。

这个主意可真他妈的糟糕。

吉姆利提防着每一处阴影，小心着藏匿其中的敌人——这是他保住性命和自由的唯一方式。哈特曼联合了联邦和州政府的权力，把鬼牌公正协会以前建立的网络连根铲除，还不停找所有人的麻烦，这已经够糟糕的了，再加上鬼牌和耐特的地下小规模争斗，现在似乎纽约的每个条子都调到鬼牌镇来了，而吉姆利本人辨识度太高，所以不管事先做了怎样的预防措施，他都无法安心地走在街头。他很清楚，哈特曼更愿意吉姆利在“拒捕”时被开枪打死，而不是被捕入狱——这点数他还是有的。

最好小心点。最好行事隐秘一点。就算犯了错把别人害死了，也比自己被发现要好。“听着，克罗伊德，我只是现在有点疑神疑鬼。我真的不希望被不认识的人看见……”

克罗伊德走近一步，歪歪扭扭的牙齿卡着下嘴唇——作为白化病患者，他的牙龈红得不可思议。吉姆利想到了B级片里的僵尸。“你有安非他明吗，吉姆利？你一直很有人脉。”

“我离开了很久，事情都变化了。”

“没有安非他明？妈的。”

吉姆利摇摇头。至少这一句听起来很有克罗伊德的风格。男人皱着眉头，局促不安。

“那好吧，”他说，“我有其他人脉，但是他们要么快死绝了，要么不再听我命令。听着，街上的传闻是鬼牌公正协会正在重组。我给你点免费建议吧。柏林那个事情之后，你就应该放过哈特曼了。而且不管你怎么想，他算是个好人。不如转而对付巴奈特那个混蛋。要是我下次醒来时拥有了适合的能力，那我可能会考虑亲自搞定他。鬼牌镇的每个人都会感谢你的。”

“我会考虑的。”

白化病患者再次干巴巴地大笑起来。“你不相信是我，对吗?”

吉姆利耸耸肩，他的手朝着防风夹克移动，对面的男人显然在仔细观察他的动作。“你还活着，不是吗？这才是最重要的。”

那个自称克罗伊德的白化病患者悄悄走近，吉姆利能闻到他的气息。“对，”他说，“也许下一次我会揍你一顿，让你与大地的距离比现在更近。克罗伊德记性挺好的，米勒。”

克罗伊德咳嗽了一声，吸吸鼻子，又用袖口擦了擦。他充血的眼睛狠狠盯着吉姆利看了一会儿，走了。吉姆利看着他，不知道自己的决定是对是错。如果他不是克罗伊德……

他放他走了。吉姆利在小巷里看着他拐弯走上大街，然后才动身，特意多转了几个弯，观察自己有没有被跟踪。

终于，他来到了东河旁边一间荒废仓库的后门。

♥

吉姆利看到录像在仓库顶上。他向她挥挥手，然后向裹尸布点点头，后者刚从入口的阴影处现身。吉姆利听见了建筑内部的争执声，不禁皱起眉头，纠缠在一起的声音宛如地平线上的轰隆雷响。“妈的，又来了。”他喃喃说道。

裹尸布调整冲锋枪的带子，耸耸肩。“我们需要娱乐，”他说，“几乎跟柏林一样好了。”

吉姆利推开门，含混不清的言语一下子清晰了。

锉刀冲着米莎叫嚷，她双手抱臂，一脸正义凛然，而花生正试图挡住皮肤像锉刀的鬼牌。锉刀对米莎挥动拳头，推开花生。“……你这个以自我为中心的瞎眼疯子！你和光人都是阿拉伯版的巴奈特。你自大的灵魂中也有同样的恨意。让我来向你展示什么叫恨，贱人！让我向你展示恨是什么感觉。”

门上生锈的铰链吱呀作响，花生瞥了一眼，手臂依旧箍着锉刀。挣扎的鬼牌在他手臂上留下了长长的血痕。花生要是个耐特，他的皮肤早就被剥掉了，但他的甲壳比较坚固。“吉姆利。”他恳求地说道。

锉刀在花生的钳制下猛地转身，害得花生发出一声痛苦的尖叫。他指着米莎，看向侏儒。“把她弄走！”他大喊，“我不想再忍耐这个垃圾。”他扭动着从花生手中挣脱开，这一次，花生放手了。

“这他妈的什么情况？”吉姆利砰的一声关上身后的门，瞪着众人，“我老远就听见你们在这儿吵了。”

“我忍不了了。”锉刀冲着米莎走过去，威胁道，而吉姆利站在了他们两人之间。

“她说鱿鱼神父死了之后会下地狱，”花生用手帕轻轻擦拭伤口，“我告诉锉刀她只是不理解，但是——”

“我说的是真理。”米莎的声音很困惑，好像不明白他们为什么理解不了自己的意思。她摇着头，双手摊开，表明自己是无辜的。“神把神父变成鬼牌，意思就是对他不满。对，鱿鱼神父可能会被送入地狱，但真神依然是无限仁慈的。”

“看到了？”花生试探地对着锉刀笑笑。“没事了，对吧？”

“对，我是鬼牌，吉姆利和我都是鬼牌，所以我们都是被惩罚的，对吗？反正我觉得这是胡扯，也不打算继续听下去。去你的吧，臭婊子。”锉刀对着米莎的方向竖起中指，然后转身离开了。门被关上的响声在仓库里回荡了一会儿。

吉姆利扭头看米莎。在他看来，脱下该死的黑色丧服之后，她本人真的很漂亮，但是她穿着西方服饰时似乎总是很不自在。她的神秘和率直让他的人很不舒服。锉刀、裹尸布、金盏花和录像百分之百厌恶她，而花生——这点很奇怪——好像被她迷得神魂颠倒，但她对这个愚笨的鬼牌只有鄙夷和轻蔑。

吉姆利恨她。他后悔不该一时冲动，在柏林的惨败之后去见她。他希望自己不曾向波利亚科夫引荐她。如果不是她说有证据证明哈特曼的恶行，如果不是他们还在等待俄罗斯方面的消息，司法部早就接到匿名举报了。他实在想看该死的哈特曼怎么处置她。

她是个他妈的王牌。王牌只关心自己。王牌比耐特还差劲。

“你太会说话了，你知道吗？”他说。

“他问了。我就把真神告诉我的都告诉他了。真理怎么会错呢？”

“你如果想在鬼牌镇活久一点，最好学会闭上你的臭嘴。这才是真理。”

“我不害怕为真神殉道，”她骄傲地回答道。因为有口音，所以她的辅音发得不太清楚。“相反我很愿意。我厌倦了等待，我宁愿直接去攻击哈特曼那只野兽。”

“哈特曼为鬼牌做了很多……”花生开口说道，但吉姆利打断了他的话。

“快了。我今晚跟朱比谈了，据说哈特曼星期一会在罗斯福公园对着集会的群众演讲。所有人都觉得他会宣布参选。波利亚科夫说哈特曼一公开宣布，他就会联系我们。我们那时候就行动。”

“我们必须联系萨拉·摩根斯特恩。幻象——”

“——什么也说明不了，”吉姆利打断她的话，“波利亚科夫过来之后我们就开始制定计划。”

“那我也去公园，我想再看看哈特曼，想听到他的声音。”她面色阴沉，怒气冲冲，几乎可以算是凶残，但又很滑稽。

“你别去，该死的，”吉姆利大声说，“城里发生那么多烂事，那地方肯定全是警卫。”

她盯着他，他不曾料到她的目光可以如此凶狠。他眨了眨眼睛。“你不是我的父亲或者兄长，”她说话的语气就像对着一个迟钝的孩童。“你不是我的丈夫，不是真神之光。你不能像命令别人一样命令我。”

吉姆利感到一股盲目无用的暴怒涌起，但被他强压下去。*过不了多久，只要再忍几天。*他回瞪着她，两人都读懂了对方眼中的厌恶。

“哈特曼可能会是个好总统……”花生看着他们俩人，低声说了一句。但他们没有搭理他，他胳膊上的抓痕涌出血迹。

“我讨厌这个地方，”米莎说，“我期待着离开。”她颤抖着，不再看吉姆利。

“嗯。这里也有很多人深有同感。”米莎眯起眼睛，吉姆利则无辜地微笑着。

“再等几天，耐心点。”*吉姆利继续说。在那之后，所有人都下好注了，锉刀和其他人想对你做什么我都不会管。*

“在那之前，你的所有想法都得烂在肚子里，别到处说。”他补充道。

星期一，下午两点三十分

曾经被称为女巫的米莎想起了布道的场景。她的兄长真神之光非常擅长用各种辞藻描述来世的痛苦折磨。他充满威严的洪亮嗓音从讲经坛上传来，震动着信徒的心，午时的热量席卷叙利亚沙漠中的寺庙，就好像地狱的大门在他们面前打开。

真神之光描述的地狱里全是令人作呕的鬼牌，他们都是罪人，真神借助百变王牌让他们承受痛苦。他们活生生地展现着所有罪人必将承受的永恒痛苦。邪恶的地下世界堆满扭曲的身体，像是对人类躯体拙劣的模仿；猥琐的脸庞涌出脓液，弄湿了地面；空气中则是仇恨、厌恶和罪恶的臭味。

光人不知道，但是米莎心里清楚：地狱就是纽约。地狱就是鬼牌镇。地狱就是六月里那天下午的罗斯福公园。撒旦本人就在那里，站在崇拜他的信徒们面前。哈特曼就是指尖系着绳子的魔鬼，是她噩梦中的幽灵。是他，借着米莎的手摧毁了她兄长的声音。

她看过报纸，头版的大标题都在夸赞哈特曼，说他在危急关头如何沉稳，说他的同情心，说他为鬼牌谋福利。她知道成千上万的人会聚集在公园里等着见他，她知道他们在期盼着他说出那句话。她知道大部分人都认为哈特曼是清醒睿智的，不像心中满是仇恨的宗教狂热分子巴奈特和与他类似的其他人。

但真神之梦已经向她展示了真实的哈特曼，真神将能够扳倒他的礼物送到了她的手中。在某一瞬间，广场上集结的人群闪动了一下，似乎又要变成噩梦了，米莎差点惊叫起来。

“你还好吧？你在颤抖。”

花生抓着她的胳膊，米莎不自觉地躲开了他像角一样不能弯曲的手指。她看到了他眼中的难过，就藏在甲壳质的脸上。

“你不应该到这里来，”她告诉他，“吉姆利说——”

“没关系的，米莎，”他低声说道。这个鬼牌几乎无法移动嘴唇，声音就像差劲的腹语表演者一样刺耳。“我也不喜欢我的模样。我们中很多人都这样——比如圣伤，你知道的。我能理解。”

他残破的嗓音里蕴含的同情心让米莎感到愧疚和痛苦，于是她把注意力移开。她伸手拉扯面纱，想要遮住全脸，不再看花生，但是罩袍和面罩都被锁在她房间里的衣物箱里。她的头发也没有扎好，披在肩头。

“在纽约不能穿黑色，夏天不能穿。他们本来就怀疑你到这里来了。如果你一定要出去，至少要保证你能够融入人群，不会被抓起来。你还能在大白天出去走动就该庆幸了。吉姆利一点都不敢露面。”她离开欧洲之前波利亚科夫这样告诉她，起到的安慰效果很有限。

现在她就在罗斯福公园里，不管吉姆利前一天晚上是怎么说的，她在这里都绝对不可能吸引眼球。这地方被挤得水泄不通，人声鼎沸。鬼牌镇内部充满活力的怪异生命形态涌上草坪。1976 年的景象重演了，鬼牌镇的面具被欢欣鼓舞地放在一旁。他们丝毫没有因为真神的诅咒而感到羞耻，反而放肆展示代表他们罪孽的显眼标志，还有些被称为耐特的混迹其中。正常的肩膀和奇形怪状的肩膀靠在一起，聚集在公园东北角的舞台旁边，那里是整个公园中最靠近鬼牌镇的地方。他们在为每个呼吁团结和友爱的演讲者欢呼。米莎倾听着，观察着，然后再次颤抖。就好像午后的炎热幻化成了一只凯米拉，一个梦境中的幽灵。

“你真的很恨鬼牌，是吗?”他们向着舞台靠近时，花生低声说道。脚下的草地被踩烂，变得泥泞不堪，还散落着报纸和传单。这也是她憎恶这个人间地狱的另一个原因，这里总是拥挤肮脏。“裹尸布，他跟我说了你兄长布道的内容。听起来他跟巴奈特没有很大不同。”

“我们……经典教导我们，神直接影响世界。他奖赏好人，惩罚恶人。我不觉得这一点有什么可怕的。你信神吗?”

“当然，但是神不会用该死的病毒来惩罚人类。”

女巫点点头，深色的眼睛庄严肃穆。“那你的神要么极其残忍，让这么多无辜的人承受一生的痛苦和折磨，要么软弱无力，无法阻止这样的事情发生。不管是哪一种，你怎么会崇拜这样一个神?”

尖锐的反驳把花生搞糊涂了——她在这几天里发现这个鬼牌虽然

很友好，但心智却非常简单。他想要耸肩，但是整个上半身都提起来了，眼泪在眼眶聚集。“这不是我们的错——”他开始说。

他的痛苦触动了米莎，她原本想打断他的话，但是一下子怔住了。她再一次希望能用面纱来挡住她脸上的恻隐之情。你难道就没有听出塔基扬和其他人的言外之意吗？她想冲他发火。你难道就看不出来他们不敢直说病毒只是在被感染者体内搜寻，然后放大了你们自身的缺点？“我很抱歉，”她深吸一口气，“真的很抱歉，花生。”她用手轻触他的肩膀，希望他没有留意到她的手指如何颤抖，触碰如何短暂。“别在意我说的话。我的兄长残暴严酷，有时候我太像他了。”

花生吸吸鼻子，坚硬的脸上浮现出一个笑容。“没关系，米莎。”他立马就原谅了她，这让她更加觉得揪心。他瞥了一眼舞台，崎岖的皮肤上沟壑加深了。“看，哈特曼来了。我不知道你和吉姆利为什么那么说他。他是唯一一个帮助……”

花生的声音渐渐变小，而周围拥挤的人群纷纷将拳头伸向天空，开始欢呼。

撒旦大步走上舞台。

米莎认识他身边的一些人：塔基扬医生，穿着离谱的颜色；海勒姆·沃彻斯特，肥胖臃肿；还有一个叫刽子手的正盯着人群，那眼神让她很想躲起来。参议员后面站着一个女性，但不是经常出现在她梦里、在大马士革与她交流过的萨拉——那么这个是艾伦，他的妻子。

哈特曼摇摇头，无奈地笑看人群的欢呼，然后他抬起手，欢呼声更响了，西边的高楼大厦传来人群呼喊声的回音。舞台附近开始齐声高喊，随后整个公园都回荡着喊声。“哈特曼！哈特曼！”他们冲着舞台喊道，“哈特曼！哈特曼！”

他微笑起来，但还是在摇头，好像不敢相信，然后走向一组麦克风。他的声音低沉质朴，饱含对眼前这群人的关怀之情。这个声音让米莎想起她兄长的声音，在他说话时，他的声音就是真理本身。“你们太棒了。”他说。

人群一片怒吼，龙卷风般的声音震耳欲聋。鬼牌们涌向舞台，米莎和花生也被这股浪潮裹挟着向前。欢呼和喊叫声持续了好一会儿，当哈特曼再次抬手，群众们这才安静下来。

“我不打算站在这里说一些政客的陈词滥调，”他终于开口了，“我离开了很久，所见到的世界，说实话，让我害怕。更让我恐惧的是，在我回来之后，就在*这里*，看到了同样的偏执、狭隘和惨无人道。我们不该再玩弄权术，不该再一味选择安全客气的路线。现在不是安全客气的时候，现在，是充满危机的时候。”

他停下，深吸一口气，音响系统因此传出一阵抖动声。“大约十一年前，我就站在罗斯福公园的草地上，犯下了一个‘政治错误’。在日后的岁月里我时常回想起那一天，我对天发誓，我至今依然不明白我为什么要为我的行为道歉。那一天我所看到的是毫无意义的冷血暴力，看到的是沸腾的仇恨和偏见，于是我没能控制住自己的脾气。我，*发火*，了。”

最后几个字哈特曼是喊出来的，鬼牌们也用喊声来表示支持。他等待着，直到人群安静下来。再次开口时，他的声音阴沉悲伤。“除了鬼牌镇的面具之外，世界上还有其他的面具，这张面具所掩盖的丑陋远远超过百变王牌所制造的。这张面具背后，是人类自身的传染病，我数次听到它的声音，在里约的公寓楼中，在南非的村庄里，在叙利亚的沙漠，在亚洲、欧洲和美洲。它的声音醇厚自信，抚慰人心，它告诉那些心怀恨意的人他们有仇恨的权利。它鼓吹每个与众不同的人都低人一等。这些人也许是黑人，也许是犹太人或者印度人，也许只是*鬼牌*。”

他强调了最后这个词，群众再次号叫起来，一阵痛苦让米莎颤抖。他的话语让她回想起那个幻象，让她很不舒服。她几乎能感受到他的指尖划过她的脸。米莎看向右边，发现花生正和其他人一起伸着脖子向前看，嘴巴大张着叫喊。

“我不能让这种事情发生，”哈特曼继续说，现在他的声音更大，语速更快，配合着群众高涨的情绪。“我不能袖手旁观，因为我知道我能够有所作为。我已经见到了太多。我听到过这种阴险狡诈的恨意，我无法再继续忍耐。我发现自己再次燃起怒火。我想要扯开面具，揭露真正的丑陋，仇恨的丑陋。我们国家和世界目前的状态让我害怕，只有一种方式能够缓解我的恐惧之情。”他再次停下，整个公园都屏息凝神。米莎颤抖起来，真神之梦，真神之梦要成真了。

“今日生效，我已经辞去了在参议院的席位和参议院王牌资源强化委员会主席一职。这样一来，我才能将全部精力投入到我的新任务之中，而这份任务也需要你们的帮助。我再次宣布，我希望成为1988年总统大选的民主党候选人。”

最后的几个词被淹没在疯狂地尖叫和掌声之中。人群挥舞着手臂和横幅，米莎已经看不见哈特曼了。她从没听过如此响亮的声音，她觉得自己要聋了，不禁抬起手捂住耳朵。哈特曼！哈特曼！的呼喊声再次响起，鬼牌们和着节奏伸出拳头。

哈特曼！哈特曼！

地狱里喧闹嘈杂，她的恨意被掩埋在欢乐的庆典中，她带着反感和绝望看着身边的花生跟着众人一道欢呼。

他太强大了，比真神之光还要强大。真神，请告诉我这是正确的道路，告诉我我的信仰会收到犒赏。

但真神并没有用梦境给予回应。只有鬼牌和撒旦欢呼称颂的声音。

至少现在可以开始了。今晚，今晚他们就会见面，然后决定如何摧毁恶魔。

星期一，晚上七点三十二分

波利亚科夫是最后一个到达仓库的。

这让吉姆利很生气。他最近经历了很多糟心事，比如不知道是否还能相信曾经与他同在纽约鬼牌公正协会的伙伴；比如跟米莎相处了将近两个星期，忍受她对鬼牌的轻蔑；比如哈特曼的司法部王牌为了找他，把鬼牌镇翻了个底朝天；还有巴奈特那个煽动人心的家伙，现在耐特帮派放心大胆地对付鬼牌；以及黑社会之间持续不断的战争，让街头愈加不安全。

除了这些之外，还有很重要的一点，就是他感觉到自己快要感冒了。

吉姆利打了个喷嚏，用一块红色大手帕擤鼻涕。

现在他在鬼牌镇，过的是屎一样的生活。

波利亚科夫的到来让吉姆利的脾气进一步恶化。这个俄国人都没敲门，就砰的一声推开门，大摇大摆地走了进来。"屋顶上那个鬼牌就在街灯的照耀之下，"他大声宣布，"连傻子都能看见她。如果来的不是我，而是警察，那怎么办？你们都会被捕或者被杀。一群菜鸟！"外行！

吉姆利擦干净柔软的球形鼻孔，看了一眼手帕。"顶上那个鬼牌叫录像。她把你的图像投到房间里来，告诉我们你在路上——她要有光照才能投射影像。要不是我认出你来了，花生和锉刀在门口就会把你制服。"吉姆利把潮湿的手帕塞回口袋，用拳头敲了两下墙。"录像，"他对着天花板喊道，"给我们的客人来个回放，行吗？"

仓库中央的空气闪烁了一下，又黯淡下去。过了一会儿，仓库外面的小巷浮现在众人眼前，一个魁梧的男人正站在阴影中。模糊的形象逐渐清晰，他们看到这个男人的头和肩膀：波利亚科夫，他看到录像之后一脸不悦。最后画面在吉姆利的笑声中淡去。

"而且你他妈根本没注意到裹尸布在你后面，对吧？"他说。

波利亚科夫身后的阴影中走出一个瘦高的身影。他的食指戳着波利亚科夫的背后。"砰，"裹尸布低语道，"你死了。就像个俄国鬼牌。”站在门边的花生和锉刀都咧嘴笑了。

吉姆利不得不承认，作为一个耐特，波利亚科夫的姿态还算是有风范。他率直地点点头，甚至没有去看裹尸布。“我道歉。你明显比我更了解你的人。”

“是啊。”吉姆利吸吸鼻子，他的鼻窦像个老旧水龙头一样往下滴水。他向裹尸布挥挥手。“别让其他人进来——我邀请的人都到齐了。”瘦弱的鬼牌点点头。“死肉时间。”裹尸布轻声说道。蒸汽似的身形上浮现出一丝笑容，然后消散在阴影中。

“看来我们有王牌。”波利亚科夫说。

吉姆利干巴巴地笑起来。“把录像送到一个电子设备旁边，她的神经系统就会过载。把她放到个电视前面她都会心律失常。靠得太近了她甚至会死。裹尸布每天都会蒸发掉一点。再过一年他可能就会死去，或者无法再化成人形。王牌？波利亚科夫，他们是鬼牌，跟其他人一样。你知道的，就是你在俄国实验室里分拣出来的那些。”

面对吉姆利的无礼，波利亚科夫只是嘟囔了一句。这让吉姆利有些失望。然后他摸着粗短的灰发点点头。“俄国犯过一些错误，美国也犯过。有很多事情我都期望不曾发生，但我们现在是要做些我们能做的，不是吗？”他一眨不眨地盯着吉姆利。“叙利亚王牌到了吗？”

“我在这里，”米莎从仓库后部走过来。吉姆利看到她狠狠地瞪了花生和锉刀一眼。她向来就是一副高人一等的尖酸态度，走路的样子就像是期待着受到款待。吉姆利觉得她阿拉伯式的深色肌肤非常美丽，但是他无法欺骗自己，他知道他们之间什么都不会发生，他只敢在深夜偷偷幻想。他很清楚自己是什么模样：“长着疣子的有毒小伞菌，长在腐烂的自我之木上。”——怀德这么写过。

吉姆利是个鬼牌，这是那个贱人的底线。米莎明确表态过，她是为了像哈特曼报仇才勉强忍受吉姆利的。她根本不把他当人看，他只是个工具，因为没有别人可用，所以才找到他。他每次看到她就想起这件事，所以只要一见到她，他就想冲她吼叫。

总有一天，我会让你成为我的工具。

“我准备好开始了。今天的幻象”——她微笑起来，吉姆利则一脸阴沉——“很乐观。”

吉姆利嘲笑道：“你那些该死的梦境根本不可能影响到参议员，对吧？”

米莎转过身，瞪视着他。“你嘲笑真神的礼物。也许就是因为你的嘲讽，他才会将你变成这副被压扁的模样。”

他原本就薄弱的克制力崩溃了，炽热的暴怒席卷吉姆利全身。“你这个贱人！”他尖声喊叫道。侏儒肌肉发达的双腿张开，木桶一样的胸口也挺了起来。他冲她抬起拳头，伸出一根手指。“我不会再忍受你和其他人说的这些屁话！”

吉姆利向着米莎走近时波利亚科夫喊道：“停下！”吉姆利听到这声怒吼后转过头，这一动作让他憋着气的脑袋疼痛起来。“业余！”波利亚科夫啐道。“闪电说就是这种愚蠢毁掉了你们在柏林的行动，汤姆·米勒。我现在信他了。这种无聊的争斗必须停止。我们有着共同的目标，把你们的怒火对准那个目标。”

“说漂亮话有个屁用，”吉姆利虽然这样嘲讽，但还是停住了。他放下拳头，手指也松开了。“我们真是个很不常见的阴谋组合，不是吗？一个鬼牌、一个王牌、一个耐特。也许这就是个错误，哼？我现在也不是很确信我们有着共同的目标。”他瞥了米莎一眼。

波利亚科夫耸耸肩。“我们都不希望哈特曼获得政治权力。虽然原因各异，但在这一点上是一致的。我不想看到一个拥有未知能力的王牌成为敌对国家的总统。我知道女巫想要为兄长复仇。你则是早就跟参议员有私人恩怨。虽然你对这个女人有意见，但要记住，她有对抗哈特曼的铁证。”

“她自称的铁证。我们都还没见过，不是吗？”

波利亚科夫嘟囔道："其他的东西都是间接的：听说来的或者是猜测。那我们开始吧。我个人很想看看米莎的'礼物'。"

"先谈谈现实吧，然后再沉溺于宗教幻想也不迟。"吉姆利争论道。他能感觉到会谈的控制权正从他手中滑落，这个俄国人有一种存在感，一种魅力。现在，其他人看他的目光就像在看领袖。*忘掉你糟糕的心情吧，你要小心提防，不然他就要取而代之了。*

"但是。"俄国人坚持道。

吉姆利冲着波利亚科夫扬起头，后者温和地回看他。最后，吉姆利大声清清嗓子，吸了吸鼻子。"好吧，"他抱怨地说，"让你先来，女巫。"

吉姆利看向她时，对方短暂地扬起一个胜利的微笑。吉姆利此时暗暗决定，这一切结束之后，必须让米莎为她的傲慢付出代价。如果有必要，他会亲自出手。

米莎再次走向仓库后部，回来的时候手里拿着被布料包裹着的一样东西。"王牌们在寺庙攻击我们时，哈特曼受伤了，"她说，"他的人快速给他做了检查，但很快就撤离了，我"——她突然沉默，痛苦的记忆让她面色阴沉——"我已经逃了。我的兄长和赛义德都伤得很严重，他们集结了剩余的信徒，转移到了沙漠深处。第二天，一个幻象指引我回到寺庙。在那里，有人将这个转交给我：是哈特曼被射中时所穿的夹克。"

她在水泥地面上打开包裹着的布料。

这件夹克本身没什么惊人之处——灰色格子的运动外套，沾着灰尘和泥污，略带霉味。右肩处有个洞，边上散布着大大小小的棕红色斑点，一直到胸口。里面还有一个装着一捆文件的牛皮纸袋。米莎快速地翻看着。

"我带着这件夹克找了大马士革的四个医生，"她继续说，"我让他们各自检查了上面的血迹，他们给我的结果是一样的，都说血液来自某个被百变王牌病毒感染的人。血型也跟哈特曼符合——A 型阳性。给我这件夹克的男人向我保证这是哈特曼的夹克——是他在骚乱之后捡起来的，想着把它当成献给真神之光的纪念物。”

“恐怖分子的保证，这血迹可能属于任何人。”吉姆利冷哼一声，“听着，我们大家可能会相信这是哈特曼的血，但并没有什么意义。那个混蛋验过血，而且是记录在案的。你觉得以他的人脉，你这个证据能成立？”

波利亚科夫沉思着点点头。“确实如此。”

“那就袭击他的身体，”米莎看着其他人，“如果你不想要我的礼物，那就杀了他。我会帮忙的。”

她脸上的表情让吉姆利笑了起来，然后笑声被痰呛住，变成了咳嗽。“老天啊，这感冒真能捣乱，”他喃喃地说，“我们还真他妈的嗜血啊，对吧？”

米莎双手抱胸，一脸挑衅。“我不害怕，你怕了？”

“真要命，当然不怕。但是太不切实际了。听着，你哥哥的守卫都带着乌兹冲锋枪，但还是让他逃了，不是吗？我把那个混蛋绑在椅子上了，而且我们所有人都带了武器，但是我们一个个地走开了，一个小时之后我们都很莫名其妙为什么会做出这么个决定。那个麦基·梅塞尔——就是个没有保险且装满子弹的枪——突然发狂，把剩下的人全剁碎了，但是一点都没伤害我们的好参议员。”吉姆利啐了一口，“他能操纵别人做事——这肯定就是他的能力。他身边都是王牌。我们没办法接近他，这个办法行不通。”

波利亚科夫点点头。“很不幸，我同意这个说法。米莎，你不认识闪电，他是个王牌，在柏林跟吉姆利合作过，”他说，“他轻触一下就能杀死哈特曼。我跟他长谈过。像他这样忠诚且有经验的人，居然莫名做了些草率愚蠢的事情。他的表现完全不符合过往的履历。他被操纵了：我证据当中有一部分是他的证词。”

锉刀用手肘捅捅花生。“1976 年，”他对吉姆利说，“我记得。我们都准备好游行的时候你跟哈特曼聊了个天。然后突然间你就让我们调转方向，回到公园里。”

虽然是十一年前的事情，但现在想来，依旧酸楚。吉姆利自己也思索过很多次。1976 年的时候鬼牌公正协会差点就能成为合法的鬼牌之声了，但一下子就满盘皆输。暴乱之后，鬼牌公正协会和吉姆利的声誉一落千丈。在柏林之后，在与米莎会面之后，他开始通过一个全新的角度思考。

现在他明白了他的失败是谁的责任。

“太对了。那个狗娘养的。所以我希望他被扳倒。其他的政客，巴奈特还有别的耐特，至少我们知道他们是什么情况，但哈特曼不一样。所以他比其他人更危险。你还记得食蚁兽吗，花生？食蚁兽死在了柏林，还有其他人——他们所有人的死，归根到底都是哈特曼的错。”

花生想要摇头，但是整个身体都跟着动了起来。“不是这样的，吉姆利。真的。哈特曼是帮着鬼牌的。他撤消了法案，他友好地跟我们说话，他到鬼牌镇来……”

“对。如果我想打消别人的疑虑的话也会做这些事情。我告诉你，我们知道巴奈特是什么人，所以随时都能对付他。我更害怕的是哈特曼。”

“那总得做些什么吧，”米莎插嘴道，“我们有他的夹克。我们有你的证词和波利亚科夫的。告诉你们的媒体，让他们去对付哈特曼。”

“我们屁都没有。他会否认的。他会进行一次血检，然后说所谓证据是伪造的，伪造者就是在柏林绑架他的鬼牌、有克格勃背景的俄国人和你——声称是你的梦境告诉你哈特曼是王牌，还疯疯癫癫地认定自己是在被人操纵的情况下袭击了身为恐怖分子的哥哥。真是个他妈典型的罪行转移。”

吉姆利很高兴地看到米莎脖子发红。嗯，这一下打中你了，对吧，贱人？“没错，我们有间接证据，”吉姆利继续说，“但要是我们提出来，他只会一笑而过，媒体也一样。我们必须找些别人来，让他们当先锋。”

“我猜你心中已经有了人选？”波利亚科夫评论道。

吉姆利觉得这个男人的语气里略带挑战的意味。“没错，”他告诉波利亚科夫，“我建议把我们知道的告诉蝶蛹。据我所知，她本人对哈特曼非常感兴趣，而且从不记仇。没有人比蝶蛹更了解鬼牌镇。”

“没有人比萨拉·摩根斯特恩更了解哈特曼。”米莎挥挥手，不赞同吉姆利的建议，“真神之梦向我展示了她的脸。是她摧毁了哈特曼，不是蝶蛹。”

“好，她是哈特曼的情人。我们认为哈特曼拥有心灵控制力——所以谁最有可能受他控制？”吉姆利的太阳穴突突地疼，感觉脑袋里满是黏液。“我们必须去找蝶蛹。”

“我们不知道那个蝶蛹是否愿意帮助我们。也许哈特曼也控制了她。我的幻象——”

“你的幻象都是放屁，女士，我他妈不想再听你叨叨你的幻象。”

“它们是真神的礼物。”

“它们是百变王牌的礼物，每一个鬼牌都知道那玩意的厉害之处。”吉姆利听到仓库的门被打开了。他的视线从米莎转到波利亚科夫，看见他正站在门口。“你他妈要去哪儿？”

波利亚科夫深深呼了一口气。“我听够了。我不会跟蠢人搅和在一起。找蝶蛹或者找摩根斯特恩——随便你们。我甚至还愿意祝你们好运，也许会有用。但是我不想牵扯进去。”

“你要走？”吉姆利难以置信地说道。

“我说了，我们有共同的目标，但似乎仅此而已。你尽管去做你想做的，用不着我来帮你。我有我自己的方式。我要是找到了什么有用的东西会联系你的。”

“你要是自己贸然行动，会被抓住的。那哈特曼就会知道有人想对付他。”

波利亚科夫耸耸肩。“如果哈特曼像你说的那样是个大威胁，那他肯定已经知道有人要对付他了。”他对着吉姆利、米莎、锉刀和花生点点头，然后走出去，轻轻地关上门。

吉姆利感受到众人的目光都盯着自己。他对着门比了个下流的手势。“就让他滚吧，”他大声说，“我们不需要他。”

“那我去找萨拉，”米莎还在坚持，“她能帮上忙。”

你没得选择，至少现在没有。

吉姆利犹豫片刻，点了点头。“好吧，”他叹息道，“花生会帮你买去华盛顿的机票。我去找蝶蛹。”他的手抚摸着额头，烫得像是生病了。“现在，我要上床休息了。”

星期二，晚上十点五十分

吉姆利交代她一定要注意看有没有人在监视萨拉的公寓。米莎觉得这个侏儒有被害妄想症，但她还是在旁边观察了一会儿才过街。她没办法确认这里是否被监视了，她的丈夫，曾经负责光派所有安保工作的赛义德，也会同意这种说法。

“专业人士绝对不可能被外行看出来，除非他自己想被看到。”她想起他曾经这样说过。想起赛义德，也就想起了那些痛苦的回忆：他嘲讽的声音，专横的作风，怪物般的身体。当他在她眼前被击倒时，她心里既是解脱又是恐惧，他的骨头就像干枯的小树枝一样折断，动物般的低声呻吟从他瘫倒的身躯上传来……

米莎一阵颤抖，然后她过了街。

她按下前门的内部通话系统的按钮，惊讶于美国人竟然都使用这样无效的安全系统——门本身是玻璃的，根本阻挡不住想硬闯进来的人。那一头传来的声音疲惫且谨慎。“喂？哪位？”

“是米莎，女巫。求你开门，我必须和你谈谈……”

一阵长久的沉默。米莎以为萨拉可能不打算开门了，但就在此时，内部通讯器的扬声器发出干巴巴的咔哒声。“你进来吧，”那个声音说，“二楼，直走。”

门嗞嗞地响了一声，米莎犹豫了一下，不确定该怎么做，然后推开了门。她走进开着空调的门厅，上了楼梯。门吱呀一声打开了，门和门框之间有只眼睛盯着她看。她到了门口时，这眼睛退了回去，米莎听到锁链叮当的声音。门开得大了点，但只够米莎一人通过。“进来。”萨拉说。

萨拉比米莎记忆中更瘦，可以说是骨瘦如柴。她的脸庞苍白憔悴，眼睛下面有着大大的深色眼袋。她的头发看起来似乎好多天没洗了，毫无光泽地垂落在肩膀上。米莎进来之后她把门锁上，然后靠在门上。

“你看起来不一样了，女巫，”萨拉说，“没有罩袍，没有面纱，没有安保。但我记得你的声音和你的眼睛。”

“我们都变了。”米莎轻声说道，看见萨拉深色的瞳孔里闪烁着痛苦。

“大概是吧。生活很艰难，不是吗？”萨拉不再倚靠着大门，她揉揉眼眶。

“你写到了我，就在……就在沙漠事件之后。我读了，你懂我，你有一颗善良的心，萨拉。”

“我最近不怎么写了。”她走到客厅中间，只有一盏台灯亮着，萨拉站在昏暗的阴影里，“呃，你请坐吧。我去弄点喝的。你想喝什么？”

“水。”

萨拉耸耸肩，走进了厨房，几分钟之后手里端着两个玻璃杯。她把一个递给米莎，米莎能闻出来另一个里面有酒精味。萨拉坐在米莎对面的沙发上，喝了一大口。“沙漠里的遭遇是我这辈子最恐怖的经历，”她说，“我以为你哥哥——”她犹豫着，越过杯子边沿瞥了米莎一眼。“我以为他完全疯了，我知道我们都得死。然后……”她又抿了一大口。

“然后我割了他的喉咙。”米莎帮她说完。这些话语刺伤了她的心，一直如此。她们都没有看向彼此。米莎把杯子放在沙发旁边的桌子上。冰块撞击杯壁的声音异常响亮。

“那肯定是个非常艰难的决定。”

“远远超出你的想象，”米莎回答道，“光曾经是——现在也是——真神的先知。他是我的兄长，是我的丈夫所追随的领袖。我爱他，因为真神，因为我的家人，因为我的丈夫。你不了解我所在的社会中的女性，你不了解我们的文化。你看不到若干个世纪以来的适应和调整。我的所作所为是不可能的。我宁愿把自己的手砍掉，也不会做那样的事。”

“但你还是这么做了。”

“我不认为是我做的，”米莎轻声说，“我觉得你也不相信是我做的。”

萨拉的脸藏在黑暗中，头发被身后的台灯照亮。米莎只能看见她眼睛里一闪而过的亮光和再次举起杯子后嘴唇上留下的水光。“又是女巫的梦？”萨拉语带嘲讽，但是米莎听到了她的颤抖。

“在大马士革时我去找你，是因为真神的幻象。”

“我记得。”

“那你也应该记得，在那个幻象里真神告诉我你和参议员是爱侣。你应该记得我说过，我看到了一把刀，赛义德试图将它从我手中夺走。还有，我说了哈特曼是怎样利用你的不信任，并且进行改造，以及他将如何利用我的情绪来对付我。”

“你说了好多事情，”萨拉抗议道，她缩在沙发上，双臂将膝盖抱在胸口，“全都是标志和奇怪的画面。可以有很多种解读。”

“侏儒也出现在了幻象里，”米莎坚持道，“你肯定记得——我跟你说了。那个侏儒就是在柏林的吉姆利。哈特曼也同样利用了他。”

萨拉呼吸粗重。“柏林——”她喘息着，“那都是巧合。格雷格是个富有同情心的善人。我比所有人都更了解他。我知道他是什么样的人。我一直和他在一起。”

“是巧合吗？我们都知道他是什么人。他是个王牌，隐藏的王牌。”

“我告诉你这不可能。他做过血液测试。退一步说，就算他是王牌，那又怎么样？他依然在为所有人的权益和尊严奋斗——不像巴奈特或者你哥哥或者鬼牌公正协会的恐怖分子。你说来说去，都是含沙射影。”

“真神之梦——”

“那些不是真神之梦，”萨拉愤怒地打断她，“只是该死的百变王牌。预知的片段。有好几个王牌都有这样的能力。你能瞥见某种可能的未来，仅此而已：没用的小预览片段，跟神灵没有任何关系。”

萨拉的声音在提高。她又喝下一杯时米莎看到她的手在颤抖。“你之前觉得他做了什么，萨拉？”她问道，“为什么你会恨他？”

米莎以为萨拉会否认，但她没有。“我错了。我以为……我以为他杀了我姐姐。是有巧合，对，但是我错了，米莎。”

“但我能看出来你在害怕，因为你觉得你有可能是对的，因为我所说的有可能是真相。我的梦告诉我——告诉我柏林之后你就一直在思考，还告诉我你很害怕，因为你想起了我在大马士革对你说的一句话：他对我做了什么，今后也会对你做。你难道就没有注意到他跟你在一起时你的情绪就会变化？这没让你起疑心？”

“去你的！”萨拉站起身喊道，玻璃杯飞了出去，砸在墙上，“你凭什么这么说！”

“我有证据。”米莎冷静地抬起头面对萨拉的瞪视，轻声对着暴怒的她说道。

“梦。”萨拉啐了一口。

“不仅是梦。在寺庙里，参议员在骚乱中被射中了。我有那件夹克。我找人分析了血液。是有感染的——你们的百变王牌病毒。”

萨拉疯狂地摇头。“不，测试结果是你故意搞出来的。”

“有可能是哈特曼伪造了他的血检结果。对他来说很简单，不是吗？”米莎说。萨拉的痛楚也撕扯着米莎，但她依然坚持着。萨拉是关键——幻象全都显示她是关键。“这就意味着你姐姐的事你并没有搞错。这能解释我身上发生的事，能解释柏林的事，能解释你所有的问题。”

“那带着证据去找媒体。”

“我正面对着媒体。”

萨拉的头来回晃动，表示拒绝。“这还不够。”

“也许它本身不是强有力的证据，我们需要你所知道的一切。你肯定知道些什么——其他奇怪的意外，其他的死亡……”

萨拉还在摇头，但是肩膀垮了下来，愤怒之气消失殆尽。她转向米莎。“我不能信任你，”她说，“求求你，离开吧。”

“看着我，萨拉。在这件事情上我们是姐妹。我们都被伤害了，我只想要寻求正义，就像你想要为你的姐姐讨个公道一样。我们都曾被爱意蒙蔽双眼。我爱我的兄长，但也恨他的所作所为。你爱哈特曼，但是他内心还有个黑暗的哈特曼。你不愿意反抗他，因为那样就意味着你对他的付出是个错误，因为当他在你身边的时候你就只能看见你爱的那个哈特曼。你必须承认你是错的。你必须承认你爱上的是一个利用你的人。所以你就一直等待着。”

对方没有回应，米莎叹了口气，点点头。她不能再说下去了，这一字一句都在萨拉心上留下了一道道伤口。她走向门口，走过萨拉身旁时还轻抚了她的背。米莎能感觉到萨拉的肩膀随着无声的哭泣而抖动。当米莎的手握上门把手时，身后的萨拉开口了，她的声音哽咽着。

“你发誓那是他的夹克？你手上那件？”

米莎的手还放在门把手上，她不敢转身，不敢让自己燃起希望。

“对。”

“你信任塔基扬吗？”

“那个外星人？我不熟悉。吉姆利似乎不喜欢他。但是如果你信任他，那我也信任。”

“我后半周要去一趟纽约。星期四晚上六点半在鬼牌镇诊所门口等我。带上夹克。我让塔基扬检查后再决定。到时候再决定，就这样。可以吗？”

米莎松了一口气，差点惊呼出声。她想要大笑，想要抱住萨拉，跟她一起哭喊。但她只是点点头。“我会去的。我向你保证，萨拉。我想要真相，仅此而已。”

“如果塔基扬说什么都证明不了呢？”

“那我就学着接受我的所作所为带给我的愧疚，”米莎转动门把手，然后停住，“如果我没去，那肯定是被他阻止了。你必须决定你要怎么做。”

“对你来说是个好办法，”萨拉讥讽地说，“你不出现就行了。”

“这话连你自己都不信，对吗？”

沉默。

米莎再次转动门把手，走了出去。

星期四，晚上十点

蝶蛹推开她办公室的门，没怎么在意坐在她椅子上、还把一双光脚架在桌子上的侏儒。她把门关上，水晶宫夜晚的喧闹声被挡在外面，成了遥远的沙沙声。

吉姆利感觉糟透了。蝶蛹惊人的眼睛中并没有惊讶的样子，这让他感觉更差劲了。“我早就该知道，你从来就不会被吓到。”

她紧抿着嘴，一个微笑浮现在肌肉和肌腱上。“我几个星期之前就知道你回来了。这是旧闻了。那么，你的感冒怎么样了？”

吉姆利吸吸鼻子，传来湿漉漉的声音。寒意像一盘冰块，从脊椎向下窜。“妈的。我感觉一塌糊涂。都两天了我还在发烧。而且很明显我的组织里有个大嘴巴的家伙。”他凄惨地一笑。

“你要是穿上鞋子可能就不会感冒了。你还给我带了个包裹。”

“妈的，”吉姆利脱口而出。他把腿放下，一脸苦相地从椅子上跳下来。这一系列动作让他有些晕眩，只好用手扶住桌子，稳住自己。“我还不如从前门进来。不如不要寒暄了，直接给我个答案吧？”

“但我并不知道你的问题是什么。”她的笑声短促，不带笑意。“就算是我，也不可能什么都知道。而且我最近比较关注更紧急的事情，没太留心政治。这世道对每个鬼牌来说都不安全，不单单是你一个。但我可以猜一猜，”蝶蛹继续说。“我觉得你是为了哈特曼参议员而来。”

吉姆利哼了一声。“柏林那桩烂事之后，这不用猜就能知道吧。”

“你才是对我所知的信息大惊小怪的人，我自己并没有显摆什么。躲在东河旁边，怕被警察抓住的也是你。”

“有人他妈的在泄露我的消息。”他摇摇头。吉姆利侧着身子撑住桌子边缘，一跳，又坐上了椅子。他闭上眼睛，很快又睁开。你回去之后，就可以上床休息。也许下一次你醒来时，病痛就消失了。“上帝啊，我真的感觉一塌糊涂。”

“我希望不会传染。”

“我们俩都已经感染了这世界上最可怕的病毒。”吉姆利充血的眼睛斜睨着蝶蛹，“说到这个，我猜你已经知道了我们的哈特曼参议员是个该死的王牌？”

“真的？”

吉姆利讥讽道：“我也是知道一些事情的，女士。比如，我知道唐斯一直在问奇怪的问题，还有你和他走得很近。我猜你们跟我有同样的想法。”

“是又怎样？就算你说对了——我没这个意思——这又关你什么事？也许一个王牌总统没什么不好。很多人觉得哈特曼为鬼牌做的比正义会多多了。”

吉姆利一下子从椅子上窜下来，完全忘记了病痛。暴怒侵袭着他沟壑纵横的脸庞。“他妈的正义会是唯一一个告诉傻逼耐特别惹鬼牌的组织。我们才不会像那个老马屁精德斯一样用象鼻抓着帽子行礼。正义会逼着他们注意我们，就算这意味着要揍他们脸也无所谓。你少在这儿跟我说哈特曼比正义会好这种屁话。”

“那我建议你离开。”

“我要是走了，你就看不到包裹了。”

他能看到蝶蛹在考虑，于是他笑了，迅速忘记了自己刚才还在发火。*对，你很想要那个包裹。我们的蝶蛹只是在故作姿态。我知道她想看见。米莎滚旁边去吧。*

“你从来就不是个免费送东西的人，吉姆利。这个包裹是个什么价格？”

“你把这个曝光，再加上我给你的其他东西，和你跟唐斯挖掘出来的料。我们把哈特曼搞出去。”

“为什么？就因为他是王牌？还是因为你的一点私人仇恨？”

吉姆利咬牙切齿，但一个喷嚏毁掉了他的气势。“因为他是个渴望权力的混蛋，他跟政府里其他满脑子金钱的自大官员一样，但他还有王牌能力的协助。他很危险。”

“搞掉哈特曼，下一任总统就可能是巴奈特。”

“该死。”吉姆利啐了一口。蝶蛹不悦地看着地毯上的口水。“他可能会获得提名，但不会当上总统。巴奈特只是个耐特，到了必要时把他除掉就是了。面对巴奈特，至少我们知道他是个什么样的人。而哈特曼完全是未知数。你不知道他到底有什么能力，或者他打算如何运用能力。”

“也许会拿来做点好事。”

“也许会做些坏事。这不是为我一个人，而是为了鬼牌。看看你搞到的那些事实吧。被哈特曼碰上的东西都会被摧毁。他利用别人。嚼之无味了就把残渣吐出来。他利用过我，利用过光的妹妹，他在柏林搅乱了我身边人的心灵。他就是一瓶硝化甘油。只有上帝知道他还做了什么。

他闭上嘴，等待她的反驳，但是她并没有。吉姆利从口袋里掏出一团纸巾，擤了鼻涕，然后冲她咧嘴一笑。

“你也有同样的怀疑，”他继续说，“我就知道，不然你不会站在这里听我说这么久。你想要我的小包裹，因为它可能会证实你的怀疑。”

“证据也不一定就确实笃定。看看加里·哈特。也没有证据，就因为他的否认不够有力，就民心尽失了。”

“有百变王牌的证据。我拿到了哈特曼的血。”吉姆利拿出米莎的夹克。他把这件沾血的衣服摊开放在蝶蛹的桌子上，跟她说了来龙去脉，说完之后，淡淡的红晕浮上蝶蛹透明的皮肤，网状的血管因为激动而扩张。吉姆利顾不上头痛欲裂，大笑起来，

“是你的了，免费的。”他刚说完，突然剧烈地咳嗽起来，几乎痉挛。等到这一阵过去，他才用袖子擦擦鼻子。“你是了解我的，蝶蛹。我也许会做各种事情，但我不撒谎。我说这个是哈特曼的血，那就肯定是。但这还不够，光有它还不行，所以你要用它搞点事。感兴

趣吗?”

她的指尖轻柔地抚摸着衣服上的血迹。“给我吧,”她说,“我找朋友检查——可能要花几天时间。如果血迹确实来自一个王牌,那我们也许可以做个交易。”

“我也是这么想的,”吉姆利说,“也就意味着你手上还有不少哈特曼的料,对吗?好好保护这个夹克。之后我会再跟你联络。现在我要回家躺床上等死了。”

星期二,晚上十一点四十五分

吉姆利跟蝶蛹道别之后浑身都因发烧而颤抖。他来的时候坐的是锉刀的小货车,但却跟他说了会自己回去。*管他有什么危险,他这样说。我烦透了扮演逃犯。我会小心的。*

他从水晶宫后面出来,走入弥漫着过期啤酒和腐烂食物味道的小巷。他腹部突然涌起一阵恶心,于是一手撑着垃圾桶,一边剧烈呕吐起来,第一波过去之后整个胃都空了,然后徒劳地干呕着。吐完之后他并没有感觉好点,胃部依然绞痛,肌肉也像是被人暴打了一样疼,发热也越来越严重。“妈的。”他喘息着,干巴巴的嘴里吐出一口唾沫。

他真希望听了锉刀的话,让他等着自己。他的手离开垃圾箱,按上自己的胃部,开始走向仓库。*他妈的六个街区,也不是太远。*

他走了四个街区之后胃部再次发出抗议。这一次更加剧烈,他胃里已经什么都没有了。吉姆利试着忽略,慢步向前。

“天啊!”他喊道,脸上因为突如其来的剧痛而扭曲。痛苦让他双膝一软,跪倒在一排垃圾箱后面,绝望地试图在一波波干呕的间隙时呼吸几口空气。他体内像着火了一样,脑袋也突突地痛,汗水浸湿了衣衫。他一拳又一拳打在水泥地上,直到拳头血肉模糊,他想用外部的疼痛来阻挡体内的折磨。

情况更糟糕了。他身体里每块肌肉此刻似乎都在痉挛，吉姆利嘶吼着，声音尖锐得不像人声。他瘫倒在地，浑身抽搐，每块肌肉都不受控制——双腿虚弱无力，双手紧握，脊柱因为痛苦折磨而弯曲。肱二头肌和三头肌疯狂地收缩，手臂因为承受不住压力而啪嗒一声折断了，裂口刺穿了皮肤。那骨头仿佛是个活物，在他眼前晃动，伤口也随之变大。他五脏六腑感觉都被酸液腐蚀着，但不知道为什么，疼痛好像在消退，这是最让他害怕的。

他快要休克了。

痉挛突然停止，吉姆利的身体还像胎儿一样蜷曲着，他动弹不得。他试过了，想用意志力驱动自己眨眼睛、弯曲手指。但完全没用，他对自己的身体毫无控制力。在某一瞬间，吉姆利心想，至少一切都结束了。有人会找到他的，肯定有人听见了他刚才的尖叫。鬼牌镇的居民们知道该怎么办——把他送去塔基扬那里。

但并没有结束。断裂的胳膊就在他圆睁的眼睛前面，尖锐的骨头像炉子里的蜡烛一样熔化。他能够感受到他的身体已经垮了，内部在搅动，液化。他的皮肤臌胀起来，像个装满开水就快要爆裂的气球。他想要尖叫，但却张不开嘴。他的眼睛也是——垃圾箱、墙壁、断裂的胳膊全都消失在视线里，扭曲变形的世界昏暗起来，然后完全消失。他无法呼吸。他觉得自己快要窒息了，完全无法吸入空气。

*至少把那件该死的夹克给蝶蛹了。*这个想法带着一股命运终结的感觉，让他自己也吃了一惊。

撕碎纸张的声响传来，吓到了受好奇心驱使过来察看这个奇怪隆起的老鼠。吉姆利看不见也听不见它，但是有种感觉，就像白热的烙铁印上了他的脊柱。他的后背中间出现了一个小裂口，然后缓缓增大，他的肉体被撕扯成不规则的长肉条。

在他寂静无声却痛苦万分的虚空中，吉姆利想着他是否已经死了，也许这就是米莎口中等待着所有鬼牌的永恒地狱。他的内心在尖叫，诅咒米莎，诅咒哈特曼，诅咒百变王牌和这个世界。

然后，他很幸运地失去了意识。

星期三，凌晨十二点四十五分

就在她推开仓库门的时候，一场梦境突然降临。潦草涂鸦的画作突然流动起来，大门像是被扔进火堆的铅制小雕塑一样熔化了。

她听到远处的黑暗中传来笑声——哈特曼的笑声，一排牵线木偶在她眼前舞动。米莎退缩时，那些线突然收紧上升，她看到一个驼背的身影懒洋洋地出现。这个人脸上的恶意吓得她身形一晃——那是一张长着青春痘的男孩的脸，但神色之邪恶远非常人可比，简直觉得他的呼吸都是种毒药。她记得在幻象里看过这种脸。那微笑扭曲残酷，明亮的眼睛渴求着痛苦。他盯着她，扭动着系着线的身体，哈特曼的笑声隆隆响起时，他停止动作，安静了下来。

梦境消失了。眼前是大门，她的手正要转动钥匙。“真神。”她喘息着摇摇头。这个动作并没有驱散萦绕在脑海里的可怕感觉。梦中的画面印象太过深刻，她甚至能听到心脏狂跳。门锁咔哒一声打开了，她把门推开。“吉姆利？”她喊道，“有人在吗？”

仓库跟她梦中一样昏暗，而且空无一人。米莎头上的血管突突地跳动着，梦里的恶魔似乎又要现身了。在昏暗的仓库里，她头晕目眩，眼前闪过点点光芒。

办公室的门开了，里面台灯的亮度让她近乎失明。一道阴影突然出现——米莎惊叫起来。

“抱歉，米莎，”是花生的声音，“我没想吓你。”

他伸出手，好像打算拍拍她的肩膀，但是米莎后退了一点，于是他的手尴尬地悬在空中。她冷静下来之后皱起了眉头。“米勒在哪里？”她语气尖锐地问道。

花生把手放下来，悲伤的目光凝视着沾着污渍的地面。宽阔笨拙的肩膀耸了起来。“不知道。他一个小时前就该回来了，但是他没联系我。锉刀、录像和裹尸布刚才还在，他们说过会儿回来。他们不跟我一起。”

“怎么了，花生？你以前一个人在这里待过的。”

“波利亚科夫——他打电话来了。让我告诉吉姆利麦基在这里，在美国，说书面记录都是官方的，来自政府。他让我告诉吉姆利他觉得哈特曼恐怕已经知道了——全都知道了。”

“吉姆利知道吗？”

“还不知道。我会告诉他的。你要跟我一起等他吗？”

“不。”她说得太快，语气太冲，但是她没打算用缓和的语气给他个解释，“我跟萨拉谈了，我需要夹克——我们要拿给塔基扬。”

“你拿不到夹克。吉姆利拿走了。你必须等待。”

米莎只是耸耸肩，这让花生有些吃惊，他以为她会大发脾气。“我回我住的地方，过会儿再来。”

她转身准备走。

“我不恨你，”花生孩子气的声音在她身后响起，“百变王牌病毒善待了你，没有善待我，但我没有因为你的幸运而恨你。我也没有因为你和光那样对待我这样的人而恨你。我猜我有很多恨你的理由，但是我不恨你，因为我觉得也许那该死的病毒对你的伤害比对我更深。”

米莎的身体一僵，但没有转回来，她开口回答：“我不恨你，花生。”这一天太漫长了，她坐了飞机，去见了萨拉，刚才的可怕感觉依然萦绕着她，她太累了，没有精力争执或者解释。

“光恨鬼牌，巴奈特恨鬼牌，有时候鬼牌也恨鬼牌。你和吉姆利还有那个俄国人都想伤害一个看起来很关心鬼牌的人。我不明白。”花生叹了口气，“就算他是王牌又如何？也许这就是为什么他这样为鬼牌谋福利。我要是可以的话也想保守这个秘密。我知道别人是怎么对你的，他们盯着你，假装不在意，实际上很在意。”

“你难道就没听到我们说话吗，花生？”米莎转过身来，叹了口气，“哈特曼会操纵人心。他利用他的能力来为自己谋好处。他用能力来害人、杀人。”

“我不太相信这些，”花生坚持道，“就算我信，那你和光不也一样吗？你们难道不是也导致了几百个鬼牌的死亡？”

他的指责并没有说错，而他温和的语气让她心里更加刺痛。*你的手上也沾着血。*“花生——”她开口，又住口。她想用面纱遮住眼睛，用黑色布料藏住情绪。但是她做不到。她只能站在那里，视线无法从他悲伤且起皱的脸上移开。“你怎么能不恨我？”她问道。

他看起来几乎在微笑。“我恨过。然后我遇到了你。嗯，你的社会欺骗了你。每个人都被这样对待过，对吧？我看到你的反抗，我知道你是在乎的，在内心里。吉姆利说你也不喜欢光的很多行为。”现在他确实在微笑，试探性的笑容，粗厚皮肤上所有的沟壑都更明显了。“也许我应该跟你一起回去，保护你不被圣痕骚扰。”

她只能微笑回应。

“哎呀，这也太感人了吧？”

这个突然出现的声音让两人都猛地转身——这句话带着很重的德国口音。一个脸色苍白、穿着黑色衣服的驼背男孩穿过仓库的墙走进来，就好像墙壁不过是一阵雾气。米莎立马认出了那张残酷的瘦长脸，看出了那双眼睛里盘桓的病态。她身体里高声作响的恐惧感已经在提醒她了，而且他跟挂在哈特曼线上的时候一样，带着凶猛阴郁又漫不经心的感觉。

“女巫，”他用紧张不安的声音快速说道，她听到这句尊称，就知道一切都结束了。年轻的小伙喘息得像一匹紧张的种马，他歪嘴笑起来。*哈特曼知道了，他找到了我们。*“是时候了。”

她只能摇头。

花生站在了入侵者和米莎之间。那个介于男人和男孩之间的闯入者向这个鬼牌投去讽刺的眼神。“吉姆利难道没跟你们说过麦基？哎呀，每个人都怕麦基，怕得要死。你应该看看军团里那个被我切开的贱人的眼睛。我的王牌能力是最棒的……”麦基散漫的语气中带着渴望被满足的感觉。他的手伸向米莎。花生想要打掉麦基的手，但是突然间那只手开始颤抖，然后带着可怕的嗡嗡声震动起来。

血液像喷泉一样涌出来，场面让人难以置信。花生被切断的小臂掉在了地板上。

花生愣了一会儿，一脸惊诧地盯着断肢处喷涌而出的红色。然后他尖叫起来，双腿一软，瘫倒在地。麦基再次抬起手，模糊的残影伴着锯子的嗡嗡声。

“不！”米莎大喊。麦基犹豫了，转头看向她。那副愉快的模样让她恶心——她在她的兄长脸上看过这种表情，她在真神之梦里的哈特曼脸上看过这种表情。“不要，”她恳求道，“求你了。我跟你走，你想怎么样都行。”

麦基呼吸粗重，情绪像快速变换的云影，掠过他纠结的面庞。花生在他身下哀号。“他是个他妈的鬼牌，我以为你希望他们全都死光。我可以帮你。会很快的，会很棒的。”他现在已经一脸严肃了，那种病态似乎就是他内心的渴求。

“求你。”麦基没有回答，于是米莎从裙子边缘扯下一条布，跪在扭动挣扎的鬼牌旁边。“抱歉，花生，”她说着用布条紧紧绑在断口上部，直到血流减缓，然后帮他扎好。“我不恨你。我只是不知道该怎么说出口。”

麦基的手触碰着她的胳膊，米莎身体一震。尽管那可怕的震动已经停止了，但他的手指还是将她抓得很紧，直到她痛苦地喊叫起来。“现在，”麦基说着，瞥了一眼花生，他的语气几乎可以算是亲切，

“下次你见到吉姆利，告诉他麦基说‘再会’[1]。”

他再次咧嘴而笑，把米莎拉起来。“别害怕。”他告诉她，“会很有趣的，非常有趣。”他疯狂的笑声就像一千片玻璃碴，将她刺穿。

星期四，早晨三点四十分

在水晶宫后面的小巷里，一个穿着黑色斗篷的健壮身影正在靠近一个戴着小丑面具的男人。穿斗篷的那个还戴着兜帽，脸上似乎戴了个击剑面罩。

“好了，参议员，就剩我们了，”戴兜帽的幽灵说道，“其他顾客都走了。员工刚刚离开，这个地方是空的。蝶蛹跟唐斯在她的办公室。”

轻柔的声音像是出自女性之口，这意味着今晚异人是由帕蒂这一人格主管。据格雷格所知，这个鬼牌曾经是三个人，两个男的一个女的，三人长久以来都是恋爱关系。百变王牌让他们三个聚合成了一体，但这一过程并没完全结束，所以时刻都在变化之中。异人的斗篷之下一直有突起和变换。异人的身体从来不会停歇——格雷格曾经见过被布料遮掩住的躯体，那景象让人不安。它（也许应该称之为“他们”，因为异人每次说到自己用的都是复数。）总是处在变形状态。帕蒂，约翰和伊万：永远都不会完全是某个人，永远都不稳定，永远在自我挣扎。骨头碎裂，肉体肿胀扭曲，五官时隐时现。

这连续不断的过程是极其痛苦的——玩偶人最了解。异人只要存在着，就能给予他所需的情绪养分。异人的世界就是一波波的痛苦，再加上拥有三重心灵，所以会更快地转化成黑色阴沉的绝望。

异人体内唯一恒定的是可塑的肉体所具有的强大力量。在这一方面，异人胜过刽子手，也许与末底改·琼斯或者布劳恩不相上下。异

① 原文为德语。

人对哈特曼参议员的忠诚也是坚定不移的。

毕竟，异人知道格雷格是富有同情心的。格雷格关心鬼牌。他是理性的声音，跟里奥·巴奈特那样的疯子不同。为什么？因为他是为数不多的几个询问异人感受的人，他还悲悯地倾听了这个鬼牌漫长的人生故事。格雷格也许是个耐特，但他走到了鬼牌之中，跟他们聊天，与他们握手，履行他的政治承诺。

只要参议员哈特曼有令，异人愿意倾尽一切帮他。这个想法让格雷格体内的玩偶人快活地扭动。今晚……今晚肯定会如他所愿，是个美味的夜晚。

玩偶人厌倦了安全行事，但是格雷格还是想小心一点。

格雷格把藏在他心中的人格逼到心灵深处。“谢谢，帕蒂，”他说。透过玩偶人，他感觉到对方心中闪过的愉悦——异人的每个独立人格都喜欢被识别出来。“你知道接下来该做什么吗?”

异人点点头。一个曾经大概是胸部的东西缓慢推开斗篷左侧。“我会看着这个地方。除了你跟我说过的那两个，其他人都不能进出。很简单。”这番话说得不太清楚，因为击剑面罩后面的嘴在变化。

“好，谢谢你。”

“不客气，参议员。你要我做什么尽管说。”

格雷格微笑起来，强迫自己拍拍异人的肩膀。有东西在下面滑动。他努力让自己不要颤抖，然后轻捏这个肩膀。“再次感谢。我大概二十分钟后出来。”

异人放射出的感激和忠诚让他体内的玩偶人大笑起来。在格雷格调整小丑面罩时，异人靠上后门，他们哼哼着使劲，里面有个金属链条断了。格雷格大步走过损坏的门，进入了俱乐部。

“我们关门了。”蝶蛹站在办公室门口，手上拿着一把模样狰狞的枪。格雷格看见了唐斯。

“我跟你们约好了，”格雷格轻声说，“你给我送了一则消息。”

他拿掉小丑的面具。虽然他跟这个女人之间没有心灵链接，但他还是能感受到她内心混杂着恐惧和蔑视，苦涩的金属味道让玩偶人很兴奋。格雷格轻笑，在声音里添加了一点来自他本人的紧张情绪。

为什么如此迟疑？

这应该是很明显的。就算有了录像给我们的信息，我们也并非无所不知。吉姆利不够信任录像，有些东西没让她看到。他们两人知道女巫和吉姆利所知的一切。

而你有我。

格雷格之前把一切都安排得很妥当：录像多年以来都是个听话的好玩偶。不过，虽然哈特曼手上掌握了她输送的资料，加上政府情报部门和其他渠道搜集的情报，他心里还是不安定。只要在这里走错一步，那就前功尽弃。

格雷格向来谨慎，永远选择最安全的路线。他不喜欢鲁莽行事，但现在他就在鲁莽。可是自从叙利亚和柏林的事件之后，他似乎就被迫选择了这条路。“抱歉我无法在营业时间前来，”他的声音近乎带着歉意，“我觉得我们的会面应该选一个私密点的时间。”

好。让他们觉得他们在谈判中占优势，至少暂时让他们这样觉得。你需要知道他们知道什么。

蝶蛹放下枪，胸口和胳膊上的肌肉在透明的皮肤下舒张着——她所穿的裙子基本没有遮盖住她的身体。她的红唇噘起，像是漂浮在玻璃状的血肉上。“参议员，”格雷格不喜欢她带呼吸声的虚假口音，“我猜你知道唐斯先生和我为什么会喊你来见面。”

格雷格深吸一口气，微笑起来。“你想谈谈王牌，”他说，“尤其是那些——怎么说呢——藏着掖着，不打算公开的。你想谈谈我能为你做些什么。我觉得这种事情通常被称为勒索。”

“啊，这个词太难听了。”她后退着进入办公室，嘴唇紧抿。她的脑袋就像恐怖电影里的骷髅头，上面的眼睛眨了眨。“请进吧。”

蝶蛹的办公室很奢华。锃亮的橡木桌子，舒适的皮座椅，硬木地板中央铺着一块昂贵的地毯，木制书柜上整齐地摆放着一套套金箔书脊的书。唐斯紧张地坐着，格雷格走进来时他短暂地笑了一下。

“嘿，参议员。最近有什么新闻吗?”

格雷格并没有回答，只是瞪视着他。这个男人吸吸鼻子，缩回到椅子里。蝶蛹从他身边走过，留下一阵香水味，然后她坐在了桌子后面的椅子上。她挥手示意其中一个空椅子。“请坐，参议员。我猜我们的事情不需要多久就能结束。”

“我们具体是要谈什么?”

“我们要谈的是，我正在考虑把你是个王牌这件事告诉公众。我确定这是你很不愿意看到的。”

格雷格预料到蝶蛹会威胁她。毫无疑问，她习惯了用这种战术获取她想要的结果，他也确定她觉得自己在这里不会受到任何暴力伤害。格雷格用眼角余光看着唐斯。这个记者在百变王牌全球之旅时就证明了他很容易紧张，而现在他完全无法控制自己的焦虑。他用手擦拭着额头上冒出的汗珠，蜷缩在椅子里。蝶蛹可以算是淡定，但唐斯绝对不算。很好，玩偶人冒了出来。我们应该收了他做玩偶。我们现在行动吧。

别，暂时不要。等待。

“你是王牌，对吗，参议员?”蝶蛹冷冷地问道，假装毫不在意。

他知道他们觉得他会否认。所以他只是微笑起来。“对。”他的回答也很淡定。

“你的血检是伪造的?”

“以后也可以再伪造，但我觉得没有必要。”

“也就是说，你对你的能力非常自信。”格雷格看着唐斯，而不是蝶蛹，他看出了对方的不安。他知道这个男人在想什么：一个心灵感应者?跟塔基扬一样拥有心灵控制力?我们要是控制不住他怎么办？

格雷格冷静地微笑着，助长这份误解。“你的朋友唐斯好像没那么笃定，”他告诉蝶蛹，“鬼牌镇的每个人都知道昨晚在小巷里发现了吉姆利的空皮囊，他想知道我跟此事有没有关系。”这是在虚张声势——听到这个消息时，格雷格跟其他人一样吃惊（同时也很高兴）——但格雷格看到了唐斯脸上变换的神色。“他在想也许我可以用我的王牌能力强迫你们合作。”

“你做不到。而且不管吉姆利为什么会出事，都跟你没关系，至少没有直接关系，”蝶蛹强硬地说道，“他怎么想不重要。据我猜测，你拥有心灵能力，但是使用范围有限。所以就算是你现在可以强迫我们表示赞同，你也不可能永远控制我们。”

她知道了！玩偶人的哀号回荡在格雷格脑中。你必须杀了她。求你。尝起来会很棒。我们可以让异人来动手……

她在怀疑，仅此而已。

有什么区别吗？让他们死，有些玩偶会乐意这样做。让他们死，然后我们就不用担心了。

要是现在杀他们，我们要掩盖的东西就更多了。米莎什么都不说，我们还是不知道蝶蛹得到的是什么证据。吉姆利已经退出了，但录像的记忆里还有另一个人——那个俄国男人。

还有萨拉。玩偶人嘲讽的声音刺痛了他的心。

闭嘴。我们能控制萨拉。蝶蛹绝对制定了计划，以防自己死亡。我们不能冒险。

内心的争执只持续了一会儿。“我是个政治家。这里跟法国不一样，百变王牌不是加分项。我所处的境地是，一旦说出去，里奥·巴奈特就会利用鬼牌的恨意。我已经看到了加里·哈特的政治生涯因为捕风捉影的新闻而葬送。我不打算让这种事情发生在我身上。也许，人们会注意到你的证据，然后有所怀疑。我也许会失去选票。人们会说血检也是可以伪造的，他们会带着质疑去看叙利亚和柏林的事件。我不能让自己因为这些猜测而毁掉前途。”

“意思就是我们能达成某种调解协议。”蝶蛹微笑道。

“也许不能。我觉得你们还有个问题。”

“参议员，媒体有义务……”唐斯开始说话，但在哈特曼蔑视的眼神下闭了嘴。

“《王牌》杂志并不能算是个正经媒体。这么说吧——你们的问题在于你们不了解我的能力。我会让你们明白柏林和叙利亚并不是意外。我会让你们知道吉姆利的小骨干被抓住了。我会让你们知道如果我想找到你们，那你们绝对逃不掉。”哈特曼把头微微偏向门口。“麦基！”他喊道。

门开了。麦基咧着嘴笑着走进来，手上扶着一个被裹在长斗篷里的女人。麦基从女人的肩膀处拉开斗篷，展示出她带着一条条血痕的赤裸身体。他从后面推了一把，女人倒在地毯上，面前的蝶蛹惊恐地看着。

“我是个讲道理的人，”蝶蛹和唐斯盯着地板上呻吟的身影时格雷格说道——“我只求你们考虑一下。希望你们记住，你们提出的任何证据，我都会反驳，我有能力也很愿意制造呈阴性的血检结果。你们想想吧，我连一丁点的传言都不愿意听到，你们就会意识到我让你们俩活着，是因为你们手头的信息来源最多——你们无所不知，也可能是你们给我留下了这种印象。很好。利用这些来源。因为只要我听到任何流言蜚语，或者是在《王牌》杂志上看到了一张图片，或者发现有人在问奇怪的问题，或者我被攻击了受伤了，或者哪怕是感觉到有一点被威胁了，那我就知道该找谁算账。”

唐斯目瞪口呆地看着米莎，蝶蛹虚弱地靠在桌子上。她想要直面格雷格的目光，但是没有成功。“情况是这样的，我利用你们，而不是反过来，”格雷格继续说，“我希望你们二人安静地保守秘密。你们都很擅长你们的工作。所以着手了解我的敌人吧，好好想想怎么阻止他们。我这个人报复心强，而且很危险。我就是吉姆利和米莎害怕我变成的样子。

“如果这一点被其他人知道了，那我会认定是你们的错。你们要是冒出来当英雄，那我的竞选可能会被影响，不过也就仅此而已了。你们没法证明其他事情。毕竟，我从来没有亲手杀死或者伤害过任何人。在那之后，我还会活跃在街头。而且毫不费力就能找到你们，然后我会用对待敌人的方式对待你们。”

玩偶人在他心里轻笑着，盼望着。格雷格向着蝶蛹和唐斯微笑，然后他拥抱了一脸渴求的麦基。“玩得开心。”格雷格跟他说完之后向着蝶蛹微微颔首，其中蕴含的冷漠让人不寒而栗。他走出了办公室，关上门，靠在门上，听见了麦基释放王牌能力时的嗡嗡声。

他放出玩偶人，让他肆意享受这个年轻人古怪离奇、颜色艳丽的疯狂。麦基基本不需要他的鼓动。

里面的麦基跪下来，用手抱住米莎的头。蝶蛹和唐斯都没有动。“米莎，”他低声说道。她睁开眼睛，他看到了其中的痛苦，叹了口气。“多么优秀的殉道者啊，”他告诉她。“不管我怎么做，她都不开口，”他对着另外两个人赞美道。他明亮的眼光闪烁着。他的双手抚摸着她伤痕累累的身体。“她也许是个圣人。在痛苦之中还能保持沉默。太他妈的圣洁了。”他对着米莎的那一笑几乎可以说是温柔。“我会先像个男孩一样享用她，然后再切开她。现在有什么想说的吗，米莎?”

她的头缓慢地左右晃动。

麦基的笑容断断续续，呼吸也越来越急促。“你不可能真的恨鬼牌，”他看向她的脸，“不可能，否则你肯定会开口的。”他说话的语气里带着一种古怪的悲伤。

“舍希德。”米莎满是鲜血的肿胀嘴唇里吐出一句呢喃。麦基凑近去听。

“阿拉伯语，”他告诉他们，“我听不懂阿拉伯语。”他的手开始嗡嗡作响。他的手指划过她的胸口，宛如爱抚，随后鲜血四溅。米莎声嘶力竭地尖叫。唐斯呕吐起来。蝶蛹面无表情，直到麦基的手划过米莎的腹部，卷曲的肠子湿漉漉地散落在地板上。

他弄完之后，站起身来，抹掉身前沾上的血迹。“参议员说你们知道如何处理这种情况，”他说道，“他说你们什么都知道，什么人都认识。”麦基轻笑着，声音又尖又疯狂。他开始吹起口哨，是布莱希特的《三便士歌剧》。

他随意地挥手致意，然后大步穿墙而过，离开了。

星期四，晚上七点三十五分

萨拉站在鬼牌镇诊所南边的角落里。一阵冷锋刚从加拿大过来，在人行道上留下各种水坑。

萨拉瞥了一眼她的手表。米莎迟到一个多小时了。*我会去的，我向你保证，萨拉。如果我没去，那肯定是被他阻止了。*

萨拉低声咒骂，希望自己能理清思路和情绪。

你必须决定你要怎么做。

“需要我帮忙吗，摩根斯特恩女士？”塔基扬低沉的声音吓了他一跳。红发外星人眼神关切地看着她，这种表情如果换个时间她会觉得很有趣。在最近的那次旅途中，他不止一次表示过他觉得她很有吸引力。她笑了，但却发现笑声里带着不正常的兴奋，这让她厌恶。

“没事，医生，我很好。我……我在等人。我们约好了在这里见面……”

塔基扬严肃地点点头，惊人的双眼还盯着她。“你似乎有些紧张。我在诊所里观察了你一会儿。我猜也许我能帮忙。你确定不需要我？”

“不用。”她的拒绝太尖锐，声音太响，萨拉不得不微笑着缓和气氛，“真的。谢谢你特意过来问我。我正好要走了。估计她不会来了。”

他点点头，还在盯着她，最后耸耸肩。“啊，”他说，“好吧，很高兴再次见到你。虽然旅程结束了，但我们也算是相识一场，萨拉。也许哪天可以一起吃个晚饭？”

“谢谢，但是……”萨拉心烦意乱地咬着下嘴唇，只想等待塔基扬离开。她需要思考，需要离开这里。“也许下一次吧？”

“我等你。”塔基扬像个维多利亚时期的贵族一样颔首，眼神古怪地盯着她，然后转身。萨拉看着塔基扬穿过街道走入诊所。开始下小雨了，黄昏初降，街灯闪烁。萨拉再次来回看着街道。一个腿部扭曲、长着甲壳的鬼牌急匆匆地走在人行道上，跑向一个走廊下面躲雨。被垃圾堵住的下水道开始积水了。

在这件事情上我们是姐妹。

萨拉从路边走开，招呼了一辆停在街上的出租车。耐特司机在后视镜里盯着她看。他的目光无礼又直接。萨拉转过头。“你去哪里？”他有着明显的斯拉夫口音。

“往市郊走，”她说，“带我离开这里就行。”

他对我做了什么，今后也会对你做。你难道就没有注意到他跟你在一起时你的情绪就会变化？这没让你起疑心？

啊，阿德里安，对不起，真的非常对不起。

萨拉靠着椅背，透过车窗看着窗外被雨水模糊了的曼哈顿。

♣♦♠♥

血脉亲情

Ⅲ

从八十七街到五十七街的曼哈顿网格地图闪烁在电脑屏幕上。塔基扬键入一个坐标。又显示出了三十个街区的范围。他研究着两个红点。他希望自己能有个超大屏幕，好看清楚整个曼哈顿。虽然诊所面临着日益严重的危机，但他还是觉得应该花几个小时待在宝贝里。她的智慧程序和硬件超越了地球上的任何机器，而且她可以全屏幕展示神秘莫测、晦涩难懂的百变王牌来源。

诊所的外科主任维多利亚·奎因没有敲门就进来了。

“塔基扬，你不能一直这样。又花时间和鬼牌巡逻队在一起，还要处理病人，做研究，围着孙子转试图当个超级爸爸。”

他用大拇指揉了揉疲惫的眼睛，然后用指关节轻敲显示器屏幕。“答案就在某个地方，等待我去寻找。四天之内就爆出十八起新的百变王牌病例。这不合理，根本不可能发生这种事。我本来希望是个简单的原因。一个隐藏至今的孢子突然发作之类的。但不可能是这种范围。我打电话给了国家气象局，他们准备给我送来过去两个星期的天气录像。也许那会是关键。异常气候或者地震可能会是这次爆发的原因。”

“没意义，没希望，浪费你本来就有限的时间。”

“该死！”他撑着桌子，从椅子上站起来，“要命的媒体紧追着我不放，要求我给个说法，要求我让他们的读者安心。我能安慰公众多久？要是演变成全面恐慌怎么办？想想看巴奈特会怎么借题发挥吧！”

她抓住了他的手腕，把他的手按在桌子上，凑近他，直到两人几乎脸贴脸。“你不可能对这世界上的所有烂事负责！不管是鬼牌镇的帮派战争，还是左翼渣滓竞选总统！还是百变王牌！”

“我生来就是要负责任的。用我的血与骨。我们祖祖辈辈都是这样。这是我的镇，我的人，我的孙子，我的诊所，还有，我的病毒！”

“别他妈这么骄傲！”

“我没有！”他抽出自己的手，怒气冲冲地穿过房间。

“你是个无理取闹的自大狂！”

“那你有什么建议？这个权利我应该转让给谁？我该让谁来承受这份自责和恨意？我的人，对，而且他们每个人心里都恨我恨得要死！”他的头靠着墙，大哭起来。

女人的脸色越来越阴沉。她从洗手间的水龙头接了一杯水，抓着他的肩膀逼他转身，然后把杯子里的水全倒在他脸上。

“够了！冷静点！”她每说一个字都会狠狠晃动他的肩膀。

他咳嗽着擦脸，颤抖地呼吸着。“谢谢你，我现在好了。”

“回家吧，睡个觉，接受点帮助。让梅多斯过来帮你研究，让蝶蛹去管该死的巡逻队。”

“那布拉斯呢？我该拿布拉斯怎么办？”他揉搓着脸庞，“他是我生命中最重要的，而我却在忽略他。”

“塔基扬，你的问题就在于，”她走出去的时候说道，“每样东西都是你生命中最重要的。”

◆

一个常规的阑尾炎手术。不必由他来做，但汤米是老蟋蟀先生的侄子，总不能忽视了老朋友。塔基扬脱掉难看的绿色手术衣，梳理了乱糟糟的头发，做了个苦脸。他把诊所的四层楼都转了一圈。夜幕降临之后医院的灯光也昏暗了。他听见好几个房间里传出静了音的电视声，压低的交谈声，还有一声悲伤绝望的啜泣。他犹豫片刻，走了进去。强有力的下颌骨，不透明的椭圆眼睛和一条条灰发。从病号服下面的憔悴身躯判断，对方是女性

“女士?”他看了一下医疗卡。威尔玛·班克斯夫人。七十一岁。胰腺癌。

“噢，医生，抱歉，我没想……我很好，真的。我没想打扰你……那个护士太尖刻了——”

“你没有打扰我。什么护士?”

“我不想告密，或者惹麻烦。”

很明显她就是在告密，但是塔基扬还是礼貌地倾听着。不管一个病人有多麻烦，他都坚持要求员工们在提供服务时保持尊重。如果有人违背了这项最基本的规定，那他必须了解情况。

“我的孩子也没来看过我。我问你，如果孩子在你最需要他们的时候抛弃你，那他们算什么？三十年来，我每天都辛勤工作，就为了给他们创造好的条件。现在我儿子瑞吉——在华尔街的一间大公司做股票经纪人——他在康涅狄格州有套房子，他妻子甚至不愿意看我一眼。他们的房子我就去过一次，那时候她带着我的孙子们出去玩了。”

他不知道该说些什么，只是坐着倾听，她的手轻轻放在他手上。然后他去护士站给她倒了一杯蔓越莓汁，并狠狠训了本层的护士们几句。送完果汁之后他继续向前。

他这一整天喝下去的咖啡从喉咙后部向上涌，还混合着胃酸。好吧，既然已经觉得恶心了，干脆恶心到底。他推开一间病房的门，走了进去。他原本不应该让这个病人独占一个房间，但也不忍心让其他任何人承受这扇门背后处于昏迷状态的可怕怪物。他这四十年来看过各种百变王牌受害者，以为自己已经完全免疫了，但在床上躺着的那位就是对他活生生的嘲笑。

因为百变王牌和艾滋病毒的相互作用，杰克的身体被非自然的压力扭曲着，困在了半人半鳄鱼的状态。头骨被拉长，形成了鳄鱼般的吻部。但很不幸的是，下颚并没有变化。脆弱的小下颚挂在上颚的尖牙下面。下巴上还长着深色胡楂。在他的躯体上，皮肤按比例混合，交接处都是发炎的大红色线条，液体从裂缝处涌出。

塔基扬一阵寒战，希望深陷昏迷的杰克感受不到疼痛，因为眼前这一切肯定是极其痛苦。这些年来，杰克都尽职尽责地定期看望C. C. 莱德。现在，情况整个反转了，她被治愈了，开始了新生活，而她忠诚耐心的朋友杰克接替了她的位置。

“唉，杰克，哪位爱人会为你哀悼？还是他在你活受罪之前就死去了？

塔基扬拿起医疗卡，再次查看他的记录，上面显示当他处于鳄鱼形态时艾滋病毒不会继续发展。

记忆像是四散的叶子，黑色焦枯。塔基扬走在它们之中，为自己的入侵感到无比歉疚。在杰克垂死的心灵深处，还有一丝闪光，时断时续地闪烁着。人类的灵魂。更里面的地方是将罗比谢尔完全变成鳄鱼形态的触发器。塔基扬触碰一下，他就会永久地变形。

他是个医生，宣誓过要拯救生命。杰克·罗比谢尔躺在那里等待死亡，盘旋在他细胞密码里的百变王牌暂时制住了艾滋病毒，但只是延缓了必将到来的结局而已。杰克终究还是会死的。

除非。

除非塔基扬让他永远改变。如果他不再是人类，就不会因为人类的疾病而死。

但那样的生活值得过吗？他又是否有权利作出决定？

我应该怎么办，杰克？你不能做决定，所以我该帮你做？

这跟拔掉呼吸机有什么区别吗？

嗯，有的。

随后，他靠在电梯里面，听着它低吟着缓缓降到一层，再次考虑奎因让他找人帮忙的建议。但这里有好多事情只有我能做，而又只有一个我，每个人都想要我。他像个疲惫的小马驹一样摇摇头，走出电梯，进入急诊室。

一个护士拿着一小瓶将牌剂匆忙走过，差点跟他撞上。32，他在心里默默计数，跟着她穿过帘子。费恩正在准备注射。塔基扬走到轮床旁边，开始快速检查。这个女人的衬衣是解开的，展示出拿铁咖啡色的肌肤，她的胸口连接着监视器。她的口鼻被护士用面罩盖住了。病人身体的每个孔都渗出有害的黏液，覆盖了她的身体，弄湿了她的衣服。塔基扬在工作的时候都带着医者的超然态度，所以直到掀开她的眼皮，才认出来这是谁。护士移开了面罩，给他工作的空间，然后……

他推开嗅盐干呕起来，旁人想要搀扶他，但被他挣脱开了。

“你还好吗?”

“医生?”

“喝点这个。”

“别管我了!”他像个醉汉一样抓住护士的胳膊，挣扎着站起来。他抓住费恩的手腕，强行推开注射器。“你他妈的想干什么?”

“呃……我们只能这样做……是百变王牌。”

“不可能！我认识这个女人！她是个王牌!”塔基扬脸上的疯狂神情让眼前的鬼牌畏缩了。塔基斯星人继续检查。费恩向前一跳，紧紧抓住了他。“你在浪费时间！你会害她失去最后一线生机的！是百变王牌!”

“不可能！病毒是能抵抗变异的。她是个稳定的王牌。她不可能再次被感染。”

“看看她!”

塔基扬喘着气，目光从注射器转移到露莱特冒着黏液的身体，再看回注射器。“把它给我!”

她的身体因为恶臭的黏液而变得滑腻，针尖划过一条血管。露莱特叫喊起来。

“把这个擦掉。”

虽然他们擦得很快，但她身体流出液体的速度更快。最后，塔基扬终于把针头插进去了。

先祖啊，让它起效果吧，这一次就让它奏效吧!

但是最近似乎回应他祈祷的都只有沉默。

随着身体里的水分流失，露莱特越来越像个几千岁的木乃伊。突然间，她的眼睛睁开了，空洞地盯着他的脸。

“塔基扬。”一声嘶哑的耳语，“我回来了。来找你。”她呼吸的声音就像快要坏掉的手风琴。“你还在等待吗?”

“是的。”

“骗子。我要死了。你可以脱身了。”

“露莱特。”他的皮肤害怕与她亲密接触，但是他逼迫自己将脸颊贴在她的脸上。他的眼泪和黏液混合在一起。

“你摧毁了我的生活。你和你的疾病。终于，任务完成了。我……真……高兴。”

过了好一会儿，费恩才把塔基扬拉走，给尸体盖上了布。他跪在冰凉的瓷砖地面上，痛苦刺穿了他的内心。他将手握成拳头堵着嘴，不让自己哭出声来。他心里有些悲伤，有些愧疚，因为他并没有等待。

但他最主要的情绪是恐惧。

♠

“我今天特别生气，我像你建议的那样思考了一下，最后我并没有用心灵控制他们。”

“很好。”塔基扬看着冰箱，像是想从一瓶过期牛奶和一碗发霉的桃子里获得启示，“什么意思？”男孩紧张起来。“哦，布拉斯，我很为你骄傲。”在塔基扬的紧紧拥抱下，小小身躯里的僵硬都散去了。“还有，你在说英语。我也注意到了。我太累了，所以花了点时间才回过神来。”

布拉斯伸出手，把小拳头放在塔基扬嘴边。塔基扬亲吻了它。男孩突然转变了话题：“克劳德叔叔不是个很好的人，对吗？”

“对，但是他的理由也并非完全不能理解。当个鬼牌不容易。”

“如果你是个鬼牌，你会怎么做？”

“自杀。”他那张窄脸上难以描述的表情让布拉斯倒吸一口气。

“这太蠢了。死亡是最糟糕的事。”

“我不同意。你长大一点就会明白了。”

“每个人都这么说。”布拉斯噘着嘴离开了厨房，跳上沙发，“杰克，杜尔格，马克，宝贝。我猜如果船、人类和塔基斯星人全都这么说，那大概就是真的。但是我说的不是变成鼻涕人那样恶心的丑牌。如果你变成朱比，蝶蛹或者欧尼那种呢？”

“还是活不下去。”塔基扬跟他一起坐在沙发上，“我的文化崇尚完美。有缺陷的孩子在出生时就被摧毁了，各方面正常的个体也可能被绝育，如果他们的基因被认定没有足够的价值的话。

“所以普通就像缺……缺陷一样糟糕。”这个词他不熟悉，所以说得不太顺。

“不完全是，如果基因太过随意也会让一个人陷入危险。我就差点因为我的千成血液而遭到绝育，但是我的心灵能力过于出众，足以抵消难以预测的千成和我的其他……缺点。”

“你在塔基斯星上也有小孩吗？”

“没有。”

塔基扬想到他留在塔基斯星精子银行里的精子，不知道还在不在，也许被扎博的支持者毁掉了。还有个更糟糕的可能性，某位女性利用他的精子怀孕了。讽刺的是，在科技高度发达的塔基斯星，人们却完全不信任人工授精或者人造子宫。不用人造子宫可能有些道理，毕竟他们具有心灵感应力，所以孩子最好跟母亲连接在一起，但是这样会引起性交方面的限制。

那么明显的限制。

十个月！没有性生活的十个月。

他不再去想这些不愉快的事情，把关注点再次转移到布拉斯身上。关于塔基斯星的文化，他有太多东西要学，但真的需要让他学吗？这个孩子永远不可能被介绍给他的家人。他会受到憎恶。而且塔基斯星文化中有不少东西不能细说。该怎么向一个十一岁的男孩描述世仇、计划繁殖以及贵族生活中不可或缺的紧张和几乎难以忍耐的高期望值，这些都不浪漫也不精彩，而是令人窒息，他的祖父也是因为这些才离开了那个世界。

“给我讲个故事。”

“你觉得我会讲故事？”

“你就像个童话故事，不像真人。你肯定知道好多故事。”

“好吧。我给你讲哈姆比赞是怎么驯服第一艘船的。很多年前——”

“不对。”

“不对？”布拉斯的表情就好像他的祖父是个傻子，“啊，对了。很久很久以前。”他挑起一边眉毛，征求意见。布拉斯满意地点点头，更加舒服地依偎在塔基扬的怀抱里。“过去得太久了，要是有人说他们记得，那肯定是在撒谎，那时候的人们被迫坐在钢铁制成的飞船中穿越群星。更糟的是，他们不被允许自行制造飞船，因为阿拉亚——希望这一族早日凋谢——跟交易大师签订了合约，所以人们都被禁止建造太空船。塔基斯的财富流入太空，流进贪婪的网际人的口袋。”

“网际人是什么?”

“一个巨大的贸易帝国，有一百三十个种族的成员。有一天，哈姆比赞，一个高尚的钦天士飘荡到了群星初生之地的云朵间，他遇到了令人惊叹的景象。各式各样不可思议的飞船在宇宙尘埃组成的云朵中嬉戏，就像是海浪中的海豚，或者花丛里的蝴蝶。然后哈姆比赞倒在甲板上，捂住嗡嗡作响的头颅，他的脑海里充满了响亮的歌声。他的助手们都死于欢愉和震惊，因为他们的心灵无法吸收眼前那些生物的想法。但是作为一个伊尔卡赞，哈姆比赞的心灵更为坚韧。他控制住自己的恐惧和痛苦，发送出了一个想法，一个指令。他的能力非常强大，以至于那些船只都安静下来，像一群鲸鱼似的围在他的小船旁边。

“哈姆比赞选择了对方的领袖，穿上真空防护服，走上了飞船粗糙的表面。那些好奇的扎扎姆，也就是飞船之父，制造出了一个凹槽来接受这个男人。”

“然后哈姆比赞用心灵控制了这艘船，让他载着自己回家!”布拉斯喊道。

“不是。哈姆比赞唱歌了，扎扎姆倾听着，他们都意识到，经过千万年的孤独之后，他们终于找到了与自己灵魂契合的另一半。扎扎姆意识到，这些奇怪的小生物会引导着伊斯布卡乌卡布离开田园牧歌式的生活，创造出伟大的成就。而哈姆比赞意识到他找到了一个朋友。”

塔基扬凑过去亲吻了男孩的额头。布拉斯若有所思地咬着下嘴唇，抬头一瞥。

“为什么哈姆比赞没有意识到他可以对抗网际人?为什么他会意识到那么傻的东西。”

“因为这个故事是关于渴望和悔恨。”

“是很微妙的?”

“对。”

“那哈姆比赞和扎扎姆有没有对抗网际人？”

“有。”

“他们赢了吗？”

“算是吧。”

“这都是真的吗？”

“算是吧。”

“这难道不像是怀孕了？”

“你怎么会知道这个？”布拉斯扬起脸庞，看着年长者，“等我哪天不这么累了，就来跟你讲讲基因控制，还有由来已久的繁育计划，我们还没有用上宝贝这样的飞船时就开始这个计划了。”

“所以说并没有野生的飞船？”

“嗯，有的，但是他们不像故事里说的那么聪明。”

“但是——”

塔基扬竖起一根手指，放在孩子的嘴唇前。“以后再说。你肚子里的声音太响了，我都怀疑你的胃要跳出来咬我的胳膊。”

“一个新的百变王牌能力！杀人胃！”

塔基扬仰头大笑。“来吧，小家伙，我请你吃晚饭。”

“吃麦当劳。”

“嗯，好。”

♣

家庭教师还没有辞职。

这个消息实在太惊人了，以至于他一下子都没反应过来。

“家庭教师还没辞职！”塔基扬惊愕地重复道。

他跑向办公室门口，推开门。蒂塔转过头紧张地看着他。

“家庭教师还没辞职！”他喊道，“蒂塔，你太棒了！”他亲吻了她，然后带着她绕着办公室跳波尔卡，她脸色通红。最后他把她送回她的座椅，自己则倒在沙发上，喘着气给自己扇风。几个星期无休止的工作和压力快要把他压垮了。“我必须去见见这个优秀的人。我一个小时之后回来。”

♥

他听到了布拉斯的声音传来，像是只小鸟，或者一支银质长笛，其中还掺杂着男人的低沉声音，像是大提琴或低音管。那个声音里有温暖，有宽慰，感觉非常熟悉。塔基扬走出小门厅，进入客厅。布拉斯坐在餐桌旁边，前面放着一堆书。这里还有个体格魁梧的年长男人，他一头白发，表情略带悲伤，正伸出食指示意男孩坐好。他说话带着韵律，跟塔基扬很像。

“天呐……不！”

维克托·德米耶诺夫的深色眼睛遇上了塔基扬的紫色眼睛。他的表情既带着讽刺又有些恶意。

“祖父，这是格奥·冈切伦科。”塔基扬的僵硬状态似乎影响了孙子，小男孩畏缩地问道，“有什么不对吗?”

“没有，孩子，”格奥/维克托说，“他只是看到我们相处这么融洽，有些惊讶罢了。毕竟在我之前的许多教师都被你吓跑了。”

“但你没有，”布拉斯说，然后又对着塔基扬补充道，“他什么都不怕。”

*你最好怕我！*塔基扬用心灵能力向这个克格勃特工狠狠说道。

不，我们手握着彼此的弱点。

“布拉斯，到你的房间里去。我有事要和这位先生谈。”

“不。”

“照我说的做!”

“去吧，孩子。”格奥/维克托伸出手，轻柔地劝告他，“没事的。”布拉斯紧紧抱住他的老师，然后从房间里跑了出去。

塔基扬风一般地掠过房间，给自己倒了一杯白兰地，他的手因为恐惧和惊讶而颤抖不已。

“你！我以为你不会再出现在我的生活中了！你跟我说过你要退休了。都结束了。你撒谎——”

“撒谎！我们来谈谈撒谎吧！你藏起了我需要的东西。这东西让我失去了一切！”

“我……我不知道你在说什么。”

“得了吧，舞者。我对你的训练还没这么差。你故意藏起了有关布拉斯的信息。你够聪明，不可能不知道这个小小的消息有多大价值。”

汉堡，1956年。寒酸但干净的公寓，维克托通过给出限定计量的酒精和女人来训练和审问身心俱疲的塔基斯星人。几年之后，他们把他扔回臭水沟里自甘堕落。他把所知的一切都告诉他们了，但是仍然不够。这个秘密折磨了他许久，但毕竟已经三十年了，他以为自己安全了。然后，在世卫组织旅程的最后阶段，他接到了那个电话，克格勃再次出现在了他的生活中。

“我的上级知道了布拉斯，他的潜能和能力，但我却对此一无所知，你还记不记得是我培养训练了你。他们觉得我是装作不知道，是故意欺瞒。他们得出了唯一的结论。”他挑起眉毛，等待对方回答：

“他们觉得你叛变了，成了双面间谍。”

这个做作的用词让维克托露出了一点苦相。塔基扬喝完一杯白兰地之后，酒在喉咙后部爆炸开来。此时需要解释一下，把话说清楚。

“我希望你不要伤害他。”

“我觉得我对他来说是最不构成威胁的。”

“你什么意思？这话什么意思？”

“没什么，别在意。”

“你的意思是，我是他的威胁？”

“天呐，当然不是。我只是说我们活在危险的时代。”

“维克托，是他们在找你吗？”塔基扬问道，但他也不确定自己指的是克格勃还是中情局。

“不是，他们以为我死了。现场只留下烧焦的轿车残骸和两具根本无法辨认的尸体。”

“你杀了他们。”

“别一副震惊的样子，舞者。你自己也是个杀手。实际上我们两人的共同之处比你以为的要多。比如那个孩子。”

“我希望你离开我的生活！”

“我会永远待在你的生活里。你最好尽快适应。”

“我炒了你！”

德米耶诺夫的声音让他浑身一冷，然后他走了三步。“问问布拉斯。”

塔基扬想起了那个拥抱。他把布拉斯从法国偷偷带出来之后的好多个星期里，这个孩子从未向他展示过如此满怀爱意的行为。他明显喜欢这个白头发的俄国人。他要是突然间把这个男人辞退了，会对他和孩子的关系造成怎样的影响？他坐在沙发上，双手抱住头。

“维克托，这是为什么啊？”他没指望对方会回答，对方也确实没有回答。

“哦对了，既然我们要成为朋友，那你应该知道我的真名。朋友不会对彼此撒谎。我的名字叫格奥尔基·弗拉基米尔维奇·波利亚科夫。你可以叫我格奥。维克托死了——被你杀死的。”

♣♦♠♥

为爱疯狂

帕特·卡迪根　著

从王牌云巅向外看，这个城市的景色令人屏息，甚至可以给人启迪。简茫然地透过厨房窗户向下看，沮丧和不悦像往常一样在她的胃里跳华尔兹。身后的厨房员工忙忙碌碌，在帮午餐会收尾，之后还要准备晚餐。她一点都没碰他们为她做的沙拉，但他们都很礼貌地没有询问这件事。她最近胃口很差。以前她还会把食物打包，假装留着过会儿吃，然后悄悄扔掉，但现在她已经懒得假装了。

她知道有传言说她患了厌食症，对于王牌云巅这样的地方来说，这可不算是个好宣传。这简直是在开海勒姆的玩笑，因为他才把她从服务员提升到了代班监理的位置。海勒姆自己最近也很奇怪，但他的体重没变。他刚参加完一个做善事的环球之旅。海勒姆·沃彻斯特，善心大使。比简·道，黑手党受害者好听太多了。

关于罗斯玛丽的记忆让她更加抑郁。她想念她，更想念她自己心中的那个罗斯玛丽形象和她自己以为自己在做的事情。一切听起来都那么好，那么高尚——在极端主义政客和布道者的煽动下，反鬼牌和反王牌的浪潮日渐涌起，所以需要与这种狂热主义对抗。对她来说，罗斯玛丽曾经是个真正的英雄，身边有道亮光的那种。共济会的恶心事情和对恐龙小子残酷可怕的谋杀之后，她真的很需要一个英雄。她自己与死亡擦肩而过的经历并没有给她留下太深刻的印象，但她还记得那个恐怖邪恶的小东西——钦天士。她后来很少想到他，罗斯玛丽就是解药，可以化解钦天士的毒。

直到三月，她开始想要是海勒姆任由她一跃而下死在街头会不会更好。

她似乎有种天赋，就是总跟最不该惹的人搅在一起。也许她真正的王牌能力是这个，而不是召唤水。她酸涩地想，她可以算是个坏人探测器了，干脆把名字从睡莲改成探测杆吧。*对，我就是喜欢这些人。我愿意跟着这些人，帮他们做事——打电话给警察，他们肯定是奴隶贩子或者拍黄片的。*

她的大脑投射出罗斯玛丽·马尔登的模样，正对着她笑，褒奖她的辛勤工作，然后她感到一阵背叛和愧疚。她无法将罗斯玛丽想成一个完完全全的坏人。她心中有很大一部分仍然相信罗斯玛丽是真心的，不管她跟黑手党家族有着怎样的关系，她都是真心想做些什么来帮助百变王牌病毒受害者们的。

是的，她想着，罗斯玛丽还是很好的，她不像其他那些人。也许她身上发生了可怕的事情，所以才会投向黑手党的怀抱。这样她就能理解了，上帝，她能理解这个。

她的心灵将关于罗斯玛丽的记忆推到一旁，开始回忆那个叫克罗伊德的男人。她还留着他给她的电话号码。*只要你需要陪伴，需要找人聊聊，无论什么时候，尽管打给我……我能听你说几个小时，听一整晚都可以，当然这取决于你，亮眼睛。*还从来没有人这样直白地和她调情过。戴墨镜的克罗伊德，叫她亮眼睛。她没意识到自己在笑。他和罗斯玛丽的组织之间没有任何联系的痕迹，要么是埋得太深，要么跟她一样是个理想主义者。因为她希望是后者，所以很可能是前者——但她还是想要找出号码，打给他，给他个惊喜。不过她不可能这样做，大概这就是他会给她留电话的原因吧。

她的整个生活起了翻天覆地的变化。也许这才是百变王牌病毒给她带来的真正危害，给了她能力，又让她活成了一个又一个的笑话。

突然之间，索尔的声音似乎在她脑海里响起：*你这样说自己也太*

不公平了。你从来没相信过共济会是好人，你也看清了钦天士的真面目。至于罗斯玛丽，她比你聪明太多，街头上混的那种聪明——她利用了你，该感到羞耻的人不是你，而是她，如果她还会感到羞耻的话。

对，如果索尔瓦多·加尔伯恩还活着，很有可能会说出类似这样的一番话。她心想，她自己能想出这些，可能意味着还不算是无药可救。但是这并没有改善她的心情，也没有给她带来好胃口。

“不好意思，简，”一个声音从她身后传来。是埃米尔，他比她略早一些来到王牌云巅工作，现在已经是新的领班了。她匆忙擦拭自己潮湿的脸，高兴地发现自己控制力渐长，没有因为受到压力而从空气里吸出大量的水。她转身，想要礼貌地对他微笑。“我觉得你最好还是到下面的卸货区去。”

她困惑地眨眨眼。“什么?”

“出了个情况，我们觉得你是唯一一个能把它解决掉的人。”

“沃彻斯特先生总是——”

“海勒姆不在，不过老实说，就算他在，我们也觉得他帮不了什么忙。”

她紧张地看着埃米尔。他是最不留情面地谴责海勒姆行为的人之一（这实在不可原谅），最近这个群体的人数与日俱增。他们全都是满腹牢骚的员工，而且令她沮丧的是，她虽然不想承认，但也觉得他们是对的。

海勒姆参加完环球之旅后就……变得很奇怪。他似乎对王牌云巅不再有兴趣或者热情，好像餐厅就是挂在他脖子上的信天翁，是个让他头痛的负担，阻止了他去追寻更重要的东西。而且他对员工的态度也很差劲，曾经的彬彬有礼消失殆尽，情绪在分心和粗暴无礼之间游移不定。她是个例外，海勒姆对她还是很友好。不过能明显看出他要花费极大的努力才能控制住自己并且集中精力。他喜欢过她，在救她一命的那一晚她就知道了，但她不喜欢他，对此她有些愧疚。对喜欢她但她不喜欢的人富有责任，是她能想象出的最难受的情景之一。她把昂贵衣服的钱都还给他了，而且尽全力成为最优秀的员工，以回报他给她这份稳定的工作（和优厚的报酬）。最近，她要做的是力挺他，虽然她面对的人认识海勒姆的时间比她还长，应该比她更忠心。但这些人当中有不少满怀恶意，也许是因为他们在这里度过了太多美好的日子。要是她能够联系上海勒姆，她想着，看向埃米尔冰凉的绿色眼睛。要是她能够让海勒姆明白他的所作所为损害的是他自己的权威、可信度和员工的尊重，他也许就能停下，转个身，变回大师级的餐厅老板海勒姆·沃彻斯特。现在，他就好像是快要死了。

“什么样的情况?”她小心地问道。

埃米尔轻轻地摇着头，更像是在颤抖。“你直接去看会简单点，”他说，“我们现在需要的是有权力的人尽快采取果断的行动。求你了，跟我走吧。”

她深吸一口气，强迫自己保持沉着，跟着埃米尔走向电梯。

卸货区的景象就像是马克思兄弟的电影，只不过没那么有趣——她心想，就像是翻拍的马克思兄弟电影。眼前的员工正在疯狂地往卡车上装货，而明水鱼市的两个雇员则一直在卸货，另一个明水雇员则站在一个箱子上，与新的寿司主厨友幸重多面对面。这个雇员是个矮小敦实的耐特，看起来有高血压；友幸是个七英尺高的苗条王牌，他在新月时的晚上十一点到凌晨三点期间会像海豚一样生活。他们俩在一起感觉就像是喜剧团队在排练一出戏，区别就在于明水的雇员一直大喊大叫，而友幸偶尔会轻柔地讲几句，但似乎刺激得对方音量越来越大。

“这是怎么回事?”简用最一本正经的语气问道。没人听她的。她叹了口气，瞥了一眼埃米尔，然后大喊道，“所有人，闭嘴!”

这一次她的声音颇具穿透力，所有人确实都闭嘴了，全部转过头来看她。

“怎么回事?”她再次问道，看向友幸，后者微微欠身。

“明水送来的是坏鱼。全都检查过了，而且早就已经不新鲜了。”友幸文雅的波士顿上流口音里不带任何敌意或不耐烦。简觉得他是她这辈子见过的最专业的人。她希望自己能像他一样。“也就是在被装入卡车送过来之前。除非海勒姆有其他的供货渠道，否则今晚的黄昏寿司吧不可能开张了。”

简想要悄悄地闻一下空气中的气味。她只能闻到鱼腥味，就好像海洋的大部分都被捉住扔在了这里。她无从分辨这个气味是好是坏，只知道味道很强烈，如果这些货在卸货区放久一些，那就算现在没坏，很快也会坏的。

“听着，女士，鱼就是有腥臭味的，”明水的雇员揉揉鼻子说道，好像是在强调这一点，“我给海勒姆·沃彻斯特还有其他很多人送这种腥鱼，这也不是一天两天了。我也不喜欢这种味道，但这就是它们本来的味道。”他厌恶地瞥了一眼友幸。“鱼就是应该有臭味的。别跟我说不是。没人有资格让我把货运回去，除非是海勒姆·沃彻斯特本人。”

简微微点点头。“沃彻斯特先生让我代替他负责与王牌云巅所有菜品相关的交易，这一点你知道吗?”

明水的雇员——衬衫口袋上写的名字是亚伦——歪着大头，半闭着眼睛看她。“直说吧，行吗?别想用含含糊糊的话来耍我——就直说，看着我的眼睛跟我说清楚。”

“我的意思是，”简有些难为情，“我做的决定就是海勒姆·沃彻斯特本人的决定。他会百分之百支持。”

亚伦的眼神扫过简、埃米尔和卸货区的所有员工，最后停在友幸身上，此时后者正冷淡地看着他。“天呐，我看着你干吗?你肯定百分之百支持她。”

友幸转头看简，挑起眉毛，无声地询问。

“鱼到底是不是坏的，友幸。”她轻声问道。

“是的，绝对是。”

“你会这样跟沃彻斯特先生汇报吗？”

“马上汇报。”

她点点头。“那就让它们回明水。无须多说，”亚伦张嘴准备抗议时，她补充道，“如果十五分钟后这些鱼没有撤走，我就报警了。”

亚伦的大脸上一副满怀敌意又难以置信的扭曲表情。“你报警？告我什么？”

这一次简故意尽可能用力地闻了闻。“告你乱丢废物。非法倾倒垃圾。空气污染。这些都实打实的。祝你安好。”她猛地转身，捂住口鼻快速逃走。那股味道突然间让她难以承受，直犯恶心。

“很棒，简，”友幸说道。他和埃米尔追过来，和她一起等电梯。“就算是海勒姆在这里，也不一定比你做得好。”

“海勒姆根本做不好。”埃米尔模糊地嘟囔道。

“别这样，埃米尔。”她说道，然后感觉到他惊讶地看着她。

“别哪样？”

电梯门滑开了，他们走了进去。

“别说海勒姆的坏话，我是说沃彻斯特先生。”她按下到王牌云巅的按钮，“有损士气。”

“海勒姆才有损士气，你难道没注意到？要是他在主管一切，把烂东西运给我们这种事明水连想都不敢想。所以关于他的事情肯定在外面传开了，大家都知道他已经不行了——”

“求你了，埃米尔。”她把手放在他细长的胳膊上，恳切地看着他的脸，“我们都知道出了事情，但你和其他人每说一次这样的话，他重整旗鼓的机会就减弱一分。不管他在承受什么，如果我们都跟他对着干，那他永远都不会复原。”

埃米尔看起来有些愧疚。“上帝知道我有多希望他能好起来，我真的希望，简。但是他最近的样子，我觉得他就像是个——呃，是个瘾君子，”他颤抖着，“我厌恶瘾君子，还有所有上瘾的人。”

“你说得很对，简，”友幸说。他纤瘦的身体站在电梯的另一个角落，双手抱胸，“但是这些都不能帮助我们把今晚的黄昏寿司吧搞起来，海勒姆也从来没想过告诉我他对于这种情况的后备计划。所以除非你知道该怎么做，或者能找到海勒姆让他告诉你，否则王牌云巅这一次就要违背诺言了。这也许就是毁灭的开端。一只小鸟告诉我外出就餐先生今晚预订了位置，尤其是想为《纽约美食家》品评我们的寿司吧。我不用说你也知道坏评价对王牌云巅来说意味着什么。”

简疲惫地抚摸着额头。这肯定就是他们说的黑色喜剧，她心想。所有事情都越来越糟，而你却觉得想笑，一直笑到有人把你拖走。

友幸随意地走到电梯另一边，靠埃米尔更近。而她也随意地转了个头，他们正好能在不被她看到的情况下触碰彼此。他们是爱人这件事确实没必要大肆宣传，但她不太明白为什么他们要如此小心翼翼地当做秘密来保守。她想，也许跟艾滋病有关系。人们似乎觉得所有同性恋都携带艾滋，他们也因此承受了全新的迫害。她甚至有些高兴索尔没有活到现在，不用看到这番景象。

“我能找到海勒姆，”过了一会儿她开口说道，“我很确定他在哪里。埃米尔，在我回来之前你负责维持秩序，”她把海勒姆办公室的备用钥匙交给埃米尔。“你应该不会用到这个，但是以防万一。我回来之后，我们的寿司吧问题就能解决了。品种可能不会有我们想的那么丰富，但应该可以应付，多加点……呃……噱头吧。行吗，友幸?”

“我就是噱头。”友幸冷漠地说道，埃米尔则压下一个微笑。看到他们两人，她突然感觉到难以忍受的孤独。

“好，”她悲惨地说，“我去拿包，然后就上路。”电梯停下之后他们走进了王牌云巅。“运气好的话，我大概一个小时之后就会有消息。”

“运气不好呢？”埃米尔脱口而出，她知道，他没有恶意。

“运气不好的话，”她想了想，“你觉得你能生个病吗，友幸？”

“我现在就可以。”他有些草率地说道。

“嗯，但我们还是要尝试一下，不是吗？”她抬头看他，两人四目相对，“我们会不断尝试，一直到没东西可以尝试了。好吗？”

两个男人点点头。

“还有一件事，”两人转身准备走时她说道，“从现在起，称呼他为沃彻斯特先生。”埃米尔眉头微皱。“对着每个人的时候都要这样称呼他，甚至对着我也要这样。能鼓舞士气，对我们自己的情绪也有好处。”

埃米尔紧抿着嘴唇，然后点点头，这让她松了口气。“明白，简。还是我要称呼你为道女士？”

她目光低垂。“我不是被权力冲昏了头脑，埃米尔。如果你真的明白，就不会这么说。我想救他。沃彻斯特先生。我欠他的。”她再次抬头看他，“我们都以各自不同的方式欠了他的情。”

友幸看着他，这是她第一次在他优雅冷酷的脸庞上看到喜爱之情。她觉得有些尴尬，于是向他们告辞，去海勒姆的办公室拿了包，叫了辆出租车。她坐着电梯向下的时候心里有种胜利的感觉。那个喜怒无常的友幸喜欢她，这可是个不小的成就，而且还把埃米尔拉到她这一边了，至少暂时是这样。他肯定也喜欢她，她心里几乎有些轻浮地想着。也许执着于被人喜欢也是种缺点，但她有好多事情是因为这一点才做成的。如果她能通过许诺或者暗示来帮助海勒姆好起来的话，那一切都解决了。

出租车在前门等她，她钻进去，给了司机一个位于鬼牌镇的地址，忽视掉他那副恍然大悟的表情。我知道，我看起来像是大灰狼的小点心，她坐在后座上不悦地看着他。要是你知道我曾经杀过人，会震惊吗——要是你给我找麻烦，我也会把你送进坟墓。

她压下这个念头，觉得有些愧疚。她说没有被权力冲昏头脑，是假的。她是头昏了——当你拥有王牌能力的时候很难保持头脑清醒。这是她天赋的黑暗一面，她必须永远与之抗争，不然就会成为那个可怕的钦天士，或者可怜的福尔图纳托。她短暂地想到他现在会在哪里，还记不记得她。

路口亮起了红灯，他们的车停下了，一个衣衫破烂，长着巨大驴子耳朵的鬼牌趴在引擎盖上开始擦洗挡风玻璃。出租车司机冲着他大声嚷嚷，但她没有在意这些，专心演练必将到来的与海勒姆的对峙。她不应该拥有这个地址，也不应该知道这是谁的地址。海勒姆可能会当场把她开除，然后丢出去，让她连开口的机会都没有，而艾泽里会站在他身后大笑。

简害怕面对艾泽里——每个人都叫她艾泽里 - 红。有传言说她是来自海地的某种妓女，海勒姆从穷困的贫民窟里将她拯救了出来。据说她其实具有与性相关的王牌能力，任何男人（或者女人）只要跟她交欢过，就再也受不了其他人了。海勒姆应该是体验过。还有其他传言——她曾经是隐藏起来的超级毒品大亨的玩物；她就是毒品大亨；她通过敲诈勒索的方式让海勒姆或者其他人把她带到美国来；等等。

不管真相如何，简都不喜欢她，她也不喜欢简。艾泽里第一次来王牌云巅的时候，她们刚一见面，彼此就心生恨意。她周身涌出的热量让简很不舒服，那双奇怪的眼睛更是令人害怕——眼白的地方全是血红色。艾泽里傲慢地将她错称为母牛[①]女士，而不是道女士，语调还带着轻蔑，简立马就怒气上涌。更糟糕的是海勒姆似乎真的被她管辖着。只要他看向她，甚至只是提到她时，他脸上的表情就成了欲

---

① Cow 与 Dow 发音相似。

望、谄媚和无助的古怪混合体，但有时候纯粹的厌恶表情也会浮现出来，所以简觉得在海勒姆的内心深处，可能和她一样并不喜欢艾泽里。

“嘿，美人!”

她抬起头，惊讶地发现一个鬼牌把脸贴在后车窗上。

“下车吧，宝贝，我带你上天堂！我可不仅仅只有驴子的耳朵哟!”

信号灯一变出租车就猛地向前，把鬼牌甩在一边。简觉得自己想要大笑。这个鬼牌简单直白的语言跟被她在王牌云巅里婉拒的文雅邀请毫无可比性，但是不知道为什么，鬼牌的那番话触动了她。也许是因为说得很滑稽，也许是因为这是个鬼牌拒绝接受身体畸形的限制，也可能是因为他没有肆无忌惮地直说他还有驴的什么。要是个粗俗点的人可能会毫无顾忌地大笑起来。*我真是个温室花朵*，她有些沮丧地想到，*温室里的杀人花*。

出租车猛地转弯之后开过两个街区，然后在第三个街区中间停下。“到了，”司机不高兴地说道，“麻烦你快点。”

她看了一眼计价器，在前面的投币口里放了几张纸币。“不用找了。”门被卡住了打不开，但是司机一点没有下来帮她的意思。她气愤地踢了一脚，把门打开了，然后她下了车。“就因为这个，我就不会跟你说祝你今天过得愉快，”在她的喃喃低语中，出租车从路边加速开走了，她转身看着面前的建筑。

这里至少翻新过两次，但并没有什么用，还是一副丑陋寒酸的样子，但明显很坚固。除非巨大类人猿过来把它踢倒，不然它会永远屹立。她突然想到，巨大类人猿已经不存在了。这个建筑有五层楼，她要找的房间在顶楼。她从小到大都住在一个没有电梯的七层廉租屋的顶楼，她年轻的时候一天能上上下下地跑好几趟，每次都一气呵成，根本不用停下来休息。五楼对她来说算不了什么，她心想。

她才爬了两层多一点就爬不动了，但她没有停下来，不过速度慢了很多，边走边喘着气。螺旋向上的方形楼梯间上方有个天窗，黑暗被透出的暗淡光芒照亮了一点，不过这里依然昏暗，一派压抑的气氛。

顶楼只有一个房间。这门太是海勒姆的风格了，她停在楼梯最上头，微微喘息，心里想着。其他房间的门都是邋遢的灰色，但这一扇是定制的硬木，还有个装饰性的黄铜门环和老式把手，而不是普通的门把手。上面的锁非常现代，也很安全，*而且还做成了很精致的样子。海勒姆，海勒姆，*她心酸地想到，*在这样的地方做广告会有收获吗？*

他打开门看到她之后会说些什么？他会怎么想？这都不重要了。她不得不让他看到目前的情况，因为只有这样才能拯救他——拯救他的生命。跟他救她的命时有些不同，但王牌云巅就是他的命，如果她能帮他拯救餐厅，那就可以算是报了他的救命之恩。他们两人之间的平衡会被重塑，她之前一直觉得自己没办法报恩。

其实有一个办法，但她不愿意。她对他没有那种感觉。她知道不管怎样海勒姆都会欢迎她，他体贴、温柔、有趣、有爱，是所有女人心中的理想型爱人。但这样做对他终究是不公平的，而且他们最终会分开，这对两人来说都会很痛苦。海勒姆值得更好的人。他这么好的人应该和一个全心全意爱他，愿意参与到他生活中的每个方面的人在一起，给他带来依恋和爱慕的愉快感觉。他需要一个离了他不能活的人。

*而不是个离了他早就死掉的人？*她的心灵恶毒地低语着，又感到一阵内疚。*好吧，好吧。我是个忘恩负义的贱人。*她无声地咒骂着自己。*也许我是有毛病，才会不爱他这么好的人。要是感恩之情能让我爱上他，那就好了。*

也许那样一来，他就不会跟艾泽里－红那样的人一起待在鬼牌镇的公寓里了。

上帝啊，简心想。她必须跟海勒姆谈谈。她难以想象他真的和那个人在一起。她一定要帮他逃出来，找个办法让她不能进王牌云巅。只要能救海勒姆，她做什么都可以，任何事情都行，而且把他救走也意味着再也不用见到那个女人了。

她强迫自己走向公寓，用黄铜门环响亮地敲了三声。让她失望的是，开门的是艾泽里。

艾泽里穿了衣服，勉强可以这么说吧，只穿了透明的金色料子，简淡定地看着她的脸，坚决不允许自己的目光落到对方的下巴以下，然后用最干涩最自控的声音说道：“我来找海勒姆。我知道他在这里，我必须见到他。”

艾泽里脸上缓慢地荡开一个炽热的笑容，就好像简说的正好是她最想听到的话。她一个侧身，这动作好像是随着体内的音乐跳舞，再后退一点，优雅地示意简进来。

公寓内部出乎简的意料。客厅被精心装饰成海地风格，完全反映了海勒姆的好品味。简发现自己一直盯着深棕色地毯，跟海勒姆办公室那个一模一样。这个地方太海勒姆了，但是海勒姆变了，他结束环球行程之后就变成了个陌生人。艾泽里在她身边悠闲地走着，就像是某种捕猎者，而她最喜欢的猎物刚刚自愿走入了她的手心。

“海勒姆在卧室，”她说，“如果你必须见到他，那就去卧室里见吧。”她站在简面前，抬起胳膊将双手放在自己的脖子后部，她的一对大胸坦荡地暴露在简眼前，但是简保持住了视线，拒绝向下看。艾泽里伸出右手的时候上面有什么东西在闪光。

血。简冷静自持的状态快保持不住了。血？海勒姆到底是陷入了怎样可怕的困境？

艾泽里红色的手在空气中挥动，指示着方向。“这边。走进去你就会看见他了。在床上。”

简大步走过她身旁，穿过阴暗的门口，走入卧室。她清清嗓子，正准备说话，然后怔住了。

他不在床上，而是跪在床边的地板上，姿势就像祈祷。但是他肯定没在祈祷。

他背上扛着一个小孩，简以为他是正准备起身却被她吓到了，但她很快想到那是他和艾泽里的小孩，怀孕、生产和成长因为百变王牌的感染而大幅度加速，而这个孩子是一个可怕的畸形鬼牌。

她向着他走了一步，眼睛里满是同情的泪水。“噢，海勒姆，我……”

海勒姆脸上的表情从暴怒到剧痛再到悲伤，然后她看清了他背上的那个东西。

“海－海－海勒姆……”

她没有继续说话，因为海勒姆的脸上泛起怪诞的好奇表情。这不是父亲逗孩子时被打断的表情，没有哪个孩子会用嘴吸住父亲的脖子。海勒姆背上那个干瘪生物颤抖的样子让她想起了艾泽里的种种动作。她转身冲出房间，但她知道已经太迟了。

她撞向地板时，觉得自己至少有三百磅重。

◆

后来，当她开始思考的时候，当她终于能够清醒地动脑子的时候，她意识到海勒姆过了有将近半分钟才从床边出发，向着趴在地上的她移动。公寓里一片寂静，简痛苦地等待着，她甚至觉得时间似乎被拉长了，当海勒姆终于走到她旁边，她的衣服和地毯都被她身体涌出的水分浸湿了。

她想要对他说点什么，但摔倒之后她完全喘不上气。过一会儿，等她能说话了，她就会告诉他总会有办法的，不管他遇到了什么问题，她都不会将他拱手送给别人，她会用所有可能的方式帮助他。

一阵沙沙声之后，海勒姆也躺倒在地板上，就在她旁边，脸上还带着那种怪异的好奇表情看着她。他没有认出我，她心里大骇。那个生物还在他背上，看到这番景象，她闭上了眼睛。

“过不了多久，你就会发现我也并非那么难以直视。”海勒姆说。他的声音听起来很奇怪，就好像有人在模仿他，而且模仿得很像。

“海——海勒姆，”她现在能够轻声说话了，“我——我不——不会——伤害——”

小小的手指触碰着她的背，她一下子明白了接下来会发生什么。她睁开眼睛。

“别，海勒姆，”她恳求道，声音越来越响，“别让它……别让它——”

海勒姆脸上的好奇表情消失了，取而代之的是悲伤，她伸手想触碰他，却觉得身体沉重，只能勉强抬起手。他看着她的眼睛，她觉得他正在与什么东西搏斗着、挣扎着。

他背上的那东西已经完全转移到了她身上，正在找寻合适的位置。她能感觉到有什么正沿着她的脖子移动。

突然间，沉重的感觉消失了。海勒姆的眼睛里闪烁着泪光，她好像听见了一声低语，跑。

然后有东西刺入了她的脖子。

♠

她肯定在第一下的时候就昏过去了，她觉得自己像是在空气中游泳，或者是被气流推着飘来荡去。沉重感消失了，她心想，海勒姆让我成了个毫无重量的人，我正飘浮在房间里。然后她的视线清晰起来，她看见自己仍然躺在地板上。海勒姆伸手想触碰她，想把她拉到怀里，给她一个拥抱。

“停下。”这是她的声音，但是不受她的控制。某个别的东西在利用她说话。察觉到这一点之后的恐慌变形成了轻微的愉悦，然后不断增强。

海勒姆犹豫了一下，继续试着把她拉入怀中。

“我说了，停下！”这命令的语气让海勒姆不敢动弹。简身体里仅剩的一丁点自我看着她的手抬起，又停下，空气中的水被凝结成小瀑布，溅落在地毯上。一阵欢愉掠过她全身，冲走了那点自我所感受到的恐惧。她觉得自己像是被分裂成了两个人，一大部分都是不可抗拒的欢愉以及满满的欲望，另一个部分很小很小，是简·道本人，被关在笼子里深埋起来，永远不可能重见天日，更不可能获得控制权，但是还能观察和感受那个大部分所做的一切事情。她意识到，那个大的部分，就是她背上的生物。

她站起来，伸展身体，感受她的肌肉。海勒姆坐着观察她，眼神里带着痛苦和怀疑。

“你答应过的。”他闷闷不乐地说，好像是个没吃到糖的小孩子。

“我答应过要给欢愉，远胜过你在这个虚伪的白色世界里感受过的一切，”那个生物用她的声音说话，“我确实给你了，我在感受新嵌入体时请不要打扰我。”小小的简放射出一阵暴怒，但很快就被平息了。在她心灵的某一个角落，她感受到了耻辱和恐慌，但是离得太远，就好像是另一个人身上的情绪。她体内荡漾着纯粹的愉悦感，而且越来越强烈，这才是她身上唯一的情绪。

“为什么？”海勒姆的语气几乎像是埋怨，“我对你难道不好吗？你想要的东西和人我难道没有给你？我连她都给你了。我是想要她的，但我也没私藏，还是给你了。”

那个生物借着简大笑起来。又一阵暴怒变成了欢愉，转换的速度比之前还快。“你爱上这朵白色小花了？”

海勒姆目光低垂了一会儿，然后嘟囔着说了些什么，她没听清。可能是对吧。这句话对那一小部分的她很重要，但是不断涌起的欢愉取代了一切。没什么能比欢愉更重要。

“啊，但是你更爱我，对吗？”

海勒姆抬起头。“对。”他用单调的语气说道。

简感觉到那个生物移动着她的手去触摸海勒姆的头，这是带着优越感的仁慈，是身处高位的贵人的责任，而每一个动作都能制造出新的愉悦感，席卷她全身。她从未想过这些简单的动作竟能让她全身弥漫着纯粹的狂喜。只有这个词可以形容她现在的感受：狂喜。“我也爱你，这是当然。”那个生物在她的心灵里搜寻与海勒姆相关的事情。她想对他关闭心灵，把他驱逐出去，他怎么敢——但是那种愉悦啊。不。他想拿走什么就拿去吧，把他想要的一切都带走，只要她能继续享受目前的感觉就好。“像你这样品味好、胃口好，善于享受生活的人，我怎么能不爱？”那生物继续向深处探测，简觉得自己肯定像铃铛一样来回晃动，在天堂般的极乐之中颤动。“我愿意——黏着你。没有你，我活不下去。”

她跪在他旁边，触碰着他的脸。海勒姆看上去要哭了。“从这张嘴里听到这些话你很难受，是吗？”那生物把它的认知倒入她的心灵，她想要感到悲伤，但似乎连她大脑里细胞间的化学反应都在不住地释放愉悦。她心里想，她怎么会承受了这么强烈的情绪却还活着。也许她要死了。死也没关系，如果能有这么棒的体验，那死也无妨。不管怎样，她对着那个生物许诺，恳求它的喜欢和爱。不管怎样，永远。她说的这些话它已经知道了，像它这样高级的生命形式根本不会在意她的恳求，但她还是说了。为它，值得。

“不管怎样，我们永远要做对我们有利的事情，”那生物用她的声音跟海勒姆说，她感觉到自己内心像个快乐的玩偶一样扭动着，因为它选用了她刚才说的词，这是对她的认可。“我的海勒姆。这个嵌入体身上的一切都值得探索。一切。”对，一切，所有的东西，她念叨着。不管怎样，永远。“这是我的新乐趣，探索的乐趣，终于获取的满足感。”那生物用她的脸来微笑，这对她来说就像是被阳光照耀。“把艾泽里喊过来。”

海勒姆走到门口。简自己爬上床，享受其间的每一个细小动作。她之前怎么从来没意识到她拥有一副美好的躯体，这躯体能够体验到多少种不同的感觉呢？好，她不会再浪费时间。这个世界满是愉悦。

“啊，如我所料。”

她循着艾泽里的声音转过头，然后大笑。“我的艾泽里－红。看看这意想不到的愉悦。”简站起身双手划开，停在胯部两边，并为这一动作带来的快感而欣喜。

艾泽里走向她，上上下下地打量着她。“你高兴吗?”

她看着艾泽里的脸，就好像那是她所见过最迷人的东西。她为什么会觉得艾泽里的双眼是邪恶的？她眼里的红色看起来分明让人愉悦，看这个动作就能带给她愉悦，更令她愉悦的是艾泽里，因为他的喜欢，她只能无助地去爱这个女人，主人的喜爱就是她的喜爱，主人的快乐就意味着她自己的狂喜。“我非常高兴。”

简的手伸向艾泽里，然后停住了，微微颤抖起来。她的视线模糊变暗，在某一瞬间她在想，*我在做什么，不要，停下，停下！*

那股愉悦又回来了，并且向她预告着更强烈的愉悦。她的手伸向艾泽里的胸口。艾泽里快速拉下裙子的前部。

简带着微笑看向海勒姆。“我猜这是你连想都不敢想的景象。”空气中的水分聚集起来，形成一阵温柔的水雾，有选择地落在她和艾泽里身上。她垂下脑袋，贴向艾泽里的胸脯。那里潮湿，柔软，坚挺，而且非常温暖。海勒姆发出了一点小小的声音，她模糊地发觉就连声音都能让她的愉悦感觉越来越强烈。

♣

她发现，完全的愉悦能让一个人晕眩，至少她是这样的。有时候她觉得自己就快要昏过去了，然后她发现自己正抚摸着胯部的平滑曲线，或者俯视着艾泽里的脸，她心中的愉悦不断震荡，增强，似乎要将她淹没。

突然间，就在艾泽里跪在她面前时，她发现自己盯着海勒姆的眼睛，那一瞬间她仿佛与他心灵相接。他渴求着她，渴求着艾泽里，想要她们，但是更想要她背上的生物。他有些迷惑，觉得自己被抛弃了。他知道那种愉悦的感觉，不仅是来自艾泽里的身体，还有和那生物之间的接触，它的亲吻带来的狂喜。亲吻。艾泽里的嘴虽然技巧娴熟，但根本比不上真正的亲吻。

她心不在焉地推开艾泽里，将自己完全献给那个生物，服从它沉默的指令，着迷于它为她所做的一切。

最后，她发现自己绵软无力地倒在床上，意识涣散，因为愉悦而全身通红。她能够感觉到毯子在皮肤上留下的触感，还有双腿之间的湿润。水雾依然缓慢地爱抚着她的身体，海勒姆和艾泽里正在轻声交谈。背上多了主人（恶意，她的心灵告诉她，于是她接受了这个名字）本应该觉得不舒服才对，但是她却觉得无比自然，就好像它就应该在那里，但却直到现在才找回来。她满足地叹了口气。没有后背上舒适的重量，也没有脖子上甜蜜的压力，她之前都过着怎样的生活啊？她曾是个不完整的人，是个可怜的半成品，现在她完整了，不仅是完整，也许甚至超越了人类。

对，超越了人类。她这辈子都在等待这一刻，只不过她没意识到而已，被这个美丽的生物骑上之后她的灵魂升上了一个新高度。这就像是住在人性之上的飞机里。它给她的那些新鲜念头……但最重要的是，那愉悦。她就是为愉悦而生，她欢快地想到。她真的很幸运，能够意识到这一点。

“艾泽里。”她的声音说道。她感觉到在她视线之外的艾泽里突然集中精神。

“我在等待。”艾泽里的声音既任性又顺从。

“还没有结束。”

艾泽里叹了口气。然后，她感到艾泽里的手在抚摸她。

“不，不是这个。你的出行斗篷还在吗？我想……出去。”简听见自己的轻笑。

“那我呢?”海勒姆说。

“你可以帮我穿。”简朝着他的方向抬起手，“来，扶我起来。”

♥

出行斗篷又长又飘逸，还带着兜帽和层层叠叠的大领子，因为那个生物被她驮在背上，所以毛衣或者夹克那样传统的遮掩方式就不奏效了。这斗篷本身有些显眼，但在能见到各种鬼牌和王牌的纽约街头，这斗篷并不会吸引多少注意。鬼牌们常常会将自己包裹起来，以掩盖明显的畸形特征，这是司空见惯的事。

艾泽里拉起兜帽，简的脸完全隐藏其中。简裹上斗篷，享受与布料触碰的感觉。

“去个有趣的地方，”她告诉艾泽里，“去找个男人。”

“我就待在这里等你?”海勒姆说，声音里带着奴性的满足。

“你知道我等会儿会回来找你的。待在这儿。”

“好，”海勒姆说，“我永远听你的。”他一直凝视着地毯。“我打电话叫车。”

♦

简高兴地看到海勒姆叫来的是他的私人豪车，司机一直没有放下隔音板，她觉得这样很有安全感，保护了她和艾泽里或者其他人的隐私。

就像是个皇后，简心想，皇后或者女皇帝。现在她明白了钦天士过的是什么日子，理解了他的性格。她之前总是将他称为毒药，而且抗拒着自己能力的某些方面——真是好笑。她曾经觉得邪恶的东西只不过是能力的体现罢了。实际上并没有什么善恶之分——只有随之而来的力量和欢愉而已。为了这些，任何东西都可以被牺牲，任何东西，如果有必要的话所有的都牺牲掉也可以。不管怎样，永远。

她们开过一个报刊亭时，她瞥到某本杂志的封面上是跃闪杰克。她心里的一根弦被撩拨了。现在要是能够拥有他该多好。但是世界上多的是好看的男人，有红头发的，有其他发色的。而且好看不好看有什么关系？据说有些鬼牌虽然怪异畸形，但特别擅长某些特定的事情……

嘿，宝贝，我可不仅仅只有驴子的耳朵哟！

她掐了艾泽里一下，获取她的注意力，这个动作又引发了一阵愉悦。她告诉了艾泽里她想去的地方，然后在艾泽里传话给司机时，她靠着椅背坐着，体验着呼吸这一简单的行为所带来的极乐。呼气，吸气。

♠

驴耳朵的鬼牌应该没有认出她。他一手拿着喷水瓶，一手拿着破布，正在四处巡视，简打开车门招呼他。在某一瞬间他随时想爬进来，但在看见了艾泽里之后就跑了。简心里又惊又怒，但就连这些情绪都能带给她愉悦。从今以后，她会感受一切情绪，只要能取悦主人。不管怎样，永远。

艾泽里关上门，让司机继续开。“别担心，”她对着简，或者恶意轻声说，没关系的。她的声音很美妙。“我们另找一个，不要这种只说不做的人。”

他们找到的下一个鬼牌没有眼睛，但很顺利地爬进了豪车后座。简审视着他。他的头被拉长了，像颗子弹，从平齐的发际线到鼻子是一片皮肤。看到畸形就像看到艾泽里裸体一样美妙。

鬼牌狐疑地嗅嗅，扭头对着她。“你们有几个人?”他说话音调很高，有些滑稽。简把手伸向他两腿之间，他立马跳了起来。艾泽里又将他按在座椅上。

“嘿，嘿，”鬼牌尖叫着，“不要这样按着我，我知道你想怎样。”他开始脱他松垮的裤子。

她的主人像驾驭海浪一样驾驭着她的吃惊之情。“那是……标准部件?”她被允许问道。

鬼牌尖声大笑。“在我身上是的。上帝保佑百变王牌，嘿，女士们?”

她的主人替她低下头，她知道将会感受愉悦，而这个认知本身就能带来巨大的愉悦。还有，艾泽里在旁边看着，这也让她无比快乐。

♠

酒吧里光线昏暗，只有一束灼热的白光照亮小舞台，台上有个长着很多乳房的雌雄同体鬼牌和一个正常男性正在对彼此做不同寻常的事情。简透过她的新眼睛观察，拥抱新鲜有趣的体验。更有趣的是其他顾客对待她和艾泽里的方式。他们从转角处的桌子旁边走过来，似乎是要走向吧台或者洗手间，却放慢了速度查看她们。她发现自己只用一个眼神就能把人撵走，这让她觉得很好玩。他们都想要她。有人曾经盯着艾泽里看，但后来他们全都看着她，聚拢在掩盖着她背后精神力量的斗篷周围。他们知道，她心想，他们知道她才是实体，而艾泽里顶多是个仆人。是她背上那东西的仆人，对，但那也是在她的背上。不管过后会发生什么，现在都是在她背上，就算它要离开，就算她以后再无法拥有它，她都曾经是愉悦女皇，哪怕只有一会儿。她无法想象没有那种感觉的生活。

桌子前面站着一个满怀期待的年轻男人。她的主人让她评定他

——皮包骨，年轻，可能十七八岁。表面看来，除了蓬松的红发，没有其他明显特征。一个漂亮的小伙。她向前凑近。

“你挡住我们的视线了。为什么不坐下呢？”她示意旁边的椅子。

男孩坐下之后专心致志地盯着她。然后他一言不发地从椅子上滑下来，跪在她面前。她撩起裙子的时候，心里知道是那个生物在移动她的手，但她还是倾注了所有的热情，快乐地配合着他，感受手指插在他头发里的欢愉感。*红发，她恍惚地想道，我就假装是他，是跃闪杰克……*

愉悦之中荡起一阵涟漪，掠过她全身，好像她分心做了另外一件什么事情。她越过肩膀看向艾泽里。

“我开始厌倦它了，”她听见自己用平淡的语气说道，“也许因为它没有尽力来反抗我，也许是它自己的想法太少。穿上斗篷，艾泽里。”

艾泽里的眼睛似乎在黑暗中闪烁着光芒。

“小心点，我亲爱的。”艾泽里用法语低语，然后滑入斗篷，一只胳膊揽住了简。

简更加用力地抓住了男孩的头，却感觉到疼痛和吃惊。它要离开她？现在？她正想着，就感觉到它在离开她的脖子。瞬间的尖锐痛意后是突然的空虚，好像有个开关被关上了。她意识到那个生物离开了她的背，移动到了艾泽里身上，她想要转身把它抓回来，但她动不了。

斗篷被完全转移到艾泽里身上之后，她就成了愉悦女皇。

艾泽里从椅子上站起来，好像是她飘起来了，正带着轻蔑的胜利之姿俯视着简。

“为什么？”简恳求道，“我觉得——我觉得——”

艾泽里粗暴地抚摸着简的头，就像她是一只狗。“原先的最爱没有被忘记。新的愉悦确实令我兴奋，但这个嵌入体是我的旧爱，它知道该如何取悦我。还有它的欲望之丰富——小嵌入体，想跟它比，你还有很多要学习。”艾泽里用手包裹着她的乳房，骄傲地让它们凸显出来。

简转过头，开始颤抖。艾泽里俯下身子，嘴唇凑近她的耳朵。“直冲向你大脑里的愉悦区域，你懂吗?”这是她自己的声音，可恶的艾泽里的声音。“对。也许你可以嗑点药，达到类似的效果。可能可以帮你度过没有他的时光。你可以试试，也许有用。如果你还想尝到亲吻的滋味，白肉，也许你应该加倍对我好。”她把舌头伸进简的耳朵里，简小声尖叫，扇了她一巴掌。艾泽里大笑着绕过桌子，走向出口。

“等等!”简的喊声穿透嘈杂的音乐，“你要去哪里?”

艾泽里停下脚步，轻蔑地斜眼看着她。“去找点真正的乐子。”

“那我呢?”她绝望地大叫。

艾泽里再次大笑，转身走向出口，斗篷在她身后优雅地转动。

简愣愣地坐在那里。*淹死她!*她心里这样想，但是却无法集中精力。她的身体里原本回荡着愉悦，就像运转顺畅的引擎的震动，而现在，愉悦消失了，只剩下恐怖的空虚，似乎那个生物离开她时也将她体内的一切带走了。

她低下头，看到了两腿间的男孩正冲着她咧嘴笑，他湿润的嘴和下巴在昏暗的灯光下闪着微光。

“走开!”她尖叫起来，疯狂地打他。他、她自己、和那个生物离开她的方式都让她惊骇。

“嘿，嘿!”男孩一边喊一边想要挡开她挥舞的双手，“杂务工，来帮忙! 婊子发疯了!”

有人从后面箍住了她，她的手臂被牢牢钉在体侧。

“放开我!”她想要挣扎，但却被箍得更紧，似乎要折断她的胸骨。她想召唤水来攻击对手，但是她的能力似乎抛弃了她。曾经是力量来源的地方只剩一片空虚。她一下子惊慌失措。“救命，警察，来人啊！”

“闭上你的臭嘴，婊子。”男人的声音从耳边传来，就是被艾泽里的舌头触碰过的那只耳朵。简因为厌恶而再次扭动起来，于是被箍得更紧了。她强迫自己瘫软下来。过了一会儿，对方的手略微放松了一点，但做好了准备，只要她开始挣扎就会立刻收紧。

“你刚才喊什么警察？这里有人在犯罪？”

简看看四周，他们都在看她，这间酒吧里散落的小桌子旁边坐着的人都在看她，但是他们的脸上基本没有表情。舞台上的雌雄同体和那个男人的表演结束了，正盘腿坐在平台上，不耐烦地眯着眼睛巡视所有人。雌雄同体用一只手挡在眼睛前面，抵御聚光灯的亮度，搜寻着骚乱的源头。

“嘿，你她妈的干什么呢？”她/他把头转向简的位置喊道，“我正想集中精神呢？你觉得这又男又女的活很简单是吧？”

“去你的大蠢货！”有个沙哑的嗓音喊道。

“那是深夜的演出，甜心！”

“好了，婊子，我们走，”耳边的男性声音说道，“你把演出给毁了。”她被强行抱起来穿过酒吧，来到出口，但不是艾泽里走向的那个出口。红发小子跑过去开门，简被扔在了一个狭窄肮脏的街道上。她双手撑地，跪着哭喊，既愤怒又痛苦。

“滚吧，婊子，下次别来了。”

她勉强爬起来，想要抗议，却退后一步，倒在垃圾箱上。站在门口的男人不比她高，但是身体宽阔，形态异常，这是为了与他的三对胳膊配套。他身后的红发男孩怒视着她，缓慢擦拭着自己的嘴。“她没付钱，杂务工。”他说。

男人瞥了一眼红发小子，向着简走去，他的速度比她预想的快得多。“我不会让任何人骗我的兄弟，”他说，“尤其是那些大喊警察的臭婊子。把账付清，就让你走。”她还没来得及逃跑，就被他压住了，六只手在她身上搜寻。“告诉我，你把钱藏哪儿了？”一只手伸到了她的双腿之间。简尖叫起来，另一只手捂住了她的嘴，另外四只手则继续搜索。

“闭嘴。你把钱放下面了？那是你的存钱箱？我给你个机会自己拿，不然我就伸手进去帮你拿了。”

简恳求地盯着他，他放下了捂着她嘴的手。

“嗯？”

“我什么都没有，”她低声说，“他们什么都没给我留下。”

那个男人把她举起来向前一扔，她重重地落在一堆垃圾上。

“真够有种的，婊子。这次我就只是给你个警告。下次别来了，我说真的。”

简缓缓地把自己支撑成坐姿，保护性地收回双腿。男人转身准备走，又突然向她冲来。她惊声尖叫，他大笑起来。红发男孩原本一只胳膊靠在门框上，好像这是个无所事事的夏末午后，他的朋友正做着滑稽有趣的事情，现在他跑了过来。在当前的灯光下，她看清了他比她以为的年轻很多。对他的反感和同情开始涌上心头，但又突然被切断，因为这感情迎上了恶意离开她的身体和心灵后留下的空虚。她一时间眼泪决堤。周身都满是水。

“这他妈什么情况？”男人冲着她喊道，“你她妈的是谁？”他立马退回去。六个胳膊的鬼牌也被她召唤水的能力吓得连连后退，这让她感觉到了一点微小且苦涩的快乐。就在他唾沫横飞地怒吼时，她站起来跑了。

♥

她尽力将水分从衣服里召唤出来，但是她的力量变弱了，所以她就这样漫无目的、一身湿气地走在黄昏的鬼牌镇街道上。漫无目的？

不完全是——也许应该说是毫无生气，毫无生气，内心空虚，但还在留心着海勒姆的车。也许艾泽里回到了海勒姆那里，也可能海勒姆回到了王牌云巅。如果她打电话给海勒姆，他可能会派人来——

但之前跟海勒姆在一起的记忆浮上心头，像是一拳打在她的肚子上。她仿佛看见了他的脸，悲痛，愤怒，绝望，古怪的好奇，然后是艾泽里，艾泽里和她自己……

她弯下腰，哽咽着，干呕着，毫不留意旁边行人的目光。上帝啊，她怎么会变成这样，是什么让她变成这样——艾泽里，是艾泽里——她一定是疯了，入迷了，被附体了——

有人无意中碰到了她，她踉跄着倚靠在建筑物外墙上，双手捂着脸哭泣。被附体了，对，但是现在那东西离开了，她现在不仅仅是孤身一人，而且体内还一片空虚，这空虚还在不断膨胀，她觉得自己快被一个巨大的排水管吸走了。那个生物带来的满足感没了，愉悦也没了，她觉得现在的生活令她难以忍受。

剧烈的颤抖再次席卷全身，她哭得更厉害了。更多，她需要更多，她想感觉到自己是完整的，还有让她容光焕发的愉悦，这些都只有那个生物能给她。就算要她再去找艾泽里，去找艾泽里和海勒姆，就算要她回到那间酒吧，走上舞台，同时面对雌雄同体、与之合作的男人、六个胳膊的鬼牌和红发男孩，她都愿意。就算那东西要她在结束时割断她自己的喉咙——

“嘿，嘿。放松点。”

一双温柔的手放在她的肩上，她一转头，希望陡然升起，然后又狠狠跌落成绝望，因为她看到的是个可怕的小丑面孔。“走开。”她说着绵软无力地将这个陌生男人推开。

“听着，我只是想帮你。别被这副面孔吓到了。我知道这样子很蠢，但病毒暴发的时候我很不走运地正好化着小丑妆，卸不掉了。我猜这不算是最糟的情况，嗯，我只是想看看你。”男人把她扶起来，让她靠墙站着，用手帕轻轻擦拭她的脸。在那双悲伤的双眼的衬托下，他的白脸和红色大鼻子更显得荒诞，但她笑不出来。

“走开，”她呻吟道，“你帮不了我，没人能帮我，只有他。我必须找到他。”她哭着看向自己的胳膊。毫无水渍。她抚摸自己的脸，也是干的。她甚至连眼泪都召唤不出来了。这是她人生的尽头了吗？在这小巷里？

“水！”她喊道，“我想要水！”

“嘘，嘘，我们帮你弄水。”小丑男说着，想要把她扶好。

“求你！他把水拿走了！”她瘫倒在男人怀里，虚弱地哭泣，但还是没有眼泪。

◆

她在床上蜷缩成胎儿的姿势，听着小丑男跟诊所里的一位护士说话，但并没有专心听他们对话的内容。她的身体时不时会不受控制地颤抖，但依旧召唤不出水。*干枯了，她心想，没有他就完全干枯了，没有吻，没有愉悦，没有满足感。*

“……跟水有关系。”小丑男这样说道。

“情绪异常，”护士说，“她这个情况好像是情绪异常激动。”

“不是，不止是激动。我感觉不妙。她需要留院观察。”护士叹了口气，“可能吧，但我们没有人手。最近好多新病例，我们连登记都没空，全是鬼牌，有的情况非常糟糕。如果我们查不出原因，整个城市都可能被感染。你现在也是在拿自己的健康冒险，博塞。”

小丑男嘟囔道：“已经是鬼牌了，还有什么可怕的？”

“你去看看隔离病房，就知道我的意思了。”

“你这里不过有间小小的隔离病房罢了，在外面，那是大型隔离病房，我们全关在里面。我四处转悠的时候，还能看见我的哥哥，他所有的内部器官都被翻转到外面了，每次心跳他都要尖叫。算了，你们不用找人看着她，我来陪她，我来观察她有没有被感染的迹象。”

又一阵颤抖折磨着简的身体，她想要把它压下去，听听他们的对话。

“你人太好了，博塞，但我们在急诊室里给她做了快速检查，她应该是药物的戒断反应，不是感染了百变王牌。”

这个说法似乎给简的心灵带来了一束亮光。她坐起来，转向护士。“药物。我需要药物。”

护士瞥了一眼小丑男。“我怎么跟你说的，博塞？就是个随时会得艾滋的瘾君子。”

“我不是瘾君子，你这婊子，我是王牌，我命令你立马带我去见塔基扬医生！”粗暴的尖叫声从简的喉咙里窜出来，她想象着这一字一句都回荡在整个诊所里，塔基扬不管何处，都肯定听见了。

显然，她的想象是正确的。过了一会儿，塔基扬出现在门口，疲惫的脸上带着惊慌的表情。

护士开始跟他汇报，他挥挥手，没有搭理，径直走向床边，握住了简的手。

“睡莲，”他的声音里满是同情，“你怎么了？”

她一下子完全垮了，紧紧抓住他，干哭起来。他握着她的手，任由她把情绪全发泄出来，然后轻柔地推着她躺回床上。

“别离开我！”她抓着他的手哭喊着。

“嘘，简，我不会离开你的，至少暂时不会。”

她发现他不仅是疲惫，而是精疲力竭，但她管不了了，他是来帮她的，他必须要帮她。这从源头来说就是他的错，这是他要承受的负担，不过跟她的经历没法比。

“我需要药物，”她声音颤抖，“有人给了我什么东西——不是我的错，我不想要，我是被强迫的。不是我想要，而是我必须得到。得不到的话我可能会死。我也不知道——”

"是什么东西?"他轻声问道，把试图坐起来的她推回床上。

"我不知道!"她突然不耐烦起来，"就是能直冲愉悦区域的东西——它会让人……就是……但你肯定有药吧。你们星球研制的，能治愈我的，或者替代品，美沙酮之类的——"

"你需要美沙酮?"他表情惊恐。

"不，不，不是美沙酮，是与美沙酮类似的东西，但是来自你们星球，能让我不再渴望——"

塔基扬用手抹了抹脸。"你这是在胡言乱语，请冷静点。如果是药物成瘾，我就要把你转去另一家医院。"

"不是药!"她尖叫起来，塔基扬双手捂住耳朵，"对不起，真的，对不起，"她低声说道。"不是药物，不能算是，但类似药物。"

塔基扬松开她，双手按在额头上。"简，求求你了。我都记不清我有多少小时没睡了。我没法用心灵力量让你平静下来。护士会给你注射镇定剂，然后帮你转院。"

"别，求你，别把我送走!"她拽住他的胳膊，但他在挣脱。

"你不能待在这里，新病例需要床位。"

"但是——"

塔基扬坚定地挣脱开了她的双手。"离这儿不远有个医院，护士会把名字告诉你，他们能帮到你。你也可以直接去外面问问，绝对有人知道去哪里搞到药，如果你真想嗑的话。"他站起来疲惫地走向门口，停下脚步回头看她。"我没想到你会是个这样的人，睡莲。海勒姆·沃彻斯特肯定对你很失望。"他走了。

简不知道该说些什么，于是躺回床上，盯着天花板。他太累了，所以把她当成了瘾君子。海勒姆·沃彻斯特肯定对你很失望。一想到海勒姆，渴望的感觉猛地涌上来，她不由自主地从床上下来，冲向门口。

她在门口和护士撞了个满怀。"哎呀，你等一下，"护士递给她一张纸，“塔基扬医生让我把这个医院的名字给你——”

.简抢过护士手里的纸，盯着它看，想要召唤水滴，把它变成软乎乎的一团，但可怕的渴求阻隔了她的能力。她抬头看护士。“没有药?”她好斗地说道。护士的眼神冷酷无情。“这里没有，女士。”

她还是能够召唤一点水的，不过是以一种相当传统的方式，她在纸上吐了口水，扔在护士脸上。她跑掉了，穿过走道，从出口离开。

♠

她拨到第四个号码时，答录机停下了，一个低沉的声音响起：“最好是重要的事情。”

简的声音突然抛弃了她。她站在电话亭里抓着公用电话听筒，嘴巴一张一合，但发不出声音。

“行啊，小家伙。你打这恶作剧电话有意思吗?这么闲的话不如给你妈打电话去吧。”她听出来他准备挂电话了。

“克罗伊德!”她悲叹道。

她能感觉到他因电话里的女性声音整个人的气场都变了。“你说，我在听。”

“是……是我，简，简·道。”她想要强迫自己用镇定的语气说话。

“简，好吧。”他欢快的笑声让她烦躁又难过，“所以我给你的号码你没扔掉。你听起来像是有点喘不过气。没事吧?”

“不，对，我的意思是——”她靠着电话亭的内壁瘫倒，双手还抓着话筒。

“简?你还在吗?”

“在，当然在。”她缓缓地站起来，想要维持住在王牌云巅跟复眼男人随意调情的女招待形象。那个女人对于内心空洞的她来说遥远得像陌生人。“我还在这里，而你在那里，我觉得这就意味着我们两人当中有一个待错地方了。”说完最后一个字，她的声音撑不住了。她把指关节抵在嘴里，掩盖住哭泣声。

“如果你的意思是想纠正眼前的局面，那这绝对是我今天听到的最棒的消息。”他停了一下，“你确定你没事？”

她内心深处的某个地方想要告诉她克罗伊德自己似乎过得也不太好，但是被她忽略了。克罗伊德是唯一一个有可能帮她搞到药的人。不管他要求她如何回报，她都愿意。

“你把地址给我，我就会没事了。”她用颤抖的声音说道。对方没有回答，于是她补充说道：“我真的想见你，求你了？”

“我从来不拒绝求我的女人。你在哪里，我告诉你怎么样最方便地到达我所在的地方……”

♣

门打开一条缝，她看到一副反光墨镜正闪烁着光芒，宛如某种昆虫冷酷的眼睛。克罗伊德舔舔嘴唇，拉开门。“请进我的客厅，亮眼睛。你得原谅我的用词，但我这里真的只有客厅。”他的声音不一样了，而且变高了，皮肤完全是白色的，但说话的方式绝对是克罗伊德。

她走进这个只有一个房间的寒酸公寓，照明依靠的是散落在奇怪位置的小台灯。家具可以忽略不计——衣柜大概和台灯来自同一个跳蚤市场，还有一张木桌和两把椅子，加上窗户旁边那个不成样子的沙发。这里不能算是个让人放心的地方，但是她提醒自己，她过来不是为了寻求安心的。

“我一般不在这个地方款待客人。”克罗伊德说着关上门，锁上四道锁，然后转向她。他推了推墨镜，再次舔嘴唇。“所以，我估计你不需要饮品，但是我会调制各种金汤力。”

她双手环抱自己，紧张地笑笑。“有多少种？”

“嗯，有金汤力，这是当然。还有汤力金，”他走向她。她则往房间里退，把自己抱得更紧了。“金不怎么汤力，汤力不怎么金，金冰块，我觉得听起来挺棒的。你考虑考虑。”他第三次舔嘴唇，然后走向小厨房。

简转过身，想要控制住体内逐渐累积起来的战栗。见到这个想要她的男人之后，内在的空洞就像酸液一般腐蚀着她。就算克罗伊德是爱神本人也没用。就连跟他待在一个房间都能让她绝望地想起恶意带来的愉悦，其他任何东西与之相比都苍白无力，只能是打发时间的替代品。

“决定好了？”

她感觉到肩膀被他触碰之后吓了一跳，立马远离他，抚摸着被碰到的地方，就像对方伤到了她似的。“没有，我——我还是不喝了。”她再次紧张地笑笑，一脸苦相。他好奇地歪着头，她在墨镜镜片上看到两个简。她的形象是扭曲的，好像她试图消失在自己的里面。

“你确定？”克罗伊德把杯子倒过来，往嘴里倒了几块冰，然后嘎吱嘎吱地嚼起来。她看到他的杯子里只有冰块。“真的什么都不要？”

“呃，也不完全是……”她摆了个苦脸，长叹一口气。“天呐，我真的不擅长这个。”

“不擅长什么？”克罗伊德又吃了一个冰块，“你不擅长什么，亮眼睛？”他走近，她后退。“为什么一定要擅长？”

有什么东西猛地抓住了她的膝盖后面，她一下子跌坐在沙发上。克罗伊德快速凑在她旁边，嘴里还含着冰块。他的左臂沿着沙发靠背向下滑，她往后缩，然后他的手离开沙发，轻柔地落在她肩膀上，两人的膝盖贴在一起。他伸手把杯子放在沙发后面的窗台上，碰到了拉好的窗帘。她看见他的手在微微发抖。简的目光从杯子转移到克罗伊德，他的舌头每过几秒就会伸出来舔嘴唇，更像是某种抽搐发作，而不是欲望的体现。

“跟我说说，简，”他柔声对着缩在沙发一角的简说道，他的另一只手放在了她胳膊上。她因此畏缩了一下，跟恶意的触碰相比，这下除了让她感受到不悦，还有另一种感觉——是颤抖，好像他在长跑，而且是全速奔跑，而非坐在沙发上试图张开双臂拥抱她。“来吧，跟我说说，告诉我。”

“沉睡者加速了，就要有人流血了。”话语不由自主地从她嘴里说出来。

他愣住了。简看着他的墨镜镜片，但只看到两个自己。她冲动地向着镜片伸手，他向后躲。“别。”他扭过身子寻找冰块，简对着窗台点点头。“谢谢，安非他明总是让我口渴。”

“你是从哪儿得到的？”她问道。

“你说安非他明？为什么这么问？”他嚼着冰块，“你打算一整晚都不睡？”

“我只是在想给你安非他明的人会不会……呃，还有其他存货。”她深吸一口气，“比如药品之类的。”

他狠狠盯着她看了一会儿，然后突然凑过去抓住她的上臂把她拉近。

“停下，你弄疼我了！”简向后躲开堵在她面前的墨镜，试图把他的手指从她胳膊上拽下来。

“你在吸毒？所以你才会过来？”他几乎是在笑。她从他手上挣脱开来，准备站起来，但是踉跄了一下，跌坐在地上。

“起来。”他粗暴地把她重新拉上沙发，“跟我说话，这一次请你告诉我些我不知道的东西。你是不是吸毒了？”

“不是你想的那样。”她的眼睛没看他。

“从来都不是，亮眼睛。”他又舔嘴唇了，这快把她搞疯了，“所以你想要什么样的——马？[1] 女士？[2] 红胶丸？[3] 白色十字路？[4] 黑炸弹？[5] 还是黄色尖叫爆米花？[6] 你喜欢什么？”他的声音冰冷邪恶，她明白了，他和塔基扬一样，对她很失望，因为她不是他们以为的样子。

“天呐，我应该是个什么样子？太阳溪农场的丽贝卡，甜美的处女王牌？”她冲着他喊道，“我是不是应该站在台座上，扮演上帝的好姑娘，然后等着你来拍拍我的脑袋？你自己可以放浪，但叫我要贞洁？亲爱的小睡莲，白色的睡莲，处女一样洁白的睡莲！不是那样的！是你们把我拖进来的，是你们让我卷入这愚蠢的游戏，这该死的帮派战争，你们全都为了自己的目的利用我，现在每个人都一副吃惊的样子，因为我变了，变得跟你们溅到我身上的污泥一样肮脏不堪。你们还指望我能变成什么样！”

她意识到自己正跪在沙发上，俯视着他，冲着他的脸狂吼。几滴口水落在了他的墨镜上。他张着嘴愣愣地盯着她。

“我猜，”他说着舔舔嘴唇，“安非他明不是唯一一样能让人口干舌燥的东西。”

简弓着身子啜泣起来，痛苦的空虚感再次发动袭击。她感觉到克罗伊德的手轻柔地落在她的头发上，她冲他吼道：“别碰我，很疼！”

“有件事我觉得挺奇怪的，就是你一点都不，呃，潮湿，但我也不太确定。在这个时候，所有事情似乎都有点奇怪。”他嘎吱嘎吱地咀嚼最后几块冰。“怎么回事？老套的海洛因，还是新鲜玩意？”

---

① 海洛因的俚称。

② 可卡因。

③ 安眠药。

④ 甲基安非他明。

⑤ 安非他明。

⑥ 是一种零食。

她从发霉的靠垫上抬起头。“说了你也不会相信的。”

“试试看。说说你在寻找什么？”

她倾尽全力才盘着腿坐起来。“我需要能够直达大脑愉悦中枢，而且可以持续刺激的东西。”

“我们都想要这样的东西。”克罗伊德闷闷地说，喝掉杯子里的最后一滴水。

“那？”过了一会儿她开口道。

“那什么？”

“那你知不知道谁有这种药，能不能卖给我？”

他干巴巴地笑了一下。“绝对不可能。”

她盯着他，感受到那空洞在吞噬她的希望和她本人，她莫名其妙地打了个喷嚏。

“保重，”他条件反射似的说道，“听着，没有这种东西，不管是动物、植物还是矿物质制品，都没有。五个小时的性爱也许可以，而且要够好够下流。老实说我每次最多一个小时。说来挺惨的——”

她从沙发上站起来，走向门口。“嘿，等一下！”

她停下脚步，回头用眼神询问他。

“你去哪里？”

“去我唯一能去的地方。”

“哪里？”

她摇摇头。“你错了，克罗伊德。是有那种东西的，是存在的。我知道。但我希望你永远都别知道。那是世界上最可怕的东西。”

他再次舔嘴唇，然后用手掌擦嘴。“我不太相信，亮眼睛。”

“很好，”她说，“我希望你永远不要相信。你待在这里，我自己出去。”

但是不行，她必须先耐心地等待他把四道锁打开，然后才能跑开，逃离墨镜镜片上反射出的那两张同样绝望的脸。

♥

这次是海勒姆开的门。空荡的公寓里只有他一个人。她不用多说，他就让她进来了。

“它离开你了。”他平静地说。

“对。”她低着头，轻声低语。

“你……”他一时间说不出话来，“你还……好吧？”

她抬头看他，他的眼睛散发着她心中感觉到的空虚。“你知道我不好，海勒姆。你也不好。”

“嗯，我猜是的。”他停了一下，“你要不要来点什么？来杯水，或者喝点什么……”他的声音飘在他们之间的空气里，显得荒诞不经。他想用一滴眼泪来扑灭森林大火。

目前的气氛太让人难过了。简抬起头，尽可能展现出尊严。“请给我一杯热茶，谢谢。”这里估计不会有热茶，她也从来不喝热茶，但是总可以让他们有些事做，而不是站在那里一起痛苦。

他在小厨房里忙开了，她则坐在小桌子旁边，眼神茫然。如果说愉悦是真实的存在，那么缺失愉悦也是很真实的。以前每个动作都能带来狂喜，现在只剩下他走后留下的空洞，痛苦不堪。*我的主人*，她心里升起迟钝的反感。*我叫他主人*。

“你看到之后就走不掉了，”海勒姆冷不丁冒出一句。他没有转身，她也没有抬头。“我想你应该明白，毕竟你已经了解情况了。”

她小小地嘟囔了一声，但没有多说。

“他在我的心灵里见过你好多次了，所以你出现的时候……”停顿，“你为什么会过来？”

回忆让她大笑起来，正在煮茶的海勒姆转身盯着她。他看起来很害怕，以至于她希望自己别笑了，但是她控制不住。她只能笑得更大声，摇头晃脑，并且在他走过来时挥手示意他回去。

“没事的，”过了一会儿她喘气道，“真的。就是——就是很——”她又失控了将近一分钟，而他就站在旁边看着她，他身体里放射出一波波的痛苦，她甚至能感受得到。

“就是个很……微不足道的原因，”她终于又能说话了，“明水送来的鱼是坏的，所以我让他们拖回去了。大家都不知道没了这些鱼晚上的寿司吧该怎么开张，友幸说外出就餐先生会过来为《纽约美食家》品评我们的寿司吧——”她又笑了起来，但是这一次笑得软弱无力。“我猜我们今晚不会有寿司吧了。我告诉小友要是我一个小时之内不回来，他就得装病。那是——我也不知道，现在几点了?”

海勒姆没有回答。

“这不重要，对吧?”她看着他说，“我在你桌上的记事本后面看到了地址，但是我没打算用，除非情况紧急。那时候我觉得够紧急了，他们全都在针对你，海勒姆。埃米尔到处说他觉得你在吸毒。”

“我确实在吸，”海勒姆闷闷地说道。他查看了茶壶，然后放在桌上，又拿来两个杯子。“你也是。还有艾泽里。还有他亲吻过的每一个人。”

“你就直接把这称为吸毒?”他倒茶的时候她说道，“有更好的词来描述吗?”

“没有。”

“这是一种即刻生效的永久成瘾，”海勒姆继续说，基本保持实事求是的语气，“他直接和你大脑里的愉悦中枢相连。所以一切都能让你感觉快乐，吃喝、移动、做爱、哪怕只是呼吸都能带来愉悦。他离开你之后——就像是死亡。无法治愈，无法解脱。只有等他再次吻你。为了那个吻我可以献出一切，你肯定也是。”

“不。”

海勒姆正要端起他的茶杯，听到这话就愣住了。

“我们必须振作起来，肯定有办法治愈的，也许有其他东西可以屏蔽掉那个感受，或者会有替代品。”

“没有。”海勒姆笃定地摇摇头。

“肯定有。我们可以一起去找，你我一道去。我去了塔基扬的医院——”

海勒姆的杯子咔嗒一声撞在杯碟上。“什么？你去找塔基扬了？”他脸色发灰，她甚至觉得他会因为恐惧而暴毙身亡。

“别担心，我没告诉他，他也没查出来。他忙着处理新出现的百变王牌病例。他也懒得读我的心。但如果你跟我一起过去，跟他谈谈——”

“不！”他的喊声吓了她一跳，茶水也洒在了桌子上。海勒姆立马去拿抹布，开始擦拭污渍。“不，”他又小声说了一次。“如果被人发现了，他会被杀掉的，没有人类宿主他活不下去。他要是死了，我们就永远不会被治愈了。我们一辈子都会是现在这副样子。你能忍受吗？”

“天呐，我不能。”她用手撑着额头，低声说道。

“那就别说胡话。”海勒姆把抹布扔在水池里，握住了她的手，“会没事的。真的。其实没那么糟糕，真的没有。我的意思是，他并没有对我们提很多要求，不是吗？而且他也不会经常留你一个人孤零零的，还有，他并不邪恶，真的。如果他只有你这么一个嵌入体，你会送他去死吗？如果你知道他缺了你就会死，你会任由他丧命吗？”

她抽回自己的手，摇摇头。“海勒姆，你不知道我身上发生了什么。”

“你才不知道我身上发生了什么！”他喊道，跪下来看着她的脸，她惊骇地发现他眼中有泪。“不管你做了什么，跟我的所作所为都没法比！难道你不觉得这对我来说很恐怖吗？害怕被发现，无力感——我想过自杀，别以为我没想过，但是最糟糕的部分就是，万一要是有来世，而来世里却没有他，那对我来说就是地狱！你身上发生了什么

——！你知道我身上发生了什么吗？我让他占有了我的朋友！我对天发誓我不想这样做，但我还是做了！我眼睁睁看着他占有你！”

她扭头不再看他。“上帝啊，海勒姆，我真希望我死在了钦天士攻击王牌云巅的那一晚。我真希望你任由我掉下去！”

“我也希望！”他对她吼道。

一阵沉默降临，但似乎海勒姆的那句话还回荡在空气中。结束了，她惊讶地意识到。王牌云巅、她对海勒姆的责任、她的王牌生活，不过她好像从来也没有过王牌生活，所有的这些都结束了，被擦除了，他们俩什么都没有了。

“你是干的。”海勒姆终于发现了。

她还没回答，就听见了敲门声。

海勒姆冲着卧室示意，于是她顺从地走进去，缩在床边的地板上。不管来的是谁，她都没准备好。

一阵疲惫突然袭来，她把头靠在床垫侧面，由着自己进入奇怪的半梦半醒状态。她听到客厅里有声音，但对她没什么影响，就算海勒姆因为愤怒而提高音量，也没把她唤醒。过了不知道多久之后，她意识到有人靠近，于是试图沉入无意识状态，把自己幻化成非实体，幻想着海勒姆让她变得毫无重量所以她可以飞向天空。

但是强有力的手把她拉起来，扔在了床上。她虚弱地挣扎，眼皮无力但又惊慌地跳动。当她感受到细小的手指宛如羽毛般沿着她的后背轻柔触碰时，她自觉自愿地伸长了脖子等待亲吻。

◆

客厅里的场面相当麻烦，但是她毫不在意，她的主人正带着她感受狂喜。海勒姆当然在，还有艾泽里，还有两个她不认识，也懒得打听的男人，还有埃米尔，在所有人中只有他被塞住嘴，绑起来扔在地板上。她的主人强迫她将注意力集中在他身上，她默默遵从，纵情于重新建立起的联系。

“简，”海勒姆紧张地说道。她转过头来透过愉悦满满的双眼看着他。他似乎很难将目光保持在她身上，也许是不敢直视她的主人。但是没关系，一切都会好起来的。

“简。”

“听到了，”她极其快乐地回答道，“怎么了？”

“为什么你要把我办公室的备用钥匙给埃米尔？”

她的主人要求她回答，她只能照做。“我让他在我离开的这段时间负责餐厅。当时看来是个符合逻辑的决策。”

“我给你钥匙的时候就告诉过你，不管有什么理由，都不可以给任何人，任何人都不行。”

“你是老早以前给我的钥匙，在你参加全球旅程之前，你回来之后我以为你忘记了，而且你似乎什么都不在乎了。”她朦胧地笑着。海勒姆握紧拳头，但她一点也不担心。主人就在这里，她没什么好担心的。她惊讶地发现这一次她陷得更深。到第三次她可能会完全将自己交付给他，那样就太完美了。她简直等不及了。

“你根本不知道你做了什么，睡莲，”海勒姆悲惨地说，“你害死了这个男人。”

听到她的王牌名字时，她心中的某个地方一颤，但她没有去控制。她的主人喜欢这样，他喜欢那些水，顺着她的脸向下滴，从她的头发里渗出，沾湿她的衣衫，浸润她脚边的地毯。

“如果是她犯的错，”她遵照主人的指令发声，“那就由她来处理，好吗，海勒姆？”

“会把她害死的，”海勒姆说，“或者把她逼疯。”

“她已经疯了。”她的主人命令她对着他大笑，“而且她也算不上多么有趣，也就她的能力还有点意思。”她的脸转向埃米尔。他眼睛圆睁，被堵上的嘴绝望地发出一点声响。

“帮他做好准备，艾泽里，”她的主人说道，“我很好奇会是什么样子。”

艾泽里费了些力气才把埃米尔的裤子脱下来，因为他一直动个不停，想摆脱她。简不认识的那几个男人里有一个强迫埃米尔平躺在地面上，把他被绑住的手也按在地板上，然后跪在他的肩膀上。埃米尔想要喊叫，但因为嘴被堵上了，所以只能听见闷响。他被绑起来的双腿不停向上踢，跪在他肩膀上的男人加大了力道，最后他终于安分了下来。

过了一会儿，艾泽里站起来，优雅地擦擦嘴。“过来，小姑娘，让他知道什么叫快乐。”

简走向埃米尔，跪在他旁边。她的主人已经无声地解释了她要做的事，没什么大不了的。他就是想知道那种感觉，她这辈子的唯一使命就是向他展示各种感觉。她褪下裙子，随意地扯开内裤。

她跨坐在他的身体上，向他凑近，埃米尔眼睛里的恐惧让她感到满足。他僵住了，她听到他痛苦的哼声。水花随着节奏泼在他身上。更多的满足感。她开始放任自己，让她的意识融化成液体。在这一片愉悦中，她内心里的小简正尖叫着想制止这场暴行，但是跟了不起的愉悦比起来，小简的异议根本算不了什么。只要能让恶意开心，牺牲什么都可以。要是埃米尔能明白其中的妙处，他可能会自愿献身。这不仅是荣耀，还是眷顾，是恩宠，是——

她注意到了埃米尔的眼睛。他此刻在她身下，身体僵硬一动不动，眼睛盯着恶意。愉悦的浪潮突然断开，在某一瞬间，她和主人之间出现了一道小小裂缝。她张开嘴巴想要尖叫，但是很快浪潮再次席卷，她向前栽倒，一场小型洪水淹没了她和埃米尔。

♠

恶意一边搜查她的情感和思想，一边跟她说话。看到诊所和塔基扬医生那段记忆时他笑了（不，小嵌入体，没有你说的那种能够直接作用于愉悦中枢的药品）然后特意留心了一下他们说到的传染性病毒（别让我染上，小嵌入体，你要拼死保护我不被感染）。她的身体移动着、扭转着、狂喜着，同时还在崇拜着她脖子上的那个东西，许诺会把她所拥有的一切都献给他。不管怎样，永远。

她感觉到他指示她把精力集中在埃米尔身上。

不管怎样，永远。他让她召唤埃米尔眼中的泪水，然后他们一起看着他挣扎，眨巴眼睛想要把眼泪逼回去。她的主人觉得召唤水的能力非常有趣，而且还想要更进一步。她照做了，开始从他的身体里，而非旁边的空气里召唤水，她知道主人喜欢她这样做。他又提出一个建议，埃米尔弓起背，这个不自觉的动作很快就让他感受到了痛苦，但她体验到了全新的愉悦。要是他知道正在侍奉谁就好了，她心想。

她从未像现在这样轻松地驾驭过她的能力。她又完整了，她想到。她带着来自恶意的愉悦观赏着血液从埃米尔的身体各处涌出，他被堵住的嘴绝望地叫喊着。她以前都没意识到她的能力有多棒，她可以召唤活人内部的水，而不是只从毫无生气的空气里召唤。她要真是尽全力去做了，那感觉肯定非常棒，甚至胜过恶意十分享受的性爱。

终于，他许可了，她全力以赴，直到最后。不管怎样，永远。

愉悦这个词描绘不了那炸裂的快感，这是一种完全陌生的感觉，她和恶意身上所有人性的东西全被撕扯开来，只留下一个坚固明亮、熊熊燃烧的东西，不容置疑地刺入他们内心。在漫长到像是永恒的一秒钟里，他们就是活体的百变王牌病毒，不仅是活体，而且还有感知。

然后她又变回了自己，沉浸在人之将死的迷离中，恶意也因这种感觉而颤抖——这对他来说都太过了。他离开她回到艾泽里身上时，她甚至没力气表示抗议。

过了一会儿，她发现她从埃米尔身体里召唤出来的最后一点液体刚才一直遮挡着她的眼睛，现在她又能看清了，埃米尔原本躺着的地方只剩下他的衣服和一点粉末，像是从哪里撒出来的。

她尖叫着下坠，坠入一片无边的黑暗。

♣

黑暗中出现了好多张脸，她把他们都赶走了。在某个时刻，她看到了海勒姆的脸，虽然她尽力尝试，但还是不能让他消失。他似乎想对她解释什么，但是他说的话毫无意义。*我放弃了*，说完这句，他终于走了。

*把她弄干净，穿上衣服，送她出去。*艾泽里用自己的声音说道。*她让我……不舒服。*笑声响起。

然后渴求袭来，她难以忍耐没有恶意的人生。她的心灵将自己叠成一个小盒子，冲走了。

♥

她走在一片古怪的异想荒原上，索尔在她身边。她对此略微有些吃惊。她觉得可能是因为恶意给她留下的东西太少，所以她已经不能完全算是个实体了。但是有那么多鬼魂，她偏偏遇上了索尔。要是遇上埃米尔那可就糟糕了，也许他死的时间还不够久，还没变成鬼魂。

他们在一起的最初几分钟里，她一直在讲述之前发生的一切，所有的堕落、谎言和背弃的誓言。

索尔问她有哪些背弃的誓言。

*就是我说过我不要再依靠别人了，索尔，记得吗？我在修道院突袭之后发的誓。看看我现在的样子。我太依靠别人了，以至于自己都摔倒了。*索尔意识到他是知道的，只不过想她亲口承认罢了。

好吧，我承认。我全都承认。我说过我不会再杀人了，不管是多坏的人，就算是他们要杀我，我也不会杀他们。但我杀了埃米尔，因

为他想要看着他死。她不用解释他是谁，索尔知道的。

而且我也说过我会……对我的身体负责。也许我宁愿把自己封锁起来，也不愿接受我们俩永远不可能在一起的事实。

索尔觉得这有些滑稽。毕竟，他不只是同性恋，而且还是个死人，而且还死了好一段时间了。

好吧，索尔，作为死人，你根本不知道爱着只存在于记忆中的人有多简单。真的很简单，因为你太害怕面对活人了。活人是很恐怖的，索尔。

她知道他明白她的意思。

嗯，我猜你确实不知道，对吧。也许可以算是个滑稽的巧合，我的第一次是跟女性在一起，而我的第一个男人却是个同性恋。

索尔说他不知道她说这些是什么意思。

呃，这就像是一种循环。

索尔说他还是不明白。

算了。反正我挺高兴的，你没有见到我后来的样子。你淹死在了浴缸里，所以没看到，索尔，还错过了那个叫艾滋的流行病。我的意思是，就死法来说，淹死还是挺不错的，总比艾滋要好。也比死在我手上好。

索尔说他从来没有那么严重的被害妄想症。

好吧，这年头有点被害妄想症挺正常的。最近出现了一种会传染的百变王牌病毒，没人知道是如何传播的。感染上的人大部分都死了。

索尔说这绝对是个令人不快的趋势。

嗯，没错。还有，你知道吗，索尔？

索尔问知道什么。

你完全不知道你有没有染上，它会在某一天突然发作。可能我已经染上了。也许我以后会染上，然后死掉。我只希望我不要传染给别人。

“亲爱的，你不是唯一一个。”

简刚要回应就意识到她真听到索尔的声音了，但听起来又不太像索尔。她转头看他，吃惊地发现她旁边站着的根本不是索尔，而是个瘦弱的陌生人，长着一张大老鼠似的脸，肮脏的皮毛覆盖着他的脸颊，鼻尖，还有老鼠的胡须。

“是小老鼠的脸，女士，不是大老鼠，”男人疲惫地说，“你要是了解啮齿类的话，看牙齿就能区分了。我以前就是负责灭鼠的，明白吗？你可真够厉害的。我跟着你，是想看看像你这样的女孩为什么会大半夜在鬼牌镇晃悠。老实说，女士，你的问题可比我严重多了，我可不想扯上关系。”

他走了，她站在人行道上，上方是个嗡嗡作响的路灯。

“索尔？”她向空气发问。没有人应答。

◆

一开始她担心自己回到了之前那间酒吧，但后来她发现不是同一间。比如说这里没有展示情色表演的舞台，还有，这里的顾客活泼得多，衣着更加鲜艳，有些甚至堪称精美，还戴了面具。

当她看到吧台后面那个没眼睛的男人时，她慌了，然后想到应该不会是被她带进豪车里那个。那是什么时候的事，大概一千年前吧。她像是梦游一般走向吧台，坐上高脚凳，没有眼睛的酒保原本在熟练的工作，却突然站直身体，把脸转向她的方向。”

“怎么了，萨沙？”一个侏儒出现在她旁边，粗厚的手抓住了她的胳膊。

酒保向后退。“我不想靠近她，把她弄走。”

“来吧，亲爱的。你不需要回家，但你不能待在这里。”侏儒开始把她往下拽。

“别这样，求求你了，”她说着，想要逃脱他的钳制，“我必须见一个人。”她知道这是哪里，也知道这是唯一一个能找到她所需要的东西的地方。蝶蛹或者蝶蛹身边的人肯定能帮她搞到毒品，填补她内心被恶意吞噬后留下的空洞。她转头看向酒保。“求你。我不会伤害任何人——”

“把她弄出去，”酒保催促道，“我忍受不了她。”

简疯狂地四处巡视，发现了坐在角落里的蝶蛹。她猛地一拽，从侏儒手上挣脱了。

“嘿！”他喊道。

她无视其他客人的目光，冲向蝶蛹所在的那张桌子，她正用那双漂浮在脸上的古怪蓝眼睛观察着全场。

“抓到你了！”侏儒抱住了她的腰，她一下子跪倒在地，然后拖着侏儒在地上爬了几英尺，终于来到蝶蛹的座椅旁边。

蝶蛹抬起一根手指，侏儒把环抱着她腰部的胳膊松开了一点，但并未完全放开。

“我需要信息，”简低声说，“关于一种毒品。”

蝶蛹没有回答，她脸上的表情向来很难读懂。

“我并非自愿地对某种东西上瘾了，我需要——我需要——”她掏着裤子口袋，从里面奇迹般地掏出一叠对折的小额纸币。她立马把钱都摊开。“我可以付钱，我愿意付——”

蝶蛹瞥了一眼简塞过来的纸币，简自己也看了一下，总共三张，两张十块，一张二十。白高兴了。

蝶蛹摇摇头，然后挥挥手。

“我跟你说了，亲爱的，”侏儒说，“你还是走吧。”

她靠在建筑物外墙上，手里抓着皱巴巴的钱。她内心的空洞不断扩大，她甚至觉得那股渴望现在就能把她撕成两半。

“不好意思。”

金姆·托伊。

她眨眨眼，发现根本不是金姆·托伊。眼前的女人更年轻，也更高，五官也不一样。

“我看到蝶蛹把你赶出来了。她挺有胆子的，是吧。那个蠢货拖着你路过我的桌子，我忍不住觉得我好像见过你。”

简扭头不看她。“别来烦我。”她喃喃道，但是对方靠得更近了。

“嗯，你以前帮罗斯玛丽·马尔登做过事，对吗？”

简踉跄着想远离这个女人，但却跪倒下来，双手撑地，全身颤抖。她感觉到疼痛之下还有别的东西，是一股病态，而且是生理上的。就好像她得了流感，或者更糟糕的疾病。这个想法太荒诞了，她甚至都想笑。

“嘿，你是生病了还是怎么了？”那女人弯下腰来，双手担忧地放在她的肩膀上。“毒瘾犯了？”她压低声音问道。

简觉得自己在哭，但是没有眼泪。

“来吧，”女人帮简站起来，“罗斯玛丽·马尔登的朋友就是我的朋友。我可以帮你。”

♠

虽然内心依旧被空洞感吞噬着，但简还是被这间公寓的奢侈程度震惊了。凹陷的客厅有宴会厅那么大。整个公寓以泛着珍珠光泽的柔粉色作为主色调，就连真丝墙布和巨大的水晶吊灯都是这个颜色。

女人领着她走下台阶，坐在过分松软的沙发里。“挺不错的，对吧？从外面看来像是个垃圾堆，但里面就是天堂。讨好了不少人，才保住门口那个‘已废弃’的标志。上周才完工，我已经迫不及待想请人来聚会了。你喝什么？”

“水。”简虚弱地说。

女人站在房间另一头的华丽小酒吧里转过头看她，脸上似乎在微笑。“我以为你自己就能召唤水。”

简僵住了。“你——你知道——?”

“我不是说了我认识你吗?你觉得我会把陌生人带到这里来?”女人端来一个雕花玻璃杯,里面装着冰水,然后在她身边坐下。“当然,这也不全是我的。这里实际上属于雇我的人。不得不说,这是我做过的最棒的工作。”

简抿了一口水。她的手开始不受控制地颤抖,在水洒出来之前,她把杯子递还给女人。身体上的病态感觉又出现了,像是痉挛,而且是全身痉挛。她保持冷静,等待它平息。

“不管你得的什么病,我只希望不是传染性的,”女人的话没有责备的意思,“怎么了——你跟罗斯玛丽身边的某个烂人混到一起去了,然后开始吸毒了?”

简摇摇头。“不是罗斯玛丽。”

“哦?那太糟糕了。我的意思是,我挺希望你还跟罗斯玛丽有联系,因为我很想再见她一面。”她伸手打开了超大茶几上一个亮面的盒子。“来一根?能让你放松下来。真的能。你绝对没尝过这样的。”

“确实没尝过。”简拒绝了对方赠与的大麻烟。

“对了,你到底嗑的是什么?”

“是个能直冲大脑愉悦中枢的东西。你肯定不想知道。”也许她可以知道,简突然有了个想法,她开始策划。她可以把这个女人带回公寓,献给恶意。他会爱上这个新嵌入体的,她知道他会的……

“哦,那很简单。”女人说道。

“什么?”简惊讶地看着她。

女人歪着头,好奇地看着她。“我有个合伙人就发明了一种能直冲大脑愉悦中枢的东西。”

“谁?”简抓住女人的肩膀,“我能跟他见一面吗?我在哪儿能找到他?怎么——”

“哇，哇，冷静点。”女人把简的手从她自己身上弄下来，坐得远了一点，“这是高级机密。我太蠢了，才会说漏嘴，但你是罗斯玛丽的朋友，所以我有点兴奋过头了。来吧。放松点，我们聊聊罗斯玛丽。”她用水晶打火机点着了大麻烟，狠狠抽了一口，递给简。

她接了过去，试图学着她的样子做。烟雾灼烧着她的肺，呛得她咳嗽了好一会儿。

“多加练习，”女人笑着说，“真的能让你平静下来。”

又吸了几次之后，她开始摸到了一些门道，这就是他们所说的快活一下，她心里想到。这是你能感受到的一种快活，应该是能带来愉悦的，但是它无法到达她和痛苦的空洞之间。她想把烟还给女人，但她让简留着抽，因为简更需要它。简没有抽，而是小心地放在了茶几上的雕花玻璃烟灰缸里。

“你不喜欢?”女人吃惊地问。

“呃……还不错，”简说道，她的声音似乎被拖得很长很长，像一根回弹很慢的橡皮筋。她感觉自己的头随时会像个氢气球似的飞离她的肩膀，一直飘到屋顶上。她在想海勒姆知不知道有这种东西存在。

这个女人想谈谈罗斯玛丽，但她一边要尽量让自己的头待在原位，一边还得抵抗对恶意的渴望，所以没有太明白这女人在说些什么。这个女人要是能闭嘴的话，她大概可以取得某种平衡，保持稳定，然后砸碎茶几上的玻璃杯，将一块玻璃碎片抵在她的喉咙上。这是唯一的答案，刚才吸进去的东西帮她看清了。她永远无法从对恶意的渴望中解脱出来，如果她回去——当她回去——只会遇上更糟糕的事，更加堕落，更多杀戮，都是她心甘情愿的，就为了换得他的一丝青睐。她曾经希望海勒姆能找到一个让他的生命完整的人，但最后却是她得到了这份完整，帮她实现这一点的是恶意，而不是她梦想中的某个面容模糊的男人，这个男人有时候像索尔，有时候像跃闪杰克，有时候甚至会是克罗伊德。这个没完没了的系列里满是烂笑话，该结束了。

女人继续说，偶尔会有长时间的沉默，简会从她的迷思里清醒过来，发现跟她一起坐在沙发上的女人不见了。她躺倒在靠垫上，享受着这份安静，不一会儿，那女人又神奇地出现了，继续不断地说着罗斯玛丽·马尔登的事。简实在想割了她的喉咙，这样就不用听她的声音了。

但那样太忘恩负义了。这个女人只是想帮助她。她明白。她应该回报她，给她提供些什么。

罗斯玛丽的电话号码浮上心头，等待她拾起。当她真的拾起来时，那女人再次消失了，这次消失的时间很长。

有人把她摇醒了。她的第一反应就是渴求，她弓起身子，拳头击打着沙发靠垫，因为出现在她身边的并不是恶意，而是个瘦高的东方人，正跪在她旁边的地毯上，脸上带着礼貌和关切的微笑。

“这就是我跟你说的那个合伙人，”女人拉着她重新在沙发上坐好，“把袖子撸起来。”

“什么？为什么？”简四下看看，整个房间都模糊不清。她觉得脑袋变沉重了。

“我只是想用这个方式表示感谢。”

“感谢什么？”她感觉到有人在帮她撸袖子，某种冰凉潮湿的东西在她的胳膊上涂抹。

“感谢你给我罗斯玛丽的电话号码。”

“你给她打电话了？”

“没有。你来帮我打。”女人在简的上臂绑了一截橡胶管，然后系紧，“作为回报，你可以去天堂玩一圈。”

东方人拿起一个注射器，咧嘴一笑，好像他是正在展示奖品的游戏节目主持人。

“但是——”

女人把一个无线听筒往她手里塞。“你也想见她，对吗?”

简由着听筒落到大腿上，疲惫地擦擦脸。“我也不确定，真的。”

“那你最好赶紧确定。”女人的语气强硬起来。简吃惊地抬头看她。“我的意思是，我跟罗斯玛丽有好多事情要说。你越早联系她，就能越快享受到天堂。你想去天堂，对吗?”

“我不知道我能不能——我不知道她会不会接我的电话——”

女人弯下腰，正对着她的脸。“我不觉得你有得选。你毒瘾犯了，没地方可去。我不可能让你永远待在这里，你懂吧。拥有这个地方的那家公司可能不希望我跟室友分享这里。当然了，如果你肯为我做些事情，他们的看法可能会改变。

简向后缩了一点。“你为谁工作?”

“别管闲事。打你的电话就好。可能的话让她到这里来见你，或者在别的地方见面也行。”

她正要拒绝，那渴求又开始啃噬她的内心了，拒绝的话语被扼杀在喉咙里。“那个东西，”她看着注射器问道。“真的——有那么好吗?”

“是极品。”女人脸上没有任何表情，“要我帮你拨号吗?”

“不用，”她拿起电话，“我自己来。”

男人把针尖插在她的手肘内侧，保持不动，等待着，脸上依旧带着游戏节目主持人般的笑容。

♣

她很难集中精力听罗斯玛丽说话，也完全没办法让自己的声音保持平稳。一开始她试图表现得很亲切，但是罗斯玛丽听出了她的处境。那一对男女似乎并不在意她说了什么，所以她全情投入，恳求罗斯玛丽过来见她。

但令她恼火的是，罗斯玛丽反复告诉她会派人来接她，她只好一次次坚持说这样不行，她只想见罗斯玛丽，不想要其他人。绝对不要其他人，尤其不要男人。只要看见男人，她会立马拔腿就跑。这番话似乎让那对男女非常满意。

最后，罗斯玛丽终于同意了，她念了女人递到她眼前的一张卡片上的地址。罗斯玛丽犹豫了，她再次苦苦哀求，最终罗斯玛丽作出了让步。但不能在那里，那个地址不行，必须要公共场合。谢里登广场。简瞥了一眼她的新朋友们，他们同意后，她告诉罗斯玛丽她会过去。

“当过社工的人就是有社工的样子。”女人挂了电话以后说道，冲着男人点点头，“给她吧。”

“等一下，”简虚弱地说。“那我怎么去那里——”

“什么都别担心，”女人说，“会把你送过去的。”

针头插进去，灯光灭了。

♥

借着昏暗的灯光，她发现自己正靠在一个建筑物的外立面上。这里是滑稽剧院，她正等着进去看戏。晚场，非常晚，但她不介意。她最爱滑稽剧院，她去过好多剧院，苏活区和西村里的小型剧院，还有鬼牌镇的剧院，在为罗斯玛丽工作后不久就关门了……

罗斯玛丽。她必须要记住，罗斯玛丽曾经辜负过她的信任，但也许老天是公平的，毕竟她自己也让海勒姆很失望——

这针的效力够强，她以为自己会昏过去，但她的身体一动不动。温暖的枫糖在她血管里流动。温暖和倦意之下，那片宽阔的空虚依旧存在，还在吞噬着她。这份困倦让她失去斗志，她内心的渴望更加肆无忌惮，仿佛要碾碎她的骨头。她的腹部缓慢向前翻滚，头开始突突地跳。

她脚边的一个阴影轻声地叫，她低头一看，是只松鼠，正盯着她看，好像在考虑着什么。松鼠就是老鼠，只不过尾巴好看点，她不安地想到，然后想悄悄逃开，但是她的身体还是一动不动。又一只松鼠在她头上的某个地方叫，还有个东西跑了过去，几乎蹭到了她的腿。

剧院到底什么时候开门？她实在想躲开这些害虫。谢里登广场比她上次来时差劲多了，她上次是过来看查尔斯·路德恩的新版《蓝胡子》的。查尔斯·路德恩——她很喜欢他，他死于艾滋，这真不公平……

她叹了口气，然后听到一个声音："简？"

罗斯玛丽的声音。她打起精神，她是和罗斯玛丽一起来看戏的？或者只是个愉快的巧合？不管怎样，能跟她在一起她很高兴。

她想要四下看看，但这里太黑了，这么晚了真的还有演出吗？还有松鼠近乎疯狂地吱吱叫——要是恶意陪伴着她，那这番景象可以算是有趣，但现在只有她自己，这一切就是折磨。

一道微弱的手电筒光芒划开黑暗，她畏缩了一下。

"简？"罗斯玛丽再次开口询问，她正在靠近，"简，你看起来很糟糕。怎么了？是不是有人——？"

爪子刮擦建筑物墙面的声音传来，简扭头去看，发现罗斯玛丽就站在几码之外。在昏暗的街灯下，能看到勾勒出的细致轮廓。真奇怪，简突然想到，剧院外面居然没有防范窃贼和蓄意破坏者的安全照明灯。罗斯玛丽的脚边有个深色的阴影窜来窜去，原来是一只猫。罗斯玛丽低头看了看猫，然后抬头看简。

"你惹上了什么麻烦，简？"她的声音里带着一点焦虑。

"最糟糕的麻烦，"一个男人的声音说道，"跟你一样，马尔登小姐。"

简摇摇头，想要理清思绪。她想起来了，有个不是金姆·托伊的东方女性，还有个拿针的男人，还有打电话……

突然一个大一些的阴影扫过罗斯玛丽的背后，她被一个胳膊箍住了脖子，还有个枪筒抵着她的脸颊。

“在阴影里见面对我们来说很合适，”一个男人的声音响起。罗斯玛丽站得笔直，目光越过简。简顺着她的目光看到另一个男人随意地站在建筑的另一边，手里也举着一把枪。简觉得自己快要失去知觉了，于是强迫自己把头抬起来。她脸上有点痒，而且不舒服，对恶意的渴望再次涌出，强度之大让她想要蜷缩起来。但是她的身体只能小小地痉挛一下。*他们撒谎了*，她绝望地想。*那个女人和她的朋友撒谎了。他们怎么能随便撒谎？*

人越来越多，男人越来越多，他们从黑暗里走出来包围了她和罗斯玛丽。虽然她的心灵还是浑浊一片，也能感觉到他们的武器和凶残的意图。带她回家的那个女人根本不是罗斯玛丽的朋友，也不想跟简做朋友。这一点她明白得太迟了。

“瘾君子真有意思，对吧，马尔登女士？”抓住罗斯玛丽的那个男人说道，“这位为了一点普通的海洛因就把你给出卖了。”

*不，不，不是的！*她想要尖叫，但是内心的渴求堵住了她的声音。待眼睛终于适应了黑暗，她看到罗斯玛丽正一脸震惊地盯着她。

“简，”她说，“要是你身上还残留着一点你曾经拥有的品质，你就可以改变局势——”

“不是……瘾君子。”简费劲地说。她的眼睛开始向上翻。

“吸毒鬼可当不了好王牌，”男人笑着说，“她不会——”突然响起一阵翅膀呼呼作响的声音，直接冲着他的头扇动。

“嘿！”他大喊着，松开了罗斯玛丽，后者猛地一推，逃离了他的钳制，却因脚下不稳，跪倒在地。就在此时，一些小东西从简身边跑过，自动绕开罗斯玛丽，袭向那些男人。

“垃圾婆——”罗斯玛丽喘息着说道，只听见一阵愤怒的呼喊和哀号声，既有人声，又有其他东西的声音。漫不经心地站在另一边的男人正跟一只在他的头周围扑腾的鸽子缠斗，同时还试着踢掉裤腿上的老鼠。老鼠，简迟钝地意识到，她还没见过胆子这么大的老鼠。

罗斯玛丽站起来，准备逃离这群被围困的男人。各种体形的生物都从夜色里涌出，投入战斗，空气里弥漫着嘶嘶声、尖叫声和号叫声，全都带着毋庸置疑的愤怒情绪。有人脱身了，他跑过罗斯玛丽和简，尖叫着想要甩开胳膊上的老鼠和脖子上的松鼠。有什么东西掉落在简的脚边发出咔嗒一声，她低头一看：是一把枪。

她双腿无力，只能靠着墙面跪倒在地，她捡起枪，盯着看了一会儿，然后感觉到罗斯玛丽在摇晃她。

“来吧。”她把简扶起来，带着她走过剧院前面，直到谢里登广场的另一侧。

几只体形较大的流浪狗以一种古怪松散的队形站在那里等待她们。简眨眨惺忪的双眼，勉强意识到罗斯玛丽的胳膊正架着自己。过了一会儿，这几只狗向她和罗斯玛丽走过来的那条路跑去。男人们的喊叫声变成了尖叫，还夹杂着咆哮和犬吠声。

简被罗斯玛丽扶着，在街上踉跄地走。“你他妈的，跑啊。”罗斯玛丽对着她的耳朵说道。她开始恢复意识了，东倒西歪地向前，终于，他们身后可怕的噪音散去了。毒品的作用逐渐消退，恶意的离去又开始影响她的心灵，她一步一步，走得越来越痛苦，也越来越清醒。

她狠狠推了罗斯玛丽一下，挣脱开来，独自踉跄着向前走，还撞上了路灯。她及时稳住，然后四下看看。这条街上除了她们俩没有别人。

“简，”罗斯玛丽紧张地说，“我带你去个安全的地方，或许你可以解释——”

“离我远点!”她大喊着抬起手。罗斯玛丽很快后退，她知道为什么，因为她手里拿着枪，而且正用枪指着罗斯玛丽。她的第一反应是扔掉，告诉罗斯玛丽她不想伤害她，她是被人骗了，而且也没意识到自己手上有枪。她不是故意想伤害罗斯玛丽，但她身边的人总是会遇上可怕的危险。

“你走，罗斯玛丽，”她颤抖着说，枪口对着她，“去个安全的地方，然后感谢上帝你还能有个安全的地方可待。因为对我来说并没有这种地方！”

罗斯玛丽张嘴想说话，但是简把枪又向前伸了伸。

“走！”

罗斯玛丽向后退了几步，掉头跑了。

简一只手抓着街灯，就像喜剧片里傻乎乎的醉汉，另一只手抓着枪。她研究着这把枪，她对枪支没什么了解，只知道一些常识。但也足够了。

你就只要把枪筒放进嘴里，数到三，你就解脱了。就这么简单。

她的手缓缓转动，好像她的心里还有些犹豫。

当然，你要想以这副德行再活个三五十年，那也行。渴求在她心头熊熊燃烧，她手上的动作加快了。枪筒放嘴里，把枪转一下，让扳机对着天空。金属尝起来有点酸，把她的下颌牙弄疼了。她张着嘴咽了下口水，然后更紧地抓着枪。

数到三，你就解脱了。她想起了恶意第一次爬到她背上时的感受，他的小手触碰着她，热切、贪婪、自信。她看着海勒姆的样子肯定就是罗斯玛丽看她的样子。（一阵战栗席卷全身，是她之前感觉到的身体上的病态，但是她稳住了手里的枪。）

数到三，你就解脱了。她想起了艾泽里的肌肤的触感，还有她的味道。艾泽里肯定很乐意看到她站在空无一人的街道上，嘴里还抵着一把枪。（现在她肩膀上有种刺痛的感觉，延伸到胳膊、躯体和她的腿，就好像她的皮肤突然燃起了小火苗。）

数到三，你就解脱了。她想起了克罗伊德，她记得跟索尔走了一路，却发现他变成了一个长着老鼠头的男人。应该对她失望的是索尔，不是海勒姆·沃彻斯特。索尔一直都很信任她。海勒姆从来都不曾完全了解她。(她的身体开始沸腾。)

数到三，你就解脱了。她想到，要是现在这个时刻，有人把恶意带来，让他攀上她的肩膀，那么之前的那一切就都不重要了。她会立马扔掉枪，迎接他美妙的存在，她将徜徉在愉悦的宇宙中，她体内不断扩大的空虚会被填满，其他的事情全都失去意义。她感觉到坚硬的枪筒抵着嘴巴的最内部。(她现在正忍受着炙烤。)

数到三，你就解脱了。一个细小的动作吸引了她的注意力，路边有一只松鼠正用明亮好奇的小眼睛盯着她。她再次张着嘴咽了下口水，然后不慌不忙地开始数。

一。二。三。

她扣动了扳机。奇怪的是，索尔的声音在她脑海里响起。嘿，亲爱的你，你在干什么呢?

在这条寂静的街道上，扳机的咔嗒声显得震耳欲聋。

没射出子弹。

她倒在人行道上，温暖黑暗的热潮涌过她的身体。

◆

她身处一个色彩斑斓的柔软之地。这些颜色上上下下，用人类的声音交谈，有时候还会直接和她说话。她无法回答，这不是她的世界，她只是在这里等待。而且它们说的都是些搞笑的话，比如，是昏迷，不会有错的，不是所有人都会这样，但是我们确定。以及，为什么不把她放在浴缸里，然后就别管了。她再这样继续涌出水来的话，还没死皮肤就已经烂了。还有最奇怪的，简，为什么不让我帮你，我不应该用疲惫做借口，让你失望了。那是最明亮的颜色，很特别的红色，有时候会带着亮黄色。

过了一会儿，所有的颜色都褪去了（机器都拔了，全部弄走吧，她醒不过来了），然后一片沉寂。又过了一会儿，远处某个地方响起了电话铃声。是找你的，有人说道，她觉得是在跟她说话。

简。到时候了。

奇怪温柔的意识在她心里升腾起来，宛如一个清醒的梦境。说话的那个声音很熟悉。是你吗，索尔？我到处找你。你在哪里？

别管那个了。是时候了。

什么是时候了，索尔？

是时候起来了，有很重要的事情需要你去做。振作起来，睁开双眼，下床。

她坐起来，看着四周。塔基扬的诊所，她怎么会在这里？她心想。

别想这个。你必须快点。

好的，索尔。

她下了床，光着脚穿过房间，然后站在门口回看病床。那里躺着一个苍白的人，像一张特效相片般缓慢消失。

那是我吗，索尔？

是曾经的你，但不是现在的你。去大厅，快点，必须争分夺秒。

她似乎是飘向大厅的，脚底离寒冷的地面大概有几英寸的距离。这真是个很棒的出行方式，她心想。死掉还是有些好处的。

你没死。

她冷静沉着地接受了这种说法。争辩好像没什么意义。

右边那扇门，进那个房间。

她飘进那个房间，徘徊在两个病床中的一个旁边，看着上面的病人。以前她可能会觉得这副模样既恐怖又可怜，但现在她理智又冷静地看着枕头上巨大的头颅，像月球表面一样坑洼，每个坑里都有只眼睛，大部分是睁着的。它们也同样镇定地看着她，至少表面上是这样的。

一个坑旁边的小洞张开了，她听到口哨般的呼吸声。“你是谁？是医生吗？”

仔细听好，因为我不得不离开你，所以你必须记住这些。

她感到一丝恐惧。又要离开我？你可以不走吗？

不可以。但我会留给你一个礼物，非常重要的礼物，是克罗伊德给你的礼物。

是什么？

你会找到的。

她身边的湿润空气中有什么东西起了变化，她知道，现在只剩她和鬼牌了。

她的手不由自主地拉下被子，鬼牌身体的其他部分也显露出来，上面有更多的坑和眼睛，几乎布满全身。在她的注视下，它们似乎在动。她必须动作快点，不要伤到他。

她爬上病床，冲着他微笑。她幸运地找到一个没有坑的地方，她从那里开始，轻柔地移动。

“女士，你在干什么？”

她回答不了，但也不用回答。他显然能看出来她在干什么。

“哈蒙德。嘿，哈蒙德！醒醒！告诉我这不是个梦！”

她无视隔壁床传来的声音，无视其他所有事情，专注眼前的任务，其实不该用任务这个词。爱上某人不能算是任务，爱能够创造奇迹。

她感觉到他的手小心地抚上她，感觉到他因为痛苦而颤抖。那些眼睛，在被人触碰的时候该多疼啊，她心想，是谁这么粗心，给他盖上被子。也许他们只是把他放在这里等死，毕竟这是临终病房。

“别担心，”她告诉他，“都让我来做。”

“你想做什么就做吧！”他说完，感受到了她的包裹，便愉悦地呻吟起来。

她快乐地想到，爱是如此不同。有爱，就没有痛苦和愧疚，这是当然。有爱，你就只想要治愈对方的所有伤痛。有爱，就真的可能治愈一切。

她的手抚过他的胸口，她的头靠在上面，倾听着他的心跳。他的双臂环绕着她。他们一同晃动起来时，她感觉有股力量蔓延开来。跟这个比起来，恶意给予的不过是拙劣可怜的摹仿品。

一想到这个，她突然意识到她心里可怕的空洞已经消失了，她解脱了。她直起身子，愉悦地大喊一声。

病房里的回声在应和着她。

就好像是拨弄了一个开关——她突然醒了，真的醒了，她意识到自己正跨坐在病床上某个男人身上，是个正常男人，有且只有两只眼睛，是绿色的，他一头黄发，正盯着她看，年轻普通的脸上带着喜悦的笑容。

“女士，”他说，“这才是最好的治疗方式！”

她扭头看看四周，发现身后的房间里满是各种各样的鬼牌，在他们中间还有两个护士和一个医生，都被强行控制住了。

他们挣脱出来，跑向病床，把她拽下来开始检查那个男人。

“我看见了，但是我不相信！”

“就在我眼前——”

“我还以为这个人已经死了——”

“你是谁？哪个病房的？”

她被这些问题逼得不断后退，正好落入其他鬼牌的怀抱中。一个五官挤在一起的畸形男人把扭曲的脸凑过来，问道：“下一个可以是我吗？”

“不，我！”另外一个人喊道，然后好多只手拉扯着她，有的想把她往自己的方向拽，有的试着把她推倒在地。

“索尔！”她尖叫起来。

房间里突然满是雾气，水柱从门口涌进来，把他们全都冲倒在地。简任由这水流带她穿过病房，来到原本是鬼牌的小伙的床上，她撞上床头板，倒在地板上。越来越多的雾气涌向房间，湿透的鬼牌们在脚踝那么深的水中困惑地乱喊乱窜，她则从敞开的门口逃走了。

警报响起的时候，她早已离开了诊所。

♠

这个小餐馆跟王牌云巅相比差远了，而且客人的消费也没那么优厚，但是他们的要求也不高。大部分客人都不会看她——在这个地方，留着朋克短发，穿着不合身的肥大白色制服的服务生并不怎么吸引眼球。这里的老板是个慈母般的胖女人，名叫吉赛尔，她叫她小羊，对她只有两个要求，按时来上班，要是偶然听见顾客说的好笑话，那就尽量记住。吉赛尔喜欢收集笑话，熟客们也很愿意向她提供。

比如那个每周一、周三和周四早上过来吃培根蛋三明治的双头男人，他/他们每次都会贡献新笑话。

“嘿，你们知道最新消息吗？”她摆放餐具的时候他/他们说道，“有好消息和更好的消息。”

她礼貌地分别对着两个头微笑。双头男是最大方的顾客之一/之二。

“好消息是，有个女的能把你变回耐特，只需要跟你睡一次。”

她的笑容凝固了，但他/他们似乎并没有注意。

“你知道更好的消息是什么吗？”

她说不出话来，只能摇摇头。

“她很漂亮！”两颗脑袋都大笑起来，还一不小心撞在了一起。她试着跟他们一起笑，但是连假模假样的哈哈哈她都演不出来。双头男终于笑完了，抬着头看她，对她的反应有些失望。“嘿，我猜你得是个鬼牌才能——”

“——才能找到笑点。”另一个头补完句子，还在咯咯笑。

“真的——非常好笑，真的，”她故作活泼地说道，“吉赛尔来的时候我会告诉她的。我猜她还没听过这个笑话。”

“嗯，别忘了——”“告诉她——”“——你是从哪里听来的！”

“我不会忘的，”她脸上依旧带着僵硬的微笑，“我不会忘的，我保证。”

♣♦♠♥

拆　除

利安娜·C. 哈珀　著

罗斯玛丽盯着春雨，外面灰蒙蒙脏兮兮的，更像是冬天。克里斯托弗·马祖切利在她身后长篇大论。天呐，她怎么会跟他这种混蛋搅和到一起？跟他一起躲在地下的这段时间里，她明白了偶尔和克里斯见上一面与每天几乎二十四小时和他待在一起是完全不同的体验。在她眼中，他不再是一个浪漫的反叛者，而是个恶毒的混混。还是她自己的恶毒混混。

她的注意力回到目前的危机上来，但目光却立刻被克里斯吸引了，他在他们位于字母城旅馆的寒酸小客房里踱步，这里是他们的安全屋，他背上的小辫子上上下下地跳动。

“这场交火让我们失去了八个头目。费雷、巴尔达西、斯基亚帕雷利、汉考克和我的兄弟，都死了。文斯·斯基亚帕雷利身体的内部都被翻转到外面来了，费雷的皮肤变成了石头，最后窒息而亡，汉考克和巴尔达西只剩下一摊血水和骨头。我兄弟——”说到这里，就连他也顿了一下，犹豫着，“还有三个，生不如死。马特里奥纳和程走了。他们还好，只是还好而已。从那时以来，我们只是在勉强坚持，其他的都做不了。”

“我们得到了什么？苏伊·马。我们早就知道她的存在了。绑架她这个事我们都尝试过两次了，老天啊。我们知道白鹭会的老大是谁，但不知道终极老大是谁。”罗斯玛丽·甘比诺摇摇头，“克罗伊德也许知道些非常有用的信息，但他没有告诉我们。真棒。影拳会肯定跟他搭上了。我们毁掉了影拳会的好几次行动，死伤了不少自己人，但连他们的门都没摸到。更糟糕的是，他们开始用某种生化武器对付我们。我在想克罗伊德到底是哪一边的。”

“好吧，无畏的领袖啊，你有什么想法吗？能想到的我都做了。”克里斯转向她，脸上一半是愤怒，一半是恐惧，“还有，帮我个忙，别再提你爸了，我真受够了。”

“找到你的线人，那个克罗伊德。也许他还有别的消息。我们查查看影拳会是怎么搞到百变王牌病毒的。如果他们有，那我们也要有。”如果黑手党家族真的落后了这么多，那他们就已经输了，罗斯玛丽这样想到，但没有说出口。她是唯一幸存的老大，其他都被影拳会解决掉了。这场帮派战争越来越像越南战争了，而且他们并没有站在正确的阵营里。

“我尽量，他现在可能他妈的去蒙古了。”克里斯似乎并没有对她的要求感到吃惊。

“克里斯，去找他。”罗斯玛丽故意用了操练军士的口吻。她怀疑他有时候并没有按照他的命令行事。媒体掌握她真实背景的速度快得惊人，她不得不怀疑家族里有内鬼。马祖切利看着她，迅速藏起眼神里的厌恶。

“听你的，亲爱的。”克里斯走过房间，在门口转头，“顺便说一句，有件事你可能会感兴趣。几个晚上之前，我们的棒槌显然把下水道杰克·罗比谢尔揍得找不着北。我猜是因为他发现杰克拒绝了我们，于是决定亲自给那个肮脏的小卡真人上一课。因为这个事情我给了他一点奖励，当然，是以你的名义给的。”

罗斯玛丽坐在床上。不应该是这样的。她完全与她的人隔绝开来了。克里斯说只有这样才能确保她的安全，但局势越来越糟糕。她的目光越过房间看向门口。她觉得自己不像个位高权重的黑手党老大，反而像个囚徒。

♣

垃圾婆走进 C. C. 莱德的公寓，以为 C. C. 会在录音室里忙碌。但此刻C. C. 正被科迪莉亚缠着。她在想科迪莉亚这一次又想干什么。到公寓来的这一路上，垃圾婆不得不躲过更多戴着毫无用处的医用口罩的人，她一点都不同情这些被新的百变王牌疫情吓坏了的人。也许这场暴发能带来不少好处。橘猫从垃圾婆旁边走过，坐在沙发旁边的地板上。待垃圾婆坐下，橘猫把头靠在了她的大腿上。C. C. 和科迪莉亚冲着垃圾婆点了点头，然后又继续讨论。

“那个伯劳鸟很奇怪。我能感觉到。”科迪莉亚向前凑近，强调自己的观点，“他们对巴迪的所作所为很过分，那些歌是他写的!”

“科迪莉亚，伯劳鸟音乐是合法生意。我认识帮他们录歌的人。他们是很好的生意人。霍利做了决定，放弃了那些歌曲的所有权。”C. C. 疲惫地摇摇头，“这门生意里有各种各样的权衡和取舍，这就是它的运作方式。我现在充分了解这一点。巴迪有新歌了，而且都是好歌，就这样吧。”

“但是我跟巴迪谈过了，我能看出来做决定的不是他自己。但他就是不愿意告诉我整个经过。”科迪莉亚脸上的表情告诉垃圾婆她绝对不会放弃。垃圾婆站起来走向厨房。科迪莉亚对拯救世界的痴迷让她回想起孩童时代遇到的一些年轻修女，这让她很不舒服。她们都想成为圣人，真正的圣人。

“老一辈音乐人被剥削了。看看小理查德。这是不对的，是不公平的，但却是合法的。你什么都做不了。巴迪还有其他的事情要忙。慈善会演出很棒。其他的你就别再管了。”

“但是你几个星期前看见他了。在新泽西的假日酒店里表演！必须得有人来帮他，我要帮他。”科迪莉亚的眼睛闪烁着炽热的信仰之光。

“让巴迪继续过他的清净日子吧。”

“嘿，这次可不是我要搞事，是他们想见我。”科迪莉亚无辜地挥动着双手。

C. C. 无可奈何地摇摇头。“你有什么伟大构想？”

垃圾婆帮自己切了一块切达芝士，然后帮猫也切了一块。她小口吃着，回到客厅里。

“我约了个伯劳鸟的人明天见面。我特意推迟到慈善会后的。”科迪莉亚蜷缩在沙发上，双臂抱膝。“我想知道该问他什么。”

“所以你来找我。”C. C. 叹了口气，低下头咬了一口垃圾婆的芝士。

“对，你是我在唱片合同方面的专家。”科迪莉亚欢快地冲着 C. C. 咧嘴一笑，“我想看看最开始的合同，没错吧？”

“我向你保证，他们不会给你看霍利的合同。”

“我会想办法的。”科迪莉亚自在地笑笑，“哇，嘿，我要走了。”

科迪莉亚站起来走向门口。“再见了二位。”

♥

克里斯托弗·马祖切利闯进房间的时候罗斯玛丽拔出了一把瓦尔特手枪。他疲惫地摆摆手，躺倒在床上。

“把那个蠢玩意儿放下，小心打到你自己。上帝啊，你这女人真是。”

“我好几天没见到你了。你她妈的去哪儿了？”罗斯玛丽放低举着枪的手，但是并没有把枪插回皮套。

“我可是个听话的小男孩。我听你的话，去找克罗伊德了。”克里斯翻了个身，用手肘撑着自己，“我已经帮你拿到地址了。”

“别说胡话，克里斯。我是不会离开这个房间的。”罗斯玛丽坐在狭窄房间另一边的椅子上，“太危险了。”

“如果你愿意稍微接触一下‘危险’，你就能知道我们的对手是什么情况。你现在很明显一无所知。”克里斯从床上坐起来，“还是你的心脏承受不了？你爸爸要是像你这样整天躲着，就不会死了。”

“好吧。”罗斯玛丽知道这是在引她上钩，但问题在于克里斯有没有胆子杀她，“去哪儿？”

“鬼牌镇，码头旁边的一个旅馆。”克里斯一副得胜的笑容，“挺棒的，你觉得呢？”

克里斯站起来走向她，他抚摸着她的脸庞，她紧张起来，但是没有躲开。

“来吧，宝贝，明天我们过去，还有时间。”

罗斯玛丽花了好几个小时才甩掉他。他终于走了之后——他说是为了确保她的安全，要去做些最后的准备——她走进浴室，打开窗户。她一只脚踩在盥洗盆上，另一只踩在水箱上，然后双手一撑，跳了出去，落在消防楼梯上。

罗斯玛丽顺着楼梯爬到屋顶，一路上都在无声地咒骂着它因为生锈而发出的细小吱呀声。到了屋顶之后她轻手轻脚地走向在屋顶边缘咕咕叫的一群鸽子。它们并没有飞走，于是她撒了些面包屑，都是她从这几个星期吃的三明治上存下来的。

“垃圾婆，帮帮我。”她想要跟每只鸽子交换眼神，好奇需要对视多久才能把她的样子存在它们的小脑袋里。这是她唯一的机会。“垃圾婆，我需要你。克里斯会杀了我。”

垃圾婆是她最后的希望。克里斯不敢直接冲她开枪，那样太明显了，为数不多的那几个依然忠于她父亲和甘比诺家族的黑手党成员会看出来的。他肯定会另找一个方式。绝对是的，她能感觉到。

◆

垃圾婆取下她的耳机。她本来正在专心致志地听着的新磁带，但心灵深处某个地方回荡着某种不太清晰的声音，让她无法集中精神。她顺着与自己心灵交汇的意识回溯，发现这个媒介是一只鸟的心灵，然后找到了这只鸽子所携带的影像。罗斯玛丽在鸽子的记忆里向她呼喊。

罗斯玛丽把地址给她了。垃圾婆知道那片区域。她坐着揉搓着橘猫的后背，内心纠结着要不要去见罗斯玛丽。她不再相信这个女人。她借着鸽子向垃圾婆许诺，会告诉她到底是谁杀了保罗。这个黑手党老大的声音很真诚，但是垃圾婆看过她的表演。她可是个律师。她受过训练，会说对她最有好处的话。

但就算受过训练，罗斯玛丽也没能藏住她的恐惧，每一只她接触过的鸽子都感受到了。罗斯玛丽吓坏了。垃圾婆记得她们第一次见面的情形。那时，她还是一个担惊受怕的社工，但她怕的是帮不上忙，她倾尽全力帮助那些无家可归的人。垃圾婆记得罗斯玛丽调笑地问她跟保罗的进展，还跟她一起逛街，帮她挑选能让他惊艳的衣服。罗斯玛丽让她再次尝到了一点正常生活的滋味。

但是她也报恩了。睡莲背叛罗斯玛丽的时候，垃圾婆已经救过她一命了。背叛。那保罗呢？帮助罗斯玛丽算不算背叛保罗？垃圾婆觉得保罗的死罗斯玛丽也脱不了干系，绝对不像她说的那么无辜。

垃圾婆站起来，把猫留在地板上。她拿起旧外套，把自己裹起来。她想通了，如果罗斯玛丽在保罗的事情上撒了谎，那她就还有重要价值，不该这个时候抛弃她。她关上了磁带卡座和扩音器。原本照亮整个房间的绿色指示灯，慢慢暗淡，变成黑色。垃圾婆毫不犹豫地穿过公寓，走向门口，然后走进纽约城的夜晚，她的眼睛几乎立刻就适应了黑暗。

走上街头之后她立马开始集结兵力。垃圾婆联系了鸽子、野猫和野狗，还有稀有品种，两只游隼，从未来主人那里逃跑的狼，以及在公园里追逐流浪狗的豹猫。野生动物们听到了她的号令，时刻准备好追随她。

罗斯玛丽在鬼牌镇北边，她要走好长一段路才能到达那个旅馆，有人计划好了在那里对她下手。垃圾婆钻进了一个地铁入口，开始在鬼牌镇的地下通道中穿行。杰克呼唤她的时候她已经行进了一英里了。

慈善会之后杰克就一直不见踪影。科迪莉亚很担心，但是她以为他只是去做了他想做的事情，所以也没有试着找他。他和垃圾婆本来就在回避彼此，所以她也没打算找他。他的信号强度惊人，垃圾婆单膝跪地，直接瘫倒。

她看了一些图像，足够让她明白他身处医院。但是这不是杰克想传递的消息。他正快速在人形和鳄鱼形态之间切换，用鳄鱼形态来联系她，用人形来跟她交流。是科迪莉亚。她遇到麻烦了。在杰克的认知中搜寻了一遍之后，垃圾婆弄明白了，科迪莉亚想找杰克，但他目前的身体状况无法提供帮助。他不仅是在鳄鱼形态和人形之间切换，而且还时而清醒时而昏迷。杰克现在正调动他的全部力量求她伸出援手。

垃圾婆集中精神感受，杰克传送过来的信号里回荡着科迪莉亚的恐惧。各种各样的画面在垃圾婆心中串联起来。针头，痛苦的注射。一条没有行人和车辆的空荡街道。不知名的建筑物，看起来像公寓，但是垃圾婆不知道这是在哪个区域。

“哪里，杰克？哪里？”粗糙的混凝土划到了她的手和膝盖。在北边，肯定是的。看到山上那些拥挤的公寓楼，她只能推断出大方向。她试图通过碎片化的心灵将她见到的景象和曼哈顿北部的鸟类与其他动物所见的景象匹配起来。突然之间，杰克不见了。

“杰克！”他完全消失了。他那边是死一般的沉寂，她以为他消耗了所有力量，已经油尽灯枯了。然后突然间她透过科迪莉亚的眼睛看见了建筑物前门上的数字。“哪条街，科迪莉亚，哪条街？”

她不知道科迪莉亚有没有听见，但街角出现了标志。华盛顿高地。她还感受到了粗糙的手抓着她的胳膊，枪管抵着她的头。画面一片朦胧，她知道这意味着什么，科迪莉亚被下了药，是神经类的，让她无法集中精神，就算科迪莉亚愿意违背自己的原则出手伤人，她也无法做到。

科迪莉亚的脸浮现在她的心灵中，上面覆盖着她和杰克对她的记忆。科迪莉亚是个热情又有活力的年轻人，她想要全心全意地生活并且帮助别人，这一切都拽着垃圾婆向北走，向着她走。但是科迪莉亚的脸又被罗斯玛丽的脸遮住了。垃圾婆脑中的混乱挣扎让与她共情的橘猫都忍不住尖叫起来。

她答应了要帮助罗斯玛丽。科迪莉亚可以自救，如果她愿意使用能力的话。但是她现在被下药了，还能使用能力吗？而且，如果她使用了能力，这个小姑娘会像垃圾婆自己一样被毁掉吗？罗斯玛丽害死了保罗，不管是直接还是间接。这一点垃圾婆心知肚明。但她一直故意无视这一点，因为她实在太想继续跟罗斯玛丽做朋友了。罗斯玛丽的路是她自己选的，但科迪莉亚是别无选择的。

游隼们在半空中转向，飞往北方，豹猫在它们身后跳跃奔跑。

♠

罗斯玛丽的保镖跟着她走在一家廉价旅馆的肮脏过道上。克里斯说克罗伊德藏在这里。罗斯玛丽想起了电影里那些被护送上刑场的人。这两个身形健硕的黑手党成员并没有跟她说话，她甚至不知道他们的名字。克里斯说他留在外面盯梢。墙上有好多污渍，走廊里能闻到烟味和尿味。突然间那两个男人停下了。她右边深色头发的那个示意她向前走。

她不知道垃圾婆有没有来，是不是在观察在等待。罗斯玛丽已经想好了该怎么处理她目前面对的两大问题。她可以告诉垃圾婆是克里斯杀了保罗。那垃圾婆就会杀了克里斯报仇。除掉克里斯之后她就去跟影拳会做个交易。也许她能活下来。也许。

上帝保佑，但愿垃圾婆已经来了。

♣

垃圾婆找到了杰克的隧道养护车。他曾经让她记下整个曼哈顿下方的隧道系统。她在各条通道间穿梭时无声地感谢着他，虽然知道有碰撞的风险，但她还是尽可能快地向前。就在她加速前往北边时，旁边的墙上掠过各种标志。她的动物同伴们跟着她的步伐，有的在她上方，有的在与她平行的隧道里。

率先到达的是老鹰，它们在建筑顶端盘旋，透过它们的眼睛，垃圾婆看到了里面的那些人。科迪莉亚蜷缩在角落里，但是还活着。垃圾婆试图将这个消息传送给杰克，但没有收到回应。她艰难地忽略掉杰克的沉默，开始布置她的士兵们。

这个20世纪40年代公寓楼的顶楼有个窗户是碎的。她派老鹰们飞进去，在电梯间里等着。豹猫快到了。她在房顶和街道上穿行，跑得比其他动物快。狼在几个街区之外，尽量避免被看到。她把黑猫和杂猫留在身边，派了橘猫进公寓楼，作为她的眼睛。她还召唤了周围建筑里的老鼠。这些建筑中有很多都在等待翻新，里面住了不少野生动物。就在这些动物们集结的时候，她感受到力量聚集的温度。

她爬了不知道多少级台阶之后，发现自己来到了适当的位置。她在动物们的心灵里转了一圈，让它们做好准备，然后试着触碰科迪莉亚。少了杰克帮她放大心灵，这个姑娘完全是一片空白。垃圾婆利用自己心灵里的人类部分敦促科迪莉亚利用一切工具保护自己。

她留下黑猫看着车。他不太高兴，但她不愿意让他冒险。她把年轻一点的杂猫带在身边，但是在离建筑物一个街区的地方把她放走了。动物们眼中的图像叠加起来，告诉她有两个男人正在这个部分翻新过的红砖建筑大门口闲晃。豹猫在公寓楼旁边的小巷里一刻不停地来回走动，心灵被轻触之后她立马狂奔向那两个男人，轻灵地准备捕猎。她跳向离她更近的那个，待他才反应过来被袭击了时，已经被撕开了喉咙，另一个倒是快速抽出了手枪，但是第一枪丢了准头。他没有机会开第二枪了。垃圾婆走进这栋五层楼建筑时，确保了没有人注意到外面的声响或自己。几个街区之外传来了有规律的汽车警笛声，她扭头查看，但是除了警觉的豹猫，没有谁对此有反应。

垃圾婆还在尝试着联系科迪莉亚，但是无果，她派出豹猫和橘猫先上消防楼梯，自己轻声跟在后面，同时关注着建筑内外的动物们接收的讯号。她布置了一个以科迪莉亚为中心的生物网络，此刻她正在四楼一间公寓里和一个衣着光鲜的东方人对峙。散布在墙壁和地板里的老鼠告诉她小姑娘还活着。

她顺着楼梯爬上四楼的时候，听到声音从敞开的房门里传出来。东方人正在审问科迪莉亚。她没听明白他具体在说什么。就在此时，罗斯玛丽的脸突然在心头闪过，打断了她的注意力。她运用心灵之力将这张脸和随之而来的内疚往下压，让它们回到她体内已经下潜的人类部分。

老鼠从旁边的房间跑出来，在走道里奔跑。天花板上装着最简陋的灯泡，发出的强光照亮了三个站在外面的守卫。他们穿着剪裁得体的西装，枪支通常就藏在这身衣服里面。垃圾婆想知道科迪莉亚身上有什么让他们害怕的地方。

狼正从走道另一端的楼梯上来，豹猫在她的身侧严阵以待。刚才群鼠狂奔的景象已经让衣着光鲜的杀手们有些紧张了。她利用其他的眼睛察看房间里的景象，科迪莉亚依然蜷缩在地板上被审问。该死的天主教殉道者综合征。垃圾婆感受不到科迪莉亚的能力有一丝搅动。这姑娘很遵守自己的诺言，又或许是无法作出行动。一个身形宛如相扑运动员的男人安静地站在角落，身上还穿了件巨人龙根胆的 T 恤。

但即便透过老鼠昏暗的视线，也能看到他焦躁地动个不停，眼神里闪烁着杀戮的欲望。

垃圾婆突然派出橘猫，如她所料，三个杀手都举枪瞄准，但都没有开枪，因为他们发现只是一只猫而已。

“去抓老鼠，好!”其中一个人这样说道，同时把枪插回枪套里。就在另外两个人表示赞同时，豹猫从垃圾婆旁边窜了出去。豹猫一爪子扇过去，一个人的大半张脸都没了，颈动脉也被撕开，然后她借助死人的肩膀作为平台，跳向另一个人。而在另一边，一个守卫开枪射击了张牙舞爪向他扑来的灰色身影。有一枪打中了狼的后腿，然后守卫就被咬住了喉咙。现在还剩下一个，他成功地用小臂卡住了豹猫的嘴，正用枪托猛击她的头部一侧，而此时狼咬住了他的另一只胳膊。

垃圾婆知道这一阵声响会惊动里面的人。只希望在她进去之前，科迪莉亚能好好利用这场小骚乱，现在那个相扑选手离科迪莉亚太近了，如果他行动起来，垃圾婆也来不及阻止。

她走过守卫的残骸，进入审讯科迪莉亚的房间，却只看到做工精巧的裤腿和意大利皮鞋进入了相连的另一个房间。相扑选手也不知去向。垃圾婆上前解救科迪莉亚时她摇摇晃晃地站起来，嘴里还不停念叨着。就在此时，一只大手掐住了她的喉咙。

“把我忘了？你这个疯狂的小婊子。”相扑选手说话带着英式口音。他从柜子里走出来，将她转向他。垃圾婆喘不过气来，而且能感觉到在他非人力量的钳制下自己的气管逐渐关闭。她向他发起攻击，但是她的精神力影响不了他。他太人类化了，她这样想到，在她愈发暗淡的心灵里有个部分觉得这一点很讽刺。橘猫早就伸出爪子抓住了他的腿，但是毫无用处。垃圾婆呼喊着豹猫和狼，但她的心灵力量和身体一样虚弱。她无法压制住它们饱餐一顿的欲望。她感受过很多次死亡，不知道那些野生动物会如何看待她的死亡。它们会记得她吗？她踢向对方，但她的腿似乎被层叠的裙子和外套缠住了。

老鹰飞过的风声让她清醒过来，她听到了它们狩猎时的尖叫声。她感受到鲜血滴在她脸上，然后她就被扔开了。她眼睛看不见了，但是透过躺在房间另一边的橘猫的双眼，她看到袭击她的那个人被推向窗户，碎裂的玻璃撒了她一身。他栽倒在四十英尺下的地面，垃圾婆感觉他落地的时候整个建筑都在跟着晃动，但应该是她在缺氧状态下产生的幻觉。

豹猫和狼懊悔地走到她身边，倚靠着她，给她力量。她能感觉到老鼠正在这栋建筑里疯狂地奔跑，猫也和它们在一起，但只是将它们驱散，并没有想要杀死它们。据她判断，野生动物们已经发狂了，她竭全力将它们拉回到正常状态。送它们回家后，她的注意力才回到空荡的公寓里。她睁开眼睛，看到胳膊依然被绑在身后的科迪莉亚向她凑近。

“姑娘，你得为你自己和你的所作所为负点责任了。我可不愿意再经历一遍这样的事。就算是为了杰克也不行。你要么学着使用你的能力，要么就住到修道院里去。”垃圾婆再次开始陷入温暖的黑暗。她也不知道这番话有没有对科迪莉亚说出口，也许只是以为自己说了。

♥

眼前的局势让罗斯玛丽越来越害怕。克里斯在谋划着什么，她能感觉到。她不需要拥有垃圾婆的心灵能力就能知道自己麻烦大了。她没有见到身边有任何动物出现，连只老鼠都没有。这不是个好征兆。垃圾婆到底去哪儿了？

她故意放缓脚步，在走道上走着，她想要集中精力思考眼前的困境和解决方法。她即将走近的那间肮脏小客房里会有什么在等待着她？罗斯玛丽掏出了她的枪。

她试着转了一下门把手，门没锁。她推开门走进房间，正好遇上其中的住户。她之前就知道克罗伊德的外貌特点，所以认出来这正是他，他刚好要外出。

“你是谁啊？”他一脸惊讶。罗斯玛丽背靠门边的墙壁，用手里的枪指示他坐回铁架床上。“天呐，你是玛利亚·甘比诺！”

“我想知道你手上到底有什么信息。”罗斯玛丽的枪口对着位于狭小房间另一侧的男人，她把枪抓得很稳，就像长久以来练习的那样，“你哪儿也别想去。”

克里斯在外面的消防楼梯上等待着罗斯玛丽被病毒弄死。他希望她能靠克罗伊德近点。他听不到他们在说什么，但是只要克罗伊德像对付那些头目一样对付她就行了。克里斯知道克罗伊德有办法搞到病毒，只有病毒才能让他们变成那个样子。她为什么不靠近点呢？

他看到她举起了枪，但克罗伊德的动作更快。克里斯还没来得及躲闪，克罗伊德就用床头灯砸开了窗户，跳到了消防楼梯上。克里斯匆忙后退，想躲开罗斯玛丽，就在这时克罗伊德越过了栏杆。看到克里斯之后，克罗伊德一把将他推开，害得他滚下了好几级台阶。克里斯上气不接下气地想要顺着楼梯向下爬。克罗伊德则差点被子弹打中，他一步两个台阶的向上攀爬。

克罗伊德窜出窗户的时候罗斯玛丽愣住了。窗户被砸碎的声音回荡在这间廉价旅馆里，她还听到保镖们冲过来的声音。她跟着克罗伊德钻过破碎的窗户，看见他爬上了消防楼梯。她冲着他开枪，但只是为了让他跑起来，而不是想杀死他。她没打算追他，因为唯一的出路是从消防楼梯向下走。克里斯在她下方的平台上咳嗽抽搐着。她听到身后传来保镖们破门而入的声音，于是立马冲下楼梯，从爱人身上跳了过去。她脚步未停。

“混蛋！”她一边跑一边嘶嘶地冲他说道。她一直向下跑，心里很清楚克里斯的手下会立刻将她打死。她需要运气和速度才有可能甩掉保镖和守在前面的那些人。这是她唯一的机会。

♣♦♠♥

警笛和血清素的协奏曲

Ⅵ

克罗伊德坐着一辆出租车穿越城市，走了一条迂回的道路回到他位于莫宁赛德高地的公寓。里面黑灯瞎火，他悄悄地快速走进去，胳膊下面夹着一个包装精美的大盒子，里面装着止痛药、抗组胺、迷幻药和一盒5英镑的什锦巧克力。他打开门厅的灯，溜进卧室。

“维罗妮卡？你醒着吗？”他轻声问道。

没有人回答。他走到床边坐下，伸出手，但触碰到的只有床单。

“维罗妮卡？”他大声问道。

没有回应。

他打开了床头灯，床上空无一人，她的东西也没了。他四处搜寻她留下的便条。没找到。什么都没有。也许在客厅里，也可能在厨房。她肯定是把便条贴在冰箱上了，这样他就一定会看到。

他站起来，又停下。那是一个脚印？倒着走向客厅的脚印？

“维罗妮卡？”

没有回应。

他太蠢了，居然没有关门，他突然这样想到，但是走廊里并没有人……

他伸手关掉台灯，走向门口，安静地趴在地板上伸着头向外看，随后又快速把头缩回来。

没人。门厅里空无一人，也没有一点声音。

他起身走出卧室，准备去客厅。

拐弯的时候，借着门厅的昏暗灯光，他看见了一只孟加拉虎，它尾巴一抖，向他扑来。

“他妈的!”克罗伊德大喊着往旁边跳，带给维罗妮卡的礼物都掉在了地上。

他撞上墙面，碎裂的灰泥散落一地。橙黑色的肩膀从他身边擦过去，他挥起一拳，但只是擦过这只动物的后背。他奔向客厅时听见了它的吼声，它快速转身，紧跟他的步伐。就在它准备再次扑向对手时，克罗伊德举起一把沉重的椅子砸向它。

它被砸中了，大声嘶吼起来，克罗伊德将大木桌子翻转过来，当作盾牌，然后举着桌子冲向这个动物。老虎摇晃着身躯，咆哮着，终于甩开了椅子。它转过身，平滑的肩膀肌肉撞上了桌子的平面。它挥舞爪子，袭向桌子的上边缘。克罗伊德向下一躲，继续向前推动。

大猫像是后退了，消失在了视线里。时间就像被下了药的蟑螂，走得极其缓慢。

“小猫咪?”他试探地喊道。

没有回应。

他把桌子往下放了一英尺。老虎突然怒吼着跳了过来。克罗伊德猛地向上举起桌子，他这辈子都没这么快速地举起过一件家具。它的边缘狠狠击中了老虎的下巴。它侧身倒在地上时，发出类似人声的呜咽。克罗伊德把桌子举高，砸向野兽，就好像这桌子是一把超大的苍蝇拍。然后他再次举起桌子，但这一次他停住了，盯着眼前的景象。

老虎不见了。

“小猫咪?”他说道。

没有回应。

他把桌子放下一些，然后扔在一旁。他走向墙边的开关，打开之后才意识到自己衬衣的前面都被扯烂了，还有血迹。左侧胸口上有三条抓痕，从锁骨一直到胯骨。

地板上，有个白色的东西……

他弯下腰把它拿起来，仔细研究。这是个纸制品，日本人管这种东西叫折纸。这是个……纸老虎。他一边战栗，一边又轻笑起来。这简直是超自然现象了，绝对不是小事。他突然想到自己刚刚击退了另一个王牌——他还没弄明白对方的能力是什么——他一点都不喜欢现在的感觉。他不知道维罗妮卡在哪儿，也不知道是什么人派了这个神秘王牌来解决他。

他锁上了通向走廊的门，打开了给维罗妮卡的礼物，拿出一瓶羟可酮，扔了几片在嘴里，走进浴室。他脱掉衬衣，擦洗胸口，然后就着从冰箱里取出的啤酒吞下一片法国绿，中和一下羟可酮。牛奶盒上没有便条，鸡蛋架上也没有，他很失望。

不再流血之后，他又擦洗了一遍，然后给自己上了药，裹了绷带，穿上了干净的衬衣。他也不知道他是被跟踪了，还是被监视了。不管怎样，他都不打算在这里久留。他也不想抛弃维罗妮卡，毕竟也许真的有人盯着这个地方，但现在他别无选择。这种感觉非常熟悉：又有人在追杀他。

◆

在接下来的四个多小时里，克罗伊德戴着墨镜在这座小岛上坐了地铁，打了车，还步行了。他的行进路线是有计划的，故意绕来绕去以避免被跟踪。在这个过程中，他人生第一次看到他的名字高挂在时代广场上。

克罗伊德·科伦森，大写的字幕飘在建筑物上部，给塔医生打电话。有急事。

克罗伊德站在那里盯着看，仔细地读了一遍又一遍。当他终于说服自己眼前的并非幻觉之后，他耸了耸肩。他们应该知道，等到时机合适，他自然会过去把钱付清。这么做也太羞辱人了，简直是要告诉全世界他是个赖账的人。他猜他们会让他付床位费，但是他待的是杂物间，应该便宜很多。这是要整他，跟其他人一样不怀好意。让他们慢慢等着吧。

他骂骂咧咧地跑向地铁入口。

♠

克罗伊德坐着百老汇线一路向南，磕了点他从口袋里偶然找到的紫心锭，他突然发现哈特曼参议员还真是心系人民，居然在运河街车站上了车。然后另一个哈特曼参议员跟着他。他们瞥了他一眼，片刻交谈之后，其中一个探出车门，喊了些什么，更多的哈特曼开始跑起来。有高个哈特曼、矮个哈特曼、胖子哈特曼还有带着附属品的哈特曼——总共七个哈特曼。克罗伊德不傻，他知道，这里靠近鬼牌镇，这些哈特曼是狼人们今天统一戴的面具。

门关上了，列车开始运行，最高的哈特曼转身盯着他，然后向他靠近。

“你是克罗伊德·科伦森?”他问道。

“不是。”克罗伊德回答道。

“我觉得你是。”

克罗伊德耸耸肩。“随你怎么觉得，但你要想得到我的选票，就别在我眼前乱说话。”

“站起来。”

“你尽管动手。我比你高多了。而且我什么都不怕。”

高个哈特曼伸手想抓他，另一个哈特曼摇晃着跑过来。

克罗伊德一把抓住对方的手，拉到自己的嘴边。接着只听到碎裂的声音。高个哈特曼惊声尖叫，克罗伊德一甩头，吐出他刚刚从对方手上咬下来的大拇指。他站了起来，左手还抓着狼人的右手手腕。

他猛地将对方向前一拉，另一只手的手指插进狼人的腹部，开始向上移动。鲜血狂喷，肋骨折断，从身体里戳出来。

“老是跟着我，”他说，“你可真是个麻烦的家伙，你觉得呢？维罗妮卡在哪儿？”

对方开始咳嗽、抽搐，其他狼人在鲜血飞溅时就停止了动作。克罗伊德的手又开始移动，这次是向下。他的整个小臂都被染成了鲜红色，甚至还拽出一段肠子。其他人都退向车厢后方，忍不住干呕。

“这是政治宣言，”克罗伊德说着举起了血淋淋的哈特曼，扔向其他狼人，“十一月见，混蛋们！”

♣

克罗伊德在华盛顿车站快速下车，扯开沾满血迹的衬衣，扔进垃圾桶。他在喷泉里洗了个手，离开了这片区域，用50美元跟一个说“你还真是个白人！”的黑人交换了他的衬衣——淡蓝色的长袖涤纶衬衣，相当合身。他快步走向拿索街，然后沿着它一直向北，走到中央区。他在一个通宵营业的希腊餐厅买了两大杯咖啡，两手各拿一个纸杯，一边喝一边大步向前。

他来到运河街，再向西走，特意多绕了几条街，才来到他认识的一家咖啡店，吃了牛排和鸡蛋，喝了咖啡和果汁，然后又喝了咖啡。他坐在窗户旁边，看着街道亮起灯光，夜晚活了起来。他吃了一片黑色药片，是治病用的，又吃一片红色的，是用来乞求好运的。

“呃，”他对服务员说，“你是我最近看到的第六还是第七个戴医用口罩的人……”

“百变王牌病毒，”服务员回答道，“又开始传播了。”

“只有几个病例而已，”克罗伊德说，“我是这么听说的。”

“再去打听看看，”对方回答道，“已经接近一百了——可能还不止。”

“就算这样，”克罗伊德沉思着，“你觉得这样的一小块布就能保护你？”

服务员耸耸肩。“总比没有好……还要咖啡吗？”

“要。请再给我来一打甜甜圈，我要带走。”

“好的。”

他顺着布鲁姆街来到包厘街，一路走向海斯特街。就在走近的时候，他发现报刊亭还没开门，也没看见朱比。真可惜。现在的情况是帮派战争的双方都周期性地——大概每隔一天吧——想要除掉他，他觉得海象可能会给他些有用的信息或者至少是好建议。这都是为什么呢？太阳黑子？还是他口臭？黑手党的人一直追着他想要回调查的费用，但目前看来这么做根本就不划算——还有，虽然他让苏伊·马的人丢脸了，但他们袭击了他那么多次，面子也该找回来了。

他大口吃着甜甜圈，向着位于埃尔德里奇的公寓前进。以后再说，不用着急。总会有时间跟朱比聊聊的。现在是休息的时候，他应该靠在大安乐椅里，脚架在搁脚凳上，闭目养神个几分钟……

“妈的！”他拐过弯，来到他所居住的街区，眼前的景象吓了他一跳，手里吃了一半的甜甜圈被扔在了通向废弃地下室的楼梯上。已经到了那个时候了？

他继续利用上次醒来之后拥有的敏捷能力迅速地移动，他跟着甜甜圈躲进黑暗。据他下楼时的观察，附近绝对有人在监视他，相比之下，那只气喘吁吁的老狗简直一点都不惹人厌烦。

“混蛋！”他补充了一句，现在他的头略高出地面，被支撑着侧边扶手的竖直管道遮挡了部分。

公寓楼前面停着一辆车，里面坐着的男人盯着建筑的前门。另一个人蜷缩着坐在里面搓指甲，扭着头盯着旁边小巷里的建筑后方。

克罗伊德轻声咒骂时听到一阵惊慌的喘气声，他从没听过狗发出这种声音。他瞥了一眼阴影的方向，看到了没有固定形状的鼻涕人在瑟瑟发抖，他被认为是整个鬼牌镇最恶心的居民。此刻他缩在角落里吃着克罗伊德扔下的甜甜圈。

他全身上下似乎都沾满绿色的黏液，它们匀速向下移动，落在他蜷缩的角落的地上，形成一个恶臭的水坑。他穿的衣服已经湿透，看不清原本的模样，他本人也是一样。

“上帝啊！那个脏死了，而且我还吃过！”克罗伊德说，“给你个新的。”他把袋子递向鼻涕人，但后者一动不动。“没关系。”他说完之后把袋子放在台阶上，回去继续观察那些监视者。

鼻涕人吃完掉在地上的那个甜甜圈之后定在原地，过了一会儿才问道：“给我的？”

他的声音也像鼻涕一样黏糊糊的。

“对，吃吧。我饱了，”克罗伊德说，“我以为你不会说话。”

“没人跟我说话。”他回答道。

“嗯，也对。我猜也是。”

“大家都说看到我就倒胃口。你也是因为这个才不吃剩下的？”

“不是，”克罗伊德说，“我遇到麻烦了，在想下一步该怎么办。上面有人在监视我的住处。我在想是把他们干掉还是先离开。虽然你身上满是那黏糊糊的玩意儿，但我觉得还好，我有时候看起来跟你一样糟糕。”

“你？怎么可能？”

“我是克罗伊德·科伦森，也就是他们口中的沉睡者。我每次沉睡之后外貌就会改变。有时候会变好，有时候不会。”

“我可以吗？”

“什么？哦，改变外貌？我是个特例。我不知道怎么样跟别人分享这种能力。相信我，动不动就变身绝对不是件让人愉快的事情。”

“我只要一次就够了，”鼻涕人回答道，然后打开袋子拿出一个甜甜圈，“你为什么要吃药？你病了吗？”

“没有，只是帮助我保持警觉。我可不能一下子睡很长时间。”

“为什么不能?”

“这是个很长的故事，非常之长。”

“没有人给我说过故事。”

“哎呀管他呢。告诉你也无妨。”

克罗伊德开始讲述。

♣♦♠♥

血脉亲情

Ⅳ

宝贝，你的主人是个白痴。

不是的，主人。

就是的，宝贝。

在塔基扬的船上，一张带帷幔的大床几乎占据了整个舰桥/客舱，床上散落着枕头，布拉斯正蜷缩着睡在上面。两个蜿蜒闪亮的屏障勾勒出纽约市的简洁版缩略图。不同颜色的线连接着红色的标志。第三个屏障展现出百变王牌病例出现地点旁边的建筑和商业机构。美国大通曼哈顿银行鬼牌镇支行，三幢公寓楼（其中一幢在哈莱姆），包厘街的大礼帽洗衣店，餐厅，酒吧，药店，

是通过人类传播的。

塔基扬从地板上站起来，掸掸裤子，感觉到了来自这艘船的怒气，好像是觉得他在诋毁她的清洁工作做得不够好。有时候这些船真是分不清轻重缓急。地上有点灰尘算不了什么，重要的是伤寒玛丽正在威胁着曼哈顿。

我做得够好吗，主人？

非常优秀。我真希望我早一点看出来。

“布拉斯，我们走了。把胳膊绕在我的脖子上。好孩子。”

他将孩子带出飞船，在门口停了下来。他摸索着门锁，同时还要抱稳怀里沉睡的负担。塔基扬个子不高，而他的孙子从现在的情况

看，今后肯定比他高得多。

走入闷热的夜晚，已是凌晨两点。他能想象在这个时间点把维多利亚·奎因叫醒之后她会说些什么。但他必须找人讨论一下目前的情况，而且只能找他信赖的人。有个人类传染源正行走于纽约街头。

这个想法出现在脑海中之后他的胳膊箍紧了手里的孩子。没有人是安全的。布拉斯无论是在公园里玩，还是在去医院的路上，或是在餐厅里吃饭，那个恐怖的疾病都可能从他身边路过，伤害到这个孩子，他的血脉，他的未来。他甚至想奔回船内。邪恶的病毒无法穿越宝贝。但他又责怪自己太过胡思乱想。曼哈顿地区有几百万人，遇到那个携带者的可能性有多大？

这取决于携带者的身份。

又该怎么确认携带者的身份呢？天呐，这大概是个不可能完成的任务。

♥

“绝对不可能。”维多利亚·奎因说。

“你的观察太有用了，谢谢分享。”外科主任和塔基扬怒气冲冲地互相瞪视着。蝶蛹用指甲轻弹她的杯子边缘，发出单调的叮叮声。费恩则生吃了一口桂格燕麦。

“每个病人的家人和朋友我们都要去问，还要问所有幸存下来的病人。每一丝线索我们都要去搜查，每一丁点他们回忆起来的细节都别放过。”塔基扬说。

“他们很有可能都不记得了。”费恩叹了口气。

塔基扬将他紫色眼睛射出的灼热视线对准他的助手。“所以你建议我们就等待着，期盼这个人能自己意识到他身边的人正不断死去？但就算这样也没用。”塔基扬摇摇头，像是被自己的玩笑恶心到了，“潜伏期大概是二十四小时。这个携带者可能根本就没注意到自己的能力。”

“能力。”蝶蛹轻蔑地哼了一声。

“对，能力。显然这个人的百变王牌能力就是传播百变王牌病毒。这个人很可能是在最近的这场疫情暴发中感染了病毒。如果是更早的时候感染的，那我们几个月甚至几年前就该面对危机了。”

“医生。”费恩甩开脸上厚实的鬃毛，“这显然意味着病毒在变异。”

“对，恐怕你是对的。科维萨医生要高兴坏了。”

“谁？”奎因问道。

“一个法国研究员，他非常笃定病毒变异了。我跟他解释了只有一个持续变异的病毒案例，而且是因为这个人的能力——”

“什么？什么意思？”费恩对着塔基扬愣住的脸快速发问。

外星人放松了狠狠抓住桌子边缘的手，他和蝶蛹交换了一个眼神。“你跟我想的一样。”

“嗯，一点不错。”

“那就指导一下我们这些不知道该怎么想的人，”奎因不高兴地脱口而出，然后又红着脸快速补充道，“我们不会用你那种奇怪的方式思考。”

“这个城市里有一个人是百变王牌的内行，他每次入睡都会再次感染病毒。这四十年里他变身过多少次？十几次？二十次？三十次？”

“可能是个极其不可思议的巧合。”蝶蛹提醒道。

“我同意，但是必须要调查一番。”塔基扬站了起来。

费恩摇晃着站起来。“入睡？”

“对。”塔基扬相当不耐烦地说道。

这个小个子人马开始颤抖，从头开始，一直到尾巴，然后从肺里发出一声呻吟。

“他到这儿来过的。”

“什么！”

“三月的时候。他过来看你，但是你还没回来。他当时嗑了太多安非他明，而且很明显是答应了某个姑娘不会以这种状态跟她出去。他需要帮助。我就帮他入睡了。”

“怎么做到的？这可能就是关键。”

“脑波同步和心理暗示。”

“他什么时候醒的，什么时候走的？”

“呃，五月中旬。”

“五月！你居然没告诉我！”

“我不知道有这么重要。”

“他已经醒了一个月了。”蝶蛹对塔基扬说。

“你还想让我们去问那些病人和亲属吗？”奎因问道。

“问，也许可以帮助我们确定他目前的外形。我估计他走的时候你没看到？”

“没有，有天早上我发现他不在了。”

“你把他安置在哪里了？”蝶蛹好奇地问道。

“保洁的杂物间。”

“有保洁人员染病吗？”这是塔基扬的黑色幽默。

“我们真幸运，非常幸运。”费恩双手抱臂，喃喃地说道。

“各位，这件事情务必完全保密。如果让大众知道了，会造成多大的恐慌你们能想象吗？”

“迟早要通知当局的。”奎因抗议道。

“如果我和蝶蛹能成功，那就不用。”

“我讨厌你自以为是的样子。”

“塔基扬，她说得有道理。要是我们没有找到克罗伊德，或者找到了但发现他并不是传染源，那我们肯定感觉像屎一样。还会有多少人因此死去，塔基扬？”蝶蛹问道。

塔基扬任性地倒了不少白兰地在杯子里，抬起百叶窗上的叶片，看着阳光英勇地试图穿越层层雾气和烟尘。

“我觉得我应该自己先尝试一下。我该怎么对市长说？呃，尊敬的市长大人，我们认为这里有个百变王牌携带者。我们觉得是克罗伊德·科伦森。不，市长大人，我们不知道他长什么样子，因为他每次入睡之后都会变样。”

“能不能尝试一下那种简单的傻办法，比如在广播和报纸上投广告——‘克罗伊德，打个电话回来’？”费恩建议道。

“为什么不行？我什么都愿意尝试。真正的问题在于，过去的几周里他吃了多少安非他明。”他站在窗边转头看蝶蛹，“你知道他一个周期快结束的时候是什么样子。”

“他是个神经病。”蝶蛹直截了当地说。

“而且还有被害妄想症，所以他如果听到或者看到了广告，肯定会觉得我们是想抓他。”塔基斯星人叹了口气，“而我们确实想抓他。”

塔基扬又倒了一杯酒，一饮而尽，一脸愁苦。

“真是一顿很棒的早餐。”水晶宫的主人干巴巴地说。

“你要是看着这么不顺眼，我可以在里面加个蛋。”

“你最近酒喝得很凶。”

“说得太对了。”奎因低声说道。

塔基扬怒气冲冲地盯着这两人。“虽然这个理由很老套，但是我最近确实承受着极大的压力。”

“你曾经是个酗酒成性的人，塔基扬。你根本就不该再碰酒精。”蝶蛹说。

“我的天呐，你这是怎么了？你难道是加入了禁酒协会？准备跟鱿鱼神父一道去打手鼓了？你可是开酒吧的啊，蝶蛹。”

他看着一阵阵血气涌上透明的脸颊。“我关心你，塔基扬，别让我反悔。你对鬼牌镇很重要。”她焦躁地敲打着座椅扶手，“也许对整个国家都很重要。别扔下我们独自钻进酒瓶里。你敢站出来抵抗犯罪头目……和其他东西。这个该死的畸形秀里没有别人能做到这一点。”

这一字一句里都是苦涩。他知道让她承认这些有多艰难。要知道，她的自尊心和他一样强。他缓缓走向她，强迫自己弯下腰，跟她脸贴脸。他禁不住闭上了眼睛，但是感觉并没有他预计的那么糟糕。她的皮肤虽然透明，但温暖又柔软。她跟任何可爱的女士没有什么不同，只要他不睁开眼睛。

他后退了一点，用嘴唇亲吻了她的手。“通知你的关系网。这事情比其他一切都重要。”

“比影拳会和甘比诺还重要？”

“对。如果整个世界都毁灭了，鬼牌镇还能存在吗？”

“我会给你留个小手鼓的。”

“不用了，我想要的是大喇叭。”

“我怎么就一点都不吃惊呢？”奎因对费恩说道。

♣♦♠♥

警笛和血清素的协奏曲

Ⅶ

鼻涕人病倒之后，克罗伊德啪嗒一声弄断了他身后大门上的门锁，走进了一间一室一厅的公寓，里面满是灰尘，显然被用来存放破烂的家具。他找到一张旧沙发，让闪着光芒、瑟瑟发抖的鬼牌躺在上面。他在房间里的面盆旁边找到一个果酱罐子，冲洗干净之后盛了点水。就在鬼牌小口喝水时，他把长凳上乱七八糟的过时吸毒用具都推开，坐了上去。

“你一直在生病?”克罗伊德问他。

“没有。我的意思是我一直都觉得自己好像感冒了，但这次不一样。这次有点像很久以前的感觉，最开始时那种感觉。”

克罗伊德在角落里找到一堆窗帘，给浑身颤抖的鬼牌盖上，然后又坐回了长凳上。

“继续讲你的故事。”过了一会儿，鼻涕人说道。

“嗯，好。”

克罗伊德吞下一片甲基安非他明和地塞米松，继续讲故事。后来鼻涕人昏睡过去，但克罗伊德并没有注意。他讲个不停，直到意识到鼻涕人的皮肤变干了。然后他不再说话，仔细观察，这个鬼牌的外表似乎在缓慢重塑。虽然克罗伊德嗑了药，但还是清楚地知道这是百变王牌发作时的状态。不过他同时也清楚地意识到这事太奇怪了。鼻涕人已经是个鬼牌了，克罗伊德还没听说过有谁——除了他自己——能够第二次感染百变王牌。

他摇摇头，站起来踱着步子出了门。现在已经是下午，他又饿了。他花了好一会儿才认出来监视他公寓的人换了一拨，他不打算干掉他们。他认为目前最理智的处理方式是先去吃东西，然后回来看着正在经历变形之苦的鼻涕人，也不知道他会变成什么样子。把这些都处理好之后，就继续躲在地下。

警笛声在远处响起。又一架红十字会的直升机从东南方出发，在低空向着上城区飞去。第一个百变王牌日的疯狂场景掠过他的脑海，克罗伊德决定在吃饭之前先找个新的住处，他知道不远处就有个烂地方，只要有空位，他可以直接进去住，没有人会审核他——而那里通常都会有空位，所以他故意绕了个路过去察看。

相反方向又传来一声警笛，像是在回应前面那一声。克罗伊德冲着双脚倒挂在街灯柱上的男人挥挥手，那家伙没有生气，也没有因受到惊吓而飞走。

他听到某处的喇叭喊着他的名字，也许是在说他的坏话。

他的手指紧紧抓着一辆停着的汽车的挡泥板。他逐渐用力，金属发出吱呀声，然后被他扯了下来。他狠狠把这块金属掰弯对折。鲜血从手上的裂口处滴下。他要去找那个高音喇叭，不管它是在建筑物的高处还是警车顶部，他都要把这喇叭弄坏。他不允许他们诋毁他，他要……

但这可以先等一等——他突然之间清醒过来——先处理他的敌人，目前任何人都可能是他的敌人，除了再次染上百变王牌病毒的那个，以鼻涕人现在的状态，他无法与任何人为敌。克罗伊德愤怒地将手头的金属朝街对面扔去，然后仰天长啸。事情又复杂起来了，而且很棘手。他需要先冷静下来。

他鲜血淋漓的手从口袋里掏出一把药片，看都没看就全扔进了嘴里。他必须有点人样，才能搞到一间房。

他用手指梳理完头发又掸掸衣服，开始用正常速度向前走，那地方不远。

♣♦♠♥

血脉亲情

V

男人用长着蹼的手抓着塔基扬的手腕，示意他需要便笺纸，然后潦草地写下，*你觉得我还能活多久？*

“几天。”

塔基扬注意到蒂娜·米克森一脸愁苦。他知道她觉得他太坦率、太残忍，但是他不喜欢撒谎。一个人需要时间来为死亡做准备，人类太过敏感，要么不谈论死亡，要么用拐弯抹角的隐喻来包裹它。但另一方面，人类从不忌惮用杀死他人的方式来解决问题。

呼吸机的嘶嘶声回荡在房间里，男人费力地写着，*如果你能找到那个女人。*

“她不见了，格罗根先生，我很抱歉。”

用你的那些能力去找她！

塔基扬垂着头回忆起了那个让他目瞪口呆的场景（大概是三天前？感觉像是很久很久以前了）。当时有人报告三楼出现了骚乱，于是他跑向病房，但却愣在门口，低头盯着流过他鞋头的水。

这个十人间里至少有六十个人，浑身湿透的鬼牌们像是失事船只的幸存者，牢牢抓住病床。看护人不高兴地拿拖把清理漫水的地板。一个黄发男人站在其中一张病床上歇斯底里地胡言乱语着，与此同时，两个女鬼牌用手抓着他的膝盖，给这幅闹哄哄的场景增添了尖锐的呼喊声——

“真他妈的精彩。精彩绝伦的景象啊。再看着我！”黄头发的男人尖叫道，“看看我现在！”

“她怎么就是个女人呢？”一个女鬼牌哀号道，“也许你获得了她的能力，来吧，跟我做爱！”

塔基扬毫不留情地控制了她的心灵，然后是那个神神叨叨的男人，还有其他所有似乎在制造麻烦的人。剩下的鬼牌都盯着他，眼神就像看着射杀火鸡大赛上的目标。

他们现在不像刚才那么可怕了。

就像是将死之人的勒索，只让人觉得可怜。

“我很抱歉。”塔基扬再次对格罗根说道，然后离开了病房。

他正好撞上了一群在外面游荡的鬼牌。

“早上好。”

“有什么好的？”一个身形高大的鬼牌低吼道。他没有牙齿，而是长了一嘴的纤毛，所以他说话不太清楚，塔基扬需要仔细听，才能明白他的意思。

“你还活着，科诺普卡先生，这是那些不幸的人求之不得的事情。”外星人冷冰冰地说。他把听诊器拿下来，抓在手里。

“你觉得这样也能叫活着？”一个女人说道，“我看起来就像个怪物，丈夫离我而去，工作也丢了——”

“每个人都有故事。”塔基扬简短地回应道，继续向着大厅走去，鬼牌们紧随其后。

科诺普卡走到塔基斯人面前，狠狠推了一把小个子外星人的胸口，逼得他停步。

“你打算怎么找到那个女人？”

塔基扬的内心天人交战了好一段时间，到底是该用谎话抚慰他们的情绪，还是管他们什么情绪呢，直接说实话。

鬼牌用长着尖锐长指甲的手指戳戳他。“嗯？嗯？说话啊——”

塔基扬耐心耗尽。“我完全不打算找到那个女人。”

“你这个臭蠢货，我要杀了你。”科诺普卡握紧拳头。

另一个男人喊道：“你不关心我们！”

塔基扬转身抓住了他的肩膀。“不！你说得不对，玄，你们根本不明白我有多关心你们。但我也关心简。看看你们。”他淡紫色的眼睛瞪视人群，“你们就像一群捕猎的动物。”

“那个女孩能治愈我们。你必须找到她。”玄说道，他声音里卑微的祈求消失了，愤怒涌了上来。

科诺普卡把外星人拽到自己面前。“你欠我们的，塔基扬，我们变成这样都是因为你，而且你他妈的根本治不好我们！”有人高喊着表示同意。

塔基扬瞥了一眼护士站。蒂娜正犹豫不决地看着总机。他微微摇头。这个局面最不需要的就是调用安保。

“全部回你们的房间。”

“别敷衍我们，塔基扬！”

“听我说，”他乞求道，“那个姑娘是个活生生的人，不是被用来治愈鬼牌的机器。三天前你们差点就把她弄死了，想一想她面临的困窘局面吧。请考虑一下她，别只考虑自己。我自己都不知道用什么样的方式对待简才算正确适当，又怎么会将她放心地交给你们？”

费恩从电梯里钻出来，前腿高抬着，像是准备蹬地板。人群低声抱怨了一番之后就开始四散离去，只有科诺普卡没走。他抓着塔基扬深红色的绸子外套，把他拎了起来。费恩姿态优美地小跑过去，细长的前腿一个回旋，踢在科诺普卡的屁股上。鬼牌怒吼了一声，放下塔基扬，转身面向袭击者。

“别闹了！”费恩喊道，“给我滚回你的房间。”科诺普卡一拳挥出。费恩跳跃着后退，但是四条腿没有两条腿灵活。他被打中了。

“讨好耐特的蠢货！”

塔基扬控制了科诺普卡的心灵，让他躺倒在地上打起呼噜来。

“你为什么不早点这样做?”费恩揉揉泛红的脸颊问道。

“也许是因为我不想再让他们受伤害。”塔基扬转身离开，长尾的外套沙沙作响。费恩必须小跑着才能赶上他。

“这不是你的错。”

“你说的是这场混乱中的哪个部分?创造病毒?嗯，不完全是我的错。克罗伊德成为携带者?嗯，可能不在我的掌控范围之内。简成为鬼牌镇居民竞相追逐的对象?大概也不是我的错。但我应该为她负责，我必须尽我所能找到她，保护她。”塔基扬一拳砸在电梯壁上，擦破了手指关节上的皮肤。

费恩抬起手，用手帕帮他擦拭渗出的鲜血。“放心吧，我们会找到她的。”

“是吗?”塔基扬条件反射地舔舐着伤口，“更关键的问题在于，我们应该去找她吗?”

◆

“哈！我要使用我的超级心灵攻击力。我成功了！你又失去了一条命。”塔基扬把小小的硬纸板标志物扔进一堆废弃物里，“而且我也确实能做到。”布拉斯的眼睛在台灯下闪闪烁烁。“我打赌，如果我用尽全力，就可以用心灵杀人。”

波利亚科夫从报纸上抬起头。“不需要培养这种才能。”

“你能做到吗?”

“别闹了，布拉斯。”

“你能做到吗?”

“我叫你别闹了。”

小圆下巴紧绷起来，嘴唇执拗地抿成一条线。“也许我要在某人身上试验一下——”

塔基扬绕过餐桌，一巴掌把布拉斯从椅子上扇了下来。

“塔基扬!”俄国人吼道。

“布拉斯！布拉斯！对不起，真的很对不起。你还好吗?”惊呆了的塔基扬把孩子抱在怀里，“天呐，原谅我吧。”

男孩疯狂挣扎，打中了塔基扬的眼睛上方。他的超能力不断涌出，像银色的波浪冲击着年长者的屏障，但塔基扬还是技高一筹，安抚他平静了下来。

“听我说。我整个人疲惫不堪，压力很大。我知道这不是借口，但可以当作是个解释吧。我不希望你学习杀人。因为你和受害人的心灵密切联系在一起，所以会对你的灵魂造成不可磨灭的影响，这绝不是我胡编乱造的。”他指了指玩了一半的寻宝游戏，“你必须向下挖掘，一层层扯掉别人的心灵，才能杀死他们。”

“你这样做过吗?”布拉斯肿胀的嘴里吐出这句话。

“做过，直到今天我都忘不了那个感觉。”波利亚科夫走到外星人身边，把手放在他的肩膀上，“我权衡了拉布丹的生命和地球的存亡。他不得不死，他必须死，但是……”他抱紧了怀里的孩子。“你必须心存善意，布拉斯。不许开玩笑说要拿谁练手。我们的罪孽始于将他们当成实验室里的动物。你不要——”

电话铃声打断了他的话。“医生，我是简。”

“简，你在哪——”

“别问问题。听就好了。我有克罗伊德的地址和电话号码，但只有一个。我听到广告了。我知道你们为什么要找他。”

“简，很抱歉我之前没有帮助你。”

“没关系。我是毒瘾犯了。你不会伤害他，对吗?他是我的朋友，我不想背叛他，但是……”

“你不挺身而出的话会有更多人因此而死。你现在说出来是对的。”

“好。他在埃尔德里奇有一间公寓。埃尔德里奇 323 号。三楼。5554491。”

“谢谢你，简，非常感谢你。我亲爱的孩子，我们必须——”对面只剩下挂断后的嘟嘟声。

他放下听筒，思考着他目前面对的道德困境。如果……要是他们抓住了克罗伊德，如果他再次醒来时已经失去了传播病毒的能力，那很好。但如果他还是继续传播病毒，那他们就要作出一个艰难的决定了。是让他下半辈子都被隔离？

还是杀了他……

♠

……一个女人躺在枕头和凌乱的床单中间。汗水在深色的胸部和腹部闪闪烁烁，头发也被沾湿了——

三维图像化为碎片，消失了。

抱歉，录像在塔基扬的心里说道。我们弄错了公寓。

等一下，那可能就是克罗伊德。

他触碰了那个女人的心灵，她不是克罗伊德。

漂浮者和录像继续在公寓楼的后墙上缓慢爬动。

小货车里传来紧张的笑声。埃尔默坐立不安，那一身防护服几乎无法遮挡他敦实的身体，所以他看起来就像是个塞得太满的香肠。他们用了四件防护服才缝合成巨魔和欧尼的防护服。到目前为止它们的密封性都表现良好，但是每次想到这一身的花费塔基扬就面部抽搐。录像和漂浮者都穿着防护服，塔基扬自己穿的是网际人设计的太空服。

他们没法给滑行者提供防护。原本想给她戴上头盔，背上空气补给，但是氧气罐一直从她蛇形的身体上滑下来，橡皮管都被扯松了。塔基扬命令她不要参与战斗，要是克罗伊德逃脱了，她就是他们的最后一道防线。

……房间惊人的干净整洁。瘦高个的男人懒散地坐在沙发上看《新闻周刊》。他皮肤非常苍白，眼睛也很奇怪，棕色头发，但是发根有点发白……

……还有一个男人坐在餐桌旁边玩纸牌。他非常英俊，但也算不上过目难忘……

比尔·洛克伍德。

塔基扬读到了他心底里的感激，而且他决心保护……克罗伊德！

他将注意力转移到白化病患者身上。就在他试图触碰那心灵时，他的嘴唇上方不断冒出汗珠，眼睛也有些刺痛。他将手伸进头盔上清晰的圆形罩里，擦干净汗水，然后再次尝试。旋转着的黑暗就像是原始的黑洞。有一个心灵屏障，他从未见过这么奇怪的心灵屏障。他花了二十分钟，上下左右地尝试着穿过它。最后，他百般无奈，只好勉强推断那更像是免疫力，而非屏障。

他向各位帮手解释了目前的情况，然后补充道："所以我们只要进去打他就行了。能有多难？还有记住，没穿防护服的不要进去。"

他们下了车之后他示意滑行者和欧尼去后巷，他和巨魔还有埃尔默走向前门的台阶。门口有门铃但是门上的锁坏了，所以门铃也没什么作用。他们小心翼翼地走进去，踏上了通向三楼的楼梯。

防护服遮挡了建筑内部的气味，但塔基扬能够想象。他到这类建筑里上门服务过太多次了。令人作呕的油脂味道，加上楼梯拐角处持续散发的人类汗液和动物排泄物的气味。汗液、恐惧、贫穷和绝望——它们都有气味。墙上画满了涂鸦，用各种语言写着标语和愤怒的言语。

我就位了。

录像快速给他展示了一张房间的图片。一切都保持着原样。

窗户？塔基扬询问他的侦察队。

开着的。这么热的天，你觉得呢？漂浮者回答道。

进去吗？录像问道。

进去。

外星人示意巨魔开门。这个安全主管抓住门把手，吸了一口气，转动了把手。

……白化病患者注意到了正从窗户爬进来的漂浮者和他肩上扛着的录像。他以极快的速度站起身来，咒骂了一句，掏出了一把枪……

“行动！”塔基扬喊道。

巨魔强行撞门，随着金属扭曲变形和木头碎裂的声音，门锁被弄坏了。塔基扬和埃尔默跌跌撞撞地冲进房间。白化病人开枪了，但没打中。滑行者要么是在故意违背命令，要么就是完全忘记了她的职责，现在正缠绕在消防楼梯上，像一只在树上准备捕猎的蟒蛇。她用尾巴猛地一扫，打掉了白化病人手里的枪。

“你们这群蠢货！”年轻男人掀翻桌子，纷飞的纸牌宛如受惊的蝴蝶。

一记右勾拳袭来，塔基扬快速向外一挡，但是他的胳膊碰上洛克伍德后却停住了，就好像被老虎钳夹住了。塔基扬倒吸一口冷气。巨魔恼怒地低吼着，缓慢地使出强力一击。他巨大的拳头直捣洛克伍德的下巴。但却毫无作用。塔基扬和巨魔都惊讶地后退了几步。

克罗伊德正试图把滑行者打成结。埃尔默出手进攻，但被轻蔑地扔向一边。他再次卷土重来，手臂像活塞一样动个不停。欧尼也加入战局。漂浮者在天花板上乱爬，想要回到窗边。

肉体砸在混凝土上的声音传来，是那个漂亮小伙在打巨魔。塔基扬惊愕地看着大个子鬼牌被打得直不起腰。

感谢老天，他打的不是我！疯狂的小念头穿过他的心灵。

巨魔左右手各出一拳攻向洛克伍德的腹部。

但他毫发无损！

洛克伍德转身对着塔基扬的头挥出一拳。网际人的头盔挡住了拳头的力量，但是心灵的力量震得这个外星人飞了出去，然后他满身瘀青地靠在远端的墙壁上呻吟。巨魔雨点般的拳头砸在洛克伍德身上。这个年轻人咧嘴一笑，用拳头回以颜色，巨魔也被打飞了，他摇摇晃晃地站起来，胳膊环抱着戴着头盔的脑袋。洛克伍德一脚踢中他的两腿之间，然后用双手环住巨魔的脖子后部。

大树倒在树林里大概就是这种声音，身高九英尺的鬼牌像被战斧砍中的公牛一样倒下时塔基扬心里想到。

“妈的。”漂浮者的声音从头顶传来。

塔基扬发动了强有力的心灵攻击。银色的力量之线从他身上飞出，但并未如他所愿，像网一样缠住年轻男人的心灵，而是像陷入流沙的石头，消失得无影无踪。*睡去吧！*

力量向着他涌了回来，冲击着他的防御屏障，然后直穿而过。

回旋镖能力，塔基扬心里想到，然后就失去了意识。

♣

他正跳着最精妙、最复杂的三步舞。但全场都没有其他男人，只有他和长长的一队女人。贝丝、萨阿巴、达尼、天使脸和莫拉特，还有简、塔丽、露莱特、游隼、维多利亚、扎博，她们抓着他的肩膀想要插队。

塔基扬念叨着、低吼着，把脸埋进枕头里。抗菌剂的味道和枕套的材质让他愤怒。*我无法忍受这样的床！他们怎么能这样！太可恶了！*

他强行撑开沉重的眼皮，然后就看见维多利亚·奎因紧锁的眉头和蓝色的眼睛。

他冲着她微笑。“你跳得真好。”

“醒醒吧！”她在他胳膊里扎下一针。

“啊！”

“是兴奋剂。我们的英雄，你终于遇到了一个心灵能力比你还强的人，而且还是在最坏的情况下。”

“他并没有比我强！是我自己的力量反弹回来击中了我。其他东西都不可能穿过我的——”他闭上了嘴，为自己怒气冲冲的狡辩而感到羞愧，然后用严厉的语气继续说，“我们抓到他们了吗？”

“没有。”

他双手捂住脸。“先祖啊，真是一团糟。”

“确实。”她走了出去。

克罗伊德逃了。滑行者去世了？又有一个人因为他的失败而丧生。

瓷砖上响起优雅的马蹄声。

“接下来怎么办，老大？”

“我要自杀。”

“回答错误。”

“我要去找警察。”

“他们会疯的。”鬼牌一边说，一边整理鬃毛上打结的部分。

“我还有什么选择？我想要保守这个秘密，不想引起恐慌，但是克罗伊德现在已经知道了我们在追他。他肯定会藏起来，必须派人去找他和他的那位同伴。给华盛顿打电话，让参议院王牌资源强化委员会查找手头的档案，找一个有回旋镖能力的王牌。

塔基斯星人全身僵硬地在床上坐起来，因碰到了手肘上的瘀伤而龇牙咧嘴。他伸手抓抓打结的卷发。“这事情我处理得太糟糕了。”

“这也不是你能预料到的。”

“其他人怎么样？”费恩低下头看着自己的双手，“怎么了？出事了？巨魔？滑行者？”

“滑行者。你昏过去之后没多久她就出现了感染黑桃皇后的反应。”

“潜伏期……”

“肯定是缩短了。”

“病毒在他身上持续变异。”

“直到失去毒性？”

“我不可能这么幸运。我所触碰到的一切都会走向死亡。”

“别这样说！不是这样的。我们没时间听你忏悔，如果要怪，那就怪我吧。是我放他走的。”

“你不知道他是携带者。”

“我想说的就是这个。木已成舟。我们必须想想未来。”

“如果还有未来的话。”

“我们会成功的。”

“你怎么会这么乐观，心态这么好？”

“因为太蠢了，所以没法乱想。”

♣♦♠♥

千军万马

Ⅵ

波纹的金属仓库门咔哒作响，缩回了轨道。开门机械又老又吵，但还能用。尘土和日光随之飘进地堡。汤姆关掉了手电筒，支撑着密实土墙的木柱子上有挂钩，正好可以放手电筒。他手心全是汗，在牛仔裤上擦了擦之后他站着观察眼前的金属巨物。

他的第一个龟壳，也就是装上装甲板的甲壳虫，打开了舱门。他上周一直在忙着替换真空管、润滑摄像机轨道、检查线路。它已经恢复了曾经的状态。

“我这张臭嘴。”他自言自语道，声音在地洞里回荡。

他本来可以租一辆卡车，那种大的半挂车，乔伊也会来帮忙。把开车开到门口，装上龟壳，送到鬼牌镇就行了，轻而易举。为什么会告诉达顿他能驾着龟壳飞过去。要是把这玩意儿快递过去，那对方可能这辈子都不会再信任他了。

他看着敞开的舱门，想象了一下自己爬进黑暗的内部，关上门，将自己锁在这个金属棺材里，他能感觉到苦涩的胆汁涌上喉头。他做不到。

但他别无选择，不是吗？废品场已经不是他的了。三周之内就会有队伍过来开始清理这里积攒了四十年的垃圾。要是龟壳一直放在这里，那等他们的推土机开过来之后他就彻底完蛋了。

汤姆逼着自己向前走。没什么大不了的，他告诉自己。龟壳没问题的，他完全可以架着它飞过纽约湾，他都这样干过几千次了。现在不过是要再做一次而已。再做一次，他就自由了。

千军万马也救不回来……

汤姆弯曲膝盖，抓住舱门顶部的边缘，缓慢地深吸一口气。他的手指感受着金属冰凉的触感，然后低下头，把自己拉了进去，关上了舱门。砰的响声嗡嗡地环绕在他耳边。龟壳里很黑很冷。他口干舌燥，感觉心脏正在胸膛里狂跳。

他在黑暗中摸索着椅子，在手指触碰到了残破的皮质衬垫之后他小心地走过去。他觉得自己好像正身处地球的中心，或是死了被埋在了地里，这里太黑了。微弱的光线从舱门外面漏进来，但不足以让他看清东西。那该死的电源开关在哪儿？后来的龟壳都把触控按钮装在了座椅的扶手里，但这是最老旧的一个，哦，不。汤姆在脑袋上方胡乱摸索，手指使劲戳进了某个金属物品里。他像个受惊的小动物一样惶恐害怕。这里实在太他妈的黑了，*怎么还没有光？*

突然之间，他开始下坠。

一道力量宛如波涛，自上而下地袭击了他。汤姆死死抓住扶手，想要告诉自己这一切只是他的想象，但他真的能感觉到。黑暗不停地来回翻涌着。他的胃在搅动，身体向前蜷缩，前额狠狠撞在了龟壳弯曲的内壁上。“我没有下坠！”他大声叫喊道，摔倒在地，耳畔还回响着这句话。他被锁在了他亲手制造的装甲棺材里。弱小而无助。他呼吸急促，双手疯狂地挥动着，在墙上摸索，擦过玻璃和皮衬垫，拨动碰到的所有开关。

他身边黯淡的屏幕渐渐亮了起来。

整个世界平稳下来，汤姆的呼吸也放缓了。他没有下坠，没有，外面是他的地堡，他正坐在他的龟壳里，而龟壳正安全地待在地面上，就是这样，他没有下坠。

模糊的黑白图像挤满了屏幕，这里集合着各种大小和品牌的电视机屏幕，有明显的盲点。其中一个屏幕上有图片正缓慢沿着竖直方向滚动。这些汤姆都不在乎，他只知道他没有下坠。

他找到了跟踪控制系统，启动了外部摄像机之后就开始扫视周围环境，屏幕上的图像也缓慢变化。另外两个龟壳都只剩下外壳，就放在几英尺之外。他打开通风系统，听见风扇开始呼呼作响，新鲜空气吹过他的脸庞，同时有鲜血滴在他的眼睛里，原来他刚才惊慌失措的时候割伤了自己。他用手背抹了一把，然后瘫坐在椅子上。

“很好。”他大声宣布道。他已经做了那么多，剩下的易如反掌，只要飞高就行。飞出这个地下仓库，飞过纽约湾，最后一次飞行，没什么比这更简单的了。他将龟壳拉高。

龟壳缓慢地左右摇晃，大概抬升了一英寸之后就砰地一声落回了地面。

汤姆嘟囔了一声，*千军万马也救不回来*，他心里想着，然后集中全部注意力，再次尝试起飞，但龟壳一动不动。

他面色阴沉地坐在位置上，眼神茫然地看着电视机屏幕上闪过的黑白影像，最后他承认了事实。一个他故意没有告诉乔伊·德安吉利斯和泽维尔·德斯蒙德的事实，一个他自己都一直不敢相信的事实。

对他来说，残破的不只是他的龟壳。

二十多年来，他都认定在龟壳里的自己是所向无敌的。汤姆·托特伯里也许会有怀疑，有恐惧，有不安全感，但是灵龟没有。灵龟觉得自己是不可战胜的，也正是受到这个想法的滋养，他的念力每一年都在持续增强，只要他在龟壳里，他就是最强之人。

直到百变王牌日。

他还没有弄明白发生了什么就被人搞定了。

当时他正在回应一个求救信号，就在他飞越哈德逊河上空时，某种王牌力量轻松穿越他的装甲击中了他，就好像那装甲不存在似的。突然间他觉得虚弱不堪。他好不容易才保持了清醒，没有昏过去。就在他注意力涣散时，他感觉到巨大的龟壳晃悠起来。在他视线模糊之前，他瞥见了一个男孩坐在滑翔机里从龟壳上方飞下来。接着，巨大的爆裂声震伤了他的耳膜，龟壳失控了。

所有东西都坏了，摄像机、电脑、磁带机、通风系统，就在那一刻，要么烧坏了，要么失灵了。他后来在报纸上看到说那是电磁脉冲，但是当时他只知道他什么都看不见，整个人孤立无援。在那一瞬间，震惊的感觉压过一切，他甚至没觉得害怕。在一片黑暗中，他疯狂地击打各种控制按钮，想要恢复电力。

他甚至都没有意识到有人在用汽油弹攻击他。

一波爆炸之后那种虚弱感又出现了，他完全失去了对局势的掌控，龟壳开始滚动，倒栽向下面的河流，这一次他真的昏迷了。

汤姆抓抓头发，将回忆推到一边。他的呼吸又开始急促，身上冒出一层薄薄的汗水，衬衣也因此紧贴在胸口。*面对现实吧，他告诉自己，你怕得要死。*

没用的。灵龟已经死了，汤姆·托特伯里能用念力玩玩肥皂块或者机器人的头，但他绝对没办法将几吨重的装甲推上天空。放弃吧。打电话给乔伊，把老旧的龟壳都扔进河湾，往事不要再提了。那笔钱也别再想了，不过就是八万块钱。不值得丢了性命，这是肯定的。再说了，史蒂夫·布鲁德会给他钱的。纽约湾水域宽阔又黑暗，而且还很寒冷，不仅如此，曼哈顿离这儿也很远。他之前是侥幸逃脱。该死的龟壳在落入河床底部之前爆炸了一次，大概是因为汽油弹或者水压。总之是个奇怪的意外，然后涌入的冰凉河水让他清醒过来，后来，不知怎地，他来到了泽西城的岸边。他本应该死掉。

他的早餐在胃里搅动，汤姆觉得自己要吐了。他双手颤抖着松开了安全带，认输了。最后，他关上风扇、追踪系统和摄像机。黑暗包裹了他。

龟壳应该让他感觉到战无不胜，但它们却变成了死亡陷阱。他没法再次驾驶龟壳，哪怕是最后一次，他做不到。

身边的黑暗震颤起来。他觉得自己要再次下坠了。他必须离开这里，就现在，他要窒息了。他可能快死了。

但他没有。

这个想法不知道从哪里冒了出来，显得有些肆无忌惮。他原本早就该死了，但他没有。他现在无法让龟壳飞起来，但是他曾经做到过，就在那天晚上。

而且就是这个龟壳。那一天他终于回到废品场时，已是筋疲力尽。他差点被淹死，还被吓昏了，但莫名其妙地活了下来，这个事实让他兴奋不已。他立马开着龟壳飞过河湾，在鬼牌镇上空绕了一圈。他要重新爬上把他甩开的马背，要向所有人展示灵龟还活着，就算敌人对他动用一切招数他也不怕。他们可以弄昏他，用汽油弹炸他，把他像块石头一样扔进该死的哈德逊河河底，他还是能活下来。

人们站在街道上为他欢呼。

汤姆的手伸出去，打开一个开关，又打开一个。屏幕点亮了，风扇开始转动。

别这样，他内心的恐惧低语道。你做不到的。要是那时候龟壳没有被炸开，你早就死了。

“但它炸开了。”汤姆说。是因为汽油弹，或者水压，或者别的什么……

卧室的墙壁。到处是破碎的玻璃，他的枕头被撕扯开来，羽毛漫天飞舞。

沉闷的水流声突然响起，好像就在附近炽热的黑暗中的某处。整个世界扭曲转动，沉没。他太虚弱太晕眩，动弹不得。他感觉冰凉的手指贴在他的腿上，不断向上，他一阵颤动，意识到水流淹没到了他的胯部，他彻底醒了。之后，他用麻木的手指扯开安全带，但是太迟了，寒意已经包裹了他的胸膛。就在他从座椅上踉跄着起身时，地板翻滚起来，他一下子没站稳，整个人摔进了水里，他无法呼吸，一切都是黑的，彻底的黑暗，像坟墓一样黑暗。他想要出去，他必须出去……

卧室墙壁上有裂痕，每次噩梦醒来，裂缝就多了几条。杂志里的图片，装甲板的碎片被撕扯开，扭曲变形，焊接点断裂，螺栓松动，整个龟壳像鸡蛋一样被打碎，装甲向外弯折。

他妈的，他心想。就是我，我做到了。

他看向最近的屏幕，抓紧扶手，用心灵的力量向下推动。

龟壳平稳抬升。向上飞起，然后离开地堡，穿过仓库门，飞向早上的天空。阳光亲吻着装甲上破损的绿漆。

♥

他从东边的天空飞来，从布鲁克林飞来，太阳在他的身后。这个路线绕远了一些，他需要飞过斯塔恩岛和纽约湾海峡，但是这样一来，人们就看不见他是从哪里飞过来的，当了二十年灵龟，所有的技巧他都会。他低空快速飞过布鲁克林大桥的石头壁垒，龟壳的影子掠过下方的行人们，通过屏幕，他看到他们都惊讶地抬起了头。这个城市从来不曾见过这样的景象，以后也不会再见到：三个龟壳同时飞过东河，昨日头条中的幽灵从死亡之地回来了，排着紧凑的队形，整齐地倾斜转向，然后在鬼牌镇上空炫耀似的转了两圈。

对于坐在中间龟壳里的汤姆来说，街道上行人的反应让他所做的一切都值得了。至少他退出历史舞台的姿态很帅气，他期待看到杂志将这场景归结为金星的闪耀。

他费了好大的劲才让另外两个龟壳飞起来，虽然它们的内部都被掏空，但是装甲外壳还是很重，盘旋在位于贝永的废品场上方时，他怀疑自己无法同时操控三个。然后他想到了个好主意，与其尝试着将三个龟壳单独飞起来，不如想象它们都被焊接在一个巨大的隐形三角形的顶点上，只要他抬起了整个三角形，之后的事就都是小菜一碟了。

达顿在布鲁克林桥上和了不起的包厘街百变王牌一角博物馆屋顶上各安排了一个摄影团队。拍下了各种照片之后，估计就不会有人再对龟壳的真实性有所置疑了。

“好了，”汤姆把龟壳停在宽阔平坦的屋顶之后用扩音喇叭宣布道，“表演结束了。都停下吧。”拍他飞行加着陆没问题，但他不想被拍到从舱门里爬出来，不管有没有戴着面具，他都不愿意冒这个风险。

身形高大的达顿戴着兜帽，面容被藏了起来。他戴着手套的手做出了一个强制的姿势，然后摄像团队——全部由鬼牌组成——收拾好装备离开了屋顶。等到所有人都走下楼梯之后，汤姆深吸一口气，套上橡胶青蛙脸，关掉电源，爬进了早晨的阳光中。

出来之后，他扭头最后看了一眼被他抛下的东西。它们在日光下的模样和在地堡的昏暗光线下不太一样，莫名地更小更寒酸。“很难抛下，对吗？”达顿问他。

汤姆回过头。“对。”他说。在兜帽之下，达顿还戴了一个有金色长毛的皮质狮子面具。“你这个是在霍尔布洛克家买的，”汤姆说。

“霍尔布洛克是我开的，”正研究着龟壳的达顿回答道，“我在想该怎么把这些弄进博物馆。”

汤姆耸耸肩。“自然历史博物馆里还有只鲸鱼呢，几个龟壳应该很轻松。”他试图表现得漠不关心，但是内心却不然。这些年来灵龟惹恼过不少人，从街头混混到理查德·米尔豪斯·尼克松。要是达顿不够小心谨慎，他们当中的某些人，也可能是所有人就会等着对付他。就算没人想对付他，把八万现金顺利带回家也不是轻而易举的事情。“我们开始吧，”他说，“你带钱了吗？”

“在我的办公室里，”达顿回答道。

他们走下楼梯，达顿在前面带路，汤姆跟在后面，好奇地四下查看。这栋建筑里又冷又暗。“又关门了？”汤姆问道。

“生意不好做，”达顿承认道，“整个城市都陷入恐慌，新的百变王牌病毒暴发把游客都吓跑了，就连鬼牌都开始回避人群和公共场所。”

他们到达了地下室，走入石墙围成的昏暗工作间之后汤姆看到博物馆并非完全被荒废了。汤姆停下脚步，欣赏一个男孩气的瘦高姑娘给哈特曼参议员的蜡像穿衣服，达顿向他解释道：“我们正在准备不少新展品。”姑娘用灵巧修长的手指给蜡像打好了领带。“这是我们的叙利亚场景要用的。”达顿说道。姑娘开始调整参议员灰格子的运动外套，蜡像一边肩膀上有撕裂的痕迹，是子弹擦过留下的，周围的布料都被小心地染上了假血。

“看起来很像真的。”汤姆说。

“谢谢。”年轻姑娘回答道。她转头微笑着伸出手。她的眼睛有点问题，里面只有瞳孔，是闪亮的深红色和黑色，但只有耐特眼睛的一半大。不过看她的行动，应该不是盲人。“我叫凯西，我很愿意做一个你的蜡像，”她和汤姆握手时说道。“坐在龟壳里那种，可以吗？”她歪着头，把挡在古怪的深色眼睛前面的头发拨开。

“呃，”汤姆说，“还是不用了吧。”

“你很明智，”达顿说，“如果里奥·巴奈特当了总统，你们这些王牌中的不少人肯定会希望自己以前低调点。现在这个世道，招摇过市没好处。”

“巴奈特是不可能当选的，”汤姆情绪略微激动地说道，点头示意另一尊蜡像，“哈特曼会阻止他的。”

“又是一个选哈特曼参议员的，”凯西微笑着说道，“关于蜡像，你要是改变主意了一定要告诉我。”

“第一个就告诉你。”达顿对她说道，然后他拉起汤姆的胳膊，

“来，”他催促道。他们两人路过了叙利亚场景中的各种元素：穿着全套阿拉伯服饰的塔基扬医生，脚上还蹬着卷曲的拖鞋；十英尺的巨型赛义德蜡像；刽子手穿着能闪瞎眼睛的白色衣服，在房间的另一侧，一个技师正辛苦地调试着木桌上摆放的超大型大象的机械耳朵。达顿走过他身边，微微点头致意。

然后汤姆看到了一样让他呆住的东西。“上帝啊，”他大声说道，“那是……”

“汤姆·米勒，”达顿说道，“但是我猜他更喜欢被称为吉姆利。应该是为我们的恶人厅而制作的。”

侏儒冲着他们咆哮着，一只拳头举过头顶，正冲着聚集的人群激愤地演讲。闪光的眼珠里满是恨意，似乎无论他们去哪里，他都会紧紧盯着。他不是蜡像。

“一件精妙的标本，”达顿说道，“我们在他腐烂之前迅速采取了行动，他的皮肤有十几处破损，而且体内的所有东西都溶解了——骨头、肌肉、内脏，所有的一切都不复存在了。新的百变王牌病毒和原来那个一样残酷。”

“他的皮肤。”汤姆厌恶地说道。

“史密森尼博物馆还收藏了约翰·迪林杰的命根子呢，”达顿平静地说，“请这边走。”

这一次他们走进办公室之后，达顿说要帮他倒一杯酒，汤姆没有提出异议。

达顿细心地把钱分成一捆捆的，放在一个相当寒酸的绿色手提箱里。“十块的，二十的，五十的，还有一些一百的，”他说，“你想自己数一下吗？”

汤姆看着这些崭新的绿色钞票，完全忘记了手里端的酒。“不用了，”他过了好一会儿才继续说，“如果数目不对的话，我知道该去哪儿找你。”

达顿礼貌地轻笑了两声，然后从桌子后面拿出一个棕色纸袋，上面还印着博物馆的标志。

“这是什么？”汤姆问道。

“那个头。我觉得你应该需要一个袋子来装。”

实际上汤姆差点儿忘了自己说过要拿走模块人的头。“嗯，对，”他接过袋子，“当然了。”他往袋子里一看，模块人正盯着他。他很快合上袋子。“这样很好。”他说。

◆

他从博物馆出来的时候已经将近中午了。他右手拎着绿色手提箱，左手拿着袋子，在阳光下眨了眨眼睛，然后迈着轻快的步伐沿着包厘街向前走，一路上小心翼翼，确保没有人在跟踪自己。街上基本没人，所以他觉得要是有盯梢的人，肯定很容易发现。

走了三条街之后汤姆很确定没被跟踪。他唯一看见的几个人，全是戴着医用口罩或者更复杂面具的鬼牌，他们跟他，也跟彼此保持着尽可能大的距离。但为了以防万一，他继续向前走。现金比他预计的要重，而模块人的头却莫名的轻，所以他两次停下来换手。

在开心屋门口，他将手提箱和袋子放下，谨慎地左右看看，确定这里没有别人。他剥下青蛙面具，塞进防风夹克口袋。

开心屋里一片黑暗，门也锁上了。“暂停营业，开门时间另行通知”的标志挂在门上。泽维尔·德斯蒙德住院之后不久这里就关门了，这个汤姆知道，他在报纸上读到过，当时他难过到不能自已，瞬间觉得自己又苍老了许多。

汤姆没戴面具，紧张地变换着姿势，等待出租车。

街上基本没什么车，他等的时间越长，就越不安。他给了不小心撞到他的酒鬼 50 美分，就为了把他打发走。三个恶魔王子模样的小混混上上下下、仔仔细细地打量了汤姆和他的手提箱，转身走开了。

他的手提箱和他的衣服一样寒酸，大概他们认定这东西不值得费力抢。

终于，他等到了出租车。

他钻进黄色出租车的后座，长舒一口气，购物袋放在旁边的座位上，手提箱则放在大腿上。“去杂志广场。”他告诉司机。他准备在那里换一辆出租车回贝永。

“哎呀，不行不行，”司机说道。他长着深色的眼睛，皮肤黝黑。汤姆瞥了一眼他的执照，是巴基斯坦人。“不去泽西，”他说道，“哎呀不行，不去泽西。”

汤姆从牛仔裤口袋里掏出一张皱巴巴的一百块。“给你，”他说，“不用找了。”

司机看着钱，咧嘴笑了起来。“很好，”他说，“非常好，新泽西，嗯，我很愿意去。”他开动车子。

汤姆很快就能到家了。他把窗户摇下来，向后靠着椅背，享受着吹过脸庞的风和腿上手提箱那让人愉悦的重量。

远处的屋顶飘来一声警报，尖细，紧急。

“呃，怎么回事?”司机似乎很困惑。

“空袭警报，”汤姆说完警觉地向前凑。又一声警报，这次更近更响，具有穿透力。车子纷纷停在路边。街上的行人都停下脚步，看着明亮无云的天空。汤姆听到远处又响起了好多警报声，音量越来越高。“妈的，”汤姆说。他想起喷气机小子死的那一天他们也拉了警报，就在那一天，百变王牌袭击了一个毫无防备的城市。“打开广播。”他说。

“抱歉先生，坏掉了，不行。”

“该死，”汤姆咒骂道，“好吧，那开快点，带我去荷兰隧道。”

司机加速前进，还闯了个红灯。

♠

他们在距离荷兰隧道四个街区之外的运河街遇上了交通堵塞。

出租车前面是一辆银灰色的捷豹，临时牌照贴在后挡风玻璃上。所有车子都堵得死死的，一动不动。司机按了喇叭，前面也有人按，喇叭声与警报声混合在一起。

他们后面是一辆破旧的雪佛兰小货车，它吱的一声停了下来，也开始不耐烦地按喇叭，一声接一声。司机把头伸出窗外冲着后车叫喊，他用的语言汤姆听不懂，但意思不难猜。在小货车后面，车辆逐渐排起长龙。

司机再次按响喇叭，然后转身告诉汤姆这不是他的错。这一点汤姆也意识到了。“在这儿等着。”他这句话说得多余，因为反正车子也动不了，而且就算司机想掉头开走，也做不到。

汤姆下车之后没有关门，他就站在中央线上看着运河街。目之所及，路上全都堵着，而且身后的车子也越来越多。汤姆走向街角，想看得更清楚。十字路口严重堵塞，信号灯由红转绿，再转黄，然后继续由红转绿，循环往复，但车子都一动不动。各种电台和音乐的声音从敞开的车窗里飘出来，又混合上喇叭声和警报声，嘈杂一片，但没有一个广播里播放着新闻。

雪佛兰的车主从汤姆身后走来。“警察他妈的都去哪儿了？”他质问道。这是个非常肥胖的男人，双下巴，一脸痘。他看起来就像是想找个什么东西出气，但他说得有道理。到处都没看到警察。前方的某个地方，有个孩子开始哭泣，她的声音像警报一样尖细。这让汤姆恐惧地打了个寒战。他觉得这不是一场普通的交通堵塞。出事了。非常非常严重的事。

他回到出租车上。司机用拳头捶着方向盘，但他是百老汇这一侧街道上唯一一个没有按喇叭的人。“喇叭坏了，”他解释道。

“我要下了。”汤姆说。

“不退款。”

“去你的。”汤姆本来就打算把一百块都给他，但对方的语气让他不爽。他拿上手提箱和购物袋，送给司机一记中指，然后沿着运河街步行。

银色捷豹的司机是个衣着光鲜，约莫五十岁的妇人。“你知道怎么了吗?”她问道。

汤姆耸耸肩。

现在不少人都从车里出来了。一个男人一脚踩在他的奔驰 450SL 里，另一只脚踏在街上，手里拿着手机。“911 还是忙音。”他告诉身边聚集的人们。

“一群蠢货。”有人抱怨道。

汤姆走到十字路口时看到直升机就在屋顶上方，正飞过运河街。一时间尘土飞扬，旧报纸在水沟里颤动。虽然距离够远，但扇叶还是很响。我从来没制造过这种噪音，汤姆想到。这个直升机莫名让他想起了灵龟。他听到扩音喇叭传来咔哒的声音，但里面传出的话被路上的噪音淹没了。

一个脸上长痘的青少年把身体探出泽西牌照的皮卡车。“警卫队，”他喊道，“是警卫队的直升机!”他冲着直升机挥手。

扇叶的呼呼声跟喇叭声、警报声以及人群的喊叫声混合在一起，扩音喇叭里的声音完全听不清楚。车辆的喇叭逐渐安静下来。“……回家……”

有人开始用污言秽语谩骂。

直升机向下降了一些，然后继续播报。就连汤姆都能看到上面的军事符号了，是国民警卫队的标志。扩音喇叭轰鸣着。“……关闭……重复一遍：荷兰隧道现已关闭，请自行回家。”

直升机从他头顶飞过时，一阵阵强风裹挟着灰尘和泥土席卷过汤姆身边，他单膝跪下，护住自己的脸。

“隧道现已关闭，”他听到直升机的声音渐渐变小，“不要尝试离开曼哈顿。荷兰隧道现已关闭。请自行回家。”

直升机来到位于两个街区之外的车流最前方时，它在空中抬升，变成夜空里的小黑点，然后又回来准备再绕一圈。街道上的人面面相觑。

“他们不是在说我，我是爱荷华来的。”一个胖女人说道，就好像说这话有什么用似的，但汤姆能理解她的感受。

警察终于来了。两辆巡逻车绕过最拥堵的路段，缓缓靠近人行道。一个黑人警察走出来，恶狠狠地下达命令。有一两个人顺从地回到车里，但大部分人都来到警察旁边，七嘴八舌地开始说话。还有很多人丢下车子，步行前往荷兰隧道，运河街上出现了一道人潮。

汤姆也身处其中，他的步伐被手里的两样东西拖慢了。他在出汗。一个女性从他身边狂奔而过，看上去衣衫褴褛，似乎有点歇斯底里。直升机再次飞过，扩音喇叭还在高声播报，警告人群调头回家。

“戒严!”坐在半挂车驾驶舱里的一个卡车司机喊道。人群逐渐聚集在卡车旁边，而汤姆就被困在其中，人群挤向前方听消息时，他被压得贴向后轮。“是广播里说的，”卡车司机说，“那群蠢货宣布戒严。不只是荷兰隧道，他们把一切都关停了，所有的桥梁、隧道，就连斯塔恩岛渡轮都停了。没有人能离开这座岛。”

“上帝啊，”汤姆后面有个男人说道，他的声音沙哑且带着毫不掩饰的恐惧，“上帝啊，是百变王牌。”

“我们都会死的，”一位老妇人说，“我在 1946 年见过有人这么做。他们想把我们困在这里。”

“是因为那些鬼牌，”一个穿着三件套的男人说道，“巴奈特是对的，不该让他们跟正常人生活在一起，他们会传播疾病。”

“不是的，”汤姆说，“百变王牌不会传染。”

“你说的不算，天呐，也许我们都已经染上了。”

“有个携带者，”卡车司机喊道。汤姆甚至能听到他广播里传出的电流声。“某个该死的鬼牌。他走到哪儿就把病带到哪儿。”

“这不可能。”汤姆说。

“喜欢鬼牌的傻子。”有人冲他喊道。

“我要回家，我的宝宝们需要我。”一个年轻女性哀号道。

“放松。”汤姆开口道，但是太迟了，实在太迟了。他听到人群的哭声、喊声、骂声，看到所有人疯了一般地向四面八方乱跑。有人狠狠撞到了他，汤姆向后踉跄了几步，又被人从侧面撞击，他摔倒了，差点没有抓稳手提箱。有人的靴子踩中了他的小腿，他疼痛难忍，但依旧不曾松开手提箱。他滚到卡车底下，看着旁边脚步匆匆，然后他爬到半挂车的轮子之间，身后还拖着他的箱子和袋子。最后他终于站上了人行道，头还是晕乎乎的。这太疯狂了，他心想。

直升机又开始沿着运河街飞行，再次路过汤姆头顶。他看着它过来，人群在他身边疯狂奔跑。*直升机肯定能让他们冷静下来*，他心想，*它必须做到*。

催泪瓦斯罐像雨水一样落在街头，释放出黄色烟雾，他转身躲入最近的小巷，开始奔跑。

♣

汤姆逃到旁边的街道之后，噪声逐渐减弱了。他跑了足足三个街区，气喘吁吁地发现了一个书店下面有个半开的地窖门。他一时间犹豫不决，但听到街道另一端有跑步声传来后，他的心就替他下了决定。

里面凉爽安静。汤姆心中大喜，放下手提箱，盘腿坐在水泥地上，背靠着墙壁倾听。空袭警报终于停了，但是还是能听见喇叭声、救护车声和远处愤怒的叫喊声。

他听到右边有脚步擦地的声音。

汤姆猛地扭头。“是谁?”

回应他的只有寂静。在昏暗的地窖中，汤姆站了起来，他确定他听到了声音。他向前走了一步，停下，探着头查看。他现在确定有人在那里，就在箱子后面。他能听见短促的呼吸声。

汤姆不打算再靠近了。他回到门口附近，用念力狠狠冲击那些箱子，整个一堆全都倒了，十几本光亮的平装版《更多恶心的鬼牌玩笑》从裂开的箱子里掉落出来。箱子后面传来惊讶的嘟囔和痛苦的呻吟声。

汤姆缓缓走过去，把微微颤动的那堆箱子里最上面的几个移到旁边，这次他用的是手。

“别伤害我!”书下传来一声乞求。

“没人会伤害你,”汤姆说。他又移开了一个开裂的纸箱，又有不少平装书落在地上。一个男人蜷缩成胎儿的姿态，半埋在箱子下面，双手护着头。“出来吧。”

“我什么都没干,”他说话声音孱弱，略带沙哑，“我就想在这里躲一下。”

“我也是在躲,”汤姆说,“没事的，出来。”

男人动了一下，舒展开来，小心地站起身。他移动的方式极其古怪。“我不怎么好看。”他用孱弱沙哑的声音说道。

“我不在乎。”汤姆说

男人以奇怪的姿势侧身缓慢靠近，汤姆借着昏暗的光线看清了他的模样。瞬间涌现的恶心很快被汹涌的同情淹没了。虽然地窖里光线暗淡，但汤姆还是能看清这个鬼牌的身体被如何残酷地扭曲。他的一条腿比另一条长很多，上面长有三个关节，而且都在腿的后方，所以膝盖弯曲方向跟正常人相反。另一条腿，相对“正常”的那条，长着畸形足。一簇未发育完全的小手长在肿胀的右边小臂上。他的皮肤由亮黑色、惨白色、巧克力棕和铜红色的色块组成，不可能看出来他原先是哪个种族。只有他的脸是正常的，而且还很帅，金发碧眼，像电影明星。

“我叫大杂烩。”鬼牌胆怯地小声说道。

但是电影明星的嘴唇没有动，深邃清澈的蓝眼睛里也没有生气。然后汤姆看到了第二颗头，正从解开扣子的衬衣里好奇地向外张望，那是颗可怕的小脑袋，长着猴子般的脸。它从鬼牌宽阔的胸膛里延伸出来，像旧伤一样泛紫色。

汤姆觉得恶心，他肯定在脸上表现出来了，因为大杂烩别过脸不再对着他。“抱歉，”他低声说道，“我很抱歉。”

“怎么了？”汤姆强迫自己询问，“为什么你要藏在这里？”

“我看到他们了，”鬼牌背对着汤姆回答道，“那些人，耐特。他们抓到了一个鬼牌，然后打得他半死。我要是不逃跑，他们也会把我打成那样。他们说都是我们的错。我必须回家。”

“你住哪儿？”汤姆问道。

大杂烩发出一个潮湿模糊的声音，大概是在笑，然后脸微微转过来。那颗小头扭过来看汤姆。“鬼牌镇。”他说。

“嗯，”汤姆觉得自己刚才的问题太蠢了，他当然住在鬼牌镇，不然还能住哪儿？“离这儿只有几个街区，我带你过去。”

“你有车？”

“没有，”汤姆说，“我们只能步行。”

“我不太擅长步行。”

“那我们可以慢点。”汤姆说。

♥

他们确实够慢。

汤姆小心谨慎地从地窖里出来，此刻黄昏已经降临。街上几个小时前就不再喧闹了，但大杂烩太过害怕，不愿意冒险，他想等到天黑再出来。“他们会伤害我的。”他一直这样说。

即便暮色降临，鬼牌依然犹豫不决。于是汤姆先出去查探情况。周围有几间公寓里亮着灯，还能听见电视的声音从三楼某个窗户传来，远处还有更多的警笛声传来。除了这些以外，整个城市死一般的寂静。他在这个街区缓慢行走，从一个门口移动到另一个门口，就像是战争片里的大兵。这里没有车，没有行人，什么都没有。所有的店面都关闭了，卷帘门和栅栏门全都紧锁着。就连附近的酒吧都关门了。汤姆看到了几扇破碎的窗户，而且就在拐角处附近还有一辆被烧坏的警车翻倒在十字路口的中央。一个巨大的万宝路广告牌被人喷上了红色油漆，写着“杀光鬼牌”。他决定不带大杂烩走这条街。

回地窖的时候，鬼牌正等着他。他把手提箱和袋子移到了门口。“我跟你说了别动这些，”汤姆恼怒地说道，看到大杂烩因为他的话而畏缩，又立马感觉到了愧疚。

他拿起箱子。“走吧。”他说着向外走去。大杂烩跟在后面，每一步都像是丑陋扭曲的舞蹈。他们走得很慢，非常慢。

他们大部分时候都走在运河街南边的小巷和支路上，时常停下来休息。这个该死的手提箱，似乎每走一个街区就会变重一点。

他们刚刚走过教堂街，正在大垃圾箱旁边休息，看见一辆坦克从街道口驶过，后面跟着几个步行着的国民警卫队警员。其中一个向左瞥了一眼，看到了大杂烩，于是端起了步枪。汤姆站起来走到鬼牌身前。在某一瞬间，他和警员四目相对，他发现对方还是个孩子，最多十九或者二十岁。男孩看了汤姆好一会儿，然后放低枪口，点点头，走开了。

百老汇空无一人，这景象着实怪异。一辆警车在路上行驶着，避开被抛弃的各式车辆。汤姆看着它开过，而大杂烩则畏缩地躲在垃圾箱后面。“我们走。”汤姆说道。

“他们会看到我们的，”大杂烩说，“他们会伤害我的。”

“他们不会的，”汤姆许诺道，“看看这里多暗。”他们正走过百老汇的街道，利用一辆辆车子作掩护。突然，街灯安静地亮起，阴影都消失了。大杂烩惊恐地叫了一声。“快走。”汤姆催促他。他们赶紧跑到街道另一侧。

“待着别动！”

他们在人行道的边缘被叫住了。*差一点*，汤姆心想。但就差这一点，就是蹄铁和手雷的区别。他缓慢转身。

这个警察戴着白色医用口罩，声音因此有些模糊，但是他的语气足够强硬。他的枪套是开着的，枪已经握在了手上。

“你不用——”汤姆紧张地开口说道。

“你他妈的闭嘴，”警察说，“你违反了宵禁令。”

“宵禁？”汤姆说道。

“没错。你没听广播吗？”他没有等待汤姆回答，“把证件给我看。”

汤姆小心地放下手上的东西。“我是从泽西来的，”他说，“我想回家，但是他们把隧道关了。”他掏出钱包递给警察。

“泽西，”警察说着开始检查他的驾照，然后递还给他，“为什么你不去港务局？”

“港务局？”汤姆疑惑地问道。

“准入中心。”警察语气粗暴，显得很不耐烦，但是他明显认定他们不构成威胁，于是把枪收了起来，“住在城外的人都要去港务局报到。通过身体检查之后，他们就会给你个蓝卡，你就可以回家了。我要是你，就会往那边走。”

港务局公交总站在最好的情况下也是个混乱不堪的地方。汤姆试着想象了一下它现在的样子。城市里的每个游客、上班族和访客都会去那里，还有不少饱受惊吓、打算假装成外人逃出去的曼哈顿人，这些人全都等待着接受体检，或者争着抢着想挤上出城的公交车。警察和国民警卫队也会在那里维持秩序。你不需要太好的想象力就能知道42街那里是一幅怎样的恐怖景象。“我才知道，马上就过去，”汤姆撒谎了，“我先把朋友送回家。”

警察仔细端详了大杂烩一会儿。“你这样干很危险，伙计。虽然携带者是个白化病人，而且他应该只有一颗脑袋，但是在昏暗的光线下所有鬼牌看起来都差不多，对吧？警卫队那些小伙是很神经质的，他们要是看到你们俩，可能会想先开枪打倒，再检查证件。”

“这到底是怎么了？”汤姆问道。情况似乎比他想象的更糟糕，“出了什么事？”

“你自己打开广播听一会儿吧，对你有好处，”警察说道，“别脑袋被人打爆了还不知道怎么回事。”

“你们在找什么人？”

“某个鬼牌，正在城里到处传播新型百变王牌病毒。他很厉害，而且是个疯子，非常危险。他身边还有个朋友，某种新型王牌，看起来很普通，但子弹打在他身上会反弹回来。我要是你，肯定抛弃这个怪物，跑去港务局。”

“我什么都没干。”大杂烩低声说。

他声音很低，几乎细不可闻，但这是他第一次胆敢开口，而且警察也听见了。“闭上你的臭嘴。我可没心情跟鬼牌废话。我没问你问题，你就别开口。”

大杂烩吓坏了，警察口中明显的厌恶之情惊呆了汤姆。“你不该这样跟他说话。”

这一步走错了，大错特错。医用口罩上方的眼睛眯了起来。“说了又怎样？你是什么东西？喜欢鬼牌的基佬？”

他妈的蠢货，汤姆气愤地想到，我是伟大而强力的灵龟，如果我现在身处龟壳之内，我就把你拖起来扔到垃圾堆里，你属于那里。但是他说出口的却是："抱歉，警官，我没有别的意思，只是想说这一天大家过得都不容易，对吧？也许我们该走了?"他拿起手提箱和购物袋时试着微笑。"走了，大杂烩。"他说道。

"里面是什么?"警察突然发问。

模块人的头和8万美元现金，汤姆心里想着，没有说。他觉得自己没有触犯任何法律，如果说出真相，随之而来的问题他难以回答。"没什么，"他告诉警察，"一些衣服。"但他犹豫得太久了。

"不妨打开看看吧。"警察说道。

"不行，"汤姆脱口而出，"你不能这样做。难道不是得有搜查令或者合理的根据之类的吗?"

"那我就给你个合理的根据，"警察拔出他的枪，"现在是戒严，我们有权当场射击劫掠者。慢慢放下手上的东西，向后退，你这混蛋。"

那一刻似乎非常漫长，然后汤姆照他说的做了。

"再往后，"警察说。汤姆一路退到了人行道上。"还有你，怪物。"大杂烩退到了汤姆旁边。

警察慢步向前，弯腰拉开购物袋向里看。

模块人的头飞起来砸中了他的脸。

随着一声恶心的嘎吱声，鲜血从警察的鼻子里喷出来，染红了他的口罩。他闷闷地惊叫起来，踉跄着后退。那颗头又像炮弹一般飞来，砸中了他的腹部。警察一时间脚步不稳，哼哼着跌坐在地上。

头在他身边盘旋俯冲。警察双手抓着枪，扣动了扳机。但就在此时，那颗头撞上了他的太阳穴，子弹打碎了二楼的某个窗户。警察开始用枪托打模块人的头，某种力量把枪从他手里打飞了，这枪跳了几下，掉入了下水道。

"婊子养的。"警察咬牙切齿地说道。他正费劲地想站起来，眼睛跟模块人一样闪闪发亮，鼻子还在流血，口罩已经完全被染成了鲜红色。

那颗头再次发起攻击。这一次被他抓住了，现在那颗头虽然离他的脸只有几英寸，但已经动弹不得。此时晃荡在脖子下面的电线突然活了过来，像蛇一般钻进流血的鼻孔。警察尖叫着伸手去抓电线，失去钳制的那颗头向前一冲，跟他的额头撞在一起。警察倒下了，头在他身边绕圈。警察呻吟着翻了个身，没打算再爬起来。

汤姆终于放心了。

“他死了？”大杂烩急促地轻声问道。

汤姆体内飙升的肾上腺素正在慢慢恢复，他花了好一会儿才开口说话。“妈的。”他说。他到底干了什么？形势恶化得太快了。

模块人的脑袋从空中落下，碰到了排水沟，然后滚开了。汤姆跪在倒下的警察旁边检查脉搏。“他还活着，”汤姆说，“但是呼吸很浅。可能是脑震荡，也许头骨裂了。”

大杂烩靠了过来。“杀了他。”

汤姆猛地转头，惊恐地瞪着鬼牌。“你疯了吗？”

可怕的紫色猴子脸从衬衣前面探出头来，冷酷的薄唇上闪着水光。“他打算杀了我们。你听到他说了，你听到他是怎么说我们的了。他无权这样对我们。杀了他。”

“不行。”汤姆说完站了起来，强迫症般地在牛仔裤上反复擦手。他的肾上腺素恢复了正常，现在觉得有点眩晕。

“他知道你是谁。”大杂烩低声说。

汤姆竟把这事忘了。“妈的，妈的，妈的。”他咒骂道。这个警察看过他的驾照。

“他们会来找你的。”大杂烩提醒道，“他们知道是你干的，他们会来找你，然后杀了你。动手吧，我会保密的。”

汤姆摇着头后退。“不行。”

“那我来。”大杂烩说道。他大张着嘴。露出黄色的门牙，皱巴巴的猴脸窜向警察的喉咙。大杂烩腹部的衬衣敞开着，那颗小头待在警察的脖子上，后面三英尺长的透明管子闪着光芒，连结着鬼牌的躯体。汤姆听到潮湿贪婪的吮吸声。警察的腿开始无力地抽动。鲜血喷涌而出，大杂烩吞咽着，红色的液体流过闪光的粗脖子。

“不要！”汤姆尖叫道，“停下！”

猴子脸继续进食，但是在鬼牌身体上的那颗头，电影明星的头开始转向汤姆，清澈的蓝眼睛看着他，带着幸福的笑容。

汤姆试图用念力触碰大杂烩，但他做不到。警察威胁他们时他心里涌出的暴怒彻底消失了，现在只剩下恐惧，而在他恐惧的时候他的能力总是施展不出来。他无助地站着，双手握拳又松开，大杂烩则用针一样的尖牙残忍地撕咬着。

他向前一跳，双臂从后面抱住鬼牌扭曲的身体，把他向后拽。鬼牌挣扎起来，汤姆身材偏胖，而且向来不是靠身体取胜的，但好在这个畸形的鬼牌非常孱弱。他们跌跌撞撞地后退，大杂烩在汤姆的臂弯里无力地扭动，终于那颗小头啵的一声脱离了警察被扯开的喉咙。鬼牌发出愤怒的嘶嘶声。闪光的长脖子像蛇一样绕过左肩，暗淡的眼睛里散发着癫狂和绝望。那张萎缩的紫脸上沾满血液，潮湿鲜红的牙齿咔咔作响，但是他的脖子不够长。

汤姆逼着他转身，然后把他推开，鬼牌那双畸形的腿交缠在一起，他被绊倒了，重重摔在排水沟里。“走开！”汤姆喊道，“现在就走开，不然我就像对他那样对你。”

大杂烩的头前后摆动，发出嘶嘶声，然后这阵突如其来的杀戮欲消失了，这个鬼牌再次变成恐惧畏缩的模样。“别，”他低声说，“请别那样做。我只是想帮忙。别伤害我，先生。”他的长脖子缓慢缩进衬衣里，细长光亮的鳗鱼躲回了巢穴，只剩下一张受惊的小脸，在纽扣之间颤抖。此时大杂烩已经站起来了，他恳求地看着汤姆，然后转身就跑，胳膊和腿古怪地配合着。

汤姆用手帕帮警察止血，他还有脉搏，但很微弱，这个男人显然失血过多。他只希望一切都还来得及。

他看看四周被丢弃的车辆，走向一辆比较有可能发动起来的。乔伊曾经教过他怎么通过让点火装置电路短路来发动汽车，他真心希望自己还记得。

◆

鬼牌镇诊所的等待室里只剩下站的地方了，汤姆把手提箱靠墙放着，然后坐在上面，购物袋被他夹在两腿之间，里面塞着模块人沾血的头。等待室里又热又吵。他无心关注身边受惊的人群和隔壁房间里痛苦的尖叫，只是没精打采地盯着地面瓷砖，试图将脑袋放空。他脸上满是汗水，戴着的青蛙面具都变得黏糊糊的。

他等了半个小时之后，一个长着尖牙的肥胖送报人走进了等待室，他头戴平顶毡帽，身穿夏威夷衬衫，胳膊上抱着一堆报纸。汤姆买了一份明天的《鬼牌镇泣语》，坐回到他的手提箱上开始看。他看完了每一页上的每篇文章里的每个字，然后又重新读了一遍。

头条写的都是戒严令，还有对克罗伊德·科伦森的全城搜捕。《泣语》将他称为伤寒克罗伊德，任何接触他的人都有感染百变王牌的风险。怪不得大家都这么害怕。塔基扬医生已经向当局报告过了，这是个变种病毒，就连最稳定的王牌和鬼牌都可能被重新感染。

灵龟能找到他，汤姆心想。警察或者警卫队或者王牌在抓他时都要冒着被感染而死的风险，但灵龟可以轻而易举地搞定他，而且非常安全。他在使用念力时不需要靠得很近，而且他的龟壳可以提供足够的保护。

不过他已经没有龟壳了，灵龟也已经死了。

荷兰隧道附近的动乱之后有三十六人需要医疗救治，据估计，财产损失超过100万美元，这是他在报纸上读到的。

灵龟可以在不伤害任何人的情况下疏散所有群众。只要跟他们谈谈就行，该死的，只要花点时间平复他们的恐惧，而且就算情况失控了，他也可以利用心灵力量让他们自行散开。根本不需要动用枪支或者催泪瓦斯。

据报道，全城各处都爆发了反鬼牌的暴力活动。目前已有两名鬼牌死亡，还有十几个被投掷石块，正在医院接受治疗。

哈莱姆地区有人趁火打劫，而且愈演愈烈。

有人故意纵火焚烧了鬼牌基督教堂的门面，而赶去的消防员也遭到石块和狗屎的攻击。

里奥·巴奈特在为受折磨的灵魂祈祷，并且出于公共健康的考虑，他呼吁进行隔离。

一个来自哥伦比亚的学生在一间名叫挤压地下室的酒吧的台球桌上被轮奸，有十几个鬼牌就坐在高脚凳上看着，而且他们中有一半人在那些强奸犯结束之后排队等着侵犯那名学生，因为有人告诉他们只要跟这个女孩做爱，他们的畸形就会被治好。

灵龟死了，而汤姆·托特伯里正坐在一个塞着八万现金的老旧手提箱上看着世界变得愈加疯狂。

千军万马也救不回来，他心想。

他把报纸看完三遍之后，一道阴影落在他身上。汤姆抬头一看，发现是帮他把警察从车里架出来的那个体格健硕的黑人护士。“塔基扬医生现在可以见你了。”她说。

汤姆跟着她来到急诊室旁边的一个小隔间，塔基扬正疲惫地坐在不锈钢桌子后面。

“所以说？”护士离开之后汤姆率先开口。

“他能活下来，”塔基扬说着，紫色的眼睛盯着汤姆脸上的绿色橡胶面具，“法律规定我们必须向上汇报这类事情。警方希望紧急情况一过去就立刻找你问话。请你提供一下姓名。”

“托马斯·托特伯里。”他摘下面具，任由它掉在地上。

“灵龟！”塔基扬吃惊地脱口而出，站了起来。

灵龟已经死了，汤姆心里想，但是没有说出口。

塔基扬皱着眉头。“汤姆，出了什么事？”

“是个很长很恶心的故事。你要是想知道，就进我的脑子来看。我不想谈。”

塔基扬看着他陷入沉思，然后一脸苦相地再次坐下。

“跟该死的钦天士战斗的时候，我至少知道哪边是好人哪边是坏人。”汤姆说。

“他知道你的名字。”塔基扬说。

“我的一个名字，”汤姆说，“去他妈的。我需要你的帮助。”

塔基扬还连结着他的心灵，外星人突然抬头看他。“我不会那样做。”

汤姆的上半身探过桌子，他的阴影投在对方身上。“你会的，”他说，“你欠我的，塔基扬。而且没有你的帮助，我没办法杀死自己。”

♣♦♠♥

终有一死

瓦尔特·乔恩·威廉姆斯　著

跑。

意识在他心中缝制出闪电般的轨迹，它似乎会突然爆发，好像是超快的激光打印机打出来的一排排文字……不对，不是的，比那复杂得多。是个技术高超的缝纫工在制作宇宙之中最大最复杂的挂毯，而且就在瞬息之间，就在他的脑海里。

他睁开眼睛。圣埃尔摩之火的火光在他眼前闪烁，宛如极光。尖锐的噪声袭击了他的耳膜，次声波像浪潮一般席卷他的身体。

噪声减弱了。快速进行内部检查，雷达投射出他脑部的图像，叠加在视线上。“所有被检测的系统都运转正常。”他意识到自己在说话。

圣埃尔摩之火的荧光黯淡了，房间的样子展现出来，毫无遮蔽的屋梁有些松动，一扇内侧玻璃被刷成黑色的天窗半开着，图表被胡乱地钉在墙上，还能看到垂落的电线。电扇忙碌地搅动着空气。房间里有什么东西在移动，先被雷达发现，然后被视线锁定。他认出了那个身影，白色头发的高个子男人，长着鹰钩鼻和倨傲的眼睛，是马克西姆·特拉维尼切克。他的唇边露出一丝冷淡的微笑，说话时带有中欧口音。

“欢迎回来，面包机，活人的世界等待着你。”

♠

“我爆炸了，”模块人一边穿上连体服，一边不带任何感情地分析并且得出了结论。远处有只苍蝇在嗡嗡响。

“你是爆炸了，”特拉维尼切克说，“模块人，一个战无不胜的机器人，把自己炸成了一堆碎片。就在跟钦天士和埃及共济会在王牌云巅大战的时候。”

回忆打开了机器人的巨原子交换器。模块人认出了特拉维尼切克在鬼牌镇的新公寓，他被从下东区的大房子里赶出来之后就搬到了这里。这个地方热得令人窒息，电扇被插在过度利用的接线板上，并没有起到多少作用，这里没有一点家的感觉。设备、磁通量发生器和电脑都挤在自制的台子和胶合板架子上。超声波已经弄坏了其中两个显示器的显像管。

“钦天士？”他说，“已经好几个月没见过他了，我不知道他回来了。”

特拉维尼切克一副轻蔑的样子。“这场大战是在我最后一次备份你的记忆之后发生的。”

“我爆炸了？”机器人不想分析这件事，“我怎么会爆炸？”

“我们俩都没想到会发生这种事情。半智能的微波炉不应该爆炸。”

特拉维尼切克坐在一张三手塑料椅上，手里夹着香烟。他比以前更瘦，泛红的眼睛深深凹陷。他看上去老了好几岁。他的头发通常都是梳成背头的，但现在却一丛丛地支棱着。他似乎是自己打理的，没有去找理发师。

特拉维尼切克穿着军绿色宽松裤子，上身是正式的米色衬衣，正面沾着食物的污渍，皱巴巴的。他没打领带。

机器人还没看过特拉维尼切克不打领带的样子。他意识到，这个男人肯定出了什么事，然后他想到了一个可怕的事情。

“我是多久以前……？”

“死掉的？”

“对。”

“你是上一个百变王牌日炸死的。今天是6月15日。”

“九个月了。”机器人惊恐地说道。

特拉维尼切克似乎有些恼怒，他丢掉香烟，踩灭落在胶合板地面上的烟蒂。“你知道把搅拌机改造成你这么强大的机器人需要多久吗？我的天，解码我上次写的笔记就花了好几个星期。”他的手一挥，“看看这个地方。我没日没夜地工作。”

到处都是快餐盒，而且极其多样，既有中餐、披萨连锁店，又有肯德基。苍蝇绕着纸盒嗡嗡飞动。餐盒里面和外面还散落着黄色便笺纸、纸袋碎片、扯开的香烟盒和火柴盒，上面写的全都是他突然灵感迸发时留下的笔记。其中一半都掉在地上，被踩出了脚印。用来搅动空气的电扇把它们吹得分散在各处。

特拉维尼切克站起来转身走开，又点燃了一根香烟。“这个地方需要好好打扫一番，”他说，“你知道扫帚在哪里。”

“好的，先生。”他听从指挥。

“付完这个鬼地方的房租之后我大概还剩下五十块。足够小小地庆祝一番了。”他摆弄着口袋里的零钱，发出叮当的声音，“要先打个电话。”特拉维尼切克斜眼看他。“你不是唯一一个有女朋友的。”

模块人再次进行了一番内部检查，俯视着身上拉链拉了一半的连体衣。

似乎一切正常。

但是，他心想，还是感觉有些异常。

他去拿扫帚了。

♣

半个小时之后，机器人拎着两个装满空餐盒的塑料垃圾袋，打开天窗飘了出去，越过屋顶钻进了通向后巷的通风井。他打算把垃圾扔在后巷里，他知道这里有个大垃圾箱。

双脚触碰到损坏的混凝土时他听到了巷子里回荡的声音。粗重的呼吸，喉头发出的呻吟。古怪的声音，像鸟儿在吟唱。

在鬼牌镇，这种声音有很多可能，被击中的受害者靠着褐色砂石墙流血呻吟；让人害怕又可怜的鬼牌鼻涕人正呼吸困难；一个玩忽职守的人睡着了，正在做噩梦；畸人俱乐部的某位客人喝多了，或者看到了太多恐怖的景象，然后踉跄着开始狂吐……

机器人很小心。他把垃圾袋轻轻放在人行道上，安静地飞离地面几英尺，把身体旋转成与地面平行，然后盯着小巷里的动静。

沉重的呼吸声来自特拉维尼切克，他正把一个女人压在墙上，他的裤子落到了脚踝处。

女人脸的下半部分戴了精美的定制面具：她是个鬼牌。脸的上半部分没有任何畸形，但也不漂亮。她不算年轻，上身穿抹胸和闪亮银色外套，下身是红色迷你裙，脚上是白色塑料胶靴。颤抖的声音从面具后面传来。小巷里的片刻欢愉大概要花掉特拉维尼切克 15 美元。

特拉维尼切克用捷克语低声说了些什么，女人脸上没有表情，她眼神朦胧地看着小巷的墙壁。她发出的声音虽然婉转如音乐，但大概无论她在做什么，都能发出这样的声音。机器人决定不再继续看下去。

他把垃圾留在通风井里，颤抖的声音在他身后追逐着他，就像一群鸟儿。

♥

电话亭的塑料外壳上被贴上了一张红白蓝色的海报：支持巴奈特当总统。机器人不知道巴奈特是谁。他用塑料手指捅了捅公用电话的投币口，咔嗒一声，另一头传来拨号声。机器人很早之前就对通信设备有种亲切的感觉。

“喂?”

“爱丽丝？我是模块人。”

对方沉默了片刻。“别闹。”

“真的是模块人。我回来了。”

“模块人被炸死了！”

“我的创造者重新制造了我。我保留着之前的大部分记忆。”模块人的眼睛四下巡视着街道。在这个温暖的六月午后，街上的人少得出奇。“我的大部分记忆里都有你，爱丽丝。”

“天呐。”

一阵漫长的沉默。机器人注意到街上的行人之间似乎刻意保持着距离。其中有一个戴着纱布口罩，遮挡着口鼻。街上几乎没有车辆。

“我们能见个面吗?”他问道。

“你曾经对我来说很重要，这你是知道的。”

“听到你这样说我很高兴，爱丽丝。”机器人注意到了她说了曾经两个字，心里略有些失落。

“我的意思是，我交往过的男人都有很多要求，要这个要那个。我根本没时间去想爱丽丝想要什么。后来我遇到了一个愿意给我空间的人，他从来不对我有要求，因为他无法有要求，他是个机器，你明白吧，还有跟他能订到王牌云巅的好位子，我们可以一起飞行，与月亮共舞……”她暂停了一下，“你对我真的很重要，模块人，但我不能见你，我结婚了。”

失落感像纷纷扬扬的雪花落在他的巨原子交换器里。“我为你高兴，爱丽丝。”国民警卫队的吉普车驶过，上面坐着四个全副武装的警卫。模块人在与群虫的大战中与警卫队建立了良好的关系，所以他冲他们挥挥手。吉普减速了，上面的乘客面无表情地看了看他，又加速继续向前。

“我以为你死了，你懂吗?”

“我明白。”他感觉到了她声音里的犹豫不决，“我可以等会儿再给你打电话吗？”

“只能打到工作的地方。”她快速说道，“如果你打我家里的电话，拉尔夫可能会疑神疑鬼。我的过去他还算了解，但他可能会觉得跟机器搞外遇太奇怪了。我的意思是，我觉得没问题，你也知道，但要跟其他人解释起来可能会比较难。”

“我明白。”

“他明白世上有各种各样的生活方式，也能接受，但要是我换了生活方式，不知道他的容忍度会有多高，而且这还是一种他从没听过也没想过的生活方式。”

“我会给你打电话的，爱丽丝。”

“再见。”

她觉得我从来不曾想过从她那里得到些什么，机器人挂了电话，心里想到。不知怎地，这个想法让他更加难过了。

他继续投币，拨了一个加利福尼亚号码。铃响了两声之后录音声响起，告诉他该号码无法接通。辛迪搬家了。也许吧，他心想，过会儿他会打给她的经纪人。

他拨通了一个纽黑文号码。“你好，凯特。”他说。

“噢。”他听到对方抽了一口烟，然后说话了，声音愉悦。“我一直都觉得有人能把你重新组装好。”

宽慰席卷他的心头。“确实。我希望这次是永久性的。”

轻笑声传来。“好人终归是有好报的。”

机器人想了一会儿。“我们可以见面吗？”他说道。

“我不去曼哈顿，再说了，桥都封了。”

“桥封了？”

“封了，戒严令。街上有暴乱。你的确与世隔绝太久了，对吧？”

模块人再次审视着街道。“我猜是的。”

“百变王牌病毒在曼哈顿大暴发了，主要是在下曼哈顿地区。好几百人感染了黑桃皇后。是变种病毒。据说有个名叫克罗伊德·科伦森的携带者在四处传播。”

“沉睡者？我听过这个名字。”

凯特又嘬了一口香烟。“他们把桥和隧道都封了，不让他出去。而且实行了戒严令。”

难怪街上会有警卫队。“街上确实显得萧条了，”模块人说道，“但没人告诉我发生了什么。”

“不可思议。”

“我觉得，死掉的人，”——空洞的声音——“一般看不到新闻。”他想了一会儿，试图让自己高兴起来。“我可以去看你。我能飞，路障挡不住我。”

“你可能——”她清清嗓子，“你可能也携带了病毒，模块人。”她想笑。“我的学业发展得很好，我不想变成鬼牌。”

“我不可能是携带者，我是个机器。”

“噢。”对方一惊，“有时候我会忘记这一点。”

“你要我过去吗?”

“呃……”又是抽烟的声音，“最好不要，至少等到创作会之后。”

“创作会?”

“为期三天，被关在一个狭小的地狱里，身边是最迟钝的罗马诗人，仔细想来，这已经暗示了这创作会是多么的无趣。我现在像疯了一样地学习，一切社交都要等到我拿到学位之后。”

“噢，那我到时候再给你打电话，好吗?”

“我很期待。”

“再见。”

模块人挂断了电话。其他电话号码掠过他的心头，但是头三个已经足够让他灰心丧气，他不想再继续尝试了。

他看着基本上空无一人的街道。他可以去王牌云巅，也许会遇到什么人，他这样想。

王牌云巅。他就是死在了那里。

想到这个他心里一片冰凉，突然之间他就不想去了。

他觉得还是得去，有些事情他想知道。

雷达天线开始旋转，他静悄悄地飞向空中。

◆

机器人在观景台上着陆，走入酒吧。海勒姆·沃彻斯特独自站在房间中央，突然一转身，举起了拳头……他面团似的脸上有两处深色凹陷，那是他的眼睛。他盯着模块人看了一会儿，好像没有认出他，然后重重咽下一口口水，放下拳头，脸上逐渐浮现起笑容。

“我就知道你会被重建的。”他说。

机器人笑了。“拍一拍，”他说，“就又能用了。”

“这真是个大好事。”海勒姆笑声刺耳，就像是从留声机的锡制喇叭里传出来的，“老客死而复生这种事可不是天天都能遇上。你的酒水和下一顿饭都可以免单。”

除了海勒姆，酒吧里基本上没人，只有壁行者和另外两个人。

“谢谢你，海勒姆。”机器人走向吧台，脚踩在栏杆上。这个动作很亲切，让他心里温暖愉悦，像是回到了自己家一样。他对着不认识的酒保一笑，说道：“僵尸。”身后的海勒姆发出了被呛到的声音。他转头去看。

“怎么了，海勒姆？”

海勒姆紧张地一笑。“没事。”他调整了一下自己的领结，擦了擦额头上并不存在的汗水。愉悦的语气是装出来的，好像他费了好大的劲才能开口说话。“我把你的部件放在这里放了好几个月，”他说。

“你的头虽然不能说话，但并没有太大损伤，我一直期盼着你的创造者能够出现，把你再组装起来。”

“他喜欢保持神秘感，不会在公众面前露面的。但我确定他想把那些部件收回。”

海勒姆毫无生气的凹陷双眼看着他。“抱歉。被偷走了，我猜是个喜欢收集纪念品的异人。”

“哦。我的创造者会很失望的。”

“你的僵尸，先生。”酒保说道。

“谢谢。”机器人注意到哈特曼参议员亲笔签名的照片被从吧台角落移到了吧台上方的明显位置。

“你得原谅我，模块人，”海勒姆说，“我必须回厨房了。时间和油煎肾脏配香槟不等人。”

“听起来很美味，”机器人说，“也许我会点这道菜，虽然我不知道里面具体是什么。”他看着海勒姆巨大的身躯向厨房移动。他觉得海勒姆有点不正常，对事情的反应很古怪。听到僵尸这个词后发出的声音，对头的离奇评论。他看起来莫名的空洞，就好像他巨大的身躯内部正遭到吞噬。他跟模块人记忆里的模样完全不同。

特拉维尼切克也是，所有人都变了。

一阵寒冷的漩涡席卷过他的心头。也许他之前对人和事的认知有误，他保存的记忆在无意识中带上了偏见。但是也可能现在的他认知有问题。也许是特拉维尼切克在重组他的过程中犯了错。

也许他会再次爆炸。

他离开吧台，走向壁行者。这个人是王牌云巅的常客，是个三十多岁的黑人，无法一眼看出他的职业，百变王牌赋予他的能力是能在墙壁和天花板上行走。他戴着一个布眼罩，脸上的其他部分并没有被挡住。他看起来很有钱，而且机器人慢慢回忆起来，跟他在一起总是很愉快。没人知道他的真实姓名，所以就叫他壁行者。他抬起头来冲着他微笑。

“嗨，模块人。你看起来很棒。”

“我可以坐在这儿吗?”

“我在等人。”模块人觉得他说话的时候带着一点西印度口音，“但是我也不介意你坐一会儿。”

模块人坐下了。壁行者举着一杯黑啤酒，越过杯沿看他。“自从你……爆炸之后就没见过你。”他摇摇头，“真是一团混乱，伙计。”

模块人抿了一口僵尸。味觉感受器传递出灾害性的沉闷声音。“我在想，你能不能告诉我那天晚上发生了什么。”

机器人的雷达在他眼前投射出一幅画面，里面的人毫无疑问是海勒姆，他走进酒吧，紧张地左看右看，然后走开了。

“嗯，当然。我敢说你肯定什么都不记得了，对吗?”他皱起眉头，“我觉得那是一场意外。你想要从钦天士手里救出简，却正好被克罗伊德打到。”

“克罗伊德？就是那个……”

“传播病毒的人？没错。就是这位先生。他能够……把金属变软，反正就是这种没用的技能。他想要在钦天士身上使用，然后没有控制好，打到了你。你像个橡胶人一样熔化了，然后开始释放催泪瓦斯和烟雾，几秒钟之后就爆炸了。”

模块人愣了几秒钟，他的线路在计算这种情况的可能性。“钦天士是金属做的?”他问道。

“不是的，他是个老家伙，而且挺虚弱的。”

“所以克罗伊德的能力根本不可能有用，至少对钦天士来说没用。”

壁行者摊开双手。“那时候大家都在用尽浑身解数。我们甚至弄出了一只成年大象。灯全灭了，屋里全是催泪瓦斯。”

“然后克罗伊德动用了只能伤害到我的王牌能力。”壁行者耸耸肩。另外两个客人站起来离开了。模块人想了一会儿。“简是谁？我想救的那个女人。”

壁行者看着他。“你也不记得她了？”

“不记得。”

“你原本应该保护她，她被称为睡莲。”

“哦，”机器人心中一阵宽慰，至少这个名字他还记得，“我跟她短暂地见过一面，就在修道院突袭的时候。我还以为她的名字就叫睡莲。”

我是不是在类人猿逃跑的时候见过你？他当时这样问道，然后就再没见过她，也许她能够给出一些答案。

“她好像比较喜欢别人喊她简，伙计。她在这里工作的时候用的也是这个名字。

我没有名字，机器人突然想到。我有个标签，我是模块人，但这是商标，不是像鲍勃、西蒙或者迈克尔那种真正的名字。有时候人们会叫我模人，但那就是个简称而已。我并没有名字。

悲伤飘荡在心头。

“你知道怎么才能联系上这个简吗？”他问道，“我想问她些问题。”

壁行者轻笑起来。“半个城市的人都跟你一样想找她，伙计。她不见了，大概在逃命。据说她能够治愈克罗伊德的病毒。”

“是吗？”

“只要跟她做爱就行。”

“哦。”

各种事实聚集起来，在机器人的心中绝望地打着旋。所有这些都毫无道理。克罗伊德把他弄炸了，现在正在整个城市里传播病毒；有个女人能治疗他传播的病毒，却逃得不见踪影；海勒姆和特拉维尼切克行为古怪；爱丽丝结婚了。

机器人仔细审视着壁行者。“如果你说的这些是某种无聊的烂笑话，”他说，“请你现在就承认。否则”——他语气很严肃——“我对你不客气。”

壁行者的瞳孔放大了，但机器人意识到他并没有被吓到。“不是我胡编乱造的，伙计。”他重重地说，“我说的都是真的，模块人。克罗伊德在传播黑桃皇后，睡莲逃跑了，这里实行了戒严令。”

突然，厨房里传来叫喊声。

“我不知道她去哪儿了，他妈的！”是海勒姆的声音，“反正她走了！”

“她是去找你的！”碰撞声猛地响起，就好像一堆平底锅倒了。

“我不知道！我不知道！我说了她就是走了！”

“她不可能这样丢下我！”

“她丢下了我们俩！”

“简不可能一走了之！”

“他们俩都走了！”

“我不相信！”又是平底锅碰撞的声音。

“出去！你出去！滚出我的地盘！”海勒姆的声音像是尖叫。突然他冲出厨房，胳膊架着另一个男人。那是个亚洲人，穿着厨师的制服，看起来像羽毛一样轻。

海勒姆把他扔向大门，但他太轻了，连门都没有撞开，而是软绵绵地落在了地板上。海勒姆面红耳赤地冲过去把他推出门。

餐厅里一片寂静，只能听到海勒姆粗重的呼吸声。他轻蔑地瞪了酒吧一眼，大步走回他的办公室。一个顾客匆忙起身为他的酒水付账，然后离开了。

“搞什么鬼，”另一个顾客说道，那是个瘦高的棕发男人，身上那套高级定制的衣服似乎让他不太自在，“我花了二十年才挤进这个地方，来了之后却遇上这种事情。”

模块人看着壁行者。对方冲他苦笑，说道："标准越来越低了。"

眼前的场景让模块人觉得莫名心安。海勒姆确实变了，他的程序没出问题。

他的思绪飘回百变王牌日，内部线路筛选着各种可能。"克罗伊德会不会是在为钦天士工作?"

"又回到百变王牌日了?"壁行者似乎觉得这个想法很有意思，"他可以算是雇佣兵——确实有可能。但是钦天士之前才杀光了他的所有手下——是一场血洗，伙计——克罗伊德现在还跟我们在一起。"

"你怎么会这么了解克罗伊德?"

壁行者回以一个微笑。"我喜欢把耳朵贴着地面。"

"他长什么样子?"模块人打算躲着他。

"我没法向你描述他现在的样子。这个家伙的外表和能力都在不断改变，你懂吗，伙计?是百变王牌赋予他的。他上一次冒头的时候身边还跟着一个人，保安之类的。他们俩之中有一个是白化病人，克罗伊德或者另外那个，具体情况没人知道。白化病的现在大概会把头发染了，还时刻戴着墨镜。另外一个年轻帅气。但是这两个人也都好几天没看到了——新的百变王牌病例也没再出现——所以不管哪个是克罗伊德，他现在都可能变成了其他样子。他也许不再携带病毒了。

"那样的话，危机就解除了，对吧?"

"大概吧。但是帮派战争还在进行。"

"这个我不想知道。"

"还有选举，就连我都不敢相信某人居然要参选。"

他的雷达捕捉到海勒姆从办公室走出来了，又焦虑地瞥了一眼酒吧，然后再次离开。壁行者的视线越过模块人的右肩看到了海勒姆，他似乎很是担忧。

"海勒姆的情况不太好。"

"我觉得他跟以前不一样了。"

“生意不好做。王牌们不像以前那样风光无限了。百变王牌日大屠杀对所有王牌来说都是件丑事。世卫组织的环球旅程中又遇到了不少暴力，简直一团糟。海勒姆还参与了……抱歉，估计这事你也不想知道。”

“没关系。”机器人说。

“好。现在克罗伊德又跳出来在全城发鬼牌和黑桃皇后，有大事要发生。很快，跟王牌在一起……会变成一件不太明智的事情。”

“我不是王牌，我是机器。”

“你会飞啊，伙计！你强壮到不正常，还能射出能量闪电。说你不是王牌有人信吗?”

“说得有道理。”

有人走近了酒吧。雷达图像非常奇怪，以至于模块人转头想亲眼看看。

男人的棕色长发和胡子一直垂到脚踝，一个十字架被链子拴着，挂在脖子上，链子露在头发外面。他穿着脏T恤，蓝色牛仔短裤，光着脚。

这些还不够古怪，不足以让人觉得他是鬼牌，但是男人走近之后，模块人看到了他的多色瞳孔，橙色—黄色—绿色，三种颜色紧挨着，就像是靶子。他双手畸形，手指尖细多毛。一只手上拿着一瓶六盎司的可乐。

“这就是我在等的人，”壁行者说，“不好意思。”

“再见。”模块人站了起来。

多毛的男人走到桌子旁边，看着壁行者说：“我认识你。”

“你认识我，平头。”

模块人走向吧台，又点了一杯僵尸。海勒姆出来驱赶平头，说他没穿鞋。他和壁行者一起离开时，机器人注意到他把可乐瓶插进了肘关节，好像这瓶子是个打完针之后没有拔出来的针管。

酒吧里没有其他客人了。海勒姆似乎郁郁寡欢，而酒保的心情也和他的老板一致。机器人找了个理由离开了。

他以后都不会再喝僵尸了，他不愿想起今天的场景，实在太压抑了。

♠

“呀，得挣点钱，对吧，食物处理机?”马克西·特拉维尼切克正查看着他在组装模块人时写下的笔记，“我希望你明天去一趟专利局，拿点表格。妈的，我的脚痒死了。”他左脚的鞋尖在右边小腿上蹭蹭。

“我打算明天上《游隼的栖木》节目。让大家知道我回来了，她只付基本工资，但是……”

“那个贱人怀孕了，据我观察，她随时都可能生孩子。”

又是一个我没听说的事情，机器人心想。

太棒了，下一步他大概会发现法国改名为法多尼亚，还搬到了亚洲。

“但你应该去看看她的胸！你要觉得她以前算是不错的话，现在再去看！棒极了！”

“我会飞过去拜访她的制片人。”

“玻色弦，”特拉维尼切克手里抓着一张纸，但似乎并没有看。“－1比第就是负向1无质量向量，所以就等于1。”他眼神呆滞，身体前后摇摆，似乎是陷入了某种恍惚状态，“对于超弦，”他继续说。“－1比第就是正向1无质量向量，所以就等于－1……所有的乘以斜埃尔米特矩阵在一起就是复杂情况下的U（n）……可能性对上统一性……”

机器人打起了寒战，他以前从未见过他的创造者这副样子。

特拉维尼切克的这种状态持续了好几分钟，然后他似乎猛然惊醒，转向模块人。“我说什么了吗？”他问道。

机器人一字一句地重复了他所说的话，特拉维尼切克皱着眉头倾听。“是开弦，好吧，”他说，“难搞的是背后幽灵般的操控者。我有没有说加减 1/2？”

“抱歉。”机器人说。

“该死。”特拉维尼切克摇摇头，“我是个物理学家，不是数学家，我一直都在努力工作，而且我的脚还痒得要死。”他单脚跳到他的行军床边，坐下，脱掉鞋袜，开始在脚趾间抓痒。

“要是我能掌握该死的费米子排放顶点，那我就可以解决你旋转超过正常范围之后的能量泄露问题。无质量粒子很简单，难的是……”

他闭上嘴，盯着自己的脚。

两根脚趾头落在他的手中，蓝色的液体从伤口处涌出。

机器人难以置信地看着，特拉维尼切克开始尖叫。

♣

“我们在讨论的操控者，”特拉维尼切克说道，“是二维世界意义上的费米子，而不是时间空间维度上的费米子。”他躺在伦斯勒纪念诊所急诊室的轮床上，再次陷入恍惚状态。模块人不知道这跟他的创造者之前提到的“幽灵般的操控者”有无关联。

“切断光谱，平分 G 宇称……从光谱里除掉速子……”

“是百变王牌，”费恩医生告诉模块人，这显然是毫无疑问的，“但有点奇怪。我不懂光谱，”他浏览着打印出来的一沓东西，蹄子在地板上紧张地敲打着。“但似乎有两种百变王牌。”

“无寄生图像的光锥量规……洛伦兹不变性是有效的……”

“我已经通知了塔基扬，”费恩说道，他是个小尺寸的人马，人类的那一半穿着白色实验袍，挂着听诊器。他看着特拉维尼切克，再看看机器人。“你能为这个男人负责吗？我们是否可以给他注射？你是他的家人吗?”

“我不能签署法律文件，我不是人类，我是第六代智能机器人。”

费恩思考了一下。“那我们在这儿等塔基扬吧。”他决定道。

塑料帘子打开了，外星人吃惊地瞪大了紫罗兰色的眼睛。“你回了。”他说。模块人意识到这是他第一次听到塔基扬使用缩略说法。

塔基扬穿着白色实验袍，里面是轻骑兵夹克，上面的金色蕾丝之多，足以让他去浪漫国当皇家守卫了。他还系着带有银色和蓝绿色扣饰的黑色枪带，里面插着一把柯尔特蟒蛇左轮。“你带着一把左轮手枪。”模块人说。

塔基扬很快从震惊中恢复过来，他随意地挥挥手。“近来有些……骚扰。但我们在处理，我很高兴看到你被重组了。”

“谢谢。我带来了一个病人。”

塔基扬从人马手中接过打印出来的那沓纸，开始翻看。“这是三天以来的第一次百变王牌病例，”他评论道，“如果我们能查出来他是从哪里感染的，我们就可能找到克罗伊德。”

“再参量化玻色弦的不变性!”特拉维尼切克喊道，汗珠凝聚在他的额头，“保存协变量计量器!”

塔基扬眯起眼睛看着打印出来的数据。“有两种百变王牌，”塔基扬说，“一个是以前的，一个新的。”

模块人吃惊地看着特拉维尼切克。各种可能性倾泻着涌入他的心灵。特拉维尼切克早就感染了百变王牌，这赋予了他建造模块人的能力，他并不是一个天生的天才。

塔基扬看着特拉维尼切克。“他能从这种状态醒来吗?”

“我不知道。”

塔基扬凑向轮床，聚精会神地查看特拉维尼切克。他在用心灵力量，模块人想到。

特拉维尼切克大喊一声，拍开了外星人的胳膊。他坐起来瞪着他。

“是该死的女妖罗蕾莱!”他说，“是她把我弄成这样的，那个贱人。就因为我不愿意给小费。”

塔基扬看着他。“先生，呃……”

特拉维尼切克抬起一根手指。“我让她在我们做的时候别唱歌，也许我会给小费！谁他妈会需要那种干扰啊?”

“先生，”塔基扬说，“我们需要你列一下最近几天接触到的人。”

特拉维尼切克脸上汗流如注。“我谁也没见。最近三天我都在公寓里，从冰箱里拿了几片比萨吃。”他音调升高，变成了尖叫，“是那个罗蕾莱，我告诉你！就是她造成的!”

“你确定你只接触了这个罗蕾莱?”

“是的，天呐!”特拉维尼切克伸出手，他的两根脚指头还在手里，“看看那个婊子干的好事!”

“你知道怎么才能联系上她吗？她可能会藏在哪里?”

“香格里拉应召女郎。在电话簿里能查到，跟他们说派她过来就行。”他的眼睛里燃起了暴怒，“还要5美元打车!”

费恩看着塔基扬。“克罗伊德会不会在最近三天变成了女人?”

“不太可能，但这是我们唯一的线索。这个罗蕾莱可能会告诉我们该去哪儿找克罗伊德。打电话给小队和警方。”

“先生。”费恩离开被帘子遮挡起的区域，他的蹄子优雅地轻敲着地面瓷砖。塔基扬的注意力回到了特拉维尼切克身上。

“你之前有没有染过百变王牌?”他问道，“有没有症状?”

“当然没有。”特拉维尼切克伸手去够他的光脚，然后猛地把手收回，“我的脚趾没有感觉了，该死!”

“我之所以这样问，先生——是因为你体内有两种百变王牌，你以前感染过一次。”

特拉维尼切克猛地抬头，汗水甚至洒到了塔基扬的外套上。“你什么意思，以前感染过？我从来没感染过。”

“看起来你是感染过的，你的基因结构完全被病毒渗透了。”

“我这辈子都没生过病，你这个庸医。”

“先生，”机器人插嘴道，“你拥有许多不同寻常的能力，包括……再参量化玻色弦的不变性？”

特拉维尼切克看了他好一会儿，然后明白了他的意思，接着，惊恐浮上心头。

“我的天。”他说。

“先生，”塔基扬说，“我们有一种血清，救治的成功率有20%。”

特拉维尼切克继续盯着机器人。“成功，”他说，“也就是两种病毒都会消失，对吗？”

“对。如果起效果的话，但是存在风险……”

马蹄踏在地面上的声音响起，费恩掀开帘子。“都弄好了，医生。”他拎着一个箱子，然后把它打开，里面装着瓶子和注射器。“我把血清拿来了。还有授权协议书。”

特拉维尼切克好像是第一次注意到人马，他向后躲闪。“离我远点，你这怪物！”

费恩似乎窘迫不安。塔基扬的表情严肃起来，他站直了，脸上带着怒火。“费恩医生是这里的负责人，他是有执照的医生——”

“他就算是有执照在中央公园拉马车也跟我无关！我这样都是鬼牌害的！我不要让鬼牌来治疗我！”特拉维尼切克犹豫了一下，看着手里的脚趾。他已经做好了决定，他把脚趾扔在了地上。“我不要打这个该死的血清。”他看着机器人。“把我带出去，立刻马上。”

“好的，先生。”机器人心中飘荡着沮丧。他的构造不允许他拒绝创造者的直接命令。他双臂抱起特拉维尼切克，飞向空中。塔基扬静静的看着，双手抱胸，脸上带着不可调和的敌意。

“等一下!”费恩绝望的声音响起，“我们要你签一下拒绝治疗的协议书。”

“滚开!”特拉维尼切克喊道。模块人飞到分隔了急诊室床位的那些屏幕上方，开始向门口移动。一个等待着医生把碎片从他膝盖里移除的灰脸鬼牌小孩抬起头，用无神的银色眼球盯着他们看。费恩跟在后面，挥舞着协议书和铅笔。

“先生！至少留下你的名字!”

模块人飞过急诊室的大门，遇上了一个满脸惊讶的、七英尺高的绿色鬼牌。他不假思索地加速离开。

“我们回家之后,”特拉维尼切克说，“我希望你去找罗蕾莱。把她带到公寓来，然后我们除掉她的百变王牌。”

夜晚街道上的行人抬头看着机器人和他的负重从头顶飞过。行人中有一半都戴着口罩。模块人感觉到沮丧之情加重了。“这是病毒感染，先生,”他说，“我不觉得是有人在故意害你。”

“我的天呐!”特拉维尼切克拍着额头，“过道里的那两个蠢货!我把他们忘了!”他咧嘴笑起来。“根本就不是那个妓女。我下楼去公用电话那里给罗蕾莱打电话，正好遇到两个人要上楼。我撞到了其中一个，他们进了我们正下方那个公寓。其中一个肯定就是那个叫克罗伊德的。”

“其中有一个是白化病人吗?”

“我没有太注意。而且他们都戴着纱布口罩。”他激动起来，“其中一个戴了墨镜！在黑暗的走道里戴墨镜！他肯定是为了藏起粉眼睛!”

他们到达了特拉维尼切克的公寓楼。机器人向下飞，盘旋着进入通风井，然后向上飞到屋顶平台。他打开天窗，小心翼翼地带着特拉维尼切克穿过去。他把特拉维尼切克放在地上时，发现他剩下的脚趾中有两个以奇怪的角度扭曲着。

特拉维尼切克没有注意到这件事，他喋喋不休地来回走动。“我以为那个公寓里住的是个鬼牌，”他说，“我在楼梯上碰到过一次。我只关心他没有向房东抱怨磁通量发生器的噪声。”他的一根脚趾脱落了，滚到了桌子下面。“他就在正下方，”他说，“是他害的我，现在这个混蛋必须付出代价。”

“这也许不是他能控制的，”机器人说着，发现脚趾不见了，他在想是否能够把它找回来，“他大概没办法逆转。”

特拉维尼切克转过身来，他满脸都是汗，眼睛高度兴奋。“他必须停止他的所作所为，”他喊道，“不然就让他去死！”他的声音尖细起来。“我不要变成鬼牌！我是个天才，我打算一直当天才！找到那个混蛋，把他带来见我！”

“好的，先生。”机器人走到存放剩余零件的金属柜子旁边。他快速转动密码锁，打开了柜门，发现少了两个榴弹发射器。显然他之前在其中一个里面装了致睡气，另一个装了烟雾弹，然后它们在王牌云巅的战斗中被摧毁了。所以现在只剩下致盲器、20mm 加农炮和微波激光。

克罗伊德，他想到，曾经摧毁过他一次。

他拉开连体服肩膀上的拉链，打开了肩上的插槽。他拿起加农炮和激光，把它们固定好。加农炮几乎和他一样高一样重，他修改了一些软件模式，保证了他的平衡，加农炮上还连着弹药。炮筒前后摆动，第一发弹药入膛了。

他在想他会不会再死一次。

他打开磁通量场，臭氧在他身边咔哒作响。圣埃尔摩之火的光环在他眼前舞动。

他化为非实体，穿透了地板。

♥

机器人看到的第一样东西是电视机，它的电子管爆炸了。一个松垮的衣架代替了残破的室内天线。

地板中央放着一个行军床，床垫被塑料包裹着，没有床单。房间的其他地方摆满了廉价家具。

机器人化为实体，悬在房间中央。他听到后面的房间里有声音。他的武器对着声音的方向锁定了。

“有东西把玻璃都打碎了。”声音又快又急，莫名紧张，“真是怪事。”

“可能是音爆。”另一个声音传来，更加低沉，也更淡定。

“架子上的杯子呢?”这声音很迫切，词语像连珠炮似的往外冒，“有东西弄坏了架子上的杯子。不是音爆造成的，至少在纽约不会发生这种事。肯定是别的东西引起的。”这人不愿意轻易放过这个话题。

模块人飘向门口。两个男人站在公寓狭小的厨房，正弯下腰察看小冰箱里的东西。牛奶和橙汁从边沿滴下来。

离他更近一点的男人比较年轻，深色头发，像电影明星一样帅气。他穿着蓝色牛仔裤和里维斯的夹克，手里拿着一个残破的橙汁盒。

另一个瘦削苍白、紧张兮兮的男人，长着一双粉色的眼睛。

“你们谁是克罗伊德·科伦森?”机器人问道。

粉眼睛男人转身尖叫。“你爆炸了!”他喊道，然后以迅雷不及掩耳的速度伸手去掏里维斯夹克下面的枪。

模块人下了结论，这人听起来就像是问心有愧。天花板太低了，他不可能越过前面那个人，所以他伸出手臂向前移动，打算把那个人推进冰箱里，再靠近白化病人。

这个人被机器人推到的时候并没有动，他连姿势都没变，还是在冰箱前面半弯着腰。模块人完全愣住了，他更加用力地一推。对方直起身子冲他微笑，身体完全没被他推走。

被他认定是克罗伊德的那个开枪了，在小空间里这声音就像惊雷。第一发是胡乱打的，没有命中，第二发在机器人肩膀的人造皮肤上留下了凹痕，第三第四下打中了克罗伊德的同伴。

男人还是没有反应，就连被子弹打中之后都没动。子弹没有回弹，也没有因为作用力而被压扁，只是掉在了伤痕累累的地面上。

子弹没用，机器人心想。加农炮得划掉了。

模块人向后退，落在地上，对着年轻人的胸口发射出一记直拳。对方还是没动，连眉头都没皱一下。克罗伊德的子弹在空中嗖嗖地飞行，几发打中了他的朋友，但都没打中机器人。机器人再次出拳，还是同样的结果。

年轻人回击了，他的拳头快到不可思议，几下就打得模块人摔出了厨房。机器人撞穿了远端墙上老旧的嵌板，卡在了另一面墙的板条里。这面古旧的墙上涂着十几层涂料，此刻像灰色的雪花一样掉落。受损红灯在他脑中亮起。

模块人撑着自己从墙里出来，但加农炮的炮筒卡住了，需要他拧着肩膀才能弄出来。他看到白化病人高举着冰箱以非人的速度冲来。机器人想要逃开，但是墙壁限制了他，再加上克罗伊德实在太快了。冰箱砸中模块人，他再次嵌入墙中，把洞撞得更大了一些。橙汁在冰箱内部晃动。

模块人启动飞行功能直接向前飞，拿起冰箱当攻城锤用，克罗伊德被砸中了胸口之后双手乱挥着飞入客厅，膝盖后部砸在行军床上，最后他倒在地板上。机器人再接再厉，用尽全力去砸克罗伊德的同伴。

对方还是没有动。机器人的发动机全速运转时圣埃尔摩之火的光芒照亮了整个房间。但对方还是没有动。

该死。先搞定克罗伊德。

机器人放开冰箱，改变飞行方向，冲着白化病人而去。很快，他甚至才向前了几英尺，年轻人就用另一只胳膊发动了攻击，他用前臂击中了冰箱的顶部。

模块人又把墙撞穿了，而且穿过了某人的公寓，撞坏了一个十五加仑的鱼缸，直接撞在外墙上。机器人的意识因为冲击而支离破碎。一摊绿色的东西流上地毯。热带鱼逐渐死去。

他愣了好一会儿，时间在他心头无穷尽地悸动。他忘记了自己的目标，认不出在他眼前无助乱跳的五彩小东西是什么。自动系统缓慢地复原了他的记忆。

这漫长而绝望的一天又浮现在他眼前。他把自己从墙上剥下来，他需要补充能量。他目前暂时无法变成非实体，而且也飞不了。20mm 加农炮挂在肩膀上，激光似乎毫发无损。

这间公寓显然精心装饰过，挂着抽象画，铺着东方式地毯，还有其他鱼缸。有个风铃在天花板附近作响。租户好像不在家。他听见远处有警察靠近的声音。机器人穿过克罗伊德公寓墙壁上的洞，看到白化病人和他的同伴已经不在了，于是他走上楼，回到特拉维尼切克那里。这一路上他的意识消失了两次，间隔半秒钟。恢复意识之后他加快了脚步。

他听到下面传来警察重重的脚步声。

他敲门，特拉维尼切克打开了门。他光着两只脚，所有的脚指头都不见了，每个伤口都开始长出蓝色多毛的东西。

“该死的咖啡机。”特拉维尼切克说。

机器人知道一切都不会好了。

◆

“克罗伊德不算是大问题，关键在于他身边那个人。”机器人脱下连体服，正在修补合成材料制成的身体上的伤痕。加农炮被放在桌子上。他需要去军需品仓库拿个新的来。

特拉维尼切克在损坏的部件旁边忙碌着。他告诉警方他听到了枪声，但是太过害怕，不敢下楼打电话求助。他们接受了他的这种解释，没有过多询问，在此期间机器人一直藏在公寓的柜子里，但警察并没有进来查看。

“没有太严重的损伤，面包机，”特拉维尼切克说，“现场监控被撞得松动了，所以你老是失去意识。这次我会把这鬼东西捆好，还有些地方需要敲打一下。”

他突然站直了，眼神涣散。“重整化功能开关损坏，”他说，“立刻替换。”他摇摇头，皱着眉头，转向机器人。“把你胸腔打开。我想起来了。”

特拉维尼切克抓挠着指关节附近的地方，然后向下看，猛地意识到了自己在做什么，于是停了下来。他似乎变得有些苍白。

“我把你修好之后，”他说，“你到街上去。那个克罗伊德肯定会用他的能力转化更多人，那样的话你就能定位他了。我希望你把他找出来。”

“好的，先生。”机器人的胸腔打开了，他注意到创造者的脖子开始肿胀了，皮肤下的蓝色很明显。

他决定还是不要说出来。

♠

机器人一整晚都在巡逻，在街道上搜索类似的身影。他的内部广播接收器能够收到警方和国民警卫队方面的所有警报。关门的报刊亭旁边有一堆报纸杂志，他偷出一份《泰晤士报》的早报，发现在他跟克罗伊德打完之后的两个小时里，又有六人感染了百变王牌。其中三个是在鬼牌镇，另外三个乘坐了同一辆向北的莱辛顿大街特快 4 号线，这说明克罗伊德和他的同伴坐地铁了，至少坐到了四十二街那一站。

他又在垃圾箱里找到一份《新闻周刊》，看到克罗伊德和那位身份不明的保镖几天前曾经跟由塔基扬领导的一群鬼牌打了个平局。

他真希望自己能早点知道。尽管这篇文章并没有给出很多细节，但他至少能事先知道这两个人杀伤力够大，那他可能会采取不同的策略。

他盘旋在街道上方，眼睛和雷达搜寻着熟悉的身影，与此同时他回放了公寓里的那场打斗。他想要攻击那个身份未知的男人，但是他一动不动。拳头打到他就停下了，用冰箱砸他，又停下。子弹也不是从他身上弹开的，而是失去了动力，直接掉落到地上。

失去了动力，机器人心想，失去动力然后就死了。

所以，那个不明男子能够吸收动能，将其转化为自己的攻击力。他首先得受到攻击，机器人意识到，因为他要先从其他人的攻击中吸取能量，然后才能发动攻击。

满足感占据了机器人的心。要想对付那个男人，他要做的就是不攻击他。如果他没有能量可吸收，那他就什么都做不了。

如果他的料想错了，那他也可以用微波激光最后一搏。那个男人能吸收动能，不一定能吸收辐射。

机器人笑了，他已经为下一次会面做好了万全的准备。

现在要做的就是找到他们。

♣

下午两点三十一分，两个人在哈马舍尔德广场附近的四十七街上感染了黑桃皇后。广播里噼里啪啦地传来纽约警方和国民警卫队的命令，要求增加联合国大厦旁边的警卫，以防克罗伊德对联合国采取行动。

听到警报后没过几秒模块人就飞到了上空。两个受害人都还在街上，隔着半个街区。一个躺着一动不动，身体变得像怪物，另一个痛苦地扭动着，他的骨头溶解了，身体因为承受不住自身的重量而垮在地上。橄榄绿的陆军野战医院救护车开过来了，后面还跟着一辆拉着警报的城市救护车。模块人没办法帮助受害者。他快速在街道上空飞了一圈，查看情况，然后扩大了飞行范围。他发现在西边的第三大道上又出现了一个受害者。

然后他看到了他的目标，克罗伊德那个棕色头发的同伴。他还穿着里维斯的夹克和牛仔裤，跟机器人上次见他时一样。他在四十八街上向东走，显然是故意在绕路，他的速度很快，双手插在口袋里，眼睛盯着前面的行人。

模块人飞到街对面一个建筑的护墙后面，跟他平行。他时不时从掩蔽物后面探出头来，盯好目标。路上本来就没什么人，所以跟踪他很容易。年轻人一直没有向上看。救护车的警报在远处响着。

年轻人来到第二大道上，开始向北走。他走了三个街区，然后在一家白色石头建成的银行前面停下来，推开了旋转门。

机器人盘旋在街对面的建筑上方，想着该怎么办，然后轻快地飞向第二大道，落在人行道上，动作小心翼翼，确保从银行的大门看不到他的动作。戴着白色口罩的行人都跟他保持着相当的距离。

机器人变成了非实体，穿过银行厚厚的墙壁，将脸伸进远端的那面墙里。克罗伊德的保镖路过柜员们的柜台，穿过大厅，来到了后门，旁边坐着一个矮胖白发的银行保安。他跟他说了几句话，展示了一下自己的卡和钥匙。保安点点头，按了个钮，门就滑开了。年轻人走入电梯，门又关上了。

模块人从银行里退出来。显然克罗伊德的同伴是来找保险箱的。机器人向下穿过人行道，有两个行人吃惊地倒吸了一口气。

虽然眼前一片漆黑，但是他内部的导航系统一直在线，完美地指引着他。他先向下，然后向前。他头颅的上部分，包括眼睛和天线尝试着穿过墙：机器人感知到一个巨大的保险库，里面有个职员背对着他坐在桌子后面，桌子上堆着一沓沓崭新的钞票，都用纸条捆好了。

不是这里。机器人缩了回去，来到另一边，再向前，穿过一排保险箱。

就是这里。保持非实体的状态非常消耗能力，他撑不了多久了。

克罗伊德的同伴在另一个保安的陪同下走向一个大保险箱。他和保安都把钥匙插了进去，然后年轻人打开了箱子。机器人记下位置，同时留心了所有摄像机以及安保监视器的位置。

他的能量已经过低了。他撤回来，升到人行道上，化为实体，接着飞起来，落在街对面的屋顶上。保险箱里的东西可能并不重要，以后要是发现有用，再过来查看也不迟。

克罗伊德的同伴又在银行里待了十分钟，正好够机器人恢复能量。他走出来之后先向南，然后在十五街向西，避开四十七街上的救护车和宪兵队设立的检查点，接着脚步匆匆地来到莱辛顿大街，再次向南。机器人跟在后面，从一个屋顶跳到另一个屋顶。他的猎物向南走到了四十四街，然后向西，走入中央车站的一个侧门。

机器人变为非实体，穿墙进入站台第二层。他来到铺着光面大理石的阳台上，看着他的猎物在下面穿行。

站内没什么人，通向站台的入口由戴着黑色贝雷帽的突击队员把守。他们全身穿着生物武器防护服，头套和面罩没戴，但随时能戴上。克罗伊德的同伴沿着通往商业中心那一层的楼梯向下，然后就消失不见了。

机器人小心地跟在后面，有时候为了方便观察还会变成非实体。年轻人不断向下，穿过门锁被砸坏的维修门，来到从站台一路向北延伸的隧道里。正是这些生锈的铁柱子支撑起了半个曼哈顿。每隔一段能看到灯泡发出暗淡的光芒。这个地方闻起来很潮湿，且带着金属味道。机器人用雷达盯着目标，毫无困难地跟在后面。

他发现了一具尸体，这个男人穿着好几层破烂的衣服，身体好像已经钙化，只剩下一个大概的身形和惊恐痛苦的脸。现在可以确定克罗伊德来过这里。再往前一百码又有一具尸体，是个年长女性，紧紧抓着她的那些袋子。机器人凑近查看。

不是他曾经见过一次的那个流浪女人。机器人松了一口气。

“拿到了吗？拿到了吗？”白化病人迫不及待的声音在黑暗中响起。

“嗯。”

“让我看看。”

“一些钥匙，还有一信封的现金。”

“保险箱钥匙给我。”

机器人悄悄靠近。有辆列车轰隆隆地从北边开来，正向他们靠近。

“给你。你不该出去，太冒险了。”白化病人的声音像机关枪似的，带着怀疑的情绪噼里啪啦地说，“我不知道能不能相信你，而且卡上没有你的签名。”

“保安都没怎么看。我觉得他喝多了。”

“把枪给我。”

“这东西挺重的，是什么？”

“.44 半自动手枪。有史以来最强悍的手枪。”克罗伊德在胳膊下面系上了一个巨大的肩部枪套，“如果机器人再来对付我们，”他说。“我希望至少能把他打出凹痕来。这玩意能发射北约标准的步枪子弹。”

“天呐。”

白化病人又说了些什么，但是模块人已经听不见了。列车靠得太近了，车灯勾勒出铁柱子的轮廓。克罗伊德和他的同伴开始向着模块人的方向移动。机器人安静地向上飞往肮脏的顶部，藏在大梁的阴影中。

列车稳稳地向南开去，黄色的灯光照在一根根铁柱子上。噪声回荡在洞穴似的空间里。克罗伊德和他的保镖在机器人的下方走动。

克罗伊德不知怎么地突然抬头一看——也许他是用余光看到了飘荡的机器人。白化病人大声喊叫，但因为列车的声音太响，机器人没有听清，然后他以惊人的速度伸手掏枪，他的同伴也反应过来了。

模块人从顶上下来，双臂从后面箍住白化病人，火车的灯光给这幅画面镀上了俗气的电影画面感。克罗伊德大喊，左右摇晃着想把他甩开。他的力气比耐特大多了，但还是比不上机器人。模块人飞上空中，双腿缠着克罗伊德的腿，快速向南飞。火车带来的风推动着他。

“嘿……！”那位同伴在下面挥舞着胳膊追，“放开他！”那支枪还插在克罗伊德的腋下，此刻正透过他的外套胡乱射出子弹，其中一发打中铁柱子，带出明亮的火花。

克罗伊德的保镖突然改变方向，他直接跳到了列车的行进路线上。

随着一阵光亮和吱嘎的声音，列车停下了。年轻人被撞飞了五十英尺，他落地之后，一小簇电火花出现在他和最近的轨道之间。

他站了起来。车头的灯光照亮了他的脸，机器人看见了他的笑容。

模块人简单计算了一下以十五英里每小时行进的满载列车所含的动能。虽然没有全部被克罗伊德的保镖吸收掉，而且还有些超过了他的承载范围，以闪光的方式释放掉了——还好，他的能力是有范围的——但他吸收的总量也足够惊人了。机器人的激光对准了站在轨道上的男人，发出呜呜声。

对方蹲下来，双脚用力一撑，向上跳起来。他想跳到机器人前面拦截他。但他在空中身形一晃——明显不熟悉这种行动方式——撞上了铁柱子，落到了地上。这一次没有电火花。他站起来咬牙切齿地看着不断靠近的机器人。他的衣服冒烟了。

巨原子电路中快速进行着计算，接着是光速后悔。模块人从来没有射击过真人，他现在也不想。但是克罗伊德就连藏在中央车站的隧道地下都能害死人。如果机器人被克罗伊德的保镖逮住了，那他合金的骨架都会被撕成碎片。

机器人开始射击，但是突然间他开始下坠，手臂绵软无力。克罗伊德滚落到地面。机器人则跌落在年轻人的脚边。他伸手抓住了机器人的肩膀，机器人想要移动，但是失败了。

模块人意识到克罗伊德的守护者不仅能吸收动能，任何形式的能量他都能吸收，然后立刻为他所用。

犯了个大错，他想到。

突然他又能飞了，他撞上了通勤列车的侧面，碎裂的玻璃和残破的铝制外壳撒在座椅上。有人的公文包滚落到走道上，里面的文件乱飞。机器人听到了一声尖叫。

他的传感器察觉到了燃烧的味道。

列车上没有多少人——都是些不得不在这个被隔离的城市里工作的行政人员——他们都匆忙跑过来帮助姿态不雅地瘫在座椅上的他。他们把他抬起来，小心地放在过道上。“他头上是什么？”一个长胡子的白发男人问道。

雷达图像不见了。克罗伊德的同伴用微波脉冲攻击他时把雷达控制器烧坏了。能让他非实体化的部件也坏了。他皮肤下面的合金骨架上有个洞。不少断路器都被过多的能量烧断了。机器人尽可能地重启，逐渐感觉四肢恢复了知觉，但还是有些断路器无法重启。

“抱歉。”他说完站了起来。人群重新回到座位，列车猛地一动，再次向前，而机器人因此踉跄着向后退了几步，双臂在空中挥动，坐在了走道上。人群再次冲向他。他的右侧身体感觉到了别人的援手但左侧身体毫无感觉。平衡和协调系统受到了影响还没恢复。他调整了内部电路，但还是有问题。

“很抱歉。”他拉开连体服的上半部分，车上的乘客都倒吸了一口气。伤口旁边的人造皮肤变黑了。模块人打开胸腔，一只手伸进去。有人别过头去，觉得想吐，但其他乘客似乎很感兴趣，甚至有个戴着角质架眼镜的女人站在座椅上伸着头想看机器人的内部构造。

机器人掏出一个内部指引部件，看到熔化了的电路，在心里叹了口气，然后把部件放了回去。他肯定不能飞了，回家的路不好走。

他抬头看着车厢内的人。

“你们谁能给我五块钱打车？”他问道。

♥

回鬼牌镇的一路上既危险重重又让他觉得丢脸。几个乘客扶着他出了站，但就算这样他还是摔了几次。长胡子的那位给了他一点钱，他打车来到特拉维尼切克的公寓楼所在的那条街的另一侧。他把钱塞进车上防弹挡板里的投钱口，跌跌撞撞地走上人行道。

他半走半爬地沿着街道来到特拉维尼切克的公寓楼，拖着自己的身躯爬上消防楼梯，来到房顶，然后打开天窗爬了进去。

特拉维尼切克躺在行军床上，上半身没穿衣服。他的皮肤泛着淡蓝色，蜷曲的长毛从手指和脚趾脱落后的伤口处长出来。一只苍蝇绕着他的脑袋嗡嗡叫。

脖子上肿胀的皮肤已经裂开了，各种器官形成了花环般的样子。有的还能辨识出来——比如喇叭似的耳朵和泛黄的眼睛，有些是正常大小有些则不是——还有些器官已经辨认不出来了。

“仍在移动的鬼魂只有，”他喃喃道，“再参量化鬼魂。”他声音粗重，含混不清。直觉告诉机器人他的上下嘴唇可能长在一起了。言语也似乎生疏起来，好像他并不完全明白其中的含义。

“先生，”模块人说，“先生，我又受伤了。”

特拉维尼切克吓了一跳，立马坐起身来。环绕在脖子旁边的眼睛转过来盯着机器人。“啊，是面包机。你这样看起来……很有趣。”

他头颅上的眼睛已经闭上了。机器人心想，也许再也不会睁开。

“我需要修理。克罗伊德的同伴将我的激光回弹到了我身上。”

“你干吗要冲他射击啊，搅拌机？所有形式的能量都是一样的。不管什么形式，都是物质。”

“我原先不知道。”

“蠢货。还以为你至少从我这里继承了一点智商呢。”

特拉维尼切克从小床上跳起来，速度快得不像正常人类。他单手抓住屋梁，转了个方向，头朝下，双脚牢牢钉在天花板上，长长的纤毛垂下来。他的手放开屋梁，整个人倒着站在天花板上。黄色的眼睛沉稳地看着机器人。

“不错吧？这么多年来我第一次感觉这么棒。”他沿着天花板小心地走向机器人。

“先生，雷达控制烧坏了，稳定器也没用了，磁通量控制器也损坏了。”

“我听到了。”他平静的声音飘荡在空中，“实际上，我没听到，我用其他各种方式明白了你的意思。其中的有些方式我是刚刚才知道的。”特拉维尼切克抓住了另一根屋梁，荡向地面，然后松手。苍蝇在远处嗡嗡作响。机器人心中的悲伤感觉在膨胀。不断扩张的恐惧，就像白噪音一样在他的思绪里飘荡。

“打开你的胸腔，”特拉维尼切克说，“把控制器给我。柜子里还有个多余的指引部件。”

“我的胸腔里有个洞。”

黄色的眼睛看着他，机器人等着他情绪爆发。

“最好你自己包扎一下，”特拉维尼切克温和地说，“等你有时间的时候。”他接过磁通量控制器，走向工作台。“思考这一切变得越来越难了。”

“保护好你的才智，先生。”模块人尽量掩藏他的绝望，“跟感染做斗争。我会把克罗伊德带过来的。”

特拉维尼切克的声音里带上了一丝醋味。“嗯，你去吧。现在让我想想费米子坐标，好吗?”

“好的，先生。”他稍微安心了一点。

他踉跄着走向柜子，开始寻找新的陀螺仪。

◆

“支持巴奈特当总统”的海报被弄坏了，有人数次用刀片或者指甲划过这位候选人的照片，然后还用红色的笔大写加粗地写上了“鬼牌死神”，旁边简易地画着一个动物的头——是一只黑狗？——是用粗毛毡笔画的。

“嗨。我想聊聊。”

凯特在抽烟。“好，可以聊一会儿。”

“罗马诗人们怎么样?”

“拉丁语如果不是已经死了的话，斯塔提乌斯也会把它杀死。”

模块人再次缩在公用电话旁边，他的陀螺仪被替换过了，现在他可以行走也可以飞。

街道上没有其他人，但国民警卫队和军队派了重兵在这里巡逻。鬼牌镇的半数餐馆和卡巴莱舞厅都关门歇业了。

“凯特，”机器人说，“我觉得我要死了。”

对方惊讶地陷入沉默。然后说：“跟我说说。”

“我的创造者感染了百变王牌。他正转变成鬼牌，会忘记如何修理我。他现在派我去抓病毒携带者，希望那个男人能让一切停止。”

“好吧。”对方谨慎地说道，“我听着呢。”

“他似乎觉得那个男人是在故意害他。但是大部分人都觉得这个男人只是个携带者，如果真是这样，我还把他带去见我的创造者，那么如果我的创造者再次感染，他有 90% 的可能性会染上黑桃皇后，然后去世。

“对。”

“我要抓的这个人叫克罗伊德，上一次就是他把我杀了。这一次他身边有个保镖，比他厉害得多。我们已经打过两次了，两次我都被打败了。这一次我差点就死了，我的创造者也修不好我。他的能力正在逐渐消失。这次我受到的损伤他可能无力修补。”

凯特拿开香烟，吐了口烟雾。“模人，”她说，“你需要帮助。”

“对。所以我给你打电话。”

“我的意思是找其他王牌，你不可能一个人应对他们两个。”

“如果我去找参议院王牌资源强化委员会或者其他人一起去抓克罗伊德，那最后必须先跟那个王牌打一架才能把克罗伊德带走。我会成为逃犯。”

“也许你可以跟他们做一笔交易。”

“我会考虑的。我尽量。”恐惧在他心中悲叹，“我要死了。”他说。

“我很抱歉。但你为什么不能——远走高飞？”

“服从他就是我的程序。我无法违背他的直接命令。而且我被设计出来就是要打击社会公敌的。我没有选择。其他人，比如灵龟或者旋风，他们可以选择做什么不做什么。但我不行。我毕竟不是人类。”

“我明白。”

“我迟早会在战斗中失利，我无法像人类那样恢复，只能等待别人来修我。受损的部件不可能自行变好。要是我没死，也会变成残疾，各种零件不断脱落。”就像特拉维尼切克，他心想，一阵寒战窜过他的内心，“而且就算我残疾了，”他继续说，“也不得不继续战斗。我还是别无选择。”

对面一阵长久的沉默。“我不知道该说些什么。”她的声音哽咽着。

“我以前可以算是长生不死，”模块人说，“我的创造者打算将我量产然后卖给军方。如果一个坏了，其他的可以顶上。所有的都拥有一样的程序，所以他们也是我，至少是大部分的我。现在这不可能了。”

“我很抱歉。”

“机器死了之后会怎么样呢？我一直在想。”

“我——”

“古时候的那些哲人从来没想过这个问题，对吗？”

“我猜没有。但是关于永生这个话题他们想过很多。‘难道不是所有事情最终都将被死亡吞没吗’——柏拉图曾经引用过苏格拉底的这句话。”

“谢谢。你这么说让我觉得很宽慰。”

“关于死亡，没有多少好听的话可说。我很抱歉。”

“我以前从来没担心过这个。我从来没有死过。”

“我们中的大部分人都不能死而复生。除了你，百变王牌日死去的那些人都永远地离去了。”

“这大概是时空暂时失常，随时都会恢复正常状态。”

机器人意识到他在叫喊。声音回荡在空旷的街道上。他快速给自己写了个程序来控制音量。

凯特想了好一会儿。“我们中的大部分有一生的时间来接受我们必须死这件事。但你只有几个小时。”

“我很难完全理解这个概念。我脑子里有好多反馈回路，我的思绪总是绕来绕去。它们正占据着越来越多的空间。”

“换句话说，你很恐慌。”

“是吗？”他想了一会儿，“好像是的。”

“不恰当地引用一下塞缪尔·约翰逊的话，预期的死亡是最能让你的心灵集中注意力的。”

“我在努力。”他说到做到，快速终止了失控的计算机逻辑，它跟各种各样无穷无尽的未知情况碰撞在一起，除了让他的逻辑系统一团混乱之外别无用处。他需要一个冷却器和更多系统的方式来解决这个问题。

“好，解决了。”

“够快的。”

“1.666 秒。”

她大笑起来。“挺好的。”

“还好你能辨别出来我的问题。因为设计原因，我不太擅长对付抽象事物。我以前从来没有被这种事情影响过。”

“你依然是个超人，人类可做不到这些事。”她想了一会儿，“你知道米莱吗？‘我的蜡烛两头同时燃烧；它坚持不了整晚；但是我的敌人和我的朋友们——它给了我一个美好的夜晚。’”

机器人思考着。“我觉得，从美学上来说，我爆炸的时候会创造出一个客观上算是美好的光芒。但这个想法让我觉得不舒服，我猜是因为我自己无缘见到那个场景。”

“你没有明白我的意思。”对方耐心地说，“你的行动和认知都快得不可思议。你对环境的理解方式比人类更完整也更敏锐。你比这星球上的任何一个人都更有能力充分体验你的生活。这不足以弥补生命长度上的不足吗？”

这个想法被编码了，像一片树叶一样旋转着进入了冰冷的电子涡流。

“我要想一想。”他说。

“你活着的时间虽然不长，但你有很多别人所说的通向智慧的经历。战争、友谊、爱情、责任——甚至还有死亡。”

机器人盯着总统候选人巴奈特残破不全的脸，想知道这个人是谁。“反正我就是一直忙忙碌碌。”他说。

“很多人都会嫉妒这种生活。”

“我会试着记住这一点。”

“你燃烧得很明亮，珍惜这一点。”

“我尽量。”

“还有，也许你不会燃烧殆尽。你对抗了群虫的攻击，但是没有受到严重伤害，那可有上百万只。现在你面对的只是几个人类。”

“几个人类。”

“你能处理好的。我对你有信心。”

“谢谢。”鬼牌死神，海报上写着，“跟你聊这一番，我觉得有些收获。”

“希望能帮上你的忙。如果你还想跟我谈就给我打电话。”

“谢谢。你真是帮了我很多。”

“随时奉陪。”

模块人挂了电话，安静地飞上天空。在一片黑暗之中，他飘荡了几个街区，回到特拉维尼切克所在的公寓，从天窗进入内部。*鬼牌死神*，他想到。

特拉维尼切克躺在床上睡着了。行军床被空的食品罐头环绕，显然他是开了罐头就直接吃了。他脖子周围的某些器官长大了一点，正唧唧地发出超声波。机器人进入公寓之后这声音就减弱了。*声呐*，机器人想。特拉维尼切克睁开了脖子旁边的眼睛。

“是你。”他说。

“是的，先生。”

“控制器修好了。我觉得好了。我的某些记忆有些模糊了。”

机器人的心里充斥着恐惧。一只苍蝇嗡嗡地飞过，他手臂一挥，将它赶走。“我试试看。”他拉开连体服，打开胸腔，伸手去拿工作台上放着的控制器。

“我的大脑似乎在进化，”特拉维尼切克用恍惚的声音说道，“我觉得这是因为病毒扩大了我的大脑中跟感觉输入有关的区域。我现在能够通过各种可能的方式感受事物，感觉非常强烈。我只要躺在这里看着，就能体验到前所未有的强烈感觉。”他声音空洞地一笑。“天呐！我从来都不知道吃个奶油玉米罐头都能如此充满欲望。”

模块人插入控制器，开始测试。他松了一口气，主机开始运转了。

“很好，先生，”他说，“你要坚持下去。”

“这样看你真的很有趣。”特拉维尼切克说。那只苍蝇在空的食品罐头附近盘旋。

突然有什么东西动了一下。特拉维尼切克脖子旁边的某个器官以闪电般的速度展开，抓住了苍蝇。这个突出的器官猛地缩回去，把苍蝇塞进了特拉维尼切克的嘴。

机器人简直不敢相信他看到的景象。

“太棒了。”特拉维尼切克咂咂嘴。

“你要坚持下去，先生。”模块人再次说道。他的磁通量场在他身边噼啪作响。他穿过天窗，飞向黑暗。

♠

到了银行之后，机器人变成非实体，用微波激光烧掉了保险库里的每个传感器，这样保安就看不到了，然后走进了保险库，化为实体，把保险箱从存放的地方拿下来。

突然间他停住了。在他脑海里闪烁的黄色警示灯变成了红色。

他想要再次非实体化，在那一瞬间他从现实中偏转了九十度，然后他感觉到某样东西离开了，他又变成了实体，还站在银行的保险库里。他闻到了燃烧的味道。

磁通量控制器又坏了，特拉维尼切克对它的修复没能维持太长时间。一阵寒意掠过机器人的心头，他身处钢筋混凝土搭建的银行保险库中，而且他的控制器坏了。

他环顾四周，检查门和锁。如果有人发现他在这里，他想，那么他善人的名声就毁了。

幸运的是，保险库的设计主要是防止有人闯入而不是闯出。用微波激光耐心地烧了四十五分钟之后，大门的夹层内部终于被烧出了一个洞，他借此接近了锁头。他把手伸进去触碰，明白了它的功能。他干扰了其中的电子机制——就像免费使用公用电话一样简单——然后沉重的门闩滑开了。

他顺着紧急楼梯向外跑，烧掉了一路上的监视器。出去之后他立马飞上附近一栋建筑的顶部，然后打开保险箱，检查里面的东西。

他发现了纽约地区好几个小公寓的长期租约、钥匙、几叠现金、珠宝、金币、装着数百粒药丸的小瓶子、两把手枪和几盒弹药。

他想了好一会儿。特拉维尼切克在快速恶化，机器人必须迅速采取行动，他打算寻求帮助。

♣

“我不想再去侦查了，”模块人说，“如果他们再见到我肯定会逃跑的，那样就又会传播病毒。”

“说得很对。”塔基扬的紫色眼睛闪烁着光芒，手上把玩着薰衣草色夹克上的天鹅绒翻领。他的 .357 手枪和枪套放在他前面的桌子上。他办公室的墙壁上除了一些荣誉学位之外，还有一张标志牌，上面用红白蓝三色字体写着——人物：哈特曼。时间：1988。计划：我们的孩子们的未来。

“我的鬼牌团队能派上用场。他们中的有些人能在不被发现的情况下进行侦查。”

“很好。那我待在这里，跟你们之中最强大的人在一起，然后我们可以一起行动。”

塔基扬的桌子上摊着从克罗伊德的保险箱里拿出来的东西，他正在审视着。“实际上只有三个地址是在曼哈顿，”塔基扬说，“我估计他会先去其中某个，不行的话才会尝试穿过隧道和桥梁。盲眼苏菲可以帮忙，她的听力非常敏锐，就算是隔着紧闭的窗户，她也能借助窗户玻璃的震动听到内部的声音。吱呀是出租车司机，所以不会引起注意……他可以向别人打探情况，而且不会显得可疑。”塔基扬皱起眉头。“但是克罗伊德的同伴……那位帅气的年轻人显然很难对付。”

“我跟他打过两次。我已经知道了他的能力从何而来。”

塔基扬盯着他，身体越过桌子向前倾，推开装在枪套里的手枪，声音急切。“告诉我，先生。”

“他吸收能量，然后使用。他只有在被揍了之后才能发动攻击。他可以吸收各种形式的能量——动能、辐射……”

“心灵能力。”塔基扬喃喃道。

“但如果你不先对他出手，他也就是个耐特。所以不管怎么样，我们都不能攻击他。就算他是个极其诱人的目标我们也要无视他。”

“好，很好，模块人。你做得很棒。”

机器人看着塔基扬，心里开始盘算。“我需要尽量快速地把克罗伊德带走。我不会从他那里感染百变王牌，所以我应该单独对付他——他的力量足以撕裂你的生化武器防护服，但只要旁边没有别人需要我担心，我就能制服他。”

“这个任务归你了。”塔基扬言简意赅地说。

机器人觉得自己大获全胜。这样他就可以抓住克罗伊德，带去见特拉维尼切克，不会有人来干扰他。

也许事情最终还是好起来了。

♥

桌子上的电话响了，塔基扬拿起听筒。

“我是塔基扬。”模块人看到塔基扬饶有兴趣地听着，紫罗兰色的眼睛都瞪大了，“很好。你做得很棒。待在那里，等我们过来。”他挂断电话。“索菲说他们在佩里街的那个地址。她听到两个人在说话，其中一个不停地说，好像吃了兴奋剂一样。”

机器人跳了起来，快速背上已经准备好的应急包。塔基扬按下电话上的一个按钮。

“让小队把防护服穿好，”他说，“稍等一会儿再通知警察。”

“我飞过去。”机器人说。他推开门，差点撞上一个站在秘书办公室外面的黑人。他苗条高挑，穿着生化服，脸上戴着黑白色的死神面具。他身上的气味极其可怕，就像是腐烂的肉体。他是个鬼牌。

“抱歉，先生，”男人说道。他的声音很有教养，有几分男中音的味道。“可否带我一起去？”

模块人的软件快速编写子程序，从感觉输入中剔除对方的味道。“我好像不认识你。”

“墓霉先生。”对方微微欠身，“我是这位善心医生所组织的鬼牌小队的成员。”

“你能不能跟他们一起坐救护车过去？”

机器人感觉到面具后面的那张脸在微笑。“恐怕，在车辆的密闭空间里，我的气味会相当……具有压倒性。”

“我明白你的意思了。”

“墓霉。”塔基扬的声音像是被掐住了脖子，“你到我的秘书办公室里来干什么？你是想偷听吗？”

“是墓霉先生，医生。”低沉的声音尖锐起来。

“不好意思，我的错。”塔基扬的鼻音都没有发出来。

“再回答你的问题，我是在这里等着跟我们的人造朋友说话。我希望小队的其他成员不用承受我的……香水味。”

“好吧。”塔基扬从牙缝里挤出一句，“你请便吧，模块人。”

机器人和墓霉先生小跑着快速离开医院，然后模块人从后面环抱住鬼牌，带着他飞向空中。空气拂过墓霉先生的面具。“先生，”机器人说，“你有什么特殊能力吗，除了呃……”

“我的气味？”深沉的声音里染上了一丝愉悦，“有的。我散发着死亡的味道，也拥有死神的能力。我能带给敌人坟墓般的寒冷。”

“听起来……很有用。”疯了，机器人心想。这个鬼牌闻他自己身上的味道闻得太久了，已经疯了。

“而且我速度快，够强壮。”墓霉先生补充道。

“很好，克罗伊德也是这样。”机器人开始快速描述白化病人和他的能力，还有那位保镖，“啊，对了，”他说。“克罗伊德随身带着一把枪，是.44半自动。”

“一个荒谬的武器，他肯定很没有安全感。”

“很高兴你没有因此而害怕。”

佩里街的褐色砂石出现在他们眼前。模块人落到一位中年女性的下风向，离她几英尺远。她一头长发，身材纤瘦，戴着墨镜，拿着白色手杖，正站在门口的阴影处。她抬起头来，皱起鼻子。

“墓霉。”她说。

“是墓霉先生，谢谢。”

“这么说的话，”盲眼索菲说，“我是约德考斯基小姐。”

“我一直都是这样称呼你的，女士。”

索菲脑袋两侧的耳朵就像卡通片里老鼠的耳朵一样圆圆的，现在似乎正在膨胀，从深色长发里显露出来。她将头偏向模块人。“你好，不管你是谁。我直到现在才听到你的声音。”

“我没有发出任何声音。”

“你们来得有点迟了，先生们，”索菲说，“那两个人几分钟之前离开了。就在我打完电话回来之后不久。”

机器人的电路中流窜着恼怒。“你为什么不早点告诉我们。”

“很抱歉，我得等墓霉先生纠正完我对他的称呼。”

“他们去哪儿了？”

“他们没说。我猜他们是要从后面出去。”

模块人没有再多说，抓着墓霉先生再次飞向空中。他快速将该区域分为四份，一一用雷达搜查。墓霉先生顺从地倚在他的怀抱中。他就像坟墓一样安静，机器人心想。

“我们上路了。”塔基扬的声音通过模块人的接收器传来。

“出了个问题。”模块人说着，沉默的无线电讯号向着医院传递。他迅速地解释起来。

“我们还是要向你们那个方向走，模块人。”塔基扬说。

“那里。”墓霉先生指着雷达上的两个人形图像。他们刚刚从一个生锈的铁柱子的阴影里走出来，这根铁柱子支撑着废弃的西界高速公路。

机器人惊讶于这个鬼牌的夜视能力，然后静静地飞向那两个人。到了距离他们三百码的地方时，他终于确认了这两人就是克罗伊德和他的同伴。

他的心中翻滚着不安，上一次他差点死掉。

明亮地燃烧。凯特的声音回荡在他的脑海中。

这两个人都拿着东西：年轻人拿着个大包裹，克罗伊德肩上扛着舷外发动机。克罗伊德不停地说话，但是机器人听不见他在说什么。他们轻快地穿过一条破败的混凝土街道，在铁丝网围栏前面停下，这个围栏挡住了前往哈德逊河码头的路。白化病人放下肩头的重物，检查了门口的挂锁和铁链，然后手指快速一拧，挂锁啪嗒一声断了。两人穿过门，走过空无一人、窗户碎裂的岗亭。

码头上一个人也没有，只有因为封锁隔离而停在这里的几艘船只。纽约港完全是空的，跟泽西海岸的忙碌景象形成鲜明对比。

“他们想要离岛。”墓霉先生说。

“似乎是这样的。”

“把我放下。我来处理。”

“稍等。我要联系塔基扬。”他用无线电联系塔基扬，但是对方没有回复。他不得不又向上飞了五百码，然后他的讯号才传到了救护车那里。墓霉先生焦躁不安起来。

“你在干什么，伙计？他们要逃走了。放我下去。”

得到对方首肯之后，模块人快速下降。要再跟克罗伊德打一场了，他想到。他还记得刚刚来到这个世界上的时候，在帝国大厦那场令人困惑的战斗中，辛迪飘动的金发像耀眼的星辰一样在类人猿深色的手掌中闪耀。明亮地燃烧，他心想。

他把墓霉先生放在大门附近。鬼牌掸掸身上的灰尘。“刚才是怎么回事？”他质问道。

“我过会儿解释。”

附近的一声呻吟把两人都吓了一跳。机器人内心的警报很快解除了，因为他看到声音的来源是一个昏迷不醒的胖子，他正躺在围栏旁边，纹着纹身的手上抓着一瓶波本威士忌。这个醉汉穿着皮裤和靴子，还戴着写着纽约警察的棒球帽。他袒露着胸膛，穿孔的乳头上挂着钢环。

模块人把这个景象记在心中。珍惜这一切，他想。

“我们不能再等了，”鬼牌说，“救护车到的时候他们肯定都逃走了。”

墓霉先生别过脸，掀开他的面具。模块人没有看出来他脸上有任何畸形。鬼牌戴上兜帽和防毒面具，开始沿着两条生锈的铁轨快速向着码头移动。他的脚步静得惊人。

“等一下，”模块人说，“他们会看见你的。”

鬼牌没有理他。他来到码头边缘，躲在一个栏杆旁边，然后就消失了。模块人心中警铃大作。他飞向空中，盯着码头下方。

墓霉先生还在移动，倒立着在冰冷腐烂的木板下面移动，他脚步轻快，深色的哈德逊河安静地在他的头下面流动。机器人飞到他的旁边。

他突然想到了一种可能。他心里默默开始扫描比对。

他确定了可能性大于90%。体格、能力、种族、大概年龄……所有的都符合。口音差别很大，声音的音调和音色也完全不同，但是很多关键词的搜索结果都能完全对上。

模块人在想，为什么壁行者给自己添上这么难闻的气味，为什么要伪装成鬼牌？

也许这是壁行者的百变王牌能力？也许他有时候是壁行者，有时候会散发怪味，成为墓霉先生？

也可能他是个疯子。不然怎么会有人想假装成鬼牌？

他决定不跟身边倒挂的鬼牌分享他的结论。

“你没说你能倒挂着走路。”他说。

“没有吗？”面罩后面传来闷闷的声音，“有时候我比较健忘。”

“还有什么是我需要知道的吗？”

模块人能听到克罗伊德的声音了。墓霉先生看着他。“嘘。安静点。”机器人感觉到面罩后面的脸上浮现出冷酷的笑容。“像坟墓一样安静。”

他们继续向前。墓霉先生轻而易举地穿梭于乱七八糟的木头和金属支柱之间，它们就像是某种灭绝的巨型动物的肋骨。克罗伊德的声音越来越大。模块人想起了标志着群虫侵袭的那阵火光。明亮地燃烧。

“一点机会都没有，”克罗伊德说，“天呐。一点都不了解这个该死的世界。代数什么的，全都不懂。”他大笑。“我教了他们一两样。跟着我，孩子。我们要给他们上一堂有趣的课，就咱们俩。”

机器人想到了辛迪、爱丽丝和其他人。我是不是在类人猿逃跑的时候见过你？他想到了明亮地燃烧，想要让自己的行动精准完美。他想找出目前的情境中有哪些非凡之处，他飞到了一个码头下面，光亮的河水在下面等待着他，身边这个人倒挂着，决心满满地向前走，但他大概是疯了才会伪装成鬼牌。

走到一半就来到了一个通向幽暗河水的木梯旁边。克罗伊德的声音似乎就在他们头顶。

“好吧，孩子。我们走了。跟着沉睡者就行。我知道该如何在这个世上生存。”

墓霉先生转向机器人，打了个手势。虽然他姿势有些别扭，但意思很明确：你飞到码头对面，我在这里等着。

很好，机器人心想。我来进攻，然后趁着他们忙着杀我的时候墓霉从后面攻击。太棒了。

“把包裹给我，孩子。”克罗伊德的声音。

现在没时间跟墓霉先生辩论了。机器人绕过一根根金属柱向后退，从另一侧飞起来。

克罗伊德站在木梯旁边，面朝他的同伴，也正好对着机器人。克罗伊德的朋友手里拿着把小刀，正在切割包裹上捆着的线和纸包装。

克罗伊德突然发现了他。“妈的！那个机器人！”他伸手去够他的枪，动作快如闪电。

这次我不会再输了，机器人心想。他加速冲向白化病人。

克罗伊德疯狂地做着拉扯的动作，但巨大的白色手枪似乎困在了他的腋窝里。那位同伴站在克罗伊德和冲过来的机器人之间，少了从其他人那里获得的超自然力量，他只能缓慢地转过身来。

机器人的电路中浮现出各种各样的选择。他不能去打克罗伊德的保镖，不然他就会吸收能力，但他要想对付克罗伊德，就不可能绕过这个保镖。他冲向码头，双手着地，向前翻滚。木头的碎片划开了他的连体服。他在年轻人的脚边停下。对方凝视着他。

衣料撕裂的声音传来。克罗伊德发出胜利的欢呼声，终于把枪拔出来了。黑色的药片宛如肮脏的雪花，从扯开的内兜里洒落出来。

墓霉先生出现在克罗伊德身后，鬼魅地如同一个幽灵。他戴着手套的双手向前伸，抓住了那把枪。他把枪往后一拉，开枪的声音像是世界末日降临。

这把枪的后坐力撞上了鬼牌的手，他大喊一声，枪掉在了地上。射向克罗伊德保镖后背的子弹也掉落了。

哎呀，模块人心想。

年轻人握紧右拳向他冲来，模块人向旁边滚去。男人跳到他身上，一拳打中了木板，燃烧着他吸收的能量。机器人向上踢了一脚，男人倒在了地上。他可能又给他充了一点能量，但是不多，无须担心。

与此同时克罗伊德用手肘直击墓霉先生的胸骨。鬼牌撞上了栏杆。生锈的钉子吱呀作响。克罗伊德抄起舷外发动机，向后看了一眼，然后全力扔出去，但目标不是他的对手，而是他的保镖。这是想给他加能量，机器人心想。

他飞过去拦截引擎，被狠狠地撞在了肩膀上，他向后飞去。克罗伊德的同伴伸手抓住了机器人的脚，手指孤注一掷地嵌入他的人造皮肤。

墓霉先生抓着栏杆向前荡去，从背后用小臂攻击克罗伊德。克罗伊德转过身来，他的手指像爪子一样，粉色的眼睛闪烁着杀戮之光。他的爪子挥向鬼牌，想要刺穿他的防护服。墓霉先生脚步轻巧地闪躲开来。两个人的速度都快得惊人。

模块人飞向天空，年轻人还不屈不挠地抓着他的腿。机器人心想，不能踢他，那会让他更强大。

突然间克罗伊德开始颤抖。他倒吸一口气，抓住自己的心口。温和的夏日空气突然冷了好几度。

坟墓般的寒冷，机器人心想。原来这不是某种比喻。鬼牌说的是实际意义上的寒冷。

码头的远端有灯光闪烁，还传来警报的声音，来自鬼牌镇诊所的救护车到了。

克罗伊德踉跄着向后。他抓住包裹，扔向墓霉先生，但被鬼牌轻松躲过。包裹掉在水里，溅起一团水花。

“死亡是寒冷的，科伦森先生。”伴着不断靠近的救护车警报声，墓霉先生深沉的声音隔着防毒面具传来，“死亡是寒冷的，而我，和死亡一样寒冷。”

鬼牌举起紧握的拳头，气温再次下降。模块人意识到，墓霉先生正从空气中偷取热量。克罗伊德身形一晃，单膝跪地，苍白的面庞已经变成蓝色。他的同伴愤怒地大喊着，落到了码头上，那把半自动手枪就在他的面前。他捡起来对准了穿着生化服的身影。

克罗伊德脸朝下倒在地上，四肢不受控制地抽搐。

机器人全速俯冲。枪响了，宛如惊雷。子弹击中了模块人的金属支架，然后滚落进黑暗的夜晚。子弹的能量让机器人晕头转向。他一时失去了控制，撞上了护栏，擦过哈德逊河。他很快稳住了自己，冲着战斗的方向飞去。

救护车的顶灯在码头的另一侧闪烁。下面的包裹沾了水之后自动充气，原来是个橡皮艇。

墓霉先生还在以超自然的速度移动，闪躲着克罗伊德的保镖，这个年轻人拿着沉重的手枪很难瞄准，他开了两枪，但是都没击中目标。

墓霉先生举起了拳头。“别！”模块人喊道。

气温骤降。克罗伊德的保镖踉跄着摔倒了，枪也从他手中掉落。

奏效了，机器人麻木地想，他意识到墓霉先生的能力并不是释放出寒冷，而是偷取热量。能量是流出而不是流入，所以保镖的能力无法施展。

模块人在空中转了个圈，冲向白化病人，抓住了他的领口和皮带。尖锐的刹车声响起，救护车停下了。穿着生化服的鬼牌们鱼贯而出。墓霉先生的防毒面具后面传出了笑声。

机器人带着颤抖的克罗伊德飞上天空，然后加速离去。困惑的丑牌们看着天空，想知道他们俩要去哪儿，但因为戴了面罩，所以视野有限，看不清楚。

模块人摇晃着克罗伊德，就好像他是个布娃娃。“你为什么要炸我？”他喊道。

克罗伊德的牙齿咔哒地打着冷战，很难听明白他在说什么。

“当时似乎是个好主意。”

下方的建筑飞快地远离他们。机器人心中怒气上涌。他再次摇晃克罗伊德。“为什么？”

克罗伊德开始剧烈抽搐。模块人轻松制服了白化病人不协调的动作。

他赢了，他意识到，然后小心翼翼地珍藏起这份感觉。

◆

克罗伊德还在不受控制地颤抖，模块人落到了一处屋顶，取下在医院里背上的应急包，里面有生化服，一张毯子，一块防水油布，一个袋子，还有一些绳子。机器人用毯子把白化病人包起来，塞进了生化服里。

“你为谁工作？”克罗伊德牙齿打颤的声音比他说话的声音还响，“黑手党，还是其他人？”

机器人冲着他喊道：“你为什么炸我？”

在一片黑暗中，克罗伊德的眼睛闪着血色。“当时似乎是个好主意，”他说，“现在更是好主意了。”

他突然又一阵痉挛，牙齿颤得像响板。白化病人的皮肤明显呈蓝绿色，跟特拉维尼切克一样。他似乎快要失去意识了。机器人给他戴上面罩，用一个面粉袋套住了他的头，用防水油布将他包裹起来，再用尼龙绳捆好。*就算是拥有超级力量，也不可能在这种情况下挣脱，因为他现在完全动弹不得*，机器人心想。

机器人拎起这个重物起飞，然后盘旋着落在特拉维尼切克的屋顶上，就在天窗旁边。黑色的油漆上有些裂痕，光线从里面透出来。他伸手准备开天窗。

“我在这儿，面包机。”

旁边那栋建筑上有个尖顶的水塔，特拉维尼切克正光着身子站在那里。他的声音不再出自他的嘴，嘴好像已经被封上了，现在负责这个功能的是脖子旁边那一圈器官中的一个，看起来像个扩音器。不过虽然发声位置变了，他的中欧口音并没有受到影响。

“这就是那个克罗伊德，对吗?”

“是的。”机器人带着他飞向特拉维尼切克所在的屋顶，把他放下，铺了焦油的表面因为之前吸收了夏日阳光，现在还残存着暖意。特拉维尼切克从三十英尺高的水塔顶部向下跳，毫不费力地落在被绑住的身躯旁边。他弯下腰，器官形成的环状物发出沙沙声，纷纷转向白化病人。上下牙打架的咔哒声从面粉袋里传来。

“我能透过你套在他头上的袋子看到里面的病毒，”特拉维尼切克说，“我不知道是怎么做到的，但是我能看到。百变王牌非常有活力，急切地想要进入我的身体，然后……破坏我的程序。”笑声从扩音器里传来，让机器人一阵寒颤，这笑声不是出自喉咙，所以显得非常不像人类发出的声音。

模块人对着颤抖的克罗伊德弯下腰。“我来取下遮盖物和面罩。先生，如果你靠近点，就又可以感染上病毒了。”

特拉维尼切克再次大笑。“你是个傻子，面包机，十足的傻子。”

听到这番话，机器人内心并没有涌起绝望，而是凄惨地意识到他之前的绝望被确认了。“你命令我把他带来，你想要再次被感染。”

“那时候我还不知道我会变成什么。”笑声再次响起，“我强壮、年轻、能以各种人类做梦都想不到的方式认知世界，”他背对着机器人走向栏杆，站在屋顶的边沿任由鬼牌镇的灯光照耀在他蓝色的皮肤上。“这个城市如此美味，”他说，“我能触摸到灯光，感知到所有的动作和气味。”器官形成的环状物向天空伸展。“我能听见星辰的歌唱，我的感觉范围从微观到宏观。我为什么会想失去这一切？”

“你的天才，先生，是你的天才创造了我。如果你不恢复……”

“那给我带来过什么好处吗？给我带来过什么快乐呢？”他笑道，“这么多年来，我吃得差，睡不好，听着脑海里的声音喋喋不休，没有朋友，只能跟便宜的妓女在小巷里做爱，因为我不敢带她们进我的工作间……”他咆哮了一声，转身面对机器人。

“现在一切都好起来了，搅拌机。我将拥有真正的生活。第一件事就是你去帮我弄点钱来。”

“我——”

“现金。先来个几十万。你就去银行保险库里拿点就行了。”

机器人盯着花环上的黄色眼睛。“好的，先生。”他说道。

“还有，搞定这个克罗伊德，别让他到处烦人。”

“好的，先生。”

特拉维尼切克从栏杆处走到水塔底座，然后向上跳了六英尺，用手脚抓住水塔的侧面。他小心地走向尖顶的顶点，弯腰俯看这座城市。

“这个世界是我的牡蛎，”他说，“你要帮我把它打开。”

温暖的六月的夜晚转凉了。克罗伊德又踢又叫，模块人把他抓起来，一起飞入了夜色，前往医院。

他安静地向上飞，扩音花朵发出的笑声追随着他。

♠

特拉维尼切克穿着定制的衣服，跟一个女性一起站在王牌云巅的观景台上。她一头金色卷发，穿着低胸礼服，轻薄得近乎透明，脚上是白色的塑料靴。特拉维尼切克凑过去，器官环上伸出蓝色的舌头，在她脸上留下水痕。她颤抖着躲开。

“去你的，你可没付那么多钱。”特拉维尼切克伸手从口袋里掏出一卷钱，“你觉得多少才够？”他举起一卷百元钞票。

金发女人犹豫一会儿，脸上浮现出坚定的神色。“比这多多了。”

海勒姆像个鬼魂似的到处游荡，眼睛扫视着餐厅但是目光毫无焦点。

“天呐。”一个顾客说道，而其他人也在窃窃私语，“海勒姆以前根本不会允许这种事情发生。”

模块人躲开众人的目光，坐在餐厅的窗户旁边，听着平台上的情况，这里的视野很好，比他预计的更方便观察特拉维尼切克。

有些经历他无论如何也无法珍视。

凯特回头看着那两个人，点了根烟。“真会搭讪。”

“似乎很奏效。”

她看着他。“我觉察到你的评论里带有某种情绪。你认识那个人？”

“我认识。”

“好吧，我不会问的。”

特拉维尼切克大笑着递给女人一卷钞票。他的舌头，也可能是其他什么东西，继续探索着她。酒吧里传出厌恶的声音。

红发女招待无视了眼前的混乱，走向机器人的桌子。“要甜点吗？”她问道。

“要，”机器人说，“水果派，橙子塔，还有巧克力萨芭雍。”

“好的，先生。这位女士需要点什么吗？”

凯特看着模块人然后伸了伸舌头。“不用了。我在计算着卡路里呢。”

“好的。要咖啡吗？”

“要的，谢谢。”

凯特将烟灰弹进烟灰缸里。她身形娇小，一头蓬乱的棕发，一双让娜·莫罗一样的温暖双眼。

“我觉得就连伊比鸠鲁都吃不下这么多东西。”她说。

“我剩下的日子不多了，所以什么都想尝试。”他微笑着，“再说了，对我来说不存在卡路里的问题。”

“只有电流，我懂。”她伸手捏捏他的手，“你还好吗？你现在从奥林匹斯山上坠落，跟我们这些凡人生活在一起，感觉怎么样？”

“我猜我会习惯的。但我还不确定我是否会喜欢这种生活。

“他已经不再是天才了。”

“所以你只能靠自己了。”

“不是的，我还是不得不服从他的指令，空闲时间也还要打击社会上的恶势力。”还有私闯保险库，他心里想着，但没有说。还要伪装起来，不让别人认出来。

她看起来有些不安。“我希望能帮到你。”

“似乎没什么是你可以做的。”

“但我还是想帮你。”她抽了一口香烟，“你可以学学物理，冶金学之类的。也许对你有用。”

“好。我可以去念夜校。”

“为什么不念全日制的？”

他耸耸肩。“也行。”

凯特笑了。“不交学费的学生不准进课堂，但是对机器有没有规定我就不知道了。”

“也许我可以查查看。”

机器人看着他的同伴。“谢谢你，你帮助我正确地看待事物。”

她微笑着。“不客气。你可以随时来找我。”

某个人的头出现在观景台的阳台上方。是壁行者。机器人心里一惊，想到了墓霉先生。为什么会有人愿意假扮成鬼牌？

年轻的王牌路过阳台，走进酒吧。

服务生端来了甜点还有一壶咖啡。凯特痛苦地看着甜点，向后推开椅子。“我要去一下洗手间，然后”——她叹了口气——“我得回去继续跟同伴们聊斯塔提乌斯。”

服务生移开放置甜点的餐盘，好让一位顾客通过。机器人认出了这个毫无特征的棕发男人。他跟壁行者说话的那天他也在餐厅里。他冲这个男人点点头，然后开口和凯特说话。

“谢谢你过来陪我，”他说，“我一直感觉会出现某种紧急事件，打断这场晚餐。外星人入侵，类人猿逃跑之类的。”

凯特似乎很吃惊。“哦，你还不知道那个类人猿怎么了？”

机器人的心开始下沉。“不知道。”

“他已经不再是类人猿了。他——”

模块人抬手示意。“抱歉。”

那个瘦高的棕发客人看着他们。“其实，”他说，“我就是那只类人猿。”

机器人看着他，对方伸出一只手。“耶利米·施特劳斯，”他说，“很高兴见到你。”

机器人听任他的手摇动。“嗨。”他说。

“我不再是类人猿了。”耶利米·施特劳斯似乎急着想和他做朋友，“但我还可以模仿鲍嘉。看着！”

这个前类人猿开始集中注意力。他的五官缓慢地开始重新排列。“我不会为你装成蠢货的，甜心。”他口齿不清地说道。鲍嘉躺在棺材里的时候大概就是他现在的样子。

“很棒。”模块人吃惊地说道。

“你想看我模仿卡格尼吗?”

他看着凯特，注意到了她冰凉的眼神。“还是下次再说吧。”

施特劳斯一副受挫了的表情。“太过火了，哼?”他说，“抱歉，我还没有完全适应新生活。你觉得死了一年就够糟糕了对吧，试试看当二十年的巨型类人猿。天呐，我上次听到的时候，罗纳德·里根还是个演员。”

“洗手间，”凯特说完看着施特劳斯，“很高兴见到你。”

她飞快地离开了。模块人跟他握手道别。

服务员把餐车推回到桌子旁边，把甜点递给他。“我们几天前收到了一个给你的留言，”她眨眨眼睛，“来自加利福尼亚的电话。但我觉得在你跟另一个女士在一起的时候不太方便告诉你。”她从口袋里掏出一个粉红色纸片，递给机器人。上面写着一个长途电话号码。

欢迎回来。我的新号码。尽快给我打电话。爱你的辛迪。还有，你想要吗?

模块人记下号码，微笑着将纸片揉成一团。

珍惜，他心想。

“谢谢你，”他说，“如果这位女士再打电话，告诉她我的回答是想要。”

他开始吃甜品，到处都有全新的体验。

♣♦♠♥

血脉亲情

Ⅵ

如果不是情况事关重大，目前的场景甚至可以算是有点好笑。模块人抓着克罗伊德消失在了屋顶，鬼牌小队和塔基扬在后面傻乎乎地追他。巨魔清了清嗓子，爆炸般的声音就像是平路机在推动碎石。他像呈上战利品一般向塔基斯星人献上浑身瘫软的比尔·洛克伍德。

“呃，至少我们抓到了这个。”他胆怯地说道。

“可真是个大好事！好吧，我猜我得治疗他。”塔基扬怒气冲冲地咕哝道，然后他们一起回到医院。

几个小时之后，神秘人的体温回升到了正常值附近。被限制在医院病床上的他无力地眨巴着眼睛。塔基扬搬来一把椅子，盯着那张帅气但平淡无奇的脸。

“你真是让我们吃了很多苦头，你知道吧。你到底为什么那样拼命地保护克罗伊德？数百位无辜的人因此而死！”

让塔基扬恼火的是，这个年轻的人的脸哭丧起来，然后开始掉眼泪。“我只是想照顾克罗伊德，”他哭着说，而塔基扬在用手帕帮他擦眼泪，“他是唯一一个对我好的人。他把他的甜甜圈给我吃，他把我变成了王牌。”

“你到底是谁？”

“你不打算读我的心吗？”

“我很累，而且脾气不好，不想读心。”不知道为什么，塔基扬觉得自己让这个年轻人失望了。

“我是……曾经是鼻涕人——但别用那个名字称呼我——我现在是王牌了。”

“鼻涕……”塔基扬的声音逐渐变小，无助地摇摇头。

记忆像幻灯片一般在他心头反复播放。畸人俱乐部的保安拿着棒球棍赶走了身上满是黏液的可怕身影……恶魔王子折磨着可怜的鬼牌，直到鲜血和绿色黏液混合在一起……恶心的鼻音从垃圾桶里传来，那里正是鼻涕人睡觉的地方。

“我的先祖啊，他把你变成了王牌，你非常感激他……”他一时间无话可说。

“接下来我会怎样?”比尔·伍德洛克问道。

“我不知道。”

大厅里传来愈演愈烈的骚乱声：巨魔像只暴怒的公牛一样咆哮着，蒂娜的声音又尖又细。混乱的噪声中出现了一个名字……塔基扬。

模块人带着克罗伊德在上空盘旋，后者被裹在一块布里，像个愤怒的木乃伊。塔基扬和巨魔赶紧穿上防护服，机器人把克罗伊德扔进了隔离室。塔基扬几个星期前就把这地方准备好了，装配有监狱级别的安全玻璃和加固过的铁门。他们准备好了。

还不到两分钟，克罗伊德就把玻璃打坏了，然后被一群人压倒在地。几个小时后，这里重新装上了玻璃，还在墙上装了电网。

不到一分钟，克罗伊德又跑出来了，电流对他来说似乎像是兴奋剂。

巨魔九英尺的巨大身形压着被钢铁手铐束缚住手脚的克罗伊德，他抬起头：“医生，我不可能这辈子都坐在他身上。”

他们再次换上新玻璃。塔基扬向来自阿提卡的安全专家请教了一下用钢铁卷帘门的效果是否会更好，对方耸耸肩，指出墙壁无法承受那样的压力。

就在此时，费恩提出了一个狂野又轻率的提议。

“想想奶牛，”他用秀丽的前腿轻柔地踏着地板。维多利亚·奎因已经准备去拿镇静剂了。“它们很蠢，连高速公路上的标线都不敢跨越，因为它们以为那是牛栏。”

“对，但是克罗伊德是个人，不是奶牛。”塔基扬耐心地解释道。

“但他很容易受人影响。”

“你怎么知道?”

“我用了脑波同步加心理暗示，他就睡着了，记得吗?”

他们把他连上仪器，想用老一套的方式。但这一次没用。所以他们在窗户和门上涂了栏杆。

在这之后克罗伊德表现得很顺从。

只要没人进那间房就行。

请你睡去吧，求你了，克罗伊德，睡吧。

随后的四天里，塔基扬每天都在祈祷，但是身处隔离室涂色玻璃之内的那位白化病人除了紧张地踱步外没有其他反应。

塔基扬决定小小地让他的自然反应加快一点。脑波同步失败之后，他就开始往房间里释放睡气，还在他的食物里下药。但克罗伊德还是十分顽固地醒着。只要他还醒着，病毒就会持续变异。

克罗伊德是个行走的浩劫。必须作出决定了。塔基扬盯着自己的手。他还记得杀死克劳德·伯奈尔时枪支的颤动，记得燃烧的女人，记得拉布丹。

天呐。我受够了给人们带去死亡。原谅我，父辈们，我不想再做那样的事情。

♣

游隼躺在病床上冲他微笑，然后阵痛袭来，她一脸苦相，狠狠咬住下嘴唇。她那双蓝色的眼睛明亮得过分，而且她也太快乐了，有点不自然。塔基扬同情她。他好不容易才逼自己展现出笑容。几个小时之后她的孩子会出生，然后他们就会知道这个挣扎着想要从母亲浮肿的体内跑出来的胚胎有没有受到游隼之前经历的影响。

他的一只手轻轻放在她的肚子上，感觉到了宫缩，通过肌肉颤动着。“剖腹产可能更适合这个孩子。”

“不。我和麦考伊都很坚决。”

“他在哪儿？”

“出去买咖啡了。”

“你还是坚持要和他在一起？”“对。”

“丈夫总是很麻烦的。”

“我就猜到你会这么觉得，亲爱的塔基扬。”即便是在这样的情景下她看起来依然几乎可以算是性感，“顺便说一句，我们没结婚。”又一阵痉挛，她喘息着。“还有多久？”

“这才只是热身。”

“棒极了。”

“高龄产妇，对你来说更难。”

“不鼓励就算了，还要羞辱。”

“抱歉。”

她伸手触碰他。“塔基扬，我跟你开玩笑的。”

“休息一会儿吧，几个小时之后见。”

“说定了。”

♥

巨魔把头伸进办公室里。“你不需要我，对吧？”

“为什么这么问？”

“混沌俱乐部出事了，有人打电话过来。”

“那你去吧。”

“真奇怪，那些暴徒好多天没露头了，还以为他们学乖了。”

“你去再教教他们，巨魔。”

“你想去吗?”

“游隼快生了。”

“哦，那再见，医生。”

塔基扬和蒂娜确认了一下，发现他们把游隼转到产房了。在衣帽间里，他脱下桃色加银色的华服，穿上绿色手术服，仔细擦洗双手。

内部通讯器响了，他用手肘碰了一下。

“老大，”是费恩的声音，“鬼牌像潮水一样往这儿涌。”

“我有个孩子要接生。”

“哦，好吧。”费恩挂了电话。急诊室里全是年轻鬼牌，身上有各种各样的伤口和瘀青。还有更多人在涌入。费恩小跑向最近的那个少年，当他意识到少年额头上那个很深的伤口其实是化妆画出来的时，他向后仰起身子。

一把六英寸长的弹簧刀在费恩的鼻子下闪耀。

一辆救护车呼啸着开过来，一群全副武装的人从上面跳下来。费恩举起双手。他很明白眼前的局面，他不是傻子。

◆

占领塔基扬的诊所这个点子第一次被提出来时，布伦南极力反对。但是上头传下了命令：塔基扬能给出线索，找到那个只要跟鬼牌睡觉就能治愈鬼牌的女人。还有，要给塔基扬上一课，所以要抓住他。

听到这个命令，布伦南并不吃惊。一年前，金福就利用那个叫玛的可爱越南女孩来治愈鬼牌。只需要交钱——很多钱——你就可以被治愈。后来布伦南杀了伤疤，救出了玛，现在另一个女孩出现了，可以取代她的位置。一个用性来治愈鬼牌的女孩。跟一个美女做爱就能被治愈，想必鬼牌男性会争着抢着付钱。

最讽刺的是上头让布伦南领导这次攻击。是他把金福的治愈机器抢走的，现在他又要给这个犯罪头目奉上一个新的。这一切对于塔基扬和他的诊所来说确实是个坏事，但布伦南得遵照自己的计划行动。

唯一的问题在于他越过了丹尼·毛，惹得这个东方人很不高兴。但从另一方面来看，这也暗示着金福的拜占庭式网络现在有多看重布伦南。下一步他也许就能跨入金福本人周围的核心圈。所以他不能拒绝这个任务。为了扳倒金福，揭露他身后的腐烂真相，他已经努力了太久太久。

布伦南啪嗒一声给他的勃朗宁手枪装上弹夹，然后摸了摸背心上的口袋，确保备用弹药就在伸手可及的地方。他们已经达成了共识，伤亡人数务必保持最小限度。只有一个人必死无疑——塔基扬。

十一点二十七分。

布伦南坐在车里窥视着前面的诊所。他们很快就会冲进去。可怜的塔基扬。

如果你想找出清晰明朗的真相，就别去考虑是非对错。

他有自己的一套计划。

不论对错。

♠

麦考伊的状态还可以，至少没有昏迷不醒然后被架出产房。他甚至有时候还能记得指导隼喘气，用力，呼吸。对于这些帮助性的提醒，她的回应都很直接而且不太好听。她再次嘶喊，踩着脚蹬弓起背。

塔基扬的眼睛在监视器和她扩张的子宫颈之间来回看，然后轻柔地说道，“你做得很棒，隼，现在需要你再努力一点。”

他触碰了挣扎着想从产道里出来的孩子未成型的心灵。恐惧、恼怒于它舒适的小世界突然变得混乱。（绝对是福尔图纳托的孩子。）塔基扬抚摸着、安慰着，观察到疯狂的心跳慢了下来。

你会没事的，小家伙。别让我因为说对了而得意。

有多少次他弯着腰从一位母亲的双腿之间接生出一个孩子，但却发现双手抱着的是一团软泥？太多了。

突然间砰的一声传来，塔基扬从手术台旁边的凳子上转过身，吃惊地看到三个全副武装的人撞开了产房的门。游隼用手肘将自己撑起来，眼神里满是厌恶地看着他们。“我的天呐！”

“你们这是什么意思?”

一把乌兹冲锋枪嚣张地对着塔基扬的方向，他微微向后靠。另外两个闯入者只是大口喘着气，涨红了脸盯着游隼的私处看。

“你们破坏了这里的无菌环境。出去!”

“我们是来找你的。”

“我现在忙着给婴儿接生。出去!”塔基扬用戴着手套的双手驱赶他们。

“去你妈的。”麦考伊喊道，做出了塔基扬祈祷他不会做的事。

塔基扬用心灵力量弄昏了这位冲向前去的摄影师，他控制抓住了那个枪手，他射出的子弹打中了天花板。灯架被打坏了，破碎的玻璃丁零当啷地落在他身边。

“麦考伊!”被蒂娜抓住的游隼挣扎起来。

“躺下！他没事。他以后还可以继续当白痴。”

“放开我的人，不然我就杀了你。我们两个人中总有一个能抓住你的，至少能抓住这些女人。”一个年轻的东方人紧张地喊道。塔基扬放开了那个枪手，“现在你得跟我们走。”

“先生们，我不知道你们为什么会来这里，也不知道你们是谁，但我接生完这个孩子之后可以听你们差遣。我不能丢下眼前的事情不顾。我忙完之后必须从这些门出去，所以请在刷手间里等我。”

他把凳子拉回到隼的双腿之间，继续跟孩子和母亲进行内在和外在的交流。

“麦考伊。”王牌喘息着。

“睡着了。”

隼的尖叫和宫缩一阵阵袭来。塔基扬不想给她压力，但是……突然间宝宝滑出来了。他将手伸向阴道，用手掌托住那颗小小的脑袋，将约翰·福琼领进了这个新世界。

塔基扬尝到了血腥味，意识到自己的嘴唇咬破了。他用层层温暖、爱意和安慰包裹着这个孩子。*别变！别起变化！天呐，求你别变！*

宝宝躺在他的手上，是个形态完美的男宝宝，一头浓密的深色头发。花蕾般的小嘴里吐出黏液。塔基扬把他倒过来，按摩着他小小的背部，他猛地大哭起来。塔基扬眨眨眼，压下眼泪，擦干净宝宝身上的血和黏液，把他放在妈妈松弛的肚皮上。

“他很好。他很好。”她的手指轻柔地抚摸着大哭的小宝宝。

“是的，隼，他很完美。你是对的。”

后续的事情一件件地完成，剪脐带，更彻底地给宝宝洗澡，用羔羊毛包裹住他。塔基扬和蒂娜扶着游隼上了轮床，然后把呼呼大睡的麦考伊抬上另一个轮床。一个脑袋从产房窗户探进来。塔基扬驼着背，没有理会。

“医生，怎么了?”蒂娜声音颤抖。

“我不知道，亲爱的，但我估计那些带着武器的先生们会告诉我。”

♣

布伦南冲进刷手室，盯着他的手下。他们歉疚地扔掉了众人分享的那一支烟，开始研究地面。

“塔基扬呢?”

“在里面。”

“在里面干什么?”

“他在接生。”

“天，够恶心的。”

“令人尴尬。”另一个人应和道。

“他答应——”

“任你摆布。是的，先生们，我确实答应过，现在我来了。不过能不能帮我一下？我猜你们——”他跟布伦南四目相对，一下子说不出话来，咳嗽了两声，恢复了状态。“你们把我的护工都抓走了，现在我要带一个病人进育儿室，还有一个要回病房。

你！我的天呐！你到这里来干什么？

控制你的医院。

这是为什么？为什么？

“所以我在想你们是否愿意帮我们推一下轮床。”

外部的对话声压过了内心的心灵感应交流。

三个男人看向布伦南。“把他们跟其他人一起弄到食堂里去。”

“食堂！显然你是不可能亲自移动危重病人或者小婴儿的，对吧?”

“别说傻话。他们对我们毫无威胁。”布伦南厌烦地说道。

“被关起来的那个男人……你没有把他放出来吧?”塔基扬问道。

“没有，他是我们的掩护。”

“掩护?”

“我为什么要浪费时间跟你说话？把这个移走，”布伦南嚷道，“你尽管把这个小崽子送去育儿室，然后我们再好好聊聊。”

布伦南紧紧抓着他的勃朗宁，塔基扬怀里抱着约翰·福琼，两人一同走在安静得不正常的走道里。

育儿室的工作人员都不在，所以塔基扬自己准备了一瓶奶，开始喂孩子。布伦南搬过来一把椅子，跨坐在上面，双臂抱着椅背。

“现在，说说看这是怎么回事？”塔基扬都没觉察到他的语气有多么温和。

“两件事。第一，你的打手小队惹恼了一个大玩家；第二，大玩家想要你手上的一件物品。”

“请你别用B级警匪片里面三流混混的腔调讲话，‘物品’，真的？”外星人冷哼一声。

“简·莉莲·道。”

“我不知道她在哪里。”

“我的老大可不这么认为。”

“你老大弄错了。”塔基扬擦掉流到婴儿下巴上的牛奶，“我猜你大概是编了个什么故事，来解释诊所的关闭？”

“对，我们告诉人们携带者在医院里流窜。”

“聪明。”塔基扬换了个姿势抱约翰尼①，研究着宝宝不太明显的内眦赘皮，刻意地瞥了一眼布伦南经过改造的眼睛。“我从来没问过你为什么想做那个手术。”

“我知道，这点我很感激。”

“我原本可以探查，但我没有。我尊重你的隐私。”

“嗯，我知道。”

“然后你就这样回报我？”

“我必须打入这个……组织，不惜一切代价。”

塔基扬挥着一只手。“这样？这样？入侵我的诊所，让我的病人落入险境？”

① 约翰的昵称。

“不，不，不是的。是其他的……代价……”布伦南的声音越来越小。

“就算我知道简在哪儿，也不会把她交给你的。”

“我收到的命令是残杀病人直到你把她交给我为止。”

塔基扬脸色煞白，紧紧抓着奶瓶，他让约翰趴在他的肩膀上，拍拍他的后背，直到他打出一个响嗝。塔基扬桃色的衣服沾上了点点奶渍。

“你收到的命令是无论怎样都要杀死我。”

“离我的心灵远点！”布伦南从塔基扬身边跳开，握紧了双拳，“我不会这么做的。”

“对，你会让别人替你做。你的心灵非常灵活柔韧，就算生在塔基斯星，也会是个厉害的人才。大概这就是我喜欢你的原因。”他起身把约翰尼放进婴儿床里。

“去你的！”

“为什么？”

“你把我包围了，用那些束缚来捆绑我，抓紧我，让我窒息。”

“我在想你的珍妮弗会怎么看待你现在的行为？”

“去你的！滚！滚出去！我不在乎。”说到最后一句时他的声音低了下去。

“人类就是要付出这样的代价，布伦南。有时候你不得不在乎。”

“我确实在乎。”他痛苦地承认道。

“在乎死去的人。但有时候得改变一下，放下死者，为活着的人考虑。”

“这不公平，”他在塔基扬的背后哭泣着，“玛怎么办？”

“玛已经离开了。我们说的是今时今日，你必须要作出一个决定。”

♥

随着时间一分一秒地过去，塔基扬越来越崇敬布拉德利·拉图尔·费恩。这个小鬼牌安慰着老年人，逗乐了年轻人，还跟孩子们一起做游戏。他无忧无虑的笑容不曾改变，尽管愈发紧张的守卫们冲着他耳朵噼里啪啦地大声说着脏话，尽管维多利亚·奎因已经歇斯底里地哭号着。

“我们全都要死了，你他妈怎么还能这么淡定？”

“因为太蠢了，所以没法乱想。”

他小跑向塔基扬。拥挤的食堂里，一个个枪口都随着他而移动。他在一张桌子旁边停留了一小会儿，桌边的死人头正喋喋不休。他严肃地点了好几秒的头。

“我不能更同意了。”

“坐下！”一个守卫喊道。

费恩优雅地向着一把椅子后撤，扭动着后腿，悲伤地摇摇头，再次小步跑向塔基扬。外星人惊讶地发现他之前都没注意到这个鬼牌的尾巴已经被切掉了，就剩下短短的楂子。

“你的尾巴！”

“将会被用来装饰某个狼人的夹克。”

塔基扬觉得自己在犯蠢，尾巴这件事情居然比之前的一切都更让他生气。“你的尾巴。”他再次哀伤地说道。

“会再长出来的。再说了，不管它是什么样，我都为它而骄傲。”他凑近，“医生，这些人当中有人需要药物治疗。”

“我知道。”

塔基扬从桌子上滑下来，一只手轻轻放在费恩的马肩隆上，跟他一起走向布伦南。这场景很荒诞。小个子的外星人穿着短裤，衬衣上的蕾丝领结松开，像个满是泡沫的瀑布一样下垂着，他走路的时候红铜色的卷发跟着晃动。在他旁边，娇小的半人半帕洛迷诺马像个利比扎马一样欢快地漫步。

“这些人当中有不少需要药物治疗。能不能让我借用几个工作人员，去拿点药?”

“药。听起来不错。”一个狼人大笑道。

“把我们想要的东西给我们。”布伦南说。

“不。”

“妈的!”丹尼·毛把香烟按在玻璃纸包裹的主厨沙拉里。灼热的前端烧穿了包装纸，在芝士和肉上留下了黑色污点。“我们还要在这里坐多久?”

“需要多久就坐多久。”布伦南简短地说。

“牛仔，我们杀几个丑货吧。”丹尼·毛厌恶地看着挤成一团的鬼牌，“对于他们中的大部分人来说这可是件好事。”

“不行。”

你为什么要这样做!

你又是为什么?

又过了漫长到让人痛苦的二十分钟。塔基扬眼睛半闭着在膝盖上弹奏小提琴奏鸣曲，摇晃着脑袋给沉默的乐曲打着节拍。

“牛仔，他拥有心灵力量。你怎么知道他现在没有在召唤他的打手团队呢?”

李作为队伍里的另一个东方人立马随声迎合。“丹尼说得对。”

“他不会找人来帮忙的。他知道从外面打进来要冒怎样的风险。他们当中有多少人”——布伦南的胳膊扫过惊恐的病人和工作人员——“会在枪战中丧命?”他质问塔基扬，灰色的眼睛狠狠盯着他。“我们要杀多少人，才能回报你的背叛?”

“背叛。”塔基扬品味着这个词。紫色的眼睛遇上了灰色的。落败的是灰眼睛。

“好吧，所以你不想弄死有病的老女人，”丹尼·毛不悦地看着一个这样的女人，“她们一个个都丑得跟没擦过的屁眼似的。我们为什么不利用他呢?”他的大拇指对着死人头，后者正狼吞虎咽地吃着一块派，同时不断地自言自语。“这就是他出现在这里的意义。”

布伦南擦擦汗。“我们不知道他对塔基扬会有什么反应，毕竟他是外星人。”

丹尼走向一个老迈的男人，抓着他的白发，把柯尔特蟒蛇左轮塞进了那张没有牙齿的嘴。维多利亚·奎因在啜泣。被劫持者发出沙沙的声音。塔基扬正要从椅子上站起来，却忍住了，他意识到这个中国人关注的目标是布伦南。

“我觉得你不是做大事的人，牛仔，”丹尼声音低沉，带着危险的气息，“我觉得让你负责是个错误。现在，要么你就拿起武器开始行动，要么，我就帮你行动。”

“好吧，”布伦南喊道，“我们利用一下死人头。”

丹尼把手枪从鬼牌的嘴里拿出来，把枪头对准塔基扬的喉咙。人群一声惊呼，骚动起来。

“但不是在这里。我们去他的办公室，加上死人头。”这个王牌抬起头，暂时停下充满活力的咀嚼，“带个勺子。”

布伦南留了五个人守着食堂。乘坐电梯时他发现塔基扬在研究身边的十五个比他高得多的男人。他明白这种神情的含义——对方是在权衡各种可能性，而且并不喜欢最后得出的答案。

伊斯达，我的禅师，应该优先考虑哪件事？追寻一个人的灵魂，还是世间短暂的友谊？

没有人来回答。不知怎地，布伦南有种感觉，就算那位老人在这里，也不会给他一个答案。

塔基扬窄小的脸庞沉着淡定。他显然接受了死亡，但布伦南猜测他不会安安静静地去死，他肯定会抗争。

死人头打了个嗝，拍拍肚子。“真后悔吃了那块派。希望我还能吃得下这个。嘿，我们怎么打开他的脑袋?”塔基扬瞪大了眼睛，然后他突然弯下腰，吐在了丹尼的鞋子上。

“妈的!”东方人喊道。

“会读心也不是一项多棒的能力，哼?”布伦南咬牙切齿地说，“你发现了你接下来要面对什么。李，去手术室拿一把锯子来。”

“为什么不直接把他带过去?”男孩捏着鼻子抵挡呕吐的气味，抱怨道。

“因为我不想那样做。”话里满是紧张和怒气。

他们走进了塔基扬的办公室，布伦南小心地关上门。丹尼打开枪上的保险，回过头冲着布伦南咧嘴一笑。

“让我来处理，牛仔。你好像对这个没什么兴趣。”

接下来布伦南所做的并没有经过深思熟虑。他伸手关灯，纽约明亮的灯火将紧闭的百叶窗边框镀上银色，但房间的其他部分都坠入了地狱般的黑暗。

几乎同时出现的两道枪口闪光几乎让塔基扬失明，他伏倒在地，有人倒在了他身上。

“妈的！他有枪。”他听到布伦南大喊道。

他真心希望自己真的有枪。

塔基扬利用手肘和膝盖在厚实的地毯上爬行。一只脚狠狠踢中了他的肋骨，他憋住没有叫出声来。这个人的头被打了一下，他倒下时还用乌兹冲锋枪扫射了一番。有人尖叫起来。

塔基扬伸手去摸门把手，汗湿的手握紧把手，打开门，然后窜了出去，再飞速关上门。子弹穿过薄木门飞出来，碎片溅上他的脸颊。他奔跑起来。

他跑过拐角时伸手扶了一下墙壁，就在此时，门猛地打开了，有人追上来了。

又是布伦南的声音。“一半人跟我。我们去拦截他。”十五人变成十四人，再变成十三人，如果那轮冲锋枪扫射打到人的话那就可能是十二人。所以就是六比一。胜算还是很小，而且人数太多，不把他们分散开的话无法进行心灵控制，而且他一点也不喜欢这个主意。

所以去哪里？

“这是死亡宫殿。”

塔基扬打开通向楼梯间的门，像个被追逐的鹿一样快速移动，每次跨两个台阶，他们在他后面紧追不舍。

“但是小鹿活下来了……因为他是第一个跑出来的，他拼命奔跑。”

这是一场孤注一掷的赌博。他不得不赌。再往下两层，他的人就聚集在那里。如果追赶他的人记起了这一点，回去拿他们要挟……

他掏出钥匙，使出最后一丝力气加速奔跑。他呼吸急促，喉咙干渴。透过宽阔的观察室玻璃，他没有看到克罗伊德。他打开了锁，手抓在门把手上等待。追赶他的人冲出楼梯间，兴奋地涌过来。

“他在那里！”

他向前翻滚着进入观察室，碰上了蹲在门边等待的克罗伊德。两个人没有完全撞上，但克罗伊德被带倒了，也滚了起来。然后塔基扬站起身来。

“克罗伊德，帮帮我。他们要抓我们！”

一只手伸过来，塔基扬避开了，让这股动量带着克罗伊德向前，两人目前距离三英尺。他不可能跟克罗伊德硬碰硬，只能躲。如果被抓住，那他在这个王牌手中就像个脆弱的玻璃杯一样不堪一击。红色的眼睛里满是疯狂，苍白的脸扭曲着，不似人形。

猎人们来了。塔基扬向前一跳，向床上飞去。克罗伊德咆哮着、困惑着、探索着。他的眼睛对上了最前面一个枪手的眼睛。乌兹冲锋枪举起来了，但是这个男人却发出一声宛如火车汽笛般的尖叫声，然后开始融化。几秒钟之内他就双膝跪地，化为越来越大的一摊充满泡沫的粉红色软泥。

克罗伊德向着另一个人出手了，他抓住了对方脖子和肩膀的接合处。塔基扬绝望地紧贴着墙壁，听到了骨头在嘎吱作响。那个人瘫倒在地，脖子断了，尖叫声在观察室里回荡。

突然之间屋内升腾起一阵炽热，一个猎人成了人体火炬。几秒钟之后，就只剩下焦煳的气味和烤熟的身体，以及地面上一块黑色的痕迹。

剩下的三位幸存者中有一个开枪了。子弹击中了克罗伊德的赤脚，这个白化病人仰起头痛苦地喊叫起来。他抓住了那把枪，从对方手里夺了下来，用枪管猛击他的头。瞄准镜刺穿了柔软的脸颊，皮肤撕裂，满是血痕。

又一个男人躺在塔基扬的脚下扭动。他抽搐得太厉害了，身体弯曲得像一把弓，脑袋甚至要碰到脚踝了。他咬断了舌头，鲜血从嘴里涌出。

黑桃皇后。有3/7的病例不会显现出鬼牌的模样。各位先祖，保佑我活下来，我想活。

恐惧就像是个活物，扼住了他的喉咙，阻止空气进入他的肺部。塔基扬挣扎着想要呼吸。

那个叫李的男孩一直站在队伍的后面。他吓坏了，扔了枪就跑。克罗伊德放开枪手，后者像个染血的玩偶一样瘫倒在地，然后他冲出去追李。

塔基扬缓缓转头，似乎他的脖子是玻璃做的，眼睛看着这场大屠杀，然后他低头看看自己矮小的身体，宽慰地啜泣起来。他离开墙边，抄起一把乌兹冲锋枪，跑向走道。安全出口上方的窗户被弄掉了。他把头探出去，看见了一个模糊的身影消失在小巷的垃圾箱之间。他虽然心里不愿意，但还是开枪了，听到了子弹打在砖块上以及金属上弹开的声音，除此之外没有别的声音。克罗伊德不见了。

他脚一软，差点摔倒在地。一只强壮的胳膊扶住了他的腰，塔基斯星人吓得惊呼一声。他立马使用了心灵控制力，但又突然刹住了，因为他认识这个心灵。

“布伦南。”

◆

警察到来之前他们还有几分钟时间。塔基扬坐在桌子后面，倒了两杯白兰地，称赞着一脸冷漠的布伦南。

“我将你当作……我的朋友。谢谢你。”

布伦南斜靠在椅子上，穿靴子的脚搭在桌子边缘。丹尼的身体瘫倒在旁边的地毯上。

“我是花了好长时间才作出决定的。”

“你要冒的风险太大了。我很感激。”

“闭嘴。你谢得够多了。嗯，我最好赶紧走。”布伦南从口袋里掏出一张黑桃A，放在尸体上，“给他们点东西追查。”

“除了警方……还有谁？”

“什么意思？”站在门口的布伦南紧张起来。

“谁是幕后指挥？”一片沉默，“丹尼尔，我要求你告诉我。你欠我的。”

人类缓慢地转身面对他。“这事很危险。”

“跟我说点我不知道的好吗？这些人在我的地盘折磨我的人，他们在向我开战。这一切必须停止。”

“你打算怎么让它停止？”

“让那个幕后指挥知道，我对他比他对我来说更加危险。”

对方嘴边闪现出一个微笑，然后消失了，接着以缓慢地速度重现。塔基扬满意地看着。这是他第一次看见布伦南微笑。

“这正是我的打算。”

♠

医院里恢复了秩序。费恩在治疗受到惊吓的病人，游隼照顾着她的宝宝，情况已经汇报过了，尸体或者尸体的残余物也清点过了。五个被留下来守着食堂的守卫早就逃了，那个吓人的死人头也不见了。搜寻克罗伊德的大规模行动已经开始。塔基扬为自己的决定深感后悔和痛苦。也许他应该接受死亡，而不是释放克罗伊德，但是那种死法……大脑被那个恶心的生物吞食。他觉得自己可能只是没有那么高尚。

到了早上五点，外星人获准离开。他做了些准备工作，开上豪车去见了布伦南。之后布伦南开车带他去第五大道和七十三街交会处。

他们把车停在一栋五层楼的灰石建筑后面的小巷里。塔基扬在这辆林肯的引擎盖上铺上蕾丝桌布，放上了早餐：热乎乎的牛角面包，热水瓶里倒出来的热茶和咖啡，还有各种芝士。他一边小口吃着卡门贝软芝士，一边发送了讯号。警笛声响起。十分钟之后金福走出通向小巷的后门，身边还跟着亚龙。布伦南缓慢转身时这个鬼牌伸手拿枪，嘴里发出嘶嘶声。布伦南抽出一支宽头狩猎箭搭在弓上，对准了金福。塔基扬释放出强制之力，这个越南人挥挥手，示意他的鬼牌/王牌不要行动。

塔基扬张开双臂以示欢迎。“你要跟我们一起吗，金福先生？我们的两位副手可以让我们坦诚相待。”塔基扬奉上一盘食物，但金福一动不动，于是他耸耸肩，“你……惹恼我了，金福先生，但你可悲到想尝试着控制我的诊所，这让我觉得很高兴。正好给了我一个我一直在寻找的机会。”

“什么机会？”金福的声音就像是年久失修的机器被重新启动了。

“警告你的机会。我可不是个好对付的敌人。”外星人轻快地说道，给牛角面包抹上果酱。

“你想怎样？”

“首先，向你展示我可以多么轻而易举地控制你的心灵，强迫你做任何事；第二，让你清楚地明白鬼牌镇是我的地盘；第三，停战。”

“停战？”

“我有我所追求的东西，你也有你的。你的包括卖淫生意、帮派活动还有毒品交易，但我不允许你们在我的街道上收保护费、敲诈勒索以及进行枪战。我的人必须是安全的。”

金福的眼神瞟向布伦南。“这是你训练有素的走狗？”

“不，他也有他追求的东西。”

布伦南灰色的眼睛冷漠地盯着金福黑色的眼睛。“我是来对付你的，金福。”

塔基扬笑了。“你那边有人能躲在阴影里杀我，我这边也有人可以这样对付你。一场僵局。”

“你不会干扰我的生意？”

“不会。”塔基扬叹了口气，“我猜这样一说显得我很没道德，但我不是十字军。男人依旧渴求女人，既然有这份渴求，就有女人会去卖身，而且毒品买卖也会一直存在。毕竟我们不是天使。但我的街道必须是安全的。”他的语气不再轻松戏谑。“我不想再看到一个孩子因为鬼牌镇街头毫无意义的枪战而丧生。我的诊所和病人也都不会再身处险境。”

“简·道呢？”

“这个部分不在这次谈判的范围，金福先生。”

金福耸耸肩。“好吧。”

“我们达成一致了？”

“我同意你的条款。”

塔基扬咧嘴一笑。“你不该在心灵控制者面前撒谎。布伦南，杀了他。”越南人脸色一白。

“等一下，别这样，等等！”

“好吧。我们重来一遍。我们达成一致了吗？”

“不完全一致。”金福咬牙切齿地说道。他瞪着布伦南，后者回瞪着他。“一段时间之前我收到了一条你发的消息。”布伦南点点头。“以下是我的回答。”男人的声音尖锐粗糙，带着恨意和怒气，他用半只手指向布伦南，好像这是件武器。“如果你坚持骚扰我，或者像你说的那样把我打倒了，那我活着就没意思了。那么，我向你保证，幽灵，也就是珍妮弗·马洛伊也会死。退后点，布伦南上尉。离我远点，让我平静地过日子，不然她就会死。这就是我对你的承诺。”

塔基扬的眼神从金福移动到布伦南。弓箭手的表情严峻坚毅，就像握紧的拳头。

“你让我疲惫，”塔基扬突然说，“你的威胁让我疲惫。走！”

然后他迫使越南人和他的走狗亚龙小跑着回到建筑之内。

♣

回诊所之后塔基扬心情大好。他高兴地轻拍两只石狮子，小跑着上了台阶。克罗伊德过不了多久就会睡去，传染疾病的能力肯定会在下一次转变完成之后消失。金福目前暂时处理好了。这个越南人当然会背弃他的诺言，但是也许到那个时候布伦南已经实现了他的目标，那样的话金福就不再是威胁了。

塔基扬走向地下室，关掉一系列复杂的电子锁，进入了他的私人实验室，正是在这里他为天使脸制造了药剂，然后不断实验，让将牌剂愈加完善。

习惯驱使他给自己抽了血，准备做病毒感染化验。他应该没事。昨天晚上神灵庇佑，他的运气很好。

他把载玻片放在电子显微镜下，聚焦，然后查看他在百变王牌纷繁的网络中会有着怎样的命运。随后他惊呼一声，把一托盘的载玻片和试管扫到了地上。他用拳头捶着桌面，难以置信地大喊。

冷静，冷静！压力会触发病毒。

他静静地把凳子扶好，双手交叠坐在上面思考。如果触发了，他很可能死去。这是可接受的。他也可能会变成鬼牌，这是不可接受的。将牌剂？那是最后一招。

简！

一个性无能的男人要靠性来获救，这可真讽刺。他大笑起来，却意识到这笑声里没有幽默，只有歇斯底里，然后咽下疯狂的呼喊声。

未来呢？

先找简，尽可能地减少他生活中的压力。继续活着。伊尔卡赞家族从来不养懦夫。

还有最重要的：布拉斯。

他现在一无所有，只剩这个孩子。他的血液和种子都中毒了，他不会再有其他子嗣。

♣♦♠♥

警笛和血清素的协奏曲

Ⅷ

他们又开始追他了。他心想，如果你连你的医生都无法信任，那你还能信任谁？警笛声此起彼伏，就像是非常有规律的背景音乐。

他捡起混凝土块砸向街灯，从小巷躲到门口。他蜷缩在路边停着的车辆里。他看着直升机从头顶上飞过，听着叶片噗噗的声音。时不时地他也会听见某个扩音器里传来恳求的声音。他们在跟他说话，向他撒谎，劝他自首。他轻笑起来。这种事情是永远不会发生的。

这又都是塔基扬的错？一幅画面在他的心中闪现，那是一个多云的午后，喷气机小子的小飞机就像一条小鱼，在巨大耀眼的鲸鱼群中穿梭。回到了刚开始的时候。乔·萨尔赞诺后来怎么了？

他闻到了烟味。为什么一到危急时刻就有东西被烧？他揉揉太阳穴，打了个哈欠，条件反射似的在口袋里搜寻药片，但是里面什么都没有。他来到一家灯光暗淡的加油站，打开了可乐贩卖机的门，从硬币箱里拿了点钱，再投进去几块，随后他两手各拿一瓶可乐，边走边喝。

过了一会儿，他发现自己站在鬼牌镇一角博物馆门口，等待着进去，然后意识到这地方已经关门了。

他在这里犹豫不决了大概十秒钟，附近响起了警笛声，大概就在拐角处。他走上前去弄坏了门锁，进入了博物馆。他把门票钱放在左手边的一张小桌子上，然后想了想，又添了点钱，当做是赔偿门锁。

他在长凳上坐了一会儿，看着光影变换。他时不时会站起来走动一番，再回来。他又去看了金色蝴蝶，它的姿态就像是要离开金色的活动扳手，这两个都是被一个名叫迈达斯的短命王牌变成这样的。他还看了看玻璃瓶里装着的鬼牌胚胎，参观了印着恶魔约翰蹄印的金属门。

他走到百变王牌历史展区中的大事件部分，一遍又一遍按着地球对阵群虫场景中的按钮。每按一次，模块人就会冲一只虫发射激光，他还发现一个能让嚎叫者尖叫的按钮。

直到喝完最后一口可乐他才注意到有个展示柜里放着一张被制成标本的矮小人类皮肤。他靠近细看。根据文字说明，这是在一个小巷里发现的。他突然认出了这个人，不禁倒吸一口气。

“可怜的吉姆利，”他说，“是谁这样对你？你的内脏呢？我的胃难受极了。你的聪明才智都去哪儿了？告诉巴奈特，就算他再怎么布道，哪怕说到地狱结冰。到了最后他也会是这副模样。”

他转身离开，又打了一个哈欠。他的四肢有些沉重。走过一个转角之后他看到了三个金属壳，被长长的缆绳吊在空中。他驻足观看，立马就知道了它们是什么。

他跳起来拍了一下最近的那个——装着装甲板的大众车——它响了一声，在停泊处微微晃动。他又跳起来拍了一下，又打了个哈欠。

“有龟壳，能漫游，”他喃喃道，“在里面永远是安全的，对吗，灵龟——只要别把脖子伸出来。”

他笑起来，突然又停住了，他看见了他记得最清楚的那个——六十年代的模型。他的手伸不了那么高，碰不到龟壳上的和平标志，但他还是读出了“要做爱不要作战”，这个标语被喷成曼陀罗花的形状。“妈的，把这话跟那群想杀我的人说吧。”

“一直想知道里面是什么样子。”他说完跳起来用手指抓住边缘，把自己拉了上去。

龟壳摇摇晃晃，但轻松承受了他的重量。一分钟之后，他进去了。

“天呐，真够幽闭恐惧的！”他叹息道，“但确实让人觉得安全。我可以……”他闭上眼睛，过了一会儿，他身上微微闪烁着光芒。

♣♦♠♥

“粗暴的野兽……”

利安娜·C. 哈珀　著

垃圾婆低头看着她的朋友杰克·罗比谢尔。他现在变身的速度更慢，延续时间更长。而且现在他是人类，可能在接下来的几天里他都会保持人类的形态。有时候她会想自己是否该为他这样持续不断的变身负有部分责任。杰克知道他只有变成鳄鱼才能跟她交流。就算他陷入昏迷，也知道要变身来告诉她科迪莉亚有危险。

她抬起头，与C. C. 四目相对，然后耸耸肩。“我知道我答应了你不再感到内疚。我会想他的。”

科迪莉亚走进病房时两个女人都扭头看她。

“有好消息。塔基扬医生说杰克有好起来的可能。他不确定，但是他觉得杰克变成鳄鱼的那段时间里他体内的病毒可能因此而死了。”科迪莉亚来到杰克的病床旁边，凑过去亲吻了他的嘴唇，“所以说，叔叔，现在别放弃自己。”

C. C. 莱德和垃圾婆越过科迪莉亚的头顶交换了一个惊讶的眼神。垃圾婆允许自己的嘴角带上笑容，但被乱糟糟的头发挡住了。

红发歌手握住垃圾婆的手。“我就说吧。”

“什么？算了。你们说话就是这样，跟速记似的。比卡真人还糟糕。你们什么时候走？”科迪莉亚站在杰克的脑袋旁边向下看，好像要看透他。

“明天的飞机。我早上把日程表放在你的办公室了。所以，如果有什么变化，你就能立刻联系上我们。”C. C. 抬头看着她的朋友，

“苏珊妮想第一时间知道。”

“危地马拉有电话吗？”

“有的，科迪莉亚。”C. C. 叹息道。

“帮我带一个印第安人回来？”科迪莉亚抓着叔叔的手，冲着垃圾婆和C. C. 咧嘴笑。

“我们是去帮他们的，不是给他们安排美国妻子。”

“谁说要结婚了？”科迪莉亚立马严肃起来，“垃圾婆，我会照顾他的，我向你保证。我知道你有时候不太信赖我，但是——”

“你只是需要成熟一点。别向你自己或者别人保证一些你无法做到的事情。这个世界不需要更多圣人。”科迪莉亚脸红了。垃圾婆直直盯着年轻女孩的眼睛，“再说，你难道觉得我走了，就会让杰克不受保护地躺在这里？”

垃圾婆敞开外套，黑猫跳出来抖抖身体，然后坐下来开始梳理被弄乱的毛发。科迪莉亚跪在他旁边，想要抓搔他的耳朵。猫后退几步，跳上杰克的床，把脑袋放在枕头上，靠着杰克的头。

“不管有没有电话，你需要我就告诉黑猫。虽然路途遥远，但我认为距离无法阻止我们。尽管如此，我还是觉得不安。”垃圾婆看着地面。

“塔基扬医生会照顾杰克叔叔的，我和黑猫也会帮忙。他肯定希望你去。”科迪莉亚的目光转向她的叔叔，他苍白安静地躺在床上，身上插着的管子和线路维持着他的生命。

“我知道。他会说这样做对我最好。”垃圾婆瞥了一眼站在她身边的C. C. 。“我不太习惯听到有人告诉我什么对我来说是最好的。但我一直都很想跟黑色美洲豹聊聊，而且摇滚明星身边不能没有保镖。”

“摇滚明星。”C. C. 冲着天空翻了个白眼，“她一直告诉我每个丛林都是相似的。我不知道谁感受到的文化冲击更大：我们还是他们。那些可怜人想要建立一个新国家，所以他们最需要的大概就是摇滚明星和拾荒女人了。”

科迪莉亚伸手拥抱了C. C. 。“他们原本可能连这都做不到。”

垃圾婆打量着她，伸出一只手。科迪莉亚犹豫片刻之后双手紧紧握住了对方的手。

“你知道该怎么照顾自己。别把你身上的一部分切割出去。”垃圾婆抬起头盯着杰克，“我们都是这样的。他会跟你说同样的话。别束缚住自己的手脚，那不值得。”

“我想明白了，就在之前的某天晚上。”科迪莉亚害羞地松开垃圾婆的手。垃圾婆走向杰克，俯视着他平静的面庞。她将手放在他的脸颊上，她的头发遮挡着脸，其他人都看不见她在说什么。她只希望杰克能听见，不管他身处何地。“我爱你。”

她们离开房间的时候，一个男人走向门口。垃圾婆想了一会儿才意识到他是谁。“迈克尔。”

他捧着一个巨大的水果篮，几乎完全挡住了他的脸。她们看到他脸上有些惊恐。一时间没有人说话。

“他也是我的朋友。”迈克尔把果篮往下放了几英寸，“我能见见他吗？”

垃圾婆和科迪莉亚相互看了一眼，无声地评判着这个几个月前抛弃了杰克的男人。最后科迪莉亚点了点头。

“我们都爱他。”

♥

罗斯玛丽·甘比诺坐在床上摇晃着身体，拧着手，等待影拳会的律师过来最后确认。一切都结束了。黑手党输了。那些死掉的老大们、头目们，甚至小喽啰们的脸，总会浮现在她眼前，就算是大白天也不例外。夜晚的噩梦成了她的现实生活。

她在出汗。小小的房间因为纽约八月天的湿度而闷热难耐。她的行李箱收拾好了，正放在床上，随时可以走。不管去哪儿，只要出城就好。

听到门响，她在牛仔裤上擦擦手，抓住了她的瓦尔特手枪。最近的几个月里她经常使用它，抓在手里很有分量，让她觉得安全。

“谁?”她举起枪，拨开挡住眼睛的潮湿头发。

“箭鱼。还是你更喜欢其他的暗语?”声音优雅还带着些疲惫。罗斯玛丽瞬间就听出来了，这是早上打电话安排见面的那个声音。她右手抓着手枪，用左手别扭地打开门。面前这个穿着定制白西装的人叫枪眼，他闲庭信步地走进了房间。

“天呐。”他看着她的枪，然后扫视整个房间，“啊，好吧，我们有时候会生活在困窘之中，对吧？连个桌子都没有，我明白了。”

“用行李箱当桌子，莱瑟姆。”罗斯玛丽看到他在听到自己的名字之后头微微抽动了一下。这么多年来，每次在律师协会的晚宴上她都能看见他。她也很奇怪自己之前居然没辨别出来他的声音。

“好。比那个似乎永远贴在我身上的‘枪眼’称呼好听多了。请坐，甘比诺女士，还是你喜欢被称为马尔登?”

“甘比诺。我们快点搞定吧。”罗斯玛丽和律师分别坐在行李箱的两侧，瓦尔特放在大腿上。

“顺便说一句，我的……合伙人驻扎在这栋建筑里，还有街道上，所以我们的交易是足够秘密的。”

罗斯玛丽叹了口气，摇摇头。“枪眼。我不打算拿你当人质，也不会杀你。有什么意义呢？我只想把这一切都处理好，我就可以离开了。我不想我的人再有任何死伤。我们看看合同吧。”

莱瑟姆递过去，在她研读合同时仔细打量她。罗斯玛丽在想他是否会好奇他这位某种意义上的同伴会落到何种境地。但又转念一想，他从未把她看作同类。如果不是她想保护那些还活着的手下，杀掉莱瑟姆会是个愉快的自杀方式。

“似乎都没问题。你想要取代我，管理整座城市，保留那些——”

“那些还活着而且有能力的人。”

罗斯玛丽握紧了她的枪。“好，可以，我签。有笔吗？”

“当然。”莱瑟姆从公文包里抽出一支万宝龙，小心地帮她把盖子打开，“请……”

罗斯玛丽把合同放在行李箱上，签了字，这是她作为一个甘比诺所做的最后一件事。她看见她爸爸的脸出现在纸面之下，她的手不禁颤抖起来。她的签名有些扭曲，但这能保证她的手下性命无虞。

莱瑟姆拿着合同检查她的签名。罗斯玛丽不知道他是在嫌弃她汗涔涔的手在上面印下的痕迹，还是这只是他的某种惯常表情。她还注意到他没有流汗。“我想要钱和机票。”

“都安排好了，亲爱的。”莱瑟姆打开公文包，放好合同，拿出两样东西。大的牛皮纸袋里面塞的东西超出了它的承受范围。“二十万，还有去古巴的机票。我知道那里现在很美。望你享受这趟旅程。”

莱瑟姆站起来走向门口。就在他的手握住门把手时，他又开口了：“顺便说一句，我知道你在找马祖切利先生。我的线人找到了他的地址，就放在那个信封里。祝你好运。”

罗斯玛丽盯着行李箱上面放着的白色信封。她没有去拿，过了一会儿，她抬头看莱瑟姆。

“小赠品。”他耸耸肩，“我所代表的利益方并非毫无同情心，亲爱的。”

他关上门，离开了，过了十分钟之后罗斯玛丽才拿起白色信封。她将其翻转过来，看见血红色的火漆，痛苦地微笑起来。

◆

她许诺说在她前面进入仓库的人将会受到最佳款待。其实他们中的大部分已经不再是人了，他们跟克罗伊德会面之后变成了鬼牌。她现在都还在想克里斯是怎么做到全身而退的。

当她打电话给这些人的亲戚，告诉他们能找到克里斯时，她以为他们会为获得了复仇的机会而欢呼雀跃，但他们只是迟钝地表示知道了。复仇是必须的，因为复仇是应该做的事，而不是因为受害者或者监护者或者其他人能从当中获得快乐。她吃惊了一下，但后来就理解了。想到即将发生的事她也没有感觉到愉快，她什么感觉都没有。

这一天的早些时候，她发现鬼牌镇的废弃仓库侧边有个入口，还找到了通向夹层的路。她没有看到克里斯。这一次，她占据了有利地形，听到受害者在搜索仓库，寻找他。他们发出的噪音让她恶心到差点呕吐，但是她强迫自己看着他们。毕竟，这都是她的错误造成的。

噪音越来越响。她看到了他们的猎物，然后倒吸一口气。她从没料到会是这种情况。三十岁的克里斯变成了一个满身皮毛、目光呆滞的怪物。在意识到这些人是要抓它之后就用爪子在混凝土墙面上摸索，想找东西抓着往上爬。然后它转头面对敌人，破碎的天窗里漏出的月光照在它的尖牙上，闪闪发光。她唯一还能认出的就是垂在他后背上的小辫子。

他的受害者和她的受害者在仓库走道里蹒跚而行，走向他们痛苦的始作俑者。他们逼近曾经是克里斯托弗·马祖切利的怪物，他们还记得自己曾经的模样吗？还记得自己是如何变成扭曲的怪物的吗？克里斯第一次被看到的时候，有人吹出一记响亮的口哨。他向着对手们发出嘶嘶声，在空中挥动张开的爪子。但对方完全没有被吓到。甚至把某些人抓出了血，对方依旧站在他的攻击范围之外把他围了起来。

克里斯退到了仓库的一个角落，这里堆着各种生锈的机械。他无法向上攀爬，而追兵紧随其后，想要杀他。罗斯玛丽想亲眼见证，但是她心里想起的不是那个试图杀她的男人，而是那个关怀备至的爱人。下面的那场处刑她只看了一会儿就忍不住干呕起来，她听到了尖锐的叫喊声，然后是液体汩汩流出的声音。

就连这个声音她都无法承受。罗斯玛丽逃跑了，直到上了飞机，那声音还萦绕在她的心头，于是她蜷缩在座椅上，双手紧紧捂住耳朵。

♣♦♠♥

只有死人了解鬼牌镇

尾声

珍妮弗新装的锁太好用了，连布伦南都进不了她的公寓。这很好，他心想。她确实需要这样的锁。

他坐在她卧室窗户旁边的消防楼梯上，看着城市里的车辆在下面来来往往。他刚到这个城市时曾经恨过它，其实到现在还恨着，但他更恨离开。

但他必须走了。他刚到这座城市时，没有什么能阻止他扳倒金福。为了铲除他，毁天灭地他都不在乎。但现在，他变了。他允许自己关心别人，所以他必须为这个弱点付出代价。金福赢了。他的复仇结束了。他看着城市在他脚下移动，第一次想到山峰该有多么寂寥。

温暖的春日午后转眼就成了黄昏，他身后的房间里传来一声轻响，他转过头。珍妮弗从图书馆回来了，正看着窗外的他。过了一会儿，她穿过房间，打开窗户，布伦南钻了进来。

“好吧，”珍妮弗说，“过几个月你就要来一次，准得像时钟。”

她生气了，布伦南知道原因。冬天的时候，他在她的公寓里阻止了一场影拳会的突袭，之后就再没和她见过面。虽然两人都没明说，但是默认了他会回来看她，但他到现在才来。

“我必须警告你。”这话无法说得婉转，“我要离开这座城市了，金福说他不会找你麻烦，但是我不相信他。”

珍妮弗皱眉。“你是因为我才离开的？”

布伦南耸耸肩。“这么说吧，我选择了活人，而不是死人。”

她的眉头皱得更紧了。“他真的用我来威胁你了？如果你继续骚扰他，他就会派人来对付我？”

“是说了类似这样的话，”布伦南承认道，“他指出，如果我真的扳倒他了，他活着也就没什么意思了，所以我就没东西可以拿来威胁他，也就无法阻止他杀你。”

珍妮弗缓缓点头。“我明白了。我的命对你来说太过重要，你甚至放弃了复仇，让金福得胜？”

布伦南长叹一口气，点点头。

珍妮弗笑了。“很高兴知道这一点，这样事情就简单多了？”

“事情？”布伦南疑惑地问道，“什么事情？”

“你和金福都没考虑到的事情。我不可能让自己落入任何人的手中。还有，如果没人知道我在哪儿，就根本不可能抓住我。”她盯着布伦南看了好久，他意识到了她这张动人面庞上的爱意，心里像被捅了一刀一样疼痛，“再见，丹尼尔，狩猎愉快。”

她化为幽灵，然后脱掉衣服，穿过卧室墙壁，消失了。布伦南困惑地看着空无一物的墙壁。她走了，像个被驱除的魂魄一样不见了。

“等等——”他嘶哑地喊道，但是太迟了。房间里只剩下他和她的东西，被永远丢弃在了这里。“等等……”

他重重地坐在床上，内心充满震惊和巨大的失落感，比被人狠狠打了一拳还难受。

“你不懂，”他大声对着空荡荡的房间说道，一半是对自己说，一半是对消失的珍妮弗说，他突然想明白了一件事，“金福给了我一个选择，但我可以自由地做决定。我想要你多过想杀死他。我想要爱多过想要恨……要生命多过死亡……”

他的声音逐渐变小，盯着墙壁上珍妮弗消失的那块地方。她把头伸进来的时候他的眼睛都要从眼眶里蹦出来了。

“很好。”她微笑着，“我就想听你说这些。”

他猛地从床上跳起来。“我的天呐！赶紧进来，化成实体！”

“为什么？你是想亲我还是想打我？”

“恐怕你得冒个险了。”布伦南刚开口，她的嘴就堵了上来，没让他把话说完。

“你知道的，”他们终于恢复了呼吸之后珍妮弗说道，“最好还是按照金福的游戏规则来……至少暂时遵守。”

布伦南点点头，他的右胳膊紧紧搂着她的腰，左手轻柔地抚摸着她精致的下颌线条。

“你说得对。”他的声音和眼神都恍惚轻柔，跟他平时的样子完全不同。珍妮弗有些吃惊，又无比愉悦，她很乐意看到他快乐甚至满足的模样。“我在卡茨基尔山脉有个很漂亮的住所，我想去看看。我上一次回新墨西哥还是在……是在……天呐，已经过去那么久了吗？”

她微笑着再次亲吻他。

“那金福呢？”他们的嘴唇分开之后她问他。

布伦南耸耸肩。“他反正要留在这里，我可以等。”他又微笑起来，但是其中带着的寒意让她既害怕又着迷，她就像一只飞蛾，扑向危险的火苗。“猎人最擅长的就是等待。”

♣♦♠♥

千军万马

Ⅶ

“真是荒谬。”布鲁德怒气冲冲地说。他一只手抓着一副皮质驾驶手套，边说话边用手套强迫症似的拍打大腿。“你知不知道你在做什么？你扔掉了一大笔钱。*上百万美金*。而且你还面临着一场官司。托特伯里跟我是合伙的，这块地应该是属于我的。”

“但是遗嘱上不是这么写的，”乔伊·德安吉利斯说。他坐在锈迹斑斑的1957年款埃德塞尔的引擎盖上，手里拿着一罐谢菲尔啤酒，布鲁德则在他面前来回踱步。

“我们会就遗嘱提出异议的，”布鲁德威胁道，“该死，我们连贷款都承担了。”

“贷款会还清的，”乔伊说，“托特的保险能赔十万。除掉葬礼费用还能剩下不少。你的钱我会还给你的，布鲁德，但是这个废品场不能给你，这是我的。”

布鲁德指着他，手套在手上晃动。“你要是觉得我不敢告你，那你就大错特错了。我要把你的所有东西都拿走，包括这片吃屎的废品场。”

“去你的，”乔伊·德安吉利斯说，“那就去告我好了，我在乎个屁。我也请得起律师，布鲁德。托特把他的所有东西都留给我了，房子、漫画收藏、生意的股份。有必要的话我可以全部卖掉，但这个废品场我要留着。”

布鲁德愁眉苦脸地看着他。“德安吉利斯，”他试着安抚他，“讲讲道理吧。托特伯里也想卖这个地方。没用的废品场有什么好的？想想那些需要房子的人。这个地方的发展能够给整个城市带来益处。”

德安吉利斯喝了一大口啤酒。“你觉得我是个傻子？你可不是在为无家可归的人建房。汤姆给我看了施工计划。这里要建的是价值好几十万的联排别墅，对吧？”他看看周围几英亩的垃圾和废旧汽车，“让那些都见鬼去。我是在这个废品场长大的，小史蒂夫。我就喜欢它这个样子。”

“那你就是个白痴。”布鲁德气急败坏地说。

“你现在是在我的私人地盘上，”乔伊说，“你最好赶紧滚，不然我可能会忍不住把排气管插在你屁股里。”他用手捏扁了啤酒罐，扔在一边，从引擎盖上滑下来。两个人脚尖对脚尖站着。

“你吓不倒我的，德安吉利斯，”布鲁德说，“我们不再是学校操场上的小孩子了。我比你高大，而且每周锻炼三次。我还学了武术。”

“嗯，”乔伊说，“但我的打法很脏的。”他咧嘴一笑，布鲁德犹豫了，然后愤怒地转身离开，大步走向他的车。“我跟你没完！”他喊完就把车开走了。

乔伊笑着看他绝尘而去。

布鲁德走了之后，他走向自己的车，然后又从副驾驶座位上的六罐装啤酒中拿出一听。他在岸边看着潮起潮落，喝下了第一口。这是个潮湿、多云且阴沉的白天，大概一个小时候之后，就会变成一个潮湿、多云且阴沉的夜晚。乔伊坐在岩石上看着愈加暗淡的日光在水面浮油上印出彩虹的颜色，心里想着托特。

守丧和葬礼时摆放的都是紧闭的棺材，但是所有人都走了之后乔伊去了里面的房间，告诉年轻的殡仪馆工作人员说他想看尸体。感染了百变王牌之后汤姆已经不像汤姆了。尸体的皮肤就像犰狳，坚硬且有鳞片，还泛着绿光，就好像它有放射性似的。它的眼睛是巨大的囊，里面装着闪烁的粉色凝胶，但是它戴着汤姆的飞行员眼镜，而且虽然那双手长了蹼，但他还是认出了小拇指上戴的是高中的戒指。

不过也没什么好怀疑的。这具尸体是在鬼牌镇的一个小巷里被发现的，他穿着汤姆的衣服，携带着汤姆的证件。塔基扬医生本人为他做了尸检，在比较了牙医记录之后签了死亡证明。

乔伊·德安吉利斯叹了口气，又捏扁了一个啤酒罐，扔到一边。他还记得他和汤姆第一次一起制造龟壳的情景。那时候啤酒罐是钢铁做的，你得非常强壮才能把这些鬼东西捏扁。现在，连虚弱的老人家都能做到。

他钩着塑料架上的圆环，拎起了六罐装中剩下的啤酒，回到他的地堡。

大门敞开着，乔伊看见地堡里闪烁着乙炔焰枪的光芒。他坐在门边，拿着啤酒在身前晃荡。“嘿，托特，”他向下喊道，“你想不想休息一下？”

焰枪灭了。汤姆从一个崭新的半成品龟壳的巨大框架后面走出来。真是个了不得的野兽，乔伊俯视着它的骨架，再次在心里感慨。它比上一个龟壳大了将近一倍，密闭，防水，设备齐全，装配了电脑，还有装甲防护，到地狱走一遭都没问题。这个龟壳价值他妈的15万美金，都是卖以前的龟壳挣的，还有保险赔偿的钱。托特甚至说要把他带回来的那个头调试一下，看看能不能找个办法固定雷达设备，然后把它连在硬件上。

汤姆摘下护目镜，眼睛周围因为戴了这个而泛白。“混蛋，”他喊道，“我跟你说了多少次了，托特伯里已经死了，这里只有我们这些龟。”

“管不了那么多了，”乔伊说，“龟可不喝啤酒。”

“这一只就喝。给我一罐——那焰枪真是烫。”乔伊把剩下的啤酒扔下去。

汤姆接住了，拿出一罐打开。啤酒喷在了他的脸和头发上，逗得乔伊直笑。

♣♦♠♥

不伦不类

又名，深入污秽是如何写成的

警告：编辑们过于诚实，请自行判断是否继续阅读

编辑《深入污秽》差点把我逼疯了。

你已经读完了整本书（如果还没有，那你太无耻了，居然先读最后这部分——我们管这部分叫后记是有原因的，你知道吧），希望你喜欢。书中很多故事都是一等一的，跟这个系列其他卷中的故事一样好。其中有很多美妙的场景、人物和时刻。伤寒克罗伊德的兴衰、谋杀女巫是整个《百变王牌》系列中最让人恐惧的场景之一。模块人跟重生的鼻涕人的几场战斗，睡莲被邪恶的恶意奴役，还有很多很多……

对于一般的选集来说故事够好就行了，这是毫无疑问的，但是共享世界的要求更高，而《百变王牌》系列则希望在共享世界的基础上更进一步。我们一直以来都希望这些书不仅仅是一堆单个的故事，不管这些故事本身有多绝妙。我们想做的是“马赛克小说”，它不仅是所有部分的总和，还能形成一个整体。

通常我们都能成功……但这一次恐怕不行。

《百变王牌》的情节都是以三本为单位。我们管它们叫“三和弦”。每个三和弦都有一个“总情节”，这条线从头至尾贯穿整个三本书。但每本书都有自己的主题，而且当然，每个独立的故事都有自己的主线剧情和支线剧情。所以我们在编写《百变王牌》的时候，我们至少是在三个层面上工作。

第二个三和弦的总情节是格雷格·哈特曼竞选总统，在第六本

《最后王牌》中该事件会达到高潮，第二幅马赛克会被完整地呈现出来。前两本要为此做好准备，所以必须引入第六本中所需的特定角色，埋下情节伏线。在这个总情节之下，站在每卷的层面来看，世卫组织的环球旅途是第四卷《王牌旅途》的主线，而到了《深入污秽》，最初设定的主线是甘比诺家族和影拳会之间的帮派战争。

但把第二个三和弦的大纲发送到班塔姆之后，有个编辑提出了异议。她觉得，对于一个科幻/幻想系列小说，帮派战争也太平凡普通了，而且也被写烂了，无数电影电视里演过帮派战争，这个想法太老了，大家都看累了。我们反驳说我们的帮派战争跟前人的大不相同，因为甘比诺和影拳会会用王牌和鬼牌来解决纷争，而不是汽车炸弹和冲锋枪，但她不为所动。我们在班塔姆的编辑坚持认为《深入污秽》需要点别的，非常具有百变王牌风格的东西，而不是纽约的黑社会如何争夺权力。

我们几个人在梅琳达·斯诺德格拉斯家里集思广益，想着怎么解决这个问题，我还记得想出答案的是维克·米兰。他指出，病毒最臭名昭著的特点就是容易变异。要是外星病毒塔基斯变异了之后能够再次感染鬼牌和王牌呢？这样的变异就让我们所有的主要人物都身处险境，更不要说整个城市的人都会惶惶不安。他提出了这个点子之后，各种戏剧性的可能都涌现出来。罗杰·泽拉兹尼提议让沉睡者来当传染源，让他携带变异病毒。于是“伤寒克罗伊德”登场了，班塔姆那边很满意，《深入污秽》也有了自己的主线剧情。

问题在于，原本的主线依然存在，我们不可能直接全盘抛弃帮派战争。金福和他的影拳会已经站上舞台了，还有罗斯玛丽·马尔登和甘比诺家族。我们有很多冲突要解决，故事线要说清楚，零碎的东西要收场，人物的成长和发展还要依靠帮派战争期间降临在他们身上的各种经历……不仅如此，虽然有些作者热烈响应新提出的“伤寒克罗伊德”总情节，但也有些作者对此毫无兴趣，更愿意写黑手党和影拳会的故事，这也是他们一直在构思的。

还有，对于这本书的故事应该发生在什么时候，我的撰稿人们也出现了意见分歧。在《王牌旅途》中，一叠卡牌花了半年时间完成环球旅程……在此期间，代表团中的所有王牌和鬼牌都离开了纽约城。有些撰稿人把他们的角色送上了旅途，其他则让角色待在家里。前者希望《深入污秽》的故事是在旅程结束之后，后者则希望跟旅程同步。他们的理由是，曼哈顿的生活不会因为有些人离开了就停住。没错，但前一拨人反驳道，大部分最受欢迎的角色都在代表团里。我们真的愿意在这本书里完全不写到他们？读者会希望看到塔基扬医生、海勒姆·沃彻斯特、蝶蛹和玩偶人，我们不该让他们失望。

双方说得都很有道理。所以借助所罗门的智慧，我决定把这个宝贝一分为二。《深入污秽》的前半部分发生在代表团不在纽约的时候，而到了后半部分，一叠卡牌就回来了。第五卷也就跟第四卷有了重叠的地方，但是会进一步向前发展，为第六卷铺路。这样所有的作者都很高兴。

如果读者中有立志成为编辑的，记住这一点，如果某个主意让你的所有作者都高兴，那这肯定个坏主意。你的目标应该是让你的读者高兴。

然后一份份手稿汇集到我这里，当我坐下来开始拼装《深入污秽》，问题很快就来了。事件的先后顺序完全是乱七八糟。故事 X 必须发生在故事 Q 的后面，但是故事 Q 发生在代表团离开的那段时间，而故事 X 则发生在他们回来之后。故事 Y 发生在这两个故事之后，而且引出故事 Z，但是故事 Z 必须发生在故事之前，不然的话某个支线情节就说不通了。我自己写了灵龟的故事，是想它充当两个部分之间的桥梁，原本应该是没问题的……但是还有几个作者也在做同样的事情。哪个故事应该是第一个，第二个，第三个呢？不管我如何安排，这些故事都只会让读者在时间线内被不断向前向后拉扯。

在此期间我都在好莱坞，大部分的周末时光我都独自坐在《侠胆雄狮》的办公室里一遍遍阅读这些故事，然后用各种方式重组它们。但怎么安排都不行。到了星期天晚上，我已经打算把所有手稿扔上天空，按照它们落地的顺序出版（以一种新浪潮的方式）。差点我就这么做了，但就差那么一点。

后来……呃，如果你们已经看完了这本书，就应该知道我后来做了什么。大量的重写是必不可少的（高兴的作者们很快就不高兴了），还有更加大量的重建工作。要是想让《深入污秽》拥有开端、中端和结尾（最好是这个顺序），那就必须把某些故事拆开，插进其他故事里，或者放在另外的两个故事之间。

从最开始，我们在《百变王牌》系列中就使用了两种完全不同的结构。每个三和弦的高潮卷都会是完完全全的马赛克小说。六七条线交汇在一起，整个故事相互联系，形成一个严丝合缝（我们希望）的整体。但是，那种结构非常复杂，要求很高，且极其耗费时间，所以我们只能尝试着在三本中的一本里使用这种结构。另外两卷的编撰方式更传统，主要通过填充空隙的章节来连接各个单独的故事，好让它们成为一个整体。一条线上的串珠，故事就是串珠，填充空隙的内容就是线，把它们串成项链。

《深入污秽》原本的构思是线上的串珠，但我的折中方案造成了事件发展顺序上的混乱，所以现在有点像马赛克小说。结果似乎还不错，班塔姆那边很高兴，我们的读者们也一样。

但这本书永远不会是我的最爱。它偷工减料的建造方式跟我对结构的理解完全不一致，而且情节太多了。有的故事是围绕着帮派战争的，有的则是关于伤寒克罗伊德，有的想要在两者之间取得平衡，还有些则把这些全都忽略不看，只关注《王牌旅途》延伸过来的恶意和玩偶人。这很不优雅，而我喜欢用优雅的方式来建构小说。所以说，《深入污秽》就像一只有鳍的鸟或者有羽毛的鱼，结果就是它既不能飞行又不能游泳。

我的错误在于我想取悦所有人，每次遇到危机就找折中方案。事后看来，我应该要么去跟班塔姆据理力争，保留帮派战争的主线，要么就将其完全摒弃，让位于伤寒克罗伊德这个点子。除了在这两条线中摇摆，还要继续讲述玩偶人这个在下一本书里非常重要的总情节，所以混乱是不可避免的。我还应该想个办法把事情的发展顺序定下来，这也是为什么我们这些共享世界的编辑能挣大钱，因为我们要做艰难的决定。但我没有这样做，我想尽可能让所有的作者得到他们想要的，最后遭殃的是这本书。有时候，你把宝贝一切两半之后，得到的就是两个残缺的宝贝。

我们都有跌跌撞撞的时候，尤其是当你要尝试新鲜事物时……而《百变王牌》的最大特点就是与众不同的新鲜。不管怎么说，我们总是在生活中学习，我在《深入污秽》中学到一课能让我今后成为一个更好的编辑。我不会再犯同样的错误。

（当然，我会犯一些新的错误，但那就留到下次再说吧。）

乔治·R. R. 马丁

2002 年 7 月 23 日